KB274580

# 수지 향토문화답사기

―수지, 그 변화의 중심에 서서 ―

수지 향토문화답사기

# 수지 향토문화답사기
―수지, 그 변화의 중심에 서서―

이석순 지음

초판 인쇄 | 2005년 7월 10일
초판 발행 | 2005년 7월 15일

지은이 | 이석순
펴는이 | 신현운
펴는곳 | **연인M&B**
기    획 | 박치원
디자인 | 이희정
등    록 | 2000년 3월 7일 제2-3037호
주    소 | 143-191 서울특별시 광진구 자양1동 630-42호(1층)
전    화 | (02)455-3987, 3437-5975 팩스 | (02)3437-5975
이메일 | yeonin7@chol.com
　　　　www.yeoninmb.co.kr

값 19,000원



ISBN 89-89154-48-0  03810

# 수지 향토문화답사기

— 수지, 그 변화의 중심에 서서

연인 M&B

| 책을 내면서… |

　크게는 국가로부터 작게는 향촌에 이르기까지 역사가 있다. 그러나 국가의 역사는 기록으로 보존되지만 향촌의 역사는 구전에 의해서 전해져 왔다. 이런 점에서 볼 때 앞으로도 국가의 역사는 지금까지와 같이 계속 기록으로 남겠지만 향촌의 역사는 단절되고 말 것이다.

　그것은 향촌의 생활환경이 급격히 변화하면서 생긴 결과인데 하나는 지금까지 수대를 한 곳에서 살아오던 정주생활의 형태가 무너진 것이요, 또 하나는 향촌에서의 직업의 다양화와 이로 인하여 품앗이 등 집단 작업이 없어지면서 일터에서 자연스럽게 구전되던 향사(鄕史)가 구전될 수 없기 때문이다. 여기에다 개발이라고 하는 특수한 환경이 가지고 온 우리 수지지역은 상전벽해 즉 뽕나무밭이 푸른 바다가 되었다는 옛말이 무색하게 되었다.

　이렇게 되었다고 무엇이 안타까우냐고 할 사람들도 있겠으나 향촌의 이야기야말로 모든 문학의 시발이며 고향을 떠난 사람들에게 향수를 느끼게 하는 까닭이며 자라나는 어린이들의 꿈을 심어주는 무지개 같은 것이라고 아니할 수 없다.

　아! 수지라는 이름은 멀리 삼국시대로 거슬러 올라가 작은 고을 용인의 한 지역으로 지금까지 내려왔는데 이 긴 시간에 어찌 영욕성쇠(榮辱盛衰)가 없었겠는가! 또한 광교산 골골이 대를 이어 살아온 민초들의 삶에서 생겨난 희로애락의 후일담과 그리고 자연과의 연관된 이야기들이 어디 한둘뿐이겠는가!

그러나 우리들의 시야에서 보이던, 우리의 심금을 울렸던 아름다운 자연들이 없어지고 사람들마저 뿔뿔이 흩어져서 옛이야기들을 전해 줄 사람도 없어지고 수천 년 살아온 수지 사람들의 이야기가 없어지는 것을 느가 바라랴마는 현실은 필연적으로 그렇게 될 수밖에 없는 환경이다. 이에 뜻을 함께하는 분들의 도움으로 필자가 수집한 몇 줄의 이야기를 책으로 만들기로 결심하였다.

더불어 부족함을 무릅쓰고 성급히 이 책을 내는 것은 이 책을 본 독자들이 필자의 오류를 지적하여 줄 것을 기대하며 또 다른 하나는 독자들이 알고 있는 미 발굴한 유래를 제보해 줄 것으로 믿어 거듭 수지의 이야기가 완전에 가까워질 수 있으리라는 기대감 때문이다.

그리고 지금은 수원시로 편입된 이의동, 하동의 유래를 함께한 것은 위 2개 동이 수지와 역사를 함께한 지 천여 년이 넘었고 더욱이 광교산에서 시발한 한 골짜기 사람들이며 이로 인하여 생활과 인척의 인연이 매우 넓고 깊은 데서 연유한다. 그리고 유래 발굴에 10여 년이 걸리다 보니 수지의 발전에 따라 행정명이 수지면에서 읍으로 그리고 동으로 분할되었고 자연부락이 없어지고 아파트가 건립되어 행정명이 책과의 차이점이 많이 나고 있다.

끝으로 이 책이 나오기까지는 수많은 분들이 현장 확인을 함께하시고 이야기를 들려주셨으며 때로는 동료들이 편집을 도와주는 등 노고를 아끼지 않았다. 이분들께 감사를 드린다.

다시 한 번 거듭 사과를 드려 마지않는 것은 구전되는 모든 것이 책에서 옮기는 것같이 정확성이 부족하다는 것과 이야기 중에는 실존하는 분들의 후손이 있을 수 있으며 이야기를 쓰다가 과장된 부분도 있다는 것을 이해해 주실 것을 바라 마지않는다.

2005년 여름

이석순

　평소 우리 고장의 풀 한 포기, 흙 한줌을 사랑하는 마음이 나이가 들수록 더욱더 깊어만 가던 중 이석순 동인의 〈수지 향토문화답사기〉 발간에 즈음하여 무한한 기쁨과 행복을 감출 수가 없었습니다.

　더욱이 이석순 조합장은 나와 함께 10여 년의 농촌운동을 함께한 동인으로서 향토에 대한 사랑이 남달라 헌신적 노력으로 요즈음 개발로 잃어가는 우리 수지지역의 지형지물과 유래에 대하여 문헌으로나마 보존하게 된 점에 대하여 대단한 다행으로 생각됩니다.

　우리 수지지구는 유구한 역사와 전통을 지닌 고장으로 수많은 유래와 아름답고 때로는 비극적인 사연을 말없이 간직하고 유유히 내려오고 있는 역사가 살아 숨쉬는 바로 우리들의 고향입니다.

　생활수준과 문화가 나날이 발전하는 가운데 무엇인가 잃어가는 것이 아쉬운 수지! 먼 후세들은 우리 고장에 대하여 알고자 할 때 그 어떤 자료 없이 답변하기란 그리 쉽지 않을 것입니다. 그 누군가 자기 희생을 감수해야 했기에 이번 이석순 동인의 저서는 그 어떤 문헌보다 소중한 가치와 기록의 역사가 될 것입니다.

　나날이 발전하는 우리 고장으로 입주하는 시민들에게 지역에 대하여 애착을 갖고 발전시키고자 하는 마음을 갖게 하는 계기로 큰 업적이 될 것이라 믿어 의심치 않습니다. 아무쪼록 이석순 동인의 〈수지 향토문화답사기〉 발간이 더욱 발전하고 유익한 서적으로 활용될 것을 기대하며 한 가닥 남은 불씨를 향해 가는 우리 지역 주민의 거대한 희망의 횃불이 될 것을 확신합니다.

2005년 6월

이원보(전 수지농협 조합장)

| 발간 축사 |

향토문화의 길잡이가 될 훌륭한 일을 하셨습니다. 먼저 수지지역의 유래와 절, 바위 등 자료를 수년간 수집하여 영원히 기록되는 〈수지 향토문화답사기〉 발간에 즈음하여 수지시민과 함께 축하드립니다.

'10년이면 강산도 변한다' 는 옛말이 있듯이 수지면에서 수지읍을 거쳐 현재 수지출장소와 7개 동으로 분동되었으며 또한 구청으로 승인신청 중에 있어 수지구청으로 승격할 날도 멀지 않았듯이 하루하루가 빠르게 늘라운 발전과 변화를 거듭하고 있습니다. 이렇게 급속한 발전과 변화의 도시화로 인하여 수지의 정겹던 예전의 산천은 찾을 수 없고 오직 낯설고 생소한 현대 주거도시로 바뀌고 있습니다. 그야말로 상전벽해(桑田碧海)와 같은 변화 속에 전래의 주거·농경·생활문화가 소리없이 파묻혀 버릴 이때에 수지지역의 존재 사실을 증거할 수 있는 자료를 이석순 수지농협장님은 남이 잠잘 때 자지 않으시고, 여흥 즐길 때 즐기지 않으시면서 수지지역의 향토문화를 지키시기 위해 자료수집해 오시어 수지지역의 유래, 절, 바위에 숨은 내용을 담은 이 책이야말로 수지지역의 유일한 향토문화의 길잡이가 될 것입니다.

본인도 수지에서 나고 자란 터라 수지에 대한 애착이 많이 있습니다. 이번에 고향 사랑과 고향의 유래를 듬뿍 담은 책 발간에 거듭 찬사와 감사의 말씀을 올립니다.

이석순 수지농협 조합장님의 향토문화 유래에 관한 책 발간의 필요성을 깊이 인식하시어 이 〈수지 향토문화답사기〉 발행이 헛되지 않도록 수지시민과 용인시민을 떠나 더 많은 사람들에게 읽히고, 전파되어 수지지역 향토문화가 꽃피우는 계기가 될 것을 기원드리며, 수고 많으셨습니다.

2005년 6월
김필배(전 수지출장소장)

# | 차례 |

# 수지를 말하다

역사로 본 수지/수지읍의 유래/전해 오는 우리 동네 이름을 찾아서/수지를 품은 산

## 역사로 본 수지

태초 인류의 조상들의 삶을 상상해 보자. 아담과 이브처럼 옷도 걸치지 못하고 아무런 도구도 없었던 시기의 사람들은 동물들 중 가장 보잘것없는 존재였을 것이다.

그때 사람들이 가장 살기 좋은 곳은 어디였을까. 북향을 막아주는 아주 높고 험하지 않은 산 그리고 그리 크지 않은 내(川)가 있는 곳이었을 것으로 생각된다.

이런 곳으로 수지는 어떠했을까. 수지가 적지였을 것이다. 그리고 문명이 발달하면서 넓은 들과 강으로 진출하였는데 한강 유역이 멀지 않은 수지가 이러한 곳이었다.

그러나 수지가 최근까지도 살기 좋고 풍요로운 곳이라는 명칭을 듣지 못한 것은 무슨 때문인가.

그것은 백제 때는 용인을 멸오(滅烏), 고구려 때는 구성현(駒城縣), 신라 때는 거칠(巨黍)이라는 지명 변화를 보더라도 수지가 삼국시대부터 지정학적 중요성에 의해 삼국의 각축장이었다. 후삼국시대에는 왕건과 견훤의 치열한 공방전이 용인에서 있었다. 고려시대에는 용인땅 처인성에서 전투가 있었던 것으로 보아 수지도 몽고의 말발굽에 짓밟혔을 것이다.

조선시대에는 임진의 큰 전투가 수지에서 있었던 관계로 10리 안에 인적이

없었다는 (이정구의 충렬서원 중수기*) 기록을 보아 수지의 참상을 짐작할 수 있다. 이로 인하여 인구의 증가와 재산의 회복이 어려웠으니 수지의 사찰은 복원되지 못했고 가난은 대를 이어 물리게 되었다.

그러나 이러한 역사적 사실이 오늘에 와서는 그 전투는 기록으로 남아 있지만 그 전지(戰地)가 미확인되어 밝혀지지 못함은 안타까운 일이 아닐 수 없다. 이렇게 된 것은 당시에 지명이 오늘과 다름에서 연유되었으나 옛 지명의 흔적이 아직도 남아 있어 당시의 지명을 유추하는 데는 별 어려움이 없다.

또는 임진왜란 40년 후에 일어난 병자호란 때도 수지는 충청감사 정세규가 이끄는 근왕군이, 험천에서 전라병사 김준용이 이끄는 근왕병이 검드레산에서 싸웠기에 그 피해가 전국에서 제일 컸다고 해도 과언이 아니다.

임진란과 병자호란은 국가적으로도 나라가 기울 만큼 큰 전쟁이었지만 이 두 전쟁에서 가장 큰 전투가 수지에서 있었기에 수지 사람들에게 끼친 영향도 매우 컸기 때문에 이 두 전투에 대하여는 별도로 장을 마련하였다.

왜 이렇게 수지에서 전투가 많았을까? 이는 광교산이 가지고 있는 지정학적 중요성에 있다. 삼국시대에는 한강 유역으로 나중에는 서해 바다로 진출하려는 교두보로서의 수지가 갖고 있는 지정학적 가치 때문에 그리고 그 후에는 서울로 가는 조선시대 8도 6대로 중 제4로가 수지를 통과했기 때문이다.

이와 같은 역사의 험난함은 다 끝난 것이 아니다. 6·25의 큰 전투가 광교산에서 있었다. 현대전에 있어서도 광교산은 여전히 중요하다. 그것을 상징하는 것이 광교산 통신대이다.

그러나 이제 수지는 전략적 측면의 중요성뿐 아니라 보다 살기 좋은 수지로 변하고 있다. 그것이 수지의 현재의 모습이다. 웅비하는 수지는 머지않아 우리나라에서 가장 살기 좋은 문화의 도시로 거듭 태어날 것을 의심치 않는다.

---

*이정구의 충렬서원 중수기 : 조선시대 때 경기감사 이정구 선생이 주축이 되어 충렬서원을 건립하게 된 동기를 적은 글.

# 수지읍의 유래

　수지(水枝)는 용인시 2읍 8개 면 11개 동의 하나, 본래 용인시의 지역으로
수진면(水眞面)이라 하여 고분(古分), 손기(遜基), 서봉(棲鳳), 신리(新里), 토
월(吐月), 정평(亭坪), 원천(遠川), 동막(東幕), 성복(星福), 죽전(竹田)의 10개
동리를 관할하였는데 1914년 4월 1일 군면 폐합에 따라 죽전(竹田)은 구성면
에 편입되고, 지내면(枝內面)의 상리(上里), 덕동(德洞), 의상(儀上), 의하(儀
下), 하리(下里)의 5개 동리를 병합하여 수진면의 수자와 지내면의 지자를 따
서 수지면이라 하여 고기, 동천, 풍덕천, 신봉, 상현, 이의, 하리 8개 리로 개편
관할하였는데, 1973년 7월 1일 대통령령 제1983호에 의하여 구성면의 죽전리
를 수지읍에 다시 편입하고, 1983년 2월 15일 대통령령 제11027호에 의하여
이의, 하리 2개 리를 수원시에 넘겨주어서 현재 7개 리가 되었고, 1996년 3월
1일 용인시 조례 제35호에 의해 읍으로 승격되었다.

　그후 2001년 1월 11일 죽전 출장소, 상현 민원 중계소 설치, 2001년 5월 11
일 상현 민원 중계소, 상현 출장소로 승격 2001년 12월 24일 수지출장소 및 6
개 동 신설, 2003년 3월 31일 성복동 신설, 현재에 이르게 되었다.

　경계는 동쪽으로 모현면, 구성읍과 광주군 오포면, 남쪽으로 기흥읍과 수
원시, 서쪽은 수원시와 의왕시, 북쪽은 성남시에 닿으며 면적은 42.03km$^2$
이다.


### ■ 풍덕천리(豊德川里)

　본래 수진면 풍덕천리는 토월리의 일부로 풍덕내 또는 풍덕천이라 하였는
데, 1914년 행정구역 폐합에 따라 토월리, 신리, 정평리의 각 일부를 병합하
여 풍덕천리라 해서 수지면에 편입하였다. 통합 후 풍덕천리에는 풍덕천, 토
월, 신촌, 정평 4개의 자연부락이 있었으나, 도시화로 인한 인구집중으로 옛
모습을 잃어가고 있다.

■죽전리

죽전리는 수지읍 소재지인 풍덕천 동쪽에 위치한다. 이곳은 본래 용인군 수진면(옛 수지면의 이름)의 지역으로 큰 못이 있어 대지 또는 죽전이라 하였는데, 1914년 행정구역 폐합에 따라 감바위, 점촌, 풍덕내 일부를 병합하여 죽전리라 해서 읍삼(구성)면에 편입되었다가 1973년 7월 1일 대통령령 제1983호에 의하여 다시 수지면에 편입되었다.

이곳 지명의 유래는 이곳으로부터 약 10리 되는 모현면 능원리에 있는 '포은 정몽주' 선생의 묘소와 관계가 깊다.

정몽주 선생은 고려 공양왕4년(1392년) 개성 선죽교에서 방원이 보낸 자객 조영규 등에 의하여 피살되었다. 당시 정몽주 선생의 시신은 개성 근처 풍덕이라는 곳에 모셨다. 그 후 19년 뒤인 태종11년(1411년 신묘년) 선생의 고향인 경상도 영천으로 이장하기 위해 풍덕천에 이르렀는데, 갑자기 돌풍이 일어나 상여에 영정이 날아올라 지금의 묘소에 가 떨어졌다. 사람들이 영정을 따라가 보니 가히 명당이라 여겨 여기에다 모시게 되었다는 것이다.

이렇게 정몽주 선생을 모신 상여가 이 땅을 지나갔기에 만고에 충신을 사모하는 민초들에 의해 이곳을 죽절이라 부르게 되었다. 죽이란 대나무로 충신을 뜻하며 절은 마디가 있는 나무이니 역시 충신을 의미하기 때문이다.

이곳 말고도 정몽주 선생으로 인해 지명이 바뀐 곳이 선죽교이다. 이곳은 처음 이름이 선지교였으나 선생 피살 후 죽자를 넣어 선죽교가 된 것이다.

그리고 어느 때부터인가 죽절이 죽전으로 변했다. 그 후에도 죽전과 선생의 인연은 계속되었는데, 그것은 선조9년(1576년 병자년)에 선비들이 이곳에 서원을 세우고 죽전서원이라 했다.

이 서원은 선조25년에 있었던 임진왜란 때 소실되었고, 선조41년(1608년)에 모현면 능원리에 다시 세워 충렬서원이라 했다.

죽전리는 원래 대지, 감바위, 내대지 세 자연부락으로 되어 있었으나 요즈음 인구 증가로 여러 동네로 분동되었으며, 지금처럼 아파트 단지가 계속 들어서면 옛 모습은 자취를 감출 것이다.

죽전리는 산으로 자지산이 있고 이 산에는 어름박골이라는 약수터와 관바위, 덤바위, 지경바위가 있으며 기묘 명현 십청헌 김세필 선생의 묘소가 있다. 그리고 큰물로는 대지 앞에 장장포(조선시대의 용인현지대 일컬음)라는 곳이 있었으나 지금은 수로정비 등에 의해 평범한 하천이 되었다.

### ■동천리(東川里)

본래 용인군 수진면의 지역인데, 1914년 행정구역 통폐합에 따라 동막리와 원천동을 병합하여 동막리(東幕里)의 동자(東字)와 원천동(遠川洞)의 천자(川字)를 따서 동천리(東川里)라 했다.

동천리 물류센터에서 바라본 하손곡 마을

동천리는 원래 머내, 하손곡, 윗손골, 동막 네 부락이었으나 최근에 염광 부락이 생겼고, 앞으로 계속 확장될 추세이다.

### ■고기리(古基里)

본래 용인군 수진면의 지역인데, 1914년 행정구역 폐합에 따라 고분현과 손기동을 병합하여 고분현(古盆峴)의 고자(古字)와 손기동(遜基洞)의 기자(基字)를 따서 고기리(古基里)라 했다.

고기리는 손의터, 장투리, 곡현 등으로 크게 나누어 세 개의 자연부락이 있다. 그리고 이곳은 수지읍에서 유일하게 원래의 도습을 간직하고 있는 곳이다.

### ■신봉리(新鳳里)

이곳은 본래 용인군 수진면의 지역이었다. 신봉리의 유래는 1914년 행정구역 폐합에 따라 신리(新里:지금의 신촌과 홍천말 일대)와 서봉동(捿鳳洞:서봉, 중말, 양지말)을 병합할 때 신리의 신자와 신봉동의 봉자를 따서 신봉리라 한 것이다. 그러나 이곳의 옛 지명은 시봉굴이었다.(웃시봉굴, 아래시봉굴이라 했음) 시봉굴은 서봉골의 사투리인데, 서봉골은 서봉산에 있는 골짜기라는 뜻이다.

서봉산은 광교산의 또 다른 이름이다. 그리고 광교산은 고려 태조 왕건이 산에서 나는 빛을 보고 명명(命名)했다고 한다. 처음 이름은 광옥산이었다. 그렇기에 처음에는 광(光)과 같은 뜻의 서(瑞)를 썼으나(예:서봉산 또는 서봉사)임진왜란 때 서봉사가 소실된 이후에는 절터에 잡초가 우거지고 새들만 깃든다는 뜻에서 깃들 서(捿)자를 썼다. 신봉리에서 봉(鳳)의 지명이 남아 있는 곳은 작은 말구리 우측에 있는 태봉골이 있다. 지금 신봉리는 서봉과 신봉 두 개의 자연부락으로 구성되어 있다.

### ■성복리(星福里)

본래 용인군 수진면의 지역으로서 성불굴 또는 성북동이라 하였는데, 1914년 행정구역 폐합에 따라 성복리라 했다. 혹자는 이곳에 성주(星州) 이씨가 집단 주거하고 있어 성주 이씨가 별처럼 많이 번창하고 복을 많이 받으라는 뜻에서 별성(星)자와 복복(福)자를 써서 성복리라 하였다고 한다.

그러나 이는 말을 만든 것에 지나지 않는다. 성복리의 본 이름은 성북골이 아니라 성불골이었다. 성불골이란 성복리에 맨 꼭대기 형제봉 밑에 큰 가람 성불사(成佛寺)가 있어 붙여진 이름이다.

이 흔적은 아직도 남아 있는데, 성서 부락 맨 위 골짜기의 마을 이름이 성불(成佛)로 불리는 데서 찾을 수 있다. 그러니까 성복리의 유래는 성불사에서 연유된 것이라고 보는 것이 타당하다.

### ■상현리(上峴里)

본래 용인군 지내면의 지역인데 1914년 행정구역 폐합에 따라 상리, 가산, 깊은말, 만현과 수진면의 정평리 일부를 병합하여 상리(上里)의 상자(上字)와 만현(晚峴)의 현자(峴字)를 따라 상현리라 하여 수지면에 편입했다.

상현리는 아직도 서원말, 느진재, 독바위, 가산 4개의 자연부락으로 남아 있으나, 지금 건설되는 아파트가 준공되면 많은 변화가 있을 지역이다.

■ 이의동(二儀洞)

　이의동은 수지읍 상현리와 수원시의 경계를 이루고 있다. 이의동은 1983년 하동과 같이 수지읍에서 수원시로 편입된 곳이다. 그때까지는 이의리, 하리라고 불리다 수원시로 되면서 동(洞)자가 붙은 것이다.

　이의동의 지명 유래는 본래 이곳이 용인군 지내면으로 있을 때 의상, 의하 두 행정리로 나뉘어 있었으나 1914년 행정구역의 폐합시 하리와 함께 수진면으로 편입되면서 면 이름은 수지면으로 그리고 의상과 의하가 합하여 이의리가 되었는데 이는 '의상' '의' 와 '의하' 으 '의' 자가 있어 '의' 자가 둘이라는 뜻으로 두이(二)자를 썼고, 의(儀)자를 그대로 옮겨 이의리라 한 것이다.

　그러나 오랫동안 의하부락에서 집성촌을 이루고 살아온 청송 심씨들이 전하는 말로는 이곳에 있는 청송부원군 안효공 온(溫)의 묘를 쓴 뒤 공의 외손인 문종과 세조가 이곳을 다녀갔는데 이렇게 임금이 두 분이 다녀가셨다 하여 두 이자를 써서 이의(二儀)라 했다는 것이다.(심온의 묘소는 이의동 13-10번지에 있으며 경기도 기념물 제53호이다) 그리고 청송 부원군 안효공 온(溫)은 1418년 세종1년에 상왕이었던 태종의 노여움을 사 동년 12월 25일 수원부에서 자진하여 이곳에 장사한 것이다.


■ 하리(下里)

　하리는 1983년 수지읍에서 수원시로 편입되었지만 1914년 행정구역 통폐합 전에는 용인군 지내면 땅이었고 이의동과 같이 수지면 일부가 되었던 곳이다.

　이곳 하리의 유래는 상리(上里)의 아래에 있다고 해서 붙여진 이름이다.

　상리란 상현리 응달말과 절골말 경계에 있는 막은가리 고개와 깊은 연관이 있다. 이 고개는 고개라기보다는 아주 얕은 언덕에 지나지 않지만 물이 이 고갯마루에서 남북 반대 방향으로 흐르게 되는 분기점이라는 데서 막은가리라는 이름을 얻었는데, 상리는 이 고개에서부터 시작이 되므로 위(上)에 위치하고 있다. 다시 말해서 상리에서 흐르는 물이 아래로 흘러가니 이를 하리라 한 것이다.

# 전해 오는 우리 동네 이름을 찾아서

## ■ 풍덕천

풍덕천은 수지읍의 소재지이다. 그러나 옛 풍덕천은 토월리의 일부였다. 1914년 행정구역 폐합에 의해 토월리가 없어지고 토월리와 신리 그리고 정평리 일부가 합하여 지금의 풍덕천리로 된 것이다. 이곳의 지명 유래는 두 가지 이야기가 있다.

하나는 모현면 능원리에 있는 포은 정몽주의 묘소와 관련된 것인데, 이는 정몽주 선생이 1392년 공양왕4년 4월 4일에 이성계 일파 조영규(趙英珪), 고려(高呂), 이부(李敷)들에게 피살되어 처음 모신 곳이 해풍군(海豊郡) 풍덕(豊德)이었다. 그 후 1406년(태종6년 병술년)에 고향인 영천군 치소(治所) 15리 고천촌(古川村) 우항리(愚巷里)로 천장하던 중 운구행렬이 풍덕천에 이르렀는데 영정이 돌풍에 날아 지금의 묘소에 가서 떨어졌다. 사람들이 그곳에 가보니 산소 자리가 매우 좋으므로 하늘이 택해 준 것으로 알고 묘를 썼다고 한다. 이때가 선생이 돌아가신 지 14년, 아직도 조선 개국에 반감이 남아 있던 백성들이 추앙하던 만고 충신 포은 선생이 죽어서나마 처음 모셨던 풍덕(豊德)에서 자기들이 살고 있는 이곳으로 오셨다는 말로 풍덕래(豊德來)라 했는데 이 말이 래(來)와 음이 같은 내(川)로 되어 풍덕천(豊德川)이 되었다는 것이다.

또 하나는 1592년(선조25년)임진왜란 때 왜군이 북상하면서 2, 30리마다 보급과 연락을 위해 요새지마다 보루를 쌓고 소병력을 주둔시켰는데 그 중에 하나가 풍덕천 앞산인 이질산(구성면 보정리 산38-2)이었다.(대동지지 권4, 용인편)

이질산 북쪽에 있는 성복천과 신봉천이 합류하는 힘이 이질산을 들이받고 혼절한 물이 돌면서 만든 넓고 깊은 웅덩이가 있어 절벽과 함께 천험의 요새였다.(이곳은 물이 깊어 명주실 한 타래를 다 풀어도 끝이 닿지 않았다고 전해 오며 토월의 유래도 여기서 나왔음)

임진년 5월 하순경 전라, 경상, 충청 3도 감사들이 약 5만 병사를 모집하여 북으로 파천중인 선조를 근왕하기 위해 북상중 이질산에 소루가 있는 것을 발견하였다. 이에 이광은 곧 곽영에게 적을 구축하라 하였다. 그러나 광주목사 권율은 왜적은 이미 험한 곳에 자리잡고 있으므로 치기가 곤란하니 한강을 건너 임진강을 막자 했으나 듣지 않고 6월 4일부터 6일까지 3일간 이곳에서 전투를 했다. 전투 내용은 중략(이형석 지음, 임진왜란사)

이때 우리나라 병사들이 쏜 화살에 산 위에 있던 적이 맞아 죽어 물 속으로 굴러 떨어지는 소리가 풍덕풍덩 했기에 풍덩내라 했다가 풍덕내가 되었다는 것이다.

그러나 포은과의 연관설은 설일 뿐 후세 사람들이 지은 어떠한 글에도 언급한 곳이 없다.

포은 선생집 권4 연보 고이 원문 123에 보면 우리 성조가 천명을 받으려 할 때 공이 절의를 위하여 운명하니 곧 임진년(공양왕4년 1392) 4월 4일이었으며 병술년(태종6년 1406) 3월에 용인현의 치소(현청) 북쪽에 있는 쇄포촌의 언덕에 이장하였다 라고만 기록되었다. 그리고 임진왜란과 연관설도 이곳 전투는 우리나라가 1/25의 병력 우세 속에서도 싸워 보지도 못하고 참패하였던 전쟁이었을 뿐이다.(이형석 지음, 임진왜란사) 그런데도 이렇게 적을 물리치고 승리한 것으로 이야기가 전래되는 것은 적을 미워하는 차원의 정신적 보복이 이처럼 나타났다고 볼 수 있으며 이런 류의 소설로 대표적인 것이 임진록을 꼽을 수 있겠다.

이것보다는 이곳에 물이 많은 것이 지명의 유래가 되었다고 본다. 수지읍은 물수(水)자가 들어 있듯이 풍덕천은 광교산의 높고 깊은 여러 골짜기의 물줄기가 모여드는 곳으로 평소에도 그렇지만 장마 때나 큰물이 날 때는 풍덕천 마을 자체를 휩쓸 정도로 많았다. 물론 예전에는 제방이나 하상 작업이 안 되어 있던 시절이라 이런 일이 아주 빈번하게 일어났다. 여기에 선장산에서 발원한 구성면 물까지 풍덕천 발치로 몰려드니 풍덕천과 맞닿은 군량들 그리고 대지 앞까지가 물바다였다.

이래서 물이 많다, 풍부하다는 뜻으로 풍성할 풍(豐)자를 썼고, 그리고 풍부한 물은 농사를 짓는 사람들에게 큰 덕을 베풀어주는 것이니 이것을 수덕(水德)이라 했다. 이렇게 풍부한 물이 사람에게 큰 덕을 끼치는 내라는 뜻으로 풍덕천이라 했다. 이 내의 이름(풍덕천)이 그대로 마을 이름 풍덕천이 된 것이다.

이렇게 내의 이름이 마을 이름이 된 곳이 풍덕천 말고도 수지읍에는 홍천-홍천말, 원천-머내가 있다. 그리고 고개 이름이 마을 이름이 된 곳은 느린재-느진재, 곡현-곡현, 바라산이-바라산이, 산 이름이 마을 이름이 된 곳은 도리산-도리실, 바라산-바라산, 손허산-손의터가 있으며 골 이름이 마을 이름이 된 곳은 응골-응골이 있다.

### ■토월(吐月)

토월 부락은 지금의 수지 1차 아파트 단지 안에 있던 자연부락이었다. 그러나 지금 그 형체를 알아볼 수 있는 것은 마을 입구에 있던 수풍(樹風)*뿐이다. 이 마을 이름은 토월 또는 방죽골이라 불렀다. 이 마을은 원래 풍덕천 지역 등과 함께 토월리였었다. 그러나 1914년 행정구역 통폐합에 따라 정평리, 신리 일부와 합하여 풍덕천리가 되면서 리에서 마을명으로 남게 된 것이다.

이곳이 토월이란 지명을 얻게 된 것은 신봉천과 성복천이 합류하는 곳에서 유래한다. 이 두 하천이 합류하는 곳에는 갑자기 이질산이 나타나 물길을 가로막게 되는데 이로 인해 물은 성을 내어 소용돌이치며 큰 소를 만들어놓았다. 이 소(沼)를 청청수(淸淸水)라 했다.

이 청청수는 넓고 물이 매우 깊어서 명주실 한 타래를 다 풀어도 끝이 닿지 않았다고 한다. 이렇게 맑은 호수 위에 달이 뜨면 또 하나의 하늘에서 달을 보듯 물 속에 달이 뜨는데 이때 바람이라도 불면 수표면에 지는 잔주름을 따

---

*수풍(樹風) : 마을 입구에 나무를 심어 동네에 울타리 역할을 하였다. 즉 밖에서 마을이 훤히 보이지 않도록 하거나 방풍림 또는 마을의 운치를 돋워주고 지리풍수적으로도 장풍의 역할을 했다.

라 천 개, 만 개의 달이 물 속에서 줄로 엮은 굴비 모양으로 딸려 올라오는데
그 모양이 마치 물이 달을 토해내는 것 같다 하여 붙여진 이름이다.

　그리고 방죽골이라고 한 것은 이 마을 상류에 농용 용수를 위해 막았던 방
죽(요즘의 저수지라고 할 수 있으나 규모가 작았으며 용인 현지에 보면 현 서
쪽 10리에 군기동 제언이 있다는 기록은 이것을 가리킴)이 있었기에 불리어
진 이름이다.

### ■ 신촌(新村)

　신촌은 원래 새말, 새터말 등으로 불렸는데 이는 새로 생긴 부락이라는 뜻
이다.

　신촌 부락은 검드레산 정남쪽에 있었다. 왼쪽으로는 토월 부락이 있었으나
지금은 아파트 단지로 변했다. 그리고 이 부락 역시 수지 2차 아파트 단지로
변하게 되어 있어 이름 그대로 다시 신촌화될 입장이다.

　이 마을은 1914년 행정구역 통폐합 전에는 풍덕천리가 아니라 신리의 일부
였다. 그러나 이때 신리가 분리되어 일부는 풍덕천리로 일부는 신봉리로 편입
되면서 이 마을에서나마 신리의 흔적이 남게 된 유일한 곳이다.

　그리고 새말 또는 새터말이라는 신촌 이름을 가지고 있는 마을은 전국적으
로 매우 흔한 이름인데 이는 전래에 우리나라 사람들이 가지고 있던 취락구
조 조건이 시대적 상황에 따라 변하여 새로 생긴 부락이 많았다는 증거이다.

### ■ 정평(亭坪)

　풍덕천에서 수원 쪽으로 약 2km쯤
지난 지점의 심방산 남쪽에 있는 마을
을 정평 또는 정자뜰이라고 한다.

　이곳 지명의 유래는 정자같이 생긴
나무가 있었다 해서 생긴 이름이다. 그
런데 정자나무가 한두 그루가 있었던

이진산에서 바라본 신촌 부락

것이 아니요, 아주 많은 나무가 이 마을을 둘러치고 있었다.

이렇게 많은 나무를 심었던 사연은 풍수지리설과 연관이 있는데, 정자뜰 마을에 중심이 되는 산은 심방산으로 이 산은 멀리 십여 리 위에 있는 광교산이 주산이다. 다시 설명해서 심방산을 뒤로하고 우측을 보면 서쪽으로는 매봉산이 우뚝 솟아 있다. 그리고 안산은 매봉에서 망가리를 타고 넘어 길게 풍덕천 쪽으로 뻗어나왔다. 그런데 동쪽만이 허하여 나무를 심은 것인데 이것이 자라 개개의 정자 같았다. 그 뒤로는 들에 정자나무를 심은 동네라는 뜻으로 정자뜰이라 했다 한다. 그러나 지금은 이 무성했던 정자나무들이 다 없어지고 흔적 또한 없다. 그리고 이 마을의 지명은 정평리였는데, 그 뒤 신리와 토월리가 합해 풍덕천리로 변하면서 정평리가 정평으로 축소된 것이다.


■ 대지(大池)

대지 부락은 풍덕천에서 43번 국도를 따라 모현면 쪽으로 가다가 대지교를 건너면서 있는 마을이다.

이 마을의 유래는 이 마을에 큰 명당이 있는 곳이라 하여 대지라고 하였다. 하나 이는 대지(大池)를 대지(大地)로 해석하는 데서 생긴 와전이다.

이것을 뒷받침하는 것이 현종년간(1665년경)에 간행된 동국여지지(東國餘地誌) 용인현편 산천(山川)을 보면 알 수 있는데, 이곳에는 장장천(莊莊川) 재현서십리 원출선장산 남동급 광교산동합위 북류 위광주지탄천(在縣西十里 源出禪長山 南洞及 光敎山東合爲 北流 爲廣州之炭川)이라 했다.

이 말을 다시 풀어보면 장장천이 있는데 있는 곳은 지금의 구성면 소재지에서 서쪽 십리이다. 여기는 선장산 물과 광교산 물이 합치는 곳이요 이 물은 북쪽으로 흘러 광주 탄천으로 흘러간다는 뜻이다. 이렇게 장장천 큰못이 마을 앞에 있기에 이것을 한역하여 대지(大池)라 한 것이다.


■ 중통(中通)

중통은 죽전리 대지 부락 349번지 일대를 부른 지명이다.

중통의 지명의 유래는 대지 부락에 취락구조가 지금과 같지 않았으며 처음에는 중통과 중통 위 산 밑에만 집이 있었다. 후에 중통 아래에도 집이 들어서 오늘과 같은 모양을 갖게 되었다. 그러다 보니 중통은 장구 실패처럼 가운데 끼게 되었으며 그래서 중통이라 했다는 것이다.

그러나 중통이란 어원을 따져 보면 이와는 아주 다른 해석이 나온다. 즉 중통이란 가운데로 다닌다는 뜻으로 허리를 질러 다니는 지름길을 가리키는 말이다.

그런데 이것을 증명하는 또 한 가지 설이 있으니 이 동네에 부자가 있어 집 두 채가 있었는데 하나는 음지인 은행골에 또 하나는 양지인 중통이었다. 그리고 부자는 여름이면 음지인 은행골에, 겨울엔 양지인 중통에 살았다 하는데 이러다 보니 이 두 집 사이인 산줄기에는 자연스레 지름길이 생겼는데, 여기로 마을 사람들마저 다니다 보니 큰길이 된 것이다. 이로 인하여 중통이라 했다 한다.

### ■ 내대지

이 마을은 대지고개 바로 밑에 있는 동네다. 이 마을의 유래는 이 마을이 바깥대지 즉 지금의 대지 안쪽에 있는 마을이라는 뜻으로 내대지 또는 안대지라 한 것이다.

### ■ 샛터

샛터는 죽전리 대 286번지 일대의 지명이다. 샛터의 유래는 신촌, 새텃말, 새말 등과 같은 뜻을 가지고 있는데 일반적으로 인근 마을보다 늦게 생긴 마을에 붙여진다. 이곳도 내대지나 현암, 꽃터뿌리보다 늦게 생겼다 해서 샛터라 한 것이다.

### ■ 꽃터뿌리

꽃터뿌리는 꽃터와 뿌리의 복합어이다. 이곳은 죽전리 산 1-7번지 앞에 있는 마을로 전에는 현암 부락의 일부였고 지금은 죽전5리가 되었다.

꽃터뿌리의 유래는 예전에 여기에 큰 부잣집이 있었는데 집 주위에는 온통 사과와 배나무로 가득했다고 한다. 그래서 봄이 오면 이 부근은 큰 꽃밭을 이루어 집도 보이지 않았다고 하며, 이것을 보고 사람들이 이 집을 꽃집이라 불렀는데 나중에 이 말이 꽃터로 변했다는 것이다.

그리고 뿌리라는 말은 끝이라는 뜻인데 그것은 여기가 용인시의 끝이기 때문이다.

이것 말고도 부리*가 뿌리로 변했다고도 보는데 그것은 이곳 산1번지 끝의 모양이 새의 부리같이 생겼기 때문으로 풀이된다.


### ■ 현암(玄岩)

이 부락 동명은 현암과 더불어 감바위 또는 검바위라고 부른다. 이곳은 지금의 동성 1차 아파트(큰감바위) 자리와 넘어감바위가 포함된다.

큰감바위와 넘어감바위는 풍덕천과 머내 중간지점인 북두란이 고개를 이루는 산줄기가 그대로 뻗어 이 두 마을 중간에 와서 멈췄는데, 작은 산등성의 분수령이다.

감바위가 묻힌 곳

이 마을 유래는 대지 앞을 거친 큰 하천이 위에서 말한 산 끝을 치고 나가면서, 산과 물이 부딪치는 곳에 자연적으로 생긴 현상으로 산모랭이는 암석만 남게 되고 물은 이 바위 때문에 직류하지 못해 깊은 소를 만들었다. 그런데 이 바위들이 물에 맞아서인지 퍼렇다 못해 검었기에 이 마을은 검은 바위가 있는 마을이라는 뜻의 검바위라 한 것이다.

그리고 이 검바위는 겉에 드러난 바위와 속바위(물 속에 있었음)가 있었는

---

*부리 : 새의 주둥이.

데 이 물속에 있는 바위의 모습이 둥글어서 감같이 생겼다 해서 감바위라 했다는 속설이 있다. 그런데 이곳은 지금 하천의 변형으로 메워지고 사람들이 다시 흙으로 메워 육안으로는 볼 수 없게 되었다.

■ 머내(遠川)

머내는 옛 원천동의 일부였다. 1914년 행정구역 통폐합시 동막리(東幕里)와 원천동(遠川洞)이 통합하여 동천리가 되면서 원천동은 일개 자연부락인 머내로 남게 되었다.(동막동의 동자와 원천동의 천자를 따서 동천리라 했음)

또한 원천(遠川)이란 동막천과 윗손골서 내려온 물이 머내 위에서(지금은 선경이 자리함) 만나게 되는데 이 물줄기는 그 발원지가 광교산이다. 그러니까 한 곳에서 헤어진 물이 수십 리 거쳐서 다시 만나게 되었다는 의미로 원천이라 한 것이다.

그리고 머내는 멀원의 멀자가 먼내로 됐다가 머내로 변한 것이다. 여기서 원천과 머내는 음과 뜻의 표현만 다를 뿐 내용은 같다.

이곳은 교통의 요지로 1770년 신경준의 '도로고'에 의하면 조선시대의 팔도 육대로(八道 六大路) 중 한성과 부산진을 잇는 제4도로 북으로는 15리의 판교와 남으로는 10리의 사원(死院)*의 중계지여서 수진면(지금의 수지읍)의 2개 주막 중 하나가 이곳에 있었다 한다.(주막은 파발말들이 잠시 들러 휴식과 음식을 들고 갈 수 있는 곳으로 수진면에는 풍덕천 주막과 머내 주막이 기록에 나옴)

■ 하손곡(下蓀谷)

이 마을 이름은 하손곡 또는 아래손골, 벌(伐)손골이라고도 한다. 하손곡 안에는 머내, 안말, 바위배기라는 작은 동네가 있었으나 바위배기와 머내는 행정상 분동되었다. 이 마을의 유래는 윗손골 아랫동네이기에 아래손골이라

---

* 여기 나오는 사원(死院)은 읍내면(구성면)의 지금의 보시원(普施院)의 잘못된 표기로 추정됨.

했으며 벌손골이란 벌판에 있는 동네라는 뜻이다.

그런데 하손곡이 단순히 상손곡 아래 있다고 해서 하손곡이라 한 것이 아니라 실은 상손곡 말구리고개와 손이터고개 사이에 있는 산이 손허산이며(지금은 실전되었음) 이 산줄기가 하손곡 안말의 뒤까지 뻗었기에 이 마을은 여전히 손허산 골짜기 아래에 있는 마을이라는 의미로 하손곡이라 한 것이다.

손곡은 손허산 골짜기라는 뜻이며 상손곡 하손곡 하는 것은 골짜기 위 아래를 가리키는 말이다.


### ■안말

안말은 동천리 아래손골(하손곡) 내 건너 양지 쪽 동네로 성심원 들어가는 입구 좌측에 있는 마을을 부르는 이름이다. 안말의 유래는 이 동네가 아래손골 안(內)에 또는 깊이 있는 마을이라는 뜻으로 불렸다.


### ■바위배기

지금의 염광농원 좌측 기슭에 집채만한 바위 하나가 있었다. 60년대까지도 이 바위 옆에 외딴집 한 채가 있었다. 이곳을 바위배기 즉, 바위가 있는 동네라 했다.

이 동네 뒷산을 바위배기산이라 한 것도 이 바위 때문이며 동네 앞들을 바위배기들이라 한 것도 이 바위 때문이다. 이 바위는 염광농원이 조성되면서 없어졌고, 바위와 함께 바위의 유래도 사라졌다. 다만 지명만 남았지만 이곳에 바위가 있었던 것을 보았던 사람들이 아직도 많이 실존해 있다.


### ■은응쟁이

은응은 은행나무의 준말이다. 은응쟁이는 은행나무가 있는 모퉁이 또는 은행나무가 있는 곳으로 보는 것이 좋을 것이다. 이 나무가 있는 곳은 수지읍 동천리 17-2번지이다. 이 은행나무는 수령 약 500년이 되며 수고 35m, 흉고 7.4m나 되는 거목이다.

이 나무의 유래는 신라 말 도선국사가 심었다고도 하고 사명대사가 심었다고도 하나 이는 이 나무의 신비를 더하기 위한 말일 뿐 누구도 알 수 없는 일이다. 절 앞에 심었던 것이었으나 절은 없어지고 나무만 남은 것으로 보인다.

하여튼 이 나무는 용문산의 은행나무 못지 않게 웅장하나 절도 없이 외진 산골에 있다 보니 은응쟁이의 작은 지명만 남겼을 뿐이다. 이곳 은응쟁이에는 예전에 송월정이라는 정자가 있었으며, 이 정자 위에 있는 동네를 상손곡, 아래에 있는 동네를 하손곡이라고 했다는 전설이 전해 온다고 한다.(이종각 씨 제공)


■ 손골(蓀谷)

손골은 동천리에서 제일 윗마을이다. 동천리에서 동막, 머내를 뺀 전부를 손골이라고 할 수 있다. 왜냐하면 손골은 윗손골(上蓀谷), 가운데손골(中蓀谷), 아래손골이라 부르기 때문이요, 이곳들은 시루봉에서 시작한 산줄기가 치마바위를 거쳐 아래손골까지 뻗은 한 골짜기 안에 있기 때문이다. 여기서 손골이란 가운데 손골까지만이요, 아래손골이란 손골 밑에 있는 동네라는 뜻이다.

손골의 유래는 옛부터 이곳에 향기로운 풀이 많고 난초가 무성한 곳이라 손골이라 했다고도 하고 소나무가 많아서 송골이라 했다고도 한다. 먼저는 손자가 향기날 풀손(蓀)의 뜻만을 가지고 한 얘기요, 뒷얘기에 송골(松谷)은 손골의 변음이요, 지어낸 말에 지나지 않는다.

본 유래는 고기리 손이터, 언덕말 그리고 윗손골 사이에 있는 산에서 비롯된다. 이 산 이름은 손허산이다. 손허산 골짜기 이름이 손허골이요 나중에 허자가 탈락되어 손골이라 했고, 골이름이 마을 이름과 동명이 된 것이다.


■ 성교촌

상손곡 맨 꼭대기로 지금의 성지가 있는 동네이다. 성교촌의 유래는 조선시대 박해받던 많은 천주교 신자들이 이곳에서 숨어 살았기에 붙여진 이름이다.

그러나 이것은 그 후의 일이며 사실은 이곳보다 훨씬 위쪽에 살았다. 지금도 그 흔적으로 예배를 보았던 문둥바위와 피난골이 있으며 역시 신자였던 지근식 씨의 조부가 살았던 집터와 묵은 논밭이 있다.(김용재 씨 제보)

### ■ 동막(東幕)

동막 부락은 동천리 머내에서 고기리로 올라가는 중간에 있다. 동막이란 이름은 원래 수지읍이 수진면으로 있을 때 상손곡과 더불어 동막리로 있던 것이 지금의 머내 일원이었던 원천동과 합하여 동천리가 되었으며 지금의 동막 부락으로 남게 되었다. 그러나 동막이라는 지명이 생긴 유래가 있는 것 같아 마을 사람들에게 알아보니 이곳에 돌이 많아 돌망골이라고 하다가 그 말이 동막골로 변했다고 한다. 다른 설은 동막부락 앞으로 흐르는 물이 용인과 광주의 경계인데 이곳에 지나는 손님을 대접하기 위한 주막이 있었고, 이 주막이 동막 부락에서 동쪽에 있었기 때문에 동쪽에 주막이 있는 동네라고 불리던 것이 동막이 됐다는 것이다.

그러나 이 두 가지 설 중에 여러 기록과 근사한 것이 후자다. 영조년간에 발간한 용인현 읍지에 보면 험천에 점(店)이 있었다는 것이다. 물론 이 험천의 정확한 위치는 전하지 않지만 여러 가지 고증으로 볼 때 이곳 동막 부락 아래에 해당된다.

### ■ 장자(長者)터

장자터는 동막 부락 맨 아래에 위치한다. 뒤로는 역시 치마바위산 끝자락이 된다. 장자터는 글자대로 해석하면 고귀한 사람 또는 큰 부자가 살던 터인데 이곳에는 그런 유래가 전하지 않는다. 그러나 여러 가지 자료를 수집해 보니 병자호란시 이곳에서 큰 전쟁이 있었음을 알 수 있었다.(병자록, 난리잡기)

여기 장자터는 뒤로는 배산이요 앞으로는 약간의 들이 있고 내(川)가 있는데 여기가 험천이다. 험천 앞에는 높은 산이 솟았는데 여기가 청군의 진지요, 험천에 진을 쳤던 근왕병은 그들의 지휘소가 자연히 지금의 장자터였으리라고 믿는다.(충청감사 정세규) 그래서 장수가 있던 곳이라 장수터라고 불리던 것이 차츰 변하여 장자터가 되었다고 본다.

### ■ 손기(遜基)

손기 또는 손의터라 부르는 이 마을은 고기리 세 부락 중 첫동네다.(손기는 손의터의 한역이다) 1914년 행정구역 통폐합이 있기 전 이 마을의 이름은 손기동이었으나 지금의 곡현인 고분현과 합하여 고기리가 되면서 동이 탈락하여 손기가 된 것이다.

고기리의 세 부락 중의 하나 손기

이 마을의 유래는 옛날 이곳에 호랑이가 많아 호랑이 때려잡은 기계를 손이라 하여 손기라 불렀다고 하며 관가에 길손이 머물다 간 곳이라 하여 손이터라 하였다고 한다.(내 고장 지지총람)

그러나 손의터라 한 것은 이 마을 뒷산의 이름에서 따온 곳이다. 이 산 이름이 손허산이다.(그러나 지금은 산명이 실전되었음. 이 기록은 옛문헌에 있음) 처음 마을의 이름은 손허터였다. 손허터란 손허산 밑에 터를 잡고 있다는 뜻이다. 이것이 나중에 손의터, 손이터라고 부르게 된 것이다.

이 마을에는 충무공 이순신의 조부 되시는 풍암공 백록 선생의 묘소와 역시 충무공의 조카 되시는 의주부윤 이완 장군의 묘소와 정문이 있다.

그리고 이름 있는 바위로는 도둑바위, 치마바위, 굴바위가 있고 고개로는 손의터고개가 있다.

### ■ 장의(庄義)

장의 마을은 장투리 또는 장토리라 부르기도 한다. 이 부락의 유래는 달리 전하는 것이 없으나 한자풀이로 장토(庄土)는 전장(田庄) 즉 농토를 말하는 것으로 이 마을이 좋은 땅이 많은 곳이라 장토리라 했다 하고, 장토리(將土

장의마을

里)라 써서 장수가 나온 땅이라 장토리라 했다고도 한다. 더불어 이 마을 아래에는 동네가 벌판에 있다고 해서 벌장투리라 하는 동네가 있고 장의 부락은 이 마을 위쪽에 있다 해서 윗장투리라고 한다.

또 하나는 벌장투리 옆에 있는 큰 동네 대장동이 예전에는 왕자의 태를 묻어 태장동이라 했다는 전설로 보아 이와 연관된 지명이 세월과 함께 변형된 것이 아닌가 여겨지는데 태장동 옆 벌에 있는 동네라 벌자를 썼고, 그 위에 있다고 해서 윗자를 쓴 것으로 추측된다.

■ 배나무골(梨木洞)

배나무골은 샛말 남쪽에 있는 마을이다. 배나무골의 유래는 지금으로부터 250년 전에 이 마을에 살던 이진영(李辰英) 선생의 생애와 깊은 연관이 있다.

선생의 집 뒤에는(고기리 370번지) 큰 배나무 한 그루가 수령이 다 되어 고목으로 서 있었다. 죽은 이 나무를 베어버리지 않은 것은 이 나무가 원래 커서 평소 신목으로 여겼기 때문이다. 어느 해인가 선생은 도총부 도사로 있던 벼슬을 버리고 고향으로 낙향해 있었다. 그런데 선생이 낙향한 봄, 이 죽었던 배나무 고목 꼭대기에 싹이 트고 꽃이 피더니 가을에 가서 보니 꼭 하나 달린 배가 크기가 수박만 했다. 죽었던 나무에 꽃이 피고 열매가 맺는다는 것은 세상에 드문 일이라 이를 신기하게 생각한 선생은 사연과 함께 배를 임금께 진상했다. 이 사연을 들은 임금께서는 이와 같은 일은 반드시 선생의 덕이 하늘을 감동시킨 것으로 생각하시고 동네 이름을 배나무골이라 지어주셨고, 선생에게는 전라도 낙안 군수를 제수했다 한다.

■ 안하동(岸下洞)

이 마을은 배나무골 동쪽에 있다. 배나무골에서 이 동네로 가기 위해서는 뚝 떨어진 언덕이 있는데 이 마을 유래는 이 부른이 언덕 밑에 있다 해서 언덕말 또는 언덕아래라 한 것이다.

이 마을은 한때 30여 호까지 있었으나 점차 쇠퇴하여 오랫동안 집 한 채만 남아 있다가(고기리 대 284-3번지) 60년대 후반기 이 집마저 헐려 버렸다. 이렇게 번성했던 마을이 갑자기 쇠퇴한 것은 이 부락에 거주했던 주민들의 남다른 사연 때문이었다.

이 사람들이 이곳에서 살게 된 것은 이곳이 고향이거나 살기가 좋아서가 아니라 천주교가 박해를 받을 때 피난을 온 사람들이 대부분이었다. 이곳은 용인 땅 거의가 그러했듯이 지정학적 입지와 산이 깊어 선교사들의 포교활동이 활발했고, 그래서 자연 신자들이 많았고 나중에 박해가 심해지자 또한 숨어 들어온 사람들이 많았다.

이는 다시 말하지만 이 부근에는 광교산, 청계산 등 높은 산이 많고 험해 피해 다니기가 좋았기 때문이다.


■ 샛말(間洞)

이 마을은 고분재와 배나무골 사이에 있다. 이 마을의 유래는 위에서와 같이 고분재와 배나무골 가운데 있기에 사이라는 뜻에서 샛말이라 했다.

어떤 사람들은 이 마을이 광교산의 큰글, 작은골, 긴골의 깊은 계곡에서 내려오는 시냇물이 샘처럼 맑고 차다고 해서 샘(泉)말이라고 했다하나 이는 샛말이 샘말로 소리나기 때문에 하는 말이지 잘못 알려진 말이다. 옛 기록에도 간동(間洞)으로 표기되어 있는데 간동이란 사이라는 뜻이다.


■ 고분재

고기리 맨 웃동네이다. 이 마을은 예전에 고분동 또는 고분리라 부르던 행정리에 일부였다.

이 마을의 유래는 아주 옛날 이 마을에서 토기를 만들었다고 해서 옛고(古) 질그릇분(盆)자를 써서 고분동이라 했다고 한다. 그리고 이 마을에서 속칭 의

포근히 둘러 감싸안은 산, 그리고 안긴 마을 고분재

왕시 의일 부락으로 넘어가는 고개를 고분동에 있는 고개라는 뜻으로 고분재라 했는데 이것이 주객이 전도하여 오늘에 와서 마을명으로 되어 버렸다. 그리고 고기2리를 부르는 곡현(曲峴)이란 이름도 이 고분재 고개에서 연유된 것인데 이는 고개가 꼬불꼬불한 데서 온 것이다.

### ■ 신봉(新鳳)

신봉 부락 안에는 다시 중말, 양지말, 홍천말이라는 작은 동네가 있다. 그리고 예전에는 중말과 양지말이 신월(新月)이라는 행정명으로 불렀으며 홍천말은 따로 떨어져 있었다가 나중에 신월과 합치면서 신봉이 된 것이다.

신봉리의 리명이 신리의 신자와 서봉동에 봉자가 합쳐서 되었듯이 신봉이라는 마을명의 유래는 신봉리의 유래와 같다.

그리고 신봉 부락은 신봉리에서 제일 큰 동네, 첫째 동네라는 의미를 가지고 있기도 하다. 중말은 가운데 있다는 뜻이며 양지말은 양지 편에 있다는 뜻이다.

### ■ 홍천말(紅川)

홍천말은 신봉리 초입에 있는 마을이다. 이 마을의 유래는 예전에 이 마을에 남양 홍씨가 집성촌을 이루고 살았기에 홍천말이라고 했다 하나 이것은 잘못 알려진 것이다. 다만 남양 홍씨가 많이 살았던 것은 사실이지만 동명과는 관계가 없다고 본다. 그 이유는 이 마을명으로 쓰는 홍천말의 홍은 넓은 홍(洪)이 아닌 붉은 홍(紅)을 쓰고 있기 때문이다. 대개 집성촌이기에 부르는 경우도 있는데 이럴 때는 대개가 외지인들이 그렇게 부르는 경우가 있다.

전해 오는 말에 의하면 광교산에서 형제봉으로 내려오다 보면 다시 한 번 우뚝 솟은 봉이 있는데 이 봉은 광교산과 형제봉 사이에 있다고 해서 가운데

봉이라고 하며 여기서 서봉사 쪽으로 뻗어내린 산줄기를 용마등(龍馬嶝)이라 한다. 이 산줄기 가운데는 한국은 물론 일본과 중국까지 호령할 영웅이 나온다는 명당이 있다고 한다.

이런 기미를 안 일인들이 어느 때인가 이 산줄기를 끊었는데 그 자리가 지금도 선연하다. 뿐만 아니라 이 혈을 끊은 자리에서 피가 샘솟아 홍천마을 앞까지 붉게 흘렀다고 한다. 이렇게 붉은 피가 흘렀다고 해서 홍천이라 했다 한다.

또한 예전에 홍천은 바위 위로 맑은 물이 흐르는 아름다운 하천이었다. 여기에 봄, 가을로 붉은 꽃과 홍엽이 같이 흘러 물빛이 저녁노을같이 붉었기에 홍천이라 한 것이 더 타당하다고 여겨진다.


### ■ 서봉(瑞峯)

서봉 부락은 신봉리 맨 위에 있는 마을이다. 서봉 부락의 유래는 이 부락 뒤 광교산에 서봉사(瑞峯寺)라는 절이 있었는데 이 절의 이름을 따서 불렀다고 한다. 그러나 서봉은 이것 말고도 광교산 골짜기에 있는 동네라는 뜻을 함께 가지고 있다.

왜냐하면 서봉(瑞峯)이란 서봉산(瑞峯山)에서 따온 이름이요, 서봉산은 광교산의 또 다른 이름이기 때문이다.


### ■ 점촌(店村)

점촌은 신봉리 산 71-1번지 아래 부분과 전 510번지 일대이다. 원래 점(店)이란 지난날 토기나 철기 따위를 만들던 곳이며 촌(村)은 마을이란 뜻이다. 그러니까 토기를 만들던 집단지를 점촌이라고 하는 것이다. 이곳에서 발견되는 그릇 깨어진 조각을 보면 항아리 종류의 토기다. 그러나 이를 알고 있는 사람은 별로 없다. 그렇지만 이곳 부근에서 자란 사람에 의해 확인된 것으로는 어려서 다람쥐를 잡다가 이곳에서 죽은 사람을 항아리에 넣어 장사 지낸 옹관묘를 발견한 적이 있다는 것이다. 이것으로 보아 그 연대가 몹시 오랜 것을 알 수 있다.(유병철 씨 증언)

■ 성남(星南)

성남 부락은 성복리에서 가장 큰 마을로 행정구역으로는 성복1리이며 위치로는 위로 성서와 아래로는 3리가 있어 성복리 한가운데에 들어 있다.

이 부락은 웅굴서 성동(양지말)으로 가다 만나는 하천에서부터 내를 가운데 두고 좌우로 분포되어 있다. 원래 이 부락은 웅굴과 응달말을 포함하여 한 부락으로 있었으나 인구증가로 응달말(여기서 응달말은 성복3리의 응달말과 다름) 큰골말만이 남게 되었다.

이 마을 이름의 유래는 성복리 가운데를 기점(성서와 양지말의 경계인 하천)으로 서쪽에 있는 마을을 성서, 동쪽에 있는 마을을 성동, 남쪽에 있는 마을을 성남이라 한 데서 기인된 것이다.


■ 웅골

웅골은 망가리에서 쪽박산을 지나 매봉 기슭에 있는 마을이다.

여기 동명의 응(鷹)자는 매 응자이다. 골은 골짜기이니 이것을 합치면 매봉에 있는 골짜기라는 뜻이다. 그런데도 매봉골이라 하지 않고 웅골이라 한 것은 뜻은 같으나 음을 중히 여겼던 옛사람들의 운치인 듯하다.

이 마을의 유래는 지금까지 설명한 대로 매봉골에서 그 지명을 그대로 따온 것이다. 이 마을 좌측 산록에는 성주(星州) 이씨 수지 지파의 윗대조인 중종시대에 판서를 지낸 이자견(李自堅) 선생의 묘소가 있다.


■ 응달말

수지읍 성복리에 있는 작은 마을이다. 이 부락은 정평 부락 내(川) 건너이며 망가리 고개 밑 좌측으로 있으며 늦은재고개와 망가리고개가 여기서부터 시작된다.

이 부락의 유래는 매봉에서 망가리를 건너뛰어 지금 건축중인 동보아파트까지 내리 뻗은 산줄기로 인하여(현재 상현리 산 10번지) 마을이 하루의 거의 반을 햇빛을 볼 수 없는 음지라 하여 응달말이라 한 것이다. 이것 말고도 정평 부락과 대칭되는 의미가 있는데 정평은 양지말인데 반하여 이 마을은 응달이라는 뜻을 가지고 있다.

또한, 이 마을 뒤에 있는 산줄기가 뱀처럼 길다 하여 풍수가들이 장사혈(長蛇穴)이라고 하고 이 산 끝을 쇠경주라고 한다.


### ■ 성서(웃성불골)

성복리 윗동네이다. 이 부락이 성서라고 불린 것은 단지 일본인들이 우리의 고유지명을 한문으로 표기하면서 성복리 서쪽에 있다는 뜻으로 성서라 한 것이다. 그러나 성서에는 내(川)와 골에 의해 작은 자연부락 셋이 있으니 돌탑말, 도리실, 성불이다.

위에서 설명한대로 성서에는 유래가 없지만 이 세 동네에는 유래가 전한다.


### ■ 돌탑말(石塔洞)

돌탑말은 성서에서 중심되는 마을로 성서 초입이며 우측 골짜기는 도리실이요, 형제봉 쪽으로는 성불이 된다. 그러나 이 마을이 처음부터 돌탑말은 아니었다. 이 마을에 유래는 이 마을 위 형제봉 밑에 있었던 성불사(成佛寺)와 관계가 깊다.

이 마을과 성불사는 한동네였기에 승려들의 탁발 시주요청이 너무 빈번했다. 승려로서는 당연한 일이었지만 절은 크고 동네는 작다 보니 동민으로는 피해가 너무 컸다. 그래서 승려들과 동네 사람들 간에는 마찰이 자주 있었고, 심술이 사나운 사람들은 스님들에게 동냥은 못 줄망정 쪽박을 깬다는 식으로 행패까지 부렸다. 이런 일이 자주 있다 보니 출가하여 심신을 닦는 스님이라도 마음이 아직은 아라한*에 미치지 못해서인지 동네 사람들에게 보복할 마음을 먹게 되었다.

그러던 어느 날 여름이라 동네 사람들 여럿이 정자나무 밑에서 쉬고 있는

---

*아라한 : 득도한 스님.

데 겉모습만 봐도 고승 같아 뵈는 스님이 옆에서 같이 땀을 식히고 있다가 지나가는 말로 손가락을 가리키며 저기다 돌로 탑을 쌓으면 이 부락이 부귀는 누릴 수 있을 텐데 하고는 순식간에 사라져 버렸다. 이것을 보고 있던 마을 사람들은 동네 사람들을 총동원하여 돌탑을 쌓았다. 그런데 이 돌탑을 쌓은 뒤부터 마을에 재앙이 돌기 시작해 전염병이 끊이지 않고 흉년이 반복되어 살기가 어려워졌다고 한다. 그러나 이 동네 사람들은 이런 일의 원인을 알 수 없어 팔자려니 하고 살 수밖에 없었다.

그 후 아주 오랜 세월이 흐른 뒤 어느 도인이 이곳을 지나다 동네 사람들의 하소연을 듣고 하는 말이, 이 마을의 지리는 배처럼 생겼는데 배는 가벼워야 물 위에 잘 뜨고 잘 달릴 수 있는데 배 위에다 돌탑을 쌓았으니 배가 가라앉을 수밖에 더 있겠느냐, 그러니 마을에 재앙이 드는 것이라 했다. 그제서야 마을 사람들은 이제껏 자기들이 겪은 고생이 인과응보(因果應報)라 생각했으며, 이렇게 돌탑을 쌓게 된 후 이곳을 돌탑말이라 불렀다.

이 돌탑은 최근까지 있었으나 땅 임자가 치워 버렸다 한다. 그러나 이런 돌탑은 전국적으로 마을의 수호신 또는 성황당의 역할을 했었음을 볼 수 있다.

### ■ 도리실(挑李室)

성서에 있는 작은 마을로 돌탑말의 서북쪽에 있다. 도리실은 원래 도리산이었는데, 어느 때인가 도리산은 실전되고 도리실로 변했으며, 이 도리실은 도리산 안에 있는 큰 골짜기이다. 그리고 실(室)자가 들어 있는 마을은 용인에만 12군데가 있는데 이곳으로 피난하면 모든 재난을 면할 수 있다는 길지로 십승지지 같은 곳이다.

도리실의 유래는 이곳이 동양에서 전설적 이상촌으로 일컬은 동천복지와 같이 복숭아와 배꽃이 만발한 것처럼 아름답기에 불려진 이름이다.

도리산은 지금 잡목만 우거진 별 볼일 없는 산이 되고 말았지만 해방 전만 하여도 노송숲이 너무나 아름다워 일인들이 이곳 흙까지 파갔다는 말이 전하며 송이버섯이 났었다는 촌로의 증언이 있다.

### ■ 성불(成佛)

성불은 성서의 돌탑말에서 서쪽에
있는 마을로 형제봉 바로 밑에 있다.

성불의 유래는 이 마을이 있는 골짜
기 이름을 따서 부른 것이다. 그리고

성불의 초입에서 찍은 성불의 모습

성불이라는 지명은 이곳에 있던 성불사라는 절 이름에서 유래한 것이다. 그
러니 마을의 유래는 성불사가 있었던 동네라는 뜻이다.


### ■ 원촌(院村)

원촌은 수지읍 소재지에서 43번 국도를 따라 망가리를 넘으면 나오는 첫
동네를 이른다. 이 부락의 유래는 이곳에 있는 정암 조광조 선생의 위패를 모
시고 후학을 가르치던 심곡서원이 있기에 서원이 있는 동네라는 뜻으로 서원
(書院)말이라고 불렀다. 그리고 원촌(院村)은 심곡서원의 원(院)자와 마을 촌
(村)의 합성어이다. 또한 이 부락은 길(道)과 골에 따라 또다시 절골말, 대장
간말, 서원말로 부른다.


- 절골말 : 서원말 길 건너 맞은편에 있는 동네로 예전에 이곳(전 119-1, 전
  118-4번지) 부근에 이름과 연대는 알 수 없으나 절이 있었던 마을이라 절
  골말이라 한 것이다. 이곳에는 절터에 축대와 기왓장 그리고 우물이 아
  직도 남아 있다.
- 대장간말 : 절골말과 깊은말 중간에 있는 마을로 얼마 전까지 이곳에(대
  377-2번지) 대장간이 있었기에 붙여진 이름이다.
- 서원말 : 서원이 있는 마을이라는 뜻이다. 절골말과 대장간말의 길 건너
  맞은편에 있다. 이 서원의 이름은 심곡서원이다. 심곡서원은 정암 조광
  조 선생의 묘소가 있는 곳이 심곡이요 서원의 바로 길 건너이기에 붙여
  진 이름이며 정암 선생을 기리기 위하여 후학들이 세웠고 조정에서 사액
  한 서원이다. 선생을 위한 서원이 처음 건립된 것은 선조9년 심곡서원으

로부터 동쪽으로 약 10리 되는 죽전리에 세워 포은 정몽주 선생과 같이
모셨으나 임진왜란으로 소실되어 후에 다시 이곳에 건립되었다.


### ■ 깊은말(深谷)

깊은말은 1914년 행정구역이 통폐합되기 전에 가산, 서원말 등과 함께 상
리(上里)였다. 상리란 윗동네란 뜻인데 상리의 유래는 망가리(막은가리)의
유래에서 보듯 이곳에 비가 오면 이 고개를 중심으로 물이 남북으로 갈라지
는 기점이기에 상리(上里)라 했던 것이다.

깊은말의 유래는 상리에 반대되는 낮은 곳이라는 의미가 있는데, 어떤 곳
에 보면 이곳이 온통 산으로 둘러싸여 깊은 곳이라 했다 하나 현지의 상황은
그렇지 않다.


### ■ 옹암(甕岩)

옹암은 서원말에서 43번 국도를 따라 수원 쪽으로 가다 나오는 첫 동네이
다. 이 동네에서 가산으로 가는 곳에는 고개가 있고 이 고개 우측으로 바위
하나가 있다. 이 바위 이름이 옹암이다. 먼저 옹과 암의 글자 뜻을 풀어보면,
옹(甕)은 독(항아리)이요. 암(岩)은 바위이니 이 두 글자를 합치면 독같이 생
긴 바위라는 뜻이다. 그러나 이 바위는 그리 크지 않고 예전에 쓰던 쌀독에
비교하면 대여섯 배쯤 된다.

이 동네의 유래는 독바위가 있는 마을이라 하여 바위에 이름을 따서 옹암
이라 한 것이다. 이 마을에는 마을명뿐 아니라 고개 이름까지 독바위고개라
했다. 또한 이 마을에는 길마재 줄다리기라는 민속이 전승되고 있으며 깊은
말 뒷산에는 정암 조광조 선생의 묘소와 장수바위가 있다.


### ■ 무너미

상현리 대 670-9번지 일대는 독바위 부락의 일부이나 이는 행정구역상 명
칭이 그럴 뿐 사실은 무너미라는 별도의 이름을 가지고 있다.

다시 말해서 독바위 고개에서 내려온 산줄기가 독바위 부락 뒤를 싸고 돌다 무너미에서 코허리처럼 약간 숙였다가 다시 신하리 뒤를 돌아 짧은 줄기는 회골말 좌측으로 긴 줄기는 구석이를 지나 신대 저수지까지 닿았다. 그리고 이 무너미로는 독바위에 가산평과 갱골 사이를 지나 여수내로 가는 길이 나있다.

무너미의 유래는 물이 고개를 넘어갔다 하여 생긴 것인데 물의 성질이 높은 데서 낮은 데로 흐르게 마련인데 어떻게 턱이 진 고개를 넘어갔는지 알 수는 없으나 어떻든 넘어갔다고 한다. 이것을 추측해 보건대 소위 세상에서 말하는 천지개벽 때가 아닌가 짐작할 뿐이다. 아니면 앞으로 그런 일이 일어날 것이라고 예언적으로 얘기하는 사람도 있다. 그때도 개벽이 되어야 하겠지만 용인시에는 여기 말고도 용인남리에 므너미라고 하는 곳이 또 있다.


### ■가산

가산은 한문으로 가산(架山) 또는 가산(稼傘)으로 병행해 쓴다. 그리고 가산 지명으로 가산골과 가산 부락이 있다.

가산골은 매봉 뒤편 서쪽 골짜기로 지금은 군부대의 주둔지이며, 가산 부락은 독바위고개와 진고개 사이 밑에 있는 마을명이다.

이곳 가산골의 유래는 가산에 있는 골짜기라는 뜻이다. 그러나 가산이라는 산명이 실전되었으나 사실은 산의실과 두렝이 가산골 가운데 있는 산이 가산이었다. 가산의 가산(稼山)이라는 뜻은 노적봉과 같은 의미이며, 위에 산이 이와 비슷하기에 붙여진 이름이다. 가산이라는 산이 있음을 증명하는 것으로는 이 고개 북쪽(성서 유치평)으로도 가산골이 있으며, 이의동 산의실(山宜室, 부락이 산으로 변했음)이라는 지명은 가산에서 연유되었고, 이는 가산 밑에 있는 마을이라는 뜻이다.


### ■산의실(山義室)

산의실의 원래 이름은 산의곡(山宜谷)이었다. 그리고 산의실의 '의' 자는 '宜' 또는 '義' 자를 쓴다. 산의실의 유래는 산의곡에 세종의 장인이었던 심온공이 유배지인 수원에서 자진한 후에 이곳에 모신 후 후손이 묘하에 살면서 산의곡이 산의실로 변한 것이다. 그리고 실(室)은 좋은 피난지를 말하는데 용인에는 12실*이 있다.

### ■ 시룡골

수지읍 풍덕천리에서 43번 국도를 따라 수원 쪽으로 가다 보면 상현리가 나오고 다음이 수원시 이의동이다. 이곳은 불과 얼마 전까지만 해도 수지읍

현 시룡골의 기원이 된 혜령군의 신도비

의 일부였으나 수원시로 편입되었다. 이 이의동의 처음 부락이 산의실이요, 산의실에서 산의초등학교를 지나 작은 고개를 넘어가면 그곳에 마을이 나오는데 이 마을 이름이 시룡골이다.

이 마을의 유래는 조선 세 번째 왕이었던 태종의 열두 왕자 중 아홉째 왕자인 혜령군(惠寧君)의 묘를 이 마을 부근인 이의동 임 243번지에 쓰면서 그의 군호(君號)인 혜령군의 묘가 있는 골짜기라 하여 혜령골이라 하다가 이것이 시령골이라 변했다고 본다. 그러나 현지 사람은 시령굴이라 발음한다. 이에 더불어 혜령군에 대하여 간단히 소개를 곁들여본다.

혜령군은 휘(諱)는 지(祉), 자는 선여(善餘) 호는 동계(凍溪)이다. 태종7년 정해 3월 생, 세종22년 경신 6월 25일 나이 35세에 졸했다.(군은 처음 수원 동문 내 자좌(子坐)에 모셨다가 세종25년 왕의 특명에 따라 현재 자리로 옮겼

---

*용인의 12실 : 실(室)은 비기에 나오는 피난지이다. 다시 말해서 전란이나 사화, 질병 등의 어지러운 세상에서 몸을 피하고 재산을 안전하게 지킬 수 있는 피난처가 용인에는 열두 군데가 있다고 한다. 이 말은 예전부터 용인 지역에서 구전되어 내려왔다. 현 용인시에는 20개의 실이 있으나 여기서는 옛 용인현의 범위만을 발취하였다. 유방동 : 버드실(柳谷), 지장실(地藏室) / 포곡면 : 유실(留室), 가실(稼室). 마가실(瘋柯室), 가마실(釜谷), 어매실(魚梅室), 쇠내실(金川谷) / 이동면 : 노루실(獐谷) / 남사면 : 아리실(牙利室) / 구성읍 : 소실(韶室) / 수지 : 산의실(山宜室 : 지금의 수원시 이의동)

다. 군은 세종에게는 이복동생으로 군이 일찍 죽은 것을 왕은 몹시 슬퍼했다고
하며 이런 관계로 다음날 좋은 자리를 찾아 이장이 이루어 졌을 것으로 본다)

　군의 계(階)는 가덕대부(嘉德大夫) 증, 시, 양희공 고종9년(임신)에 영종정
경(領宗正卿)에 추봉(追封). 부인은 낙안군 무송 윤씨(茂松 尹氏)로 태종5년
을유탄생, 세종24년 임술 11월 3일 졸했다. 군의 시의 내용은 이러하다.


　인사 유공왈 양이요, 자인 단절왈 희라.(因事 有功曰 襄, 慈仁 短折曰 僖)


　슬하에 일남을 두었으니 체천군(體泉君), 손자는 축산군(竺山君)이다. 아
들과 손자의 묘는 다른 곳에 썼다가 혜령군 묘하로 이전했다.


### ■ 방죽안

　방죽안은 이의동 산 111-1번지 밑에 있는 마을로 안산고속도로 톨게이트
맞은편이요 산의초등학교 뒤다. 이 마을의 유래는 이 마을 아래에 방죽이 있
었기에 얻은 이름이다. 그러나 그곳이 어디인지 크기가 얼마나 되었는지는
정확하지 않고 다만 기록과 짐작뿐이다. 용인현지를 보면 지내면에는 입동
제언(笠洞堤堰)*이 있다고 나와 있는데 이곳은 현(지금의 구성면 소재지)에
서 15리요, 주위는 467척, 길이가 230척, 넓이가 84척, 깊이가 4척 2촌이라 했
다. 이것으로 보아 지내면에는 입동제언이라는 방죽이 있었으나 지금에 와
서는 지명을 고증할 수가 없다. 이것 외에도 용인현에는 다섯 곳에 방죽이 있
고 수지읍에도 군기동 제언이 있었다.


### ■ 큰안골(大內曲)

　큰안골은 산의실에서 산의초등학교를 지나 남쪽으로 조금 가서 있는 마을
로 이의동 산 120-1, 119-1, 20번지로 둘러싸여 있는 마을이다. 그러나 이 마을

---

* 제언 : 요즘말로 댐이라고 봄.

을 큰안골로 알고 있는 사람은 거의 없고 지금은 시룡골로 불리고 있다. 큰안 골이란 옆에 있는 작은 안골과 대칭되는 말로 이곳이 작은안골보다는 주위가 더 넓고 깊은 곳에 있다는 뜻이다.


■ 동역(東域)

동역은 산의실에서 여수내 가는 길목에 있다. 동역의 유래는 이 마을이 이의 리 동쪽 경계에 있다는 뜻이다. 즉 하리와 맞닿은 곳이기에 붙여진 이름이다.


■ 두랭이

두랭이는 원래 두능이었다고 한다. 두능이라는 말은 능이 두 개가 있다는 뜻으로 두능이가 두랭이로 변했다는 것이다.

능은 왕의 묘이다. 우리나라에서는 좋은 묘자리를 통칭해서 능이라고 했다. 여기서 두능은 산의실의 심온 선생과 두랭이에 있는 황산(황씨묘)을 가리킨 다. 지금의 경기대학 뒤에 있는 두리봉(杜里峰) 골짜기에 있기에 두랭이라 했 다는 설도 있다. 두랭이는 아홉 골짜기에 아홉 마을이 있는 아름다운 마을이다.


■ 쇠죽골

쇠는 소(牛)를 말한다. 죽은 볏짚이나 풀을 끓여주는 소의 먹이다. 그러니 까 쇠죽골은 소의 죽통을 가리킨다. 여기 쇠죽골은 이의동 두랭이 골짜기 중 에 하나인데 광교터널 쪽이다. 이곳의 지명 유래는 이 부근에 있는 소위 황산 (황씨네 묘가 있어서 붙여진 이름)을 와우혈이라고 하며 이 와우혈 머리쪽에 있는 골짜기에 해당되기에 붙여진 이름이다. 즉 구영에 해당된다.


■ 벌말(中村)

벌말은 이의동 의상 부락 중 한 곳이다. 이 마을은 전나무쟁이에서 병목회 를 지나 맨 처음 만나는 마을로 벌말이라 부르는데 한역으로는 중촌이라고도 한다. 그리고 벌말의 벌은 벌판의 준말이요, 벌말은 벌판에 있는 마을이며, 중촌이란 가운데 있는 마을이라는 뜻이다. 벌말의 유래는 위의 뜻과 일치한다.

### ■중말

중말은 가운데 있는 마을이라는 뜻이다. 중말은 이의동에 있는 두랭이와 버들치고개 밑에서 우측 매봉 가산골 아래 있는 마을이다. 다시 말해서 안골 건너 마을이다. 중말의 유래도 위의 뜻과 같다.

### ■안골

벌말서 버들치고개로 오다 보면 좌측으로 성주골로 들어가는 길이 나오고, 이 길 말고 그냥 버들치고개로 조금 올라서면 좌측으로 있는 작은 동네가 안골 마을이다. 안골의 유래는 두랭이에서 가장 안쪽에 위치해 있는 골짜기라는 뜻이요, 골의 이름이 그대로 마을 이름으로 자리잡은 것이다.

### ■신하리 부락

이 마을의 원래 이름은 길마재였다. 이 마을을 길마재라 한 것은 이 마을이 길마재 고개 밑에 있기에 고개명이 그대로 마을명이 된 것이다. 그러나 지금 와서는 이 마을을 길마재라 하지 않고 신하리 또는 상여천이라고 부르는데 그 유래가 재미있다.

길마재 부락은 작은 언덕을 사이에 두고 있었지만 예전에는 독바위 부락과 한마을이었다. 그런데 길마재 주민의 한 사람인 김생원이라는 사람이 있어 성질이 까다롭고 괴팍하기가 예사가 아니었다. 그러다 보니 개인과 개인 사이는 물론이고 마을과 마을 사이에서도 이 사람으로 인하여 끊임없는 분란이 일어났다. 이런 일이 거듭되니 참고 참던 독바위 사람들은 더 이상 길마재 사람들과 한동네로 살고 싶지 않다는 탄원을 여러 차례 관가에 내게 되었다. 이로 인하여 관가에서는 길마재를 상현리에서 떼어 하리로(지금의 하동) 편입 시켰다. 그래서 얻은 이름이 신하리이다.

신하리란 하리에서 새로 들어온 신참이라는 뜻이다. 그리고 상여천이라고 하는 것은 하리에 흐르는 내를 려천(麗川)이라 하는데 우리말로는 여수내라고도 한다. 이 려천의 위를 상려천, 아래를 하려천이라 했는데, 이곳이 윗동네이기에 상려천이라 하는 것이다. 이는 며느리가 미우면 그 발뒤꿈치가 계란 같다고, 사람 하나 때문에 그 마을까지 쫓겨난 꼴이 되었다.

### ■ 호곱말

호곱말은 신하리 산등성이 너머에 있는 마을이다. 이곳은 원래 마을이 없던 곳이었다. 그때는 이곳 이름이 쇠꼴이었는데 이는 마을 아래에 있는 저수지를 막기 전, 저수지가 앉은 복판에 있던 마을에서 이곳으로 와 쇠꼴을 베어가던 곳이었기에 부르던 이름이다. 그 후 저수지를 막으면서 이주하는 주민 일부가 이곳에 와서 터를 잡아 마을이 생겼다.

호곱말의 유래는 이곳 지형이 배꼽처럼 오목하다는 데서 붙여졌다고도 하고, 이 마을 동쪽 산비탈에 있는 바위 이름을 땄다고도 하는데, 하나는 지형의 생김새에서 하나는 전해 내려온 전설에서 붙여진 것으로 본다.

그러면 바위 유래만 간단히 적어 본다. 이곳 바위는 겉으로 드러 난 바위가 아니라 흙 속에 박혀 있다. 그런데 이 바위가 독바위에 있는 독바위와 싸움이 붙었다.그러나 덩치는 작지만 원래 독하기로 소문난 독바위한테 매만 실컷 맞고 지고 말았다. 진 것뿐만 아니라 어떻게 눈 위를 심하게 맞았는지 큰 혹 하나를 달게 되었다. 그래서 이 바위를 혹바위라 불렀단다. 그리고 이 바위가 있는 마을이라 해서 혹바위 마을이라고 하다가 이 말이 줄고 변하여 혹곱말이라 했는데 발음대로 쓰다 보니 호곱말이라 했다 한다. 또 하나는 이 마을 부근에 있는 회꼴고개에서 연유했다고 하는데 이것이 정설일 것이다.

### ■ 거리(巨里)＊댕이

거리(巨里)는 요샛말로 한길이라는 뜻이다. 여기는 신대 저수지 위로 지금

---

＊거리의 예 : 삼거리, 사거리. 그리고 댕이라는 말은 비하의 뜻을 가지고 있다.

은 안산 고속굴다리 지경(부근)에서부터 삼막골 반대편인 고개 밑까지를 이른다. 이 길 좌측 산을 족보에 거리로 표기한 문중이 있다.

이곳은 용인시가 용인현으로 있었고 하리, 이의리가(지금의 하동, 이의동) 지내면 일부였을 때 수원 사람들이나 이의리 그리고 하리 일부 사람들이 현청에 있던 구읍내(지금의 구성 면소재지)를 다니던 큰길이었다.

대략 노정은 뒷고개 — 전나무쟁이 — 산의실 — 동녘 — 아래진고개 — 구석이 — 거리댕이 — 삼막골 — 삼거리이다.


■구석리(龜石里)

구석리는 지금 사람들이 구석이라고 브르고 있으나 이는 구석리의 리가 발음나는 대로 '이'로 쓰고 있기 때문이다. 구석리는 하동 신하리와 신대 저수지 사이에 있는 마을의 이름으로 이십여 호의 농촌마을이다.

구석리(龜石里)의 유래는 거북바위가 있는 등네라는 뜻이나 지금은 바위도 지명 유래도 다 찾아볼 수 없다. 또한 이곳의 지명을 유추해 볼 수 있는 근거로는 실제 이곳을 구석리(九石里)로 쓰기도 했다.

석은 곡식의 량을 따지는 단위인데 아홉 석은 요즈음으로 열여덟 가마이다. 그러니까 여기서 열여덟 가마는 수확량이 아닌 씨앗으로 보며 이곳이 작은 마을임에도 논이 많아 볍씨를 열여덟 가마나 필요했기에 마을의 풍요를 숫자적으로 나타냈다고 보는 것이다.

이 마을에는 예전부터 마을 앞에 많은 논이 있었다. 그것도 장마가 져야 모를 심는 천연 답이 아닌 고래실*논을 가지고 있어 산골이었던 이곳에서 인근에 부러움을 샀고 그래서 이런 이름을 얻게 되었다고 본다.


■새터

새터는 하동 신하리 바로 밑으로, 뒤로는 하동산 210-1번지에 있다. 마을

---

*고래실 : 물 걱정을 안 하는 기름진 논.

앞으로는 신하리에서 금광부락으로 가는 길이 있으며 마을 등성이너머 구석이 마을이 있다. 새터의 유래는 최근에 새로 생긴 동네라는 뜻이다. 비슷한 말로 새말, 신촌, 새터말 등이 있다.

### ■ 금광(金光)

금광 부락은 하동에 있는 부락 중 하나이다. 이곳은 하동 상여천에서 하동 벌말로 가는 길목에 있다. 전에는 금광 하면 테미, 벌말, 아래여수내 마을을 포함하는 자연부락의 이름이었다. 금광부락의 유래는 이 부락에 금을 캐는 광산이 있었기에 붙여진 이름이라고 한다. 그러나 이곳에서 금을 캐는 것을 본 사람은 없고 이 마을 아래에 있는 하동 산 440번지에서 캐는 것을 본 사람이 있다.(전무일 씨) 그리고 마을 전체에 광맥이 있다고 한다.

어느 사람의 말로는 이 부락에서 금광주리가 나와서 금광 부락이라 했다고 하며, 전체 부락을 금광이라 한 것은 이곳에 살던 이아무개가 마을 유지로 있다 해서 그 사람이 사는 곳을 금광이라 했다는 설도 있다.

### ■ 테미

이 마을은 신대 저수지 뚝방 오른쪽에 있는 마을이다. 마을의 터가 넓지 않아 더 커질 수 없는 작은 마을이다.

테미라는 말은 터가 테가 된 것으로 집터가 좋은 곳이라는 뜻이다. 원래 이곳에는 큰 부잣집이 있어서 유래되었다는 설이 있다.

### ■ 여수내

여수내 부락은 이의동 동녘 부락 바로 아래이며 원천 저수지 위에 있다.

이 마을의 유래는 이 마을 앞으로 흐르는 내가 여수내인데 내의 이름이 그대로 마을 명이 된 것이다.

### ■ 벌말(坪村)

벌말은 하동 신대 저수지와 금광 마을 밑에 있는 마을 이름이다. 여기서 벌(坪)이란 들보다는 더 넓은 평야란 뜻이다. 그러니까 이 마을은 평야지대에 있는 마을이라는 뜻이다. 벌말의 유래는 이곳의 이름 그대로의 뜻과 일치한다.

### ■ 하여천

하여천 부락은 지금의 하동 가장 아래에 있다. 하여천의 유래는 려천(麗川)의 아래라는 뜻이다. 하여천의 반대로 위에는 상여천이라는 마을이 있다.

이 부락은 예전에 원천 저수지 수몰 전에 살던 사람이 이주했거나 원천 저수지가 유원지가 되면서 들어온 사람들이 많다.


## 수지를 품은 산

### ■ 광교산(光敎山)

광교산은 수지의 진산으로 해발 582m이며 가장 높은 정상은 푯대봉이다.(이곳에는 일제 강점시 우리나라 강토를 측량할 때 기점으로 삼았던 십자 표시의 돌을 세웠기에 붙여진 이름이다.)

푯대봉에서 바로 옆으로는 시루봉이 있고 고기리 손이터 뒤편에는 손허산이 있고, 신봉리 서봉 부락 위에는 종루봉이 있으며, 신봉리와 동천리의 경계를 이루며 풍덕천에서 멈춘 곳에는 검드레산이 있다.

그리고 푯대봉에서 우측 산줄기로는 가운데봉과 형제봉이 있으며 형제봉에서 두 줄기로 갈라져 그 중 신봉리와 성복리를 경계로 정평 뒷산을 이룬 곳에 심방산이 있다. 다시 성복리와 이의동 경계를 이루는 줄기에는 매봉산이 있으며 이 산이 망가리를 뛰어넘어 소실봉이 되었고 다시 북쪽으로는 이진산이 있다. 푯대봉 좌측으로는 험마산, 백운봉, 바라산이 있으며 죽전리 주봉으로는 자지산(紫芝山)이 있는데 이 모든 산과 봉은 광교산 자락의 일부이다.

이렇게 광교산에서 부채살처럼 뻗어내린 골짜기로 형성되었기에 수지는 광교산이요, 광교산은 수지라고 말할 수 있다. 물론 광교산을 경계(境界)로 타도시가 있지만 이곳들은 지형적으로 볼 때 광교산 등 위에 있다고 할 수밖에 없다.

광교산의 원래 이름은 광악산(光嶽山)이었다. 고려 야사에 의하면 서기 928년 고려 태조 왕건이 후백제 견훤을 친정하고 귀경하는 길에 광악산 행궁에서 군사들을 위로할 때 이산에서 광채가 하늘로 솟아오르는 광경을 보고 부처님이 가르침을 주는 산이라 하여 광교산이라 사명하였다고 한다.

그러나 고지도에 보면 광교산 말고도 서봉산(瑞峯山)이라 나와 있는 곳도 있다. 어찌보면 빛 광(光)자와 빛날 서(瑞)자는 음은 다르나 뜻은 같다고 할 수 있다.

한때 이 산에는 수지 쪽에 서봉사(이곳에는 보물 9호인 현오 국사 탑비가 있다) 그리고 성불사와 수원 쪽으로 창성사를 비롯한 89개나 되는 사찰과 암자가 있었을 만큼 유명한 산이었으나 임진왜란으로 서봉사를 비롯한 89개나 되는 사찰이 불타고 부근 사람들이 대부분 희생당함으로서 수백 년을 이름 없는 산으로 전락해 왔다.

그러나 이 산은 한수 이남에서는 관악산 다음으로 높고 옛날에는 5개 부읍 주민들에게 땔나무를 비롯해 나물, 약초 등 생활의 긴용한 공급처였으며 지금에는 4개 시의 중앙에 있어 옛날의 명성을 되찾아가고 있다.

광교산 시루봉

광교산

　그렇지만 이 산에 대한 진면목을 알기 위해서는 이 산과 부근 일대의 충분한 자료수집과 발굴 및 이 산에 살고 있는 동식물에 대해서도 연구되어야 할 줄로 안다. 그만큼 이 산은 지정학적 중요성과 역사학적 가치가 있는 곳이며 또한 다양한 동식물이 서식하고 있음을 간과해서는 안 될 것이다.

### ■ 간태산(검드레산)

　간태산은 수지읍 신봉리와 동천리 경계에 있는 산으로 높이는 233m이다. 간태산은 이 산의 옛 지명이고 지금은 검드레산 또는 건드레산이라고 한다.

　이 산의 유래는 멀리 임진왜란으로 거슬러 올라가는데 이때 전라, 충청, 경상 3도 근왕병이 왜적을 쫓아 올라오다 풍덕천과 구성 경계에 있는 이진산 정상에 있는 왜적의 소루를 발견, 이들을 섬멸코자 간태산에다 진을 쳤다.

　그런데 그때 우리나라 병사들은 훈련을 받은 정규군이 아니라 급시에 모집한 백성들이라 복장은 집에서 입었던 그대로 구구 각색이며 무기 또한 농사 짓던 농기구와 몽둥이 등이었다. 이래 놓으니 이들은 규율이 없어 전쟁을 하러 가는 병사가 아니라 놀러 가는 놀이패와 같았다.(유성룡의 징비록에서 )

　이렇게 정신이 흐트러진 사람을 건달, 건들댄다고 하는데 이때 우리나라 병사들의 모습이 이러했고 결국은 1/25의 병사의 우세함 속에서도 패하고 말았다. 이 전쟁이 있은 후부터 이 산의 이름을 우리나라 병사들이 건들건들하다 패한 산이라 해서 건드레산이라 했다 한다. 한편 상손곡에서는 이 산에 구

검드레산

검드레산에 있는 사패지지 경계석

름이 끼면 비가 온다고 해서 검드레산이라고 부른다.

그리고 이 산의 유래와는 관계없는 일이지만 근왕병이 이 산에 둔병하여 남한산성에서 외롭게 농성중인 인조를 돕기 위해 싸운 곳으로 병자호란 중 우리나라가 이긴 유일한 전투였다. 그때 장군이 구축한 진이 둥근 방진이었는데 이 방축으로 인해 산 아래 있던 마을을 방축골이라 했다가 나중에 방죽골이 되었다는 얘기가 있다.(토월을 방죽골이라고 했다 — 이하 생략)

또한 근래에 와서는 이곳이 충정공 민영환 선생의 유택이 있었던 곳이다. 선생이 을사조약에 반대하시고 자결하시자 나라에서 이 산 부근 일대를 사패지로 주어 선생을 모신 것이나 일인들과 앞잡이의 모함에 의해 이 땅이 다른 사람에게 넘어가자 유림들에 의해 지금의 구성 언남리로 이장케 된 것이다.

그때 사패지 경계석이었던 표석이 산 정상과 우측 허리에 남아 있다. 표석의 내용은 '여흥 민씨 사패지지' 라고 되어 있다. 눈여겨보아둘 일이다.


### ■ 심방산(尋訪山)

심방산은 풍덕천리 정평 부락의 뒷산이다. 수지지역이 개발되기 전까지만 하여도 정평 부락은 관내 자연 부락 중 좋은 마을이 갖추어야 될 조건을 가장 많이 가진 동네였다. 그 중에 하나가 이 동네 서북에서 북풍을 막아주던 심방산이었다.

이 산은 풍수로도 마을의 번영을 가져다준 진산으로 큰 역할을 했다. 그렇기에 수지읍에 신교육을 위한 최초

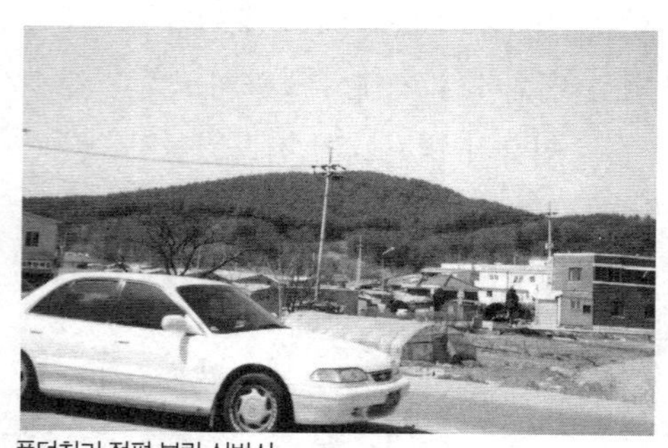

풍덕천리 정평 부락 심방산

의 학교를 설립할 때도 이 산 기슭에다 지은 것이 결코 우연이 아니었다. 이 산의 유래는 다음과 같은 사연이 있다.

이성계가 1392년(壬申) 조선 태조로 개국할 때 고려의 72인의 충신열사들은 이조를 섬기지 않고 개성 동남쪽에 있는 고개(지금의 不朝峴)에 조복을 벗

어놓고 삿갓으로 바꿔 쓰고 두문동에 들어갔다가…… 그 후 각지로 흩어져서 제각기 여생을 마쳤는데 그 중에 여러 유신이 광교산, 청계산, 양광주의 여러 산으로 편력하며 숨어 살았다. 이들은 망천(忘川)이고, 송산(松山) 조견, 둔촌 이집, 목은 이색, 도은 이숭인, 야은 길재, 은곡 원천석, 서견이었다.

　이들 말고도 윤충보의 행적이 나타나지 않지만 석탄(石灘) 이양중, 암탄(巖灘) 이양몽 등은 광주에서, 이중인 등은 용인에서 숨어 살았다.

　이때 구신은 흩어지고 새로이 실시한 과거에는 응시하는 사람이 없어 구신을 찾아다니며 조정에 나와 치사하기를 간청하였으나 그들은 더욱 깊은 산속으로 숨어들 뿐이었다. 이때에 이들 유신 중 한 사람(이름은 전하지 않음)이 이 산에 숨어 살았는데 조정에 나오기를 간청하기 위해 조정의 사자가 찾아왔었다 하여 심방(찾아왔다는 뜻)산이라 했다 한다.


### ■ 이진산(夷陳山)

　이진산(夷陳山)은 예진봉(古陳峯) 또는 임진산(壬辰山)이라고도 부르는데 부근 사람들은 이질산이라고 한다.

　이 산은 수지읍 풍덕천리와 구성면 보정리 경계에 있다. 높이는 140m이다.

　이 산의 유래는 산명에서 보듯이 이진산(夷陳山)은 동쪽 오랑캐가 진을 쳤다는 뜻이요 예진봉(古陳峯)은 예전에 진이 있었다는 뜻이요 그리고 임진산(壬辰山)은 임진년(선조25년 1592년)에 이 산에서 싸웠다는 것이니 이 산은 임진왜란과 깊은 연관이 있다.

　1592년(선조25년 임진) 한성을 점령한 적은 동래로부터 경기에 이르기까지 20~30리 지점마다 험한 곳에 웅거하여 영채를 설치하고 지켰는데 밤에는 횃불로써 서로 응하고 낮에는 징이나 북을 쳐서 응답했다고 한다.(제조방번지에서)

　물론 이렇게 한 것은 본국과의 보급 통로와 통신 연락을 위해서였다. 용인현지(縣誌)에서 이것을 왜루(倭壘)라 했으며 위치는 현(縣, 구성면 소재지) 북쪽 10리 대로상 산록이라 했다.

이때(임진년 5월) 전라감사 이광이 병사 최원에게 전라도를 지키라 하고 스스로 4만 군사를 거느리고 나주목사 이경복을 중위장을 삼고 조방장 이시지를 선봉으로 하여 용안에서 강을 건너 임천길을 거쳐 전진하였다. 곽영은 2만 명을 거느리고 광주목사 권율을 중위장으로 삼고 조방장 백광언을 선봉으로 삼아 여상길을 거쳐 금강을 건넜다.

그리고 경상우감사 김수는 수하 군사 수백을 거느리고, 충청감사 윤국형은 수만 명을 징발하고, 충청방어사 이옥과 병사 신익도 수만 명을 거느리고 근왕하기를 서로 약속하여 같은날 일제히 전진하니 10만 군사라 하였다.

삼도순찰사가 거느린 근왕병이 용인에 이르러 북두문산 위를 바라보니 적의 작은 진루(陳壘)가 있었다.(유성룡의 징비록에서 )

전라순찰사 이광이 군사를 점고하여 충청순찰사 윤국형으로 더불어 합병하여 나오니 경상순찰사 김수 또한 군관 수천을 거느리고 와 모이니 합하여 5만이라 용인에 이르러 북두문산에 적이 있음을 바라보고 이광이 치고저 할 때(조야희통에서)······.

이 전투가 있은 뒤 이 산명이 원래 북두문산(北斗門山)에서 이진산, 고진봉, 임진산 등으로 변경되어 불리게 된 것이다. 그러나 지금에 와서는 북두문산이란 지명 자체가 실전(失傳)되어 용인 싸움의 지명이 구구하다. 그러니 이진산이 북두문산이라는 것을 아는 사람이 별로 없다.

이렇게 된 것은 임진왜란 이후 다른 이름으로 오랫동안 불려오는 바람에 자연히 그리된 것이지만 실전한 북두문산을 고증할 수 있는 여러 자료가 있으니 그것은 용인군 지지(龍仁郡 地誌)를 보면 정평리(지금의 정평 부군)에 북두평이라는 들이 있다고 나오는데 이 북두와 북두문산에 북두와 한문글자가 같을 뿐 아니라 북두평은 북두문산 북쪽으로 내를 사이에 두고 맞닿아 있다.

다시 말해서 북두평은 풍덕천 서쪽에 있는 풍덕교를 건너 수원 쪽으로 43번 국도를 따라 좌측으로 있는 들이다.(풍덕천리 전 206-7에서 풍덕천리 전 260번지 일대) 이 부근 사람들은 이 들을 북두마니들이라고 부른다.

이것 말고도 이 부근은 전쟁으로 인해 생긴 지명이 수없이 많다. 예를 들면

북두평 옆에 있는 기들기들, 풍덕천 유
래(적이 북두문산에서 밑으로 흐르는
풍덕천으로 떨어져 죽는 소리가 풍덩
풍덩해서 풍덕내라 했다 함) 그리고 군
량들, 건드레산(조선 군사들이 진을 쳤

성복리 응골 뒷산에서 바라본 이진산

던 산으로 조선 군사들이 하도 건들건들해서 건드레산이 되었다고 함), 또 이
때 싸웠던 문소산 등이 있으며 이들은 이 산과 맞닿아 있다.

최근에는 이 산에서 임진왜란 때 조선 군사가 사용했던 총통 2문이 나왔다.
이것 말고도 전부터 이 산에서 화살촉, 조총 등이 많이 나왔다. 그러나 종합
적으로 북두문산이 실전하게 된 것은 역사가 실전되었기 때문이다.


### ■ 쪽박산

작은 바가지를 쪽박이라 한다. 바가지를 엎어 논 것같이 생긴 산을 쪽박산
이라 한다.

수지읍에는 쪽박산으로 불리는 산이 둘이 있는데 고기리 산 313-1번지와
성복리 산 90번지 일대이다.

쪽박산은 다른 말로 통봉이라고도 하는데 이는 호박이나 수박처럼 둥글다
는 뜻이다. 이 두 곳의 유래는 따로 전하지 않고 산의 생김이 바가지를 엎어
논 것 같아 부른 이름이다.

그리고 명당 앞에 반드시 있어야 하는 산이 쪽박산처럼 작은 산이 된다. 이
런 산이 주산에서 멀고 가깝고 그리고 크고 작기에 따라 명당의 이름을 얻게
되는 것이다.

성복리 쪽박산은 LG2차 아파트를 짓느라고 없어졌다.


### ■ 매봉

수지읍 성복리와 상현리 경계에 있는 산으로 높이는 237m이다.

이 산 지명 유래는 이 산이 매같이 생겼기 때문이라는 설과 매의 일종인 부

성복리와 상현리 경계에 있는 매봉

엉이 수리가 서식하던 바위가 있어 이 바위를 부엉이바위라 하는데 이 바위가 있다 해서 매봉이라 했다고 주장하기도 한다.

이 산은 매봉 말고도 달맞이산, 달보는 마루턱이라 하는데 이는 부근에 사는 사람들이 정월 대보름날 이 산에 올라 달맞이를 했다고 해서 붙여진 것이다.

기록에 의하면 병자호란 당시 전라병사 김준용이 병사를 이끌고 인조가 피신한 남한산성으로 가다 청병의 제지를 받아 더 북진하지 못하고 광교산에 진병하여 보개산성에 있는 경상도병과 함께 낮에는 대포로 밤에는 횃불로 남한산성과 호응하여 사기를 높혔다는 기록(인조조 고사본말)으로 보나 여러 가지 정황으로 보아 그 당시 김준용 장군이 주둔했던 곳이 이 산으로 추측된다. 그 당시 군호로 이용하던 횃불이 와전되어 달맞이 놀이로 전해 온 것으로 본다.

그리고 성복리 일부인 응골도 역시 매봉과 같은 말인데 응(鷹)은 매 응자이기 때문이다. 매봉은 그리 높지 않으나 올라서면 넓고 멀리 보인다. 이 산에는 몇 군데에 절터와 부엉이바위 말고도 너구리바위가 있다.


### ■ 삼봉산

삼봉산은 상현리에 있다. 수지읍 소재지에서 43번 국도를 따라 수원 쪽으로 가다 보면 성복리 입구인 망가리고개가 나온다. 이곳에서부터 상현리인데 여기서 서쪽으로 높이 솟은 봉이 매봉이다. 그리고 조금 더 가면 대장간말 뒷산이 갓모봉이요 깊은말서부터 분투골을 돌면서 있는 봉이 방울봉이다.

삼봉산은 이 세 봉을 통칭해서 부르는 이름이다. 그러나 실제로 잘 알려진 것은 매봉뿐이며 갓모봉과 방울봉은 잘 알려져 있지 않다. 더욱이 삼봉산이란 이름을 알고 있는 사람은 드문데 그 이유는 삼봉산이란 풍수지리가들이 많이 쓰는 별칭이기 때문이다.

한 마디로 삼봉산이란 이 세 산이 하나의 명당을 만들고 있기에 붙여진 이름이다. 여기 세 봉 중 가운데 있는 것이 갓모봉인데 이 산 안에 암꿩이 알을 품고 있는 형국의 복치혈이라는 명당이 있단다.

그러나 알을 품고 있는 꿩도 가끔은 날고 싶은 충동을 느끼게 마련인데 좌측에 있는 매(매봉)가 방울을 달고 높이 떠서 꿩을 찾고 있으니 날지 못하고 그대로 엎드려 알을 품고 있는 지세이기에 이곳에 산소를 쓰면 자손이 많고 재산이 융성할 곳이라는 것이다.

그러니 삼봉산이란 지관들이 보는 지서인 것이다.(안영록 씨 제공)


### ■ 시루봉

시루봉은 광교산에 있는 봉(峯) 중 폿대봉에 이어 두 번째 높은 봉으로 폿대봉과 형제처럼 나란히 서 있다.

이 봉의 유래는 이 봉우리 꼭대기에 바위가 가마솥에 시루를 얹어놓은 것 같은 모습이라 시루봉이라고 했다 한다.

또 하나는 비가 오거나 안개가 짙게 낄 때는 이 봉우리가 보이지 않다가 날이 개거나 안개가 걷힐 때 마치 떡시루에 김이 오르는 것 같다 해서 증봉(甑峯)이라고 했다. 이 두 가지가 모두 이 봉우리를 시루봉이라 한 것의 유래이며 또한 틀린 말이 아니다.

손기에서 찍은 손허산과 뒷편에 작게 솟아 있는 시루봉


### ■ 자지산(紫芝山)

자지산은 수지읍과 구성면과 모현면 경계에 있는 산으로 높이는 327.2m이다. 일명 대지산이라고도 하는데 대지고개가 이 산 능선으로 넘어갔다.

그러나 요즈음은 이 산을 자지봉이라고 불리고 있다. 자지봉의 유래를 글자 뜻으로 풀어보면 지(芝)자는 염료를 만드는 풀이요, 자(紫)자는 붉을 자자이니 붉은 물감을 만드는 풀로 풀이된다.

내대지에서 찍은 자지산 전경

그러나 자자, 지자 두 글자를 합하여 글뜻을 풀어보면 위의 말과 아주 달라진다. 여기 자지란 뜻은 붉은 지초로 영지를 말하는 것이다. 이 산에는 예로부터 불사약으로 불렸던 영지 즉 붉은 버섯이 많이 났기에 붙여진 이름이다.

이렇게 이 산에서 영지가 많이 나는 것은 이 산 자체의 정기가 뛰어나고 또 서쪽을 바라보고 있어 낮에도 해 드는 시간이 많지 않기 때문이다.

그리고 이 산에는 여러 골짜기가 있는데 골짜기마다 이름과 유래가 있다. 그 이름을 적어 보면 큰 은행나무가 있었다고 은행나무골(향목동), 디딜방아가 있었다는 방어(요)골, 그리고 지칠골, 도장골, 평풍박골, 어름박골, 범박골 등이 있다.

### ■ 형제봉(兄弟峯)

이 산은 용인시 성북동, 신봉동 그리고 수원시 경계에 있는 산으로 높이는 442m이다. 이 산 정상에는 봉우리가 나란히 세 개가 있어 형제봉이라 하는데 보는 쪽에 따라서 두 개 또는 세 개의 봉을 다 볼 수 있으며, 두 개의 봉은 이름은 없으나 신봉리 쪽으로 있는 봉우리는 누에가 머리를 들고 있는 형상이라 해서 누에봉이라고 한다. 또한 성복리에서는 얼마 전까지도 이 산을 성지봉이라 했다. 이 형제봉 정상은 바위로 되어 있으며 누에봉은 절벽으로 되어 있다.

전해 오는 이야기로는 이 절벽에 배를 붙들어 맸던 배(舟)고리가 있었다고 전하는데 예전에는 이곳이 바다였으며 광교산과 이 산 사이로 배가 다녔다는 전설이 있다.

그리고 신라말 최치원 선생이 난세

신봉리에서 서봉 초입에서 바라본 형제봉

에 절망하여 각지를 주유하실 때에 이 산에 있는 바위에 오르셨다고 해서 문암(文岩)바위라고 했다는 말이 전해 오고 실제로 이 산의 수원시 쪽으로는 문암골과 문암바위가 있다. 그러나 최치원 선생이 바위에 올라 아래를 조망하셨다면 이 산 정상이었을 것으로 추측되며, 고운 선생이 이곳에 오신 것은 부근에 서봉사를 비롯한 명찰이 많았기 때문인데 서봉사 좌측에 종루봉도 고운 선생과의 인연으로 생긴 이름으로 전해 오고 있다.

### ■ 소실봉

소실봉(紹室峯)은 소소봉(簫韶峯) 또는 소실봉(巢室峯)이라고 하는데 수지읍 상현리와 구성면 보정리 경계에 있으며 높이는 188.7m이다.

위에서 보는 바와 같이 소실봉 이름의 한자는 각각 다르나 전하는 유래는 하나이다. 아주 오래 전에 이 땅에도 노아의 홍수가 있었던 모양이다. 하기사 중국에도 9년 홍수가 있었는데…… 그때 이 세상은 온통 물로 뒤덮여 웬만한 산까지 잠겼는데 이 소실봉 만큼은 부근 산보다 높아 산꼭대기가 조금 남았다고 한다. 그 조금 남은 봉우리가 멀리서 보니 꼭 새집같이 보였다 해서 소실봉(巢室峯)이라 했다 한다. 이 유래로 보면 세 번째 지명이 가장 맞는다.

그러나 이 산의 원래 이름은 문소산(文小山)이었다.

이광(임진왜란 당시 전라도 순찰사)이 선봉장 백광언을 시켜 용인에 가서 적을 정탐케 하였더니 적이 현(縣)의 북쪽 문소산에 진을 치고 있는데 세가 약해 보였다. 광언이 쉽게 알고 돌아와 "허술한 군사들이니 급히 쳐서 시기를 잃지 맙시다." 하고 복명하였다. 중위장 광주 목사 권율이 말하기를 "서울이 멀지 않고 대적이 눈앞에 있는데 지금 공은 도내를 쓸어 모병하여 들어와 나라를 구원코저 하지만 국가의 존망이 한 번 거사에 있으니 자중하여 만전책을 도모할 것이며 작은 적들과 칼날을 다룰 것이 아니라 오직 바로 조강(祖江)을 건너 임진강을 막아야 합니다." 하고 극력 말렸으나 이광이 듣지 않고 조방장 이시지와 선봉 수령들을 광언에거 소속시키고 싸우게 했으나 적이 나오지 않았다. 오시가 되자 아군은 기운이 풀어졌고 적이 풀 속으로 기어서 군

보정리 연안에서 찍은 소실봉

중에 들어와 좌우로 찢고 베니 광언과 고부군수 이윤인, 함현현감 정연 등이 모두 피살되고 대군의 사기가 빠졌다.(즉초 5일, 연려실기술에서)

그러나 임진왜란 당시 산명이 문소산이었던 것이 언제 어떻게 지금의 산명으로 변경되었는지 기록에 나타난 것이 없으나 그렇다고 문소산의 흔적이 아주 없어진 것은 아니다.

소실봉 북쪽으로 두 계곡이 있는데 하나는 작은 문소골(상현리 답 16-1에서 산 5번지까지) 또 하나는 큰 문소골(상현리 답 58번지에서 산 6-2번지까지)이다. 이렇게 세월이 흐르면서 지명이 변한 곳은 비단 여기뿐이 아니다. 다만 이곳이 역사적 사실이 확인되어야 할 지명임에도 지명이 실전되어 엉뚱한 곳을 지목하는 것은 후손들이 역사 취급을 소홀히 한 까닭이다.

그리고 문소산의 유래는 이곳에 있던 문수사에서 따온 듯하다. 문수는 문수보살의 준말이다. 이곳에 절이 있었던 흔적은 작은 문소골 좌측 계곡을 중느골이라 하여 절에서 경작하던 전답이 있는 것으로 보아 알 수 있다.

### ■가운데봉

광교산 푯대봉에서 형제봉으로 가거나 반대로 형제봉에서 푯대봉으로 가는 능선 중간지점에 있다고 해서 중앙봉 또는 가운데봉이라고 한다. 이 봉우리에서 서봉사 쪽으로 뻗어내린 줄기를 용마등이라 하며 이곳에 명당이 있다고 전해 온다. 그러나 일본 사람들이 혈을 끊어 솟은 피가 신봉천을 타고 홍천말까지 흘렀다고 하며 용마등에는 지금도 혈을 끊은 자리가 선연히 남아 있다.

신봉리 가운데봉

■ 종루봉(鐘樓峰)

수지읍 신봉리에는 종루봉이라는 산 봉이 있다. 종루봉의 위치는 서봉사지 우측으로 팔을 뻗으면 닿을 만큼 가깝다. 일명 부두웅달이라고도 한다. 부두라는 말은 부도(浮屠)라고도 하는데 스님들의 사리나 유골을 묻는 탑의 일종으로 고려시대에 크게 발달한 것으로 층탑형식, 석등형식 및 특수형식 등 4종이 있다. 이곳은 절의 위치로 보아 부도를 모셨던 곳으로 추측이 된다.

한편 이곳을 종루봉이라고도 부르는데 유래는 신라말의 고운 최치원 선생이 이곳 서봉사에 들렀다 산 위에 매단 종을 쳐보고 대에 올라 세상을 조망하다가 경치의 아름다움에 감탄, 즉석에서 종루봉이라 이름을 지어주었다 한다. 같은 말로 종대봉(鐘臺峰)이라고도 한다.

그리고 이곳에다 종대를 세운 것은 여기에 으르면 동, 서, 남 삼면의 조망이 멀리까지 볼 수 있을 뿐만 아니라 또한 여기에서 종을 치면 광교산 안에 있는 89암자의 스님들과 골골이 살고 있는 재가 불자들이 다 들을 수 있었다고 한다.


■ 두리봉(杜里峯)

두리봉은 지금의 경기대학이 들어선 이의동 산 94-6번지로 예전에는 수지읍과 수원시 연무동과 경계를 이루며 산의 높이는 220m이다.

두리는 두레라는 말이 변한 것인데 두레라는 말은 사람의 정수리처럼 둥글다는 뜻이다. 예를 들면 둥근상을 두레상, 둥근멍석을 두레방석이라고 한다. 두리봉의 유래도 산의 생김이 이와 같이 둥글었기에 붙여진 이름이다. 이곳에서는 부근 사람들이 대보름날이면 달맞이 놀이들을 했다.


■ 손허산(遜墟山)

고기리 손기 부락과 언덕말 그리고 상손곡 사이에 있는 산으로 손이터 동네에 있는 뒷산이다.

손이터 동네에서는 얼마 전까지 이 산에서 산제사를 드렸으나 지금은 중단

되었으며 산명도 실전되어 없어진 상태이나 옛 문헌에 보면 손기동에 손허산이 있었음을 확인할 수 있다. 그리고 이 산 밑에 있는 손이터는 손허터에서 유래된 것이며 역시 손골(蓀谷)은 손허산 골짜기라는 데서 유래된 것이다.

### ■ 바라산

이 산은 광교산과 청계산 중간에 있는 산으로 높이는 430m이다. 산명은 바라산, 발아산(鉢兒山), 또는 망산(望山)이라고도 하는데 표기는 다르나 뜻은 같은 것이다. 바라산이란 말은 이 산에서 멀리 바라보았다는 데서 유래된 것으로, 발아산은 바라산을 한역하면서 변한 것이요, 망산은 역시 바라본다는 뜻을 가지고 있다.

이 산의 유래는 조선 개국 초 개국공신 조준의 아우로 초명은 조윤(趙胤)이었으나 망국의 신하됨을 부끄러이

손이터 저수지 앞에서 찍은 바라산 전경

여겨 스스로 견자로 고치고 청계산에 숨어들어 산꼭대기에서 왕이 계신 개성을 바라보며 매일 통곡하기를 그치지 않아 그가 앉았던 곳을 망경대(望京臺)라 하였는데, 그 후 이태조가 이곳에 찾아와 출사하기를 여러 차례 권하였으나 듣지 않자 이곳에다 초막을 지어주었다고 한다.

이에 조견은 청계산에서 이 산(바라산)으로 옮겨와서 개성을 바라보며 왕을 생각하고 통곡하며 생을 마쳤다고 해서 望(바라볼 망) 山(뫼 산)이라고 했다.

그리고 특이한 것은 용인과 성남시 경계로 해서 의왕시로 넘어가는 고개이름이 바라산이 고개이며 이 산 밑의 고개 부근에 있는 마을명도 바라산이라고 부른다.

### ■ 험마산(驗摩山)

험마산은 고기리 고분재 부락 서쪽, 백운봉 남쪽에 있다. 이 산을 험마산이

라 한 것은 이 산 동쪽이 바위를 깎은
듯이 가파르고 험한 데서 유래한다.

그러나 이 산을 험마산으로 알고 있
는 사람은 거의 없는데 그것은 백운봉
과 험마산이 너무 가까워 산을 구분하

좌측 안테나 선 곳이 험마산, 우측 안테나 이하가 백운산

기도 어려우려니와 6 · 25 이후 통신대를 만들 떠 백운봉을 깎아 평지로 만들
었기에 지금 남아 있는 돌산을 백운봉으로 착각하여 부르기 때문이다. 그러
나 험마산과 백운봉은 옆에 있을 뿐 완연히 다른 산이다.


### ■ 삼봉산(三峯山)

옛날 후천지가 개벽할 때 비가 엄청 많이 내렸다고 한다. 이때 얼마나 비가
많이 왔는지 웬만한 산은 다 물속에 잠겼는데 고기리 고분재(고기 2리) 부락
을 울타리처럼 둘러싸고 있는 산봉우리 가운데 세 곳만 그렇지 않았다고 한
다. 그런데 물에 잠기지 않은 봉우리 모습이 먼곳에서 보니 마치 배만큼 남은
곳이 있어 배운산이라 부르다 백운산이 되었고, 한 곳은 사람이 서 있는 것만
큼 남아 있어 일어서기봉이라 했으며 나머지 한 곳은 함지박 만큼 남아 있어
함지박이라고 불렀단다. 이 산이 후에 바라산이 되었다. 이렇게 물에 잠기지
않았던 백운산, 일어서기봉, 함지박골을 삼봉산이라 불려오고 있다.


### ■ 도리산(挑李山)

도리산은 성복리 성서 부락의 서북쪽이며 도리실 위에 있는 산이다. 산이
수려하고 골이 아름다우며 특히 노송이 청청하여 기품이 뛰어났다고 한다.

더욱이 봄이 오면 청송 사이사이로 피는 각종 꽃들이 화려한 중에 붉은 복
숭아꽃, 배꽃은 선경과 같았다고 한다. 그래서 도리산이라는 이름을 얻었다.

이곳의 소나무숲이 얼마나 좋았으면 일제 침략시 일인들이 이곳 흙을 연구
하기 위해 파갔다는 것을 지금도 이 부락 노인들에 의해 증언되고 있다.

그러나 이 산은 크기에 비하여 여러 골과 이름이 있는 바위가 많다. 먼저

골의 이름을 도마치고개 쪽으로부터 알아보면, 고파뿌리, 산막골, 가지리골, 옻나무골, 좁은골, 너른골, 사태골, 병목안, 농박골, 사당골, 뒷골, 솔밭편골, 너구리박골, 연못뒤가 있다.

바위로는 영산바위, 농바위(일명 개대가리바위), 너구리 굴바위 등이 있다. 이곳 골과 바위에 대한 유래는 별도로 소개하고자 한다.

### ■ 말무더미산

말무덤이 있는 산은 하동 산 510번지이다. 이 산 꼭대기에는 승마를 하던 장소로 그 흔적이 아직도 남아 있다. 그러나 이곳의 말무덤은 이곳에서 승마 하던 말이 죽어서 묻은 것이 아니라 전쟁터에서 장군의 애마로 장군과 함께 전쟁을 하다 장군이 전사하자 장군의 유품을 가지고 장군댁으로 전한 뒤에 기진하여 죽어 묻은 것이라는 것이다.

그렇지만 그 시대나 장군의 이름도 전하지 않으며 이 충마(忠馬)의 무덤까지도 얼마전에 도굴당했다고 하니 말만도 못한 인간이 아직도 많은가 보다.

### ■ 황산(黃山)

황산이란 황씨의 산이라는 뜻이다. 이곳은 안산 고속도로 동수원 진입로로 올라서서 수원 쪽으로 조금 가다 보면 우측으로 있는데 여기는 속칭 두렝이 앞이 된다.

이의동, 황사간, 황효원 묘

이곳이 두렝이에서 심산(沈山 : 부원군 심온의 묘소가 있는 산)과 더불어 명당이라 일컫는 황산이다. 이곳 지형은 소가 누운(와우)형이며 산소는 소의 젖에 해당한다고 한다.

여기에 묻힌 이는 조선시대 초기의 사람으로 정구품인 승문원 정자(承文院 正字) 황사간(黃士幹) 공과 그의 아들의정부 좌찬성 황효원(黃孝源) 공이다.

이곳 산소의 특이점은 아버지와 아들 사이라도 아버지는 위, 아들을 아래로 내려 쓰는 것이 통례인데 부부 쌍분처럼 옆으로 나란히 썼다는 점이다. 앞에서 볼 때 아들이 좌, 아버지가 우이다. 참고로 두 분의 비석글을 옮긴다.

贈 純忠 補祚功臣 領議政 商平府院君 行 承文院 正字 尙州黃公 士幹

증 순충 보조공신 영의정 상평부원군 행 승문원 정자 상주황공 사간

貞敬夫人 海州 吳氏 之墓

정경부인 해주 오씨 지묘


推 忠佐翼純誠 佐理功臣 崇祿大夫 議政府 左贊成 商山君 贈 諡襄平公 尙州黃公 孝源

추 충좌익순성 좌리공신 숭록대부 의정부 좌찬성 상산군 증 시양평공 상주황공 효원

貞敬夫人 韓山 李氏 之墓

정경부인 한산 이씨 지묘


■ 백운산(白雲山)

백운산은 험마산과 일어서기봉 사이에 있다.

그러나 현재 백운산의 높은 봉을 볼 수 없게 되었는데 그것은 이곳에 통신대를 세우고 헬기 착륙장을 만들면서 봉을 깎아 버렸기 때문이다.

백운산의 유래는 이름 그대로 이 산에 신선의 모습을 감추기라도 할 듯 흰 구름이 머물기에 붙여진 이름이다. 이곳에서는 서해바다로 떨어지는 아름다운 낙조를 볼 수 있으며 마을에서는 이 산으로 해가 숨으면서 드리우는 노을이 아름답다.

지금 많은 사람들이 통신대 옆의 돌산을 백운산으로 여기고 있으나 이는 착오이다. 이 산은 산 밑이 험하다고 해서 험마산이라 불려왔다.

바라산이
바라산
장의(장토리)
고분재
광석천
일어서기봉
여흥무장군 묘
말무덤이산
샛말
배나무골
해꾸니
광교산 기도원
백운산
손허산
험마산
쪽박산
느진매기고개
발구리고개
동천동
광교산(표고582m)
성교촌
상손곡
싯돌바위산
치마바위
시루봉
경희대학 예생자
맷돌바위산
중손
종루봉
중말
현오국사탑비
성광기도원
가운데봉
서봉
신봉
양지말
풍덕천2동
형제봉
홍천말
도리산
도리실
성불
성남
돌탑말
성복지구
성동
비둘치고개
쪽박산
상현동
매봉
절골말
대장간말
조광조선생 묘
깊은말
독바위
7673부대
수원
가산
안산
무너미
신갈~안산간 고속국도

# 수지의 마을 그리고 산

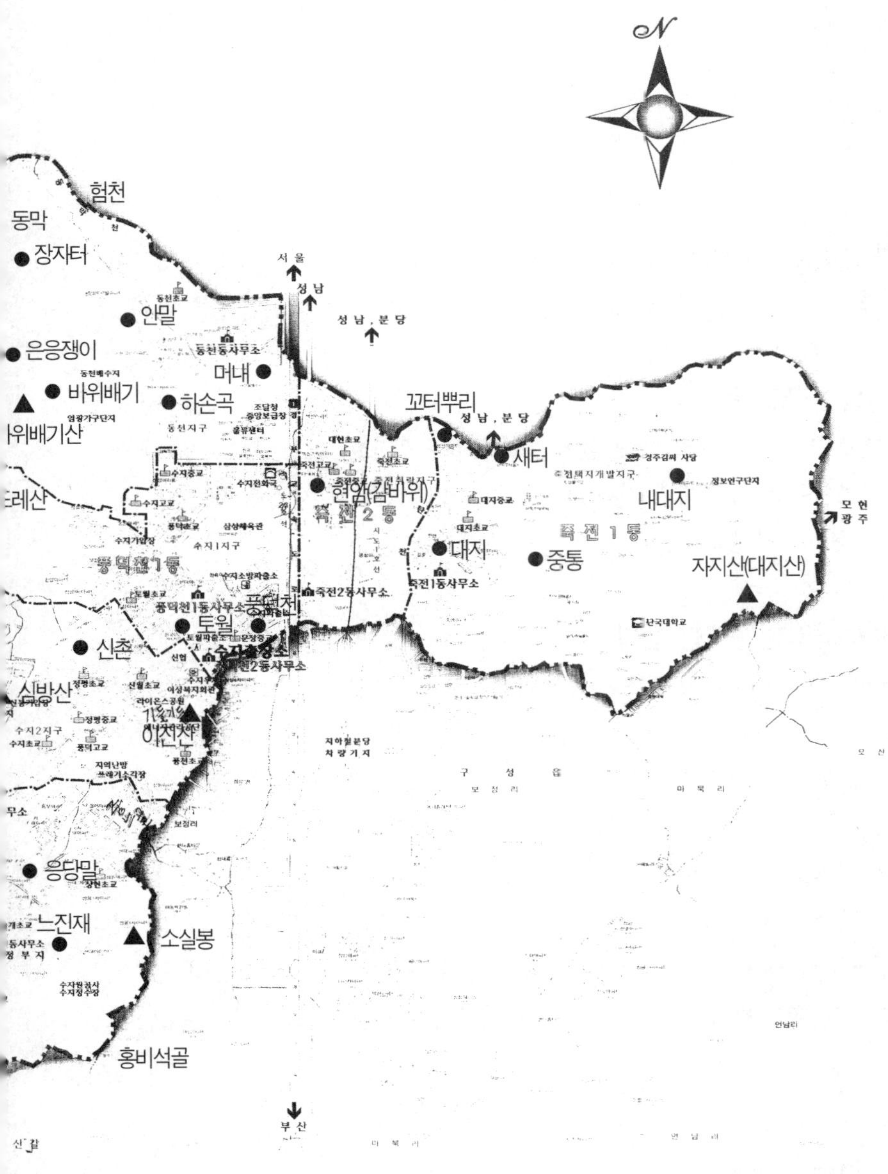

N
험천
동막
장자터
서울
성남
안말
성남, 분당
은응쟁이
동천동사무소
동천배수지
머내
바위배기
꼬터뿌리
바위배기산
하손곡
성남, 분당
엄광가구단지
동천지구
대현초교
새터
죽전지개발지구
경주김씨 사당
래산
수지중교
죽전고교
죽전초교
현암(검바위)
정보연구단지
대지중교
내대지
수지고교
죽전 2동
모현
풍덕초교
삼성체육관
대지초교
죽전 1동
광주
수지가남장
수지1지구
대지
자지산(대지산)
풍덕천1동
수지소방파출소
죽전1동사무소
중통
대방초교
죽전2동사무소
풍덕천
단국대학교
풍덕천1동사무소
토월
신촌
수지초등교
죽전2동사무소
시방산
신봉초교
여성복지회관
라이온스공원
수지2지구
정평중교
지하철분당
수지초교
이천산
차량기지
지역난방
쓰레기소각장
풍천초교
구 성 읍
보정리
미북리
무소
보정리
오 산
응달말
장촌초교
느진재
소실봉
동사무소
정부지
수지원정상
수지정수장
연남리
홍비석골
부산
신갈
미북리
연남리

# 수지와 농업협동조합

조국 근대화는 농어촌 근대화라는 등식으로 생각하고 그 근대화의 주체로서 농업인들에 의해 자조, 자립, 협동이라는 기치 아래 모인 것이 협동조합이다.

## 1. 이동조합의 육성

1961년 8월 15일을 기하여 농업협동조합이 발족되고 1961년부터 1963년까지 이동조합을 신설하여 조직을 강화하고 농민조합원에 자조적 협동의식을 갖도록 지도에 역점을 두었다.

## 2. 용수농업협동조합 탄생

그러나 행정리 단위로 만든 이동조합은 평균 조합원수가 100명 정도에 불과하였다. 이와같은 소규모의 이동조합으로는 경영조직으로서의 기능발휘에 필요한 자본의 조달과 각종 시설의 확충 그리고 전문 경영인의 확보가 어려웠다.

따라서 난립된 이동조합을 정비하고 조합 규모를 확대하여 조직 체계를 확립하고 자체적인 사업활동을 할 수 있도록 경영활동 능력을 제고시켜야 할 필요성에 직면하게 되어 이에 해결을 위해 1963년을 개시 년도로 중앙회로부터 이동조합 합병계획을 시달하고 각 면 전담 농협개척원을 두고 이동조합에 대한 합병을 추진하여 갔다.

합병전 수지면의 이동조합은 풍덕천리, 죽전리, 동천리, 고기리, 신봉리, 성복리, 상현리, 하리, 이의리로 9개였다.  합병 후 농협의 명칭은 용수농업협동조합

용수농협 간판이 붙어 있는 현 풍덕천 지점

으로 정했는데 이는 용인군의 용자와 수지면의 수자를 따서 지은 것이다.

합병 조합장으로는 이원삼 씨가 선임되어 1971년 3월 10일 취임하였다. 그러나 합병 후에도 남의 집 점포 하나와 직원 한 명으로 출발하는 영세성을 면치 못했다. 그 후 벼 한 가마 모으기 등 조합원들과 조합 임직원들의 합심 노력으로 오늘의 수지 농협이 있게 된 것이다.

### 3. 수지농업협동조합

1987년 제7대 조합장으로 이원보 씨가 선임되어 농협의 명칭을 행정명을 넣어 수지농업협동조합으로 변경했다.

### 4. 초창기 농협의 역할

―수지 최초의 금융기관으로서 지역 발전에 초석을 놓음.

―구, 판매사업으로 농촌에 현대식 물류 체계 도입.

―상호금융을 통한 고리채와 장래 쌀 일소.

### 5. 합병전 이동조합장

| 이동조합명 | 직 | 성명 | 이동조합명 | 직 | 성명 |
| --- | --- | --- | --- | --- | --- |
| 풍덕천 이동조합 | 조합장 | 장석원 | 성복리 이동조합 | 조합장 | 이순현 |
| 고기리 이동조합 | 조합장 | 박래화 | 상현리 이동조합 | 조합장 | 윤영기 |
| 동천리 이동조합 | 조합장 | 이희각 | 하  리 이동조합 | 조합장 | 이희열 |
| 죽전리 이동조합 | 조합장 | 최명보 | 이의리 이동조합 | 조합장 | 김공묵 |
| 신봉리 이동조합 | 조합장 | 박상운 | | | |

# 수지의 인물



## 수지와 조광조 선생

상현리가 한양 조씨의 세장지가 되고 조광조 선생이 인연을 맺게 된 것은 먼저 선생의 증조인 조육이 이백찬의 맏사위가 되어 용인 이씨 선영인 신갈에 묘를 썼고, 그 아들인 선생의 조부 조충손의 묘소를 상현리에 쓰면서였다.(연산군3년 1497)

그리고 선생의 아버지 조원강 역시 이곳에 모셨고(단종3년~연산군6년 1500) 선생이 시묘살이를 했으며 복제가 끝나고도 초가집 수칸을 산소 곁에 세우고 살던 곳이 여기다.

또한 선생께서 기묘사화(중종14년)에 죽음을 당하면서 따르는 자에게 이르시기를 나를 반드시 선인의 무덤 아래 묻게 하라 하시니 이곳이 선생의 유택이 된 까닭이다.

그 후 선생의 뜻을 기리는 후학들에 의해서 이곳에 사묘와 서원이 건립되니 이곳은 조선시대 중기 이후 전국 유림들의 도학의 장이 되었다.

선생은 불과 38세에 개혁의 꿈을 다 펴지 못하시고 억울하게 사사당하셨으나 동방 4현에 드셨다. 선생의 덕을 천하 사람이 모르는 바가 아니나 수지 땅 수지 사람들은 선생의 덕을 입음이 배나 더했다.

그러나 최근에 와서는 선생의 유택과 서원이 있는지조차도 모르는 사람이 많게 되었으니 한마디로 선생의 이름은 온나라에 드높되 수지에서는 그 이름이 빛나지 못함은 어인 일일까?

그것은 선생의 후손이 귀한 데서 찾을 수 있다. 그리고 선생에 대한 평생의 일들은 정암집에 있으나 보고 읽은 사람이 적은 데에서도 연유한다.

그러나 이를 다 읽기를 바라기 어려워 여기에 몇 가지만 소개하고자 하는데 먼저 조 선생 가계와 알성시의 문답 그리고 선생 사후에 묘표나 신도비문 심곡서원에 대한 것을 간단히 소개하고자 한다. 많은 것을 실으면 정암집을 읽는 것과 같기 때문이다.


'숙종대왕어제 정암집을 읽고' (숙종대왕이 정암집을 읽고 지은 시)


늘 돌아가시기 전에 한 말씀을 생각하면 눈물이 절로 솟아난다
지금 선생의 글을 읽어 보니 더욱더 도덕이 밝았음을 알겠도다
조정에 벼슬아치들은 공을 이루기를 간절히 바랬고 시골 노파들도 존경하였다네
부수적으로 예(藝)에 노닐어 굳센 필세 또한 아름답도다.


'정암 선생 사세지절구(靜菴 先生 辭世之絕句)' (정암 선생이 사약을 마시기 직전에 쓰신 시)


愛君如愛父(애군여애부)
憂國如憂家(우국여우가)
白日臨下土(백일임하토)
昭昭照丹衷(소소조단충)


임금을 섬겨 사랑하기를 어버이 섬겨 사랑혀듯 하였노라
백성 걱정 돌보기를 식구걱정 돌보듯 하였노라
밝은 태양 대지를 환히 밝혀주니
내 정성어린 속마음 거울처럼 비쳐지네.            ─ 靜菴 ─

## 정암 선생 세계도 (靜菴先生世系圖)

정(靜)암(菴)선(先)생(生)세(世)계(系)도(圖)

일(一)세(世)

지(之)수(壽) 한(漢)성(城)부(府) 사람으로 고(高)려(麗)조(朝)의 순(順)대(大)부(夫)첨(僉)의(議)중(中)서(書)사(事)이다.

이(二)세(世)

휘(暉) 원(元)조(朝)선(宣)이 쌍(雙)성(城)관(管)군(軍)총(摠)관(管)을 주어 화(和)주(州)를 총(總)령(領)케 함.

삼(三)세(世)

양(良)기(琪) 나이 십(十)삼(三)세 때 습(襲)작(爵)〈부(父)조(祖)의 대(對)작(爵)을 이어받을 말함〉으로 총(摠)관(管)이 되고, 원(元)나라 신(辛)사(巳)의 일(日)본(本)정(征)벌(伐)때는 부(副)원(元)사(師)로써 김(金)방(方)도(度)을 좇아 정(征)벌(伐)군(軍)으로 갔다가 전(全)군(軍)이 돌아왔으며, 또한 합(哈)단(丹)을 토(討)벌(伐)하여 사로잡아서 원(元)제(帝)에게 바치니 때에 나이 이(二)십(十)일(一)세라 원(元)세(世)조(祖)가 〈장(壯)사(士)다〉라고 칭찬하고 비단옷과 옥(玉)의 띠를 주다.

첫째아들은 임(琳)이고 용(龍)천(川)부(府)원(院)군(君)이다.

둘째아들은 돈(暾)이다.

| 보(輔)리(理)공(功)신(臣)으로 용(龍)원(源)부(府)원(院)군(君)이요, 공(恭)민(愍)왕(王)조(朝)때 돌아가시고 이(李)조(朝)에와서 좌(佐)명(明)공(功)신(臣)좌(左)정(政)승(丞)한(漢)산(山)백(伯)을 봉(封)하고 양(養)열(烈)공(公)이 | 인(仁)벽(璧) | 오(五)세(世) | 넷째아들은 인(仁)옥(沃)이고, 한(漢)산(山)군(君)으로 충(忠)정(靖)공(公)이다. | 세째아들은 인(仁)규(珪)이고, 검(檢)한(漢)성(城)이다. | 둘째아들은 인(仁)경(瓊)이고, 검(檢)교(校)찬(贊)성(成)을 지내다. | 첫째아들은 인(仁)벽(璧)이다. | 으니 나이가 七十三세였다 | 검(檢)교(校)밀(密)직(直)부(副)사(使)였으며 용(龍)성(城)군(君)을 대(對)하다, 치(致)사(仕)를 하고 은(隱)퇴(退)하여서는 용(龍)진(津)에서 늙다. 명(明)나라 홍(洪)무(武)∧一三八○∨경(庚)신(申)에 죽 | 처음 휘(諱)는 우(佑)였고 약(弱)관(冠)때부터 충(忠)숙(肅)왕(王)을 섬겼고, 공(恭)민(愍)왕(王)때엔 홍(紅)건(巾)적(賊)을 격파하여 일(一)등(等)공(功)신(臣)에 올랐으며, 예(禮)조(曹)판(判)서(書)로 | 돈(暾) | 사(四)세(世) |
|---|---|---|---|---|---|---|---|---|---|---|---|

라고 시(諡)호(號)를 내리다.

첫째아들은 온(溫)이다.

둘째아들은 연(涓)이데 한(漢)평(平)부(府)원(院)군(君)이며 양(良)경(敬)공(公)이다.

셋째아들은 후(侯)이데 동(同)지(知)돈(敦)녕(寧)이다.

넷째아들은 사(師)인데 첨(僉)지(知)중(中)추(樞)이다.

다섯째아들은 부(傅)인데 동(同)지(知)중(中)추(樞)이다.

육(六)세(世)

온(溫)

처음 이(李)조(朝)에 벼슬하여 개(開)국(國)정(定)사(社)좌(佐)명(命)공(功)신(臣)으로 보(輔)국(國)숭(崇)록(祿)대(大)부(夫)의(議)정(政)부(府)좌(左)찬(贊)성(成)사(事)로 한(漢)천(川)부(府)원(院)군(君)이요 양(良)절(節)이라고 시(諡)호(號)를 내리다.

첫째아들은 의(儀)인데 첨(僉)지(知)중(中)추(樞)이다.

둘째아들은 완(琓)인데 지(知)중(中)추(樞)이다.

셋째아들은 하(河)이데 별(別)장(將)이다.

넷째아들은 흥(興)인데 선(繕)공(工)정(正)이다.

다섯째아들은 육(育)이다.

| 칠(七)세(世) | 육(育) | | | | | 팔(八)세(世) | 충(衷)손(孫) | | | | |
|---|---|---|---|---|---|---|---|---|---|---|---|
| | | 의(義)영(盈)고(庫)사(使)였는데 이(吏)조(曹)참(參)판(判)을 추(追)증(贈)하다. | 첫째아들은 충(衷)손(孫)이다. | 둘째아들은 신(信)손(孫)이고 첨(僉)지(知)중(中)추(樞)이다. | 셋째아들은 의(義)손(孫)이고 상(上)장(將)을 지내다. | | | 자(字)는 성(性)지(之)며 성(成)균(均)사(司)예(藝)를 지냈고, 예(禮)조(曹)판(判)서(書)를 추(追)증(贈)하다. | 첫째아들은 원(元)상(常)이며 학(學)론(論)을 지내다. | 둘째아들은 원(元)강(綱)이다. | 셋째아들은 원(元)기(杞)이고 참(參)찬(贊)을 지냈고, 시(諡)호(號)는 문(文)절(節)공(公)이다. |

| 십(十)일(一)세(世) | | | | 광(光)조(祖) | 십(十)세(世) | | | | | 원(元)강(綱) | 구(九)세(世) |
|---|---|---|---|---|---|---|---|---|---|---|---|
| | 둘째 아들은 용(容)이다. | 첫째 아들은 정(定)이다. | 곧 선(先)생(生)이시며, 사(事)실(實)은 행(行)장(狀) 및 년(年)보(譜)에 자세히 나타나다. | | | 셋째 아들은 숭(崇)조(祖)이며 목사를 지내다. | 둘째 아들은 선(先)생(生)이다. | 첫째 아들은 영(榮)조(祖)인데 감(監)찰(察)을 지내다. | 감(監)찰(察)이고 이(吏)조(曹)참(參)판(判)을 추(追)증(贈)하다. | | |

| 군(郡)수(守)를 지내다. | 송(松)년(年) | 십(十)사(四)세(世) | 감(監)역(役)를 지내다. | 의(義)현(賢) | 십(十)삼(三)세(世) | 순(舜)남(男) | 십(十)이(二)세(世) | 군(郡)수(守)를 지냈는데 아들이 없어서 숭(崇)조(祖)의 삼(三)자(子)인 희(希)안(顔)의 이(二)자(子) 순(舜)남(男)을 계(繼)자(子)로 하다. | 용(容) | 무(無)후(后)하다. | 정(定) |
|---|---|---|---|---|---|---|---|---|---|---|---|
| | | | | | | | | | | | |

| 십오세 | 한수 | 봉사 | 위수 | 부사 | 기수 | 십육세 | 원붕 | 부사 | 백붕 | 익찬 | 십붕 | 익붕 | 일붕 |
|---|---|---|---|---|---|---|---|---|---|---|---|---|---|
| 십(十)오(五)세(世) | 한(漢)수(叟) | 봉(奉)사(事)를 지내다. | 위(渭)수(叟) | 부(府)사(使)를 지내다. | 기(沂)수(叟) | 십(十)육(六)세(世) | 원(遠)붕(朋) | 부(府)사(使)를 지내다. | 백(百)붕(朋) | 익(翊)찬(贊)이 되시다. | 십(十)붕(朋) | 익(益)붕(朋) | 일(一)붕(朋) |

# 조정암 선생 과거시험 문제와 답안

靜菴先生文集卷之二(정암선생문집권지이)
對策(대책)*
謁聖試策乙亥(알성시책을해)*


왕(王)이 말씀하시기를 공자(孔子)님 말씀에 '만일 나를 써주는 사람이 있다면 일 년 만이라도 좋겠지만 삼 년이면 이룰 수 있다' 라고 하셨으니 성인이 어찌 공연한 말씀을 하셨겠는가? 그 규모(規模)와 시설(施設)하는 방안(方案)은 반드시 실행하기 전에 먼저 정(定)한 것이 있을 것이니 그것을 낱낱이 가리켜 말할 수 있겠는가?

주(周)나라가 쇠퇴(衰退)하던 말기(末期)를 당하여 기강(紀綱)과 법도(法度)가 이미 모두 무너졌는데도 공자(孔子)께서는 오히려 말씀하시기를 '삼 년이면 이룰 수 있다' 하시니 만약(萬若) 삼 년을 지난다면 그 정치(政治)의 효과(效果)가 과연 어떠하였겠는가? 그리고 또한 그 실행(實行)한 실적(實績)을 볼 수 있는 것이 있겠는가?

성인(聖人)의 과화존신(過化存神) (성인(聖人)이 거쳐간 곳은 감화(感化)되고 머무는 곳은 신성(神聖)하여진다는 것. 소과자화(所過者化) 소존자신(所存者神)의 줄인 말)의 묘(妙)를 용이(容易)하게 논의(論議)할 수는 없으나 내가 과덕(寡德) (덕(德)이 부족(不足)하다는 말로 과인(寡人)과 같이 제후들의 겸사하는 말임)으로써 조종(祖宗) (선다 왕(先代王)을 말함)의 큰 기업(基業)을 이어받아 정사(政事)에 임(臨)해서 잘 다스려지기를 바라온 지 우금 십 년(于今 十年)이다. 그러나 기강(紀綱)이 서지 못한 것이 있고, 법도(法度)를 정

---

(定)하지 못한 것이 있다. 이러하고서 대성(大成)할 수 있는 효과(效果)를 바라니 어찌 어렵지 아니하겠는가?

제생(諸生)들은 공자(孔子)를 배운 사람들이니 모두 요순시대(堯舜時代)와 같은 인군과 백성(百姓)에 뜻을 두었을 것이오. 대성(大成)이 있기를 바라는 데 그칠 뿐이 아닐 것이었다. 지금과 같은 때를 당해서 만일 높은 옛날의 선치(善治)를 이루고자 한다면 어느 것이 급선무(急先務)가 되겠는가? 여기에 대(對)하여 자세(仔細)히 말하여라.

신(臣)은 대답(對答)하옵니다.

하늘과 사람은 하나에 근본(根本)했기 때문에 하늘이 일찍이 그 이치(理致)를 사람에게 없게 하지 않았고, 인군과 백성(百姓)은 하나에 근본(根本)했기 때문에 인군이 일찍이 그 도(道)를 백성(百姓)에게 없게 하지 않았습니다.

그러므로 옛날의 성인(聖人)들은 천지(天地)의 큰 것과 억조(億兆) 백성(百姓)들의 무리로써 하나로 삼고, 그 이치(理致)를 보아 그 도에 처(處)하였습니다. 이치(理致)를 가지고 이것을 보았기 때문에 천지(天地)의 정기(精氣)를 지니고 신명(神明)의 덕(德)을 통달한 것이며 도(道)를 가지고 이것을 처리(處理)하였기 때문에 정밀하고 조잡한 물체(物體)들을 조화(造化)시키고 인륜(人倫)의 절차를 이끌어 갔습니다. 이러므로 시시비비(是是非非)와 선선악악(善善惡惡)이 내 마음에서 벗어날 수가 없어서 천하(天下)의 일이 모두 그 이치(理致)를 얻게 되고, 천하의 물건(物件)이 모두 그 공평(公平)함을 얻게 되오니, 이것이 모든 조화가 수립(樹立)되고 다스리는 방법(方法)이 이룩되는 것이옵니다.

비록 그러나 도(道)는 마음이 아니면 의지하여 설 수가 없고, 마음은 지성이 아니면 또한 힘이 되어 시행(施行)될 수가 없습니다. 인군(人君)이 되어 진실로 천리(天理)를 관찰(觀察)하여 그 도(道)를 처해 나가고, 그 지성(至誠)으로 말미암아 그 일을 행해 나가면 국정(國政)을 하는 데 무엇이 어렵습니까?

공손히 생각하옵건대 주상전하께서는 건건곤순(乾健坤順, 건의 덕은 본래 건하고 곤의 덕은 순하다는 말임)한 덕으로써 부지런히 쉬지 않으시어 정치

(政治)를 베푸시는 마음이 이미 정성스럽고, 정치(政治)를 실행하시려는 방법이 이미 섰음에도 오히려 기강(紀綱)이 서지 못하였는가? 법도(法道)를 정하지 못하였는가? 염려하시어 선성께 알현하온 나머지 반궁(제후국(諸侯國)의 태학(太學)의 이름, 즉 우리나라 성균관(成均館)을 말함)에서 신등에게 책문(策問)을 올리게 하시면서 선성(神聖)의 일을 의선(爲先)으로 하시고, 드디어 높은 옛날의 정치(政治)를 회복코자 하시니 신이 이를 진달코자 하던 바이어늘 어찌 감히 부족한 생각이나마 정성(精誠)을 다하여 높으신 물음에 대해 만분의 일이라도 보답해 드리지 않겠습니까?

신(臣)이 임금님이 책문(策問)에 말씀하신 '공자왈여유용아자(孔子曰如有用我者)' (공자 말씀에 만일 나를 써주는 자가 있다면)에서부터 '말이용의(末易容議)' (용이하게 말할 수 없다)에 이르기까지를 엎드려 읽어 보오니, 대개 한 사람으로서 천만인(千萬人)에게 이르는 것이 많지 않은 것이 아니며, 한 가지 일에서 천만(千萬) 가지 일까지 해야 하니 번거롭지 않은 것이 아니옵니다. 그러나 이른바 '심(心)' 이란 것과 이른바 '도(道)' 란 것이 일찍이 그 사이에서 하나 아닌 것이 없고, 천만가지 사람과 일이 비록 다르나 그 도와 심이 하나로 될 수 있는 것은 하늘이 한 이치(理致)에 근본(根本)하였을 뿐이기 때문입니다.

그러므로 천하를 함께할 수 있는 도(道)로써 나와 하나가 될 수 있는 사람을 인도하고, 천하를 함께할 수 있는 마음으로써 나와 하나가 될 수 있는 마음을 감동시켜, 이런 마음을 감동시키고 그 마음을 감화(感化)시키면 천하(天下)의 마음들도 내 마음의 정당(正當)함에 감화되어서 감히 그 바름에 같지 아니할 수가 없을 것이요, 이를 인도(引導)하여 내 도(道)에 인도하면 천하(天下)의 사람들은 내 도의 큼을 좋게 여겨 감히 선(善)한 데로 돌아가지 않을 수가 없을 것입니다. 돌아보건대 나의 도와 마음이 성실하냐 성실(成實)치 못하냐에 따라서 정치(政治)의 다스려짐과 어지러워짐이 구분되는 것입니다.

공자(孔子)의 도(道)는 곧 천지(天地)의 도(道)이며, 공자의 마음은 곧 천지(天地)의 마음입니다. 천지의 도(道)와 만물(萬物)의 허다한 것들은 다 이 도를 따라서 이루어지지 않는 것이 없고, 천지의 마음과 음양(陰陽)이 감응함도 또한 이 마음으로 말미암아 조화(調和)되고 만물(萬物)이 이루어진 뒤에야 한 물건이라도 그 사이에서 성취(成就)되지 아니하는 것이 없으며 정정하게 분별되는 것이어늘, 하물며 공자(孔子)께서는 이것을 인도(引導)하기를 본래(本來) 가지고 있는 도(道)로써 하기 때문에 그 효과(效果)를 얻기가 쉽고, 이들을 감동시키기를 본래(本來) 가지고 있는 마음으로 하기 때문에 그 효험을 얻기가 쉽겠습니까! 이것으로 말한다면 '일 년이라도 좋다' 던가 '삼 년이면 이룰 수 있다' 는 것이 어찌 공연한 말씀으로 실지가 없는 것이겠습니까?

그 규모(規模)와 베푸는 방법(方法)으로 말하면 또한 반드시 먼저 정(定)한 것이 있습니다. 무엇으로 말할까 하면 도(道) 밖에 물건이 없고, 마음 밖에 일이 없으니 그 마음을 지니고 그 도(道)를 펴나가면 인(仁)이 되어 하늘의 봄기운과 같이 만물(萬物)을 인(仁)으로 길러내는 데 이를 것이며, 의(義)가 되어 하늘의 가을기운과도 같이 만민(萬民)을 의(義)로 바르게 하는 데 이를 것입니다. 예(禮)와 지(智)도 또한 천리에 극진하지 않음이 없게 되어서 인의예지(仁義禮智)의 도(道)가 천하(天下)에 서게 되면, 국정(國政)을 하는 규모와 시설이 무엇이 여기에 더할 것이 있겠습니까?

아아! 세상은 성(成)하고 쇠하는 차이(差異)가 있으되 도(道)는 예와 지금의 차이가 없습니다. 주나라의 말기를 당하여 기강(紀綱)과 법도(法道)가 비록 이미 무너졌지만 하느님의 뜻으로 하여금 주나라의 덕(德)을 싫어하지 않아서, 공자(孔子)님의 도(道)를 이끌어서 이것을 국정(國政)에 실시해서 예(禮)로써 그 백성(百姓)의 뜻을 인도하고, 락(樂)으로써 그 백성의 기를 순화하고, 정치로써 그 행동(行動)을 통일(統一)한즉 정치(政治)와 교화(敎化)가 크게 이루어지고, 천지(天地)가 장차 밝아지며 화기가 교감(交感)하여 음양(陰陽)을 불어내고 초목(草木)이 무성(茂盛)할 것입니다.

그리고 또 이미 실행(實行)한 사적(事跡)으로 보면, 비록 삼 개월의 정치(政治)로도 길에 다니는 자가 길을 양보(讓步)하고, 남녀(男女)가 길을 달리하는 성(盛)하고 아름다운 것으로서 일컬을 만한 것이 있으나 이것은 진실(眞實)

로 당초에 공자(孔子)님의 대도(大道)가 되지 못하고, 그 주역(周易)을 찬하시고 춘추(春秋)를 수정하신 두어 가지 일은 실로 만세(萬世)를 두고 천지(天地)의 대법과 대교를 다한 것이어서 바꿀 수 없는 도(道)입니다.

공자(孔子)님께서는 비록 당세에 그 지위는 얻지 못하셨으나, 만세토록 의지(意志)하고 법(法) 받아서 다스림이 되게 한 것은 실(實)로 요순(堯舜)의 공(功)과 같사옵니다. 후세(後世)에 진실(眞實)로 공자님의 가르침이 세상(世上)에 서지 않았더라면 요순의 도도 후세에 길이 전할 수가 없었을 것이요, 요순(堯舜)의 정치(政治)도 회복(回復)할 일이 없었을 것이옵니다. 그러므로 일을 잘 관찰(觀察)하는 자는 나타난 자취를 보는 것이 아니라 자취가 없는 자취에서 관찰(觀察)하는 것입니다. 이것이 이른바 '과화존신(過化存神)'이라는 것으로서 용이(容易)하게 논의(論議)할 수 없는 것이옵니다.

신(臣)이 임금님의 책문(策文)에 말씀하신 '모기과덕(矛以寡德)'(내 덕이 적은 사람으로써)에서부터 '개불란재(豈不難哉)'(어찌 어렵지 아니하랴?)에까지를 엎드려 읽어 보오니, 천하의 일은 일찍이 근본(根本)이 없지 아니하고 또한 일찍이 끝이 없지도 아니하니, 그 근본을 바꾼다는 것은 비록 멀고 늦은 것 같사오나 실(實)은 힘이 되기가 싶고, 그 끝을 찾는 것은 비록 절실하고 극진한 것 같으나 실은 공(功)이 되기가 어렵습니다. 이러므로 정치(政治)를 잘 논(論)하는 사람은 반드시 먼저 본(本)과 갈(末)이 있는 곳을 밝혀서 그 근본을 먼저 바르게 합니다. 근본(根本)이 바르게 되면 끝이 다스려지지 않는 것은 걱정할 바가 아니옵니다.

공손히 생각하옵건대, 주상전하께옵서는 지극히 정성스러운 마음으로 요순(堯舜)의 정치를 어떻게 하면 이룰까? 요순의 풍속을 어떻게 하면 일으킬까? 하셔서 백성(百姓)이 한 사람이라도 헐벗은 사람이 있으면 이들을 따뜻하게 해주실 것을 생각하시고, 한 사람이라도 착하지 못한 자가 있으면 이들을 착하게 할 것을 생각하셔서, 동방의 우리나라를 태평(太平)한 지역으로 올리고자 하신 지가 지금 십 년이나 되었사옵니다. 기강(紀綱)이 서지 않은 바가 있고 법도(法度)가 정하지 못한 것이 있는 것은, 어찌 성상(聖上)의 다스림을 구하려는 마음이 성의(誠意)를 다하지 아니해서 그런 것이 아니오라 필시 그 근본을 얻지 못해서 그런 것이옵니다. 또한 이른바 근본이란 것이, 어찌 도(道)는 곧 정치를 펴나가는 원인이 되고 마음은 정치를 펴나가는 근본이 되고, 정성은 또한 도(道)를 행(行)하는 요점(要點)이 되는 것이 아니겠습니까?

무릇 도(道)라는 것은 하늘에 근본(根本)하였으되 사람에게 의지하고 일하는 사이에 행하여 치국(治國)하는 방법(方法)이 되고 있습니다. 그러므로 나라를 경영(經營)하면서 그 도(道)를 얻으면 기강(紀綱)을 힘써서 세우지 않더라도 사람들이 보지 못하는 사이에 서게 되고, 법도(法度)를 힘써서 정하지 않더라도 사람들이 듣지 못하는 곳에 정하게 됩니다. 만일, 별달리 기강(紀綱)을 만들어서 정사(政事)의 말단만 가지고 세우거나, 별달리 법도(法度)를 만들어서 문서도구(文書道具)의 말단만 가지고 정한다면, 이른바 '기강(紀綱), 법도(法度)' 란 것은 일찍이 서지 못할 것이요, 세운 것은 나라를 다스리는 체통(體統)에 도리어 해가 있을 것입니다. 왜냐하면 그 근본(根本)은 서지 않았는데 오직 말단을 추종해서 그 도(道)를 얻지 못한 까닭입니다.

그러므로 옛적의 밝은 임금은 천변만화(千變萬化)함이 하나도 인군(仁君)의 마음에 근본(根本)하지 않는 것이 없다는 것을 알아서 그 마음을 바르게 하고, 그 도(道)를 펴지 않는 이가 없습니다. 그 마음을 바르게 하고 그 도를 펴기 때문에 정치(政治)를 함에 인을 얻게 되고 사물(事物)을 처리(處理)함에 의를 얻게 되어서 사사물물(事事物物)마다 하나도 도(道)에서 나오지 않는 것이 없어서, 부자(父子)의 윤리(倫理)와 군신(君臣)의 구분(區分)이 각각 그 이치(理致)를 얻게 되고 하늘과 땅의 경륜(經綸)도 또한 귀결하게 되었사오니 이것이 요(堯)·순(舜)·우(禹)의 중용지도(中庸之道)를 잡았던 방법입니다.

엎드려 바라옵건대 전하(殿下)께서는 정사(政事)와 문서도구의 말단으로써 기강(紀綱)과 법도(法度)를 삼지 마시고, 한마음의 묘용(妙用)으로써 기강과 법도의 근본(根本)을 삼으셔서 이 마음의 본체(本體)로 하여금 광명정대(光明正大)하고 두루 통달해서 천지(天地)로 더불어 그 체(體)를 같이하고 그 용(用)을 크게 하시면 날마다 실시(實施)하시는 정사들이 모두가 도(道)의 운용이 되고 기강과 법도(法度)는 족히 세우지 않아도 서게 되옵니다.

비록 그러하오나, 그 정성(精誠)이 있은 연후(然後)에야 그 마음의 도(道)가 정고(貞固)(역에 정이 있는 곳을 알아서 이 것을 굳게 지킨다는 뜻)한 데 서게 되어 마침내 그 이룸을 보게 될 것이옵니다. 자사(子思)(공자의 손(孫))께서 말씀하시기를 '성실(誠實)하지 못하면 사물(事物)도 없다' 하셨으니 성(誠)이 란 것은 기강의 근본이 서게 되어 성실하지 않은 것이 없는 것이옵니다. 천지 의 이치는 지극(至極)히 성실해서 한 번 숨쉬는 사이라도 망녕됨이 없기 때문 에 예로부터 지금에 이르기까지 한 물건(物件)도 성실하지 않은 것이 없고, 성인(聖人)의 마음도 또한 지극히 성실해서 한 번 숨쉬는 사이라도 망녕됨이 없으셨기 때문에 처음부터 끝까지 한 일도 성실하지 않은 것이 없었습니다.

그러므로 모든 일이 마음에서 나오는 것은 반드시 이 마음의 성실(誠實)이 있고 시행하는 정치(政治)도 성실하지 않은 것이 없어서 기강(紀綱)이 서게 되어 구차하지 않고, 법도(法度)가 정하여져서 문서(文書)의 도구(道具)가 되 지 않았사옵니다. 전하께옵서 만일 정사(政事)의 말단으로써 기강과 법도의 방법을 삼으시고 한마음의 묘용(妙用)과 지극한 정성의 도(道)로써 도리어 멀고 더디게 여겨서 심법(心法)에 힘쓰지 않으시견 이는 산에서 물을 구하고 물에서 나무를 구하는 것이오니 마침내 그 털끝만한 효험(效驗)도 보시지 못 하실 것입니다. 이것이 기강의 대본(大本)이며 대법(大法)이옵니다.

만일 법도(法度)가 대강 정해지는 것과 기강(紀綱)이 대강 서게 되는 것은 일찍이 대신을 공경하고 그 정치(政治)를 맡기는 데 있지 않은 것이 없사옵니 다. 인군은 일찍이 혼자서 다스리지 못하고 반드시 대신(大臣)에게 맡긴 뒤에 다스리는 도(道)가 서게 됩니다. 인군이란 것은 하늘과 같고 신하(臣下)란 것 은 사시와 같으니 하늘이 스스로 행하고 사시(四時)의 운용(運用)이 없으면 만물이 이루어지지 못하고 인군이 자임하고 대신의 도움이 없으면 모든 교화 (敎化)가 일어나지 못하옵니다. 다만 일어나지 못하고 이루어지지 못할 뿐만 아니오라, 하늘이 스스로 행하고 인군이 스스로 맡아서 한다면 하늘이 되고 인군이 되는 도(道)를 크게 잃게 되는 것입니다.

그리고 또 이미 대신의 자리를 마련하고 이를 부리는데 겨우 문서만을 봉행(奉行)하는 것으로써 직업을 삼게 하고, 또한 소신을 살펴서 방지(防止)하는 것만을 믿게 되면 위로는 인군이 신하(臣下)를 부리는 도(道)를 얻지 못하고 아래로는 신하가 인군 섬기는 방법(方法)을 얻지 못해서 군신의 도(道)를 잃게 되는 것입니다. 그러므로 옛적의 성군(聖君)과 어진 정승들은 반드시 성의로 서로 믿어서 상하가 모두 그 도(道)를 다해서 함께 광명정대(光明正大)한 대업(大業)을 이룰 수가 있었사옵니다. 엎드려 원하옵건대, 전하께서는 대신을 존경해서 그 정치를 맡기시고 그 기강을 대강 세우고 그 법도(法度)를 대강 정하셔서 후일에 큰 근본(根本)이 서고 큰 법도가 행해질 수 있는 기반(基盤)을 이루시옵소서.

신이 임금님의 책문(策問)에 말씀하신 '제생학공자자(諸生學孔子者)'(제생들을 공자를 배운 자)에서 '기언지이흘'(말하기를 다하여라)까지를 엎드려 읽어보오니, 황무(荒蕪)한 말학이 어찌 족히 알겠습니까마는 공부자께서 국정(國政)을 하시는 것은 도(道)를 밝히는 데 지나지 않을 따름이옵고, 학문을 하시는 것은 '근독'(홀로 있는 때를 조심하는 것)에 지나지 않을 따름이오니, 삼가 도(道)를 밝히는 것과 근독(謹獨)의 두 가지 일을 가지고 전하를 위하여 말씀드리겠습니다.

나라를 다스리는 것은 도(道)뿐이요, 이른바 도라는 것은 천성(天性)을 따르는 것을 말합니다. 대개 천성이 있지 않은 것이 없기 때문에 도(道)도 있지 않은 것이 없습니다. 크게는 예악형정(禮樂刑政)과 작게는 제도 문화사업(文化事業)이 인력을 빌지 않는 것이 없으며, 각각 당연한 이치(理致)가 있지 않는 것이 없사온데, 이것이 곧 고금의 제왕들이 다같이 실천(實踐)하며 정치(政治)를 하시던 것으로써 하늘과 땅에 충색(充塞)하고 예와 지금을 관철(貫徹)하는 것이로되 실은 일찍이 내 마음의 안에서 벗어나지 않사옵니다. 이것을 따르면 나라가 다스려지고 이것을 잊으면 나라가 어지러워지기 때문에 잠깐 사이라도 가히 떠날 수가 없습니다. 이러므로 이 도(道)의 본체(本體)로 하여금 생각하고 보고 듣는 사이에 요연(瞭然)하게 밝혀야지 감히 잠시라도 밝지 못한 것을 그대로 두어서는 안 되옵니다.

그러나 사람의 정(情)은 언제나 나타나는 곳에서는 조심하고 은미(隱微)한 곳에서는 소홀(疏忽)하지 않을 수 없사온데, 그윽하고 음밀(陰密)한 곳은 곧 여러 신하들이 보지 못하는 곳으로서 자기만이 홀로 보는 바이옵고, 미세(微細)한 일도 여러 신하들이 듣지 못하는 곳으로서 자기만이 홀로 아는 바이온데, 이것은 모두 인정(人情)을 소홀히 하는 바로서 하늘을 속이고 사람을 속일 수 있어서 반드시 삼가지 않아도 되는 것으로 여기는 것이옵니다. 이러한 마음을 가지고서 오래도록 감추고 숨겨두견, 그 용모(容貌)에 나타나고 정사(政事)를 베푸는 즈음에 발표되어 반드시 드러나서 가릴 수 없는 것이 있고 마침내 정치(政治)를 훼손(毀損)하고 교화(教化)를 해치는 데 이르나이다.

그러므로 옛적에 제왕(帝王)들은 이미 이 도(道)를 경계(警戒)하고 조심해서 항상 밝혀 혼미(昏迷)하지 않게 하면서도 특히 이 그윽하고 은밀(隱密)한 중에 더욱 삼가기를 극진히 하였사옵니다. 반드시 기미(機微)가 보이는 시초(始初)로 하여금 일호(一毫)라도 사악(邪惡)과 거짓의 싹이 없고 순수하게 의리(義理)가 발현되게 하면, 나라를 다스리는 도가 진선진미(盡善盡美)할 것이오니 이것이 바로 기강(紀綱)이 선 것이그 법도(法度)가 정해진 바이옵니다.

엎드려 바라옵건대 전하께서는 정말로 도(道)를 밝히고 홀로 있는 때를 조심하는 것으로써 마음을 다스리는 요점(要點)으로 삼으시고 그 도(道)를 조정의 위에 세우시면 기강(紀綱)은 어렵게 세우지 않더라도 서지고, 법도(法度)는 어렵게 정하지 않더라도 정해질 것입니다. 그런즉 공부자께서 말씀하신 '삼 월도 가하다는 것과 삼 년이면 이룬다' 는 것이 또한 여기에 있지 않은 것이 없을 것이옵니다. 신(臣)이 천위(天威)의 두려움을 무릅쓰고 감격(感激)하고 간절함이 지극(至極)함을 이기지 못하며 삼가 천미(賤味)함을 무릅쓰고 죽음로써 대(對)하나이다.

---

* 참고문헌 : 정암집.

# 수지의 서원



## 심곡서원(深谷書院)

도덕적 이상 정치를 구현하려다 희생되었던 정암 조광조를 받들어 모시고 있는 곳이 심곡서원이다.

정암은 조선시대 중종 때 성리학자로 자는 효직(孝直) 호는 정암(靜菴), 시호는 문정(文正), 본관은 한양, 개국공신 온(溫)의 5세손 감찰(監察)원강의 아들이다……(중략)

정암이 벼슬길에 오른 것은 1515(중종10년) 그의 나이 34세 때였다. 사헌부 감찰, 사간원 정언, 호조좌랑, 홍문관 부제학, 사헌부 대사헌 등 순풍에 돛단 듯하였다. 그러나 너무 급진적이고 이상에 치우친 그의 꿈은 임금을 지치게 하고 대신들의 미움을 사게 하여 집권 5년 만인 1519년 38세의 나이로 탄핵을 받아 사사되기에 이르렀다……(중략)

융경 무진년(隆慶 戊辰年)은 지금 임금인 선조9년이었다. 정암 선생께 영의정을 추중하시고 다음해에 시호를 바꾸어 도덕 있고 들은 것이 넓으며 올바른 도리로 사람을 복종시키므로 문정(文正)이라고 하였다. 또 명해서 그 언행을 기록하게 하고 서원과 사우(祠宇)를 세우게 했다.—노수신의 정암 신도비명에서

선조9년(1576)에 여러 선비가 의논하여 죽전(竹田)에 서원을 세우고 정암 선생과 포은 선생을 배향하였으니 이 땅이 두 선생의 묘도(墓道) 중간에 있기

때문이며…… (중략) 불행히도 임진년(선
조25년)에 병화를 입어 폐허가 되었으므
로 사람이 애석하게 여겼다. 구성(현 용인
구성 일대) 한 고장은 가장 큰 병란을 당하
여 10년 이래로 민호(民戶)가 모이지 않아

심곡서원 정문

서 정암 선생 묘소 아래로 자손도 노복도 없고 풀 뜯는 마소도 막지 못했는데
선비들이 향화가 끊긴 것을 민망히 여겨 묘소 곁에 사우를 지었다…… (중략)
—이정구의 충렬서원 강당기에서

　여기서 보듯 정암을 모셨던 서원은 수지읍 죽전리에 있어 죽전서원이라 했
으나 임진왜란으로 불타 버렸다. 구성의 서쪽에 있는 심곡 남향은 정암 선생
이 시묘살이를 한 곳으로 의리(衣履)를 비장(秘藏)한 곳이기도 하다. 마을에
는 장엄한 사당이 있으니 이는 곧 선생의 영혼을 봉안한 곳이다. 선조38년
(1605)에 유생들이 창건하였고 효정 원년(1650) 국가에서 사액(賜額)하였다.
봄 가을로 제향을 올리고 초하루와 보름에 분향을 하니…… (중략) —한규복
이 지은 심곡서원 중수기에서

　돌아가신 뒤에 조정으로부터 공자 묘정에 배향하였고 선조38년(1605)에
군의 선비들이 선생의 교화와 덕에 감복하여 용인의 심곡에 사묘를 세우
고…… (중략) —민병승의 심곡서원 중수기에서

　이것으로 보아 선생이 죽음을 당하신 지 57년 후에(1576) 죽전서원을 세웠
고, 1592년 임란으로 죽전서원이 불타 버렸다. 그 후 1605년 상현리에서 다시
세웠으며, 1650년 나라에서 심곡서원이라 사액을 받았으며 그 후 중수를 거
쳐 오늘에 이르렀다. 그리고 조광조 선생이 수지읍과 인연을 맺게 된 것은 선
생의 증조인 조육이 용인 이씨 이백찬의 맏사위가 되어 용인 이씨 선영인 신
갈에 묘소를 썼고, 그 아들인 선생의 조부 조충손(1497)의 묘소를 상현리에

---

쓰면서였다. 그리고 선생의 아버지 원강(1500) 역시 이곳에 모셨고 선생이 시 묘살이를 했으며 복제가 끝나고도 초가집 수칸을 산소 곁에 세우고 살던 곳이 상현리다. 또한 선생께서 기묘사화에 죽음을 당하시면서 따르는 자에게 이르기를 나를 반드시 선인의 무덤 아래 묻게 하라 하시니 이곳 상현리가 선생의 유택이 된 까닭이다. 따라서 선생의 묘소가 있는 이곳에 사묘와 서원이 건립하게 된 것은 인연을 따라 자연히 이루어진 것이다.

'인군을 사랑하길 어버이와 같이 하니, 하늘과 태양이 단충(丹衷)을 비춰 주네'

이것이 선생이 죽으면서 쓰신 글이다. 선생의 정신이 잘 나타나 있다.


## 기문


深谷書院 重建 上樑文(在龍仁先生墓傍)
심곡서원 중건 상량문(재용인선생묘방)


人之有道也 莫尙尊師講學之方 文不在玆乎 宜新揭虔妥靈之所 僉謀協順 舊觀增光 文正公 靜菴先生 道宗鄒魯 學傳程朱 居家事親 天然孝友之性 進德修業 自以聖賢爲期 淵源夙接 於寒暄 踐履日就於眞實 神明可質 士林攸依 豈惟義理精微之間 無事不察 盖於視聽言動之 際 非禮勿爲 當中廟更化之辰 有漢庭薦士之擧 朝家則待以不次 謙遜而進由大科 爰契合而 動皆昭融 遂登庸而畀以綱紀 明主之眷 將擬早作霖雨 羹作鹽梅 先生之心 欲使世爲唐虞君 爲堯舜 庶幾無匹夫不獲 何難致比屋可封 嗟吾道之不行 痛讒言之罔極 東都處士 憂傷殄瘁 之詩 南國騷人 哀怨招魂之賦 公論復起 不待百年 斯文再興 尙賴一脉 迺卜靑鳥之舊地 仍 恢白鹿之新規 南面專祠 宛符兩楹之夢 秋天爽氣 想像亞聖之姿 道固隨世而汚隆 事或因時 而擧廢 蕭條兵燹之後 寂寞絃誦之場 俎豆儀容 久輟中丁之禮 師生問學 多乏爲己之誠 儒 風而之澆漓士論莫不傷歎 經營重建 遠邇咸輸 舍舊圖新 去卑湫而就爽塏 責功程事 嚴繩 墨而正規模 升堂室則瞻仰之懷逾勤 視簡策則答問之義斯在 玆實後生景賢衛道之志 抑亦

盛朝興學右文之功 將舉脩梁 載涓吉日 頌竊效於晉人張老 寸顧慙於楚曲陽春

兒郎偉抛梁東 喜見彬彬振士風 弟子莫憂人未識 也誰勤學不成功

兒郎偉抛梁西 大道如天人自迷 欲識聖門眞路脈 玄關早透一丸泥

兒郎偉抛梁南 道在眼前如倚參 君子由來恒自重 才將天地亦爲三

兒郎偉抛梁北 大禹當年寸陰惜 日月如馳不少留 傷悲歲眞知何益

兒郎偉抛梁上 俯察人文仰天象 三光五岳盪精光 男子胸口要哭量

兒郎偉抛梁下 耦耕莫道無聞野 舌爲未耜紙爲旺 書有三謨詩二雅

伏願上梁之後 圖書靜嘉 簪履安穩 循模守範 人知師道之賢 敬業樂群 士無自暴之病 鞏固

指山河而等久 文明與日月而俱昭 有來欽欽 其永蕭蕭

清陰集(金尙憲1570-1652) 권 14, 上樑文, 深谷書院重建上樑文


## 심곡서원 중건 상량문(深谷書院 重建 上樑文)

―용인(龍仁) 선생의 묘소(墓所)옆에 있음


사람에게는 도(道)라는 것이 있어 존사(尊師:스승)가 강학(講學)하는 방법을 숭상함이 없으면 글이 한층 빛나지 않을 것이니 삼가 타령(妥靈:신주(神主)를 섬겨 모심)하는 곳을 새롭게 높여 받드는 것이 마땅하여 모두 함께 협순(協順:쫓음, 따름)하고 구관(舊觀:예전 모양)을 더욱 빛나게 할 것을 모의하였다. 문정공(文正公) 정암 선생(靜菴 先生:조광즈(趙光祖))께서는 도통(道統)으로는 추로(鄒魯:공자와 맹자)를 존숭하고 학통(學統)으로는 정주(程朱:정호, 정이 형제와 주자(朱子))를 이어 받았다. 집안에 있어서는 사친(事親)하였으니 하늘로부터 전해 받은 효우(孝友)의 성품을 지녔고, 덕업(德業)을 닦아스스로 성현(聖賢)으로의 기대를 삼았는데 그 연원(淵源)은 삼가 한훤(寒暄:김굉필(金宏弼))에게 접해 있었다. 천리(踐履:품행)는 진실(眞實)에 일취월장(日就月將)하여 신명(神明:신기(神祇))도 그 바탕을 옳게 여겼고 사림(士林)도 더욱 의지하였으니 어찌 의리(義理)가 정미(精微:정밀(精密))한 사이에 들어가 있다고 하더라도 무사(無事)하게 살피지 않음이있었으랴! 대개 말과 행동할 때를 살펴보면 예(禮)가 아니면 행동하지 않았다. 중묘(中廟:중종)의 경화(更化:고쳐 새롭게 함)하는 때를 만나 한정(漢庭:중국을 의미)에서의 천거제(薦擧制)를 시행함에 조가(朝家:왕실)에서는 순서에 의하지 않고 대우하였다. 겸손(謙遜)하면서도 대과(大科)에 급제하여 이에 계합(契合:부합)하였으며 행동 또한 모두 융융(融融:화락한 모양)하였다. 마침내 등용(登庸)되어 강기(綱紀:기강(紀綱)로 다스리니 명주(明主:명군(明君))의 은혜는 장차 가뭄이 임우(霖雨:가뭄을 푸는 사흘 이상 오는 비)를 만들고 국에 염매(鹽梅:음식에 간을 맞춤)하는 것에 비유되었다. 선생의마음은 세상을 당우(唐虞) 시대와 같이, 임금을 요순(堯舜)과 같이 만들고 싶었고 그 바람은 필부(匹夫)에게조차 인정받지 않음이 없었으니 어찌 비옥(比屋:나란히 죽선 집)으로 봉경(封境)을 이루는 것이 어렵겠는가!

차(嗟)라! 우리의 도(道:유교)가 행해지지 않으니 참언(讒言:남을 헐뜯는 말)이 원망스럽도다. 동도(東都:경주) 처사(處士)의 우상(憂傷:근심하여 마음 아파함)하고 진췌(殄瘁:병들어 초췌함)한 시(詩)와 남국(南國) 소인(騷人:시인 또는 문사)의 애원(哀怨:슬퍼하고 원망함)하고 초혼(招魂)하는 부(賦)로 공론(公論)을 다시 일으키니 백년도 채 되지 않아 사문(斯文:유교)이 다시 일어나 더욱 한 맥락에 의지하게 되었다. 이에 청조(靑鳥)가 살던 옛 땅을 복택(卜宅)하고 거듭 백록(白鹿)의 신규(新規:새로운 규칙)을 확장하여 남향으로 사당을 지으니 양영(兩楹:당상의 동서에 있는 두개의 큰 기둥)의 꿈에 부합하였다.

가을 하늘의 상기(爽氣:상쾌한 기분)는 아성(亞聖)의 자품(姿品 )을 상상(想像)하게 하는데, 도(道)는 재삼 세상을 따라 더럽혀지기도 하고 융성해지기도 하며, 일은혹 때에 따라 이루어지기도 하고 폐하여지기도 하는 것이다. 소조(蕭條:쓸쓸한 모양)한 병선(兵燹:병화(兵火)) 뒤에 적막(寂寞)한 현송(絃誦:학문에 힘씀)의 장(場:즉 深谷書院을 지칭함)에서는 조두(俎豆:제기(祭器))의 의용(儀容)이 오래도록 중정지례(中丁之禮)를 중단하였다. 이에 사생

(師生)의 학문(學問)은 대부분 위기지성(爲己之誠)을 잃어 유풍(儒風)은 요리(澆漓:요박(澆薄), 경박함))해지고 사론(士論)도 상탄(傷歎:슬퍼하고 탄식함)하지 않음이 없어 중건(重建)하기 시작하니 원이(遠邇:원근(遠近))에서 모두 수래(輸來:물건을 운반하여 옴)하여 낡은 서원을 새롭게 도모하였다. 따라서 천하고 저습한 곳을 버리고 상개(爽塏:앞이 탁 트여 밝은 땅)한 곳을 취하여 공정(工程)을 독촉하고 일을 헤아림에 승묵(繩墨:법도)과 규모가 엄정(嚴正)하였다. 당실(堂室:집안)에 오르면 첨앙(瞻仰)하는 마음이 더욱 근근(勤勤)하였으며 간책(簡策:(簡册, 서적))을 살펴브면 답문(答問)의 의리(義理)가 사문(斯文:유교)에 있어 후생(後生)들의 경현위도(景賢衛道: 현인(賢人)을 우러러 보고 도리(道理)을 영위함))하는 뜻이 더욱 신실(信實)하였으니 생각건대 성려(盛麗:성장(盛裝)하고 화려함)한 조정의 흥학우문(興學右文)의 공(功)은 장차 들보를 들어 올려 길일(吉日)을 택하고 진인장노(晉人張老)를 기리고 본받음에 있으니 잠시 돌아보니 초곡(楚曲)중 양춘(陽春:고상한 가곡)에 부끄럽도다.

아랑위(兒郞偉) 커다란 들보를 동쪽으로 내던지니 사풍(士風)이 진작되어 빈빈(彬彬:문채와 바탕이 함께 갖추어져 찬란한 모양)함을 즐기네. 제자(弟子)들은 사람이 알지 못함을 걱정하지 않으니 누가 근학(勤學)하여 성공하지 못하겠는가.


아랑위(兒郞偉) 커다란 들보를 서쪽으로 내던지니 대도(大道)는 하늘과 같아 사람 스스로를 미혹하게 한다네. 성문(聖門:공자의 문하)을 알고자 하여 참된 길이 끊이지 않으니 현관(玄關:현묘한 도에 들어가는 입구)은 일찍부터 일개의 환니(丸泥:진흙 덩어리)를 꿰뚫었다네.


아랑위(兒郞偉) 커다란 들보를 남쪽으로 내던지니 도(道)가 눈앞에 있음이 마치 동열(同列)에 의지함과 같다네. 군자(君子)는 본래 항시 자중(自重)하는 것 바탕은 천지(天地)를 따라 아룰러 셋이 된다네.

아랑위(兒郞偉) 커다란 들보를 북쪽으로 내던지니 대우(大禹:중국 우(禹)임금) 당년(當年)에는 촌음(寸陰)조차 아까웠다네. 세월이 질주하듯 조금도 머무르지 않으니 상비(傷悲:슬퍼함)한 세월 어떤 보탬이 있을지 알지 못하겠네.

아랑위(兒郞偉) 커다란 들보를 위로 내던지니 머리 숙여 인문(人文)을 살피고 천상(天象:천체의 현상)을 우러르네. 삼광(三光:일(日)·월(月)·성(星)의 세 빛)과 오악(五岳)은 정광(精光:밝은 빛)을 움직이니 남자의 흉중(胸中)에는 슬픈 생각으로 가득하네.

아랑위(兒郞偉) 커다란 들보를 아래로 내던지니 우경(耦耕:두 사람이 나란히 밭을 갊)하는 이들 도(道)에 밝지 않아 들에서 들은 바 없다네. 혀를 뇌사(耒耜:쟁기)삼고 종이를 밭 삼으니 서(書)에는 삼모(三謨)가 있고 시(詩)에는 이아(二雅:시경(詩經)의 대아(大雅)와 소아(小雅))가 있다네.

엎드려 바라건대 상량(上梁)한 후에 도서(圖書)가 정가(靜嘉:깨끗하고 아름다움)하고 잠리(簪履:비녀와 신발, 의관)가 안온(安穩:무사하고 편안함)하며 업(業)을 공경하고 무리를 즐겁게 하여 선비들이 스스로를 해치는 병을 없게 할 것이다. 산하(山河)가 견고하게 오래되었듯이 문명(文明)은 세월과 더불어 빛나니 흠흠(欽欽:사모하는 모양)함에 있어 영원토록 숙숙(肅肅:공손한 모양)할 지어다.

김상헌(金尙憲)지음

청음집(淸陰集) 권 14, 상량문(上樑文), 심곡서원중건상량문(深谷書院重建上樑文)

# 심곡서원 강당기(深谷書院 講堂記)

奧自仁明兩朝以來 先生之道 大明於世 雖婦人孺子 莫不誦其名 稱其德 後雖有能言之士
更無容贅其辭矣 惟太學生康惟善之疏 是伸冤明道第一文字 而論先生源泒者 未免有可疑
其以圃隱爲東方理學之宗者 盖圃隱始以程朱之說 啓牖東士 其橫竪說話 直契無違 則其謂
之理學之宗者 不亦宜乎 至其以金司藝叔滋 爲傳圃隱之學於冶隱 以授其子畢齋 以至於金
文敬公 而遂及於先生 則竊恐不得爲不易之定論也 先生授受之統 非後學所敢議 然竊以諸
老先生之尙論 及以先生言論風旨觀之 則竊謂中間數君子 特以發其端而已 惟受學於文敬
公者 不可誣也 盖先生負特立之資 膺奎明之會 不繇師傳 獨契道妙 由濂洛關閩之學 上求
乎大學語孟中庸之旨 規模正大 工夫嚴密 粹然聖賢之道 而純乎帝王之法矣 雖能行之一時
而傳之於後者 可以愈久而無弊矣 嗚呼 此豈人力之所與哉 天實啓之也 朝廷旣從祀文廟 則
其崇報也極矣 而京外章甫 又卽丘墓之傍 建祠妥靈 而講堂則未遑也 其後 章甫縉紳 又合
謀鳩材 經始於丁酉之秋 訖 功於戊戌之春 藏修遊息之所 於是略備矣 而先生五世孫 今三山
使君渭叟爲諸生 求記於余 余以爲先生之生於我東者 實如濂溪之於宋朝也 豈必授受次弟
如貫珠 然後乃爲道學之傳哉 凡後人之登斯堂者 不徒想像乎先生容色聲音 而必須講求乎
先生之所學 不過近宗乎程朱之正脉而上求乎洙泗之妙旨而已 夫出口入耳 爲名無實者 固
先生之所深恥也 況於浮靡藻繪之習哉 盖嘗聞書院之設 眞盛於宋朝 其勸戒院士之設 莫備
於張南軒嶽麓之記矣 細而飮食起居之節 近而事親從兄之實 微而天理人欲之際 則可謂無
餘蘊矣 而晦翁猶以爲未究乎下學之功 而必使養之於未發之前 察之於將發之際 善則擴充
之 惡則克去之 夫二子之說 卽先生之所服習而受用者也 然則欲求先生之學者 捨是 宜無他
說也 抑先生遺事 有逸於諸書者 先生從文敬於熙川之時 年僅十七矣 文敬得一美味 將奉送
母夫人 守者不謹 爲鳥圓所攫 文敬聲氣頗厲 先生進曰 先生奉養之誠 則誠至矣 而君子辭
氣 不可須臾放過也 文敬不覺膝前執手曰 我非汝師 而汝實我師也 終日嘖嘖 先生資質之美
固度越今古 而文敬服善之量 亦有所相發於先生矣 熙川之遺老 至今傳爲美談 此宜揭於斯
堂 故並著之
時 崇禎癸丑十月 日

恩津宋時烈 記

(靜菴集 附錄 卷4 深谷書院 講堂記)

## 심곡서원 강당기(深谷書院 講堂記)

아! 인종(仁宗)과 명종(明宗) 양조(兩朝) 이래로부터 선생의 도(道)는 세상에서 크게 명시(明示:똑똑히 드러내어 보임)되어 비록 부인(婦人)과 유자(孺子:어린 아이)라 할지라도 그 이름을 외우지 못하는 사람이 없었고 그 덕(德)을 칭송하였으며, 후대에 비록 말을 잘하는 선비가 있다고 할지라도 경대(更代:교대)하여 그 사(辭)를 이어 가는데 말하지 않는 이가 없었다. 그중 오직 태학생(太學生) 강유선(康惟善)의 상소는 신원(伸寃)하고 도(道)를 밝히는데 가장 적합한 글이지만, 선생의 원조(源派:源流)를 논하는 사람으로서는 가의(可疑:의심스러움)함이 있음을 벗어나지 못한다.

포은(圃隱:정몽주(鄭夢周))을 동방(東方) 이학(理學:성리학(性理學))의 으뜸으로 삼는 것은 대개 포은(圃隱)이 처음 정주(程朱:정이·정호 형제와 朱子)의 학설을 동사(東士:東方의 선비) 들에게 계유(啓牖:계도(啓導))하였고 그 횡수설화(橫竪說話:橫竪說去 또는 횡설수설(橫說竪說))함이 직도(直道:옳은 도리)여서 어긋남이 없어 이를 일러 이학(理學)의 으뜸이라고 하는 것이니 또한 마땅하지 아니한가! 사예(司藝) 김숙자(金叔滋)에 이르러 포은(傳圃)의 학문은 야은(冶隱:吉再)에게 연결되게 되어 그 아들 필재(畢齋:김종직(金宗直)를 가르쳐 김문경공(金文敬公:金宏弼)에 이르러 마침내 선생(先生)에게 미치게 되었으니 삼가 불역(不易:불변(不變))의 정론(定論)을 얻지 못할까 두렵다.

선생(先生)의 수수지통(授受之統:주고 받은 통론)은 후학(後學)들이 감히 의논할 바가 아니지만, 삼가 여러 능숙한 선생들의 상론(尙論:古人의 언행인격을 논함)으로 선생의 언론(言論)과 풍지(風旨)를 살펴본 즉 삼가 중간에 여러 군자(君子)들이 말한 것들은 특히 그 발단(發端:시초)일 뿐으로 생각건대 문경공(文敬公)에게 수학한 것들을 더럽힐 수 없다. 대개 선생은 뛰어난 자질

을 지니고 규명(奎明:규운(奎運) 혹은 문운(文運))한 때를 만났으나 스승의
전수함을 따르지 않고 홀로 도(道)가 묘계(妙契:묘하게 서로 맞음)함을 따라
염락관민지학(濂洛關閩之學)의 학문을 본받고 위로는「대학(大學)」·「논어
(論語)」·「맹자(孟子)」·「중용(中庸)」의 대요(大要)를 구하여 규모(規模)가
정대(正大)하고 공부(工夫)가 엄밀(嚴密)하였다. 성현(聖賢)의 도(道)에 수연
(粹然:순수한 모양)하였고 제왕(帝王)의 법(法)에 순연(純然:순수한 모양)하
여 비록 한 순간의 행동이라고 할지라도 능히 후세에 전해지는 것은 더욱 오
래되면서도 폐(弊)가 없으니 오호(嗚呼)라! 이것이 어찌 사람의 힘으로 가능
한 것인가! 실로 천계(天啓:하느님의 계시)로다.

  조정(朝廷)에서 이미 문묘(文廟)에 종사(從祀)하였으니 그 숭보(崇報)함이
지극하다고 할 것이요, 경외(京外)의 장보(章甫)들은 또 묘소의 옆에 사당을
세워 타령(妥靈:신주(神主)를 섬겨 모심) 하였으나 강당(講堂)은 미황(未遑:
미처 겨를을 내지 못함)하였다. 그 후 장보진신(章甫縉紳:유학자와 高官)들
이 또 구재(鳩材:材用을 모음)하기를 함께 모의하여 정유년(丁酉年之:1657년,
효종8) 가을부터 경시(經始:일을 시작함)하여 무술년(戊戌年之:1658년, 효종9)
봄에야 일을 마치게 되었으니 장수유식(藏修遊息)할 곳이 대략적으로 준비
되었다. 선생의 5세손으로 현재 삼산사군(三山使君)으로 있는 위수(渭叟)가
제생을 위해 나(宋時烈)에게 기사(記事)를 부탁하였다. 나는 선생께서 아동
(我東:조선)에 태어나신 것을 사실상 염계(濂溪:주돈이(周敦頤))가 송나라에
태어난 것과 같은 것으로 생각하고 있었는데, 어찌 수수(授受)의 차례가 반드
시 구슬을 실로 꿰는 것과 같다고는 하지만 그 후에야 도학(道學:性理學)의
전래가 있을 수 있었겠는가! 무릇 후세의 사람으로 이 당(堂)에 오르는 사람
은 선생의 용색(容色)이나 성음(聲音)을 상상(想像:마음속으로 그리며 미루
어 생각함)하여 쫓지 않는다 하더라도 반드시 선생의 학문을 강구(講求:조사
하여 찾음)할 것이니 가까이는 정주(程朱)의 정맥(正脉)을 존숭하는 것에 불
과하지만, 위로는 수사(洙泗)의 묘지(妙旨)를 구할 뿐이로다. 무릇 출구입이
(出口入耳:두사람 사이의 이야기를 다른 사람은 아무도 듣지 못함)는 위명무

실(爲名無實)한 것이어서 이것이 오로지 선생의 심치(深恥:큰 수치, 심수(深羞))이니 하물며 부미(浮靡:부박(浮薄)하고 하려함)하고 조회(藻繪:꾸밈)하는 습기(習氣:습관)에 있어서는 어찌 하겠는가!

대개 일찍이 서원(書院)의 건립은 송나라에서 매우 성하였고 원사(院士)의 설비를 권계(勸戒)한 것은 장남헌(張南軒)이 옥록(獄麓)을 기록한 것에 잘 갖추어져 있다고 들었다. 음식(飮食)·기거(起居)의 절목(節目)은 자세하고 사친(事親)·종형(從兄)의 실교(實敎)는 근리(近理:이치에 가까움)하며 천리(天理)·인욕(人欲)의 제회(際會:좋은 때를 만남)는 미세(微細)하여 가위 여온(餘蘊:남은 저축)이 없다고 한다. 이에 회옹(晦翁:주자(朱子)은 도리어 하학(下學:정도가 낮은 학문)의 공(功)을 궁구(窮究)하지 않고 반드시 미발(未發:오욕칠정(五慾七情이 일어나지 않음)하기 전에 이를 육성케 하였고, 장차 입신(立身)할 때에 이를 살펴 선(善)하면 이를 확충(擴充)하고 악(惡)하면 이를 물리치도록 하였으니 무릇 이자(二子:張南軒과 朱子)의 설(說)은 선생이 이미 복습(服習)하여 수용(受用)한 바라할 것이다. 그런즉 선생의학문을 구하고자 한다면 이를 버리는 것이 마땅하며 다른 설(說)이 없다.

삼가 선생의 유사(遺事) 가운데 여러 서책(書册)에서 산실(散失)된 것이 있는데, 이것은 선생이 문경공(文敬公:金宏弼))을 쫓아 희천(熙川)에 있을 때의 것으로 이때 나이는 겨우 17세였다. 문경공(文敬公)이 맛있는 음식 하나를 얻어 장차 모부인(母夫人)에게 봉송(奉送)하려고 하였는데 이를 지키는 자가 삼가지 못해 까마귀 떼에게 확서(攫噬:움켜다가 마구 씹어 먹음)당하게 되었다. 이에 문경공(文敬公)의 성기(聲氣:기세)가 자못 사납게 되자 선생이 나아가 아뢰기를 "선생께서의 봉양(奉養)코자 하는 성심(誠心)은 지극히 정성스럽다고 할 수 있으나 군자(君子)의 사기(辭氣:말씨)는 수유(須臾:잠시)라도 방과(放過:허물을 보임)함이 옳지 않습니다."라고 하였다. 문경공(文敬公)은 무심결에 무릎 앞에서 집수(執手:남의 손을 잡음)하며 말씀하시기를 "나는 너의 선생이 아니며 네가 실로 나의 스승이로다."라고 하시며 종일토록 책책(嘖嘖:칭찬하여 마지않는 모양)하였다고 하니 선생이 갖춘 자질(資質)의 아름다움은 진실로 고금(古今)을 도월(度越:남보다 뛰어남)한 것이며 문경공(文敬公)께서 갖춘 복선(服善)의 아량 역시 선생과 함께 일어난 바라 할 것이니 희천(熙川)의 유노(遺老:아직 생존한 노인)들에게 지금에 이르도록 미담(美談)으로 전해진다고 하니 이것을 마땅히 이 강당(講堂)에 게시하여 널리 알리노라.

때는 숭정(崇禎) 계축년(癸丑年:1673년, 현종14) 10월 일

은진(恩津) 송시열(宋時烈)은 기록하다.

「정암집(靜菴集)」 부록 권 4, 「심곡서원 강당기(深谷書院 講堂記)」


## 심곡서원 중건기(深谷書院 重建記)
— 민병승 지음


若夫輔世長民 成久遠之業者 莫大乎敎化之隆 而敎化之本 則尊賢重道 人倫之所以明 風俗之所以厚也 我靜菴先生 以命世特起之才 遠紹傍搜 充而爲德行 發而爲事業入而事君 則必思堯舜其君 出而理民 則必欲堯舜其民 全體大用之學 講之明 而行之力 豈非斯道 自任者歟 旣歿之後 自本朝 已腏食夫子廟庭 穆陵乙巳 邦人士服先生之敎 感先生之德 剏立院祠于龍仁之深谷 春秋饗獻祠之 厄丙子兵燹 爲鞠莽者 五十年 博士孫公倬 去卑湫 就爽塏 重建正堂 而餘屋未完 寧陵元年 庚寅 賜院額 知事李公揚顯 繼建講堂山仰齋 而臨深聞香等閣 後又次第增築 邊豆秩秩 絃誦洋洋 歲月滋久 風雨寒屋 困於撑柱 臨深山仰聞香閣 竟乃撤而未克經始 距今六十三年前 疊院毀撤時 深谷書院 以先生曾廬墓之地 衣履之藏 得巋然而存 明陵朝 有御製詩 我家文忠公謹識其下 方以爲傳寶 後二百年 壬申 韓承旨圭復改粧復奉 院任孟輔淳 李義善 慨然以興作自任曰 今焉 未集厥功 非體列聖尊賢之意 又非昭明吾道之忱也 爰謀同志 罔不奔走 從事以賫以力 迭相佽助 庀事於癸酉四月 訖功於切月三十日 改建正堂 自內三門 至外三門 罅漏者補之 邪傾者正之 朽壞者新之 裁正方偶 崇峻堂陛 像設如在 邈乎嵩岱之峻極 爛若星斗之麗天 文獻之徵 前有淸陰金文正公 華陽老子 陶菴李文正公 備述之 今何敢更贅 是役也 增檻以廣其制 儀門改作 增土以高其基 肄業之館 庀漏之室 巍然炳然 頓還舊

規 以至璠垣之環繞 墻序之布列 道路橋梁 無不繕修 齊任及儒林 諸君子 賢勞以迄於成 皆可
書也 旣落之後 諸章甫 屬丙承爲記 以謹歲月 竊念猥當授簡之末 俎豆之事 喜聞而樂道之
烏可以不敏辭 嗚呼天步艱難 倐爲四十年星霜 士氣日挫 斯文不絶如綫 倐然有陽復之漸 是
爲吾黨賀 然師生之講肄於斯者 徒有修學之名 而不切問近思 則不幾於梔辭蠟言之歸 宜責其
躬以成德達才 而收夫風俗益厚 敎化大行 不負我烈培養之恩 于以明先生道軆之廣博 方可謂依
瞻之本 藏修之工 兩得其道云

先生歿後 四百十五年 孟秋 後學驪興 閔丙承 謹記


## 민병승(閔丙承) 지음

세상을 보필하고 백성들을 향상시키는 것으로 장구한 사업을 이루는 데는
교화의 융성함보다 더 큰 것이 없다. 교화의 근본은 곧 어진 사람을 높이고
도를 중히 여기는 데 있으니, 인륜을 밝히고 풍속을 후하게 하기 때문이다.

정암(靜菴) 선생께서는 하늘로부터 타고난 재질로 멀리 수사(洙泗)의 학통
(學統)을 잇고, 널리 학문을 연구하여 안으로는 덕행을 쌓고 밖으로는 사업
(事業)을 발휘하였으며, 조정에 들어가 임금을 섬기면 그 임금을 요순(堯舜)
같은 훌륭한 임금으로 만들기를 꾀하였고, 지방에 나와 백성을 다스리면 요
순의 백성으로 만들려고 하였으니 학문의 전체를 폭넓게 써보려 하여 밝게
학문을 강(講)하고 힘써 배운 바를 행하니, 어찌 유도(儒道)를 스스로 책임진
자가 아니겠는가.

돌아가신 뒤에 조정으로부터 공자의 묘정에 배향(配享)하였고, 선조38년
(1605)에 군(郡)의 선비들이 선생의 교화와 덕에 감복하여 용인의 심곡에 사
묘(社廟)를 세우고 봄ㆍ가을로 제향을 올리다가, 병자호란(丙子胡亂)에 병화
(兵禍)를 입어 황폐해진 지 50년이 되었다. 박사(博士) 손탁공이 다른 곳으로
부터 옮겨와서 다시 정당(正堂)을 세웠으나, 나머지는 세우지 못하였다. 효종
원년(1650)에 사액(賜額)할 때 지사 이양현(李揚顯)이 이어 강당ㆍ산앙재(講
堂ㆍ山仰齋)를 세우고 임심각(臨深閣) 문향각(聞香閣)도 차례로 세웠으며,
변두(籩頭)도 잘 갖추어 놓고 글읽는 소리도 낭낭하였다. 그러나 세월이 오래

되고 비바람에 집이 훼손되어 기둥도 지탱하기 어렵더니, 마침내 임심각, 산 앙재, 문향루각이 헐어져도 손을 대지 못하였다.

지금부터 63년 전 대원군(大院君)의 명령에 따라 한 사람으로 두 곳 이상에 중복하여 설치한 서원을 철폐할 때에도 심곡서원은 선생께서 일찍이 시묘 (侍墓)를 살던 곳이요, 묘소도 계신 곳이어서 그대로 보존되었다.

숙종 임금이 어제시(御製詩)를 내려주신 바 있는데, 우리 가문의 문충공(文 忠公)께서 거기에 발문(跋文)을 붙여 대대로 전하는 보배로 삼았다. 2백년 뒤 고종9년(1872)에 승지 한규복(承旨 韓圭復)이 다시 손질하고 위패를 모심에 원임 맹보순(院任 孟輔淳), 이의선(李義善)이 분연히 일어나서 자천(自薦)하 여 말하기를 "지금 공들여 보수하지 않으면 열성조(列聖朝)의 존현(尊賢)하 는 뜻을 받드는 것도 되지 않고, 우리의 도를 밝히지도 못한다."고 하여 동지 들과 꾀하여 분주하게 종사하고 물질과 인력을 서로 협조하여 고종10년 (1873) 4월에 시작하여 윤 4월 30일에 끝마쳤다. 정당(正堂)을 다시 세우고, 내삼문(內三門)으로부터 외삼문(外三門)에 이르기까지 갈라지고 비가 새는 것은 보수하고, 기울어진 것은 바로 세우고, 노후한 것은 새 것으로 갈고, 모 퉁이도 반듯하게 하고, 건물을 높이 세워 영혼이 계시는 것처럼 배설(配設)하 니, 숭산(崇山), 대산(岱山)의 높음과도 같고 북두성(北斗星)이 빛나는 것과 같았다.

문헌(文獻)의 증빙으로는 청음 김문정공(淸陰 金文正公)과 화양노자(華陽 老子)와 도암 이문정공(陶菴 李文正公)이 지은 것이 있으니 어찌 감히 덧붙 여 말하겠는가. 이번 역사(役事)에는 기둥도 더 세워 규모도 넓히고, 문도 다 시 내고, 기반도 더 높였으며, 글을 읽는 강당과 주방까지도 보수하지 않은 것이 없다. 재임(齋任)과 유림(儒林)들이 수고를 아끼지 않아 끝까지 잘 마무 리되었으니 모두 기록할 만한 것이다.

낙성식을 한 뒤에 여러 선비들이 병승(丙承)에게 부탁하여 기문(記文)을 쓰 게 함에 삼가 경과를 기록하였다. 그윽히 생각하건대 외람되게 부탁을 받았 으며 선현(先賢)들의 제향에 관한 것은 나도 듣고 말하기를 즐거워하니 어찌

불민(不敏)하다고 사양하겠는가.

아! 시세가 어려운 지 40년이나 되어 사기(士氣)는 날로 꺾이지만, 사문(斯文)은 실과 같이 끊어지지 않아 양기(陽氣)가 회복될 조짐을 보임이니, 우리 유림을 위하여는 하례한 일이다.

그러나 스승과 학생이 여기에서 배우는 자 다만 배운다는 명색만 있고 간절히 묻고 연구하지 않으면 겉으로 이름 뿐이요, 실속이 없는 데로 돌아가지 않겠는가 마땅히 몸소 덕과 자질을 이루도록 꾸짖고, 풍속이 두텁고, 교화가 널리 행하는 데까지 이르러야 열성조(列聖朝)의 배양하는 은혜를 저버리지 않는 것이요, 선생이 도체(道體)가 광대함을 밝혀야만 선생을 사모하는 근본과 익히는 공부가 모두 정당한 길을 얻었다고 말할 수 있을 것이다.

선생께서 돌아가신 뒤 415년 초가을에 후학 민병승이 삼가 쓰다.


## 심곡서원 중수기(深谷書院 重修記)

駒城之西 深谷之南 卽我靜菴趙先生侍墓之地 衣履之藏 而里有巋然院字 是先生妥

靈之所也 宣廟乙巳 儒生創建之 孝宗庚黃 朝家賜額之 春秋焉舍菜 朝半焉焚香 庭

階之涓潔 巾袍之整肅 足以可觀也 攝齊而升堂 則先生之警欬如聞 矩折而入其室 則

先生之動容如覩 幾百年間 後生小子之尊慕景仰 有所矣

嗚呼 歲月滋久 風雨磨塾上漏傍洗 東傾西頹 岌岌乎將顛 不可以院矣 士林與之

憂歎 行路爲之咨嗟 矧余不侫忝居院長之副 責有所歸 則其所兢懼 豈後於人 於是

二院長及諸儒生 相與謀而講究方便 或者曰譬如將墜之器 而起整之然後 器可完而勞可

輕矣 苟或曰枯徐徐云爾 則無及於器 而勞又倍矣 是院之修 赤類也 若不及今圖之

得無整器者所笑乎 僉曰然 遂啓期拼功 棟燼之傾者正之 墙垣之頹者築之 架板之缺者

補之 凡費日若于 費財若于 敦其事者 講師孟輔淳也 相其役者 掌議李弼薰 有司金

正沂諸氏也 自是院貌載新 禮容整齊 舊儀復覩 甚晠甚皲

猗歟 創建之功 重修之勞 有始焉有終焉 則前後多士之誠意 曷不韙乎 噫 先生之

於後學 受而欲賢之念 不啻後學之於先生 敬而追慕之意 先生陟降之靈 其必曰諸生之

入吾院者 無徒以楹桷之輪奐 芹藻之芳 爲足 必相與祗栗 讀書明義 孝於父母 友于

兄弟 睦宗族愼交友 敬其長愛其幼 母負吾冥冥中期望 則吾之靈 其永寧于玆院矣 上

所云如覿如聞者此也 然則爲吾曹者 曷不惕念交勉也 哉

是歲辛未春旣望 後學上黨 韓圭復 謹識


구성(駒城)의 서쪽에 있는 심곡(深谷) 남향은 정암(菴趙)선생이 시묘(侍墓)살이를 한 곳으로서 의리(衣履)를 비장(祕藏)한 곳이기도 하다. 마을에는 장엄한 사당이 있으니, 이는 곧 선생의 영혼을 봉안한 곳이다. 선조38년(1605)에 유생(儒生)들이 창건하였고, 효종 원년(1650) 국가에서 사액(賜額)하였다. 봄·가을로 제향(祭享)을 올리고 초하루와 보름에 분향을 하니, 정원의 깨끗함과 유건(儒巾)·도포(道袍)의 정숙함은 참으로 볼만하다.

옷을 가다듬고 마루에 오르면 선생의 기침소리를 듣는 듯하고, 차례에 따라 방으로 들어가면 선생의 모습을 보는 듯하여, 몇백년을 오면서 후생들이 사모하고 우러러 봄이 있었다.

세월이 오래되어 비와 바람에 허물어져 위에서는 비가 새고, 옆으로는 바람이 들어오며 동서로 기울어져서 얼마 안가면 쓰러져서 서원(書院)의 구실을 못할 정도가 되었다. 이에 사람들은 서로 탄식하고, 길가는 사람들도 안타까워하였다. 불초한 내가 외람되게 원장(院長)의 책임을 맡음에 그 책임이 나에게도 있은 즉 송구스러운 생각이 어찌 남보다 뒤졌겠는가.

이리하여 두 원장(院長)과 여러 유생으로 더불어 서로 상의하여 방편을 강구할 적에 어떤 사람은 말하기를 "넘어지려고 하는 그릇은 속히 일으켜 세워야 그릇도 안전하고 수고도 적게 든다."고 하고, 어떤 사람은 "천천히 하자."고 말하였다. 그러나 그릇처럼 깨지는 것은 아니더라도 수고가 배나 더할 것이니, 서원을 보수해야 함은 이와 같은 것이다. 만일 지금이라도 그 일을 진행하지 않으면 그릇을 올바르게 놓아야 한다고 한는 사람들에게 웃음거리가 되지 않겠는가.

여러 사람들이 옳다고 하여 이에 날짜를 정하고 힘을 모아 기둥이 기울어진 것은 똑바로 세우고, 담이 무너진 것은 다시 쌓고, 현판이 훼손된 것은 보수하니 시일이 약간 걸리고 재정(財政)도 약간 소비되었다. 이 일에 힘을 기울인 사람은 강사 맹보순(講師 孟輔淳)이요, 이 일을 조역(助役)한 사람은 장의 이필훈(掌議 李弼薰)과  유사 김정기(有司 金正沂) 등 몇 분이다.

이 뒤로부터 서원의 모양이 새로워지고 예의 의식도 정숙하여져서 옛 모습을 다시 볼 수가 있게 되니, 아름다운 일이다. 처음세운 공과 중수(重修)한 수고가 시종(始終)이 있으니, 전후 (前後) 많은 선비들이 성의가 훌륭하지 않은가. 아 ! 선생의 후학을 사랑하고 어질게 만들려고 하신 생각은 후학들이 선생을 공경하고 추모하는 뜻보다 더 컸을 것이다. 때문에 선생의 영혼이 오르고 내리면서 말씀하시기 "제생(諸生)들이 우리 서원에 들어와서 사우(祠宇)의 화려함과 제수(祭需)의 향기로움으로 만족스럽게 여기지 말고, 서로 공경하며 글을 읽고 의리를 밝히면서 부모에게 효도하고, 형제간에 우애가 있으며, 종족과 화목하고, 친구간에 믿음이 있으며, 어른을 공경하고, 어린이를 사랑하여 내가 땅속에서 기대하는 바를 저버리지 않으면 나의 영혼이 이 사당에서 편히 쉬리라." 할 것이니, 위에서 말한 선생의 모습을 보는 듯하고 선생의 기침소리를 듣는 듯하다고 한 것은 바로 이말이다. 그런 즉 우리는 어찌 삼가고 힘쓰지 않겠는가.

신미년 중춘(辛未年 仲春) 16일, 후학 상당 한규복(上黨 韓圭復)이 삼가 쓰다. 근식(謹識)


## 죽전서원(竹田書院)

죽전서원은 정암 선생의 심곡서원과 포은 선생의 충렬서원이 세워지기 이전에 지금의 죽전동에 세웠던 서원이다. 그러나 임진왜란 병화로 이 서원이 소실되었음을 월사(月沙) 이정구(李廷龜) 선생의 충렬서원 강당기(講堂記)로서 알 수 있다.

　원문을 인용해 보면 "선조9년(1957년)에 여러 선비가 의논하여 죽전에 서원을 세우고 정암 선생을 배양하였으니 이 땅이 두 선생의 묘도(墓道) 중간에 있기 때문이며 우리 선군(先君)*과 사인(士人) 이지(李贄)가 실로 이것을 주장한 것이었는데 불행히도 임진년의 병화를 입어 폐허가 되었으므로 사림(선비)이 애석히 여겼다. 구성(駒城)(구성은 지금의 구성현을 그리고 여기서는 수지를 뜻함) 한 고장은 병란에 가장 큰 해를 당하여 10년 이래로 민호(民戶)가 모이지 않아서 정암 선생의 묘소 아래로 자손도 노복(奴僕)도 없고 초목(樵牧)*을 막지 못하였는데 선비들이 향화(香火)가 끊긴 것을 민망히 여겨서 의논하여 묘소 곁에 사우(祠宇)*를 지었다. 선조38년에 내가 관찰사가 되어 선생 묘소에 참배하고 현감 정종선과 진사 이시윤 정춘전 등과 함께 의논하기를 죽전서원을 중건하여 합향(合享)*하는 것은 실로 선인의 뜻이었으나 이제 힘이 없거니와 정암 선생의 묘소 아래에는 이미 그럴 겨를이 없었으니 사문(斯文)의 흠일뿐더러 실로 우리 자손의 수치이다."(이하 생략)

　이 글을 보면 죽전서원이 소실 된 후 다시 중건하여 종전처럼 두 선생의 합향을 모두가 원하였으나 그렇지 못함을 사문에 흠이요 자손의 수치라고 했다. 그러니까 죽전서원은 다시 중건되지 못했다. 그리고 정암 선생의 사우(祠宇)가 먼저 심곡에 세워졌고 신위가 이향(移享)하였음을 알 수 있다.

　이렇게 정암 선생의 도학을 기리기 위한 서원은 심곡만이 아니라 전국 각처에 세워졌다. 이를 좀더 상세히 알기 위해 정암 선생이 절명한 때부터 신원이 되기까지를 간단히 살펴보겠다.

　중종14년 12월 을해(乙亥)일에 스스로 목숨을 끊으라 명하였다.

　중종15년 경신(庚申) 봄에 선영이 있는 심곡리의 언덕에 반장(返葬)하였다.

---

*선군 : 이정구 선생의 부친 이계 선생.
*초목 : 나무하는 사람들과 풀베는 사람(또는 가축).
*사우 : 신위를 모시고 제사를 모시는 곳.
*합향 : 같이 모시는 것.

참판 김세필(金世弼) 좌찬성 김안국이 임금을 뵘으로 인하여 선생의 직함을 복직하여 주자고 청하였으나 허락하지 않았다.

1545년 명종(공헌대왕) 원년 병오(丙午)

명종12년 정사(丁巳) 12월 24일 같은 산 서쪽편으로 이장하였다.

1568년 선조(소경대왕) 원년 무진(戊辰) 4월에 명하여 대광보국승록대부 의정부영의정 겸 영경연홍문관 예문관 춘추관상감사(大匡輔國崇祿大夫 議政府領議政 兼 領經筵弘文館藝文館 春秋館象監事)를 추증하였다.

선조2년 기사(己巳) 문정공이라 증시하였다.

도덕이 널리 알려진 것을 문(文)이라 하고 바른 것으로써 사람을 감복시킴을 정(正)이라 한다.

선조3년 경오(庚午)에 죽수서원을 능주에 세웠다.

선조6년 계유(癸酉) 도봉서원을 양주에 세웠다.

선조7년 갑술(甲戌)에 전적(典籍) 조헌이 소를 올려 선생 및 김굉필, 이언적, 이 황 네 현인을 문묘(文廟)에 종사(從祀) 시킬 것을 청하였다.

선조9년 병자(丙子) 여름에 양현사(兩賢祠)를 희천(熙川)에 세웠다.

선조14년 신사(辛巳)에 호조판서 이 이가 경연에서 왕을 대함에 인하여 아뢰어 선생 및 이 황의 두 어진 이를 문묘(文廟)에 종사할 것을 청하였다.

선조38년 을사(乙巳)에 심곡서원(深谷書院)을 선생의 묘소 밑에다 세웠다.

1610년 광해2년 경술(庚戌) 8월에 예관을 보내어 선생 사당에 제사 지냈다.

9월에 문묘(文廟)에 종사하였다.

1656년 효종7년 병신(丙申) 미원서원을 양근(楊根)에 세웠다.

효종9년 심곡서원 사액(賜額)을 받다.

---

＊참고문헌 : 충렬서원 강당기(이정구 지음), 정암집.

# 수지의 사학



## 수지 최초의 사학 '월설공민학교'

수지읍은 지금에 와서 도시화되어 가고 있지만 해방 후까지만 해도 경기도의 강원도 소리를 듣던 곳이었다. 아니, 경부고속도로가 개통되기 전까지도 여전히 오지였었다. 현재야 어떻든 다시 몇십 년 전으로 거슬러가 보면 모든 것이 그러했지만 교육 여건도 매우 형편없었다. 있는 것이라고는 일제시대에 설립된 수지국교가 4년제 그리고 고기간이학교가 2년제로 있었으나 6년제 초등학교를 가기 위해서는 신갈로, 중학교 이상 상급학교 진학을 위해서는 수원으로 가야만 했다. 그러나 신갈이 수지읍 소재지에서 6km 이상, 수원이 12km 이상 되니 교통수단이 없고 경제적으로 어려운 형편에 하숙 등을 시킬 수 없는 집에서는 이 거리를 걸어 다녀야만 했다.

이때에는 가뜩이나 아이들 교육열이 없던 시대여서 자녀들을 그대로 문맹자로 만들기가 일쑤였다. 그러나 뜻있는 사람들이 주축이 되어 주경야독하는 야학을 만들어 문맹퇴치에 힘을 썼으니 이러한 현상이 당대에 애국과도 일치되어 심훈의 상록수에 나오는 박동혁, 채영신의 활동과도 같은 일이 전국적으로 비일비재하였다.

수지읍에도 이런 일이 있었다. 그곳이 수지읍에서도 오지인 수지읍 신봉리 서봉 부락이다. 이 마을에는 일찍이 수원농전을 졸업한 최상범 씨라는 분이 계셨다. 이분 역시 전 부락민이 문맹자인 실태를 가슴 아프게 생각하여 마을 유지들과 여러 차례 숙의해서 월설공민학교(月雪公民學校)를 1949년 신봉리 563번지에 설립하였다.

이 학교를 설립하는 부지는 유경목 씨(유병익 씨 父)가 희사(현재 서봉마을 회관 부지)하셨으며, 목재는 최상범 씨가, 목수 품삯은 유찬목 씨가 제공하셨고 나머지는 부락민들이 공동 작업을 해서 약 25평 정도의 건물을 지었다.

이렇게 후학에 뜻을 두고 어렵사리 그것도 오지부락의 어려운 농민들이 스스로 마련했던 월설공민학교가 그대로 유지되어 오늘까지 전하지 못한 것은 민족상잔의 6·25동란 때문이었다.

월설공민학교가 약 1년 유지되다가 6·25동란이 일어났는데 이때 이 학교를 실질적으로 이끌던 최상범 씨가 6·25수복 뒤 행방불명 된 사건이 있었기 때문에 더이상 이 학교가 유지되지 못하였다.

이 학교를 운영하고 학생을 가르쳤던 사람은 최상범, 최상균 형제였다. 6·25가 터지자 최상범 씨는 오도가도 못하고 집에 있을 수밖에 없었다.

이때 적의 점령지였던 수지읍 치안은 일시적으로 적에게 넘어갔는데 그때 수지읍 내무서원(요즈음 지서)으로부터 협조요청이 있었다고 한다.

그때나 이때나 무력한 국민은 그야말로 바람 부는 대로 살 수밖에 없었는데 최상범 씨도 이때 적의 협조요청을 받고 이럴 수도 저럴 수도 없는 진퇴유곡의 난처한 입장에서 협조를 하지 않을 수 없었단다.

이때 최상범 씨는 군인장교 한 명을 숨겨주고 있었고, 당시 지식인이었던 최씨를 끌어넣음으로써 자기들의 일이 잘될 것으로 믿었던 적으로서는 강권하여 최씨를 협조자로 만들기를 원했다.(안효영 씨 증언)

이렇게 해서 일시적으로 적에게 협조하게 된 최씨는 6·25수복 뒤 무질서한 상태에서 누군가에게 보복을 당하게 된 것이다.

이로 인하여 학교 운영의 핵심인 최씨가 없음으로 인해 월설공민학교는 폐교되고 그 자리가 마을 공동정미소였다가 다시 현 마을회관으로 사용되어 오고 있는 것이다.

## 심곡학원 문정중학교

심곡(深谷)은 문정공(文正公) 조광조 선생님의 묘소가 있는 곳이다. 그러기에 그분을 기리며 후학을 가르치는 서원을 선생 묘소 부근에 세웠는데 사액 심곡서원이라 했다. 여기서 심곡은 묘소와 서원의 두 이름에서 쓰이나 사실은 하나라고 볼 수 있다.

또한 문정은 조광조 선생님에게 내린 시호이니 위와 더불어 삼위일체라 아니할 수 없다.

문정중학교는 수지읍에서 가장 먼저 세워진 중학교이며 사학이다. 수지읍은 수원 근교이면서도 광교산 산줄기를 따라 형성된 지세의 영향으로 교통이 나쁘고 살기가 어려웠다. 이런 데다 관내에 학교가 없어 수원으로 진학을 해야 하는데 위와 같은 사정으로 많은 학생들이 중학교 진학을 포기해야 했다. 이런 어려운 사정을 시정하려고 관내 유지 분들이 애를 쓰셔서 만드신 것이 심곡학원 문정중학교이다.

이 학교가 처음 설립된 곳은 지금의 심곡서원에서이다. 그리고 그 이전부터 이곳에서는 대학교 재학생들이 심곡 야간학습소를 만들어 문맹퇴치나 중학교를 진학 못한 학생들을 가르쳤다. 이러한 일들은 해방 이후 조국을 사랑하는 학생들의 애국심의 발로로 전국적인 현상이었다. 그러다 나중에 관인 심곡고등공민학교가 설립되었으며 이것이 모태가 되어 문정중학교가 되었다.(박종호 씨 제공)

# 수지 속의 문학



## 수지의 선인들의 유필(遺筆)

수지에도 많은 분들의 유필과 저서가 있었을 것으로 본다. 예를 들면 이순신 장군의 조카가 장군를 따라 종군하며 쓰셨다는 임진왜란사(壬辰倭亂史)가 고기리 종손집에 있었다는데 얼마전 밖으로 유출되어 행방이 모연 하다고 하는데 아마 이 책이 있었다면 이순신 장군이 쓴 난중일기와 버금가는 귀중한 사료가 될 뿐 아니라 수지의 보물이 되었을 것이다. 어찌 이것 뿐이었겠는가. 대개 전시와 무지로 유실됨이 많았을 것이다.

그동안 필자가 발견한 것은 몇 권의 한(漢)시집뿐이다. 이와 같은 것은 불행하게도 한글세대가 한문을 잘 이해하지 못하는데서 유품을 소홀히한 점과 일제 강점기를 거치면서 역시 서당 교육에서 신교육으로 넘어가는 과도기에 신 · 구학에 다 성취한 사람이 적었기 때문이다.

그렇기에 여기 소개하는 몇 편에 한시는 지역적으로서 매우 희소한 것이며 비록 후손들이라도 간직하지 못한 분들이 계시리라 믿는다.

그리고 여기 소개하는 분들은 지금 생존하셨다면 다 100세 이상이 되셨을 것이다. 연대별로는 1967년, 판교기노회(板橋耆老會)에서 발간한 시집과 1971년 한남기노회시집(漢南耆老會詩集)이 있다.

이 두 권의 시집은 판교를 중심으로 소위 용 · 광주(용인 광주) 한학자들이 시회를 통해 詩들을 모은 것이며, 한남 기노회 시집은 이름 그대로 한강 남쪽

이라는 글의 의미로 보아 판교  기노회 보
다는 조금 넓은 지역의 사람들에 시회에서
모은 작품이다.

　이 두 시회는 수지에서 본다면 북쪽 사람
들의 모임이라면 수원을 중심으로 한 또
다른 시회가 있었다.

〈판교 기노회〉 시집 2권

　이 시회에 참여하신 수지 인들은 몇 분 되시지 않는데 책을 소개하면 의병
장 이덕남 장군 추모시집(1978년 발행)과, 초암(蕉庵) 정천의(鄭天義) 선생의
생일에 축하시를 모아 만든 초암수시집(蕉庵晬詩集) (1980년 발행), 그리고
울산(蔚山) 이씨 선조추모비 및 참봉공 유허비 건립기념시문집(1981년 발행),
면수선생신도비수비시집(勉叟先生神道碑豎碑詩集)(1982년 발행)이 있다.

　여기 소개한 각권에는 여러 편에 시가 계신 분들과 그렇지 못한 분들도 계
시나 여기서는 한분에 일편씩만 소개하는 것으로 하였는데 그것은 지면(紙
面) 사정 때문이다.


■판교 기노회


• 이용원(李容元)
호(號) 금계(錦溪 )전주인(全州人) 병술생(丙戌生)
적(籍) 용인군 수지면 내손리(龍仁郡 水枝面 內蓀里) 지금의 손골


山居不願帶長江 庭樹陰濃綠暎窓

瑤草奇花仙遺跡 異岩怪石世無雙

兩翅頃舞探香蝶 午睡曚朧母事狵

時人若問禮儀國 海偶偏在我東邦


산 속에 살다 보니 장강을 띄(帶)*었음을 원한 바 없건만

뜰 앞 수목이 울창하여 짙은 녹음이 창가에 일렁이네

구름 같은 영롱한 풀들 기이한 꽃들 신선이 만들어 놓은 자취 같고

이상하리만큼 큰 바위와 괴이하게 생긴 돌들이 세상엔 둘도 없어라

두 날개 갸우뚱 춤추며 향기로움을 찾는 나비여

낮잠을 잔 탓인지 정신마저 몽롱하여 옆에 무엇이 있는지 모르겠는데

어느 때 그 누가 예의지국을 묻는다면 바다가 있는 곳

내나라 동방예의지국이 있다고 하리라.


• 박승우(朴勝友)

호(號) 정평(亭坪) 반남인(潘南人) 무자생(戊子生)

적(籍) 용인군 수지면 풍덕천리(龍仁郡 水枝面 豊德千里)


南有駒城北漢江 別爲勝地開書窓.

細柳垂綠鶯喈喈 畫堂捲篇鷰雙雙.

松下吟詩驚夢鶴 海邊酌酒吠睡狵

夕陽回首歌新曲 聖世風流在此邦


남으로는 구성 북으로는 한강

별유천지가 창 밖으로부터 펼쳐지네

실버들 푸른 가지에 앉은 꾀꼬리 꾀꼴 꾀꼴 노래하고

화방에서 독서삼매경*에 빠져드니

제비가 쌍쌍이 날아드네

소나무 아래서 시 한 수 읊으려니 잠자던 학도 놀래서 깨어나고

바닷가에서 술 나누니 졸던 개도 짖어대네

---

*띄(帶) : 여기서는 산의 정겨움이 커서 장강에서 배를 띄우고 노는 것을 원치 않을 만큼 된다는 뜻.
*독서삼매경 : 책 읽는 데 푹 빠져 있는 상태.

해질 무렵 고개 돌려 돌아오는 길에 새로운 곡조 노래하니
이 좋은 풍류야 이 나라말고 어데 또 있으랴.


• 김명호(金命鎬)
호(號) 죽헌(竹軒) 경주인(慶州人) 정해생(丁亥生)
적(籍) 용인군 수지면 죽전리(龍仁郡 水枝面 竹田里)


拾斯好景更何求 隨柳訪花處處留
沽酒典衣玆杏市 題詩把筆廣陵樓
一時餞別靑春節 百歲感情白髮頭
紅庾綠肥三月暮 那琛九十韶光流


이 좋은 경치에 흠뻑 빠져 있으려니 또 어디메서 어떤 곳을 찾으리요
벗을 따라 꽃을 따라 여기저기 머뭇거리누나
술 익어가고 맵시 있는 옷차림 어느 곳에 있는 주막인고
시회를 광나루에서 붓을 잡았네
한때는 청춘시절도 보내기도 하였지만
많은 세월 보내니 모든 게 마음뿐 머리만 백발 되었네
울긋불긋 진 연초색 모두 제 색깔을 잃고 녹색 길은 삼월에서 사월로 가네
살아온 지 어느덧 구십 당년 오늘도 소광만 흘러가네.


• 최병린(崔秉麟)
호(號) 토암(土岩) 해주인(海州人) 정유생(丁酉生)
적(籍) 용인군 수지면 죽전리(龍仁郡 水枝面 竹田里)


咏水記山好景求 短節頻植誓無留
觀光閑客尋何處 聞道諸朋會此樓

杏酪新香侵席上 菜肴佳味設床頭
餞春迎夏當然理 是故人間歲月流

물소리 산 좋은 경치 만들려는 데 너무도 빠른 절기 도무지 세월 머물러 주지 않네
관광 오신 손님들 어느 곳을 찾으시나 다들 이 자리에 모였네
주막에서 새로운 향기에 취하여 이 자리까지 스며들고
채소 안주 좋은 음식 상 위에 차려졌네
이 봄 보내면 여름을 맞이하는 것은 당연한 이치련만
그러므로 인간 세월은 무상히 흐르나 보네.


• 정명수(鄭命洙)
호 동원(東園) 동래인 갑오생(甲午生)
적(籍) 용인군 수지면 풍덕천리(龍仁郡 水枝面 豊德川里)


左則靑山右則江 數間茅屋向陽窓
抱琴和調彈絃五 擧面薺眉舞袖雙
賓客歡迎酬酌婦 主人他出守家狵
國民生活何爲輔 堅與美英結友邦


좌에 청산이요, 우에 강이라
두세간 초가집 양지쪽 창가에 섰네
거문고 화음과 가야금이 아우러져 흥에 겨워
얼굴들이 게심치레 눈썹 세우고 두 소매 들어 춤추네
손님 맞아 술 권하는 주인은 어디 가고
주인은 출타하고 삽살 강아지가 집을 지키네
국민 생활은 어찌해야 보호가 될까보나
미, 영국과 돈독히 우방임을 굳게 맺어야 될 것이네.

• 이병적(李秉績)
호(號) 정평(亭坪) 전주인 계미생(癸未生)
적(籍) 용인군 수지면 정평리(龍仁郡 水枝面 亭坪里)

晚年行樂釣淸江 不得車書讀夜窓
知己蘭亭逢數數 啼鸎岸柳坐雙雙
野翁來砌因呼主 兒女出門叱吠狵
僻在海隅山水好 人心莫若我東邦

늙어서 재미야 강가에서 낚시질이 좋으련만
여의치 않아 야밤에 창가에 기대여 서책이나 벗하리
지기지우 난정에 모이느니 몇몇이나 되리요
울부짖는 앵무새 제비들 가지에 쌍쌍이 앉았네
보잘것없는 늙은이 대뜰에 와서 주인을 찾으니
아녀자가 문을 열고 나와 짖어대는 개를 꾸짖어대네
낯설은 바다 모퉁이 어수선하지만 그런대로 산수가 좋고
인심 역시 이 나라 같은 데 없을 것이네.

• 김용성(金容成)
호(號) 죽하(竹下) 경주인
적(籍) 용인군 수지면 죽전리(龍仁郡 水枝面 竹田里)

日煖風和釣水干 煮魚野鼎壁煙團
探花幽興步山脊 醉酒喧談弄舌端
謀事宣傳多會席 做詩爭詠衆依欄
自然老忘心神苦 腦困身疲坐不安

날씨 포근하고 바람마저 화창하여 낚시하기엔 아주 좋은 곳
고기 잡아 솥걸고 천렵국 끓이니 연기가 뭉게뭉게 피어나네
꽃따라 가다 보니 그윽한 흥이 일어 산모퉁이까지 가려니
술취해 왁자지껄 떠드는 소리 혀끝에 맴도네
이런일 저런일 회의석상에서 많이 나오니 아직도 시를 읊으며
무리지어 떠나기 서운한지 난간에 기대어 섰네
자연히 늙으면 마음도 정신도 흐릿해지고 머리가 아프고
몸마저 피곤하여 앉아 있어도 편하지 않네.


• 성재영(成載榮)
호(號) 화백(華白) 창영인
적(籍) 용인군 수지면 동천리(龍仁郡 水枝面 東川里)


衣冠物色此前佳 取利心情彼此皆
道德之章曾不意 江山風月晩收懷
蒼顔白髮巡杯醉 綠髮靑娥舞袖偕
愧我平生無業績 門庭啻種桐愧槐


의관이나 물질이 전보다는 좀 나아진 것은
재물을 가지려는 심정이 피차 마찬가지가 아닐는지
도덕이나 문장에 관하여는 내 일찍부터 뜻이 없었고
풍류에 알지 못하다가 나이 들어서야 알 듯하네
파리한 얼굴 백발이 된 늙은이들 술 한배 돌리는 동안 취가가 들어 홍하니
수염 날리며 청아한 모습인양 옷소매 들어 춤추며 읊조리니
내 평생 아무것도 해논 것이 없어라
겨우 내 집 앞에 벽오동 느티나무 관상수 몇 그루 심었을 뿐이네.

• 박인영(朴麟泳)

호(號) 만송(晩松) 함양인 경자생(更子生)

적(籍) 용인군 수지면 장토리(龍仁郡 水枝面 壯土里)


窮谷深山別有居 林泉爲愛故停車

淸溪曲曲聲邊屋 碧樹陰裡影裡墟

瑞氣照臨雲下宅 眞需味丞武昌魚

悠悠世事何而道 靜坐整襟讀經書


궁벽한 골짜기 깊은 산 속에 살으련다

숲속으로 흐르는 샘물 좋아 이곳에 사노라

맑은 계곡 골골마다 물소리 집까지 들리고

푸른 수목사이로 속속들이 햇빛 비추네

서기가 구름 아래 집까지 비쳐주니

진수야 정승이나 맛볼 수 있는 무창(지명)의 고기맛이네

덧없는 세상에 뭐라고 말하리요

조용히 앉아 옷깃 여미고 글이나 읽으리.


• 김용태(金鎔泰)

호(號) 관남(冠南)

적(籍) 용인군 수지면 성복리(龍仁郡 水枝面 星福里)


大義貫天統我東 遺傳百世吹淸風

待人以禮無非學 爲國專誠都是忠

楊名千載殉身活 享祀九秋霜葉紅

古廟丹靑輝煌裡 慕賢題軸意相同

대의란 하늘도 뚫고 나라도 통솔할진데
그 말이 백년을 가더라도 청풍처럼 시원하게 불어주리
사람을 대할 때 예로서 아니하면 배우지 아니함만 못하고
나라를 위하여 오로지 성심을 다 바치는 것이 곧 충이라
이름은 천년을 가고 순국한 몸 역시 살아 있는 것과 같네
향사(제사)를 모심에 언제까지도 서리맞은 잎은 붉게 탈것이요
옛 종묘 붉고 푸른 휘황찬란함 속에 어진 이를 주축으로
사모하는 뜻은 서로 누구나 같은 마음이네.


• 이원순(李元淳)
호(號) 성복(星福) 성주인
적(籍) 용인군 수지면 성복리(龍仁郡 水枝面 星福里)


烈士諸賢出我東 敎民以禮有餘風
可憐後學爭功利 追慕先生死殉忠
王子宮中人影絶 姦黨椎下血痕紅
丹心惟一豈能屈 大義昭明日月同


열사나 제현(어진 선비들)은 이 나라에서 나와
백성에게 교화시켜 넉넉한 풍속을 남기네
가련타 후학들아 공명과 이익만을 다투지 마라
선생의 충절은 영원히 추모할 것이요
왕자들 궁에 인적이 끊어지니 간사한 무리들이
휘두르는 철퇴아래 유혈이 낭자하여 그 자리 붉게 물들었네
일편단심 오직 한결같은 마음 어찌 굽힐쏘냐
대의를 붉게 빛 침이 해와 달과 같네.

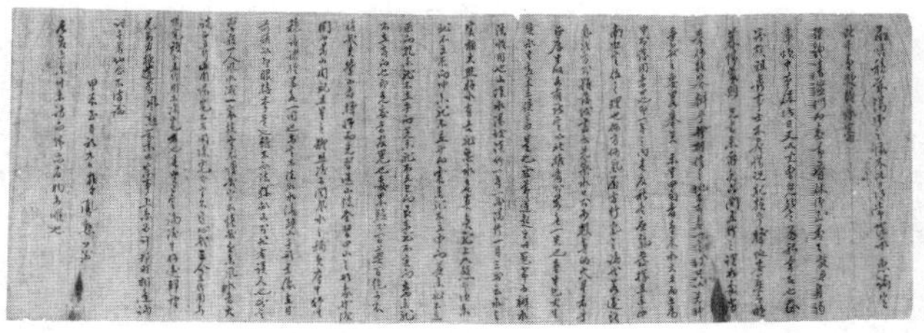
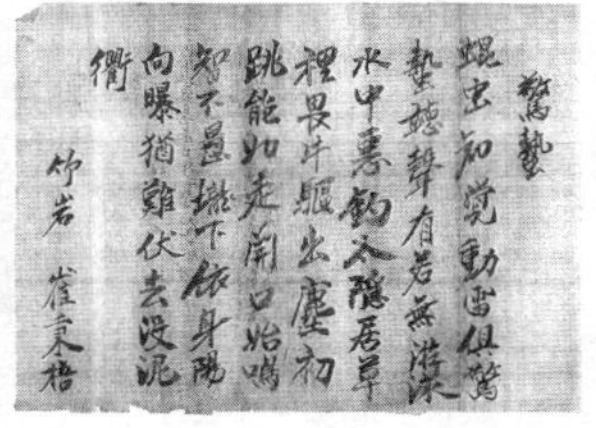

이원순의 필적　　　　　　　최병오의 필적

• 최병오(崔秉悟)

호(號) 죽암(竹岩) 해주인

적(籍) 용인군 수지면 죽전리(龍仁郡 水枝面 竹田里)


昆蟲知覺動雷俱 驚蟄聽聲有若無

遊泳水中堲釣入 隱居草裡畏牛驅

出塵初跳能如走 開口始鳴智不愚

壟下依身陽向曝 猶難伏去沒泥衢


곤충은 벌써 땅 속에서 우레와 같은 움직임을 깨닫고

잠에서 깨어난 벌레소리 들리는지 마는지

벌써 수중에서 물놀이하고 갯벌에서 낚시를 드리우고

초야에 묻혀 살아도 소 몰기가 두렵네

땅 속에서 나와 굼실거리다가 점점 뛰다가 달리는 것 같고

입트여 찌익찌익 소리내는 그 지혜 전혀 어리석다 할까 보냐

밭두렁 아래 양지쪽을 향해 햇빛을 쪼이다가

유난히 질은 진흙탕에 빠져 엉거주춤 기어가려니 어렵구나야.


• 한창환(韓昌煥)

호(號) 성헌(醒軒) 청주인

적(籍) 용인군 수지면(龍仁郡 水枝面)


揚朋最好四時中 百景乾坤莫與同

一輪光白如磨鏡 萬里氣晴若洗空

賦成赤壁蘇仙韻 釣去湘江練議風

愛玩詠觴何處是 漢南著老板橋東


지금 시기로 봐서 양명하기로는 사시중 으뜸일세

수많은 물체가 자기에 독특함은 천지간 모두 다르네

햇살의 밝기가 거울과 같고 만리에 기후 청명함이 허공을 씻은 듯하네.

부*성에 적벽이요 소선의 운이라

낚시하며 상강에 가려니 연의풍이 부네

어느 곳이 좋을꼬 술맛 좋은 곳이

아마도 판교에 있는 한남기로회가 있는 동쪽인가 싶네.


# 이덕남(李德男) 장군 추모시비

— 이석현(李錫鉉)

적(籍) 용인군 수지면 성복리(龍仁郡 水枝面 星福里)


殉節將軍東國揚 安城德谷到三揚

幼時至孝千人範 壯後竭忠萬世光

詩稿各張稱誦日 石儀俱備告成場

潮流現代難財出 六尺碑頭篆字香


순절한 장군이시여 이 나라에 그 이름 떨치셨도다

안성땅 덕곡마을 삼양에 이르셨네

유년시엔 지극한 효심이 여러 사람의 모범이 되셨고

장정이 되셔서는 충성을 다하여 만세에 빛나셨네

---

*부 : 적벽부요 소선의 노래라는 뜻.

시고(시의 원고) 각처마다 펼치시고 늘 경서를 읽으셨네
여기 겨우 석물(石物)을 세워 고할 장소를 마련하였으나
시기적으로 현재 재정이 넉넉지 않고
육척(六尺) 비문에 새겨진 전자(篆字) 하나에서 그 향기 풍겨나네.
 * 동천동 성원호 선생 역


## 정암 선생이 심은 회화나무
― 김간 / 계축년(1673년 현종14) 여름


정정하게(아름다운 모양) 우뚝 솟은 한 그루 회화나무는
그 높이 창천(푸른하늘)에 가까워 적도(赤道)의 옆이라네
그때 선생의 한을 알았다면
응당 햇빛을 가리운 뜬구름을 없앴을 텐데.


## 심곡서원을 참배하며
― 성우영(成遇永)


심은 초목 이내 서원(書院)을 이루었으니
선생의 덕 가히 알 수 있겠노라
당우(唐虞)는 지금 볼 수 없으니
공맹(孔孟)이라도 끝내는 어이할거나!
도학(道學)은 연못 속에 물과 같아
풍운(風雲)한 시대 벽 위에 시를 짓노라
나그네 와서 날이 저무는 것을 근심하는데
문 밖에 정사(政事)는 갈래가 여러 곳이라.

# 행수가(杏樹歌)

— 한규복(韓圭復)


산에 기댄 은행나무 사원(祠院) 앞에 있으니

유림에서 이를 공경하기를 수백년이라

심곡 깊은 곳에 회장(뿌리를 감춤)하고

그 가지 아무도 모르게 구성에 이르렀네

서리 맺힌 껍질에서 떨어지는 빗방울은 40아람이요

꽃들은 동동(지엽이 무성한 모양)으로 덮여 조천(朝天)에 올랐네

공문의 습례를 지금 다시 보게 되니

선생의 도는 관통하여 아동(우리나라)의 현인이 되었네

손수 심어 배웅(배양)한 지 무릇 몇 해일까

선수(선영)를 밀이(가까이함)하길 백여 년이 지났네

세세상전하기를 가을이면 열매 거두어 제수를 도우니

제사를 받드는 이 봄에 그 모습 멀리 펴 생폐(牲幣)도 엽엽(燁燁) 하다네

연희의 날 2월 8일 중정(中丁)에 받들어 모시니

밤 깊은 뜰 소영(드문드문 비치는 그림자) 한 월성(月星)이라

현액 위에 걸린 가지 높아 우산(牛山)에 들어가고

나무아래 가지는 낮게 염계(濂溪)를 닦는다네

연수에 부는 바람 밝고도 머니

제제(엄숙하고 신중한 모습) 한 장보(章甫)(유학자)들 모여 의논한다네

때로는 혹 서늘함을 타고 그 아래에서 쉬기도 하고

집집마다 이 나라와 집안을 위해 거문고를 탄다네

늦가을이라 독서하는데 거리낌이 없으나

서상(書床) 가득한 두어(蠹魚)들은 위편삼절만을 생각하네

어찌하여 산중에 소나무만을 심었는가

높은 절개는 도물(桃物)을 심은 것만이 아니며

"

외황(外荒)은 당나라 신선 72인이라네
옛 궐리(闕里)의 나뭇가지는
그 햇수 오백여 년이어서
다만 반수를 첨흡하였다네
궐리의 유풍 또한 이곳에 전하고
반수의 진원 또한 앞천에 있다네
모두 세 갈래를 묶어 마침내 한 곳으로 모이니
일체의 유림들이 함께 정연하였다네
추나라 맹자가 채화한 지 천년이 지난 후
현사들이 사범(師範)을 쫓아 선현의 도를 묻고
영재를 교육하여 크게 선용되었다네
바라보건대 저 교목은 얼마를 앵천(鶯遷)하였나
군자는 숲 밖에 있는 이 오랜 나무에
여러 빈객들이 참여하고 제사를 드렸다네.


## 행수시(杏樹詩)

― 한규복(韓圭復)


심곡서원의 늙은 은행나무 몇 번의 봄을 지냈는가
아직도 선생의 수택이 남아 있어 새롭다네
바람이 일정치 않게 불어도 효양을 생각하였고
비에 흠뻑 젖어 있는 곳에서도 천성의 어짐을 보았다네
경공스러운 이곳에 나무를 심어
우리 유자들을 경계하였으니 애석하도다
예를 익히는 장엄한 이곳 예나 지금 마찬가지이니
2월 8일 중정(中丁)이 가장 좋은 때일세.

수지 선인들의 유필

## 등광교산(登光敎山) 정축년(숙종 22년)
— 김간(金幹) 후제집


여러 봉우리를 족옹(簇擁: 떼지어 옹위함)하여 공중으로 솟아오르니
참암(巉巖:깎아지른 듯이 높이 솟은 바위)한 기상(氣象)은 우리 동방(東方)
에 으뜸일세
작은 것에 의지하며 흡사(恰似 : 마치) 홍몽(鴻濛 : 어두워 분명하지 않음)
하게 구분하니
방박(磅礴 : 섞어서 하나로 만듦)함을 누가 조화(造化)의 공(功)으로 알리요
근기(根基 : 밑둥)를 크게 살피니 편안함에 움직이지 않고
멀리서부터 연이은 형세는 끝없이 넓도다
세 잔의 탁주(濁酒)로 산에 오름을 흥겨워하니
천년의 고풍(高風:거룩한 풍도)은 축융(祝融:여름을 맡은 神)을 그리워하네.



## 심곡사원에 걸린 시판에 운을 붙임
— 이재(李縡)


선생의 모습 볼 수 없으나
잠깐이나마 천지의 마음 알겠노라

가련하도다. 손수 심은 나무여!
위로는 우뚝 솟았는데 아래로는 그늘이 없구나.


## 이사군을 송별하며

— 남용익(南龍翼)


햇빛 가에 물오리는 진성(秦城)을 향하는데
심곡서원에서의 이별의 술잔은 특별히 정이 있노라
이곳의 추광(秋光)이 이미 소슬하니
객을 보내는 마음 감당하기 어렵노라.


## 연(蓮)

— 김간(金幹)


뿌리는 비록 흙이 붙어 있지만
이 물물들은 더러운 먼지가 아니라네
속은 통관(通貫)하고 밖은 곧아
이를 지탱함에 그 사람을 생각하네.

# 수지의 사찰



## 수지의 사찰고

수지읍에는 이런 속담이 있다. 웅골에 있는 절에다 짚세기를 벗어놓고 광교산 통 안에 절을 한 바퀴 돌아 제자리에 와서 보면 짚새기가 하얗게 썩어 있을 만큼 절이 많았다고 한다. 이러한 얘기는 정말 과장이 아니다.

일부 문헌에도 광교산에는 절과 암자가 89개나 있었다 했고 실제로 골과 골마다 절터가 아닌 곳이 없다. 그러면 이렇게 많던 절들이 언제 어떻게 없어졌느냐 하면 조선 14대 선조 임금 25년에 있었던 임진왜란 때이다. 그때 수지읍에서는 삼도 근왕병과 왜적과의 싸움이 치열했던 곳으로 그 전쟁 와중에 모든 절이 왜적에 의해 약탈 방화의 피해를 입었기 때문이다.

그 후 이곳 절들이 다른 곳에 비해 복원되지 못한 것은 이곳에 병화가 심해 인력과 재물을 조달할 수 없어서였다. 그러다 보니 절의 이름조차 남긴 곳이 없고 오직 신봉리의 서봉사와 성복리의 성불사만 몇 문헌에 기록되어 있다.

예를 들면 신증동국여지승람에 "성불사(成佛寺) 광교산에 있다, 서봉사(瑞峰寺) 광교산에 있다. 절에 고려 이지명이 지은 현오국사 비명이 있다."라고 기록되어 있다. 그런데 최근에 신봉리 절능안이라는 곳에서 포크레인 작업 중 탑이 하나 나왔는데 그 탑에 해조사(海潮寺)라는 이름이 각인되어 있는 것으로 보아 해조사라는 절이 있었다는 증표가 된다. 여기서는 성불사, 서봉사 두 절 사지의 자취나마 더듬어볼까 한다.

# 서봉사지

서봉사지는 신봉리 산 111번지에 위치한다. 서봉사는 고려 때 창건된 절이라고 하나 야사에 의하면 신라말 최치원 선생이 주유하다 이 절에 들러 서봉사지 좌측 능선(이곳을 종루봉 또는 부도 응달이라고도 함)에 있는 종각에서 종을 쳤다는 종루봉이 있는 것으로 보아 신라 때 세워진 것으로 유추된다.

이 절이 폐사된 것은 선조25년(1592년) 임진왜란 때로 전해오나 현종연간(顯宗年間 1655년) 발행된 동국여지지(東國輿地誌) 용인현편에 '재광교산사유고려이지명소찬현오국사비(在光敎山寺有高麗李知命所撰玄悟國師碑)'이라는 기록이 나타나고 있다.

그러나 이는 앞에 있는 서적을 그대로 인용한 것으로 보인다. 이 절에는 보물 9호로 지정된 현오국사 탑비와 비각이 있다. 이 비는 고려 명종15년(1195년)에 세운 것이고, 이 절에서는 인천안목(人天眼目), 불조삼경(佛祖三經) 등 목판 장서가 간행되기도 하였다. 현재는 절터를 알리는 축대와 주춧돌, 탑신, 와편 등의 잔재만이 그 역사를 전하고 있다.

서봉사지/연화대로 썼음직한 모습의 큰돌의 모습이 상상을 불러온다

# 성불사

성불사는 성복리 산 40-11번지에 있던 절이다. 이곳에는 서봉사지 버금가는 절터가 남아 있다.

그러나 이곳에 성불사라고 하는 절이 있었음을 확인할 수 있는 유물 유적이 남아 있지 않으나 이곳 지명과 구전되어 오는 전설 그리고 동국여지지 용인현편에 성불사는 광교산에 있다는 기록으로 보아 미루어 짐작할 수 있다.

이 절 역시 선조25년 임진왜란 때 소실된 뒤 복원되지 못하였을 것으로 본다. 이 부근에 절들이 복원되지 못하고 폐허화된 것은 풍덕천 임진산과 광교산에 근왕병이 왜적과 싸우다 패퇴하는 과정에서 절이 소실되었으며(전후 십 년이 지났어도 인적이 드물었다는 충렬서원 중창기에서) 당시 절을 복원할 수 있는 인력과 재물이 충당될 수 없을 만큼 참혹하였음을 미루어 살필 수 있다.

성복리 성불사 사지/실제 가 보면 엄청나게 큰 돌들이 많으나 잡풀이 우거져 사진상으로는 잘 잡히지 않는다

## 비봉암(飛鳳菴)

비봉암이라는 암자명이 나오는 곳은 영조년간에 발간된 용인현 읍지이다.

여기에는 재현서십리광교산(在懸西十里光敎山)이라고 되어 있는데 이는 서봉사를 잘못 표기하였다고 볼 수도 있으나 이 용인읍지에는 절은 기록이 없고 암자만 기록된 것으로 보아 그 당시에는 있다가 후에 없어진 것으로 여겨진다.

## 오백난

오백난은 오백나한이란 말이다. 수지읍의 오백난은 신봉리 서봉사지에서 광교산 시루봉을 향해 길도 없는 가파른 산비탈을 거의 다 오르면 제비집처럼 낭떠러지에 매달려 있다.

이곳에는 조그마한 절터가 절만 없을 뿐 축대가 고스란히 남아 있는데 규모로 보아 암자임이 분명하고 소속은 서봉사에 딸렸을 것으로 본다. 그리고 이 암자는 이름 그대로 오백나한을 모시던 곳이었을 것으로 보이나 이 암자 뒤에 암굴이 있어 여기다 모셨을 가능성도 부인할 수 없다. 그것은 이 굴이 6·25 때만 하여도 이곳 사람들이 피난을 하였을 때 30여 명이 한꺼번에 들어갈 수 있었다고 하니 예전에는 이 암굴이 아주 넓었으리라고 보는 것이다.

　이렇게 추측하는 것은 암벽이 풍상으로 낙석되어 점점 좁아졌으리라고 보기 때문이다. 그러나 이곳 출신인 유병도 씨의 주장으로는 또 다른 이설이 있으니 그것은 화려했던 서봉사가 일본 오랑캐에 의해 몰락한 것을 오박난이라 했는데 이 말이 오백난으로 변했다고 했다.

# 수지의 신앙

수지와 천주교/마을신앙/민간신앙

## 수지와 천주교 — 도둑망

천주교가 아니 천주교 신자가 우리나라에 온 것은 선조27년(1594) 포르투갈 신부 세스페레스가 임진왜란 때 일본의 종군신부로 온 것이 처음이다. 우리나라 사람으로는 선조36년(1603) 허균이 북경을 왕래하면서 천주교를 신봉 연구 하였다고 유인봉의 어우야담에 적고 있다.

그 뒤 천주교에 정식 입교한 사람은 이승훈이었다.(정조7년, 1783) 이후 명동에 있는 김범우의 집에서 포교활동을 시작으로 날로 그 신자 수가 늘어났는데 이와 같은 현상은 당시 주자학에 대한 싫증과 봉건사회에 대한 모순을 인식하고 붕당정치에서 소외된 남인계열에 의한 새로운 사상의 관심에서였다.

특히 용인군과 천주교는 뜻깊은 인연을 낳고 있는 고장이다.

우리나라 최초의 신부인 김대건 신부가 용인의 은니골(양리면 남곡리)에서 불란서 모방 신부에게 영세를 받은 후, 신부가 된 뒤 귀국하여 첫 사목 지역으로 삼은 곳이 용인이었다. 그러나 김대건 신부의 아버지가 기해사옥 때 순교한 걸로 보면 용인에는 이미 수많은 신자가 있었다는 것을 알 수 있다.

더불어 수지읍에도 천주교 신자들의 거주지역이 고기리 금수골 언덕말, 동천리 윗손골, 신봉동 서봉 부락이었다고 알려져 있다. 이 세 곳 중 윗손골에는 공소가 있을 만큼 신자가 많았고 불란서 신부 성도리 헨리코가 여기서 잡혀 기해사옥 때 순교한 곳이기도 하다. 또한 신봉동 서봉 부락에서는 주막(신봉동 639번지)에 모여 있던 천주교 신자들을 일망타진, 현장에서 처형하여 암매장한 곳이 있으니 이곳을 도둑망(신봉동 577-2)이라 전해 온다.

도둑망이란 도둑을 잡기 위해 길목에서 망을 보던 곳인데 여기서 지키던 것은 도둑이 아니라 천주교 신자였다. 이들이 숨어서 다니다 냄새를 맡은 관군에게 붙잡힌 것이다. 이렇게 길지 않은 우리나라 가톨릭 역사의 굴절과 많은 순교자를 낸 것은 세계에서도 드문 일이거니와 지금에 와서는 이런 것들이 수많은 성지, 성자를 낳게 된 동기가 된다. 그래서 수지읍에서도 성도리 헨리코 신부가 잡혀간 윗손골이 성지가 되었으며 서봉 부락에는 당시 처형해 묻었다고 전해 오는 무덤이 도둑망에 있다. 그리고 집단 암매장 됐던 서봉 부락의 신자들의 무명 무덤도 유해발굴이 있었다고 한다.

지금처럼 종교의 자유를 만끽하는 시대에 살고 있는 세대가 이해 못할 일들이 우리가 살고 있는 고장에서도 있었다.


## 마을 신앙 — 산제 · 장승제

마을 신앙은 한 동리나 수개의 마을이 모여서 이루어지는 집단의식이다. 이 마을 신앙에는 대개 동제, 산신제, 당제, 성황제, 축우제, 대동 우물고사 등이 있다. 위에 마을 신앙이 그 장소와 의식에 차이는 있으나 마을의 공동 안녕을 위해서 집단적으로 행해지던 제의식으로서 모두 동제라고 할 수 있다.

수지읍에서 행해지던 마을 신앙으로는 산신제가 가장 많았다. 그 부락으로 고기리 곡현, 장투리, 손이터, 아래손골, 방죽골, 서봉, 성서 등이다.

그리고 그 다음이 줄다리기인데 그 부락으로는 방죽골, 정자뜰, 대지, 독바위이다. 이외 동막골에서는 성황제와 비슷한 장승제를 지냈으며, 은응쟁이에서는 큰 은행나무에다 제를 지내기도 했다.

그리고 축우제는 가뭄이 심하게 계속되어 농사에 지장이 있을 때 지내는 것으로 그 범위가 일개 지역에 국한된 것이 아니기에 특수한 경우를 제외하고는 동제가 아닌 목민관에 의해서 제를 지냈다.

수지읍에서는 심하게 가뭄이 들 때마다 그것은 광교산 또는 형제봉 중에 하나인 누애봉이 명당이라는 소문을 듣고 누군가 암장을 해서 그렇다 하여 마을 사람들이 연장을 들고 산에 올라 암장한 것을 찾아 캐어 버리고 나서 기우제를 지냈다.

그리고 대동 우물고사는 별도로 하는 것이 아니라 정월 대보름 마을 줄다리기를 할 때 겸해서 하는 것이 보통이다. 수지읍에서 아직까지 산제사를 지내는 부락은 곡현이며 성서부락에는 부락행사가 아닌 대원사에서 지낸다.

줄다리기를 하는 부락으로는 독바위가 유일하다.


### ■ 산신제

산신에게 제사를 지내는 것은 길일을 택해서 지내는데 상달이라 하여 음력 10월에 많이 지내며 어느 곳에서는 7월 7석에 지내는 부락도 있다.

산신제는 제를 지내기 보름서부터 수일 전 마을의 유지들이 모여 제일을 결정한 다음 부락민 중에서 비교적 덕이 있고 자손이 번성한 노인 중에서 생기복덕(生氣福德)을 가려 제사를 주관할 제주를 뽑고 또 제주를 도울 사람 몇 명을 더 뽑는다. 이때의 생기복덕이란 일상생기(一上生氣), 이중천선(二中天宣), 삼하절체(三下絶體), 사중유혼(四中遊魂), 오상복궁(五上福宮), 육중복덕(六中福德), 칠하절명(七下絶命), 팔중귀혼(八中歸魂)을 말한다.

제주가 될 수 있는 사람은 그 조건이 매우 까다로워서 상주가 아닌 사람, 한 해 동안 집안에서 불상사가 없었던 사람, 가내에 임신을 한 사람이 없는 가정의 사람, 제일까지 부인에게 월경이 없는 사람, 가급적이면 집안에서 정결한 사람을 뽑는다.

이렇게 제주가 결정되면 제주가 된 사람은 그날부터 금기사항을 지켜야 하는데 부인과 함께 방을 쓰지 않는다. 매일 냉수마찰을 하고, 정결한 복장을 한다. 가급적이면 원거리의 외출을 금하고 부정한 것을 가까이하지 않으며 부정한 언동을 금한다. 상가에는 문상을 가지 않으며 그 근처에 가서도 안 된다. 비린 생선이나 육식을 먹지 않으며 기일까지 문 앞에 황토를 깔고 금줄을 쳐서 잡인의 접근을 금한다. 그리고 항상 덕 있는 품위를 지키고 마음을 편안히 갖는다.

이와 같이 산신제를 지내기 위한 준비로 제일을 결정하고 제주와 그를 도울 사람을 선출한 뒤에는 특별한 사유가 없는 한 마을 사람들의 출입을 금한다. 이러한 준비 과정을 거쳐서 산신제가 이루어진다.

■ **토월 부락의 산제사**

장소 : 풍덕천리 산 24-8

때 : 음력 10월 1일

제물 : 통소 또는 쇠머리 겸 빨간 장닭

제사주관자 : 제관 1명, 당주 1명, 소임 2명

택일 : 동네 어른들이 제삿날을 택일하면서 생기복덕을 보고 마을에서 가장 깨끗한 사람으로 제사 주관자를 뽑는다. 이때부터 마을 사람들은 비린 것도 안 먹고 욕도 안 하고 부부가 같이 자지도 않는 등 부정한 일을 하지 않는다.

제사 당일 저녁 제관과 소임 2명은 산제사 터 앞에 있는 못에 가서 목욕을 하고 내려와 제물을 가지고 다시 올라가 제사를 지낸다. 제사를 지내는 시각은 밤 10시 촛불을 켜놓고 제를 지낸다. 제사를 지내는 데 걸리는 시간은 약 1시간 정도이다.

제사를 다 지내고 산에서 내려오면 마을 사람들과 같이 마련한 술과 국을 나누어 먹는다. 그리고 통소나 통돼지를 잡았을 때는 고기를 집집마다 똑같이 나누어 준다. 고기 값과 제사비용은 가을에 추수해서 낸다.

이 마을에서는 마을이 아파트 단지로 수용되기 전까지 그러니까 80년대 후반까지 지냈으나 마을이 없어지면서 자연적으로 못 지내게 되었다.

제기 보관은 산제사 터 앞에 김치광처럼 집을 지어 보관하고 썼다.

■ 아래손골의 산제사

장소: 동천리 산 14-4

때 : 가을

제물 : 쇠머리, 시루떡, 삼색

제사주관자 : 제관 1명, 축관 1명, 당주 1명, 소임 1명

택일 : 마을 어른들이 좋은 날을 택해 제삿날을 정하면서 생기복덕을 보고 또 좋은 일이 많은 마을 사람으로 제사를 주관할 네 사람을 뽑는다.

이때부터 마을 사람 전체가 근신한다. 그외 제사를 지내고 끝내는 것은 여느 부락과 같다. 이 부락에는 제기를 보관했던 당집이 별도로 있었으며 산제사를 그만둔 지가 무려 60여 년이나 된다. 그러나 옛 산제사 터에는 큰 참나무 한 그루가 남아 있다.

■ 서봉 부락의 산제사

장소 : 신봉리 산 132번지

때 : 음력 9월 1일

제물 : 통소 또는 쇠머리, 삼색

제사주관자 : 제관 1명, 축관 1명, 당주 1명

택일 : 마을 어른들이 모여 날자를 택일하고 생기복덕과 마을 사람 중 가장 유복한 사람으로 제사를 주관할 사람을 뽑아 제사를 준비한다.

세 사람 집 앞에는 붉은 흙을 파다 놓고 청수를 사발에 떠다 소반에 얹어놓아 잡인의 출입을 금한다. 제사 하루 전에 산제사 터에 있는 우물을 치우고 그릇을 깨끗이 닦고 밥을 지어 산제사 터에 놓는다.

제삿날 당일 소를 잡고 저녁 무렵(4~5시경) 제사를 지내고 내려와 고기를 집집마다 똑같이 나누어 준다. 이렇게 고기를 똑같이 나누는 것은 시절이 어려워 고기를 많이 가져가려는 사람이 없었기 때문이다.

고기 이외에 잡종인 갈비, 뼈다귀, 내장 등은 별도로 원하는 사람이 사갔으며, 머리는 당주에게 준다. 소 잡는 것은 이장이나 반장들이 한다. 이 마을 산

제사가 없어진 것은 약 20여 년이 된다.


■ 손기 부락의 산제사

장소 : 고기리 산 20번지

때 : 10월 초순

제물 : 쇠머리, 천엽, 삼색(소를 잡을 때도 제사에는 쇠머리, 천엽만을 제물로 쓴다)

제사주관자 : 제관 1명, 당주 1명, 축관 1명

택일 : 마을 이장(예전에는 구장)과 어른들이 택일하면서 생기복덕을 보고 마을에서 가장 적임자로 제사를 주관할 사람을 위와 같이 뽑는다. 이때부터 다른 마을과 같이 마을 사람 전체가 근신한다.

당주는 산제사 삼일 전에 산제사 터로 올라가 그곳에 있는 우물물로 목욕을 하고 우물을 깨끗이 치우고 우물물로 제주를 담그고(조사라는 술) 인줄을 쳐서 잡인을 근접치 못하게 한다. 제사는 밤 10시경에 지낸다.

통소를 잡았을 때는 집집마다 똑같이 나누어 주고 가을에 그 값을 받았다. 그러지 않고 쇠머리를 썼을 때는 고기를 똑같이 나누어 꼬챙이에 꿰어 집집마다 나누어 주었다.

손기 부락의 산제사는 약 40여 년 전부터 지내지 않았다.


■ 장의 부락의 산제사

장소 : 마을 뒷산

때 : 음력 정월 보름 전후 2, 3일

제물 : 통소

제사주관자 : 제주 1명, 당주 1명, 축관 1명

택일 : 마을 어른들이 모여 정월 보름 2 3일 전후로 좋은 날로 택일하고 마을 사람들 중에서 생기복덕을 보고 위에 사람들을 뽑는다.

이날부터 마을 사람 전체가 근신한다. 그리고 밖으로 나가지도 않는다. 제사 당일날 마을 사람들이 산제사 터 밑에서 소를 잡는다. 시간을 맞춰 산제사를 지내고 내려오면 밤을 새워 쇠고기를 마을 집집마다 똑같이 나누어 준다. 이때 제물로 쓴 소는 마을에서 빚을 내어 구입해서 썼기에 그 대금은 이자까지 포함해 가을에 걷어서 갚는다.

이 마을에서 산제사가 없어진 것은 수지읍에서 가장 먼저인 것으로 추정되는데 그 이유는 이 부락의 호수가 다른 마을에 비해 가장 적었기 때문이다.(60년이 넘음)

이 부락의 가장 전성기는 40여 호였으며 최근 가장 적었을 때는 10여 호가 조금 넘었다.


■ 성복리의 산제사

장소 : 성복리 산 53-3

때 : 음력 10월 초하루 저녁 10시경

제물 : 예전에는 통소, 나중에는 통돼지, 최근에는 쇠머리 또는 돼지머리

제사주관자 : 제주 1명, 당주 1명, 축관 1명, 소임 1명

택일 : 산제사 지내기 전 사오 일 또는 일주일 전에 마을에 학식 있는 어른이 생기복덕을 가려 제사를 주관할 사람을 뽑는다.

예를 들면 집에 여자 중 생리를 하는 사람이 있어도 안 된다. 제사를 주관할 사람을 뽑으면 그 사람들 집 앞에는 물을 떠다 놓아 부정한 사람들의 출입을 금지한다.

제사를 지내고 나서 그 음식은 마을 사람들이 나누어 먹는다. 특히 통소나 통돼지를 잡았을 때는 고기를 똑같이

성복리에서 산제사를 지내던 집/지금은 성복리의 대원사에서 지내고 있다

분배 또는 능력껏 가져가기도 한다. 고기 이외의 비용은 집집마다 공동부담한다. 성복리 산제사는 통소로 지낼 때는 성복리 전체가 참여했으나 점차로

성서 단일 부락의 행사로 치러지다 10여 년 전부터 중지 되었다.

■ 곡현 부락의 산제사
장소 : 광교산 큰골
때 : 음력 7월 7석 전후
제물 : 통소 또는 쇠머리, 삼색
제사주관자 : 제관 1명, 당주 1명, 축관 1명
택일 : 마을 책임자들이 택일을 하고 생기복덕을 보고 또한 여러 가지로 운이 좋은 사람으로 제사주관자를 선발한다.

날을 택일하면 집집마다 황토흙을 파다 대문 입구에 놓아 부정한 외부인의 출입을 금한다. 그리고 이때는 여름이라 모든 동식물이 왕성할 때이기에 살생을 엄금하며 아이들에게 매미, 잠자리드 못 잡게 한다.

제사 전날 산제사 터로 올라가는 길을 닦고 제사 당일날 소를 잡아 저녁에 제사를 지낸다. 제사가 끝난 뒤 잡은 소를 넓은 다당에서 나누는데 자기 형편껏 가져간다. 이때 인근 마을인 장투리와 손이터 사람들도 고기를 사가는데 고기는 외상으로 가져가고 형편 되는 대로 낸다.

이 마을에서는 한때 산제사가 중단된 적이 있었으나 77년 심한 수해와 산사태로 마을이 생긴 이래 가장 큰 인명과 재산의 손실을 입은 뒤 산제사가 다시 부활되었다. 그것은 이런 재앙이 산제사가 중단되어 산신령의 노여움으로 여겼기 때문이다. 그리고 이곳 말고도 고분재에서는 예전에 호환을 입은 집에서 단독으로 산제사를 왕림골에서 지낸 적이 있다.

곡현부락 산신제 축문*
維歲次 年 月 朔 幼學 姓名 敢昭告于(유세차 년 월 삭 유학 성명 감소고우)
광교산(光敎山) 영왈(靈曰) 유산흘연(維山屹然) 둥진기전(雄鎭畿甸) 환이백리(環

---

以百里) 양접삼현(攘接三縣) 범유휴구(凡有休咎) 이도이빙(而禱而憑) 영차이용(靈且異用) 고필응예(叩必應緊) 자고촌벽(茲孤村僻) 처산하(處山下) 하신음즐(荷神陰騭) 전도조야(奠堵朝夜) 매세건성(每歲虔誠) 천이주과(薦以酒果) 복아수아(福我壽我) 황동백수(黃童白首) 산좌구려(山左驅癘) 임외병호(林外屛虎) 불건풍우(不愆風雨) 하숙원포(荷熟園圃) 경착안분(耕鑿安分) 막비신사(莫非神賜) 인지보사(人之報事) 감태기시(敢怠其始) 자간길진(茲揀吉辰) 식진사례(式陣祠禮) 단자적반(壇茨籍飯) 석천세배(石泉洗盃) 신래기숙(神來其肅) 연호등청(然曉燈淸) 영일루심(熒一縷心) 향약청의의(香若聽宜宜) 개망수우(豈望垂佑) 식보(寔報) 혜신일체(惠神一體) 무위세세상향(無違歲歲上饗)

肉床祝에는 薦以酒果를 牛酒로 籍飯을 籍角으로 石泉洗盃를 淘米로 함

소상축 적을 쓰지 않고 지냄. 남산신령에게 지낼 때 선(先)

육상축 적을 쓰는 것. 여산신령에게 지낼 때 후(後)


■ 동막 부락의 장승제

장소 : 동천리 전 67-1번지

때 : 음력 10월 1일

제물 : 돼지머리, 삼색, 시루떡

제사주관자 : 제주 1명, 당주 1명, 축관 1명

택일 : 그해 마을 사람 중 가장 깨끗하고 무사하게 지낸 사람으로 제사를 주관할 사람을 뽑는다. 해마다 좋은 소나무를 베어다 장승 둘을 만들어 하나는 천하대장군, 또 하나는 지하여장군이라 써서 용인땅에 대장군, 광주땅에는 여장군을 세운다.

제물을 만들어 광주여장군 앞에서 제기를 진설을 하는데 이는 아내인 여장군이 음식을 만드는 것을 상징한다. 그리고 나서 대장군 먼저 제사를 지내고 여장군으로 옮겨 또 제사를 지낸다.

제사를 다 지낸 뒤에는 쇠머리를 넣고 끓인 죽과 술을 마을 사람들이 나누어 먹고 헤어진다. 이것으로 장승제가 끝난다. 이 부락에서 장승제가 없어진

지는 약 30여 년이 된다.


## 민간신앙 — 목살경 · 토황장


■ 목살경(木煞經)

목살은 나무에 붙어 있는 귀신이다. 목살경은 나무귀신이 일으킨 병을 쫓아내는 주문이다. 그러니까 예전에는 사람들이 사는 가옥, 쓰는 기구, 때는 나무 등 일절을 나무에 의존하였던 만큼 이로 인하여 사람에게 길흉화복이 일어난다고 믿었다.

상현리 대장간말 사는 노씨에게 하루는 한동네에 사시는 외할머니가 오셔서 싸리대문이 넘어졌으니 와서 고쳐달라셨다. 노씨가 가서 보니 싸리대문 바탕이 삭아서 그리된 것이라 굵은 나무를 베어다 다시 만들어놓고 집으로 돌아왔다. 그런데 집에 오자마자 오금이 펴지질 않아 앉은뱅이가 되고 말았다.

급한 김에 찾아간 곳이 무속 집이다. 어디서 탈이 났나 물어보니 나무를 잘못 건드려서 그렇단다. 그러니 병이 나으려면 목살경을 읽으라고 일러주었다. 일러준 대로 목살경을 읽고 바로 완쾌되었다.

목살경은 손없는 날 읽는 것이다.


■ 목살경을 읽기 위하여 하는 준비물과 하고 나서의 하는 행동

1.음식

음식은 모두 날것이다.

메밀범벅(메밀을 갈아 버무린 것) 3접시

미나리 3접시, 된장소금 3접시

술 3접시, 복숭아 채(동쪽으로 뻗은 가지 몇 개)

도투마리(베를 짤 때 날을 감는 틀)나 아니면 써래바탕

2. 목살경을 읽는 방법

음식상 앞에서 도투마리나 써래바탕을 복숭아 채로 두드리며 목살경을 예순 세 번을 읽는다. 읽는 사람은 성이 다른 세 사람이 있어야 한다.

목살경을 읽을 때는 읽는 순번을 잊어 버리지 않기 위해 콩 21개를 그릇에 담아 준비된 다른 그릇에 옮기며 읽는다. 끝으로 세 번째는 한 대로 버리며 읽기도 한다.

3. 마무리하는 행동

음식을 짚꾸러미에 싸서 들고 손에 칼을 들고 밖에 나와 아무데로나 가다 첫째번에 만나는 나무에다 짚꾸러미를 걸어놓고 가지고 가던 칼을 나무에 던진다. 그러면 칼은 대개 사람의 의도대로 목표했던 나무에 꽂히지 않고 힘없이 쑥 빠져버린다. 이렇게 힘없이 칼이 중간에 가서 떨어지면 병자가 병이 금방 낫는다. 대신 칼이 힘있게 나가면 병이 오래간다. 그래서 밖에 나갔던 사람한테 칼 떨어지는 순간을 물어보고 병이 빨리 낫고 아니 낫고를 짐작한다.(노승복 씨 제공)


■ 토황장(土黃章)

천존이 언하사대 토황구루에 기사가

천이백신이니 토후토백과

토공토모와 토자권속이 약태새와

약장군과 약학신과 약택백과

약구량과 약검봉과 약자웅과

약금신과 약화열과 약신황과

약당명과 약삼살과 약칠실과

약황번포미와 약비렴도침에

여시등이 토과신살이라

악이니 흥수복축에 이록범지면

즉치병환하여 이를 삼망하나니

자송차경하며 즉만신니

개기하야 천무기하며
지무기하며 음양무기하며
백무금기하리라
(샛말 안인수 씨 제공)
토황장은 목살이 났을 때 읽는 경임을 밝혀둔다.


— 눈병이 났을 때
안질이 아닌 안구에 티가 보이고 몹시 아픈 것을 삼이라 하고 이럴 시에는
기둥에다 붓으로 사람을 그리고 그린 그림의 눈을 바늘로 찌르는 것을 삼뜬
다고 한다.
— 학질
학질은 하루거리라고도 하는데 예전에는 이것이 모기로 인해서 생기는 병
이라는 것을 몰랐다. 그래서 학질에 걸리면 새끼를 꼬아가지고 망두석에다
감고 씨름을 해서 이기면 낫는다고 해서 애꿎게 남의 망두석을 쓰러뜨리는
일이 많았다.
— 열병
원인 모르게 열이 나고 하면 짚으로 허수아비를 만들어 그 속에 돈을 넣어
길가에 버리고 지나가는 사람이 발길로 차거나 돈을 빼어 가면 그 사람에게
옮아가서 병이 낳는다고 여겼다.
— 눈다락지
눈다락지가 나면 길가에다 돌로 솥을 걸고 거기다 눈썹을 뽑아놓으면 지나
는 사람이 건드리게 되는데 그러면 병이 다른 사람에게 옮는다고 했다.
— 푸닥거리
병이 났을 때 무당이나 판수를 데려다 굿을 하는 것을 푸닥거리라고 한다.
굿에는 종류에 따라 하는 방법이 여러 가지로 나눈다.

# 수지의 입향조

수지 성씨와 입향조/처사 굉의 비문/충의위수의부위광주이공덕린비문/
전서공비문/백록공비문

## 수지의 성씨와 입향조

지금의 수지에는 천성(千姓) 만본(萬本)이 살고 있다.

원래 수지에는 강 시봉골(신봉리), 방 방죽골, 고 대지라는 말이 전해 오는
데 이 말은 신봉리에는 강씨가 방죽골은 방씨가 많이 살아서 방죽골이라 했
다 하며 대지에는 고씨가 많이 살았다고 한다.(신봉동 정규삼 씨)

그러나 지금은 이 말에 의미가 없어졌다. 그렇지만 우리나라 거의가 그러
했듯이 수지에도 얼마 전까지는 자연부락마다 집성촌을 이루고 사는 성씨가
있었다.

이제는 다 흩어져 옛 모습을 볼 수 없지만 그동안 수대를 살아온 성씨의 입
향조를 조사해 보았다. 그러나 자료를 다 수집할 수 없어 소개하지 못하는 성
씨가 있음은 못내 아쉬움을 금할 수 없다.

■반남(潘南) 박씨 증판서림종파(贈判書林宗派) 입향조(入鄕祖)

반남 박씨 수지 입향조는 태관(泰寬)공이시다. 공의 부는 세면(世冕)공이
시며 배는 파평 윤씨 현령(縣令) 취은(就殷)의 여다. 공은 2남 3녀를 두었다.
공은 찬(贊)자의 10대조로 임진(壬辰 1652년) 출생. 경진(庚辰 1700년)에 졸
했다.

벼슬은 증참의(贈參議)이며 묘는 용인 수진면 만현 묘좌(卯坐)이나 최근에 이장했다.

공은 용인 정자리(亭子里)에 거(居)하였다고 파보에 기록되어 있음으로 보아 공이 수지에 입향조(入鄕祖)가 분명하나 공이 어디서 온 것인지는 정확지가 않다.(풍덕천2동 박찬수 씨 제공)

반남 박씨 입향조의 비

■ 라주 정씨(羅洲 丁氏) 초암공파(草菴公派) 입향조

라주 정씨 수지 입향조는 진(鎭)자의 9대조인 태신(泰愼)공이시다.

태신공의 부친은 석도공이신데 이분이 예천서 수원으로 이주하셨고 태신공이 수지로 입향하셨다고 한다. 참고로 소개하면 석도공의 묘소는 문경에 조부는 예천에 계시며 석도공은 수원 화서동 산 2번지에 있다가 이장했다고 한다.(신봉동 정석진 씨 제공)

■ 전주 이씨 수도군파 입향조

수도군은 정종대왕 7번째 아드님이며 이분의 고손 되시는 헌성(憲誠)공이 수지로 입향하셨을 것으로 추측하는데 그것은 헌성공의 묘소가 성복리에 있었기 때문이다.

헌성공은 증통정대부 호조참의로 실직으로는 어모장군용양위부호군(禦侮將軍龍驤衛副護軍) 임술(壬戌) 3월 17일 졸했다.

배(配)증숙부인 별제안동 김언홍녀(別提安東 金彦弘女) 경인(庚寅) 12월 21일 졸했다.

지금 수지에 살고 있는 자손들은 승(承)자의 6대조인 상현(相顯)공 정랑*(正郞)의 후손이다.(풍덕천2동 이승구 씨 제공)

---

* 정랑 : 벼슬이름..

## ■ 기계 유씨 입향조

守基 通德郎公

감역부사(監役不仕) 통덕랑(通德郎) 탁월자효(卓越子梟) 저위앙지(著爲訣之) 계관이귀보(桂冠而貴譜) 이견손지(李遺孫之) 헌여갈서위(讖與葛捿爲) 하혁지정야(何奕之誇也)

통덕랑 공은 선경지명의 고귀한 품위와 자질을 갖추신 어른이시다. 통덕랑 공은 비운이 숨어드는 명문대가의 위세가 크게 흔들일 것을 미리 아시고 모진 바람을 막아내신 어른이시다.

지나치게 뛰어난 아들의 명성이 널리 알려지고 있음을 염려하시고 종육품(從六品)인 감역 관직을 사양하시고 벽촌에 은둔하셨으나 얼마 후 정오품(正五品)인 통덕랑에 다시 기용되셨다.

그러나 정의와 도덕 관념이 말살되고 자질과 재능이 뛰어난 영웅호걸의 장래성을 가차없이 박해하는 불의지악(不義至惡)의 뿌리가 난무하는 세상에 씌워진 누명으로 말미암아 위기에 몰릴 것을 아시고 또다시 관직에서 물러나 부자지간의 혈륜을 끊고 먼곳으로 아들을 유배하셨다.

그러나 아버지의 허물이 아들에게 연좌됨을 개탄하시며 멸손의 위기를 탈피하시고자 먼 장래를 내다보시고 반상의 구별없이 알차게 갈고 닦으며 이웃간에 구애됨이 없이 동고동락할 수 있는 피난처를 물색하시고 가보를 위시한 소요 품목을 행장에 꾸려 손주이신 한도 공(漢度公)께 전하시고 이곳으로(신봉리) 이주케 했다.

또한 명령하시기를 시루봉과 더불어 둘러싸고 있는 깊은 계곡에 기틀을 잡고 숨어 살면 머지않아 후손에 이르러 아름다운 광영이 크게 빛나리라 하셨다.

이 글은 기계 유씨 신봉리파 종손 병도(炳道) 공이 쓰신 자필을 그대로 옮긴 것이며 앞에 나오는 통덕랑 수기공

기계 유씨 입향조의 비

은 신봉리파 한도 공의(병자의 7대조) 조브가 되신다. 통덕랑 수기공은 아들 언학공(彦學公)의 출중함으로 집안이 위태할 것을 염려하여 손자 한도공을 신봉리 서봉으로 피하게 하였다는 내용을 담고 있다.

### ■ 해주(海州) 최씨 입향조

수지읍에서 해주 최씨가 집성촌으로 사는 곳은 죽전리 감바위 부락이다. 이곳으로 처음 이주하여 온 분은 시조로부터 이십오세 되시는 휘 익겸(益謙) 자 여익(汝益)으로 조의 휘는 급(岌) 자(㟓)는 자고(子高) 수직(壽職) 통정대부첨지중추부사, 증가선대부호조참판 고의 휘는 기태(基泰) 숙종 갑신 사월 십육일(1704) 태어나서 영조 갑오 오월 이십이일(1774년 영조50년) 70세로 돌아감.

영조 을유(1765년 영조41년) 사마시(司馬試)에 합격함.(사마시는 생원과 진사를 뽑는 소과임. 초시와 복시의 이단계가 있었음)

배는 평창 이씨로 임오 십이월 이십일(1702년 숙종28년) 출생하여 계묘 사월 십일(1783 영조5년) 81세로 돌아감.

생원 하석(夏錫)의 따님으로 묘는 현암에 모셨다가 여주 선산으로 이장하였다.(죽전2동 최창호 씨 제공)


### ■ 김령 김씨 입향조

김령 김씨 시조 김알지 대왕(金閼智 大王) 신라 이십팔대 경순왕

중시조 관조(貫祖) 시흥(詩興) 김령공

구대손 증영의정 문신(文臣)으로서 함길도병마도절제사판서 겸 삼군도진무(咸吉道兵馬都節制使判書兼三軍都鎭撫)

사육신(死六臣) 중에 영도자 백촌(白村) 선생 증(贈)충의공(忠毅公) 문기(文起)

금령군의 십칠세손 광일공이 죽전 최초 입향조(1679년으로 추정 325년이 되었음)

경기도 읍삼면 죽전리 대지(大池) 강만호골(姜萬戶谷)

관일공
1664년 5월 16일 생/1705년 1월 21일 졸
배(配)유인 평산 신씨
1674년 10월 4일 생/1724년 4월 12일 졸
(후손 김형돈 씨 제공)


■ 경주 이씨 입향조
경주 이씨 수지 입향조는 종(鍾)자(字)의 십대조 되시는 자(字) 시준(時俊)
이시다.
벼슬은 가선대부(嘉善大夫)며 배(配)는 완산 이씨다
묘는 용인시 모현면 능원리 산 50번지 합폄(合窆).
자 세창(世昌)은 신봉동 산 91번 합폄.
(고 이춘근 씨 제공)


■ 연안 김씨 구례현감공파 입향조
연안 김씨 구례공파 수지 입향조는 주(柱)자의 11대조인 휘 광유(光濡)공이
시다.
공의 기(忌)는 12월 16일이며 배는 파평 윤씨, 묘는 수진면 성복동 도마치
임좌 합폄.
공의 자손은 4자 1녀를 두었다.(성복동 김석주 씨 제공)


## 처사(處士) 굉(宏)의 비문

■ 상현리 파평 윤씨 입향조
수지로 처음 들어오신 입향조는 이 비의 주인공 되시는 굉(宏)공의 아버님
의빙 공이시다. 그러나 이분의 묘는 파주 선영으로 모셨기에 이곳에 있는 아

드님 굉 공의 비문을 소개한다.

공 휘는 굉(宏)이며 자(字) 대이(大而)시니 아 파평지윤(我坡坪之尹)이니 고려 통합 삼한공신 삼중대광태사공(三重大匡太師公) 휘 신달(莘達)을 시조로 기후에 명공거경(名公巨卿)이 대지불절(代之不絶)하니 17대조에 휘 관은 자(字) 동현(同玄)으로 문종 조에 문과로 여진, 왜구를 평정하여 척지진국공신(拓地鎭國功臣)으로 시호는 문숙(文肅)이며 예종묘정 및 숭의전에 배향(配享)되셨고 16대조에 휘 언(彦)은 문과로 광록대부(光祿大夫) 정당문학(政堂文學) 호부상서이시고 시(諡)는 문강(文康)이시며 15대조에 휘 돈신(惇信)은 문과 상서(尙書) 이부시랑 동궁시강학사(吏部侍郞東宮侍講學士)시며 사전(四傳), 11대조에 휘 선(琁)은 우대관(右大館) 대제학(大提學)으로 봉(封) 영평부원군(鈴平府院君)이시고 시는 문현(文縣)이시며, 10대조에 휘 안비(安庇)는 문과 태위 문하시랑 찬성(贊成)이시고, 9대조에 휘 침(忱)은 보리공신(輔理功臣) 첨의평리(僉議評理)로 영평군(鈴平君)이시며, 8대조 휘 인선(仁善)는 문과 우복사(右僕射)이시고 7대조에 휘 지(恃)는 문과 전서(典書)이시며 입본조(入本朝)하야 중시조 6대조 휘 돈(惇)은 교리로 증 이판이시고, 5대조 휘 계흥(繼興)은 삼척부사로 증 좌찬성이시며 고조 휘 철(哲)은 문과 사간(司諫)으로 증(贈) 이참이요, 증조 휘 인저(仁箸)는 중사마(中司馬)하셨고 조(祖) 휘 린(僯)은 무(武)로 승지이시며 고(考) 휘 의빙(宜聘)은 자(字) 탕노(湯老)로 장사랑(將士郞)이시며 제보영졸(除保寧倅)하셨으나 불취(不就)하셨고 비용인이씨는 덕문지녀(德門之女)로 공을 낳으시니 천성강직(天性剛直)하여 불모영리(不謨榮利)하고 유이경독(惟以耕讀)으로 자족하여 종부이거(從夫移居) 와야(瓦野)시*에 향천(鄕薦)으로 제공(除恭) 능참봉이나 종사불취(終辭不就)하시고 한거은덕(閑居隱德)하시다가 졸하시니 장우와야(葬于瓦野) 임원(任原)이나 기질삼백오십여년(己經三百五十餘年)으로 우금 수도권 개발(于今首都圈開發)로 도로확장(道露擴張)됨에 산(山) 오십칠번지(五十七番

---

地) 해원(亥原)으로 이장하였고, 배(配) 의인(宜人) 여흥 이씨로 종부(從祔)하였으며 유일남 하시니 휘 대형(大亨)이며 유손(有孫)하니 왈 응안(應顔), 응설(應設), 응민(應閔), 응하(應夏)이고, 증손 이하는 번불록(繁不錄)하노라 이제 신설(新設) 석의(石儀) 수비(竪碑)하여 백세 영안을 축원하며 후손들의 위선지심(爲先之心)을 발휘하여 영세불망케 하노라. 1996. 병자 3월 24일

## 충의위수의부위광주이공덕린비문
### (忠義衛修義副尉廣州李公德麟碑文)

■ 광주 이씨 입향조

공의 휘(諱)는 덕린(德麟)이니 광주인이시다. 비조(鼻祖)의 휘는 자성(自成)이시니 사(仕) 신라 내물왕조(奈勿王條)하야 관지내사령(官至內史令)하시다.

중시조의 휘는 양중(養中)이요 자(字)는 사개(士槪) 호는 석탄(石灘)이니 사(士) 려계(麗季)하야 관지형조참의러니 당아태조(當我太祖) 혁명지초(革命之初)하야 항불신절(抗不臣節)하고 둔거남한성하(遁居南漢城下)하니 태조누징불응(太祖累徵不應)하고 지피찬적(至被竄謫)이라도 불소굴(不少屈)이러라 태종이 등극하야 이용잠고구(以龍潛故舊) 춘우심지(春遇甚至)하야 특배한성윤(特拜漢城尹)이나 역불수(亦不受)하시다. 후한 광무제(光武帝)가 구우엄광을 부춘산(富春山)으로 심방하듯 태종이 행행우(行幸于) 남한산하야 친우예로 상견키로 청하니 석탄께서 흔연히 영접하야 주효(酒肴)로 환대하시니 태종이 대작 수순후(數巡後)에 국정참여를 간곡히 권유하시니 석탄께서 불사이군지의(不事二君之義)로 고사하시니 태종도 무내하(無奈何)라 경불능탈기지(竟不能奪其志)라.

김모제찬기비지(金慕齋撰其碑誌)에 왈 이수양지절(以首陽之節)이요 도부춘산지촉(蹈富春山之躅)하니 실아동국(實我東國)의 백이숙제이시니 식위공

지육대조(寔爲公之六代祖)이시다.

5대조의 휘는 우생(遇生)이시니 관지사온주부 증 이조판서요 고조의 휘는 수철(守哲)이요 자는 성부(成夫)니 관지평안도병마절도사 증 의정부 좌찬성 봉한원군(封漢原君)하다.

증조의 휘는 손(孫)이요 자는 자방(子芳)이요 시호는 호간(胡簡)이니 관지 보국숭록대부의정부좌찬성 하시고 훈봉한산군(勳封漢山君)하시다.

조의 휘는 순언(純彦)이요 자는 일지(一之)니 관지파주목사요 고(考)의 휘는 결(潔)이니 관지참봉이요 비는 연안 이씨이다.

생 이자하시니 장왈공(長曰公)이요 차왈 명린(命麟)이니 관지 동몽교관이시다.

배는 의인 의령 남씨(宜寧南氏)하시다. 생(生) 일자(一子)하시니 휘왈 숙(淑)이니 관지통훈대부토산현감(官至通訓大夫兎山縣監)하고 손왈 홍주(弘周)니 절충장군용양위부호군(折忠將軍龍驤衛副護軍)이다.

공은 천품이 영준호매(英俊豪邁)하고 락불기(落不羈)하야 관직이 충의위 수의부위(忠義衛修義副尉)러니 당시 난신적자의 횡포로 망국병폐인 파쟁과 음해와 모략으로 영이 없으니 공께서 이에 환멸(幻滅)을 통감하고 기관낙향하야 귀거래사를 읊조리고 자연을 벗삼아 음풍영월로 시주자오(詩酒自娛)하며 여생을 살다 하세하시니 석재통재(惜哉痛哉)라 인생무상이여 공은 국가 간성지재임에도 시대를 불우하야 그 웅지와 포부를 펼치지 못하고 한많은 세상을 살다 가시니 통한지극(痛恨之極)이라.

공의 선향이 광주임에도 불구하고 벽지인 이곳 필동(筆洞)으로 낙향하신 동기도 군자는 난방불거(亂邦不居)하고 불입난방(不入亂邦)이나 염세(厭世) 은둔 자정(自靖)이 뜻이 응결(凝結)되었음이라.

충신지후예(忠臣之後裔)요 진신지사족(縉紳之士族)으로 한산에 정기받아 탄생차세(誕生此世)하야 불우한 시운으로 재덕을 못 펴시고 고고한 조행(操行)으로 일생을 종언(終焉)하시니 누가 원통타 않으리요. 인명왈(因銘曰) 충신지후예요, 진신사족으로 누대 선조들의 적선지여경(積善之餘慶)으로 후손

들의 번창함이 백자천손(百子千孫)에 이르고 돈목과 친화로써 상호애경(相
互愛敬)하여 사람답게 생을 영위하고 있으니 차개비조상임(此豈非祖上任)들
의 음덕이요 모름지기 선조님들의 명성이 유방백세(遺芳百世)하소서.
　— 단기 4328년 을해 3월 16일 야옹(野翁) 이경순(李景淳) 찬(撰)


## 전서공비문(典書公碑文)


■ 용인 이씨 입향조
가선대부형조전서용인이공사영지묘(嘉善大夫刑措典書龍仁李公士穎之墓)
정부인 단양 우씨부(貞夫人 丹陽 禹氏祔)
여기는 절세(絶世)의 충효겸전(忠孝兼全)하신 어른이 깊이 잠드시다.

　이분의 휘(諱)는 사영(士穎)이요 호(號)는 평은(平隱)이시니 이는 곧 우리
시조(始祖) 구성백삼한벽상공신삼중대광숭록대부태사(駒城伯三韓壁上功臣
三重大匡崇祿大夫太師)이신 휘길권(諱吉卷)의 십사대손(十四代孫)이시고
고려충신구성부원군(高麗忠臣駒城府院君) 휘중인(諱中仁)의 맏아들님이시
며 부인은 단양 우씨(丹陽禹氏) 이시니 문하시중(門下侍中) 휘복생(諱福生)
의 따님이시다.

　공은 일찍이 문과(文科)에 급제(及第)하시어 청주목사(淸州牧使等)등의 요
직을 역임하셨고 공양왕 3년(恭讓王 三年, 1391년 6월17일)에는 가선대부형
조전서(嘉善大夫刑曹典書)를 거쳐 동년(12월 14일) 또 우부대언(右副代言)으
로 배임(排任)하셨으나 려말혁명(麗末革命)을 당하여 포은 정선생 피살시(圃
隱鄭先生 被殺時)에 목은등제현십오인(牧隱等諸賢十五人)과 함께 유배(流
配)되셨으니 곳은 남원(南原)이요 때는 공양왕 사년이었다. 공은 적지 남원
(謫地南原)에서 마침내 이태조 오년(李太祖 五年, 1396년)에 영면(永眠)하시
어 아드님 중직대부영천군사휘백찬(中直大夫永川郡事諱伯撰)과 함께 초지
일관삼세불사(初志一貫三世不仕)의 아버님의 유훈(遺訓)을 실천하셨으니 이

보다 더 큰 충효(忠孝)의 성(誠)이 어디 있으며 애국충절(愛國忠節)됨이 어찌 오문(吾門)의 사표(師表)에만 그치리요.

공의 묘는 본시 이곳 용인군 수지면 상현리(심곡) 산 45번지 술좌(戌坐) 건하곤상(乾下坤上)이었으나 금반종의(今般宗議)에 의하여 곤위(坤位)에 합폄(合窆) 묘갈을 세워 공의 정충지효(貞忠至孝)를 영세첨모(永世瞻慕)코자 하노라.

— 1982년 12월 일 종회장 십팔대손 源昌 謹撰


용인 이씨는 관향이 말해 주듯 용인에 가장 오려 세거해 오던 성씨이다. 중시조 구성부원군 중인(中仁, 구성은 옛 용인)의 묘가 신갈에 그리고 그의 큰 아드님 묘가 수지에 있는 것으로 보아 수지 입향조는 전서공 묘를 쓰기 전후로 보며 수지 세거 성씨로 보아 가장 오래되었다고 본다.


## 백록공비문(白綠公碑文)

■ 덕수 이씨 입향조

중 가선대부 호조참판 겸 동지의금부사 행평시서봉사(行平市署奉事) 덕수 이공 백록(白綠) 묘비

공의 성은 이씨요 본관은 덕수 휘(諱)는 백록 자는 성지(成之) 풍암(楓巖)은 기호(其號)니라.

시조는 고려 중랑장(中郞將) 휘 돈수(敦守)이며 1218년 고종 무인(戊寅)에

덕수 이씨 이백록공 묘의 비

글단적(契丹賊)을 토평한 공적이 고려사기에 명시되어 있다. 고조의 휘는 공진(公晉)이며 판사재사사(判司宰寺事)를 역임하고 영의정에 증직을 받다.

증조의 휘는 변(邊)이요 서기 1419년 이조 세종 기해에 문과에 올라 대광보국 승록대부 영중추부사 홍문관 대재학을 역임하고 후일 시호를 받으니 곧 정정공(貞靖公)이다. 천성이 엄의정직(嚴毅正直)하고 한화(漢話)와 이문(吏文)에 능통하여 누차 중국에 사신으로 왕래하였으며 훈세평화(訓世評話)와 노걸대등(老乞大等)을 저술하였고 세종 문종 양조 40년을 열향(列鄉)에 있으며 청직(淸直)하기 한사(寒士)와 같이 세인 간에 명성이 높아 기사(耆社)에 들었고 해동면신록에 등재되었으며 향년 83세에 졸하여 금 서울 봉천동에 예장하다.

고조의 휘는 효조(孝祖)이며 통례원봉례(通禮院奉禮)를 역임하다.

고(考)의 휘는 거(琚)요 1480년 성종 경자(庚子)에 문과에 올라 한림홍문관박사(翰林弘文館博士) 병조참의를 역임하였으며 비는 숙부인 임피 진씨요 현령 세번(世蕃)의 여니라.

공(公)은 생원초중(生員初中) 진사로 1522년 중종 임오에 사마행검(史馬行檢)으로 참봉선교랑평시서사사(參奉宣敎郎評市署事司)에 천제(薦除)되었으되 한결같이 불취(不就)하였고 학행이 높고 문장기절(文章氣節)을 지녀 기묘사적에 들었으며 가선대부 호조참판겸 동지의금부사(同知義禁府事)의 증직이 내렸고 용인 태장리(台蔣里)에 장례 모시니 금수지면 고기리 유좌일원(酉坐一原)이니라.

배는 증 정부인 초계 변씨(草溪卞氏)로서 생원 함(諴)의 여요, 부제학 효문(哮文)의 손이라. 조졸하여 당초 공의 묘소로부터 멀리 떨어진 농소동에 장례하였으나 원고각폄(遠孤各窆)인고로 후손 종의에 따라 1975년 을묘 4월 17일 이곳에 면봉합폄(緬封合窆)하다.

일남을 생하니 정(貞)이요 병절교위(秉節校尉)를 역임하고 순충적덕 병의보공신 대광보국승록대부 의정부 좌의정겸 영 경영사덕연부원군(純忠積德秉義補功臣 大匡輔國崇祿大夫 議政府 左議政兼 領 經筵事德淵府院君)의 증직이 내리다.

계비는 증 정부인 재령 이씨요, 현령 속(粟)의 여이고 묘는 종부쌍분(從夫雙

墳)하여 모셨으며 2남을 생하니 현(賢)과 귀(貴)이나 다같이 기후(其後)니라.

덕연군(德淵君)이 4남 1녀를 두니 첫째가 희신(羲臣)이며 증 병조참판이요 둘째 요신(堯臣)은 증광생원 증 호조참판 율리공(栗里公)이요 셋째 순신은 임진란에 토왜구국(討倭救國)하여 선무제1훈(宣武第一勳) 덕풍부원군(德豊府院君)시 충무공이요, 넷째 우신(禹臣)은 참봉으로 기후(其後)이고 여서는 초계인 첨지변기(僉知卞騏)니라.

참판공은 사남을 두니 첫째가 찰방뢰(察訪蕾)요, 둘째 분(苓)은 호를 묵헌(墨軒)이라 하여 문과에 올라 병조정랑을 역임하고 학행이 높아 가례박해나 례류편등(家禮剝解那禮類編等)을 저술하였고 충무공 행장을 기술하였다.

셋째는 번(蕃)이니 호는 금옹(錦翁)이요, 효능참봉(孝陵參奉)이고 넷째는 완(莞)이니 무과에 올라 년19에 숙부 충무공을 따라 토왜입공(討倭立功)하고 충청병사로 이괄의 난을 토평하고 의주부윤으로 승진하여 정묘호란에 역전(力戰) 순절하니 증 병조판서 시 강민공이다.

율리공은 이남을 두니 첫째 봉(羍)은 무과에 올라 삼척포첨사(三陟浦僉使) 경상, 평안병사 포도대장을 역임하고 다음 해(荄)는 무과에 올라 주부를 역임하고 다같이 숙부 충무공을 따라 토왜입공하여 선무원종공(宣武原從功)이다. 충무공은 삼남과 측실에서 이남을 두니 첫째 회(薈)는 선무원훈(宣武原勳)으로 임실(任實) 현감을 역임하고 증 좌승지이며 둘째 예(荷)는 형조정랑을 역임하고 선무원종공으로 증 좌승지요, 셋째 면(葂)은 담략이 있고 기사에 능하였으며 정유 4월에 아산에서 왜적을 맞아 연살토적(連殺討賊)타가 복인(伏刃)에 맞아 순사하니 미취(未娶)이나 이조참의를 특증(特贈)하였으며 다음 훈(薰)은 무과에 올라 인조갑자 이괄의 난에 안현에서 역전순절(力戰殉節)하고 다음 신(藎)은 정묘호란 때 종형 강민 공을 따라 의주에서 역전동순(力戰 同殉)하니 다같이 병조참의를 특진하다.

공의 6대손 홍무(弘茂)는 질 충민공(侄忠愍公)의 임고인 청주병영에서 영종 무신 3월 역난에 불굴순사하니 증 자헌대부 이조판서 시충숙공(諡忠肅公)이요, 공의 7대손 봉상(鳳祥)은 무과에 올라 통제사 이조참판 훈련대장을 역임하고 영종 정미에 어영대장으로 충청병사에 척보(斥補)되어 무신 3월 역난에 병영에서 순사하니 증 숭정대부(崇政大夫) 좌찬성 시충민공이니라. 기외에 자손이 번연(蕃衍)하고 관면(冠冕)이 허다하여 경술국치 이후에도 공의 후손으로 조국광복에 신명을 바쳐 정부로부터 독립유공자로 표창을 받은 이도 수다(數多)하니 이에 다 기록하지 못한다.

묘전에 단갈(短碣)이 있으나 풍우에 세침(洗侵)되어 자획이 분명치 못하므로 거년(去年)에 배위 변씨묘의 합폄과 아울러 재수(再豎)하노라.

— 서기 1976년 병진 4월 17일 16대손 응렬(應烈) 수기 근서


*참고로 이 백록공은 충무공 이순신 장군의 조부님이심을 다시 한 번 부연하여 설명하는 바이다.


■ 순흥 안씨 입향조

순흥 안씨가 수지읍 상현리에 정착하여 살기 시작한 것은 병자호란 이후로 본다.

순흥 안씨 족보에 위하면 수지읍에 처음 관련을 맺은 분은 시조로부터 21세인 훈귀공인데 그분의 묘소가 상현리 막은갈산에 있는 것을 보아 알 수 있다. 그러나 공의 조부와 부친의 묘는 황해도 도라산 남우두동(都羅山 南牛頭洞)에 있기에 충분히 유추해 볼 수 있는 일이다.

공이 태어난 해가 인조2년(1624)이요 돌아간 해가 숙종11년(1685)이기 때문이다.

대개의 문중에서도 그러했듯이 그 고장에 정착하기 시작한 것은 그곳에 살다가 죽었거나 조상을 모신 뒤 묘하에서 살기 시작하였다. 공이 무엇 때문에 고향을 떠나 이곳에 왔느냐 하는 것이 의문이 가지만 자세한 것은 문중에서도 전해오는 것이 없다고 한다.

훈귀공(訓貴公)을 간략히 소개하면 공의 조부는 초(抄)요, 아버지는 치홍(致興)이다. 그리고 공은 갑자 8월 10일생이요, 숙종11년(1685) 을축에 돌아

갔다. 벼슬은 통정대부요 부인은 옥천 전씨이다. 훈귀공 묘하에는 지금도 9대 이하의 후손들이 집성촌을 이루어 살고 있다.

(상현동 안영달 씨 제공)


### ■ 청주 한씨 양절공(襄節公) 확공파 입향조

청주 한씨 양절공파 수지 입향조는 양절공의 손자이며 석(錫)자의 15대조이신 평해공(平海公 ) 탁(倬)공이다.

배(配)는 함평 이씨이며 묘는 수원시 하동 답동이다.(현 연화장 정문 오른쪽)

(하동 한금석 씨 제공)

청주 한씨 입향조


### ■ 김해 김씨 석성공(石城公) 현손(玄孫) 진국공(盡國公)파 입향조

김해 김씨는 11세 진국공(盡國公)자(字) 득남(得男) 호(號) 성암(成岩) 관(官) 증가선대부공조참판 배(配) 정부인 순흥 안씨 묘 성남시 동원동 10번지—진국공이 경상도 김해에서 지금의 분당시 구미동으로 이주하심으로써 수지 부근에서 살기 시작했다.

진국공의 고손 정희공이 6형제를 두었는데 성남, 용인에는 이분들의 자손들이 산다. 수지 입향조도 이분들 중에 한 분인 견조공과 다른 형제로 배(培)자의 5대조가 되신다.

(동천동 김연배 씨 제공)


### ■ 한양 조씨 입향조

시조: 휘 지수

관직: 첨의중서사

한양 조씨 대동보에 의하면 고려말, 조선 초기 개국공신이었던 조온(양절공)의 장자인 휘 육(育)이 용인 이씨의 세거지인 수지 상현 심곡 일대로 이주

한 것으로 판단되며 최초 입향조는 문정공의 조부이신 휘 충손공(세종조) 때에 이루어진 것으로 보여진다.

지금 상현리에는 문정공의 후손이 살고 있으나 문정공의 자손은 중도에 후사가 없어 입호에 의하여 이어져 오고 있다.

상현리에는 문정공의 17세손인 성(成)자 돌림이 살고 있다.


■ **양천 허씨(陽用許氏) 대제학(大提學)공파 입향조**

양천 허씨는 가락국 허황후의 30세손 장경공 허선문(許宣文)공이다.

양천 허씨 대제학공파 수지 입향조는 성복리파 종손 허인하 씨의 14대조 사건(思鍵)공이다. 공의 호는 중고(仲固)이며 선무(宣務) 무자(戊子)생 갑신(甲申) 2월 2일 졸.

배는 안동 김씨 부(父) 효성(孝誠)

묘는 성복동 느티나무골(다른 곳에서 성복동으로 이장했다가 다시 다른 곳으로 이장함)

13대손 허선동 씨에 의하면 사건공이 성복동 입향조라고 하시나, 이는 추측이며 사건공의 자(字) 혜(憑)공이나 손 계현(啓賢)공의 묘는 구흥면 역촌동으로 되어 있으며 증손 곤(崑)공만이 용인 수의면 성불동 유좌 쌍분(龍仁 水宜面 成佛洞 庚坐 雙墳)이라는 족보의 기장으로 보아 최초 수지의 묘를 쓴 분은 곤(崑)공이다.

양천 허씨 성복동파의 최고령자 허선동 씨 제보 및 족보 참조.

# 하마비

하마비—정암 선생 하마비

## 하마비(下馬碑)

하마비의 비문은 이렇게 씌어 있다. 대소인원 개하마(大小人員 皆下馬), 이 말의 뜻은 어른들 앞에서는 말을 타고 가서는 안 된다는 것이다.

하마비는 나라에 공이 많고 백성에게 사표가 되는 사람의 사후 묘택이나 서원 등에 세워 지나는 사람들을 경계하기 위해 세운 비이다.

수지읍에는 하마비가 두 군데 있었다. 하나는 서원 말의 조광조 선생 묘역 앞과 또 하나는 풍덕천에서 정평 가는 큰길 중간에 있었다.(신촌 앞) 그러나 하마비는 나라에서 세워주는 것이 아니었다. 그 지역이나 전국의 유림들이 발론하여 세우는 것이니 자기 조상이 훌륭하다고 자기들이 세울 수는 없었다. 만일 그렇다면 다른 사람들의 타매와 치소를 면할 수 없었다.

그러나 여기 신촌 앞에 세운 하마비는 후손들에 의해 세워졌다. 그렇다고 남들이 비웃지 않았으니 그 사연이 깊기 때문이다.

여기에 하마비를 세우게 된 유래는 용인 이씨 문중 조상 중에 한 분이신 세형 선생의 효행에서 연유한다.

세형 선생의 조상이 수지읍에 정착한 것은 상(相)자 돌림의 17대 되시는 전서공(典書公)이시다. 세형 선생에게는 6대조가 되신다. 세형 선생이 사시던 시대는 임진왜란과 병자호란 후다. 이때의 실정은 역사가 증명하듯 우리나라 개국 이래 가장 어려운 때여서 백성들은 초근목피로 연명을 하였다.

그러나 이렇게 어려운 시절에 사셨으면서도 선생의 부모님에 대한 효행과 조상숭배는 옛 성현의 가르침에 조금도 다름이 없었다. 이러한 일은 구전뿐 아니라 살아 있는 증거가 있다. 그것은 선생 생전에 고조부와 부모님 산소에 만들어 놓은 석물인데 대개의 상돌과 향로 받침대는 분리되어 있는데 이곳의 것은 이 둘이 하나의 돌로 되어 있는 것이다. 이렇게 하기에는 돌의 크기와 정성을 갑절이나 들여야 되었는데 더욱이 시대가 어려운 때였으니 선생의 효심이 어떠했는가를 짐작할 수 있다.

또한 선생의 평소 생활에서도 효를 엿볼 수 있었으니 선생이 사시는 정평리에서 외출하실 때는 수원 쪽으로는 망가리고개를 넘어서 동쪽으로는 풍덕천까지 나가서 말을 타시고 오실 때도 여기 와서 말을 내려 끌고 왔으니 이는 이 부근 일대가 선생의 조상을 모신 묘소가 있기 때문이었다.(선생의 5, 6대 조는 정평 뒷산에 고조부서부터 부모님까지는 신촌 뒷산에 있었음). 선생은 마치 하마비가 있는 듯 행동을 하신 것이다.

이렇게 부모님 생전이나 돌아가신 조상님께까지 예의범절이 지극하셨던 세형 선생의 후손들은 선생의 뜻과 행적이 한낱 전설로 화해 멸실될 것을 염려하여 신촌 앞 큰길에다 하마비를 세웠다(연대는 알수 없음). 이는 선생을 기리고 후손들도 선생처럼 말을 타고 조상 앞을 지나는 무례를 범하지 못하도록 하기 위해서였다.(이능상 씨 제공)

### ■ 정암 선생 하마비

정암 선생 하마비/상현동 서온말에 위치해 있다

심곡서원 입구이며 정암 선생 묘에서 가까운 곳에 있다. 처음에는 서원 쪽 도로변에 있었으나 도로 변경으로 몇 차례 옮겨져 처음 있던 곳 반대편에 있게 되었는데 이로 미루어보아 하마비를 세우는 취지가 희석되었다고 할 수 있다.

하마비는 조선시대에 누구든지 그 앞

을 지날 때 말에서 내리라는 뜻을 가진 석비(石碑)이다. 이는 궁가, 종묘, 문
묘 등의 앞에 대소인원 개하마(大小人員 皆下馬) 또는 하마비(下馬碑)라 새
기고 품계에 따라 1품 이하는 10보, 3품 이하는 20코, 7품 이하는 30보 앞에서
내려서 걸어가게 되었다.

# 금석문

김세필 신도비/김저 묘표/김저 묘비/심온 신도비/이완 묘갈 외

　금석(金石)이란 말 그대로 쇠붙이와 돌이요, 금석문이란 금석문자의 준말로 쇠붙이나 돌로 만든 그릇, 종, 비석(碑石) 등에 새겨진 글자이다.

　수지읍의 금석 일람표는 다음과 같다.

| 번호 | 비명 | 소재지 | 연대 | 비고 |
|---|---|---|---|---|
| 1 | 김세필(金世弼) 신도비 | 수지읍 죽전리 | 철종9년(1858) | |
| 2 | 김저(金䃴) 신도비 | 수지읍 죽전리 | | |
| 3 | 심온(沈溫) 신도비 | 수원시 이의동 | | |
| 4 | 이완(李莞) 묘표 | 수지읍 고기리 | 숙종43년(1717) | |
| 5 | 이종무(李縱茂) 묘표 | 수지읍 고기리 | | |
| 6 | 권유(權裕) 묘표 | 수지읍 고기리 | | 미상 |
| 7 | 조광조(趙光祖) 신도비 | 수지읍 상현리 | 선조18년(1585) | |
| 8 | 정희린(鄭姬隣) | 수지읍 | 선조20년(1587) | 미상 |
| 9 | 정공려(鄭公黎) | 수지읍 | | 미상 |
| 10 | 이자견(李自堅) | 수지읍 성복리 | | 삼한금석총목 |
| 11 | 김찬(金瓚) | 수원시 이의동 | | 삼한금석총목 |
| 12 | 현오국사비(玄悟國師碑) | 수지읍 신봉리 | 고려 명종15년 | 1185년 |
| 13 | 정속(鄭束) | 수지읍 고기리 | 조선 초기 | 정도전의 손 |
| 14 | 이충건(李忠楗) 비문 | 수지읍 상현리 | 조선 중기 | 조광조 문인 |

# 김세필(金世弼) 신도비(神道碑)


有明朝鮮國 贈資憲大夫吏曹判書兼知 經筵義禁府事弘文館大提學藝文館大提學知春秋館

成均館事 世子左賓客五衛都摠府都摠管行嘉善大夫吏曹參判兼問知 經筵義禁府春秋館成

均館事五衛都摠府副摠管 贈謚文簡公十淸軒金先生 神道碑銘幷序

大匡輔國崇祿大夫 議政府左議政兼領 經筵事 監春秋館事 世子傅 致仕奉朝賀 宋時烈謹撰

十一代族孫大匡輔國崇祿大夫議政府左議政兼 領經筵事監春秋館事 致仕奉朝賀 道喜謹書


十淸先生朝 京師還到遼東聞北門禍作先是陰崔李先生耔松齋 韓先生忠同南袞赴燕袞病甚危

松齋曰這漢不死必赤士類 矣陰崔目攝之而至誠救療至是禍乍袞與沈貞之爲也先生涕泣 曰袞貞

果赤士類孝直何罪孝直靜庵趙先生字也奸黨固已御之旣略使入侍 筵席 上方講論語至禍

勿憚改先生進曰 殿下赤有過矣向者趙光祖等欲効唐虞之治 殿下尊寵信任之於是新進之士

遽欲革舊更新固有過激之失矣其時 殿下若能取村稱停則必有成効而顧乃竄逐殺戮是 殿下

之過大矣然知其過而速改是無過矣過而不改斯爲過矣仍反覆陳說言涙俱下旣退袞 時爲左相與

其黨合辭啓曰聞 筵中一宰臣以光祖被罪爲言請推治兩司灵官洪淑趙邦彦等請拿鞫逐下廷尉

其責辭曰趙光祖罪狀朝廷律旣依律處斷而某在宰相之列眩亂是非使論議不定事將不測上特原

之只杖配于陰竹縣留春驛當先生進言時尙公震以翰林入侍出而歎服曰今日始聞 讜言奸 黨怒垃

劾之壬午先生蒙宥仍居于忠州知非川上自號知非翁及後 朝廷收 叙黨人處先生以樞府入京識

恩卽還杜門以沒其世先生慶州人諱世字公碩新羅金氏王之後高麗仁琯撿校太子太師自粹文

科壯元官至都觀察使以孝旌閭號桑村寔先生高組也金祖根 本朝漢城少尹 贈兵判祖泳濡

成廟朝名臣官至知樞謚恭平公考薰斂正 贈判書妣宋氏郡守 鷰之女 成廟臨軒試諸先生爲第

一時年十八 上愛其年少卽復命題呼韻先生復操筆立就 上益奇之賞賜甚優弘治乙卯司馬丙

辰登第由槐院爲翰林選入玉堂自正字至修撰以天曹郎奉使北關時李聾巖賢輔爲永興訓導先生

一見識其爲人歸卽甄拔卒爲名卿燕山甲子羅士禍謫巨濟丙 中廟卽位以應敎召還 上命擇文

士賜暇書堂時被選者六七人先生爲之首陞典翰攺典事當進講時典書吏籤進當講處進講官必熱

習其句讀文義然後乃入一日吏適誤籤他處先生與諸僚入 筵則非所熱習者而適誤艱義奧同僚

開卷失色先生倉卒讀下灑然解釋略無碍滯盖先生博洽經史都無生面文字姑其能副急迎刃如此

同僚莫不歎服陞通政爲副提學承旨者居多丙子爲養爲廣州牧上講易學啓蒙有難解處 上問

誰知者有以先生對卽命馹召入對明暢 上甚嘉歎焉 嘗命該曹錄聞廉潔善治人先生與鄭誠謹

等與焉卽進嘉善階觀察湖南入爲大司憲吏曹參判己卯春 上將講性理大全別擇靜庵金慕齋安

國等十一人先生卽其一也先生在當時爲上下所推重如此先生生歿皆癸巳歲娶府使李鐸女長男

礭次礭參奉季礎持平生員楊誼萬戶崔弼臣生員李聲三女婿也內外曾玄孫甚蕃而且多顯者不能

盡記世以己卯爲我朝文明之盛當時坐黨籍者其之才之德不言可知矣先生學問論議可爲後世法

者必多而斬伐銷鑠之餘無有能發揮而傳述者又胤子指平公於乙巳士禍被淫刑以沒未能收拾襲

藏以遺後昆獨其見於黨籍者只寂寥數語而已可勝歎哉今按家狀則有曰天資甚高充養有素爲學

以格致誠正爲先爲文絶去藻飾華靡之習其居家事親盡其孝事兄盡其規恭先盡其誠敎子弟一遵

禮法當官處事廉潔正直尤以道德開濟爲士類所敬重噫當時靜庵諸賢其規模氣象自如是矣此足

以觀先生大畧矣夫豈多乎抑其前後受禍松齋最酷陰崖最輕先生處於兩先生之間今先生與陰崖

並享於忠州之書院尊慕先生者旣不以受禍輕重而有間於陰崖尊慕松齋者亦豈有異於先生哉其

高下淺深非後學之所敢知而一時諸賢之相與同僚共貫則無疑矣然則黨籍序以受禍經重爲優劣

者有未必盡然者矣慕齋先生金公安國嘗撰先生行狀不幸逸於兵火其後因循無復有收錄發揮者

今先生四世孫遇坤宗鉉等來請墓文余辭不獲命而追敍如此云銘曰 中廟改玉衆賢彙征濟濟盈

廷 其志君民其道商周其學周程 誰與同明與同其氣允矣先生 博極羣書無深不鉤無潁不精

經幄討論操戈入室群彦皆傾 雖在外部 上思其學爾招以旌 世慕其賢蛾含其沙山篆忽成

神武夜開賢俊駢首鬼泣神驚 洪水漫天包山駕陵一桂亭亭 日暮天陰𡨄鴉滿林變鶿孤鳴 牢

陞桁楊對移殘馹澤畔之醒 天綱俄弛置我朝籍爛然星 非我思且斂祐來歸魚鳥爭迎 我室

淸幽我稼豊長我湖空明 如昔宋朝元祐完人有劉元城竟收初心下施以沒彼哉袞貞士林追慕享

祀孔式黍稷非馨有來千秋疇敢不式先生之塋

崇禎四戊午 月 日立


## 유명……도희씀

십청헌(十淸軒) 선생이 북경(경사(京師))에 조회(朝會)하고 요동에 돌아오

다가 북문(北門)의 화(禍)가 일어난 것을 들었다. 음애(陰崖) 이선생(李先生)

자(耔)와 송재(松齋) 한선생(韓先生) 충(忠)이 남곤(南袞)과 함께 연경에 갔는

데 곤(袞)의 병이 매우 위독하게 되었다. 송재가 말하기를 "저 놈이 죽지 않으면 반드시 사유(士類)를 해치리라."고 하였다. 그러나 음애가 목격하고 지성으로 간호하였으니 이에 이르러 사화(士禍)가 일어난 것은 남곤과 심정(沈貞)이 만든 일이다. 십청헌(十淸軒) 선생이 울면서 말하기를 "남곤과 심정이 과연 사류를 해쳤도다. 효직(孝直)이 무슨 죄가 있는가." 하니 효직은 정암(靜菴) 조선생(趙先生)의 자이다.

간당(奸黨)들이 뜻대로 이미 모두 끝내고 연석(筵席)에 들어가 입시하였는데 상께서, 막 논어를 읽다가 '허물은 고치기를 꺼리지 말라'(過則勿憚改 : 學而篇)고 한 곳에 이르러 선생께서 나아가 아뢰기를 "전하가 허물이 있습니다. 전번에 조광조 등이 당우(唐虞(堯舜))의 치적을 본받고자 함에 전하께서 총애하고 신임하였습니다. 이리하여 신진사류들이 급히 구정(舊政)을 고치고 새롭게 하려고 함에 과격한 과오가 있었습니다. 그때 전하께서 만약 적당한 인재를 취하여 그에 맞추었더라면 효과가 있었을 것인데 모두 귀양보내고 죽였으니 이것은 전하의 과오가 큰 것입니다. 그러나 그 허물을 알고 속히 고치는 것도 허물이 없는 것이요, 허물을 고치지 않으면 허물이 되는 것입니다." 하고 반복하여 말함에 눈물이 떨어졌다. 곧 물러나니 남곤이 그때 좌상이 되어 도당(徒黨)과 함께 합사(合辭)하여 아뢰기를 "듣건대 연중(筵中)에 한 재신(宰臣)이 조광조의 피죄(被罪)한 일로 말을 한다 하니 추국(推鞫)하소서." 하니 양사(兩司)의 장관인 홍숙(洪淑)·조방언(趙邦彦) 등이 국문하기를 청하여 옥관(獄官)에게 넘기니 그 책사(責辭)에 이르기를 "조광조의 죄상은 조정에서 이미 율문(律文)에 의하여 처단하였는데 모가 재상의 반열에 있으면서 시비를 어지럽게 하여 논의가 안정되지 않으니 앞으로의 일을 헤아릴 수 없습니다."라고 하니 상께서 특별히 용서하여 음죽현(陰竹縣)

김세필 선생의 묘소 전경

유춘역(留春驛)으로 귀양보내셨다. 선생이 진언할 때를 당하여 상진(尚震)이 한림으로 입시하였다가 나와 탄복하기를 "오늘에 처음으로 바른 말을 들었도다." 하니 간당(奸黨)이 화를 내어 함께 탄핵하였다.

중종17년(1522)에 선생이 사면되어 충주의 지비천(知非川)에 살면서 스스로 지비옹(知非翁)이라고 호를 하였다. 그뒤 조정에서 귀양갔다가 풀려난 사람들을 등용할 적에 선생에게 중추부(中樞府)에 있도록 하니 한양에 올라가 사은하고 곧 돌아와 문을 닫고 일생을 마쳤다. 선생은 경주인(慶州人)이요 휘는 세필(世弼)이요 자는 공석(公碩)이니 신라 김씨왕(金氏王)의 후손이다. 고려 때 인관(仁琯)은 검교태자태사(檢校太子太師)요, 자수(自粹)는 문과에 장원하여 벼슬이 도관찰사(都觀察使)에 이르고 효자로서 정려(旌閭) 세우니 호가 상촌(桑村)으로 이분이 선생의 고조이시다. 증조의 휘는 근(根)이니 본조(本朝)의 한성소윤(漢城少尹)으로 병조판서(兵曹判書)에 증직되고, 조(祖)의 휘는 영수(永需)니 성종조의 명신으로 벼슬이 지중추부사(知中樞府事)에 이르고 부(父)의 휘는 훈(薰)이니 첨정(僉正)으로 판서에 증직되었다. 어머니는 송씨니 군수(郡守) 학(鷟)의 따님이다.

성종이 친림(親臨)하여 유생(儒生)들을 시험할 때에 선생이 일등으로 장원하니 그 때의 나이 18세였다. 상께서 나이가 어린 것을 사랑하여 곧 다시 시제(詩題)를 내어 운자( 韻字)를 부르니 선생이 다시 붓을 잡고 나아가 씀으로 상께서 더욱 기특하게 여겨 많은 상을 주었다. 연산군 원년(1495)에 사마(司馬)가 되고 연산군2년(1496)에 문과에 급제하여 승문원(承文院) 괴원(槐院)에 보직되어 한림(翰林)이 되고 옥당(玉堂) 홍문관(弘文館)에 선발되어 정자(正字)로부터 수찬(修撰)에 이르렀다. 천조랑(天曹郎) 이조정랑(吏曹正郎)으로 함경도에 봉사(奉使)할 때에 농암 이현보(聾巖 李賢輔)가 마침 영흥훈도(永興訓導)로 있었는데 선생께서 한 번 보고 그 사람됨을 알아 돌아와서 곧 발탁함에 마침내 명경(名卿)이 되었다.

연산군10년(1504) 사화(士禍)에 연루되어 거제도로 귀양갔다가 중종이 즉위함에 응교(應敎)로 소환되었다. 상께서 특명으로 문사(文士)를 가려 휴가를 주어 독서당에서 글을 읽게 할 때 거기에 피선된 사람이 6~7인이었는데 선생이 으뜸이었다. 전한(典翰)에 승진되었기 때문에 진강(進講)할 때를 당하여 책을 담당한 사람이 진강할 곳에 쪽지를 꽂아 보내면 진강관이 반드시 그 구독(句讀)과 문의(文義)을 충분히 익힌 다음에 들어갔었다. 하루는 쪽지를 꽂는 사람이 다른 곳에 잘못 꽂았었다. 선생이 다른 동료와 함께 경연에 들어갔더니 미리 익혀 둔 곳이 아니어서 말과 뜻이 어렵고 깊어 동료들은 책을 열자 실색을 하였는데 선생이 창졸간에 시원스럽게 읽어 내려가고 해석함에 조금도 막힘이 없었으니, 선생께서는 모두 낯설은 문자가 없었기 때문에 이같이 급한 때에 부응한 것으로 동료들이 탄복하지 않은 사람이 없었다.

통정대부에 올라 부제학(副提學)·승지(承旨)에 있을 때가 많았다. 중종11년(1516)에 부모를 모시기 위하여 광주목사(廣州牧使)가 되었다. 상께서 역학계몽(易學啓蒙)이란 책을 강하다가 해석하기가 어려운 것이 있음에 상께서 누가 아는 자인가 하고 물으니 어떤 사람이 선생으로 대답하였는데 곧 말을 주어 불러오도록 하니 선생께서 들어와 대답하기를 명창(明暢)하게 하였다. 상께서는 매우 가상하게 여겼다. 언제인가 상께서 해조(該曹)에 명하여 청렴하고 백성을 잘 다스리는 사람을 기록해 올리라고 명하니 선생과 정성근(鄭成謹)등이 천거되었다. 곧 가선(嘉善)의 품계에 올라 전라관찰사에 제수되고 다시 들어와 대사헌(大司憲) 이조참판(吏曹參判)이 되었다. 중종14년(1519) 봄에 상께서 성리대전(性理大全)을 강할 때 특별히 정암(靜庵)·모제(慕齊) 김안국(金安國) 등 몇 사람을 뽑으니 선생이 그 한 사람이었다. 선생은 당시에 있어 상하의 추중(推重)함이 이와 같았고 선생의 생년과 몰년 모두 계사년이었다.

부사(府使) 이탁(李鐸)의 따님과 결혼하니 장남은 숙(礴)이요, 차남은 구(礭)로 참봉이요, 막내는 저(礩)로 지평(持平)이다. 생원(生員) 양의(楊誼)와 만호 최필신(萬戶 崔弼臣)·이성(李聲)은 삼녀의 사위이다. 내외 증현손은 변성하고 현달한 사람이 많아 모두 기록하지 못한다.

세상에서는 중종14년(1519)은 우리나라의 문명이 성할 때라고 한다. 그때의 당적(黨籍)에 오른 사람은 재주와 덕을 말하지 않더라도 알 수 있다. 선생의 학문과 논의는 후세에 법이 될 만한 것이 많지만 몰리고 귀양간 나머지 능히 발휘하여 저술한 것이 없고 또 맏아들 지평공(持平公)이 을사사화에 혹형(酷刑)을 받고 죽어서 수습하여 가장하였다가 후손에게 전해 주지 못하고 다만 당적(黨籍)에 나타난 것 몇 마디뿐이니 이후 탄식할 수 있을까?

지금 가장(家狀)을 살펴보니 천자(天資)가 고결(高潔)하고 소양이 충분하며 학문은 '격물치지(格物致知) 성의정심(誠意正心)'으로 먼저 하고 문장을 지음에는 꾸미고 부화(浮華)하는 습성을 버리며 집에 살면서 부모를 섬김에는 효도를 다하고 형을 섬김에는 공손하게 하며 선조(先朝)를 받듬에는 정성을 다하고 자제들을 가르침에는 예법에 따랐으며 관청에서 일을 처리함에는 청렴하고 정직하게 하였으며 더욱 도덕으로 임금의 마음을 열게 하고 백성을 구제함에 사유(士類)들의 경중(敬重)하는 바 되었다. 아! 당시에 정암(靜菴)을 따르던 여러 어진 사람들의 규모와 기상이 이와 같았고 여기에서 선생의 대략을 알 수 있으니 어찌 많은 말이 필요한가! 또 전후하여 화를 받은 중에 송제(松齊) 한충(韓忠)이 가장 혹독하였고 음애(陰崖)가 가장 가벼웠고 선생께서는 두 선생의 중간에 처하였다고 하니 지금 선생과 음애를 함께 충주의 서원에 향사(享祀)함에 선생을 존모(尊慕)하는 사람은 수화(受禍)의 경중(輕重)으로 음애선생과 차이를 두지 않으니 송제(松齊)선생을 존모하는 사람도 어찌 선생과 차이를 두겠는가!

그 인품의 고하와 화를 입은 정도의 얕고 깊음은 후학의 알 바 아니지만 일시 제현(諸賢)들의 지향을 같이하여 관천(貫穿)한 것은 의심할 것이 없도다. 때문에 당적(黨籍)의 서문에서 수화(受禍)의 경중으로 우열을 한 것은 꼭 모두가 그런 것은 아니다. 모제(慕齊) 김안국(金安國)이 일찍이 선생의 행장을 지었는데 불행하게도 병화(兵禍)에 유실되고 그 후로 선생의 덕을 수록하여 발휘하는 사람이 없더니 지금 선생의 4세손 우곤(遇坤)과 종현(宗鉉) 등이 나에게 와서 묘문(墓文)을 청하니 내가 명함을 사양치 못하고 이와같이 서술하여 낙(銘)하노라.

중종이 반정함에 제현(諸賢)들이 함께 가니 조정에 가득하여 많았도다. 요순(堯舜)의 군민(君民)에 뜻을 두었고 상주(商周)의 도(道)를 본받고 염계(濂溪)와 정자(程子)의 학문을 배웠도다. 누구와 함께 도(道)를 밝히며 누구와 함께 기세를 같이할까. 참으로 선생뿐이로다. 많은 책을 널리 섭렵하여 깊은 곳의 진리을 끌어내고 깊은 이치를 정하게 연구하였도다. 경연(經筵)에서 토론할 때 간당(奸黨)을 공박하니 여러 선비들이 귀를 기울였도다. 비록 외부(外部)에 있더라도 상께서는 그 공부를 생각하여 달을 주어 불렀도다. 세상에서 그 현명함을 사모함에 뭇여우가 모래를 물고 작은 재주를 부렸도다. 신무문(神武門)이 밤에 열리고 현량(賢良)한 선비들이 머리를 나란히 하니 귀신이 울고 놀랐도다. 홍수가 하늘에까지 닿음에 산과 언덕이 잠겼지만 한 기둥만이 우뚝 섰도다. 해는 저물고 하늘은 음침한데 올빼미와 가마귀가 숲속에 마음을 깨도다. 나라의 법망이 풀리면서 조정의 사적(仕籍)에 이름을 둠에 새벽별처럼 명예가 빛나도다. 나만의 그리워함이 아니라 옷깃을 여미고 고향에 돌아오니 고기와 새들이 다투어 맞도다. 나의 집은 깨끗하고 나의 곡식은 풍성하게 자라고 나의 호수는 맑기만 하도다. 옛날 송(宋)나라 조정의 원우(元祐)연간의 군자인 유안세(劉安世)와 같도다. 마침내 간사한 무리는 초심(初心)을 거두고 정사를 베풀지 못하고 죽으니 저 남곤과 심정이라. 사람이 추모하고 법에 따라 향사(享祀)하니 그 덕은 곡식보다 향기롭도다. 오는 세상 천추가 되도록 뉘 감히 식(式)하지 않으리 선생의 무덤이여.

철종9년(1858) 월 일 세움


# 김저 묘표(金䃴 墓表)


國朝士禍談者以己卯乙巳爲稱首今語及必流涕己卯獄十淸金文簡公旣殆而卒不死其子

忠愍公意死於乙巳豈芭磁明齡之凶有浮於袞貞歟扣文簡之直道猶能有悟於消長往來之幾而

忠愍之少年英氣以直前不避死爲道理故然歟君子以爲有是父亘有是子其或死或不死則天也

云忠愍諱礎字學光金氏之先皆祖新羅王籍慶州者以高麗太師仁琯爲始祖五世諱自粹號桑村
太師以刑曹判書徵至廣州秋嶺作絶命詞遂自盡高祖諱根平壤少尹 贈兵曹判書曾祖諱永濡知
中樞府使謚恭平祖諱薰尙衣院僉正 贈工曹判書考諱世弼官吏曹參判 贈吏曹判書謚文簡妣
貞夫人固城李氏府使鐸女公以正德己卯生嘉靖己亥擢光化門別試第二人薦入翰林旋入玉堂
爲弘文館著作博士陞吏曹佐郎 仁宗賓天尹元衡倚勢張甚公以司憲府持平得元衡行貨賣權狀
郎發府使捕元衡婢禁中置之法及乙巳八月二十一一元衡倡脅兩司長官會諸臺諫中學論罪柳
灌柳仁淑尹任謂有密旨司憲府大司諫閔齊仁司諫院大司諫金光準等喝曰宮闈洶洶若不自我
先發 國家事將不至所抱矣公奮然曰魚肉忠良此其兆矣士流忍踵衰貞所爲忍乎執義宋公希奎
卽雖剉我骨而飄之我則不從於是司諫朴公光佑掌今鄭公希登與獻納白公仁傑正言金公鸞祥
皆右公掌今李彦忱持平閔起文惟仰天太息而已公或坐或起攘袂勃勃遂以議不一而罷翌日忠
順堂會議事出矣公又與七臺諫上疏論之遂獄栲掠竄安東翌年丙午移配三水路由興仁門外貞
夫人抱文簡公己卯獄中血衣自京出迎公持公大慟曰己卯則明主在上汝不得不死今 主上幼冲
奸臣擅國汝必不還又翼年丁未竟受後 命以禁中提婢與中學立異爲案遂卒得年甫三十九臨
命沐欲更衣把筆欲作訣書於貞夫人而已曰只增母悲耳遂止望闕四拜跪而仰藥猶未絶金吾吏
以繩縊之葬于龍仁竹田里負艮原文簡公墓下也後因金明胤上變鄭彦愨壁書又施收孥籍産之
律及 宣祖卽位以栗谷李文成公言 命復官爵今上己巳以舊甲重廻 命贈公吏曹判書謚忠愍配
淑夫人高靈申氏府使洙女無育公之自南謫而北也作訣時寄仲氏承旨公請以其第二子爲後承
上可之訣時于筆尙在公家所後子重慶進士恩菴朴文忠公淳薦學行授典設司別提不就卒贈戶
曹判書生三男曰岎文科歷直提學官至同中樞贈禮曹判書曰屹曰屹曰嶷栗谷門人號南谷薦授
官至工曹正郎 贈吏曹參議初忠原人士駢鄉賢祠于秋馬里享桑村十淸及公後以十淸己亨于八
峯書院疊有禁中撤焉公孝友端方早受教於賢父才擢第聞望大播群小固深惡之公立朝侃侃以
激濁揚淸爲己任凶黨嫉之如仇讐公少不忌畏卒至踪跡奸竇扮伏凶論以至殺身而無悔嗚呼公
古所謂烈士非耶悲夫
己酉季冬 金鍾秀撰


　국조(國朝)의 사화를 말하는 사람들은 기묘사화(己卯士禍)와 을사사화(乙
巳士禍)를 으뜸으로 삼아, 지금까지도 말이 여기에 미치면 반드시 눈물을 흘리곤 한다. 기묘의 옥사에 십청(十淸) 문간공(文簡公) 김공(金世弼)은 거의 죽을 위험에 이르렀지만 죽지 않았으나 그의 아들 충민공(忠民公:金磼)은 마침내 을사사화에 돌아갔으니 어찌 사자능령이 흔악함으로 곤(袞)과 정(貞)에게 부휴(生死)가 있다고 할 것인가?

생각건대 문간공(文簡公)의 직도(直道:正道)는 능히 소장왕래지기(消長往來之氣:영고성쇠를 뜻함)를 깨달을 수 있었고 충민공의 소년으로서의 영기는 죽음을 앞에 두고도 피하지 않고 도리를 지켰다고 할 수 있으니 군자(君子)가 그 아비를 보면 마땅히 그 아들을 알 수 있다고 한 말과, 혹 죽고 사는 것은 하늘에게 달려 있다고 하는 것은 이것을 이름이라 하겠다.

충민공(忠愍公)의 휘는 저(磼)이고 자는 학광(學光)이다. 김씨의 선조는 모두 신라왕으로부터 나와 경주를 관적으로 하고 있는데 고려시대 태사(太師)를 지낸 인관(仁琯)으로서 그 시조를 삼는다.

5세조의 휘는 자수(自粹)인데, 호는 상촌(桑村)으로 태종께서 형조판서로 불렀으나 광주의 추령(秋嶺)에 이르러 절명사(節命詞)를 짓고 마침내 자진하였다.

고조(高祖)의 휘는 근(根)으로 평양소윤을 지내고 병조판서에 증직되었고, 증조의 휘는 영유(永濡)로 지중추부사를 지냈으며 시호는 공평(恭平)이다. 조(祖)의 휘는 훈(薰)으로 상의원 첨정을 지냈고, 공조판서에 증직되었으며, 시호(諡號)는 문간(文間)이다.

비(妣)는 정부인 고성 이씨로 부사 탁(鐸)의 따님인데 정덕(正德) 기사년(중종4)에 공을 낳았다. 공은 가정 기해년(중종34), 광화문에서 치러진 별시(別試)에서 제2인으로 급제하여 천거로 한림원에 들어갔다가 얼마 후에 옥당(玉堂)에 들어가 홍문관 저작, 박사에 이르렀으며 이조좌랑으로 승진하였다.

인종께서 빈천(賓天)하시자 윤원형은 그 세력에 의지하여 과시함이 심하였는데 공은 사헌부 지평으로서 윤원형이 행화(行貨:뇌물)하여 권력을 매매함에 즉시 장계를 내어 부사로 하여금 원형의 비(婢)를 체포하게 하여 옥에 가두고 법으로 다스리게 하였다.

을사년(인종1) 8월 21일에 이르러 원형(元衡)이 미처 날뛰듯 하며 양사(兩司)의 장관을 위협함에 여러 대간들이 중학(中學)에 모여 유관(柳灌), 윤임(尹任)을 죄 줄 것을 논하고 밀지가 있었음을 이야기하자 사헌부 대사헌 민제인(閔齊仁)과 사간원 대사간 김광준(金光準) 등은 큰 소리로 꾸짖기를 "궁위(宮闈:궁궐)가 흉흉한데 만약 우리가 먼저 의견을 분명히 하지 않으면 국가의 일이 장차 어느 곳에 이를지 모른다."고 하였다.

이에 공은 분명히 말하기를 "충량(忠良)한 인재를 어육(魚肉)함이 그 조짐입니다. 사류들이 곤(南袞)과 정(貞:沈貞)의 행하는 바를 인종(忍踵)하겠습니까?"라고 하자 집의(執義) 송공 희규(宋希奎)가 즉시 말하기를 "비록 내 뼈의 한치가 깎여 이것이 바람에 날릴지라도 나는 이를 좇지 못하겠다."라고 하였다. 이에 사간(司諫) 박공 광우(光佑)와 장령(掌令) 정희등(鄭希登), 헌납(獻納) 백공 인걸(仁傑), 정언(正言), 김공 난상(鸞祥) 등은 모두 공을 도왔고, 장령 이언침(李彦忱), 지평(持平), 민기문(閔起文)은 오직 하늘만 바라보며 큰 한숨을 쉴 뿐이었다.

공은 혹 앉았다가 혹 일어나기도 하면서 소매를 걷어 올리며 갑자기 벌떡 일어서며 의론이 하나로 모이지 않음에 회의를 파하였다.

다음달 충순당(忠順堂)에서 회의하면서 일이 생기자 공은 또 7대간(七臺諫)들과 더불어 상소하며 이를 논하다가 마침내 하옥되어 고문을 당하고 안동으로 유배되었다. 다음해인 병오년(명종1년) 삼수(三水)로 이배되었는데, 그 길이 흥인문(興仁門) 밖을 지나게 되자 정부인(貞夫人)께서 껴안으며 문간공(文簡公)이 기묘년(중종14) 옥중에서 피묻은 옷을 입고 서울을 출발할 때 공을 데리고 출영(出迎) 하였는데 공이 매우 슬퍼하였다고 하면서 말하기를 "기묘년은 명주(明主:중종)께서 왕위에 있을 때도 너희 아버지께서는 죽음을 면하였으나 지금의 주상(명종)은 유충(幼冲)하여 간신들이 나라를 제멋대로 하고 있으니 너는 반드시 돌아오지 못할 것이다."라고 하였다.

또 다음해인 정미년(명종2) 드디어 후명(後命:귀양간 죄인에게 사약을 내림)을 내리고 옥중에 잡아 가두고 있던 비(婢)와 중학(中學)이 이문(異聞:별

다른 소문)을 나타내 입안하여 마침내 돌아가니 나이 겨우 39세였다.

죽음에 이르러 목욕 재개하고 옷을 갈아 입으며 붓을 움켜잡고 정부인에게 결서(訣書)를 보내고자 하였으나 단지 참지 못하는 슬픔만을 더할 뿐이었다.

마침내 궁궐을 바라보며 4배(四拜)를 마치고 무릎을 꿇고 약을 마시나, 목숨이 끊어지지 않음에 금오(金吾)의 관리들이 목매어 죽이는 것과 같이 하였다.

용인 죽전리 간좌의 언덕에 장례하였는데, 문간공 묘소 아래이다. 후에 김명윤(金明胤)이 정언각(鄭彦慤)의 벽서사건(壁書事件)을 변개하여 올리고 또 수노(收孥)하고 적관(籍貫)과 재산을 몰수하는 형벌을 당하였으나 선조께서 즉위함에 이르러 율곡(栗谷:이이) 이문성공(李文成公)이 공의 관작(官爵)을 복관(復官)할 것을 청하였고 금상(정조) 을사년(정조9) 구갑으로 거듭 청하여 이조판서로 증직하고 충민(忠愍)이라는 시호를 명하였다.

배(配)는 숙부인 고령 신씨로 부사 수(洙)의 딸인데 후사를 두지 못하였다. 처음에 공은 남쪽 지방으로 유배되었다가 북쪽 지방으로 이배되면서 이별의 시(詩)를 지어 중씨(仲氏) 승지공(承旨公)에게 주면서 그 둘째 아들로서 후사를 이을 것을 부탁하였고 승지공은 역시 이를 허락하였으나 죄인의 집안이었기 때문에 감히 관에 고하지 못하였다.

이에 후대인 숙종 을축년(순종11) 상신 남구만(南九萬)이 이를 왕에게 아뢰고 지금 예(禮)에 따라 성권(成眷)할 것을 청하여 왕이 가납(加納)하였는데, 유필(遺筆)로 쓰인 이별의 시는 항상 공의 집안에서 보관하고 있었다.

후에 아들 중경(重慶)은 진사로 사암(思菴) 문충공 박순(朴淳)이 학행으로 천거하여 전설사 별제를 제수하였으나 나아가지 않았으며 돌아가서는 호조판서에 증직되었다.

아들 셋을 두었는데 물(岉)은 문과에 급제하여 직제학을 거쳐 벼슬이 동중추에 이르렀으며, 예조판서에 증직되었다.

다음은 흘(屹)이고 다음은 억(嶷)인데 율곡의 문인으로 호는 남곡(南谷)이다. 천거로 벼슬에 나아가 공조정랑에 이르렀으며 이조참의에 증직되었다.

처음에 충원(忠原)의 사림들이 말마리(秣馬里)에 향연사를 창건하여 상촌

(桑村:金自粹) 선생과 십청헌(十淸軒) 선생, 그리고 공을 제향하였는데 후에 십청헌은 팔봉서원에 이향(移享)되었는데 여러 차례 향사가 금지되기도 하였는데 훼철되었다.

공은 효우가 단방하고 어려서 어진 아버지로부터 교육을 받아 재주가 있었고 탁제하여 문망(聞望)이 매우 넓었으나, 군소배들이 항상 매우 싫어하였다.

이에 공은 입조하여서는 간간이 탁류(濁流)와 부딪치며 청렴함을 떨쳤고, 관직에 있으면서 흉당들이 이를 시기하기를 구수(九讐)와 같이 하였으나 공은 조금도 미워하거나 두려워하지 않았다. 이에 마침내 그 종적(踪跡)을 살신함으로써 간신들의 흉론을 절복(折伏)시킴에 이르렀으니 후회함은 없을 것이다.

오호라! 공 같은 사람은 예부터 열사라고 하지 비부(悲夫)라 하지 않도다.

기유년(1789 정조 13) 겨울 김종수(金鍾秀) 글을 짓다.


## 김저 묘비(金䃴 墓碑)

公諱䃴字學光月城之金繼出新羅以高麗檢校太師諱仁琯爲始祖有諱自粹號桑村以孝旌閭

官都觀察使我 太宗微以刑曹判書命子弟隨以凶具至廣州秋嶺作絶命詩遂自盡遺命勿刻墓道

寔公五世祖也高祖諱 根官平壤少尹 贈兵曹判書曾祖諱永濡官大憲進知樞參 成廟朝佐理勳

諡恭平祖諱 薰僉正 贈工曹判書孝諱世弼號十淸軒知中樞府使 贈吏曹判書諡文簡爲己卯名

賢道德文章爲世推尊亨于八峯書院妣固城李氏府使諱鐸之女公以正德己巳生己亥擢文薦入

翰林歷弘文館著作博士吏曹佐郎當 明宗初爲持平惡尹元衡依勢張甚捉其婢禁中置之法及諸

臺會議中學議罪尹任柳灌柳仁淑公首先抗義不屈群小遂沮翌日忠順堂禍色益爲公又與僚臺

七人上疏極諫世稱公爲八諫臣之首謫安東明年丙午移三水丁未受後命以終壽三十有九加律

收帑籍産 宣廟朝栗谷李文成公建請復公官爵 正定乙巳因儒生李字絅等疏特 命贈吏曹判書

諡忠愍移追亨宇知川書院墓在龍仁竹田里文簡公墓下負艮之原配貞夫人高靈申氏府使洙之

女墓合祔公無育始公之南竄而移北也知不返以詩訣于中氏 贈承旨公托以第二子爲後詩尙藏

于家承旨公依其言定嗣奉祀時未敢登聞後肅宗朝相公臣南九萬白以爲年代雖遠直臣不使無

後 上特命爲嗣遂立案於三世之後盖異恩也噫公於是乎無撼矣繼子諱重慶以學行薦授別提不

就贈戶曹判書生三男長諱㘽文科歷典翰直提學至同樞參昭武原從勳 贈禮曹判書次諱屹次諱

嶷號南谷票谷門人以儒賢薦直授主簿至工曹佐郎通臺望 贈吏曹參議孫曾以下繁不盡載

通訓大夫前行羅州牧使德水後人李魯榮謹記

十代孫季卿敢泣謹書


공의 휘는 저(磘)이고 자(字)는 학광(學光)이다. 월성 김씨는 신라로부터 이어져 내려와 고려시대에 이르러 검교타사(檢校太師)를 지낸 휘 인관(仁琯)을 시조(始祖)로 삼는다.

휘(諱) 자수(自粹)에 이르러서는 호(號)가 상촌(桑村)인데 효성으로써 정려(旌閭)를 하사받았고 벼슬은 도관찰사(都觀察使)에 이르렀다.

우리 태종께서 형조판서로 부르셨으니 자제들에게 형구(型具)를 가지고 따라오게 명하고는 광주의 추령(秋嶺)에 이르러 절명시를 짓고는 마침내 자진하였으며, 유명(遺命)으로도 묘소에 비석을 세우지 말도록 하였으니 이분이 공의 5세조(五世祖)이다.

고조는 휘가 근(根)으로 벼슬은 평양소윤에 이르렀고 병조판서를 증직받았으며, 증조는 휘가 영유(永濡)로 벼슬은 대사헌을 거쳐 지추에 올랐고, 성종(成宗) 때 좌리공신의 훈호(勳號)를 받았으며, 시호(諡號)는 공평(恭平)이다. 조(祖)의 휘는 훈(薰)으로 첨정(僉正)을 지내고 공조판서에 증직되었고, 고(考)의 휘는 세필(世弼)로 호는 십청헌(十淸軒)인데 벼슬은 지중추부사를 지내고 이조판서에 증직되었으며 시호는 문간(文簡)이다.

이분은 또 기묘명현으로 도덕과 문장으로 세상에서 추존되고 있으며 팔봉서원에서 향사를 받들고 있다.

비(妣)는 고성 이씨로 부사를 지낸 휘 탁(鐸)의 따님인데 정덕 기사년(중종 4년:1509)에 공을 낳았다. 기해년(중종34) 문과에 급제하여 천거로 한림원(翰林院)에 들어갔다가 홍문관에서 저작(著作) 박사(博士)를 역임하고 이조좌랑으로 옮겼다.

명종 초에는 지평(持平)으로 있었는데 오인(惡人)으로 윤원형(尹元衡)이 그 세력에 의지하여 과시함이 심하여 그 비(婢)를 잡아 옥에 가두고 법으로 다스림에 여러 대간들이 중학(中學)에 모여 회의하고 윤임, 유관, 유인숙을 죄 줄 것을 의론하자 공은 가장 먼저 항의하여 굽히지 않으매 군소배(群小輩)들이 마침내 기가 꺾였다.

다음날 충순당(忠順堂)에서 화색(禍色)이 더욱 급하게 일어나자 공은 또 동료 7인과 더불어 상소하여 힘을 다하여 간언하니 세상에서는 공을 8간신(八諫臣)의 우두머리라고 칭하고 안동(安東)으로 유배하였다.

이듬해인 병오년(명종1) 삼수지방으로 이배(移配)되었고 정미년(명종2) 후명(後命)을 받아 돌아가니 나이는 39세였으며 가율(加律)하여 수노(收拏)하고 적관(관향)과 재산을 몰수하였다.

선조 때에 이르러 율곡 문성공 이공이 공의 관작을 복관할 것을 청하였고 정종 을사년(정조9) 유생 이우경 등의 상소로 인하여 이조판서로 증직하고 충민(忠愍)이란 시호를 내릴 것을 특명하였으며 후에 지천서원에 향사되었다.

묘는 용인의 죽전리 문간공(金世弼)의 묘소 아래 간좌의 언덕에 있다. 배는 정부인 고령 신씨로 부사를 지낸 수(洙)의 딸로 공과 함께 합폄되어 있는데 후사가 없다.

처음에 공은 남쪽 지방에 유배되었다가 북쪽 지방으로 이배되면서 돌아오지 못할 것을 알고 시로써 승지로 증직된 중씨(仲氏)에게 이별을 고하며, 그 둘째아들로서 후사를 이을 것을 부탁하였는데 그 시를 항상 집안에 보관하다가 승지공이 그 말을 따라 후사를 정하고 제사를 받들게 하였으나 감히 등문하지 못하였다.

이에 후대인 숙종 때 상신 남구만

김저 선생의 글을 담은 비

이 연대가 비록 멀지만 직신(直臣:곧은 신하)으로 하여금 후사가 없게 하면 안 된다고 상소하여 왕께서 후사를 삼을 것을 특명하여 마침내 3세 후에 입안(立案)하였으니 이것은 대개 특별한 은전이었다. 희(噫)라! 공은 이에 섭섭함이 없을 것이다.

계자의 휘는 중경(重慶)인데 학행으로 천거되어 별제(別提)를 제수하였으나 나아가지 않았고 호조판서에 증직되었다.

이분이 3남을 낳으니 장남의 휘는 물(岉)로 문과에 급제하여 벼슬은 전한(典翰), 직제학(直提學)을 거쳐 동추에 이르렀고 소문원종공신의 훈호를 받았으며 예조판서에 증직되었다.

차남의 휘는 흘(屹)이고 3남의 휘는 억(嶷)인데 호는 남곡(南谷)이며 율곡의 문인이자 유현으로 천거되어 주부(主簿)를 제수받고 공조좌랑에 이르렀으며, 이조참의에 증직되었다. 손자와 증손 이하는 번거로워 모두 기록하지 않는다.

통훈대부 전 행(行) 나주목사 덕수후인 이노영 삼가 글을 짓고 10대손 수경은 감히 눈물을 흘리며 삼가 글을 쓰다.


## 심온(沈溫) 신도비(神道碑)


有明朝鮮國大匡輔國崇祿大夫議政府領議政府事兼領經筵書雲觀事靑川府院君贈諡安孝沈公神道碑銘幷序


九世孫輔國崇祿大夫判中樞府事致仕 奉朝賀檀謹撰

外裔崇政大夫行戶曹判書兼判義禁府事知 經筵春秋館同知成均館事藝文館提學徐命均謹書

十三代孫禦侮將軍行虎賁衛副司果銷謹篆


公諱溫字仲玉姓沈氏靑松人鼻祖麗朝文林郎衛尉寺丞諱洪孚諱淵閤門祗侯子諱龍吏曹正

郎追封門下侍中青華府院君於公爲祖考考諱德符 位

特進左侍中封青城伯入我 朝鮮勳不受諡定安妣淸州宋氏淸原君諱有忠女繼妣閔氏監門衛郎

將諱必大女公以洪武乙卯年生閔妣出也年十二

中丙寅進士 太祖朝歷兵工曹議郎 恭靖卽位除保功將軍龍武司大護軍 太宗元年辛巳以本職

知閣門事四年甲申以大護軍幹判內侍茶房事尋

陞龍驤司上護軍兼判通禮門下事七年丁亥擢承政院同副代言陞左副尋陞嘉善拜同知摠制八

年戊子 世宗在潛邸擇名家令德以公長女配

焉十一年辛卯陞嘉靖拜豊海道觀察使入爲參知議政府事俄拜司憲府大司憲十四年甲午陞資

憲拜刑曹判書漢城府判尹議政府參贊左軍都

摠制加正憲大夫吏曹判書十八年戊戌 世宗陞震儲八月 太宗禪位于 世宗尊爲上王公以國舅

封青川府院君上王曰國君之舅其尊無比宜拜領議

政其位次左右相議啓左相朴訔曰 宜在昌寧府院君成石璘上公以謝恩使赴京使 三殿各遣內

侍餞于郊觀者傾都十一月公未及復 命姜尙仁事

發初 上王旣禪位命軍國重事皆稟啓 上王兵曹只啓綽巡事餘悉不啓 上王震怒曰誰主爲此者

命禁府逮訊遂兵曹判書朴習參判姜尙仁參

議李殼及者郎官雜治不服 命釋之至是又以蜚語聞上王 復 命鞫尙仁等壓膝四次尙仁不勝庸

楚乃曰適遇同知摠制沈泟於宮門外泟謂臣曰

內禁衛缺員甚夥侍衛虛踈盖及時愼補臣曰軍士如聚一處則豈處踈之足憂乎證曰聚一處則多

少又奚可論乎泟卽公之弟也禁府逮泟置對泟曰臣侍

罪內禁衛節制故與尙仁直議其侍衛虛踈耳一處云非臣言也尙仁又壓膝乃變其說曰不記曰見

領相溫於 上王殿門外言侍衛分屬兩處故甲士不

足宜增爲三千溫以爲然後因事往溫處又問曰軍士宜歸一處溫以爲然 上王曰果如吾所聞參判

趙末生等曰 二聖慈孝天至此輩欲易軍務基

心難測也上王命末生往鞫尙仁曰直不勝苦毒耳其實皆誣也又鞫泟久不勝林又誣引公曰臣兄

言軍士當歸一處 上王曰首謀者溫也命召左相

訔久曰所謂一處云者豈指 上王殿耶必指 主上殿也卽請對盛言公貪權專利狀 上王默然良久

曰人情孰不欲貪權左言今日不須發也又

一教曰尙仁罪重宜置極刑習等視尙仁差輕姑留之以待溫還何如且溫何以處之或曰習等業就

伏不可一日緩刑或曰習等已死溫誰從以辨誣不如留之

以待其還嘗曰溫所犯事證明白溫雖還更無可以對證者留之不可 上王用嘗言誅習等於是柳廷

顯末生等和附於嘗或謂

公當奔訴中朝造變或謂公潛還本國而稱亂至設機西及公還到莪境檻車致之公不知尙仁等

已死求與對辨 上王命流水原府 賜後命曰尙仁等己死何從可辨卿王妃

父故只命賜死宜知子意以是年十二月十五日遇禍壽四十四初 上王欲禪位而不顯言嘗攄知

之謂公曰近日 上旨公知之乎 上處事無

有不善終必無患盖其意謂雖內禪可保其終無患也公以白 二上心不義嘗而尤惡其與公言也卽

以啓 上王曰嘗非純臣也嘗聞之懟公甚及公之死

嘗終始攛陷尤力云公臨命戒家人曰吾子孫世世勿與朴氏相婚也噫嘻權壬旣逞于公又請廢 中

宮 上王嚴辭斥之曰士庶出嫁無緣坐況國母乎

以故 坤位賴以安 上王教曰此人誰不可禮葬禮不可不厚遣李陽達卜葬地 命水原府庀葬事

賜棺槨石灰中貴人護喪所在官致祭葬龍仁山

義谷負子之原 文宗元年辛未 敎政院若曰 母后父當 載英陵碑文焉可無職名其令政府議啓

左議政皇甫仁右議政南智左贊成金宗瑞左參贊

安崇善右參贊許詡等合辭啓曰籍令所坐是實非謀反北況抑勒堪案使不得辨明國人皆冤之特

太宗嚴法以示人耳 世宗重違 父王處分未及伸

白令宜還給職牒又 啓曰宋岳飛我 朝鄭夢周旣雪冤皆贈諡 太宗並從之太常按諡法和好不爭

曰安五宗之曰孝 贈公諡安孝

錄其兩子澮決並授敦寧主簿子潚先沒潚子湄授農典直長配三韓國大夫人順興安氏領敦寧府

事昭懿公天保女逮公遭禍延顯固請收孥夫人錄賤

案其後右議政李稷等啓曰 恭妃殿下母儀一國而母安氏在賤案於國體未安請削賤案還給職牒

世宗召知申事敦在中面諭曰子嘗侍坐 太宗太

妃兩殿 太妃曰恭妃母在賤案事甚不可太宗曰子當改之未及施行遽爾 賓天子知 父王意如此

而時未施行故不敢開口近日言者多以爲言令

大臣之言又如此其削賤案還給職牒 並免其子女且母子不相見于令累年某日恭妃當往安氏第

卿登等知之云後以 世宗王后入於世室公之廟至今不

祧官給祭需 國家哀榮之典至此而無餘憾矣夫人墓在安城郡東面加味屯壬坐之原公性仁厚慈

順謙恭愛人與物無競及其戚聯 王家愈益歛遜

英廟在東宮也公白曰今之士大夫見臣皆致慇懃臣實懼焉要當杜門謝客以畢餘生其遠嫌異愼

如此而旣托跡肺腑國同休戚義不可脫然引去則

公於娟寵而工讒者何哉其亦順受其正而已矣噫自古君子之罹讒禍者或遭時孔艱或昧於炳幾

雖其不幸亦有以致之而若公遇鴻昌之治抱明哲之智

卒以不免此公之至寃也且當 世宗朝匹夫匹婦無寃而獨以公所處地嫌故不敢輕變 先朝事使

公議抑鬱者數十餘年此公之至寃也然公之伸於天

者遠矣公種德毓慶以錫其子孫奕錫蕃昌乃食其報生女而三登翟禕生男而六居台鼎上焉 日月

配明而陰教彰不焉棟樑支廈而勳業爀沈氏之盛

殆興 國祚而無彊夫以天道之悠遠仁慶之線長而回示公議抑鬱之數十年直頃刻問爾公何寃之

有撫往跡而齎至慟者特子孫之私也公之沒距今三

百餘載而墓道之顯樹闕焉雖以家經禍故事多湮晦而後裔之責在焉於是宗人共謀立石以檀屬

尊年高托以滋筆不敢辭焉謹摭野史遺記槪述其禍伸

寃本末而公之入朝德業夫人行懿失傳而未舉焉痛哉公三子六女長 昭憲王后配 世宗母 文宗

世祖又有六大君兩公主子澄領中樞澮領

議政諡恭肅公決領敦寧諡靖夷女姜碩德判書盧物載同中樞柳子偕知敦寧朴崇之知中樞朴去

疏知敦寧庶子長壽長已領中樞兩子湄監司淄判官恭

肅三子潾參議瀚左尹濙判官靖夷一子貞源水使碩德三子五女子希顔府尹希孟贊成希參壻南

俊監察辛潚判事金元臣府使黃春長源君朴楣參議物

載四子五女子懷愼府使田愼判事思愼領議政好愼牧使壻鄭潔牧使丁湖右軍李宗衍僉正南倫

宜寧君鄭薄子偕四子六女子均僉知壤牧使墩僉知塢

監正壻成孝源主簿權瑊花山君柳壽昌判官崔曦僉正河澍佐郎鄭齊監察去疏三子三女子仲善

平陽君季善監察叔善中樞壻禹敬宗李聞直長閔泮同

知曾孫以後內外億麗不能盡記畿伯岱死節壬亂司諫太字參判演關西伯澤掌令得元佐郎游義

湄之後也正言笭抗直疏遭乙巳禍府使笥司藝挺豪佐

郎漢弼都事世遇正郎一義潾之後也湲三子敦寧正順道右尹順徑舍人順門以直言被禍燕山時

舍人四子長領議政連源次修撰達源己卯名賢次同知

敦寧逢源次左議政通源也青陵府院君鋼誕生 仁順王后大司憲義謙判書忠謙待教忻領議政悅

舍人光世青城君廷和青雲君命世校理熙世府尹摠

府尹榥參判枰監司權權之孫青恩府院君浩誕生 端懿王后參議壽亮注書龜瑞應教澐兵使澍

贈司書翼大司憲珙右議政壽賢行判書宅賢校理泰

賢持平錥皆連源後也畿伯銓牧使友正畿伯友勝都正視江都菶節判書諿行判書詻佐郎諆應教

東龜承旨光洙持平世鐸監司世鼎副提學攸佐郎栢獻

納思泓正言相監司木發奉朝賀檀司成榜承旨木堂王得郎正字得天左郎均修撰聖希皆達源後

也正字鍵左議政喜壽校理儒行判中樞梓統制使樸判決事

最良監司仲良承旨季良縣監周觀皆逢源後也右尹鐳府使克明承旨彥明皆通源後也典翰義欽

司藝源海掌令源河正郎楷皆貞源後也 銘曰 木有連抱

山必穹崇輔道碩德世必熙鴻於赫英陵堯舜我東敦爲夔龍緊維先公篤生聖妃祐我周宗憑以日

月契以雲風乃戚乃相翼于兩宮愼謙諱盛鞠若

無窮棐仁祐謙可責玄穹孰具以錦孰躙以蝱薰胥以織奇禍乃訌 跼高蹐厚百世餘恫不沒者善不

埋者忠鬱紆泉壤徯時以通天道好還有命崇終以牒

以牢節惠隨隆于滌其寃不顯其哀屈仲勝負理實不爽直筆在史永示無窮

九世孫 輔國崇祿大夫判中樞府事 檀 撰

外裔 崇政大夫行戶曹判書 徐明均 書

十三世孫 副司果 錥 篆額

崇禎元年後百四年 月 日

## 유명조선국 대광보국 숭록대부 의정부 영의정부사 겸 영경연 서운관사 청천부원군 증시 안효 심공 신도비명 병서(有明朝鮮國大匡輔國崇祿大夫議政府領議政府事兼領經筵書雲觀事青川府院君贈諡安孝沈公神道碑銘并序)

9대손 보국(輔國) 숭록대부(崇祿大夫) 판중추부사(判中樞府事) 치사(致仕)

심온 선생 묘표/심온 선생의 신도비는 묘지 앞에 세워져 있다

봉조하(奉朝賀) 단(檀)은 삼가 글을 짓고 외예(外裔) 숭정대부(崇政大夫) 행(行) 호조판서(戶曹判書) 겸(兼) 판의금부사(判義禁府事) 지경연(知經筵) 춘추관(春秋館) 동지성균관사(同知成均館事) 예문관제학(藝文館提學) 서명균(徐命均)은 삼가 글을 썼으며 13대손(孫) 어모장군(禦侮將軍) 행(行) 호분위부사과(虎賁衛副司果) 육(鋕)은 삼가 전액(篆額)을 하다.

공(公)의 휘(諱)는 온(溫)이고 자(字)는 중옥(仲玉)이며 성(姓)은 심씨(沈氏)이니 청송인(靑松人)이다. 비조(鼻祖:시조始祖)는 고려(高麗)에서 문림랑(文林郎)과 위위사승(衛尉寺丞)을 지낸 휘(諱) 홍부(洪孚)이고, 그 아들 휘(諱) 연(淵)은 합문지후(閤門祗侯)를 지냈다. 그 아들 휘(諱) 용(龍)은 이조정랑(吏曹正郎)을 지내고 문하시중(門下侍中)과 청화부원군(靑華府院君)에 추봉되었으니 공(公)에게 조고(祖考:할아버지)가 된다.

고(考:아버지)는 휘(諱) 덕부(德符)로 벼슬은 좌시중(左侍中)에 특진(特進)되었고 청성백(靑城伯)에 봉(封)해졌으며, 우리 조선(朝鮮)에 들어와서는 훈작(勳爵)이 내렸으나 받지 않았다. 시호(諡號)는 안정(安定)이다. 비(妣:어머니)는 청주 송씨(淸州宋氏)로 청원군(淸原君) 휘(諱) 유충(有忠)의 따님이고, 계비(繼妣) 민씨(閔氏)는 감문위낭장(監門衛郎將) 휘(諱) 필대(必大)의 따님으로 공(公)은 홍무(洪武) 을묘년(乙卯年:1375년, 高麗 禑王1 )태어났으니 민비(閔妣)의 소생이다.

나이 12세인 병인년(丙寅年) 진사(進士)가 되었고, 태조(太祖:李成桂) 때에는 병조(兵曹)와 공조(工曹)의 의랑(議郎)을 역임하였으며 공정(恭靖:定宗)이 즉위하여서는 보공장군 용무사대호군(保功將軍龍武司大護軍)을 제수하였다. 태종(太宗:李芳遠) 원년인 신사년(辛巳年:1401년, 태종1)에는 본직(本職)으로 지합문사(知閤門事)를 지냈고 4년 후인 갑신년(甲申年:1405년, 태종5)에는 대호군(大護軍)으로 판내시다방사(判內侍茶房事)를 거쳤다. 얼마 후에는 용양

사상호군(龍驤司上護軍)으로 올라 판통례문하사(判通禮門下事)를 겸하기도
하였다.

  7년인 정해년(丁亥年:1407년, 태종7)어는 승정원동부대언(承政院同副代
言)으로 발탁되었다가 좌부(左副:左副大言)으로 올랐으며, 다시 가선계(嘉善
階)로 올라 동지총제(同知摠制)를 배수하였다. 8년인 무자년(戊子年:1408년,
태종8)에는 세종(世宗)께서 잠저(潛邸)에 계실 때인데, 이름난 가문에서 덕
(德)을 갖춘 규수를 간택함에 있어 공(公)의 장녀가 배필로 간택되었다. 11년
인 신묘년(辛卯年:1411년, 태종11) 가정계(嘉靖階)로 올라 풍해도관찰사(豊海
道觀察使)를 배수하였고 조정에 들어와서는 참지의정부사(參知議政府事)에
있다가 곧 사헌부대사헌(司憲府大司憲)을 배수하였다.

  14년인 갑오년(甲午年:1414년, 태종14) 자헌계(資憲階)로 올라 형조판서
(刑曹判書)를 제배(除拜)하고 한성부판윤(漢城府判尹)·의정부참찬(議政府
參贊)·좌군도총제(左軍都摠制)를 거쳐 정헌대부(正憲大夫)를 가자(加資)하
여서는 이조판서(吏曹判書)를 제수(除授)하였다. 18년인 무술년(戊戌年:1418
년, 태종18) 세종께서 세자에 오르고, 그해 8월 태종께서 세종에게 왕위를 선
위(禪位)하시어 상왕(上王)으로 모셔지게 되자 공(公)은 국구(國舅)로서 청천
부원군(靑川府院君)에 봉해지게 되었다. 이에 상왕(上王)께서 말씀하시기를
"국군(國君)의 장인은 그 존엄함을 비교할 바 없는 것이니 마땅히 영의정(領
議政)을 배수하고 그 위차(位次)는 좌상(左相)과 우상(右相)이 함께 의논하여
장계(狀啓)하라."고 하니 좌상(左相) 박은(朴訔)이 말하기를 "마땅히 창녕부
원군(昌寧府院君) 성석린(成石璘)의 위에 드어야 할 것입니다"라고 하였다.

  공(公)이 사은사(謝恩使)가 되어 경사(京師:明의 都邑)로 갈 때 삼전(三殿)에
서는 각기 내시(內侍)를 보내 교외에서 전별함에 이를 보는 사람들이 모두 경
도(傾都)하였으며, 11월에 공(公)이 돌아왔으나 미처 복명(復命)도 하기 전에
강상인(姜尙仁)의 사건이 발생하였다. 처음에 상왕(上王:태종)께서는 이미
선위(禪位)하였음에도 불구하고 군국(軍國)과 관련되는 중대한 일의 경우에
는 모두 상왕(上王)에게 품계하도록 명하였는데, 병조(兵曹)에서는 단지 작

순(綯巡)에 관계되는 일만을 아뢰고 나머지 대부분의 일들을 품계(稟啓)하지 않았다. 이에 상왕(上王)께서는 진노(震怒)하여 말씀하시기를 "누가 이 일을 주동하였는가." 하고 하시며 금부(禁府)에 명하여 주동자를 체포하고 심문하도록 하였다. 마침내 병조판서 박습(朴習)·참판(參判) 강상인(姜尙仁)·참의(參議) 이각(李殼)과 여러 낭관(郎官)들을 잡아들여 문초하였으나 불복(不服)하였으므로 석방을 명하였다.

그러나 이에 이르러 또 근거없는 소문이 상왕(上王)에게까지 들어가자 다시 상인(尙仁) 등을 국문(鞠問)하라는 명이 내려 4차례에 걸친 압슬(壓膝)을 행하자 상인(尙仁)은 그 고통을 참지 못하고 이내 말하기를 "우연히 동지총제(同知摠制)인 심정(沈泟)을 궁문(宮門) 밖에서 만났는데, 정(泟)이 신(臣)에게 말하기를 '내금위(內禁衛)에 결원이 매우 많은데 시위(侍衛)의 허소(虛踈)함을 어찌 때맞추어 신중하게 보충하지 않는가? 라고 하여 신(臣)이 말하기를 '군사(軍士)를 한곳에만 배치한다면 어찌 허소(虛踈)함만으로 근심되리요' 라고 하자 정(泟)이 말하기를 '한 곳에만 배치한다면 많고 적음으로 또한 어찌 논할 수 있으리요' 하였습니다."고 하였다. 정(泟)은 곧 공(公)의 동생이다.

금부(禁府)에서 정(泟)을 체포하여 대질시키자 정(泟)이 말하기를 "신(臣)은 임금을 시위(侍衛)하는 내금위절제(內禁衛節制)를 맡고 있는 죄로 상인(尙仁)과 더불어 직접 그 시위(侍衛)의 허소(虛踈)함만을 의논하였을 뿐입니다. 한곳에만 배치한다는 것 등의 말은 신(臣)이 말한 것이 아닙니다."라고 하였다. 상인(尙仁)에게 또 압슬(壓膝)을 하자 이내 그 말을 바꾸어 말하기를 "날짜를 기억할 수 없지만 영상(領相) 온(溫:沈溫)을 상왕(上王)의 전문(殿門) 밖에서 만났을 때 말하기를 '시위(侍衛)가 두곳으로 나뉘어져 소속되어 있는 까닭에 갑사(甲士)가 부족하니 마땅히 3천 정도를 증원하여야 하겠다' 고 하자 온(溫:沈溫)도 그리해야겠다고 하였고, 그후 일로 인하여 온(溫:沈溫)을 방문하였을 때 다시 물어 말하기를 '군사(軍士)가 한곳에 모이는 것이 마땅하다고' 하자 온(溫:沈溫)도 동의하였습니다."라고 하였다. 이에 상왕(上王)께서 말씀하시기를 "과연 내가 들은 바가 같다"고 하였다.

참판(參判) 조말생(趙末生) 등이 말하기를 "이성(二聖:태종과 세종)의 자효(慈孝)함이 하늘에 닿을 정도인데 이들 무리들이 군무(軍務)를 바꾸고자 하니 그 속을 헤아리기 어렵습니다."라고 하였다. 상왕(上王)께서 말생(末生)에게 명하여 가서 국문(鞠問)하도록 하자 상인(尙仁)이 말하기를 "사실 고독(苦毒:고통)을 이기지 못하였을 뿐 그 실상은 모두 무고이옵니다."라고 하였다. 또 정(泟)을 국문하자 오랫동안 매를 못이겨 또 공을 끌어들여 무고하여 말하기를 "신(臣)의 형은 군사(軍士)가 마땅히 한 곳으로 귀속되어야 한다고 말했습니다."라고 하였다. 상왕(上王)께서 말씀하시기를 "수모자(首謨者)는 온(溫:沈溫)이다."라고 하며 좌상(左相) 은(訔:朴訔)을 불러들일 것을 명하였다.

은(訔:朴訔)이 오랫동안 말하기를 "소위 한곳이라는 것이 어찌 상왕전(上王殿)을 지목하는 것이겠습니까. 필시 주상전(主上殿)을 지목하는 것일겁니다."라고 하며 즉시 독대(獨對)를 청하여 여러 모로 공(公)이 권세를 탐내고 재물을 전유(專有)하고 있음을 말하였다. 상왕(上王)께서 아무 말이 없이 오랫동안 계시다가 말씀하시기를 "사람의 정리로 보아 누가 권세를 탐내지 않고자 하겠는가. 좌상(左相:朴訔)의 말을 들으니 이것은 오늘에 일어난 일이 아니로구나." 하고 하시며, 또 교(敎)하시기를 "상인(尙仁)의 죄가 무거우니 극형(極刑)에 처함이 마땅하고 습(習) 등은 상인(尙仁)에 비해 그 죄가 가벼워 보이니 잠시 이를 보류하였다가 온(溫)이 돌아오기를 기다리는 것이 어떠하겠는가."라고 하였다.

또한 온(溫)은 어떻게 처리할지에 대해서는 혹자(或者)가 말하기를 "습(習) 등이 죄상(罪狀)을 자복했으니 하루라도 형(刑)을 늦추는 것이 불가하다."고 하였고, "또 혹자(或者)는 습(習)등이 이미 죽었다면 온(溫)은 누구를 상대로 그 무고함의 여부를 가리겠는가."라고 하며 온(溫)이 돌아올때까지 기다리자고 하였다. 이에 은(訔)이 말하기를 "온(溫)의 죄상은 사실이 명백하게 드러났으니 온(溫)이 비록 돌아온다고 해도 다시 돌이켜 증명하는 것은 어렵다고 생각되니 이를 보류하는 것은 옳지 않습니다."라고 하자 상왕(上王:太宗)께서는 은(訔)의 말을 따라 습(習) 등을 주살(誅殺)하였다.

　이에 유정현(柳廷顯)과 조말생(趙末生) 등은 은(訔)에게 부화뇌동(附和雷同)하여 혹은 공(公)이 수차례 걸쳐 중조(中朝:明)에 호소하여 조변(造變)한다고 하기도 하고, 혹은 공(公)이 몰래 본국(本國:朝鮮)에 돌아와 난(亂)을 칭하며 서변(西邊)에서 책략을 도모하고 있다고 하기도 하였다. 공(公)이 돌아옴에 이르러 우리의 국경에 도착하자 함거(檻車:죄인을 호송하는 수레)로 압송되었으나, 공(公)은 상인(尙仁) 등이 이미 죽었는 지를 알지못하여 이들과 함께 대변(對辯)하기를 청하였다. 그러나 상왕(上王)께서는 수원부(水原府)에 유배하여 사사(賜死)할 것을 명하면서 말씀하시기를 "상인(尙仁) 등이 이미 죽었으니 어찌 가릴 수 있겠는가. 경(卿)은 왕비(王妃)의 아비인 까닭에 단지 사사(賜死)의 명만을 내리는 것이니 마땅히 나의 뜻을 알지어다."라고 하였다. 이로써 그해 12월 15일 화(禍)를 당했으니 나이 겨우 44세였다.

　처음에 상왕(上王)께서 선위(禪位)를 하시고자 하였으나 이를 겉으로 나타내지 않았는데 은(訔)이 이를 헤아려 알고 공(公)에게 이르기를 "근일(近日)에 왕의 뜻을 공(公)은 알고 계십니까. 왕께서 일을 처리하심에 선(善)하지 않으신 것이 없어서 마침내는 반드시 근심이 없을 것입니다."라고 하였는데, 대개 그 뜻은 비록 내선(內禪)이라고는 하지만 확실한 보장을 받아야만 끝내 후환이 없을 것이라는 내용이었다. 공(公)이 왕에게 이를 아뢰니 왕은 은(訔)을 의롭게 여기지 않고 또한 공(公)과 함께 그러한 말을 한 것을 더욱 미워하였다. 이에 장계(狀啓)로써 상왕(上王)께서 말씀하시기를 "은(訔)은 순신(純臣)이 아니로다."라고 하였다. 은(訔)이 이를 듣고 공(公)을 매우 원망하였는데, 공(公)이 죽음에 이르게 되어서는 은(訔)이 모함하는데 종시(終始)토록 더욱 힘을 쏟았다. 이에 공(公)은 죽음에 이르러 가인(家人:族人)들에게 이르러 말하기를 "우리 자손들은 대대로 박씨(朴氏)와는 서로 혼인하지 말라."라고 하였다.

　희희(噫嘻)라! 권임(權壬:여기서는 박은(朴訔)의 무리) 들은 이미 공(公)을 마음대로 처리하였음에도 또 중궁(中宮)을 폐(廢)할 것을 청하자 상왕(上王)께서 엄사(嚴辭)로 이를 물리치며 말씀하기기를 "사서(士庶)의 아녀자도 출가(出嫁)하면 연좌(緣坐)라는 것이 없는 것인데, 하물며 국모(國母)임에서라."라고 하신 까닭에 곤위(坤位)가 안정되게 되었다. 상왕(上王)께서 교서(敎書)하여 말씀하시기를 "이 사람을 비록 예장(禮葬)할 수는 없지만 그 예의는 후하게 하지 않으면 안된다."라고 하시며 이양달(李陽達)을 장지(葬地)에 보내고 수원부(水原府)에 명하여 장례의 일을 돕도록 하였으며 관곽(棺槨)과 석회(石灰)를 하사하시고 귀인(貴人)을 가려 호상(護喪)토록 하는 한편, 소재(所在)의 관청에서 치제(致祭)하도록 하였으니 장지(葬地)는 용인 산의곡(山義谷) 자좌(子坐:북향)의 언덕이었다.

문종(文宗) 원년(元年) 신미년(辛未年:1451년, 문종1)에 정원(政院)에 내린 교(敎)에서 대략 말씀하시기를 "모후(母后)의 아비는 마땅히 영릉(英陵:세종)의 비문(碑文)에 실려야 하는데, 어찌 가히 직명(職名)이 없을 수 있겠는가."라고 하시며 정부(政府)에서 의논하여 상계(上啓)할 것을 명하셨다. 좌의정(左議政) 황보인(皇甫仁)·우의정(右議政) 남지(南智)·좌찬성(左贊成) 김종서(金宗瑞)·좌참찬(左參贊)·안숭선(安崇善)·우참찬(右參贊)·허후(許詡) 등이 함께 사계(辭啓)하기를 "적령(籍令)에 연좌하여 실제로 모사(謀事)한 것이 아니면서도 죄를 입었고, 하물며 사신으로서의 역할을 충실하게 감당하느라고 변명의 기회조차 얻지 못하였으니 나라 사람들이 모두 이를 원통하게 여기고 있습니다. 태종(太宗)께서는 법을 엄히 집행하여 사람들에게 보이고자 한 것뿐이며, 세종(世宗)께서는 부왕(父王)의 처분을 어길 수가 없어서 신원(伸寃)하지 못하셨으니 명을 내려 직첩(職牒)을 환급하는 것이 마땅할 것입니다."라고 하였고, 또 상계(上啓)하기를 "송(宋)나라의 악비(岳飛)와 아조(我朝:朝鮮)의 정몽주(鄭夢周)는 이미 설원(雪寃)되어 모두 시호(諡號)를 추증하였으니 태종께서 아울러 허락한 것입니다."라고 하였다.

이에 태상사(太常寺)에서 시법(諡法)을 살피니 화호부쟁(和好不爭:서로 화합하고 다투지 아니함)함을 안(安)이라 하고 오종(五宗)을 효(孝)라 하니 공을 안효(安孝)라는 시호로 추증하고 두 아들 회(澮)와 결(決)을 녹선(錄選)하여 모두 돈녕주부(敦寧主簿)를 제수하였고, 아들 준(濬)은 먼저 죽었으므로 준(濬)의 아들 미(湄)에게 농전직장(農典直長)을 제수하였다.

배(配)는 삼한국대부인(三韓國大夫人) 순흥 안씨(順興安氏)로 영돈녕부사(領敦寧府事) 소의공(昭懿公) 천보(天保)의 따님인데, 공(公)에게 화(禍)가 미치자 조정에서 주청하여 그 자식들은 노비로 삼고 부인은 천안(賤案)에 기록하게 하였다. 그후 우의정(右議政) 이직(李稷) 등이 장계(狀啓)하기를 "공비 전하(恭妃殿下)는 한 나라의 모의(母儀)입니다. 그러나 그 어미 안씨(安氏)가 천안(賤案)에 기록되어 있으니 국체(國體)에 미안(未安)한 일로 청컨대 천안(賤案)에서 삭출(削黜)하고 직첩(職牒)을 환급(還給)하소서."라고 하였다.

세종(世宗)께서 지신사(知申事:都承旨의 별칭) 곽재중(郭在中)을 불러 면유(面諭)하시기를 "내가 일찍이 태종(太宗)·태비(太妃) 두 전하를 시좌(侍坐)하는 자리에서 태비(太妃)께서 말씀하시기를 '공비(恭妃)의 어미가 천안(賤案)에 있는 일은 심히 옳지 못한 일이라' 라 말씀하니 태종(太宗)께서 말씀하시기를 '내가 당연히 이를 고쳐야 하지만 시행하지 못하고 있으니 내가 빨리 세상을 떠나야 합니다' 하고 하셨다. 내가 부왕(父王)의 뜻이 이와 같음을 알았으나 때가 아니므로 시행하자고 감히 입을 열지 못하였던 것이다. 그런데 요사이 이를 말하는 사람이 많고 대신(大臣)의 말 또한 이와 같으니 천안(賤案)에서 삭출(削黜)하여 직첩(職牒)을 환급(還給)할 것이며 아울러 그 자녀들 또한 면천(免賤)시키도록 하라. 또한 어미와 자식이 여러 해동안 만나지 못했으니 날을 정하여 공비(恭妃)가 마땅히 안씨(安氏)의 집으로 가도록 할 것이니 그대들은 그렇게 알고 있을 지어다."라고 말씀하셨다.

그후 세종이 왕후(王后)로서 세실(世室)에 들어가셨으나 공(公)의 묘(廟)는 지금에 이르도록 천묘(遷墓)되지 못하다가 관청에서 제수(祭需)를 지급하고 국가에서 애도하는 은전을 내리니 지금에 이르러 여한이 없게 되었다. 부인의 묘(墓)는 안성군(安城郡) 동면(東面) 가미둔(加味屯) 임좌(壬坐:북북서향)의 언덕에 있다.

공(公)의 성품은 인후(仁厚)하고 자순(慈順)하면서도 겸공(謙恭:겸손하고 공손함)하고 애인(愛人:사람들을 사랑함)하여 재물을 가지고 다투는 일이 없었으며, 왕가(王家)와 인척을 맺고부터 더욱 근검하고 겸손하였다. 영묘(英

廟)께서 동궁(東宮)으로 계실 때 공이 아뢰기를 "지금의 사대부(士大夫)들이 신(臣)을 대하기를 모두 지극히 은근하여 신(臣)이 실로 두려울 뿐입니다."라고 하였으니, 요컨대 두문사객(杜門謝客:문을 닫고 사람을 접하지 않음)하여 여생(餘生)을 마치고 싶다는 뜻으로 혐의(嫌疑)를 멀리하고자 하는 남다른 신중함이 이와 같았다. 그러나 마음속으로는 항상 나라의 휴척(休戚)을 함께 하고 의로움에서 벗어나지 않았다. 그럼에도 불구하고 물러나 있는데도 그렇게 하여 왕의 환심을 사려 한다고 헐뜯는 사람이 있으니 어찌하겠는가! 공(公) 또한 이를 순순히 받아들였을 뿐이다.

희(噫)라! 자고로 군자(君子)가 참화(讒禍)에 걸리는 것은 혹 시대의 어려움을 만나거나 혹은 몰래 권세를 탐내서이니 비록 불행한 일이라고 할지라도 또한 그럴 만한 이유가 있어서이다. 공(公)은 홍창(鴻昌)의 시대에서 명철(明哲)한 지혜를 갖추고도 죽음을 면치 못하였으니 이것은 공(公)의 원통함이 지극하다고 할 수 있다. 또한 세종조(世宗朝) 때에는 필부필부(匹夫匹婦)라도 원통함이 없었는데, 유독 공(公)만은 처한 처지로서 혐의(嫌疑)를 받았으니 감히 선조(先朝)의 일을 가볍게 바꿀 수는 없는 것이지만 공의(公議)로서 수십 년간 억울함을 당한 것은 공(公)의 원통함이 지극한 것이었다.

그러나 끝내는 공(公)의 억울함이 풀어지고 공(公)이 뿌리고 기른 덕행(德行)은 그 자손에게 전해져 크게 번창하게 되었으니 이것은 그 보답이라 할 것이다. 딸을 낳아 적위(翟褘:왕후의 祭服으로 왕비를 의미함)에 오르고 아들을 낳아 태정(台鼎:宰相)에 오르니 위로는 허와 달이 서로 짝하여 밝게 드러나게 한 것이며 아래로는 국가의 동량(棟樑)이 되어 혁혁(赫赫)하게 훈업(勳業)을 이룬 것이니 심씨(沈氏)의 흥성(興盛)함은 국조(國祚)와 더불어 무강(無彊)할 것이로다. 대개 천도(天道)는 유원한 것이고 인경(仁慶)의 선(線)은 기나긴 것이어서 오히려 공의(公議)로 인한 수십 년간의 억울함은 단지 경각(頃刻)에 지나지 않음을 보여줄 뿐이니 공(公)이 어찌 이를 원망하리요. 지나간 흔적을 어루만지고 지극한 원통함을 가지그 있는 사람들이 특히 사사로운 자손들뿐이겠는가!

공(公)이 돌아간 지 지금까지 300여 년이 지나도록 묘도(墓道)의 현수(顯樹:碑石)가 빠져 있으니 비록 집안이 화(禍)를 겪었기 때문이라고 하지만 일의 대부분이 사라짐은 후예(後裔)들의 책임일 것이다. 이에 종인(宗人)들이 함께 도모하여 비석을 세우고 단(檀:碑文의 撰者)으로 하여금 나이 연로한 분에게 자필(滋筆)을 부탁하게 하니 감히 사양하지 못하고, 삼가 야사(野史)와 유기(遺記)에서 수습하여 그 피화(被禍)와 신원(伸寃)의 본말, 그리고 공(公)의 입조(入朝)와 덕업(德業) 등의 사실을 기록하노라. 그러나 부인의 행의(行懿)는 실전(失傳)하여 기록하지 못하니 애통할 뿐이다.

공(公)은 3남 6녀를 두었는데, 장녀는 소헌왕후(昭憲王后)로서 세종(世宗)의 배우(配偶)이자 문종(文宗)의 어머니이다. 세조는 또한 6명의 대군(大君)과 2명의 공주(公主)를 두었다. 아들 준(濬)은 영중추(領中樞)를 지냈고, 회(澮)는 영의정(領議政)을 지냈는데 시호(諡號)는 공숙공(恭肅公)이며, 결(決)은 영돈녕(領敦寧)을 지냈고 시호는 정이(靖夷)이다. 딸은 판서(判書) 강석덕(姜碩德), 동중추(同中樞) 노물재(盧物載), 지돈녕(知敦寧) 유자해(柳子偕), 지중추(知中樞) 박숭지(朴崇之), 지돈녕(知敦寧) 박거소(朴去疏)에게 각기 출가하였다. 서자(庶子)로는 장수(長壽)와 장이(長已)가 있다.

영중추(領中樞:濬)는 아들 2명을 두었는데 감사(監司) 미(湄)와 판관(判官) 치(淄)이고, 공숙공(恭肅公:澮)은 아들 3명을 두었는데 참의(參議) 린(潾)과 좌윤(左尹) 한(瀚), 판관(判官) 원(湲)이며, 정이공(靖夷公:決)은 아들 1명을 두었는데 수사(水使) 정원(貞源)이다. 석덕(碩德:姜碩德)은 3남 5녀를 두었으니 아들은 부윤(府尹) 희안(希顔) · 찬성(贊成) 희맹(希孟) · 희참(希參)이고, 사위는 감찰(監察) 남준(南俊) · 판사(判事) 신숙(辛淑) · 부사(府使) 김원신(金元臣) · 장원군(長源君) 황춘(黃春) · 참의(參議) 박미(朴楣)이며, 물재(物載:盧物載)는 4남 5녀를 두었으니 아들 회신(懷愼)은 부사(府使)이고, 전신(田愼)은 판사(判事) · 사신(思愼)은 영의정(領議政) · 호신(好愼)은 목사이며, 사위는 목사(牧使)인 정결(鄭潔)과 우군(右軍) 정호(丁湖) · 첨정(僉正) 이종연(李宗衍) · 의령군(宜寧君) 남윤(南倫) · 정박(鄭薄)이다. 자해(子偕:柳子偕)

는 4남 6녀를 두었으니 아들 균(均)은 첨지(僉知)이고 양(壤)은 목사(牧使)·
돈(墩)은 첨지(僉知)·오(塢)는 감정(監正)이며 사위는 주부(主簿) 성효원(成
孝源)과 화산군(花山君) 권감(權瑊)·판관(判官) 유수창(柳壽昌)·첨정(僉正)
최희(崔曦)·좌랑(佐郎) 하주(河澍)·감찰(監察) 정제거(鄭齊去)이다. 박거
소(朴去疏)는 3남 3녀를 두었으니 아들은 평양군(平陽君)인 중선(仲善)·감
찰(監察)인 계선(季善)·중추(中樞)인 숙선(叔善)이고 사위는 우경종(禹敬
宗)·직장(直長) 이문(李聞)·동지(同知)) 민반(閔泮)이다.

  증손(曾孫) 이후는 내외가 많아 모두 기록할 수 없다. 기백(畿伯:경기도관
찰사)으로 임란(壬亂:임진왜란)에 사절(死節:죽음으로 절개를 지킴)한 대(岱:
沈岱)·사간(司諫) 태부(太孚)·참판(參判) 연(演)·관서백(關西伯:평안도관
찰사) 택(澤)·장령(掌令) 득원(得元)·좌랑(佐郎) 유의(游義)는 미(湄:沈湄)
의 후손이고, 직소(直疏)하였다가 을사년(乙巳年:1605년, 선조38)에 화(禍)를
입은 정언(正言) 령(笭)·부사(府使) 순(筍)·사예(司藝) 정호(挺豪)·좌랑
(佐郎) 한필(漢弼)·도사(都事) 세우(世遇)·정랑(正郎) 일의(一義)는 린(潾:
沈潾)의 후손이다. 원(湲:沈湲)은 3남을 두었으니 돈녕정(敦寧正) 순도(順
道)·우윤(右尹) 순경(順徑)·사인(舍人) 순문(順門)인데 순문(順門)은 연산
군(燕山君) 때 직언(直言)하다가 화(禍)를 입었다. 사인(舍人:沈順門)은 4남을
두었으니 장남은 영의정(領議政) 연원(連源)이고 다음은 수찬(修撰) 달원으
로 기묘명현(己卯名賢)이며 다음은 동지돈녕(同知敦寧) 봉원, 다음은 좌의정
(左議政) 통원(通源)이다.

  인순왕후(仁順王后)를 탄생한 청릉부원군(靑陵府院君) 강(鋼)과 대사헌(大
司憲) 의겸(義謙)·판서(判書) 충겸(忠謙)·대교(待敎) 흔(忻)·영의정(領議
政) 열(悅)·사인(舍人) 광세(光世)·청성군(靑城君) 정화(廷和)·청운군(靑
雲君) 명세(命世)·교리(校理) 희세(熙世)·부윤(府尹) 총(摠)·부윤(府尹)
황(榥)·참판(參判) 평(枰)·감사(監司) 권(權)·권(權)의 손자로 단의왕후
(端懿王后)를 탄생한 청은부원군(靑恩府院君) 호(浩)·참의(參議) 수량(壽
亮)·주서(注書) 구서(龜瑞)·응교(應敎) 운(澐)·병사(兵使) 주(澍)·사서

(司書)로 증직(贈職)된 익(翼)·대사헌(大司憲) 공(珙)·우의정(右議政) 수현
(壽賢)·행직(行職)으로 판서(判書)를 지낸 댁현(宅賢)·교리(校理) 태현(泰
賢)·지평(持平) 육(銷) 등은 모두 연원(連源:沈連源)의 후손이다.

　기백(畿伯:경기도관찰사)를 지낸 전(銓)·목사(牧使) 우정(友正)·기백(畿
伯) 우승(友勝)·강도(江都:江華)에서 순절(殉節)한 도정(都正) 시(視)·판서
(判書) 집(諿)·행직(行職)으로 판서(判書)를 지낸 액(詻)·좌랑(佐郎) 선
(譔)·응교(應敎) 동구(東龜)·승지(承旨) 광수(光洙)·지평(持平) 세탁(世
鐸)·감사(監司) 세정(世鼎)·부제학(副提學) 유(攸)·좌랑(佐郎) 백(栢)·헌
납(獻納) 사홍(思泓)·정언(正言) 상(相)·감사(監司) 벌(橃)·봉조하(奉朝賀)
단(檀)·사성(司成) 방(榜)·승지(承旨) 당(檔)·정(正) 득랑(得郎)·정자(正
字) 득천(得天)·좌랑(左郎) 균(均)·수찬(修撰) 성희(聖希) 등은 모두 달원
(達源)의 후손이고, 정자(正字) 건(鍵)·좌의정(左議政) 희수(喜壽)·교리(校
理) 유(儒) 행직(行職)으로 판중추(判中樞)를 지낸 재(梓)·통제사(統制使) 박
(樸)·판결사(判決事) 최량(最良)·감사(監司) 중양(仲良)·승지(承旨) 계양
(季良)·현감(縣監) 주관(周觀) 등은 모두 봉원(逢源)의 후손이며, 우윤(右尹)
뢰(鐳)·부사(府使) 극명(克明)·승지(承旨) 언명(彦明) 등은 모두 통원(通
源)의 후손이다. 또한 전한(典翰)의흠(義欽)·사예(司藝) 원해(源海)·장령
(掌令) 원하(源河)·정랑(正郎) 지(樗) 등은 모두 정원(貞源)의 후손들이다.

　명(銘)하기를

　나무에는 여러 이름이 있고 산에도 반드시 높은 봉우리가 있듯이(木有連抱
山必穹崇)

　도(道)를 돕고 덕(德)을 높이 쌓은 사람 세상에서는 반드시 희홍(熙鴻)이라
부르리로다(輔道碩德世必熙鴻)

　혁혁(赫赫)한 영릉(英陵:세종)이시여 아동(我東:조선)에 요순(堯舜)이시며
(於赫英陵堯舜我東)

　어느 누가 기룡(夔龍)이라 하는가 긴절(緊切)히 오직 공(公)에게 매여 있도
다(敦爲夔龍緊切先公)

정성으로 성비(聖妃:昭憲王后)을 잉태하사 두루 조종(朝宗)을 도우셨으니
(篤生聖妃祐我周宗)

일월(日月)에 의지하고 풍운(風雲)에 인연하였네(憑以日月契以雲風)

척신(戚臣)이자 재상(宰相)으로 양궁(兩宮:世宗과 昭憲王后)의 날개로소(乃
戚乃相翼于兩宮)

신겸(愼謙:삼가고 겸손함)으로 명성을 드높이고 정성을 다함이 무궁(無宮)
하도다(愼謙諱盛鞠若無)

어짐으로 돕고 겸양으로 보우하심에 가히 현궁(玄穹)을 책(責)하겠는가(棐
仁祐謙可責玄穹)

누가 비단으로 옷을 짓고 누가 무지개를 그릴 것인가(孰具以錦孰蹲以蝀)

억울한 누명으로 죄를 얻으니 뜻밖의 재난으로 무너지니(薰胥以織奇禍乃訌)

몸을 구부리고 발끝으로 걷더라도 원통함은 백세토록 남으리로다(踾高蹐
厚百世餘恫)

숨길 수 없는 것이 선(善)이요, 묻어 버릴 수 없는 것이 충(忠)이러니(不沒
者善不埋者忠)

물이 막힌 샘이라 할지라도 어느 때인가는 통할 것이로다(鬱紆泉壤儵時以通)

하늘의 도리가 좋은 것으로 돌아와 정중하게 송종(送終)하라는 왕명이 있
었으니(天道好還有命崇終)

직첩(職牒)과 뇌름(牢廩) 연이어 은전 역시 융숭함을 따랐네(以牒以牢節惠隨隆)

원통함은 씻었어도 슬픔은 드러내지 않았으니(于滌其寃不顯其哀)

굽히고 펴고 이기고 지는 것, 그 이치가 실상 어려운 것이 아니었도다(屈伸
勝負理實不蕘)

사서(史書)에 바르게 써서 영원히 무궁(無窮)함을 보이리로다(直筆在史永
示無窮)

9세손(世孫) 보국 숭록대부(輔國崇祿大夫) 판중추부사(判中樞府事) 단(檀)
은 글을 짓고, 외예(外裔:외가의 후손) 숭정대부(崇政大夫) 행(行) 호조판서
(戶曹判書) 서명균(徐明均)은 글을 쓰고, 13세손(世孫) 부사과(副司果) 육(錥)

은 삼가 전액(篆額)을 하다.

숭정(崇禎) 원년(元年)후 104년(1732) 월 일


## 이완 묘갈(李莞 墓碣)


公諱莞字悅甫德水人高祖琚參議曾組百祿奉事組貞 贈議政考義臣 贈參判妣晋州姜氏世溫
女萬曆己卯生二十從叔父忠武公舜臣軍中海而戰忠武忽中丸公急受遺囑出立舵樓吞聲揮旗遂
大破賦走之明年登武科直拜都總都事甲辰監藍浦縣遭昏朝屛居閑用墓府營阯折衝癸亥擢忠淸
兵使甲子起兵赴難褒加嘉善冬移義州過瓜 特仍之及金人潛師夜入通宵拒戰力盡自投火死之
實丁卯正月十四日也在灣螢貽書基從兄曰死心他不足慮雖事出倉卒素蓄之志可見事 聞
贈兵曹判書 肅宗甲申 命旌閭 當宁丙年 命胲食 忠武公祠噫公之膽略見於露梁忠節者於
龍灣眞所謂不負天卑者而 國家崇之典赤云至矣夫人 破平尹氏庶僖女生辛巳卒庚子一男之
衍孫後煥濟滿曾玄干人 今樹表者滿子弘植也


行副提學 李眞望識
崇禎再回丁酉樹表丁壬未仆辛卯至月改立原識仍從五代孫前持平 漢一書


공의 휘는 완(莞)이요 자는 열보(悅甫)로 덕수인(德水人)이다. 고조(高組)
거(琚)는 참의(參議)을 역임하였고, 증조(曾組) 백녹(百祿)은 봉사(奉事)를 지
냈으며, 조부(組父) 정(貞)은 의정(議政)을 증직(贈職)받았다. 고(考) 의신(義
臣)은 참판(參判)을 증직받았다. 그의 부인은 진주 (晋州) 강씨(姜氏) 세온(世
溫)의 따님이시다. 공은 선조12년(1579)에 출생하여 20세 때 숙부 충무공 순
신(忠武公 舜臣)의 군영(軍營)을 좇아 바다에서 싸우던 중 충무공이 홀연 탄
환에 맞자, 공은 급히 유촉(遺囑)을 받들어 뱃머리에 나아가 슬픔을 억누르고
기(旗)를 흔들면서 지휘하여 마침내 적들을 크게 물리쳤다. 다음해 무과(武
科)에 올라 바로 도총도사(都總都事)를 제수받았으며, 갑진년(甲辰年)에 남포

현감(藍浦縣監)이 되었다. 혼조(昏朝(光海君))를 만나서 한가하게 묘부(墓府)의 진영에서 세월을 토내다가 절충(折衝)에 올랐고, 인조 즉위년(仁組 卽位年)(1623)에는 충청병사(忠淸兵使)로 탁용(擢用)되었다. 인조(仁祖) 원년(元年)에는 군사를 일으켜 국란(國亂)을 도와 그 공(功)으로써 가선대부(嘉善大

이완 선생의 비문

夫)에 올랐다. 그 해 겨울에 의주(義州)의 변방으로 부임하였는데 임기가 지났어도 왕의 특명으로 그대로 유임되었다. 그때 금(金)나라가 군사를 일으켜 밤에 습격 해오므로, 밤새도록 햇불을 들고 싸우다가 힘이 다하여 스스로 몸을 불에 던져 죽으니, 인조5년(1627) 정월 14일이었다. 일찍이 용만(龍灣(지금의 義州))에 있을 때 공은 종형(從兄)에게 서신을 보내 이르기를 "이미 죽기로 마음을 정하였으니 어찌 다른 것을 염려하겠습니까" 하였는데 비록 일이 창졸(倉卒)간에 일어낫으나 평소에 품은 뜻을 충분히 볼 수가 있다. 조정에 이 사실이 알려지자 병조판서(兵曹判書)로 추증하였고, 숙종30년(1704)에 정여(旌閭)를 세우도록 명하여 지금 임금 병자년(丙子年)에 이르러서는 충무공 사당에 모시어 제사하도록 명하였다. 아! 공의 담락은 일찍이 노양(露梁)에서 나타났고, 공의 충절은 용만에서 나타났으니, 이른바 "하늘이 저버리지 않은 사람"이라고 하겠다. 국가에서 공을 숭보(崇報)한 의례도 역시 지극한 것이다. 부인은 파평윤씨(破平尹氏)로서 서윤(庶尹) 僖의 따님으로 신사년(辛巳年)에 출생하시어 경자년(庚子年)에 죽었다. 1남을 두었으니 이름은 지연이며, 손자 후(後) · 환(煥) · 제(濟) · 만(滿)을 두었고, 증 현손 약간인이 있다. 지금 묘표( 墓表)를 세우는 사람은 만(滿)의 아들 홍식(弘植)이다.

　行 부제학(副堤學) 이진망(李眞望) 지음


　숙종43년(1717)에 묘표를 세웠으나 훼손되어, 영조47년(1771) 동짓달에 본래의 기록 그대로 다시 세웠는데, 종5대손으로 지평을 지낸 바 있는 漢一이 삼가 글씨를 썼다.

## 이자견 묘갈(李自堅 墓碣)

昔延陵季子之葬夫子題之曰嗚呼延陵季子之墓無餘辭矣其後千有餘載學士大夫無不誦法孔
子而獨於銘人之墓不法聖筆者奚豈非文滅豫質朴溺心之故敢不俟觀故大司徒星山李公遺戒子
孫而異之始公以藝學拔華踊歷華顯非盛玉堂則烏府薇垣其間論思行業之可稱道者何止一二數
況忠犯喬桐主逆鱗受扶南荒人臣大節也事載史氏策抑何和諱焉顧公則汲汲以身後子孫之或溢
辭加其身是慮預作遺書累百言戒子孫勿用誌石碑碣於乎若公殆孔聖所稱加於人一等者非耶是
奚亶憤世嫉僞立此過當之說要之一生謙謙之德恒主於中所不欲以生死易其心也故酒於桑楡末
景宣之於筆舌者篤摯且嚴微公子孫兢如一日雖他人間公之風者疇不起敬也哉公之五世孫水曺
員外郞穀兵手其遺書來諗不俟 曰吾租之遺誨筆法赫赫若前日事孱孫雖不猶人豈敢以世遠而
有所忽焉獨吾等之所大懼大憫述祖德古人重之墓之無表古人哀感不置祖德雖大非文曷以行遠
自參贊公以不歷四世丘隴不樹一石者遵參贊公遺敎也若過數世子孫浸遠爲所不知何人必矣安
能哀感而必求無表之祖墓哉此吾等之所大憫也願先生之詔之不俟辭非其人不獲則乃跪而言曰
禮有之先祖無燉而稱之是誣也有善而弗知不明也知而不傳不仁也此三者君子以所恥也子之先
祖遺戒禁樹碑者慮其誣也其何善如之有此善而不傳禮經之所恥子孫安所逃今子誠法夫子之題
延陵季子墓無剩辭則著 祖之德遵祖之訓一擧兩全道固有竝行而不倍者矣員外公唯唯而去遂興
諸孫謀刻麗牲之石于參贊公墓道錄其子孫云參贊公諱自堅字子固遠祖純由位於羅光顯羅亡廢
居星州仍姓焉十二傳長庚封隴西郡公儉德著生五男皆文科第四子諱兆年十七登科歷政堂進賢
大提學謚文烈生諱褒門下待中謚敬元生之男五登文科第四子諱仁位密直司使生諱潑獻廟朝大
司馬謚平簡生諱洧殿中生諱溱 譜四宰卽 公皇考也聘牧使權有順女景泰五年甲戌四月丁亥生
公二十四中生進兩試三十三登大科由槐院歷典籍正言持平刑曹佐郞陞漢城庶尹宗親典籤拜司諫
尙衣正執義選弘文授典翰兼知製敎以直提學陞副提學諫長出爲江原監司甲子遷謫咸昌明年丁
憂 中廟改玉授副提學與第參贊自健簿自英參判自 華奉慈闈極三牲之養又拜大諫判決入銀臺
爲佐副時上以大官嘉味領政院院僚獨公有八十老母首行謝恩請以遺母 上感動特拜京畿監司一
時榮之歷漢城有尹兼副摠大憲少司從己卯丁大夫人憂公年幾七十因毀媒疾始矣賴 上加賜藥物
得甦終喪由護軍又拜少司徒嘉靖癸未公年滿稀與同姓諸公詣闕致仕 上不許仍舊官每遇令節輪
設宴會觴詠酬唱皆倩公寫重公筆也容齊李荇作七老契會圖一篇以美之是年超階資憲拜戶曺判

書甲申改知樞乙 丑九月考終享年七十六計聞輟朝命贈加禮萬歷己丑錄光國原從逐贈正憲大夫
議政府左參贊兼兩館大提學知成均館事五衛都摠府 都摠管夫人龍仁李氏太師李吉卷之後司猛
末孫女成化乙酉生卒于甲申卜龍仁西面枝內里於隱洞卯原公卒就 其右封焉生三男一女男久府
使次友後女金興門久一男希程通仕郎河次洛溥三男光元生員次光吉生員光禮渾二男一女男光忠
次承慶女安民準海二男一女男榮次榮後女李安謙漢二男一女榮震次榮元進士女沈宗河二男女光
都次光馨女 沈景龜郡守李景閔僉知洛三女成友亮生員閔友鶱光元二男一女男芳次蕃女柳懋光
吉 繼子芬 光忠三女柳怡安世萬兪 欽承慶一男轂佐郎榮發男鍱榮震二男幼光馨男芬爲光吉後
餘幼轂繼子保胤鍱子幼 銘曰有而不居惟謙之德終也光明孰嫌 光屈展也李公其深於易不惟 平生
退讓自牧酒於身後恐名沈我累百遺戒雲仍莫墮嗟彼夸青黃淸蘄聘 辯蜚辭非諛則誕駒城之懸隱
洞之原有短碣才三尺芳君子之尊光者存耶

　　正憲大夫議政府左參贊 趙 絅 撰

　　大匡轉國崇錄大夫議政府左議政兼領 經筵 事監奉秋館事 沈之源 書


　옛날 연릉계자(延陵季子:춘추시대 오의 왕자 李札을 말함. 연릉은 지명임)
의 무덤에 공자께서 쓰시기를 아, 이는 연릉계자의 무덤이다. '嗚呼延陵季子
之墓' 라고 만하고 딴 말은 없었다.

　그후로 1천여 년 사이에 학사나 대부등이 공자를 본받지 않은 사람이 없었
건만 유독 사람의 묘속에 명(銘)을 함에 있어서 만은 성인의 필치를 본받지
아니한 것은 어쩐 일인가?

　이는 문체가 질박함을 없애버리고
마음에 침익(沈溺)함이 있는 까닭이
아니겠는가? 불녕(不佞:지은 사람의
겸칭)은 고 대사도(大司徒) 성산(星
山) 이공(李公)이 자손들에게 유계
(遺戒)한 것을 보고 이상하게 여겼다.

　처음에 공은 예학으로 발췌되어 좋
은 자리를 두루 거쳤는데 옥당(玉堂:

이자견 묘비/조선 중종 때 판서를 지내신 이자견 선생의 묘비는
매봉산(응봉산)에 모셔져 있다

홍문관)에 몸담지 아니하면 오부(烏府:사헌부)나 미원(薇垣:사간원)이었다.

그동안 논사(論思:論道思治의 준말)와 행업(行業)에 있어 일컬어질 만한 것
이 어찌 한두 가지만 들 수 있겠는가만은 무엇보다도 충성심에서 교동주(喬
洞主:연산군을 지칭함. 교동에 귀양을 갔기 때문에 붙혀진 별명)의 역린(逆
鱗:용의 턱 밑에 있는 비늘, 비위의 뜻)을 범하고 남황(南荒:남쪽의 변방)으로
귀양간 것은 인신의 대절로 사실이 사책(史策)에 실려 있으니 어떻게 사사로
숨길 수 있는 분이던가?

그러나 생각해 보면 공은 자기의 사후에 자손들이 혹 지나친 말로 자신에
게 가할까 걱정하기에 급급하여 경계하기를 지석(誌石)이나 비갈(碑碣)을 쓰
지 말라고 한 것이다.

아! 그러니 공(公) 같은 분은 공자가 말한 남들보다 한층 낮은 사람이 아니
겠는가?

이는 또 어찌 오로지 세상을 못마땅하게 여기고 거짓됨이 미워서 이렇듯 지
나친 말을 하였겠는가? 요컨대 일생 동안 겸양으로 살아온 덕이 항상 마음속을
차지하고 있기에 생사가 바뀐다고 그 마음까지 바꾸기가 싫어서였을 것이다.

그렇기 때문에 상유(桑楡:日沒), 만경(晩景:만년의 뜻)에 필설(筆舌)로 나타
낸 바가 간절하고도 엄하였으니 공의 자손으로 몇 대를 하루와 같이 조심한
분들이 아닌 딴 사람이 듣는다 하더라도 뉘라서 공의 풍도(風度)에 공경심이
일지 않겠는가?

공의 5세손 수조(水曹:공조의 별칭) 원외랑 곡(穀)씨가 그 유서를 손에 쥐
고 나를 찾아와 상의 하기를 '우리 선조 유계(遺戒)의 글씨가 반짝반짝하여
마치 어제의 일 같으니 우리 잔손(孱孫:못난 자손이라는 뜻)이 비록 사람 측
에 끼지는 못하나 어떻게 대수(代數)가 멀어졌다고 소홀히 할 수 있겠오. 다
만 우리들이 크게 두렵게 여기고 크게 민망하게 여기는 바로 조덕(祖德)을 계
술함을 고인은 중히 여겼고 묘소에 표(表)가 없음을 고인은 슬프게 여기고 그
만두지 않았는데 조덕(組德)이 비록 크다 하더라도 기록이 없으면 어떻게 멀
리 전해지겠오 참찬공(參贊公) 이하로 4세가 지나도록 묘소에 돌 하나 세우

지 아니한 것은 참찬공의 유교(遺敎)에 따른 것이나 만일 몇 대를 더 지나서 자손이 차츰 멀어지면 어떤 사람인지 조차 모를 것은 필연의 세인데 어떻게 슬픈 생각이 들지 않겠으며 기어코 표문 없는 조상의 묘소만을 바랄 수 있겠습니까? 이 점이 우리들이 크게 민망히 하는 점이오니 원컨대 선생께서 가르쳐 주시오' 라고 하였다.

나는 그럴만한 사람이 못된다고 사양하였으나 이루지 못하여 자세를 고치고 말하기를 '예(禮記)에 이르기를 선조의 훌륭한 점이 없는데도 칭술(稱述)하는 것은 속임이 되는 것이고 훌용한 점이 있는데도 모르고 있다면 이는 밝지 못함이되는 것이며, 알고서도 전하지 아니하면 이는 어질지 못함이 되는 것이다 라고 하였는데 이 세 가지는 군자가 부끄럽게 여기는 바요. 그대 선조께서 유계로 비를 세우는 것을 금한 것은 그 속임을 염려한 것이니 그 어떠한 훌륭함이 이보다 더할 수 있겠오. 이러한 훌륭함이 있는데도 전하지 아니하면 예경(禮經)에 부끄러운 바인데 자손이 어떻게 그 죄를 면하겠오. 지금 그대가 참으로 부자(夫子)께서 연릉계자의 묘에 쓴 바를 본받아 다른 말이 없이 한다면 행하여도 서로 배치되는 것이 아닙니다' 라고 하니 원외공(員外公)이 고개를 끄덕이며 마침내 여러 자손들과 상의하여 참찬공 묘도(墓道)에 여생석(麗牲石:신도비의 별칭)을 세워 자손을 기록하기로 하였다고 한다.

참찬공의 휘(諱)는 자견(子堅)이고 자(字)는 자고(子固)이다. 원조(遠祖) 순유(純由)는 신라에 벼슬하여 현달하였는데 신라가 망하자 성주(星州)로 물러나 살면서 그대로 관(貫)을 삼았다.

12대를 내려와 장경(長庚)은 농서군공(隴西君公)에 봉해졌고 검덕(檢德)으로 들어났으며 5남을 낳아 모두 문과(文科)에 등과하였는데 제4자 조년(兆年)은 나이 17세에 등과하여 정당(正堂)과 진현관(進賢館)의 대제학을 지내고 시호는 문열(文烈)이다.

이가 휘 포(褒)를 낳으니 문하시중(門下侍中)으로 시호는 경원(敬元)이요. 이가 6남을 낳아 다섯이 문과에 올랐는데 제4자의 휘는 인립(仁立)으로 밀직사사(密直司使)요. 이가 휘 발(潑)을 낳으니 헌묘조(獻廟祖:태종조)의 대사마

(大司馬:형조판서)로 시호는 평간(平簡)이다. 이가 휘 유(洧)를 낳으니 전중(殿中:종부시의 별칭)이요. 이분이 휘 주(湊)를 낳으니 증(贈) 우참찬(右參贊)인데 공의 황고(皇考)이다.

이가 목사 권유순(權有順)의 따님을 맞아 경태(景泰) 5년 갑술(1454) 4월 정해일에 공을 낳았다.

공은 24세 때 생원, 진사, 양시(兩試)에 합격하고 33세에 대과에 올라 괴원(槐院:승문원)에서 시작하여 전적, 정언, 지평을 거쳐 형조좌랑으로 옮기고 한성부 서윤(庶尹)에 올라 종친부 전참을 거쳐 사간에 제배되었고, 상의원정(尙衣院正)과 집의를 거쳐 홍문관에 선발되어 전한(典翰) 겸 지제교(知製教)에 제수되었으며 직제학에서 부제학(副提學)에 오르고 대사간(大司諫)을 거쳐 강원감사로 나아갔다.

갑자년(1504)에는 함창(咸昌)으로 귀양갔고 이듬 해에는 상(喪)을 당하였으며 중종이 반정하자 부제학에 제수되었는데 아우인 참찬 자건(自健), 주부 자영(自英), 참판 자화(自華)와 함께 어머니를 모시고 삼생(三牲:소, 양, 돼지)의 봉양을 다하였다.

다시 대사간에 제수되어 판결사(判決事)를 거쳐 은대(銀帶:승정원의 별칭)에 들어가 좌부승지가 되었는데, 이때 임금이 대관(大官:내자시의 별칭)의 좋은 음식을 정원(政院)에 내렸다.

정원(政院)의 요속(僚屬)에서는 공만이 80세 노모가 있어 맨 먼저 사은하고 어머니에게 가져가기를 청하니 임금이 감동하고 특별히 경기감사를 제수하니 온세상에서 영광으로 여겼다. 한성부 우윤과 부총관(副摠管)과 대사헌, 호조 참판을 거쳐 기묘년(1519)에는 대부인의 상을 당하였는데 그때 공의 나이 70세가 다 되었다.

훼척(毀瘠)으로 병이 생겨 위태로웠으나 임금이 약물을 내려 회생하게 되었고 상을 마치자 호군(護軍)을 거쳐 다시 호조참판에 제수되었다.

가정에 계묘년(1543) 공의 나이 고희에 꽉 차자 동성(同姓)의 제공(諸公)들과 궁궐에 나아가 치사(致仕)하니 임금이 윤허치 않고 옛 벼슬에 그대로 있게 하였으며 매양 명절을 당하면 돌아가면서 잔치를 베풀어 술을 마시고 글을 읊었으나 모두 공에게 써달라고 청하니 공의 글씨를 중히 여겨서인데 용재(容齋) 이행(李荇)은 칠노계회도(七老契會圖) 한 편을 지어 찬미하기도 하였다.

이 해에 자헌(資憲)의 품계에 뛰어올라 호조판서에 제수되고 갑자년에는 지중추부사(知中樞府事)로 옮겼다가 기축년(1565) 9월 고종(考終)하니 향년 76세이다. 부음이 전해지자 임금은 조회를 폐하고 부조(賻助)를 예전보다 더 하라 하였으며 만력 기축년(1589)에는 광국원종공신(匡國原從功臣)에 책록되어 정헌대부 의정부 좌참찬 겸 양관대제학 지 성균관사 오위도총부 도총관에 증직되었다.

부인 용인 이씨(龍仁李氏)는 태사(太師) 이길권(李吉卷)의 후예인 사맹(司孟) 말손(末孫)의 딸로 성화 을유년(1465)에 출생하여 갑신년(1524)에 돌아가니 용인 서면(西面) 지내리(枝內里) 어은동(於隱洞) 묘좌원(卯坐原)에 장례하였다가 공이 돌아가자 그 우측에 부장(附葬)하였다.

3남 1녀를 낳으니 장남 구(久)는 부사요 다음은 우(友)와 후(後)이며 딸은 김흥문(金興門)에게 출가하였다. 구(久)의 1남 희정(希程)은 통사랑이며 우(友)의 2남 유정(維程)은 별좌요. 다음은 사정(嗣程)이며 후의 1녀는 강응철에게 출가 하였다. 희정의 3남은 부(溥) 혼(渾) 완(浣)이요. 유정의 2남 3녀 중 남은 참봉 해(海)와 한(漢)이고 딸은 이응창(李應昌) 김록(金璟) 최관(崔琯)에게 출가하였다.

사정의 2남은 하(河)와 락(洛)이다. 부(溥)의 3남은 생원 광원(光元) 생원 광길(光吉)과 광례(光禮)요. 혼(渾)의 2남 1녀는 남에 광충(光忠)과 승경(承慶)이요. 딸은 안민준(安民準)에게 출가하였다. 해(海)의 2남 1녀 중 아들은 영발(榮發), 영후(榮後)이고 딸은 이안겸(李安謙)에게 출가하였으며 한(漢)의 2남 1녀 중 아들은 영진(榮震)과 진사 영원(榮元)이고 딸은 심종하(沈宗河)에게 출가하였다. 하(河)는 2남 2녀인데 아들은 광도(光都)와 광형(光馨)이고 딸은 군수 심경구(沈景龜), 첨지 이경민(李景閔)에게 출가하였다. 낙(洛)의 2녀는 생원 성우량(成友亮)과 민우건(閔友騫)에게 출가하였다.

광원(光元)은 2남 1녀인데 큰아들은 방(芳), 차남은 번(蕃)이고 딸은 유무(柳懋)에게 출가하였다. 광길(光吉)의 계자(繼自)는 분(芬)이며, 광충(光忠)의 3녀는 유흡(柳恰), 안세만(安世萬), 유흠(兪欽)에게 출가하였고 승경(承慶)의 1남은 좌랑 곡(轂)이며, 영발(榮發)의 아들은 집(鏶)이다. 영진(榮震)의 2남은 어리며 광형(光馨)의 아들 분(芬)은 광길의 후사를 이었고 나머지는 어리다. 곡(轂)의 계자는 보윤(保胤)이고 집(鏶)의 아들은 어리다. 명(銘)하기를

얻고도 차지하지 않는 것이 겸양의 미덕인데

끝내는 광명해지는 것일진대 뉘라서 미리 굴함을 싫어하랴.

진실된 이공(李公)은 역에 밝았던 탓으로 평생을 퇴양(退讓)하며 스스로를 닦았을 뿐 이리라.

죽은 후까지 헛된 이름이 자신을 어질럽힐까

몇 마디 유계 남겨 자손들 잘도 지켰네.

아저 뽐내는 자들과는 청(靑)과 황(黃)처럼 판이하구나

말로 뇌까리고 퍼뜨림은 아첨이 아니면 허탄(虛誕)이기 일수로다.

구성고을 어은동 언덕에 석 자짜리 단갈 섰다해서 군자의 광연된다 할거냐.

정헌대부 의정부 좌참찬 조경(趙絅) 짓고, 대광보국 숭록대부 의정부 좌의정 겸 령경연사감 춘추관사 심지원(沈之源) 쓰다.


## 김찬 묘갈


안동 김씨 입향조(이의동 안동 김씨 입향조는 김찬 선생의 아버지 되시는 언침(彦沉)공임)

공의 휘는 찬(瓚)이요. 자(字)는 숙진(叔珍)이요 호는 눌암(訥菴)이니 즉 신라 경순왕 후예 상락공(上洛公) 방경(方慶)은 국가 대공이 있으니 공의 12대조라. 이조시에 사형(士衡)이 개국원훈(開國元勳)으로 위가 좌의정이요 시(諡)는 익원(翼元)이니 익원이 생(生) 도평의(都評議) 승(陞)이고 평의가 생

(生) 동지중추원사(同知中樞院事) 증(贈)영의정 종숙(宗淑)이요. 의정(議政)이 생 질(礩)이니 위가 좌의정에 이르며 부원군을 봉하며 시는 문정(文靖)이니 생(生) 성동(誠童) 가선대부

0 의동에 소재한 김찬 선생 묘비/부부의 묘를 나란히 썼다

(嘉善大夫) 증 대사간이라. 공의 조의 휘는 려(濾)니 부호군(副護軍) 증 병조참판이요. 고의 휘는 언침(彦沈)이니 형조참의 증 영의정이요. 비는 전의이씨(全義李氏) 장사랑(壯士郞) 응진(應軫)의 여라 공은 가정(嘉靖)계묘생이니 유시로부터 학업에 근면하야 미성년에 대유(大儒)가 되어 명예가 적심(籍甚)하여 유사(儒士) 들이 사모하는 뜻으로 ㅅ귀더라.

정묘에 진사 동(冬)에 분례괴원(分隷槐院) 경오에 한원(翰苑) 신묘에 예조좌랑 임신에 면관 계유에 전중체부전적(殿中遞付典籍) 기후에 평안도사 갑술 춘에 사간원 정언(正言) 하(夏)에 형조좌랑 사온서령(司醖署令)으로서 관서를 순무(巡撫)하고 다시 정언 체부(遞付) 성균관 직강을 을해 추(秋)에 해운판관 특명, 병자에 교리팔옥당(八玉堂) 무인에 경(命) 재상지역(災傷地域)심사관 신사에 의정부 검상(檢詳) 계미에 사간원 사간, 사헌부 집의 홍문관부응교, 정해 춘(春)에 우부(右副) 하(夏)에 대사성, 우부승지를 역임, 시추(是秋)에 기백(圻伯)이 결(缺)하야 상(上)이 특히 명 하시니 노모 봉양을 편의(便宜)케 하심이라.

무자에 동지대헌(同知大憲), 기축에 부제학, 경인에 가의(嘉義)로 승진 이러니 기시 방운(邦運)이 불행하여 반역에 대변이 진신(搢紳)간에서 일어나니 공과 정역(鄭逆)과의 동년지분(同年之分)이 있어서 화를 미면(未免)이러니 상(上)이 기(其)실정을 하찰하샤 즉시 명사(命赦)하시고 기직을 파면할 뿐이러라, 신묘에 대사간으로 복직 동(冬)십일월에 병조참판 우(又) 대사헌을 역임, 임진하(夏)에 왜적이 침입하니라.

순변사 신립이 패전에 보도가 경성에 이르니 인심이 파비(波沸)하는지라, 상이 이십삼 대신으로 파천하시기를 계정(計定)하니 기시에 공이 도어사(都

御史)의 직으로서 모든 간관을 데리고 소문(小門)을 제치고 드러가서 고성대
호(高聲大呼)하야 말하시기를 신모(臣某)가 급한 계사(啓事)가 있어서 들어
가기를 원하니 내시(內侍)가 환도를 가지고 나와서 공과 집의(執義) 권협(權
悏)과 같이 어전에 들어가니 상이 편전에 로좌(露坐)하사 공이 수(手)를 잡고
말하시되 경등과 같이 학문과 치민치정(治民治政)의 도(道)를 강의한 지 기년
(幾年)에 있어 금일에 대변이 있을 줄 알었으리요, 하시니 공이 부복하여 탄
식(吞息)하여 왈 차(此)는 신등의 죄라하시고 파천의 의(意)가 불가하니 명요
(明堯)에 돈화문에 출어하사 군병을 수집해서 충성을 다하여 사생전에 의
(意)를 시관(試觀)한 후에 진퇴를 결정하여도 늦지안함을 간청하니 상이공의
말을 옳다 하시고 허락하신지라 공이 심야에 환가하여 노모를 살피고 즉시
궐하에 지즉(至則), 상이 돈화문에 대기(待期)하실 즈음에 적병의 보도(報道)
가 급함으로써 서행하실 것을 결정하고 여(與)가 성문을 출발 할지라, 제신이
호종하여 벽제에 도달하니 상이 종관(從官)에게 록공(錄功)을 가하라 명하시
니 공이 제 각료와 논의하기를 일일간(一日間)호종함에 대하야 자(資)를 가
(加)하시는 것은 부당하신 일이라 하니 상이 옳다 하시고 개성에 이르러 각교
와 같이 수상 이산해의 오국(誤國)한 죄와 김공량의 초권납회(招權納賄)의 죄
를 논의하여 파면하기를 간하니 상이 옳다 하시고 익일 종관(從官)에게 자
(資)를 가(加)하사 공이 자헌(資憲)에 승진하시다.

　대가(大駕)가 평양에 머므른지 십여일에 도성과 경기 제군에 침입하여 태
반(太半)이나 유린(蹂躪)된 보도를 듣도 공이 체읍도일(涕泣度日)하며 노모
찾기를 상소하야 즉시로 허락을 받고 환가 하야 구사일생하며 모부인을 영평
산곡간(永平山谷間)에서 만남에 적병에 봉일(鋒釰)이 핍박(逼迫)함으로, 강
화에 가서 피신하시니 도관찰사 정철이 시부(是府)에 위(位)하더라, 계사에
전라도 도검찰사(都檢察使)를 명하고 동(冬)에 중국 유총병정(劉摠兵綎)이 토
병(討兵) 남하함을 따라서 공이 접반사(接伴使)가 되어 빈상(儐相)의 예로써
대우하시니 아무리 천장(天將)의 귀(貴)로서 거만하나 공에게 경중한 태도를
취 하더라, 갑오 추(秋)에 총병을 따라 의주에 갔다가 동(冬)에 복명(復命), 을

미 하(夏)에 예조판서 추(秋)에 헌장(憲長), 병신에 이조판서 시에 노부인이 청주에서 질독(疾篤)하야 공이 해직하시고 대부인을 봉양한 지 수년이라 정유에 복직하야 도헌도총관(都憲都摠管) 우참찬(右參贊)이 되었으나 칠순 노모를 호서(湖西)에서 만나매 모념(母念)이 간절할뿐더러 황은(皇恩)에 감동하야 혹사혹양(或仕或養)에 군친(君親)을 사모(思慕)함으로서 수월를 머므르지 못하시더라, 왜적이 재동병하여 직산에 지(至)함에 공이 도헌직(都憲職)으로서 호종하기로 되었다가 모부인이 질득하심을 듣고 치행(馳行)하는 중로에서 부음을 받었더라, 공이 노년에 거상과훼(居喪過毁)가 장년시나 다름없이 하여 겨우 상담(詳禫)을 맞이시고 을허 십이월 십이일에 고양(高陽) 촌사에서 하세하시니라.

상이 부음을 들으시고 치제관을 보내여 치제하시더라 공의 성정이 온량(溫良)하고 용모가 단중(端重)하시며 인을 접촉함에 화의(和意)로서 하며 인의 선행을 찬사하며 인의 과오을 엄폐하며 희노지사(喜怒之事)가 있으되 안색을 변치 않으며 재직 이십여년이나 산업을 경영치 아니하며 분화유탕(芬華流湯)한 일을 아니하며 거처음식(居處飮食)은 한소(寒素)이 하며 만년에 노모를 모시고 감지(甘旨)의 식물을 제공하여 심신을 희탁으로써 위로하며 우애동기를 지성으로 써하며 양형(兩兄) 선서(先逝) 하고 일매(一妹)가 조과(早寡)하야 유아(遺兒)를 기출(己出)과 다름없이 하고 서로 떠나지 못하며 붕우를 신으로서 사귀며 일시명유(一時名儒)들과 놀되 더욱 서애 유상(柳相), 학봉(鶴峯)김공은 사생의 교(交)로서 지내더라, 학봉이 일본으로 사신가 있으되 가사는 일체(一切) 묻지 않고 공에게 서간으로 정을 표시할 뿐이더라, 유상이 소인에 참소를 맞나서 전려(田廬)에 거하여 두문불출하고 있을 때에 공의 별세하심을 듣고 실성 통곡하며 천리라도 치상(馳詳)하는 것이 우도(友道)의 정의(正義)라 하더라, 경자에 용인현 서(西) 두랑오향지원(杜郎午向之原)에 장례를 맞이다, 후에 호종한 공으로 증 좌찬성 우(又) 선무한 공으로 증 영의정, 부인(夫人) 양성 이씨 갑오명신 대사헌 세영(世英)의 증손 무공랑 용(務功郎塘)의 여니 오녀 일남이니 장녀는 판결사(判決事) 송석조 (宋碩祚)차녀는 돈

령도정(敦寧都正) 홍여익(洪汝翼)삼녀는 진사 심적(沈績)사녀는 이조판서 도
경(道綱) 오녀는 진사 오세구(吳世耉)남은 홍건(弘建)이니 조졸하며 손은 주
(周)니 공조좌랑 증손은 정하(正夏)니 문과 지평이라, 공의 순국지성(殉國至
誠)은 위급한 일을 당함에 분골쇄신하는 의지와 거가(居家)해서는 효우지행
(孝友之行)을 가이후세(可以後世)에 유전(遺傳)할만한 일이 비일비재라 공의
자손은 만득(晚得)할뿐더러 병화를 격어 가승을 전하지 못하므로 다만 용주
조선생(龍州趙先生)이 지은 묘도지문(墓道之文)이 있을 따름이러라 불초 후
손들이 우와여히 대략 초해서 대군자(大君子)의 채택(採擇)함을 말하노라.
　단기 四二九六년


## 현오국사탑비(玄悟國師塔碑)

贈諡玄悟國師碑銘

高麗國大華嚴浮石寺住持贈諡玄悟國師碑銘幷書

朝散大夫左散騎常侍翰林學士寶文閣學士知制誥兼太子賓客紫金魚袋臣李知命□□□

入內侍文林郞將作小監國學直講充史館修撰官兼太子中允賜紫金魚袋臣柳公權□□□

盖聞 佛之道難成言之使人悲酸愁若其始學也棄絶骨宍入山林衣麻布自身□意莫不有禁戒

茹若倉辛精修□□□□□□□□□□□皆離□蓋人情好逸藥而惡辛勤也何況王子弟生於

富貴嗜欲玩好日陳於前而沉迷荒惑至死不悟滔滔皆是酒□□□□□□□□□□□□□己證□□

百□無焉可不嘆哉唯我 國師憫此粃糠芻豢涕唾爵脫屣不顧厭煩求寂藥善無猒出於天性以謂

□□□□□□□□□□□□浮漚不知幻身實同 諸佛□稱是性乃脫華嚴色空泯寄理事□

明磨鏡發光光由中出焦模見像匪外□□□□□□□□一□□□誠求正學莫如 同敎乃歸心服

有終始不怠可不謂希有者乎 師諱宗璘字重之俗性王氏帶方公□□□□□□□□□□□□□

主□□不□□□器宇宏深與群兒異焉每見浮圖繪像怵□于仰面而禮敬至於飮食少有薰腥氣

則風疹遍身□□□□□□□□□□□爲塵綱所□□於斯可見矣年甫十三設□院□請度爲沙

門 仁廟嘗恐 大學餘風無人得嗣及是欣然 命圓國□□□□□□□□□□□□□示時因自日□喜

文字年當十五就佛日寺受戒乃辛酉十二月也仁朝嘗於內道場請□師講論月具聽之不倦皇統
□□□□□□□□□□□□□□□於 毅宗元年丙寅下 批爲首座住歸信國泰重與浮石等寺
然方丈簫然無十金之儲晏如也蔚爲宗室軌□□□□□□□□□□□□□師早蘊道德爲一
代雅望酒操爲僧統皇統七年丁卯二月迎入于 大內遂命師手削大弟項髮禮儀之盛古無與□□
□□□□□□□□□□□□□□以 師主□焉歲在庚寅 今上踐祚仍如佐也之號辛卯中秋召至 內殿
賜滿繡袈裟一領之冬百座會傀 師□□□□□□ □□□□□月少不豫門人請□ 師曰□之□
□矣□未呼醫巫洦□□□六月二十九日病革酒以手指月及處條然而化顏色變手足屈伸□
□□□□□□□京東南貴法寺 上聞之震悼輟朝三日近致察於七月十六日遣殿中少監任忠國
質尙書戶部員外郎崔光裕內侍含慶殿錄事□□□□□□國師贈謚曰玄悟是月十七日茶毗于
東林山麓是年十二月歸厝于長湍縣大倬山也比葬五氣如虹行隨柩車見者咸驚異之自□□□
□□□骨皆□□□□之春秋五十三臘三十九 師天資謙謹以儉約檢身不求贏餘喜慍不形於色
好善忘勢雖至廝養莫不待之以厚焉臣嘗聞之傳□當與貴是夫人之所欲也不以其道得之不處
也又曰不義而當且貴於我如浮雲 師以宿德秩高於僧統則以道處貴也儉約不求夘餘則耻不義
之當也以貴下賤則恭而有礼也豈古所謂篤行君子耶且至人遊乎天地之一氣以生爲附贅縣疣
以死爲決疣遺癰則雖化面爲鷄爲蟬爲鼠肝爲臂赤何戀哉所以 師之於疾病視死生爲一體不禱
不醫□順而歸□則知 師之存心異乎人之存心也歟門人具狀以聞曰吾師之骨己赴宅垂宜有以
誌之致以誠請上命臣知命銘之臣無它技粗巨文字立无可□□□□以辭乃據門人所錄强序而銘曰
十方世界華藏坫塵 師之游戲如海之鱗一去一來體道之眞大空之心萬像之身濯濯水月英英
花春劫風忽起兮身□一落情雲散盡兮心月孤輪旣已能福利三歸兮風恬浪靜於一國人焉如却
向他方兮 慈雲甘露而行化如神鏤泳琢雲功跡日陳流芳萬古久而彌新
大定十五年乙巳二月日門人等奉宣瑞峯寺立石與王寺大師敏求刊字


중시현오국사비명
고려국 대화엄 부석사 주지 증 현오국사 비명병서
조산대부 좌상기상시 한림학사 보문각학사 지제고 겸 태반빈객 자금어대
(紫金魚袋)를 하사받으신 이지명이 왕명을 받들어 비문을 짓고 입내시 문림
랑 장작소감 국학직강 충사관 수찬관겸 태자 중윤에 자금어대를 하사받으 신

유공권은 조칙에 의하여 비문을 쓰다.

대개 들건대 부처님의 도를 성취하여 어려움에 대하여 말한다면 이를 듣는 사람들이 현해상(縣解想)을 이르켜 비추(悲秋)에 빠질 수가 있다.

누구나 그를 배우기를 시작하면 곡율을 던져 버리고 산림에 들어가 삼베옷을 입고 스스로 신(身), 구(口), 의(意)를 금계(禁戒)하지 아니함이 많다.

쓴 것을 먹으며 매운 것을 머금고(온갖 신고와 고초를 겪으며 각고 정진 한다는 뜻) 정미롭게 -14자 결- 닦아 모두가 -字결- 아니다.

대개 사람들의 상정(尙情)은 일락(逸樂)을 좋아하고 행동을 싫어하거늘 어찌 하물며 왕가의 자재로서 부귀한 신분으로 태어나 기욕(嗜慾)과 완호(玩好)들이 날마다 목전에 진열되어 그에 빠지고 유혹되어 죽음에 이르러서도 깨닫지 못하고 도도히 생사의 물결에 따라 흘러감에 있어서랴!

이러한 것은 모두 -12자결- 수(雖) -2자결- 백무(百無)어찌 가히 탄식하지 아니하겠는가? 오직 우리 국사님께서 이와 같이 비당(粃糠:쭉정이나 겨, 번잡한 일, 복잡한 일)과 추환(芻豢:풀을 먹는 축류(畜類)와 곡식을 먹는 축생(畜生)을 불쌍히 여겨 부귀와 버슬을 콧물이나 침처럼 천시하여 마치 현실을 버리듯 영원히 돌아보지 아니하고, 번거로움을 싫어하고 고도한 곳을 좋아하며 선행를 좋아하고 싫어함이 없었다.

선천적으로 타고난 품성으로서 위(謂) -14자 결- 물 위에 뜬 거품과 같아서 환신(幻身)이 실로 제불(諸佛)의 법신(法身)임을 알지 못하고 있다.

부처님께서 진성(眞性) 중에서 설법하시어 화엄의 색과 공(空)이 민멸(泯滅)함이 리(理)와 사(事)를 함께 밝혔다.

거울을 갈아 광명이 드러남에 있어 그 광명이 거울 속으로부터 나오며 모형을 태우고 불상이 나타나는데 그 불상이 모형 밖에서 드러난 것이 아니다.

현오국사 탑비 비각/고려 중기 당시의 왕사였던 현오국사의 비문이 있다

14자 결- 일(一) -3자결- 진실로 정작(正覺)을 구함에는 동교(東敎:화엄종에서 말하는 동교 일승(一乘)의 약칭) 교리만한 것이 없다.

이에 귀의하는 마음으로 복응하되 처음부터 끝까지 게을리하지 않았으니 참으로 희유(希有)하다고 말하지 않겠는가?

스님의 호는 종린(宗璘)이요. 자(字)는 중지(重之)이며 속성은 왕씨(王氏)이다.

대방공(帶方公) -13자 결- 주(主) -12자 결- 불(不) -3자결- 굉심(宏深)하여 다른 아이들과는 본질적으로 달랐다. 항상 부도와 불상을 볼 때마다 문득 불면(佛面)을 쳐다보며 공손히 예경(禮敬)하였으며 심지어 음식에 조금이라도 누린내와 비린 냄새가 풍기면 두두러기가 온몸에 나타났다. -11자 결- 진강(塵綱)에 얽매인 바가 되지 않았음을 -2자 결- 여기에 가히 엿볼 수 있겠다.

나이 겨우 13살여 때에 설(設) -1자 결- 원(院) -12자 결-에서 간청하여 득도(得度)하고 법문(法門:출가하여 수도하는 이의 총칭)이 되었다.

인묘(仁廟:고려 인종)께서 일찍부터 대각(大覺)의 여풍(餘風)을 계승 발전시킬 사람이 없을까 염려하다가 이 때에 이르러 기꺼히 원명국사(圓明國使)에게 명하여 -11자 결 시시(示時) 인자일(因自日) 1자 결 -희문자(喜文字) 15살 때 불일사(佛日寺)에 나아가 비구계를 받았으니 신유년(1141) 12월이었다.

인묘께서 항상 궁내외 도량에 국사를 청하여 강론 하였는데 청중이 날마다 경청하고 조금도 게을리하는 이가 없었다.

황통(皇統)15자 결 의종(毅宗) 원년(1146)병인에 비서(批書:신하가 상극한 장계)끝에 임금이 스스로 칙답(勅答)을 내려 수좌(首座)로 진급하였다. 그후 귀신(歸信) 국태(國泰), 중흥(重興) 부석사(浮石寺) 등에 차례로 주지(主持)하였다.

그러나 방장실(方丈室)은 소연(蕭然)하게 텅 비어 있어 십전값어치의 저축물도 없었다. 항상 안여(晏如)하여 울창한 종실(宗室:큰 스님)이 되어 궤(軌) -14자 결- 스님께서는 일찍부터 도덕을 쌓아 일대에 걸쳐 사대부중의 아망(雅望)의 대상이었으므로 이에 배명(拜命)하여 승통을 추대하였다.

황통7년(1147) 정묘 2월에 대내(大內:궁궐)로 영입하여 드디어 스님에게 명하여 손수 대제(大弟)의 머리를 깎아 주도록 ㅎ-였으니 예의의 극성스러움이

자고로 비길데가 없었다.

-13자 결- 스님으로써 주로하도록 하였다. 경인년(1170)에 이르러 지금의 명종 임금께서 즉위하여 다시 좌세(佐世)란 호를 첨가하였다. 신묘년(1171) 가을에 내전으로 초빙하여 만수가사(滿繡袈裟) 일령(一領:한 바탕)을 하사하였다.

그해 겨울에 이르러 백고좌회(百高座會)를 열고 스님으로 하여금 -11자 결- 월(月)에 조금 몸이 불편하므로 문인의 의사를 청하니 스님께서 이르되 -2자 결- 의(矣) -1자 결- 미(未) 1자 결 의사를 부르지 못하게 하였다.

6월 29일 병이 매우 심하여지므로 스님은 손으로 일몰처(日沒處)를 가르치면서 숙연히 입적하였다. 안색은 조금도 변함이 없었으며 수족의 굴신도 생전과 같았다. -8자 결- 개경 동남쪽 귀법사(歸法寺)에 유해를 임시 안장하였다.

임금께서 부음을 들으시고 크게 진도(震悼)하여 3일 동안 철조(輟朝:조회를 물리는것) 근심으로 하여금 치제(致祭:이지관의 역대 고증비문에서는 장사와 49제를 지내게 하였다 라고 하였음) 하였다.

7월 16일 전중조감 임충질(任忠質)과 상서호부 원외랑 최광유(崔光裕)와 내시 함경전 록사 -6자 결- 등을 보내어 국사로 책봉하고 시호를 현오(玄悟)라 추증하였다.

그리고 이달 17일 동림산록(東林山麓)에 다비(茶毗)하고 이해 11월 장단면 대탁산에 안조(安厝)하였다. 장사하는 날에 하늘로 뻗은 5색 기운이 무지개와 같아서 영구차를 따라 갔으니 보는 사람이 모두 그 이상함을 경탄하였다.

자(自) -6자 결- 골(骨), 개(皆) -4자 결- 춘추는 53세요 법랍은 39세였다.

스님은 천성이 겸근하여 검소와 절약으로 몸을 단속하고 생활에 풍여로움을 구하지 아니하였으며 기껍거나 불쾌함을 얼굴 표정에 나타내지 아니하였으며, 선행을 좋아하고 권세에 아부하지 않았다. 비록 시양(廝養:비천한 일을 하는 일꾼, 땔나무를 하거나 마소를 이끄는 마부) 한 사람이라도 후덕하게 상대하지 않음이 없었다.

신이 일찍이 문지전(聞之傳) -1자 결- 부귀는 사람들이 구하고자 하는 바이나 도덕으로 얻어지는 것이 아니면 취할 것이 아니다. 또 이르기를 불의하게 얻은 부귀는 나에게 있어서는 마치 부운(浮雲)과 같다 라고 하였다.

스님은 도덕의 야망에 따라 승통에 추대되었으니 이는 도덕으로서 귀하게 여겨진 것이다. 항상 검약하여 가득히 채워 충족하기를 구하지 아니하였은 즉 불의의 부를 부끄럽게 여긴 것이다.

존귀한 위치에서 스스로 하천하게 처신함은 어찌 옛 사람이 말하는 독행군자(篤行君子)가 아니겠는가?

또 지인(至人:도를 닦아 지극한 경지에 달한 사람)이 천지의 일기에 유희하여 살아있는 것을 마치 군더더기와 매달려 있는 혹으로 여기며 또한 죽음으로서 혹은 자르고 등창을 도려내는 것으로 여겼으니 비록 변하여 닭이되고 매미가 되며 서간(鼠肝)도 되고 충비(蟲臂:모두 하찮은 것을 비유하는 말)도 되니 또한 무엇을 그리워할 것이 있겠는가?

그러므로 스님께서는 질병에 대하여 사(死)와 생(生)을 보되 동일체로 여겨 기도하지도 아니하고 치료하지도 아니하여 -1자 결- 조용히 -1자 결- 입적하였으니 곧 스님의 마음 가짐이 일반인들의 마음 가짐보다 특이함을 알 수 있다.

문인들이 행장을 갖추어 임금께 건의하기를 "우리 스님의 유골이 이미 음택에 나갔으니 하조(下詔)하시어 행적비를 세울 수 있도록 감히 성청(誠請)하옵니다"라 하였다.

그리하여 임금께서 신(臣) 지명(知命)에게 명하여 비명(碑銘)을 지으라 하였으나 신은 별다른 재주가 없고 대강문자를 조금 알뿐이라서 굳이 -4자 결- 사양하였으나 마자 못하여 문인이 기록한 행장에 의거하여 억지로 서술하고 명에 이르기를

시방세계 화엄찰해(華嚴刹海) 어느 곳이 든 / 진진찰찰(塵塵刹刹) 미진국토 (微塵國土) 두루 다하여 / 자재하게 유의하신 스님의 경지 / 넓고 넓은 바다속의 비늘과 같네 / 열반세계 가고 옴이 둘이 아니고 / 터득하신 진여세계 무하유(無何有)일세 / 이름없고 모양없는 공(空)같은 마음 / 두두물물(頭頭物物) 삼라만상 몸 아님없네 / 휘황찬란 그 광명은 수월과 같다 / 아름다운 향기는 춘화(春花)와 같네 / 괴겁(壞劫) 때가 이르러서 겁풍(劫風)이 부니 / 귀중하던

그 신체는 간 곳이 없네 / 무명구름 사라진 후 밝은 하늘에 / 마음 달이 온 세계를 비추는구나 / 스님께서 삼한국(三韓國)을 보호하시어 / 전쟁바람 사라지고 태평이 되다! / 어찌하여 딴 곳으로 가시렵니까? / 자비구름 널리 덮혀 감로를 뿌려 / 행원(行願) 따라 교교함이 신과 같을세 / 빙설(氷雪)에 다 글 새기듯 힘을 다하다 / 위대하신 행적 간략히 적어 / 천만년 지나도록 길이 전하여 / 지날수록 더욱 새로워지다.

대정25년(1185) 을사 2월에 문인(門人)등이 왕명을 받들어 서봉사에 비를 세우고 흥왕사 대사 민구(敏求)는 글을 새기다.


＊현오국사탑비를 옮겼으며 □□□로 쓰여진 부분은 일제 때 일인들에 의해 일본으로 가져가기 위해 굴리고 옮기는 과정에서 심한 마모로 인하여 알아볼 수 없게 되어 옮겨 쓰지 못한 부분임을 알린다.


## 이종무 장군 비문

공의 휘는 종무(從茂)요, 자는 돈문(敦文)이시니 시조 고려 평장사(平章事) 장천부원군(長川府院君) 휘 임간공(林幹公)의 사대손 팔도(八道) 도통사조전원수(都統使助戰元帥) 휘 을진공(乙珍公)과 모 홍천 용씨(洪川 龍氏)의 삼남으로 서기 1360년 경자(痙子) 3월 1일 탄생하시다.

서기 1381년 신유 4월 강원도 침입 왜구를 격퇴한 공으로 정용호군(精龍護軍)이 되심. 당년 22세이다. 서기 1397년 정축 옹진 만호시 왜구를 격퇴한 공으로 첨절제사(僉節制使)가 되심. 서기 1400년 경진에 상장(上將)이 되시니 당년 41세이시었다.

제2차 왕자의 난에 방간(芳幹)을 격파한 공으로 좌명공신(佐命功臣) 통원군(通原君)에 봉(封)하셨다. 서기 1406년 병술에 좌군총제(左軍摠制)가 되심 서기 1408년 무자(戊子)에 남양(南陽) 및 수원조전(水原助戰) 절제사중군도총제(節制使中軍都摠制)를 역임하시고 장천군(長川君)에 습봉(襲封) 되셨다. 서기 1409년 기축에 안주병마사(安州兵馬使)가 되셨다. 서기 1411년 신묘에 안주절제사(安州節制使)가 되셨다.

이종무 장군 비문/묘지 바로 앞의 묘표는 옛 사람들이 세워 작아 보인다

익년(翌年) 임진에 별시위(別侍衛) 좌이번(左二番) 절제사(節制使) 정조사(正朝使)로 명(明)에 왕래하셨다.

서기 1414년 갑오에 동북면 도안무사(東北面 都安無使) 겸 병마절도사(兵馬節度使) 및 영길도 안무사(永吉道 安無使)가 되심.

서기 1417년 정유에 좌찬 우군도총제 의용위 절제사(左贊 右軍都摠制 義龍衛 節制使)가 되심.

서기 1421년 기해에 삼군 도체찰사 숭록대부(三軍 都體察使 崇祿大夫)가 되심. 동년유월 19일 대마도를 징벌 7월 3일 개선하심.

서기 1420년 신축(莘丑)에 장천부원군에 봉함. 당년 62세이시었다. 서기 1422년 임인에 사은사(謝恩使)로 명(明)에 왕래하시다.

서기 1425년 을사 6월 9일에 서거하시니 향년이 66세이시었다.

세종대왕께서 애도의 치조문(致弔文)과 시호를 양후공(襄厚公)이라 보사(補賜)하시고 묘지 봉토(封土)는 사패지지(賜牌之地)였다.

공의 슬하에는 4남 2녀를 두셨으니 왈 승평(昇平) 왈 덕평(德平) 왈 사평(士平) 왈 후평(厚平)이요, 여는 덕천군(德川君) 이후생(李厚生)에게 출가하였다.

공의 550주기(週忌)를 맞이하여 중앙 종친회 주관으로 족손들의 성의를 모아 기념비(記念碑)를 건립하고 공의 위대하신 공적을 각명(刻銘)하여 후세에 영구토록 전하고져 하는 바이다.

서기 1975년 11월 9일 건(建)

건립위원장 제28세손 원주 부(副) 명주

## 조광조 묘표(趙光祖 墓表)

皇明萬曆乙酉冬搢紳布韋相與謀乃碑于先生神道寔先生葬六十有七年也旣日卽其墓不可無表
於是樹玆石刻之爵諡而止盖戴道顯德則有碑文在嗚呼碑固不足爲先生輕重況復有待於此耶特
後之人區區欲使樵牧者重識其所而不敢近也墓原用戌坐辰向碑不及故詳錄之


韓山後學 李山海謹識


선조18년(1585) 겨울에 진신(搢紳)과 포위(布韋)들이 상의해서 선생의 묘
소에 비를 세우고자 하니, 이것은 선생의 장례를 모신지 67년 되는 해이었다.
이미 말하길 "그 묘에 표(表)가 없을 수 없다." 해서 돌을 세워서 벼슬과 시호
를 새기는 데 그쳤다. 대개 도(道)가 있고 덕(德)이 나타난 이는 비를 세우매
글이 있는 것이다. 아! 비가 진실로 선생을 위해서 가벼히 하고 중히 할 수가
없거늘, 하물며 다시 여기에 기다림이 있겠는가. 다만 뒷사람들이 구구하게
초부목동(樵夫牧童)으로 하여금 그 묘소를 중히 여겨서 감히 가까이 할 수 없
게 하고자 하는 것이다. 묘는 본래 서북쪽 자리에서 동남을 향한 곳에 있었는
데, 비에 언급이 없기 때문에 여기에 자세히 기록한다.


한산 후학 이산해(韓山 後學 李山海) 지음


## 조광조 신도비(趙光祖 神道碑)

朝鮮國 嘉善大夫 司憲府大司憲 兼 同知經筵 成均館事 贈 大匡輔國崇祿大夫 議政府領議政
兼 領經筵 弘文館 春秋館 觀象監事 文正公 靜庵 趙先生 神道碑銘幷序
大匡輔國崇祿大夫議政府左議政兼經筵監春秋館事 盧守愼撰
崇禎大夫議政府左贊成兼判義禁府事弘文館大提學藝文館大提學經筵春秋館成均館事李山海書

通政大夫承政院左副承旨知製敎兼經筵參贊官 金應南

隆慶戊辰今 上之九年 贈靜庵先生領議政越明年易名爲道德博聞以正服之曰文正旣又
命錄其言行 聽建書院祠蓋其表著天心扶持人禮赫赫聖人日用於是一邦之爲士子者定後十有
一年搢紳布韋咸以其墓道德顯刻相率來屬于守愼正 孝陵所賞諸生正學本 先王敎澤之意孰
不良是斯擧其如未學見膚語觫不足代俾高狀明凡徃返三四終不可得而辭焉則謹按趙氏本漢陽
人有諱之壽爲高麗僉議中事生諱暉 雙城摠管摠管生諱良琪襲職年十三副金方慶從之將討日本
有功詔錫之錦袍玉帶子龍城府院君諱暾孫在政丞漢山伯龍院君襄烈公諱仁壁戮力克復登州十
二城又收西邊侵彊歷諱溫錄 本朝開國定社在命功臣漢川府院君諡良節諱育義盈庫使 贈吏
曹參判諱哀孫成均館司藝 贈禮曹判書至諱光綱司憲府監察 贈吏曹參判聘驪興閔氏縣監諱
誼門成化壬寅八月十一先生生淵秀端潔其嬉戲擧止卽成人儀度見人非違輒能諷止之比長自知
讀書濂溪有大志孝友慈諒皆出自然弘治乙卯冬參判公爲魚州察訪戊午秋寒暄先生謫熙川先生
旣趨庭遂往從之游得聞爲學大方久而歸目逐之曰吾道東矣目是篤信敏求脫世習灑如也庚申夏
服斬廬憂堂下行必繞堂坐必對墳時文公家禮不行獨一遵之制除架茅字數間其側爲永思地事大
夫人餘力學文未嘗須臾離然頗有謗訕至指爲狂爲禍胎知故皆莫與交不少撓丙寅始鳴其道陶成
士類但一室圖書於擧子業初不經意正德庚午春試司馬考官得之驚嗟定爲魁夏登天磨聖居遇憺
適處緩步微吟蕭然有出坐之想或寓蓮社凡若泥塑人攻苦食淡與禪共之惟子時在寢辛未冬宅恤
乙亥春栖砥平之龍門寺夏因成均館兼 時授造紙署司紙歎曰令之時非古之時也寧由科第以行
道虛譽的然吾恥也八月 上謁聖策士中第二名除成均館典籍遷司憲府監察十一月擢司諫院
正言是年春 章敬上仚秋潭陽府使朴祥淳昌郡守金淨同乞復氏臺諫請鞫致于理止鬼薪論
至是先首言臺諫職主言路先自社絶不可相容請罷 命遞巳而先生赤遞爲典籍丙子春歷 戶禮
工三曹佐郎俄選爲弘文館副修撰入對言伊尹言一未不獲若挺于市君臣爲民而設者也誠知此意
日夜以民爲心治平可期又言天怒有二作孽不瘳必示以譴告之乘勢不進赤示之使警察加勉惟命
無常甚可畏也丁丑春 賜讀書進校里啓言俗喜因循人安汙染隱時商量可改必改俾相與觀
感而優遊以導之秋進應敎進典翰請免曰小臣志學未就願調僻郡五六年得兼用力於學幸復收用
方可兩全不許冬進直提學戊寅春進副提學馬隧移告醫問交道啓言金宗直儒者縱其時大儒不得
大施後多聞風而作者此其功也善人爲國元氣自李承健構禍日以 耗喪令其兼如早春之草微霜便

瘻其可棄十善而舉一失乎 宗社安危皆自比始矣夏遷承政院同副承旨啓言學者問居工夫赤難
乍出而任臨事多涕況人主九重萬機易以搖奪此是 惕念處朝議以爲輔養非此人不可不數日選前
職時欲設大科先生 啓言自 上志治未效爲不得人才也信能行此而患不得後果稱得士秋三司
請革昭格署屢月先生手蔬略曰茲敎之奉雖在閭氓作元后者固當明禮示義俾迪正方洒反置司述
醻敬之如當享之神祝禱幽煩陰鬼釀奸是乃后猷無令下民焉式何惜毅斷以疑欝群情因語同僚曰
今日不得請不得退至暮臺諫皆退玉堂爭之兪又以會寧藩胡速古乃陰連深處掠甲山界議遭防禦
使潛何捕梟 上臨軒將相環侍先生自外至曰禦戎安民貴恩威滿浦僉使許混襲擒獵虜 成宗
特誅混今忿小醜 命大將行盜賊之謀以重傷國禮臣實羞之 上遽令更議左右競言兵有奇正不
可因或言沮成等 上却之是月 特進秩尋兼同知成均館事聾而力辭 睿眷愈隆冬 上不時御
講以操舍聖狂爲言對曰心有感則事爲主有似不亂常人未接物時轉覺紛擾操存不是著於一處赤
不必每存善念只得整齊虛一常惺惺之謂也一日 上命先生述戒乃作戒心箴以獻其序曰人君一
心體天之大理氣皆色在吾心運用之中一日之候一物之性其可不順吾度使之乖戾邪枉耶然人心
有欲靈妙者沈焉梏於情私不能流通天理晦冥氣赤否屯彝倫斁而萬物不遂況聲色臭味之誘日溱
於前而勢之高亢又易驕與遷司憲府大司憲兼同知 經筵事請辭兼成均許之又充 元子保養官辭
曰保養之任須責老成厚德臣決不敎當此名不許己卯春金友曾誣毀士林事發廷訊兩司以先生不
欲寵詰論遞爲同知中樞府事未幾復爲副提學夏兼同知成均館事用政府 啓復爲大司憲十月兩
司請削靖國功臣濫錄者先生赤極論以爲成希顏委柳子光故當極典者多祭在土利源一開爲國家
膏盲之疾知有利而不知有義殆必有不忍說之事十一月十一日蒙 允繼請襹因功濫資不納十五
群臣將錄詣 榻前改正是夜二鼓沈貟南袞洪景舟等入神武門上變曰趙某與其黨謀不軌旋由
迎秋以入旣掩逮多官繫大庭事且不測首相鄭公光弼請對言淚俱發至於牽 裾得下禁府盡行竄
逐庠塾號哭衢途霑灑先生責綾城抉牆北望以 紆戀 闕之思十二月二十日後 命至沐浴更衣請
使者罪名不應乃徧作親友書有曰吾必從先人兆友曰受君如愛父白一熙丹哀遂卒壽三十八諱光
祖字孝直明年葬龍仁縣深谷里嘉靖丁巳十一月二十四日因葬夫人遷之西數百許步夫人僉使李
允洞女貞恪敬愼克守君子之訓男定娶縣監權拾女夙逝容文川郡守瑩大護軍李鏡女有二壻佐郎
許鑑生子昀進士洪遠生二女幼以堂弟希顏子舜男後嗚呼東方豪傑迭與局於功名節義溺於訓
誥詞章至或號爲理學者非極於鑽硏赤涉於虛遠而已及文敬公出先覺倡道先生實承而擴之其學
以省身克己爲先持敬主靜爲要沈潛刻勵精思力踐能體道成德得聖人誠若衣冠貌視聽言動繫

往哲是範尊小學近思而發揮于諸經傳晚好學易不暫輟入則服勞承順靡不曲盡喪致哀祭致敬一
於祀不苟內外截然而仁信行焉出則接引因其才稟品藻取其器識排闥務欲反經人見其樂易目奉
以淸約嘗謂夫人曰我心王室自不及當是時 上尙儒術慕古誼倚先生爲治先生抱負經濟感激
遭際以堯舜之道爲已任謂君心出治之本本正然後政立而敎達每當講前夕端書熟讀如在 上傍
至曉易服而進肅然對越冀必感動於 上開陳治道別白事宜自性情善惡義利之辨天人王霸淑慝
之分與夫崇學備邊之虛實祭祀興繼之得失莫不傾到羅列曰昃忘倦 上必專心竦聽多所稱善以
至百僚拭齊民手額皆得薰醉想望庶幾先王法度以次而擧奈諸公近於欲速年少從而鼓之舊臣
居散地者怨憝入骨昏晨覘覦而先生固已早見其機欲去久矣常與中公鐺李公耔權公撥欲調停兩
間不至敗闕而一時有以爲依違至擬擧効肟赤異矣第推戴攀陞一代高勳顧探論已事不戒大貞豈
先生自知不得去不塞不流遂悉力擎破之不顧也與抑談者以爲驟用無以融徹畜積早終蕪以設敎
亢言呌其可悼可愍詎免爲吾道之冤惟我 中廟有魚恩遣旨 仁廟因而復其官 明廟又
撫而有之式克至于令日休且將祀諸孔庭僞學無禁正脈有託用託牖斯民知所愛惡稍稍能奪發有爲
是孰使之然然 四朝有以終始之又孰能與於此大抵大賢之德具體於初論述之書在不得已借如
進德益昭著書益多無復疑憾于後學苟身不立於朝少有所施爲爲之兆也後之君臣何所鑑法得以
審邪正原興喪見此道爲當今之可行或者其天意夫銘曰
天篤綱開反樸收坯鍾異乎鮮粹然離障存以無妄保厥不偏惟心之活八荒在闥一視陶甄時汔小休
將升大猷道膺廣廷明于雪日調以琴瑟望之神仙執經以沃持憲以咨斷拱筵據舊圖新行王定民
風動化宣亶聰旣達惟予斯拔則莫我瘝有含其沙荐磨群牙沆灰復燃迺瞻容色或伺鼻恩曷貳曷騫
存順歿安一念如丹昭漢炳泉有來有歸不亡不遺在後在前 列聖攸惠諸是衛尙克傳功深數歲
澤流百世益見其全我告伊昧無懼無悔必信仁賢嗚呼嘻噫厥有成敗竟歸之天
萬曆十三年 立


조선국 가선대부 사헌부대사헌 겸 동지경연 성균관사 증 대광보국숭록대
부 의정부영의정 겸영경연 홍문관 춘추관 관상감사 문정공 정암 조선생 신도
비명 및 서문


대광보국숭록대부 의정부좌의정 겸 경연 감춘추관사 노수신 지음

숭정대부 의정부좌찬성 겸 의금부사 홍문관대제학 예문관대제학 경연 춘추관 성균관사 이산해 씀

통정대부 승정원좌부승지 지제교 겸 경연참찬관 김응남 전액함


융경무진년(隆慶戊辰年)은 지금 임금인 선조9년(1577)이었다. 정암선생(靜庵先生)께 영의정(領議政)을 추증(追贈)하시고, 다음해에 시호를 바꾸어 도덕(道德)이 있고 들은 것이 넓으며, 올바른 도리로 사람을 복종시킴으로써 문정(文正)이라고 하였다. 또 명해서 그 언행을 기록하게 하고 서원(書院)과 사자(祠字)를 세우게 하셨다. 대개 그것은 천심(天心)을 나타내고 인기(人紀)를 붙들어서 혁혁하게 사람의 이목에 비춰 준 것이다. 이리하여 한나라의 선비들이 안정되었다. 그 뒤 11년 만에 진신위(縉紳韋) 포위(布衣)들이 모두 그 묘도(墓道)에 나타내는 비각(碑刻)이 없다해서 모두들 나에게 와서 비명(碑銘)을 위촉하였다. 바로 이릉(李陵)(문종(文宗)의 능호(陵號))께서 칭상(稱賞)하던 바와 같이 제생(諸生)의 바른 학문은 선왕이 가르치신 은택(恩澤)의 뜻에 근본한 것이니, 이 거사(擧事)를 누가 옳다하지 아니하리오! 말학(末學)과 같이 소견이 얕고 말이 약(弱)한 이로는 족히 고명(高明)한 이를 잘 나타낼수가 없을 것이다. 그래서 오고 가기를 서너번 하다가 마침내는 사양할 수가 없었던 것이다.

이에 삼가 상고(詳考)해 보니, 조씨(趙氏)는 본래 한양 사람이다. 휘(諱) 지수(之壽)라는 분이 있어서 고려의 첨의중서(僉議中書)가 되셨다. 휘(諱) 휘(暉)를 낳으니, 쌍성총관(雙城摠管)이다. 총관이 휘 양기(良琪)를 낳으니 총관직을 습직(襲職)했다.

나이 13살에 김방경(金方慶)의 부원수(副元帥)로 원(元)나라 장수를 따라서 일본병을 토벌해 공을 세우니, 조서(詔書)하여 금오(錦袍)와 옥대(玉帶)를 하사(下賜)하셨다. 아들은 용성부원군(龍城府院君) 휘 돈(暾)이다.

조광조 신도비

손(孫)은 좌정승(左政丞) 한산백용원부원군(漢山伯龍源府源君) 양열공(襄烈公)이니 휘 인벽(仁璧)인데 힘을 다하여 등주(登州)의 12성을 회복하였고, 서쪽으로 국경을 침입당한 것을 되찾았다. 그 후손 휘 온(溫)은 본조(本朝)의 개국공신(開國功臣)·정사공신(定社功臣)·좌명공신(佐命功臣)으로 책녹(策錄)되어 한천부원군(漢川府院君)을 봉(封)하였다. 시호는 양절(良節)이다. 휘 육(育)은 의영고사(義盈庫使)로서 이조참판(吏曹參判)에 추중되었다. 휘 충손(衷孫)은 성균관사예(成均館司藝)로서 여조판서에 추종되었다. 휘 원강(元綱)은 사헌부감찰(司憲府監察)로서 이조참판에 추종되었는데 여흥민씨(驪興閔氏)인 현감 의(誼)의 문중에 장가가서 성종(成宗)13년(1482) 8월 10일에 선생을 낳았다. 용모가 청수하고 단정하여 그 놀고 희롱하는 행동거지가 곧 성인의 거동이나 법도와 같았다. 남의 비위를 보면 곧 그를 풍자해 그치게 히였다. 자라나서는 스스로 독서할 줄을 알아서 강개하게 큰 뜻을 지녔으며, 부모에게 효도하고 형제간에 우애하고 아랫사람을 사랑하고 친구간에 신용있는 것이 모두가 자연스럽게 나왔다. 연산군 원년(1495) 겨울에 참판공이 어천찰방(魚川察訪)이 되었는데, 연산군4년(1498) 가을에 한훤선생(寒喧先生)이 희천(熙川)으로 귀양가니, 선생이 아버님을 따라 갔다가 한훤선생을 추종하면서 학문하는 큰 방도를 들었다. 오랜 뒤에 돌아올 때 한훤선생이 전송하며 말하기를 "사도(斯道)가 동쪽으로 왔도다."라 하였다. 이로부터 철저한 신념으로 민첩하게 탐구해서 세습을 씻을 등이 탈피하였다. 연산군6년(1500) 여름에 부친상을 당하여 산소 아래에서 시묘(侍墓)를 살적에 다닐 때는 반드시 산소를 돌고, 앉으면 반드시 봉분을 대(對)하였다. 당시에 실문공가예(失文公家禮)가 세상에 행하지 않았으나 선생만이 한결같이 이 법도대로 준수하였다. 복제(服制)가 끝나니 초가집 수칸을 그 곁에 지어 두고 사모하는 곳으로 삼았다. 대부인(大夫人)을 섬기며 여가마다 학문을 해서 일찍이 잠깐이라도 떠나지 아니하였으나, 자못 방해하고 저해하는 놈이 있어서 지목하기를 "미친 놈이다. 혹은 화(禍)의 태동(胎動)이다."라고 하기까지 되어 친지들이 모두 더불어 사귀지 아니하되 조금도 흔들리지 아니하였다.

명종15년(1560)에 처음으로 그 도(道)를 이름내어 사유(士類)들을 지도하였으나, 다만 한 방(房)안에 도서(圖書)뿐이고 과거(科擧)의 일에는 당초에 생각을 두지 아니하였다. 중종5년(1510) 봄 사마시(司馬試)에 응시하매, 시험관이 보고 놀라 감탄을 하며 장원으로 정하였다. 여름에 천마산 성거산(天磨山 聖居山)에 올라가 경치 좋은 곳을 만나면 천천히 거닐며 시를 읊으면서 숙연히 진세(塵世)를 초탈하는 생각을 가졌었다. 혹은 절에서 거(居)하는데 이 소인(泥塑人)과 같았다. 괴로운 것을 참고 담찬(淡餐)으로 승려와 더불어 같이 하였고, 반드시 자시(子時)가 되어야 잠자리에 들었다. 중종6년(1511) 겨울에 상(喪)을 당하였다. 중종10년(1515) 봄에 지평(砥平)의 용문사(龍門寺)에 살다가 여름에 성균관의 천거로 특별히 조지서 사지(造紙署 司紙)를 주시니 탄식하여 말하기를 "오늘 이 시대는 옛날 시대가 아니다. 차라리 과거로 말미암아서 도(道)를 행할 것이요, 헛된 명예가 드러나는 것을 부끄러워한다."라고 하였다. 8월에 임금께서 대성전(大成殿)을 알현하고 선비에게 책문으로 시험할 때 제 2등으로 급제하여 성균관 전적(典籍)에 제수되었고, 옮겨서 사헌부감찰(司憲府監察)이 되었다. 11월에 사간원정언(司諫院正言)으로 발탁되었다. 이해 봄에 장경황후(章敬皇后)가 돌아가시자, 가을에 담양부사 박양(潭陽府使 朴洋)과 순창군수 김정(淳昌郡守 金淨)이 같이 상소해서 신씨(愼氏)를 복위(復位)할 것을 청하였다. 대간(臺諫)이 국문(鞫問)할 것을 청하여 당국에 보내서 귀신(鬼薪)을 시키자는 의론에까지 이르렀다. 이렇게 되자 선생은 대표자로 말하기를 "대간의 직분은 언로를 맡은 것이니, 먼저 스스로 언로를 두절시키는 것은 서로 용납될 수 없다." 하면서 파(罷)하기를 청하여 그들에게 체임(遞任)을 명하였는데 얼마 뒤에 선생께서도 또한 체임되어 전적이 되었다. 중종11년(1516) 봄에 호조·예조·공조의 삼조좌랑(三曹佐郎)을 역임하고 있다가 홍문관부수찬(弘文館副修撰)으로 뽑혀서 들어가 임금을 대하여 말하길 "이윤(伊尹)이 말하기를 한 사람이라도 뜻을 얻지 못한 이가 있으면 저자에게 종아리를 맞는 것과 같다고 말하였으니, 임금과 신하는 백성을 위해서 마련한 것입니다. 진실로 이 뜻을 알진대 낮이나 밤이나 백성으로서 마음을 삼으시면, 다스려지고 화평스러운 것을 기약할 수 가 있습니다."라 하고, 또 말하기를 "하늘이 노여워함이 두가지가 있습니다. 죄를 짓고도 깨닫지 못하면 반드시 경고로써 보여주고, 형세를 타서 진보하지 못하는 것도 또한 이것을 보여주어 반성하고 노력하게 하는데, 오직 천명이란 향상함이 없는 것이오니, 매우 두렵다고 하겠습니다."라고 하였다. 중종12년(1517) 봄에 사가독서(賜暇讀書)를 받고 교리(校理)에 나갔다. 계(啓)하여 "풍속이 인순(因循)하기를 좋아하고 사람들은 나쁜 짓을 편안히 여기니, 마땅히 때에 따라서 상량(商量)하여 고칠수 있는 것은 반드시 고쳐서, 서로 더불어 보고 느끼게 하며 넉넉히 유도하여야 하옵니다."라고 말하였다. 가을에 응교(應敎)로 승진하고 전한(典翰)으로 승진되니, 사면하기를 청하여 "소신이 학문에 뜻을 두고도 성취하지 못했사오니, 원컨대 벽지의 고을 5, 6년간 맡기셔서 학문을 겸(兼)해 힘쓸 수 있도록 하시고, 다행히 다시 거두어 써 주시면 바야흐로 두가지가 온전할 수 있으리다."라고 말하였으나, 허락하지 아니하셨다. 겨울에 직제학(直提學)으로 진급되었다.

중종14년(1519) 봄에 부제학(副題學)으로 승진되었다. 말에서 떨어져 낙상(落傷)을 하였는데 고(告)해 올리니, 의원을 보내시고 문안함이 길이 연속하였다. 계(啓)하여 "김종직(金宗直)은 유자(儒者)인지라 비록 그 당시에 대유(大儒)로서 크게 베품을 얻지는 못했으나, 뒤에 많은 이가 풍화(風化)를 듣고서 일어난 것은 그 공이었습니다. 착한 사람이 나라의 원기(元氣)가 되어야 하거늘, 이승건(李承健)이 화(禍)를 조작하므로 날마다 쇠퇴(衰退)하여 져서, 이제 그 기운이 이른 봄 풀이 적은 서리에도 곧 시드는 것과 같게 되었으니, 가히 열 가지 착한 것을 버리고 한 가지 과실을 들 수가 있겠습니까? 종사(宗社)의 편안하고 위태로운 것은 이로부터 비롯됩니다."고 말하였다. 여름에 승정원동부승지(承政院同副承旨)로 옮기었다. 계를 올려 "학자가 한가로이 거(居)하여 공부하는 것도 또한 어렵고, 잠깐 나와서 벼슬한 적에 일에 임하면 어겨짐이 많거늘, 하물며 인군은 구중궁궐(九重宮闕)에서 모든 기무(機務)를 가지시니, 흔들리고 빼앗기가 쉽습니다. 이것이 곧 조심하고 생각해야 할 것입니다."라고 말하였다. 조정에서 의논하기를 "도덕을 강론하여 임금을 돕고 기르는 일은 이 사람이 아니고서는 할 수 없다."라고 하여, 수일(數日)이 못돼서 도로 전직으로 돌아갔다. 이때에 대과(大科)를 베풀고자 하니 선생께서 계를 올려 "임금으로부터 정치에 뜻을 두었는데도 효과가 나지 않는 것은 인재를 얻지 못한 때문입니다. 진실로 능히 이것을 행하신다면 인재를 얻지 못하는 것은 걱정이 없사옵니다."라고 말하였는데 과연 선비를 얻었다고들 하였다.

가을에 삼사(三司)가 소격서(昭格署)를 혁파할 것을 청하여 여러 달 만에 선생께서 직접 상소 하였다. 그 뜻에 대략 "이 교(敎)를 받드는 것은 비록 여염집 백성이라 하더라고 임금된 자가 진실로 마땅히 예를 밝히고 의를 보여서 바른 방향으로 인도하여야 할 것이어늘, 이에 도리어 관청을 두어 받들게 해서, 이것을 공경하기를 마치 마땅히 흠향하여야 할 귀신과 같이 하여 번거롭게 빌어대서 음(陰)한 귀신이 간악함을 빚어냅니다. 이것은 왕법에 영(令)이 없는 것이니, 아래 백성들이 무엇을 본받겠습니까? 어찌해서 굳은 결단성을 아껴서 모두들의 심정에 의혹과 침울을 갖게 하시나이까?'라 말하고 인하여 동료들에게 말하기를 "오늘 청함을 얻지 못하면 물러날 수가 없다."고 하였다. 저녁이 되자 대간들은 모두 퇴청하였는데도 옥당(玉堂)에서 굳게 버티서 허락을 받았다. 또 회녕 번호(會寧 藩胡)인 속고내(速古乃)가 몰래 깊은 산중 사람들과 결탁해서 갑산 경계(甲山 境界)를 노략질하니, 방어사(防禦使)를 보내어 몰래 엿보았다가 사로잡을 것을 의논하였다. 임금은 정청(政聽)에 임하시고 장수와 재상들이 두루 모였는데, 선생이 밖에서 달려와 "군사를 부리고 백성을 편안히 하는 것은 은혜와 위엄을 펴는 것이 중요한 것입니다. 만포 첨사 허혼(滿浦僉使許混)이 오랑캐를 엄습해서 잡았다 하여 성종(成宗)께서 특별히 혼(混)을 처벌하였는데 이제 조그마한 오랑캐를 분하게 생각해서 대장(大將)에게 명하여 도적과 같은 꾀를 행해서 나라의 체통을 크게 손상하니, 신은 실상 부끄럽게 여기나이다."라고 말하니, 임금께서서도 급히 영(令)을 내려 다시 의논하게 하였다. 그러자 좌우가 다투어 "군사에 기법(奇法)과 정법

(正法)이 있사오니 그러할 수가 없다." 말하고 혹은 "성산(成算)을 방해하였다."고 말하였다. 그러나 임금께서는 이것을 물리치시었다.

이달에 특별히 계질(階秩)을 높여서 동지성균관사(同知成均館事)를 겸임(兼任)시키니, 힘껏 사양하였으나 임금께서는 돌보심이 더욱 융성하시었다. 겨울에 임금께서 불시(不時)에 어강(御講)을 베푸셔서 "마음을 잡으면 성(聖)이 되고 놓으면 광인(狂人)이 된다."는 것을 말씀하시니, 대(對)하여 "마음에 감동함이 있으면 일이 주(主)가 되어서 어지럽지 않은 듯한 것이 있사오나, 보통 사람은 물건을 접하지 않았을 때에 더욱 혼란을 느낍니다. 잡아 두는 것이란 한곳에 집착되는 것만도 아니옵고, 또한 반드시 매양 착한 생각을 지니는 것도 아니옵니다. 다만 정제(整齊)하그 한결같이 하여 항상 각성할 수 있는 것을 말한 것입니다."라고 말하였다. 하루는 임금께서 선생에게 계(戒)를 지으라 명하시니, 이에 계심잠(戒心箴)을 지어서 바쳤다. 그 서(序)에 "임금의 한 마음은 하늘의 큰 이치를 체(體)해서 천지의 기운과 만물의 이치가 모두 내 마음에 포괄되어 있으니. 하루의 기후와 한 물건의 성품이라도 가히 내 법도에 순응하지 아니하고 어그러지거나 간사하게 해서야 되겠습니까? 그러나 사람의 마음은 욕심 때문에 신령스럽고 신묘한 것이 침체되어서 정(情)과 사사로움에 질곡(桎梏)되어 통하여 흐르지 못하니, 천리(天理)가 어두워지고 기(氣)도 또한 막혀서 떳떳한 윤리가 무너지며 만물이 이루어지지 못하옵니다. 하물며 아름다운 소리와 빛과 냄새와 맛의 유혹이 말마다 앞에 나열되고, 형세도 높고 높아서 또한 교만하고 쉬운 것을 더 말할 수 있겠습니까?"라고 말하였다. 다시 옮겨져서 사헌부대사헌(司憲府大司憲)과 동지경연사(同知經筵事)를 겸하였는데 사양하고, 성균(成均)을 겸하기를 청하니 이를 허락하였다. 또 원자보양관(元子輔養官)에 보충하시니 사양하여 "보양(輔養)하는 책임은 모름지기 노성(老成)하고 후덕한 이에게 맡겨야 할 것입니다. 신은 결코 이 이름을 감당할 수 없습니다."라고 말하였으나 허락하지 아니하셨다. 중종 14년(1519) 봄에 김우증(金友曾)이라는 사림(士林)을 무함(誣陷)하고 훼방한 일로서 조정에서 심문하게 되었는데, 양사(兩司)에서는 선생이 몸소 힐책하려고 하지 않았다는 것으로써 논란(論難)하여 동지중추부사(同知中樞府事)로 체임(遞任)되었다가 얼마 안되어 다시 부제학이 되었다.

　여름에 동지성균관사를 겸임하였는데 정부(政府)의 계(啓)로 인해서 다시 대사헌(大司憲)이 되었다. 10월에 양사(兩司)가 정국공신(靖國功臣)이 지나치게 기록된 것을 삭제할 것을 청했는데, 선생도 극진히 논하여 "성희안(成希顔)이 유자광(柳子光)에게 맡긴 까닭에 지극한 은전(恩典)을 받은 자가 많이 참여되어 위에 있게 되었습니다. 이(利)의 근원을 한 번 여니 국가의 고질(痼疾)이 되어서, 이(利)만 있는 것을 알고 의(義)가 있는 것을 알지 못한 것입니다. 차마 말 할 수 없는 일 입니다."라고 말하였다. 11월 11일에 윤허를 얻었다. 계속하여 공을 따라 자격이 지나친 것을 체직(遞職)하자고 청하였으나 받아들이지 않았다. 15일에 군신들이 녹건(錄件)을 가지고 어전에 나아가 개정(改正)하였는데, 이날 밤 이경(二更)에 심정(沈貞)·남곤(南袞)·홍경주(洪景舟)등이 신무문(神武門)에 들어가서 변(變)을 고해 올려 말하기를 "조(趙)아무개가 그 무리와 더불어 불법을 꾀하여 문득 영추문(迎秋門)으로 들어왔기에, 이미 여러 관원들을 잡아 대정(大廷)에도 매어 두었습니다."고 하였다. 사건 이 예측할 수 없게 될 무렵에 수상 정광필(首相 鄭光弼)이 입대(入對)하기를 청하여 눈물을 흘리며 죽여서는 안된다고 임금님의 옷깃을 붙들고 호소하여 겨우 금부(禁府)에 하옥시킬 수가 있었고 모두 귀양보내게 되었다. 그러자 서생(書生)마다 울고 불며 거리마다 슬퍼하였다. 선생은 능성(綾城)에 가서서 북쪽 담을 헐어 버리게 하고 북녘 하늘을 바라 보면서 대궐을 연모하는 생각을 달래었다. 12월 20일에 하명(下命)이 이르자 목욕하고 옷을 갈아입으시고 사자(使者)에게 죄명을 물으니 대답이 없었다. 이에 두루두루 친한 친구들에게 편지를 썼는데 말하기를 "나를 반드시 선인(先人)무덤 아래 묻게 하라." 하고, 또 "인군을 사랑하길 아버지와 같이하니, 하늘과 태양이 단충(丹衷)을 비춰주네." 하고는 드디어 죽으니, 나이 38세였다. 휘는 광조(光祖)요, 자(字)는 효직(孝直)이다. 다음해에 용인현심곡리(龍仁縣深谷里)에 장사지내고 중종36년(1541) 11월 24일에 부인의 장사에 의(依)하여 서쪽 수

백 보쯤 되는 곳에 옮기었다. 부인은 첨사 이윤형(僉使 李允洞)의 딸이데 정숙하고 정성스럽고 공경하고 삼가며, 군자의 교훈을 지키었다. 아들 정(定)은 현감 권흡(縣監 權恰)의 딸에게 장가들었는데 일찍이 죽었다. 용(容)은 문천군수(文川郡守)로 대호군 이경(大護軍 李鏡)의 딸에게 장가들어서 두 사위를 두었다. 사위 좌랑 허감(左郎 許鑑)은 아들 윤(昀)을 낳고, 진사 홍원(洪遠)은 두 딸을 낳았는데 어리다. 당제희안(堂弟希顔)의 아들 순남(舜男)으로서 후사를 삼았다. 아아! 우리 동방에 호걸이 계속해 일어났으나, 공명과 절의에 국한이 되었거나 훈힐(訓詰)과 사장(詞章)에 빠졌고 혹은 이학(理學)을 한다고 이름하는 이가 있더라도 지극히 연마하고 궁리하는 것이 아니면 또한 헛되고 먼데에 섭렵할 뿐이었다.

그러다가 문경공(文敬公)이 나타남에 미쳐서는 선각(先覺)들이 창도(倡導)한 것을 선생이 실상 이를 이어받아 확대한 것이다. 그 학문은 몸을 살피고 사욕을 극복하는 것으로서 앞세우고, 공경을 지니고 정일(靜一)을 위주로 요점을 삼아 침잠하고 각려(刻勵)하며 정(精)하게 생각하고 힘써 실천하여서 능히 도(道)를 체험하고 덕을 이루어서 성인의 정성을 얻었다. 의관과 용모와 보고 듣는 것과 말하고 움직이는 것 같은 것은 지나간 현철(賢哲)들을 이어서 곧 본받았고, 소학과 근사록(近思錄)을 높이고 모든 경전을 발휘하였다. 늦게는 주역(周易) 배우기를 좋아해서 잠시도 쉬지 않았다. 집에 들어서서는 수고로움을 무릅쓰고 부모의 뜻을 승순(承順)해서 곡진(曲盡)하게 하지 않음이 없고, 상사(喪事)에는 슬픔을 극진히 하고 제사에는 공경을 극진히 해서 한결같이 예에 구차히 하지 않았다. 안과 밖이 절연(截然)해서 인(仁)과 신(信)을 행하고, 밖에 나가 사람을 만날 때에는 그 재품(才稟)에 따라서 하고, 품조(品藻)는 그 기국(器局)과 지식에 따라 취하-였으며, 이단을 배척해서 경서를 회복하고자 하니 남들이 그 즐거워함을 볼 수가 있었다. 자신을 받들기는 검소하고 간략하게 하여서 일찍이 부인에게 "내 마음이 왕실에 있어서 자연히 가사(家事)에 미치지 못하겠오." 라고 말하였다. 이 때를 당해서 임금께서 유술(儒術)을 숭상하시어 옛 도의를 사모하매, 선생을 의지해서 정치를 하시었다.

선생은 경세제민(經世濟民)의 뜻을 품고 알아주는 이를 만난 것을 감격히 여겨 요순(堯舜)의 도(道)로써 자기의 책임을 삼아 "인군의 마음은 정치를 내는 근본이니, 근본이 바른 연후에 정치가 서고 교화가 성취됩니다."라고 말하였다. 매양 강론(講論)을 담당할 때마다 그 전날 저녁에는 단정히 앉아서 글을 익혀 읽는데 마치 임금님이 곁에 계시는 것과 같이 하시고, 새벽에 이르러서 옷을 갈아 입고 나아가 숙연히 대좌해서는 반드시 임금께서 감동되기를 바랐다. 치도(治道)를 개진(開陳)라고 사리를 명백히 해서 성정(性情)의 선악이나 의(義)와 이(利)의 분변이나 하늘과 사람, 왕도(王道)와 패도(覇道)의 선(善)하고 음닉(陰匿)한 분변으로부터 그 학문을 높이고 변방을 방비하는 허실과 제사의 예와 국가를 부강하게 하고 조상의 업적을 계승하는 득실(得失)에 있어서도 마음을 기울이고 베풀지 않음이 없었다. 날이 저무는 데도 피로를 잊고, 임금께서도 반드시 마음을 전일(專一)하게 해서 소연하게 들으시고, 잘한다고 칭찬한 바가 많으셨다. 심지어 백관들은 눈을 비비며 바라보고 모든 백성들은 머리에 손을 얹고 훈취(薰醉)되어 기대를 가져서 거의 선왕(先王)의 법도가 차차로 거행되기에 이르렀다. 그런데 제공(諸公)들은 너무 빨리 하고자 하는데 기울어지고 연소(年少)한 이들은 덩달아 움직이며, 옛 신하들로서 실권을 잡지 못한 자들은 원망이 골수에 박혀 밤낮으로 기회만 엿보았다. 그래서 선생도 진실로 이미 일찍이 그 기미를 보고 떠나고자 한 지가 오래였다.

그리하여 항상 신공 상(申公 鏛)과 이공 자(李公 耔)와 권공 발(權公 撥)과 더불어 둘 사이를 조정하여 실패가 없도록하려 하였는데, 한때는 말하기를 "비위에 의지(依支)한다."해서 탄핵을 하려는 데까지 이르렀으니, 슬프고 또한 괴이하도다. 다만 추대(推戴)되어 세력을 잡았던 한때의 높은 훈신(勳臣)들을 자기 일을 논하듯 하고 반응(反應)에 대하여서는 경계하지 아니하였으니, 어찌 선생이 스스로 떠날 수 없는 것을 아시고 사악한 것을 막지 않으면 정도(正道)가 시행될 수 없다 하여 드디어 모든 힘으로 여지없이 격파했던 것이었던가? 아니면 논평하는 자들의 말대로 "갑자기 등용돼서 융화(融和)하여 통찰하고 실적을 쌓을 수가 없었고, 일찍이 마쳐서 교화를 베풀고 교훈을 세울 수 가 없었다."하는 것이었던가. 아아! 가히 슬프고 답답하도다. 어찌 우리 도의 원통함을 면하겠는가. 오직 우리 중종께서 환연(渙然)히 은혜를 베풀어 유지(遺旨)를 남기시고 인종께서 인(因)하여 그 관직을 회복하시고, 명종께서 또 유념하여 보살펴 주시고 능히 오늘날에 더욱 훌륭하게 될 수 있었다. 또 공자님 사당에 배향하게 되었으니, 이제 위학(僞學)을 금(禁)하지 아니하여도 정맥(正脈)이 의탁할 수 있게 되었다. 우리 벅성들을 계몽시켜 사랑하고 미워할 바를 알게 하여서 차차로 능히 분발하고 그 무언가 하는 것이 있을 수 있게 하였으니, 이것은 누구의 공으로서 그렇게 된 것이 겠는가. 그러나 네 임금이 여기에 대해서 시종 돌보아 주지 않았더라면 누가 능히 이렇게 까지 이르게 하였겠는가. 대개 대현(大賢)의 덕은 당초(當初)에 구체화 되는 것이요, 논술한 글이란 마지못한 데에서 있는 것이다. 가령 만일 덕(德)에 나아간 것이 더욱 밝고 글로 지은 것이 더욱 많았더라면 다시 후학(後學)에게 유감되고 의심할바가 없겠거니와, 진실로 자신이 조정(朝廷)에 서질 못했고 조금 베풀어 한 것이 행한 조짐이 되었다면 뒤에 군신들이 어떻게 본받을 수 있으며, 간사하고 바른 것을 살피고, 홍하고 망하는 것을 찾아서 이도가 당금에 행할 수 있는 것인가를 볼 수 있겠는가? 아마도 그것은 하늘의 뜻인가 보다. 이에 명(銘)해서 이르노라.

하느님이 독실(篤實)하게 이어주고 열어주서 질박함을 바꾸어서 유의함을 거두었다. 정기(精氣)가 모여져서 성김브다 다르시고, 순전(純全)하고 수연(粹然)하서 장벽(章璧)을 버리셨다. 진실을 지니시고 중용(中庸)을 지키셨다. 마음은 활발하여 팔황(八荒)으로 출입하고 만민을 도치(陶治)하는 정치를 맡아보니 한때는 거의 소강(小康)을 이루었다. 장차 큰 도(道)를 올리려 하실 무렵 처음 보는 운명이오 널리 드린 현재(賢才)로다. 백한 청렴절의 백설(淸廉節義 白雪)보다 더욱 희고 기상(氣像)의 온화하긴 금슬같이 조화됐네. 바라보면 신선이라 성경현전(聖經賢傳) 가져다가 인군 마음 열어주고 법률을 가지고 민심을 독려한다. 단단(斷斷)한 큰 자리에서 옛 것을 참고하여 새 것을 도모한다. 왕도를 행하시고 백성을 안정하니 바람처럼 움직여서 교화가 퍼져

간다. 진실로 총명하여 사리(事理)를 통달하면 물욕의 가림도 저절로 없어지니 나의 병이 아니로다. 그러나 소인들은 속으로 원(怨)을 품어 무리들이 이를 가니 꺼진 재가 다시 탄다. 얼굴 표정 바라보고 눈치를 엿보아서 어찌하면 이간하고 어찌하면 허물할까? 자나깨나 모의하네. 하지만 선생은 순리대로 살아가고 죽음도 편케 여겨 나라위한 그 단충(丹衷)은 밝고 맑은 한수(漢水)이고 빛나는 샘이라. 오는 이와 가는 이가 끊임없이 대어 있고 망(亡)하지도 아니하고 어기지도 아니하며 뒤에도 계시옵고 앞에도 계시도다. 역대의 임금들이 은혜를 베푸시어 사방에 모든 선비를 보호하고 호위하니 아직도 전하는 것이 후대의 이들에게 이어져 내려오고 있다. 공(功)은 비록 두어 해를 깊이깊이 닦았으나 은택은 백성에게 흘러서 내려간다. 연후에야 온전함을 더욱 밝게 볼 수 있어 잘 모르는 그들에겐 내 이렇게 고하노니 두려워도 하지 말며 의심도 하지말고 신(信)한 이와 현(賢)한 이를 반드시 믿어주오. 아아! 슬프도다! 성공하고 패하는 건 하느님께 맡겨두리.

선조18년(1585) 세움


## 정속의 비문

공(公)은 봉화 정씨 휘(諱)는 속(束)이시며 배(配)는 정경부인 경주 이씨(貞敬夫人 慶州李氏)이다. 일찍 문과(文科)에 급제하여 통훈대부 직산현감(通訓大夫 稷山縣監)을 지내시고 대광보국 승록대부 의정부 영의정 겸 영경연 홍문관 예문관 춘추관 관상감사 제사자(大匡輔國 崇祿大夫 議政府 領議政 兼 領經蓮 弘文館 藝文館 春秋館 觀象監事 世子師)를 추서(追敍) 받으셨다. 조부(祖父)님은 이태조 조선 개국 원훈 일등공신(李太祖 朝鮮 開國 元勳 一等功臣)으로서 태조3년 국도(太祖三年 國都)를 개성(開城)에서 한양(漢陽)으로 천도계획(遷都計劃)이 결정(決定)되어 대궐(大闕)터를 정(定)할 당시 태조 이성계(太祖 李成桂)와 왕자 방원(王子 芳遠) 앞에서 무학대사(無學大師)의 인

왕산(仁旺山)을 주산(主山)으로하여 동향설(東向說)과 하륜(河崙)의 안산(鞍山)을 주산(主山)으로 하는 현 연세대학(現 延世大學) 자리로 주장설(主張說)을 물리치고 백악(白岳)을 주산(主山)으로 하여 현 경복궁(現 景福宮) 터를 존정(尊定)하고 궁궐 종묘사직(宮闕 宗廟社稷) 및 도성(都城)의 성지(城趾)를 획정(劃定)하였고 궁궐(宮闕)과 도성(都城)이 완성(完成)되자 궁호전 호루호(宮號殿 號樓號) 및 도성사대문 사소문(都城 四大門 四小門) 이름과 한양 오부 오십이방(漢陽 五部 五十二坊)의 방명(芳名)까지 지어 조선왕조 오백년 창업(李氏朝鮮 五百年 創業)의 터전을 완비(完備)하여 절세(節稅)의 업적(業績)을 남기신 거성(巨星)으로서 이태조 후계 왕자란 무오사화(李太祖 後繼 王子亂 戊午士禍)에 피화(被禍)되어 천추(千秋)의 한을 품고 화천(化天)하신 순충분의 좌명 개국공신 특진대광보국 숭록대부 판삼사사 겸 판도평의사사의 흥 삼군부사 영경영사 예문관 춘추관 수문관 태학사 세자사 봉화백 시 문헌공 호 삼봉휘 정도전 선생(純忠奮義佐命 開國功臣 特進大匡輔國 崇祿大夫 判三司事兼 判都評議使事義 興 三軍府事 領經領事 藝文館 春秋館 修文館 太學士 世子師 奉化伯 謚 文憲公 號 三峯 諱 鄭道傳 先生)이시고 아버님은 고려조 전농정인 조선개국 원종공신 자헌대부 형조판서 겸 지경연예문 춘추관사(高麗朝 典農正人 李朝開國 原從功臣 資憲大夫 刑曹判書 兼 知經筵藝文 春秋館事)를 지내시고 숭록대부 의정부 우찬성 겸 판의금부사(崇祿大夫 議政府 右贊成 兼 判義禁府事)를 추서(追敍) 받으신 휘진 희절공(諱津 僖節公)이시다.

큰아드님은 세종29년 21세 때 현량과(賢良科)에 급제(及第)하여 승정원주서(承政院注書)를 지내시고 예병양조좌랑 겸 검상사인(禮兵兩曹佐郞 兼 檢祥舍人) 벼슬과 왕세자(王世子)의 보덕(輔德) 스승이 되어 공조참의 간의대부(工曹參議 諫議大夫)에 승진(陞進)하였고

정속 선생의 묘

경상 함경 평안 황해 강원 등 오도 관찰사(慶尙 咸鏡 平安 黃海 江原 等 五道 觀察使)와 삼도절도사(三道節度使)를 역임(歷任)한 후 이조 호조 형조 등 삼 조판서(吏曹 戶曹 刑曹 等 三曹判書)를 지내고 세조조 청백리(世祖朝 淸白 吏)로 이름이 높아 좌참찬(左參贊)에 승진(陞進) 되었다가 좌찬성숭록대부 판중추부사 우의정(左贊成 崇祿 大夫 判中樞府事 右議政)을 지내신 문무겸 전(文武兼全)하여 국가(國家)에 큰 공을 세운 시양경공휘문형호야수(諡良敬 公諱文炯號野叟)이시다.

둘째 아드님은 세종을유(世祖乙酉)에 문과(文科)에 급제(及第)하여 사헌감 찰(司憲監察)을 배수봉명(拜授奉命)하고 영남제현(嶺南諸縣)을 순시(巡視) 하며 수령만호(守令萬戶)와 오리(汚吏)들의 공세근탈(貢稅勤奪)과 옥수(獄 囚)의지 법람형류체(法濫形留滯)와 역마(驛馬)를 감기(監騎)하고 양민(良民) 을 혹사(酷使)하매 억울(抑鬱)한 민원(民願)을 묵살(默殺)하는 등 온갖 위법 행위(違法行爲)를 일일이 사찰(査察)하여 임금님에게 상주(上奏)한 공(功)으 로 예조정랑(禮曹正郎)에 승진(陞進)하시여 다시 호남각군현(湖南各郡縣)을 순찰하며 탐관등(貪官等)을 무루적발 시정(無漏摘發 是正)한 공(功)으로 벼 슬이 통정재부 군기사부정(通政大夫 軍器寺副正)에 이르시며 국가행정에 위 대한 큰 공(功)을 세우신 휘인형공(諱仁炯公)이시다. 고어(古語)에 용생용, 봉생봉(龍生龍 鳳生鳳)이란 격(格)으로 봉화정문(奉化鄭門)은 선조(先祖)의 음덕(蔭德)으로 문헌공(文憲公) 같으신 경륜대가(經綸大家)와 희절(僖節) 같 으신 천명(天命)과 직산공(稷山公)의 독학지효(篤學至孝)로 양경공(良敬公) 및 부정공(副正公) 같은 영재(英材)를 낳으시어 가문을 중흥시키고 국가에 공을 세우게 된 것은 직산공이 문형이란 큰 거목을 낳아길러서 잘 가꾸어 입 신양명(立身揚名)케 하므로서 위로는 문헌공(文憲公)의 구천(九天)에 사무친 억울한 원한을 풀으시게 하고 아래로는 희절공(僖節公)의 절처봉생(折處逢 生)의 일루천명(一縷天命)을 계계승승(繼繼承承)케 하여 오늘날과 같은 번영 된 봉화정문(奉化鄭門)을 이룩하게 되었으니 직산공(稷山公)은 가위봉화정 문(可謂 奉化鄭門)을 중흥케한 밑거름이요 또한 원동력이라고 믿는바이다.

바라건데 문헌공(文憲公)과 희절공양경공(僖節公良敬公) 같으신 위대한 거
목(巨木)의 지지엽엽(枝枝葉葉)의 열매이신 봉화정씨예손(奉化鄭氏裔孫) 되
시는 제현(諸賢)은 나무의 부리와 가지로 정성을 다하여 잘 보살피시고 조상
숭모(祖上崇慕) 친족상조(親族相助)의 성과 애로서 소중스러이 보전하여 제
현의 앞날에 영광스러운 복록이 영원무궁할 것을 축원하는 바이다. 내 사학
도(史學徒)의 한사람으로서 이조개국사(李朝開國史)를 볼때마다 정삼봉 선
생(鄭三峯 先生)의 기사(記事)에 임하여 통한(痛恨)과 의분심(義憤心)을 금
(禁)치 못하던 중 16대손 종남(鍾南) 17대손 홍수(洪洙) 등 제씨(諸氏)의 선영
숭모(先榮崇慕)의 정성어린 간곡한 소청을 피할길 없어 용문졸필(庸文拙筆)
을 불사(不辭)하고 감히 삼봉 선생을 모앙하는 심경을 금석(金石)을 통하여
서술하는 바이다.

  광주 김국보 근찬 봉화 정씨 문헌공종회 근수

  (廣州 金國堡 瑾瓚 奉化鄭氏 文憲公 宗會 謹竪)


*정속 선생은 조선초 정도전 선생의 손자되시는 분임을 밝혀둔다.


## 이충건 비문(李忠楗 碑文)

  공의 휘는 충건이요 자는 자안(子安)이며 호는 눌제(訥霽)니 성주 이씨다.
  문열공(文烈公) 매운당(梅雲堂) 조년(兆年)의 8세손이며, 문경공(文景公)
형제(亨齊) 직(稷)의 5세손이다. 증조부 계영(繼寧)은 첨지(僉知)요, 조부 숙
생(叔生)은 부사(府使)요, 고 윤탁(考 允濯)은 정구(正宇)요, 비는 안인(安人)
고령 신씨로 판관 회(澮)의 여라.
  공은 성종 신해 1491년에 생하여 문리(文理)를 통달하여 조정암 문인으로
중종 경오 사마시에 진사 을해에 문과 급제하니 성균관 학록(學錄) 학정(學
正) 봉교(奉敎) 이조정랑 사헌부 지평 헌납을 거쳐 홍문관 교리 호당(湖堂)에

뽑히셨다. 예조정랑에 이어 예문관 직학(直學)에 오르시자 을사사화로 행형당한 정암 선생 장례에 협조하니 공의 형제도 간신들의 모략으로 관직이 박탈되고 모진 옥고 끝에 낙안으로 귀양도중 청파역에서 죽음을 당하니 신사 12월 계축일이다. 장례를 용인 심곡 건좌(乾坐)에 모시니 수(壽) 31세라, 後선조9년에 복위되어 가선대부 이조참판에 추증되니 배(配)는 정부인(貞夫人) 교리 이효언(李孝彦)의 여며 묘는 합묘다.

자 염(閻)은 한림으로 을사 사화시 경흥에 귀양가 돌아가셨고 손 현배(玄培)는 경주 부윤이요, 다음 심배(深培), 득배(得培), 장배(長培)요, 증손 이하는 모두 기록치 못한다. 오호라 공은 영특한 자질과 크나큰 포부로 성리학을 연구하고 대과에 급제하여 관요직을 거쳐 호당(湖堂)에 뽑혔으니 장차 문형으로 맑고 찬란한 정사를 폈을 것인데 불행히도 화을 입고 끝내 경륜을 이루지 못하셨으니 어찌 운명이라 아니할꼬, 부자가 잇따라 화를 입었으니 참으로 억울할지어다. 공의 행적은 역사에 남아 있으나 가장(家藏)된 문헌은 유실되어 후세에 전하지 못하니 안타까운 일이라. 그러나 사기에 담은 기묘록은 천추에 길이 보존되오니 저승에서나마 위안이 될는지! 아직도 묘전에 비가 없음으로 후손 규만(圭萬)과 인전(仁銓)이 진락(晉洛)에게 비문을 청하기에 역사를 고증하여 이같이 서술하고 명(銘)하노니 매운당과 형제 선생의 어진 후손이요 정암 선생의 수제자로 재상에 재목이며 기량이 크셨으니 때를 잘못 만나 뜻을 펴지 못하시고 화를 입었으나 이름은 더욱 빛났으니 한때의 액운이요 백세의 영광이라 명(銘)으로 이를 밝혀 묘정(墓庭)에 세우도다.

1981년 4월 5일

경신 10월 하순 방후손 진락 근찬 병서


＊이상의 금석문은 비의 원문을 그대로 옮겨와 기록하므로인해 현대어와의 어맥이 다른부분들이 있음을 양지하시기 바랍니다.

# 지명에 얽힌 이야기

태봉(台鳳)/용마등/소리개/가락꽁지/풋나무갓 외

## 태봉(台鳳)

신봉리 신봉 부락에서 서봉 부락으로 올라가다 보면 오른쪽으로 동천리 윗손골로 넘어가는 길을 만나게 된다. 여기에서 양쪽 산을 바라보면 광교산에서 산줄기가 쭉 뻗어 내려오다 갑자기 바위산이 융기한 곳을 볼 수 있는데 이곳이 태봉 또는 태봉골이라 불리는 곳이다.

이곳의 원래 지명은 태봉(胎封)이었다. 그러던 것이 세월이 가면서 지명의 유래가 멸실되어 지금의 태봉(台鳳)이라고 와전된 것이다. 그러면 태봉이란 어떠한 곳이었던가 살펴보자.

조선시대 왕가에서는 아기를 낳을 때 나오는 태를 일반 민가에서처럼 태우는 것이 아니라 좋은 그릇에 담아 이것을 전국 명산에다 안치했다. 그리고 이 그릇을 보관하기 위해 절에 부도 비슷한 돌을 깎아 그 안에 넣어두었는데 이 것을 석실 일명 태봉이라 했다. 태실은 대개 대석(臺石), 전석(塼石), 우상석(遇裳石), 개천석(蓋擅石) 등으로 만들었는데 안태사를 보내어 이것을 묻을 땅을 물색하고 정성스레 묻게 했다.

이런 모든 사무를 맡아보던 곳이 태실도감이다. 이곳의 태봉도 본래는 이런 연유를 통하여 불리어지던 곳이었으나 일제침략 이후 전국의 태실을 철거하여 태를 담았던 도자기와 돌은 일본으로 가져가고 그 흔적만 서오능에다 집단적으로 설치, 대한의 혼을 멸실하였다는 역사적 기록을 아는 자 없다 보니 이곳은 이름조차 변질되어 버리고 만 것이다. 그러나 이곳이 왕가의 태를 묻었던 태봉이었음은 아직도 이곳 주민의 입을 통해서 내려오고 있다.(이상규 씨 제공)


## 용마등(龍馬騰)

형제봉에서 산등을 타고 광교산 쪽으로 오르다 보면 또 하나의 봉이 나타난다. 이 봉이 중간에 있다고 해서 중앙봉이라 한다.

용마등 혈 끊은 자리

용마등은 이 중앙봉에서 화홍골을 가로질러 서봉사지 밑까지 힘찬 용처럼 뻗은 산줄기를 말한다. 용마등의 유래는 이 산이 용마가 하늘로 승천하는 형국으로 이곳에 묘를 쓰면 우리나라는 물론이요, 중국과 일본까지 호령하는 영웅이 나온다는 명당이란다. 그렇기에 일찍이 중국과 일본에서는 술사를 몰래 보내 이곳의 혈을 끊으려고 여러 차례 시도했으나 실패했는데 이는 용마등 바로 옆에 있는 서봉사 승려들에 의해 이곳이 보호되었기 때문이었다. 그러던 것이 임진왜란으로 서봉사가 소실되고 승려들이 몰살당하면서 왜적과 명군에 의해 이 명당의 혈이 훼손되고 말았다.

그때 혈 끊은 자리에서는 붉은 피가 솟아 신봉천이 넘쳤다 하며 장수가 태어나기를 기다리던 용마는 슬피 울며 헤매다 굶어 죽었다고 한다. 아직도 이 산허리에는 혈을 끊은 자리가 400년이 지난 지금에도 깊이 패어 남아 있다. 그리고 서봉사 근처에는 송장거리라는 지명이 남아 있는데 이곳은 당시 왜적이 승려들을 죽여 널어놓았던 곳이다.

## 소리개

소리개는 상현리 225-15번지 앞 일대다.

다시 말해서 이곳은 느진재에서 산막골로 넘어가는 고개 마루턱에서 좌측 일대이다. 이곳은 산이 얕고 아늑하다.

소리개는 솔개와 같은 말로 솔개는 몸이 암갈색이며 가슴에 흑색의 세로무늬가 있다. 꽁지 깃은 제비처럼 교차되었고 공중에서 날개를 편 채로 맴돌며 먹이를 노린다. 다른 말로는 솔개미, 솔갱이라고도 한다.

소리개의 유래는 이곳에 소리개가 많이 서식하였기에 붙여진 이름으로 이곳에 소리개가 좋아하는 뱀이 부근에 있는 소실봉 서쪽 골짜기 뱀박골에 많았기 때문이다. 그러나 지금은 이름만 남았을 뿐 소리개도 뱀도 사라진 지 오래되었다.

소리개 남쪽에서 소리개를 바라다보고 찍은 모습

## 가락꽁지

이곳은 고기리 배나무골 동구인 고기리 산 291번지를 부르는 지명이다.

가락꽁지란 물레로 실을 자아올릴 때 실이 감기는 쇠꼬챙이로 가락꼬치, 물레가락이라고도 한다. 또한 꼬챙이에 감긴 실뭉치나 가늘고 길게 토막을 낸 물건의 낱개를 말하기도 하는데 '국수가락'이라는 단어에서 그 예를 찾아볼 수 있다.

이곳 배나무골의 마을을 둘러싸고 있는 산이 얕고 긴 것이 떡가래처럼 생긴 데서 이러한 지명이 유래했으며, 꽁지라는 말은 그런 산의 꼬리부분이라는 의미이다.

## 풋나무갓

이곳은 한문으로 동자산(童子山)이라고 하는데 배나무골 마을 위의 고기리 산 55번지를 이르는 말이다.

동자산 지명 유래는 시대를 알 수 없는 먼 예전에 이 마을에 태어난 아이가 어려서부터 총기가 절륜하고 힘이 장사여서 장래가 매우 촉망되었다. 하지만 이런 아이는 나중에 집안에 후환이 된다고 여겨 집안 어른들이 이 아이를 대들보에 매달아 굶겨 죽여 이곳에 묻었는데 이후로 이런 지명이 유래되었다고 한다.

과거에 전제국가였던 우리나라에서는 지배 계층의 지위를 튼튼히 하기 위해 역적이란 소리만 나면 잘잘못을 따지지 않고 사람을 죽였으며 이에 더하여 그의 삼족까지도 멸했기에 집안에서 머리가 좋거나 힘이 센 장사가 나오면 오히려 집안의 우환거리로 여겨 애초에 죽여 그 싹을 없애는 경우가 많았기 때문이다. 이러한 류의 이야기는 전국에서 많이 수집되고 있다.


## 헤꾸니

낙생 저수지 좌측이며 고기리 산 6-9에서 고기리 산 18-1번지 및 일대를 헤꾸니라고 부른다.

이곳의 산은 쇠주걱(ㄱ)처럼 휘었다. 먼저 헤꾸니라는 말을 알아보기 위해 국어사전을 찾아보니 헤꾸니라는 말 자체가 눈에 띄지 않았다. 그러나 이와 비슷한 말로는 홰꾼, 허구(虛構), 허구리라는 것이 있었다.

— 홰 꾼 : 햇불을 든 사람
— 허 구 : 사실이 아닌 것을 사실처럼 엮어 만든 것
— 허구리 : 허리의 갈비뼈 아래 좌우 양쪽의 잘쑥한 부분

여기서 허구리부터 살펴보면 이곳 지형이(ㅅ)자로 내와 같기에 허구리의

낱말의 뜻과 같다. 그리고 병자호란 때 지금의 머내 일대에서 우리나라와 청군이 대치해 있었는데 우리 군대의 허를 찌르기 위해 청군은 대장고개에다 청군의 대장을 보내 정탐을 하게 했다. 그러나 미리 적의 간계를 짐작한 우리나라에서는 이곳에다 수많은 허수아비를 세우고 기치창검을 늘어놓아 적으로 하여금 많은 군사가 숨어 있는 것처럼 보이도톡 해 적의 기도를 막았다.

낮에는 허수아비를 세웠지만 밤에는 한 사람의 홰꾼이 수십 개의 횃불을 들고 좌우로 이동시킴으로서 역시 수많은 군사들이 있는 것처럼 의병(疑兵)을 삼았다.

이러니 홰꾼이는 횃불을 든 사람들이 있었기에 불려진 이름이요, 허구는 허수아비라는 말이니 허구가 홰꾸로, 홰꾸가 홰꾼으로 변하였다고 보아지는 것이다.

헤꾸니/동네를 담은 모습

이것으로 보아 헤꾸니의 유래는 병자흐란과 깊은 연관이 있다는 것을 알 수 있다. 더불어 대장동의 유래는 청군의 대장이 고개에서 망을 보았기 때문에 생겼다는 것을 첨부한다.


## 인절미배미


인절미배미는 성복리 성서에 있다.

이 논의 유래는 논이 인절미같이 생겨서 인절미배미가 아니다. 이 땅의 임자가 흉작으로 여러 날 굶다 보니 논을 남기고 죽으나 팔아먹고 죽으나 매일 반이라는 심정으로 인절미하고 바꾸어 덕었다고 해서 불려온 이름이다.

여북 죽겠으면 이러했으랴 요즈음 사람들은 상상도 못하는 일이다. 그러나 예전에는 흉년이 들거나 그렇지 않아도 넉넉지 않은 생활에 양반과 관가의 수탈에 의해 먹을 것이 떨어져 초근목피하던 때가 많았다고 한다. 그리고 우리나라가 작기 때문에 흉년이 들어도 전 나라가 다 들다 보니 식량이 남는 곳이 없어 이러한 지경에 처하곤 했다.

그러나 이것보다 더 참혹한 일이 많았고 흔히 논 한 섬지기를 좁쌀 석되에 팔아먹었다는 말이 지금도 속담처럼 돌아다니는 것을 보면 이런 일들로 생긴 일화가 전국적으로 펴져 있는 실정을 이해하고도 남을 일이다. 이곳의 논도 네 마지기가 넘는 넓이이다.


## 방아재

방아재는 성복리 산 37번지에 있다.(형재봉 동쪽) 이곳은 성불사지 조금 못 미처서 우측 아래이다.

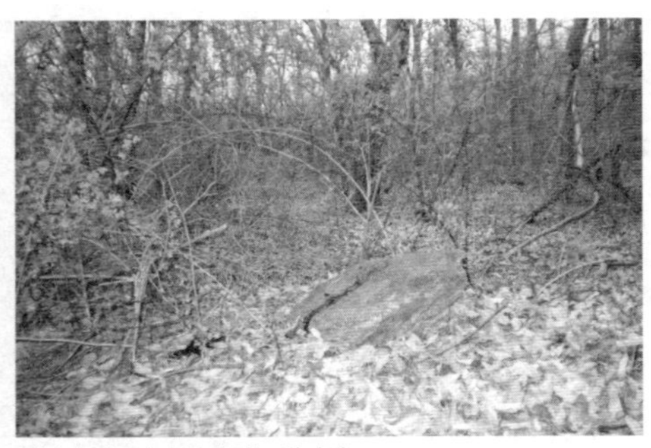

성복리 성불사지 밑에 있는 방아재

방아재의 유래는 이곳에 디딜방아가 있었기에 남겨진 이름이다. 여기에는 지금 방아확* 만이 남아 있다. 그러나 방아재는 방아채의 와전으로 보여진다. 왜냐하면 디딜방아에는 방아공이를 낀 긴 나무가 있어 사람이 밟았다 놓았다 하여 곡식 등을 찧는데 이것을 방아채라 하기 때문이다.

그리고 여기에 디딜방아가 있었던 것은 이곳에 대찰 성불사가 있었고 이 절에서 쓸 곡식이나 떡방아를 찧기 위해서였다고 본다.

당시 절에서 사용했던 양식은 시주에 의존하기도 했고 스님들이 직접 농사를 지어 쓰기도 했다. 농사를 짓는 것, 나무를 해 오는 것, 물을 긷고 밥을 짓

---

* 방아확 : 방아공이가 떨어지는 자리에 놓인 돌절구 모양의 오목한 돌.

는 것도 스님들의 수도에 일부분이었다. 그러기에 스님이 되기 위해서는 불목하니를 3년 한 뒤에 공부를 가르쳤다지 않는가.


## 낡은터

신봉리 전 135-1번지를 낡은 터라고 한다.

낡은터란 지기(地氣)가 다되었다는 뜻으로 다른 말로는 운이 다된 땅이라고도 할 수 있다. 낡은터의 유래는 전에 이 터에서는 부자가 살았는데 그 집이 점점 쇠퇴하는 것을 보고 마을 사람들이 집터가 운이 다되어서 그렇다는 의미로 부른 것이 그대로 지명이 된 것이다. 그래서 그런지 이 집터에 살던 사람은 다른 곳으로 이사를 갔고 지금은 빈터로 남아 있다.


## 참깨 천석자리

참깨 천석자리는 이의동 473-2번지를 이르는 말이다. 참깨 천석자리의 유래는 이 번지에다 집을 지으면 참깨 한 가지만도 천석을 할 만큼 큰 부자가 될 수 있는 좋은 집터라는 뜻이다.

여기서 참깨를 거론한 것은 양념으로 쓰는 참깨를 천 석 할 때 다른 곡식이야 오죽 많겠느냐 하는 의미가 담겨 있다.

다른 뜻으로 얘기하면 만석꾼이 집터라고 할 수 있다. 그리고 이 일대를 지금도 담안이라고 하는데 어떤 사람은 이곳에 담안사라는 절이 있었기에 담안이라는 지명이 남았다고 하나 이는 큰 부자가 넓고 높은 담을 쌓고 살았다는 주장이 더 타당성이 높다.

## 별똥지기

신봉리 서봉 부락에는 별똥지기라는 지명이 있다. 별똥은 우주진(宇宙塵)이 떨어질 때 지구의 대기중에서 다 타버리지 못하고 땅위에 떨어진 운석을 말한다. 그리고 지기란 말은 대지의 정기를 뜻하거나 또는 되, 말, 섬 따위에 붙여 그만한 양의 곡식을 심을 수 있는 논밭의 넓이를 나타내는 말이기도 하다.(예:서마지기 논)

여기 별똥지기 유래는 하늘에서 떨어지는 별이 아무데나 떨어지는 것이 아니라 신봉리에서는 답(신봉리 답 751-2) 부근으로만 계속 떨어지기에 붙여진 이름이다.

이렇게 되는 것은 별똥이 떨어지는 데도 길이 있기 때문이요 지구의 정기(인력)가 있어 별을 잡아당기기 때문이다. 여기서 별똥지기란 별이 떨어지는 논배미란 뜻으로 보는 것이 좋을 것 같다.


## 왜, 뻔지(倭蕃地)

윗손골에는 왜, 뻔지라는 곳이 있다. 이곳은 손골 부락에서 거의 막바지에 해당되는데 정확한 위치로는 손의터고개에서 작은말구리고개로 가는 길 좌우가 된다. 이곳은 좁고 긴 손골 골짜기 중에서는 폭이 가장 넓은 지역으로 논, 밭으로도 가장 좋은 것이 많다. 그러나 집터로는 적당치 않았는지 이곳에는 최근까지만 해도 독립 가옥 한 채만이 있었다.

이곳 지명 유래는 지명이 말해 주듯 한일합방 이후 일본 사람들의 소유였던 곳이다. 다시 말해 왜(倭)는 일본사람을 뜻하며 번지(蕃地)는 오랑캐가 사는 땅이라는 뜻이다. 그러니 왜(倭)와 뻔지(蕃地)는 합성어가 아니라 왜놈의 땅 또는 오랑캐 땅이라고 나뉘어 말한다. 그리고 뻔지라는 말은 번지의 경음화 현상이다. 어떻든 이곳은 이 골짜기에서 가장 넓고 좋은 땅이었기에 왜놈

들에게 빼앗긴바 되었으며, 주민들은 소작인으로 전락하였으나 주민들에 의
해 일본놈들의 땅이라고 손가락질받고 저주받던 들이다.

그리고 이곳은 불란서 신부 성도리 핸리코가 체포된 곳이며 이분이 선교하
던 부락이(윗손골 맨윗부락으로 일명 성고촌이라도 한다) 있어 지금 성역화
하려 하고 있다.


## 디디발이

디디발이는 성불사 바로 앞이 된다. 디디발이의 유래는 성불사 터를 잡은
고려 말 신돈 대사가 명당을 찾기 위해 이 부근 일대를 메주 밟듯 디디 밟고
다녔다고 해서 생긴 지명이다.

다시 말해서 여기는 성불사 대웅전 앞으로 이 근처에 명당은 있지만 그 명
혈을 찾기 위해 고심한 흔적이 지명으로 남아 있는 것이다.


## 장나들이

이곳은 지금의 성남시 석운동, 대장동 그리고 장투리 사람들이 수원을 가
기 위해 넘어야 되는 큰말굴이 못 미처로 또한 고기리 곡현 사람들이 다니는
길과 만나는 삼갈래 길이다. 장나들이의 유래는 수원장에 가고 오거나 땔나
무꾼들로 사람들의 내왕이 매우 많았기에 불려진 이름이다.


## 나신깃

나신깃은 상현리 전 548-1번지 일대의 지명이다. 한동안 이곳에 나씨가 집

성촌을 이루어 살았다고 해서 불려진 지명이라고 한다. 그렇지만 어느 시점부터인가 나씨는 물론 아무도 살지 않던 곳이었다. 그러나 최근에 수지읍이 도시화되면서 다시 이곳에 집들이 들어서기 시작했다.


## 담안(墙內)

담안은 이의동 두렝이 벌말 내 건너 동쪽 산밑을 가리킨다. 담안의 유래는 아주 오래전 이곳에 담안사라는 절이 있었다고 해서 붙여진 이름으로 언제인가 절은 없어졌다. 그렇지만 절 이름은 그대로 남아 이곳 지명이 되었다.


## 왜벌

왜벌은 산의실서 산의 초등학교를 지나 시룡골까지 가면서 있는 길 좌우의 들의 지명이며 마을의 지명이기도 하다. 왜벌이라는 유래는 자세히 전하지는 않으나 지리학상 시대는 알 수 없지만 일본 군대가 주둔했던 지역으로 유추된다.


## 산모랭이(山隅)

우(隅) 자는 구석, 모퉁이, 귀라는 뜻이다. 여기에 산(山)자를 합하면 산의 모퉁이가 된다. 산의실서 43번 국도를 따라 가산 쪽으로 조금 가다 보면 부원군 심온 선생의 묘소 좌청룡 끝이 되는데 이곳이 산모랭이요 안산 고속도로 굴다리 조금 못미처이다. 이곳의 원래 지명은 산냥모퉁이였다.

산냥모퉁이의 유래는 산 짐승을 잡을 때 심부원군 묘소 좌청룡 끝과 진고

개에서 동녘으로 흐르는 산줄기가 산의실 쪽으로 튀어나와 이룬 좁은 협곡에
서 포수가 목을 지키고 있다가 몰이꾼들이 몰아온 짐승을 일거에 잡았다 하
여 붙여진 이름이다.


## 장승백이

장승백이는 수지읍에서 고속도로 굴다리를 지나 우회전해서 다리 하나를
건너면 있는 마을이다. 이 마을의 지금 부르는 이름은 신촌이라고 하나 원래
는 장승백이였다.
장승백이의 유래는 이 마을에 장승이 박혀 있어서 얻은 이름인데 이곳에
장승이 있었던 것은 여기가 수지읍과 구성면 면계로 오가는 사람들의 안녕을
비는 주술적 의미와 또한 이정표 역할을 위해서였다. 예전에는 장승에다 이
정표를 써넣었다.


## 석발탱이

석발탱이라는 지명을 가진 곳은 풍덕천리 전 246-1번지 일대를 부르는 지
명이다. 그러나 앞으로 이곳에 아파트가 들어서면 지금의 번지가 없어질 것
이고 그리되면 이곳 위치에 대하여 알길기 없겠기에 이곳 위치에 대한 설명
을 부연한다.
풍덕천서 수원 쪽으로 43번 국도를 따라가다 보면 정평 부락 조금 못 미처
에 신봉리 들어가는 길이 나온다. 그리고 정평서 신촌으로 다니던 길이 있는
데 석발탱이는 43번 국도와 신봉리 들어가는 길 그리고 신촌 들어가는 길 아
래쪽으로 있는 밭을 지칭하는 것이다.
석발탱이의 지명 유래는 이곳에 있는 밭들이 좋지 않은 밭이라는 데서 생

긴 비하의 말이 그대로 지명화된 것이다. 다시 말해서 석은 돌자의 뜻을 따온 것이니 돌이라는 말과 같으며 발은 밭이 변한 것이다. 이것을 그대로 이어서 풀어 보면 돌밭을 석밭이라 한 것인데 여기에 탱이라는 말이 첨가되다 보니 밭이 발이 되어 석발이 된 것이다.

그리고 탱이라는 말의 뜻은 우리가 흔히 쓰는 덩이라는 말이 있는데 돌덩이, 흙덩이의 준말이며 여기서 위에 말을 이어서 풀어 보면 돌, 자갈밭이 된다. 물론 돌과 자갈은 다소 다른 말일 수도 있으나 같은 말을 중복해 씀으로서 아주 많다거나 몹쓸 땅이 된다.

이런 뜻 말고도 지명을 비하하여 쓸 때도 이런 말을 쓴다. 이런 예는 작업 중에도 비하하여 양복점을 하는 사람에게 양복쟁이, 돌 일을 하는 사람을 석수쟁이, 대장간을 하는 사람에게 대장쟁이라 하는 것과 같은 의미이다. 그리고 우리나라 말에 모퉁이라는 말이 있는데 예를 들어 산모퉁이는 장소를 의미하는데, 여기서 또한 탱이라는 말도 장소를 뜻할 때가 있다.

예를 들면 석발탱이는 이 모든 뜻을 내포하고 있으며 밭에 좋지 못한 것들이 많은 것 등을 지칭한 것으로 볼 수 있겠다. 그리고 지명은 어느 곳이라는 고유성을 갖기 때문에 그 지역의 유래를 제대로 깊이 인식하게 되는 것은 그 지역의 역사를 공부하는 것이 되며, 애향심도 더욱 깊어질 것으로 본다.


## 탑(塔)아래

탑은 사리(舍利), 불골(佛骨)을 모시거나, 공양 보은을 하거나 또는 영지임을 나타내기 위하여 세우는 고층 건조물이다.

그러나 탑에는 여러 가지 종류가 있다. 지금 우리나라에 남아 있는 대부분의 탑은 돌을 다듬어 세운 것이지만, 작은 돌을 주워다 쌓은 탑도 있다. 이런 것의 대표적인 것이 전북 진안 마이산 탑사에 있는 돌탑이다. 이 두 종류의 탑을 비교하면 먼저 것은 상류층 사람들에 의해 세워진 것이요, 후의 것은 서민들에 의해서 세워졌다.

우리가 어디서고 볼 수 있는 성황당도 이 탑의 일종이라고 볼 수 있는데, 주술적 목적은 같다 하여도 성황당은 다수가 오랜 기간 던지고 간 돌에 의해, 돌탑은 일정한 기간 및 사람에 의해 모양 있게 쌓아진 것이 다르다. 돌탑은 대개 마을 입구에 세워졌으며 모양은 노적가리처럼 원추형이다.

수지읍에는 두 군데 돌탑이 있었다. 하나는 고기리 샛말 부락이요, 또 하나는 성복리 성서 부락이다. 여기서는 샛말 탑부터 소개한다. 이 탑은 얼마 전까지도 있었으나 지금은 없어지고 이름만 남았는데 이 탑을 중심으로 이 마을에서는 동네 입구 아래를 탑아래라고 한다. 즉 탑이 동네 아래 있었다는 뜻이다.


## 굴번대기

이곳은 고기리 고분재 당재들 서쪽 산을 이른다. 이 산에는 그리 크지 않은 굴이 있는데 이 굴에는 소위 떼 뱀이 살고 있다고 한다. 그런데 이 떼 뱀을 그중 한 마리라도 사람이 해치게 되면 다른 뱀이 그 집을 엿보고 있다가 떼로 몰려가 해꼬지를 한다는 이야기가 전한다.

만일 떼 뱀한테 쫓김을 당할 때는 옷을 벗어 던지면 뱀들이 옷을 사람인 줄 알고 물어뜯고 그친다는 것이다. 여기 지명 유래는 굴에 떼 뱀이 살고 있다고 해서 붙여졌다고 한다.


## 모래등

모래등은 고기리 백운산 밑에 있는 산등성이를 부르는 이름이다. 이 등성이는 좌로는 고림장골, 우로는 가마지골이 있다.

이 등성이의 유래는 이 산에 흰모래가 많아 붙여진 이름이다. 그러나 이 깊은 산에 왜 바닷모래가 있게 되었는지는 확실치 않다. 다만 아주 옛날에 이 근처는 바다였다고 한다. 그러나 부근보다 지대가 높은 백운산, 일어서기, 함지박골 세 꼭대기만은 물에 잠기지 않았는데 그 모양이 배 만큼 남은 산을 백운산으로, 사람이 일어선 것 만큼 남은 산을 일어서기산, 함지박 만큼 남은 산을 함지박산이라 했다는 것이다.

이런 것은 전설로밖에 여길 수 없으나 구약성서에 나오는 노아의 홍수나, 요순시대에 구년 홍수가 있었던 것을 보면 창세기 이후, 한때 이 세상은 물의 구분이 없던 때가 있었던 것 같다. 그때 있었던 모래가 지금까지 남아 있는 것으로 추측된다.

## 오갑릉

오갑릉/상현리에 있는 명당자리 중의 하나로 복호혈(호구혈)이다

오갑릉은 상현리 산막골 양지편 산에 있는 묘지 일원을 부르는 속칭이다. 여기에 해주 오씨가 산소를 썼는데 이곳이 용인 팔대 명당 중에 하나라고 한다. 그리고 오갑릉의 오자는 오씨의 묘이기에 붙여진 것이며 갑릉이란 아주 좋은 산소자리라는 뜻이다.

이곳에 산소를 쓴 연대는 잘 알 수 없으나 이 지방에 전해 오는 말로는 이 산소가 한때 자손들에게조차 실전되었으나 포수가 이곳을 발견하여 후손들에게 가르쳐 주었고 그 은공으로 오씨 종중에서 포수에게 논 10마지기를 사주었다고 한다.

최근에 와서도 이곳의 땅값이 등귀하여 여러 아파트 업자가 산을 팔라고 졸라대지만 후손들이 잘되었기에 응하지 않는데 그것은 이곳 명당에 산소를 썼기 때문이란다. 여기 묘소의 주인공 비문을 옮겨 본다.


　유명조선국 진용교위 충무위 부사정(有明 朝鮮國 進勇校尉 忠武衛 副司正)
　증 통정대부 공조참의 오공휘 윤지묘(贈 通政大夫 工曹參議 吳公諱 輪 之墓)


오윤공의 차자 계종의 비문도 옮겨본다.


　유명 조선국 통훈대부 행 사천현감 해주오공
　(有明 朝鮮國 通訓大夫 行 泗川縣監 海州吳公)
　계종 지묘 숙인 신천강씨 부좌
　(戒從 之墓 淑人 信川康氏 附左)


## 윗느(니)게스, 아래느(니)게스


　이 두 곳은 고기리 장의교 건너 윗장투리로 들어가는 길 우측 개울 내에 있
다. 여기서 위와 아래란 장투리 동네서 가까운 곳이 윗느게스인데 고기리 답
226-1번지 앞이요, 먼 곳이 아래느게스이며 고기리 전 224번지 앞이다.
　느게스의 유래에 대해서는 자세히 알 수 없으나 이 두 곳에 이무기가 살아

윗느게스/고기리 장의 부락에 있다

아래느게스

개울가에 매어놓은 소를 잡아먹었다는 전설이 전해온다. 느게스란 말이 이무기라는 말인지는 알 수 없으나 윗느게스에는 바위굴이 있어 이곳으로 물이 돌아나오는 것을 볼 수 있다.

또한 아래느게스에는 윗느게스보다 물이 깊고 지형이 험하다. 아래느게스에는 윗느게스보다 아주 특이한 것이 있는데 그것은 이곳을 지나는 길이 속이 빈 것처럼 바닥이 쿵쿵 울린다는 것이다. 이곳 사람들은 이러한 현상을 이무기 굴 때문에 그렇다고 하나 아직도 그것을 확인한 사람은 없다. 그리고 장투리에는 이곳 말고도 또 다른 이무기가 나왔다는 곳이 있다.


## 네머리끝

네머리끝은 네 곳의 산이 한 곳으로 머리를 두고 내려왔다는 데서 붙여진 이름이다. 즉 하동 답 100번지 일대로 이곳은 거리댕이로 가는 길 밑에 있다.(신대저수지 위와 산막골 아래가 됨)

살펴보면 매봉에서 마근갈리(망가리)를 건너뛰어 서원말 뒤로 뻗어 상현리 산 260-70번지, 역시 이 산줄기가 상현리 느진재 부락의 덜미로 건너뛰어 (느진재에서 산막골로 넘어가는 고개) 잠시 머물다 산막골을 만들기 위해 남쪽으로 뻗다가 신대저수지 못미처에서 멈춘 상현리 산 31번지(조고지), 그리고 매봉이 가산골을 한 바퀴 돌아 독바위고개를 넘어 독바위 마을을 뒤로 돌다 길마재를 거쳐 회골말 좌측에서 끝난 하동 산 619-1번지, 소실봉에서 거리댕이고개를 넘어 여러 줄기로 갈라지면서 논골을 좌측으로 감싸며 독바위 쪽을 바라보고 멈춘 하동 산 12-5번지이다.

이렇게 네 줄기 끝이 이곳(하동 100번지 일대)으로 모여 있다고 해서 불려진 지명이다. 그러나 이곳은 네 곳의 산머리가 합한 곳이기에 지세가 너무 강한 것이 흠이며 그렇기에 집터로는 적당하지 못하며 지금까지 이곳에 집이 없는 것은 이런 사유 때문이다.

## 말무덤

고기리 배나무골 산 259-4 일대를 말무덤이골이라 부르고 이곳에는 이 지명이 생기게 된 말무덤이 있다. 무덤이라는 것은 보통 사람이 죽으면 땅 속에 묻는 것을 말한다. 그러나 죽은 사람 이외에 산사람을 같이 묻거나 그 사람이 쓰던 물품 또는 가축까지도 함께 묻는 풍속이 예로부터 있었다.

이런 풍속도 후세에 가면서 산 것을 묻는 대신 철재 또는 토기 등으로 모형을 만들어 묻게 되었다. 이렇게 사람을 장사지내듯이 짐승을 장사지내는 경우가 있는데 이런 경우 대개 말이나 개였다. 소위 주인을 위하여 충성을 바친 개를 충견이라 했고 주인을 위하여 충성을 한 말을 의마라 했다.

이런 이야기로는 술취한 주인이 풀밭에서 잠든 사이 주변에서 불이나 개가 주인을 깨우다 못해 자기 털에 물을 묻혀 풀을 적시어 주인을 구하고 개는 지쳐 죽었기에 나중에 술깬 주인이 죽은 개를 슬퍼허 무덤을 만들어 주고 비석까지 세웠다는 전설이 있으며, 삼국지에서도 보던 관운장이 죽자 적토마가 굶어 죽었다는 것은 세상이 다 아는 얘기이다.

여기 말무덤의 유래는 이곳에서 멀지 않은 곳에 있는 말구리고개와 깊은 연관이 있다. 말구리는 말이 굴렀던 고개라는 뜻을 가지고 있다.

때는 임란시 이 고개를 지나던 장수가 타고 있던 말이 비탈길에 미끄러져 죽었는데, 이 장수는 자기와 생사고락을 함께 하던 말의 죽음으로 깊이 상심하며 말의 무덤을 만들어 주었다. 이처럼 이곳이 말무덤이가 된 것은 말구리고개에서 죽은 말을 묻었기 때문에 생긴 이름이다.


## 가재울

전나무쟁이서 두릉이로 들어가는 초입이 병목회(병 아가리처럼 좁다고 해서 붙음)이다. 이 병목회 길 밑이 용우물 뜰이요 위(서쪽)가 가재울이다.

그러나 더 정확하게 말하면 이곳으로 흐르는 작은 도랑을 이르는데 넓게는
골짜기 전체를 말하기도 한다.

가재울의 유래는 이곳 도랑에 가재가 많았다고 해서 붙여진 이름이라고 한
다. 그러나 맑은 물에서만 서식하는 것 중 하나가 가재라 요즈음 어디에서고
가재를 볼 수 없게 되었고 그것은 이곳에서도 마찬가지다. 그런데도 사람들
은 가재가 없어진 것은 전기가 들어와 그렇다고 말들을 한다.


## 전나무백이

전나무백이는 전나무가 박혀 있다는 뜻이다. 이곳은 이의동 산 98-2번지 부
근으로 뒷고개 밑으로 43번 국도에서 두 릉이 로 들어가는 입구가 된다.

이 길을 따라가면 바로 두 릉이 벌말이요, 버들치 고개도 이곳으로 들어간
다. 전나무백이는 이곳에 전나무가 많이 서식하여 붙여진 이름이다.

얼마 전까지만 해도 한 그루의 전나무가 있었으나 지금은 없어졌으며 이로 인
하여 지명 유래의 흔적을 찾아볼 수 없게 되었다. 그런데 어떤 사람은 이곳에 전
나무가 아닌 주엄나무가 있어 주엄나무백이라 했으나 전나무백이로 변했다고
하나 확인할 길이 없다.


## 희번대기

시루봉 성골 쪽 동쪽 능선을 가리키는데 정상 팔부쯤 된다. 올려다보면 좌
측으로는 코땡이, 우측 아래쪽으로는 피난골이 있다. 지명 유래는 훤해 보이
거나 잘생겨 보이는 표현으로 희번듯하다, 허여멀겋다는 표현을 쓸 때가 있
었는데, 이곳이 이 골짜기 내에서 가장 넓고 좋아보이는 곳이라는 뜻이다.

## 코땡이

성교촌에서 시루봉으로 곧장 이 산 팔부 능선쯤 오르다 보면 매우 가파른 곳에 이른다. 이곳쯤 오면 숨이 가쁘고 콧잔등에서도 땀이 나는데 이렇게 코에 땀이 날 만큼 가파르기에 붙여진 이름이다.


## 넉장거리

이곳은 피난골 우측에 있다. 지형은 판펴스름하고 넓다. 그렇기에 예전에는 수 천 평의 산비알밭이 있었다. 이곳 지명 유래는 이곳에 주인을 알 수 없는 묘 네 기가 있는데 이렇게 묘가 넉장(네기)이 있다는 뜻이다.

그리고 이곳 묘의 주인을 모르는 것은 이곳 묘는 자리가 좋지 않아 후손이 망했기에 무주고총이 되었다 한다. 그러나 원래 광교산에는 명당이 있다 하여 아무도 몰래 묘를 쓰는 사람이 많았는데 그 이유는 명당을 찾아 산에다 묘를 쓰면 그런 원인 때문에 인근에는 가뭄이 심하여 농사짓기가 어렵게 되므로 부근 사람들은 가뭄을 막고자 묘를 파헤치기 때문이다.


## 쇠경주(傾住)

쇠란 말은 소(牛)에 관한 일부의 명사 앞에 놓아 소의 뜻을 나타내는 것으로 예를 들면 쇠고기, 쇠꼬리, 쇠기름 등이 있다. 또한 일부 명사 뒤에 붙어 사내이름을 나타내는데 돌쇠, 장쇠 따위가 있다.

쇠 경주는 상현리산(응달말 뒷산) 끝을 이르는 지명이다. 그러니까 여기서 쇠는 소를 뜻한다. 그리고 경주란 말은 정신이나 힘을 한 곳에만 기울이거나 한 곳으로 쏟는 것을 말하기도 한다.

여기서는 꼬리라는 뜻으로 두 말을 합하면 쇠꼬리라는 말이다. 이 산을 정평마을 사람들은 장사혈이라고 했으나 이 말도 맞지 않다. 여기서는 산끝이라는 말이 옳다고 본다.


## 노루목

성지바위 일명 맷돌바위는 신봉리와 동천리 손골 사이에 있는 산줄기 정상에 있다. 이곳에서 광교산 쪽으로 조금 가다 보면 허리처럼 잘록한 곳이 나오는데 이곳은 손골 중간말 사람들이 수원장을 가려면 다니던 고갯 길이다.

이 고개 이름을 성주고개라 하는데 그것은 이고개 위(동쪽)로 성주바위가 있기에 붙은 이름이다. 그리고 이 고개 손골 쪽 골짜기를 노루목이라고도 하는데 이는 포수들이 노루사냥을 할 때 몰이꾼이 몰아오는 노루를 이곳에서 지키고 있다가 총을 쏘아 잡았기에 붙인 이름이다. 즉 목이란 잘 다니는 곳 또는 지키는 곳이란 뜻으로 노루의 습성을 잘아는 포수들이 노루가 쫓겨오는 곳에 숨어 있다가 잡는 곳을 뜻하는 이름이다.


## 서살망태

고기리 배나무골 마을 위로 한참 올라가면 갓쓴바위골 초입에 이른다. 여기에 초동들이 밟고 다니던 삼갈래 길이 나오는데 농박골로 가는 남쪽 길로 접어들면 작은 개울이 있다. 이 개울을 건너 조금 올라가면 얕은 고개가 있는데 이 고개 일대를 서살망태라고 한다.

서살망태의 유래는 앞서 그 어원부터 풀어 보면 서는 셋과 같은 말로 삼을 뜻한다. 그러니까 금반지 서 돈 할 때 서라든가, 해가 서발이나 남았다고 할 때 서는 셋이라는 말이다.

그리고 망태의 뜻을 살펴보면 물건을 담아서 들고 나르는 데 쓰는 가는 새 끼줄로 만든 주머니나 그릇 즉 망태기의 준말이 아니라. 술을 많이 먹어서 인 사불성인 사람을 부르는 고주망태, 또는 나이 먹은 남편을 낮잡아 부를 때 "영감인지 망택인지"에서의 망택으로 망택이는 구체적으로 망건을 쓴 영감 을 이르는 말이며, 역시 비어에 속한다.

그러니까 여기 서살망태의 유래는 아주 행실이 고약하고 행패가 심한 영감 이 이곳에 살았는데 인근을 다니면 행악을 하고 다녔으며 그 철없기가 세 살 박이 같다 하여 붙여진 이름이다. 다시 말해서 서살망태는 세 살박이 영감이 라는 뜻이다.


## 과녁빼기

과녁빼기를 설명하자면 서론이 좀 길어진다. 이의동 두릉이 입구로부터 경 기 지방경찰청으로 가는 고개를 뒷고개라고 하는데(일명 독고개, 또는 두턱 고개라 하기도 한다) 이 고개 좌측에 있는 골짜기를 과녁빼기라고 한다.

과녁이란 활, 총 따위를 쏠 때의 표적을 말하며, 과녁빼기는 똑바로 쳐다보 이는 곳, 또는 똑바로 쳐다보이는 곳에 있는 집이다.

그러나 여기서는 과녁을 세웠던 곳으로 이해하는 것이 더 옳을 것 같다. 과 녁은 말 그대로 과녁이요, 빼기는 과녁이 똑바로 쳐다보이는 곳이기 때문으 로 이 곳은 고개이름과도 관련이 있는데 독(纛)자는 군대 기의 이름이다.

이 고개 부근에서 군대가 주둔했고 군대 기가 꽂혔으며 그 기를 세웠던 곳 이기에 독고개라 한 것이다. 군대가 있던 흔적으로 그 군인들이 활쏘기 연습 을 하던 활터가 있었는데 이곳이 그곳이며 그래서 이곳이 과녁빼기라는 지명 을 갖게 된 것이다.

## 대장동(大庄洞)

  대장동은 고기리 손의터 부락 내(川) 건너에 있는 부락 이름이다. 행정구역이 성남시이나 여기서 취급하는 것은 이 부락 마을 유래가 고기리 장투리 부락의 유래와 연관이 있다고 여기기 때문이다.

  즉 대장동 서쪽으로 있는 마을이 벌판에 있는 마을이라서 벌장투리, 그 위에 있다고 해서 웃장투리라고하는 마을이 있는데 대장동, 벌장투리, 웃장투리, 세 마을에 장자가 다 전장 장(庄)자를 쓰기 때문이다. 전장이란 단어만으로는 밭이라는 뜻이 된다.

  대장동의 본래 원명은 태장동(胎臟洞)이었다고 한다. 태장이란 태봉의 이름인데 태봉(胎封)이란 왕자의 태를 그릇에 담아 이름 있는 산에다 묻었는데 그곳을 태봉이라 했다. 그러니까 대장동은 어느 때인가 태봉을 한 곳이었는데 태봉이 변하여 대장으로 변했다는 것이다. 이로 보아 세 동네는 태장동에 연유되었다고 볼 수 있다.

  이곳 지명이 병자호란 때 청나라 대장이 대장고개(대장동와 광주 동막골 사람들이 넘어다니던 고개)에서 당시 머내에 주둔한 조선군을 치기 위해 주둔했기에 대장고개라 했으며 고개 이름을 따서 마을 이름이 되었다고 하는 사람도 있다.

절능안/가운데 솟아 있는 광교산 오른쪽 철탑 옆의 골짜기 일대를 이른다

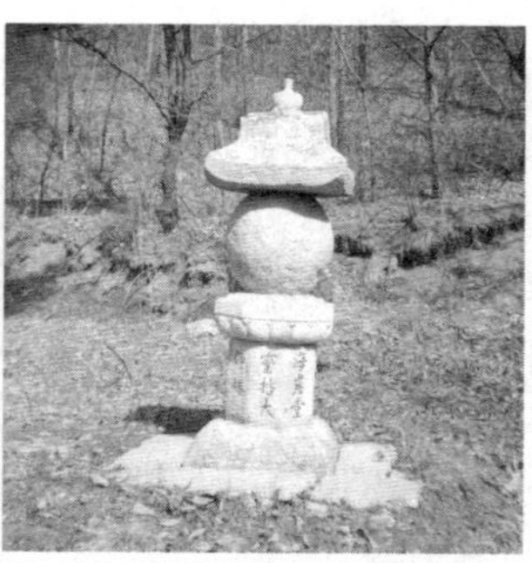

절능안의 터에 집을 짓는 토목작업 과정에서 발굴된 옛 스님의 사리탑

## 절능안

이곳은 신봉동 서봉부락 뒷산 법륜사가 있는 계곡이다. 절능안의 유래는 절이 많아서 붙여진 이름이라고 한다. 그러나 이 이유 말고도 서봉사 옆에 있기에 붙여진 이름이기도 한데 능안이란 터가 좋은 곳 또는 부근이라는 뜻으로도 많이 쓰인다.


## 궁묘

궁묘는 군묘의 잘못이라고 생각한다. 이곳은 성복동 LG3차 아파트 뒷산이다. 여기를 궁묘라고 하는데 군묘인지 궁묘인지 확실치 않다.

어느 사람은 공주에 묘가 있었다고 하고 어느 사람은 부마의 묘가 있었다고 하나 이 묘를 이장한 지가 오래되어 정확히 기억하는 사람이 없는데 어느 사람은 이곳 산소에는 곡담*이 있었으며 이곳에 있던 석물을 수원 어느 영업집에서 보았다고 한다.

묘는 상하 두 곳이라 웃 궁묘이 아래 궁묘이 했다고 하는데 이 묘가 이장된 것은 후손에 의해 산이 팔려 그리된 것으로 짐작이 간다. 후에 이 자리에는 다른 사람이 산소를 썼으나 지역 개발로 역시 천장하였다.


## 쪽다리

쪽다리는 수지읍 정평에 구성면 이현으로 가기 위해 건너야 되는 북두마니와 승답동 사이로 흐르는 정평천에 놓았던 다리 이름이다.

---

* 곡담 : 산소에 담을 둘러 쌓은 것.

  예전에는 지금처럼 철근 콘크리트 다리를 놓지 못했기에 큰돌을 중간 중간 놓아 건너도록 한 것을 징검다리라 했고, 나무토막을 걸쳐놓은 것을 외나무다리라 했다. 그러나 여기서 외나무다리를 쪽다리라 한 유래는 이 다리 건너에 있는 왜골(倭谷)과 관련이 깊다. 왜골은 임진왜란시 왜골 좌측에 있는 임진산과 우측에 있는 소실봉에 주둔했던 왜군의 교통로로 이용되었기에 전해 내려온 이름이다. 이것으로 보아 일본 사람들과 관련이 깊은 왜골 근처에 있기에 일본사람을 비하하여 쪽다리라 부른 것이다.

# 재미있는 골의 지명 유래

강만호골/방죽골/고림장골/논골/농박골 외

## 강만호골(姜萬戶谷)

강만호골은 대지 부락 중통부근이다. 이곳의 지명 유래는 이 마을에 강씨가 많이 살았다고 해서 붙여진 이름이다. 이 지명은 김령 김씨 족보에서 확인된 것이나 지금은 없어진 지명이다. 이것을 보아도 시간이 흐르면서 지명이 많이 변하고 있음을 알 수 있다.

## 방죽골

방죽골은 옛 토월 부락의 이명(異名)이다.

요즈음의 저수지를 예전에는 방죽이라고 불렀다. 방죽골의 유래는 지금의 토월약수터 밑에 방죽이 있었기에 붙여진 것이다.

이곳에 방죽을 막은 것은 이 골짜기 밑으로 논이 많이 있었으나 부근에 내가 없어 가뭄이 심한 해에는 소위 천수답을 면할 수 없었기에 막은 것이다.

이곳에 방죽의 이름은 군기동 제언이라 했었으며 연대는 꽤 오래되어 용인 현지에도 기록되어 있다. 이 방죽을 막은 연대와 없어지게 된 원인은 알려진 것이 없으며 또한 크지도 않았다. 이 방죽이 있어 다른 부락 사람들이 방죽골이라고 부르다 보니 그대로 마을 이름이 된 것이다.

## 고림장골

고림장골은 고기리 고분재 마을 위가 되며 백운산 밑이 된다.

고림장은 고려장(高麗葬)의 변음이다.

이곳은 하루 종일 햇볕을 볼 수 없다. 고림장골의 유래는 이곳에 고려장자리가 많아서 붙은 이름이라고 한다.

이곳에 전해 오는 말로는 고려장자리가 숲에 나무처럼 많아서 고림장골로 불렀다고 하나 고려장이 공동묘지의 산소처럼 많을리는 없고 고려장터가 고림장으로 변했기에 이렇게 말하는 것으로 생각된다.

이 부근은 가마지골이라는 골짜기가 있고 이곳은 이 마을 최초의 발생지로 추측하며 이런 관계로 고려장터가 있다고 본다. 그리고 이 고려장은 고려시대의 장례풍속이 아니라 예전 우리나라 장례 풍속 중의 하나라고 여겨진다.(고분재 정택교 씨 제공)


## 논골

논골은 좌측으로는 남산 삐두리 우측으로는 농박골이 있다.

이곳은 표고 약 400여m나 되지만 논이 두어 마지기나 있다. 그리고 샘의 양이 풍부해 소위 풍년 밥그릇이라고 불리어 왔다. 예전에는 자기 논이 없는 시대라 농사짓기는 힘들어도 이런 곳에라도 논이 없어서 못 짓는 때가 있었다. 이곳에 지명은 골에 논이 있다는 뜻이다.


## 농박골

농박골은 좌측으로는 논골 위로는 고염나무골이 있다.

농박골의 유래는 이곳에 농바위가 있어서 붙여진 이름이다.


## 고염나무골

고염나무골은 광교산 시루봉 바로 밑으로 매우 높은 곳이다. 이곳의 지명 유래는 여기에 고염나무가 많이 자생하기에 붙여진 이름이다.

고염나무는 원래 자생나무가 아닌 것으로 보아 예전에 이곳에 사람들이 살았었고 그때 과일나무로 심은 것이 아닌가 여겨진다.

왜냐하면 고염나무 열매는 과일로서 예전 사람들이 많이 먹었고 또한 감나무 접붙이는 대목으로 쓰이기 때문이다. 속담에 감보다 고염이 달다는 것이 감과 고염의 관계를 말해 준다.


## 서당골

서당은 글방과 같은 말로 지금의 사립학교와 같다.

서당골은 죽전리 대진 1차 아파트 일대이다. 서당골의 유래는 예전에 이곳에 죽전서원이 있었던 곳이었기에 생긴 지명이다. 서원은 선현을 흠모하는 제사와 후학을 가르치던 곳이다. 이곳에 죽전서원이 건립된 것은 선조 9년이며 없어지기는 선조 25년 임진왜란 때였다.

이곳 죽전서원은 정몽주 선생과 조광조 선생을 배향하였으며 선조로부터 죽전서원이란 사액을 받은 서원이다. 이곳 서원이 불타 없어진 얼마 후 정암 조광조 선생은 그분의 묘소가 있는 지금의 상현리로 옮겼으며 포은 정몽주 선생은 모현면 능원리로 옮겨 각각 심곡서원과 충렬서원이 되었다. 그렇기에 서원이 섰던 자리가 서당골이라는 이름으로 남은 것이다.

## 피난골

　피난골이란 말 그대로 전쟁이나 난세에 몸의 안전을 위하여 집을 떠나 피해가는 곳이다.

　우리나라는 전쟁이 많았고 학정이 심해 백성들은 이런 것이 없는 곳을 찾는 사람들이 많았고 전국적으로 그런 유명한 곳이 많다.

　예를 들면 정감록에 나오는 십승지* 같은 곳인데 이런 곳에 들어가면 어떤 재앙도 피할 수 있는 이상향으로 여겼기에 오늘날까지도 찾는 사람이 많다.

　이런 곳만은 못해도 그 지방민들에게만 알려진 피난처도 있다. 여기 수지 손골 부락에 있는 피난골이 그런 곳이다. 이곳은 손골 맨 윗동네 성교촌에서 골짜기를 따라 오르다 나오는 여러 골짜기 중 우측 골짜기이다. 그러나 여기 피난골은 여러 사람이 오래오래 살 만큼 터전이 넓은 곳이 아니다. 그럼에도 이곳을 피난골이라 부르게 된 데는 천주교와 깊은 관련이 있다.

　이 골짜기 아래는 성교촌이라 불릴 만큼 초기 천주교의 발상지였던 곳으로 김대건 신부의 아버지와 같이 순교한(헌종5년 1839) 성도리 헨리코 신부가 전도하다 잡혀간 곳이다. 그때는 천주교 신자들은 죄인 아닌 죄인으로 잡히면 죽음을 면치 못했던 시절이라 그들은 거처를 옮기며 피해 다녀야 했다. 그러니 천주교 신자들은 깊은 산골로 숨어 살았고 도망 다니기 좋은 지형을 택했다.

　여기 광교산은 서울의 근교요 삼남지방의 입경 입구이며 선교사들이 중국으로 드나드는 서해가 가까운 곳일 뿐 아니라 부근 청계산으로 이어지는 험준한 산령이 있어 일찍이 천주교 신자들이 골짜기마다 많이 숨어 살았다.

　그래저래 이 골짜기는 그들이 피난 다니는 길목으로 많이 이용되었고 그러다 보니 피난골이란 이름을 듣게 되었다.

---

*정감록에 나오는 십승지 : 풍기의 금계촌, 화산 소령의 청양현, 보은 속리산 사승황영지, 운봉 행촌, 예천 금당실, 공주 계룡산, 영월 정동쪽 상류, 무주 무봉산 북쪽, 부안의 금바위 아래, 합천 가야산 만수동.

## 산막골(山幕谷)

우리나라 지명은 조금 편편한 곳을 평(坪), 골짜기는 곡(谷)자를 써서 한문 표기를 했다. 이것을 요새 말로 해석하면 평야요, 골짜기인데 들은 뜰로 곡은 골 또는 꼴로 소리가 변했다. 이렇게 변한 것을 문법학자들은 무슨 법칙이라고 말하겠지만 무식한 사람이 이런 것까지 설명할 필요는 없으리라고 본다.

여기 소개하는 산막골은 상현리 일부인데 상현리 서원말, 느진재 그리고 수원시 하동(하리 윗방죽 상류)과 인접한다.(가운데)

이곳은 산에 둘러싸여 있기는 해도 비교적 골이 넓어 웬만한 마을 하나쯤 들어설 법한데, 동네가 있던 흔적은 한 곳도 없었으며 최근 외지에서 들어온 사람들의 집이 하나둘 들어서기 시작했다.

위에서 말한 대로 남향받이 골짜기로 사람이 살 만한 곳이었는데 그렇지 못하였던 것은 이곳 지명이 말해 주고 있다. 그러면 이곳은 전혀 사람이 살지 않았느냐 하면 그렇지 않았다. 다만 정착하여 살지 않았을 뿐이다. 이렇게 얘기하면 헷갈리는 말이 되겠지만 이곳은 사람들이 임시로 움막을 치고 살던 곳이다.

그러면 왜 사람들이 정착하여 마을을 이루어 살지 않고 움막에서 살았느냐 하면 이곳에 살던 사람들은 건강한 사람이 아니라 병든 환자들이 임시로 살았기 때문이다. 예전에는 과학이 발달하지 않아 한 번 전염병이 돌면 한 지역, 한 나라를 온통 휩쓸어 한 집 식구가 한꺼번에 다 죽고 한 마을 주민의 태반이 죽어나가니 동네에 초상을 치를 사람이 없을 지경이 되었다고 한다.

그러니 병의 원인도 몰라 병을 마마(극히 높여 부름)라고까지 부를 때라 유행병이 돌면 환자를 동네에서 피접을 시켰다.(요새 에이즈 환자처럼 격리시키는 것이다) 이러한 방법으로 사람의 내왕이 적은 골짜기에 움막을 짓고 며칠 먹을 음식만 가지고 환자를 그곳으로 보내놓으니 병간호도 못받은 환자는 십중팔구 죽게 되어 살아서 땅 속으로 들어가는 것이나 마찬가지였다.

이런 일은 늙은 사람을 갖다 버리는 고려장과 다를 바 없어 소가 도살장에 들어가는 것과 다름이 없었다. 이렇게 처음 한 사람이 들어오기 시작하면 병이 퍼질수록 움막도 늘어가게 되고 이 움막에 들어온 사람은 병이 나아 제발로 집으로 돌아가는 사람 외에는 이 집이 무덤이었다. 대개의 유행병이 날씨 더운 여름철에 유행하여 찬바람이 불기 시작하면 수그러들고 그러다가 겨울이 되면 잠복기로 들어간다. 이때쯤 되어 살아남은 사람들이 자기 가족의 움막을 찾아가 뼈를 걷어 땅을 파고 묻어주게 되었는데 언제가 죽은 날인지도 몰라 제삿날도 짐작해서 지낼 수밖에 없었다.

이렇게 마을에서 집에서 쫓겨나온 사람들이 산에다 움막을 치고 산 곳이 산막골이다. 그러니 누가 이곳에다 집을 짓고 살겠는가, 생각해 보면 병이 나아도 약은커녕 미음이나 물 한 모금 마셔 보지 못하고 풀뿌리를 붙잡고 안간힘을 쓰다가 죽어야 되었던 원통한 귀신이 비바람처럼 소리치며 다닐 이 골짜기에서 말이다. 그래서 이곳은 최근까지 사람이 살지 않던 곳이나 외지에서 온 사람들이 이런 것을 알 리 없으니 그들의 눈으로 보면 이곳이 동천복지(東川福地)로 보일 수밖에 없다.

현대는 첨단의학이 발달하여 병원에서 질병에 대한 조기치료와 적절한 간호를 받으며 의료생활을 하고 있으니, 이는 옛 어른들이 병마를 견디어야 했던 어려운 시절의 세태를 느껴 보는 지명이라 하겠다.


## 지네방골

지네방골은 성복리 성불안 우측 골짜기 중 하나로 위로는 방아재가 되며 이 골짜기 안에는 밑과 위로 두 개의 지네바위가 있다.

두 개의 지네바위는 모양이 바위라기보다는 바위 서덜이라고 하는 것이 더 적당할 것 같은데 그것은 바위와 서덜의 구별이 어렵기 때문이다. 지형이 이렇기에 지네의 서식이 용이했을 것으로 본다.

지네방골의 유래는 대개의 지명 유래처럼 지네바위가 있어서 생긴 지명이며 지네바위는 이 바위 서덜에 지네들이 많이 서식하였기에 불려진 이름이다.

지네가 얼마나 많이 서식하였는가 하는 것은 짐작할 수 없으나 다만 이 골짜기 부근에 있었던 대찰 성불사가 지네로 인해 망했다는 전설이 있는 것으로 보아 지네가 많았을 것이란 추측이 갈 뿐이다.


## 홍비석골

수원시 팔달구 하동 답 96번지 부근에는 길이 세 방향으로 갈라져서 소위 삼거리가 되었다. 이 길 중 하나는 이의동과 하동 사람들이 구읍내(구성면 소재지) 다니던 길이요, 하나는 독바위 쪽에서 내려오는 길이요, 또 하나는 이 두 길이 만나 구성면 삼막골로 넘어가는 고갯길이 된다. 이곳을 일러 거리뎅이라고 하는데 이 거리뎅이를 조금 거슬러 올라가면 좌로는 걸리골, 우측으로는 농골인데 이 사이에 있는 산을 홍비석골이라고 한다.(하동 산 9-11)

홍비석골의 유래는 이 산 중턱에 있는 비석 때문에 생겼는데 이 비석 주인의 성씨가 홍씨이기에 홍씨의 비석이 있는 골짜기라는 것이 줄어서 홍비석골이라 한 것이다. 홍씨의 성은 넓을 홍이나 여기서는 붉은 홍으로 해석한 것이다.

그러나 이곳을 백비석골이라고도 하는데 이는 이 비석의 빛깔이 희기에 붙여진 것이다. 이것은 비석이 희게 변한 것이 아니라 석질이 대리석이기에 흰 것이나 붉은홍으로 해석했던 홍씨의 비석이 흰 것을 빗대어 붙인 이름으로 본다. 이 비석이 처음 세워진 연대는 알 수 없으나 만력이 조선 선조 때요 이때 개립하였다 하였으니 조선초기에 세워진 듯하다. 비문을 소개한다.

행 통훈대부 사헌부 감찰 홍서린지묘(行 通訓大夫 司憲府 監察 洪瑞麟之墓)

증 가선대부 호조참판 겸지의금부사(贈 嘉善大夫 戶曹參判 兼知義禁府事)

만력 십팔년 십일월 개립(萬曆 十八年 十一月 改立)

## 중느골(僧沓洞)

중느골, 한역으로는 승답동이라 한다. 중느골은 정평서 이현을 가기 위해 넘어야 되는 이현고개(일명 왜골고개) 우측에 있다. 지번으로는 상현리 답 16-1, 16-2 그리고 답 40-45번지까지이다.

중느골의 유래는 이곳의 논을 절의 스님들이 짓던 땅이라서 붙여진 이름이다. 이 부근에는 큰문소골 그리고 작은문소골이라는 지명이 있는 것으로 보아 사찰이 있었으며 그 사찰의 소유 답이 있었으리라 본다. 그리고 예전에는 원래 절의 소유였거나 나라에서 절에 하사한 토지일 것으로 추측된다.


## 쉰배미골

쉰이란 말은 국어사전에 열에 다섯곱이라 되어 있다. 그러니까 쉰배미골은 논의 평수는 적은데도 논배미가 오십 개나 되도록 많으니 논다운 논이 아니요, 땅다운 땅이 아니라는 조롱조의 비하가 섞여 있다. 또한 논의 생김이 뱀처럼 길기도 한 데서 붙여진 이름이기도 하다. 이곳은 성복리 622-3, 623-1, 624-2번지 일대이다.

그런데 이곳을 외부 사람들이 뱀골이라 부르는데 그것은 쉰배미라는 말이 쉰자는 빠지고 배미가 뱀이 되어 뱀이골로 잘못 알려진 데서 기인한 것이다. 그리고 이곳은 한 마지기가 쉰배미나 될 만큼 산골 또는 이런 곳에서 산다고 사람을 놀리기 위하여 과장되어 불려졌으나 실제는 이 골짜기가 2천여 평이나 되니 마지기로 십여 마지기요, 한 마지기당 다섯배미니 산골로는 크지는 않지만 적지도 않은 것이다. 그러나 이 골짜기는 오래 전부터 묵어 숲을 이루고 있으나 농용수였던 샘물만은 약수로 널리 알려져 마을 사람들은 물론 수원서도 하루에 수백 명이 찾아온다.

## 안텃골, 바깥텃골

윗손골에 사람이 사는 것을 보았거나 살았던 적이 있다고 전해 오는 말도 없는데 밭에서 깨진 사금파리가 나오고 골짜기 이름으로 보아 사람이 살았던 것으로 볼 수 있는 곳이 있다. 고기리 손이터 동네에서 수원으로 가기 위해 넘어야 되는 손이터고개 손골 쪽(남쪽) 골짜기이다.

그러니까 마루턱에서 이 골짜기를 반으로 갈라놓은 길을 따라 아래로 조금 내려오다 우측을(동천리 답 661번지 일대) 안텃골 그리고 길을 거의 다 내려와 좌측을(동천리 전 656-1번지 일대) 바깥텃골이라고 부르는데 이는 텃논(집앞에 딸려 있는 논), 텃구실(집터에 대한 구실), 텃구렁이(집에 있는 구렁이, 업구렁이), 터고사(터주에게 지내는 고사)에서 볼 수 있듯이 사람이 사는 터 또는 사는 골짜기를 이르는 말이다.

그러면 그 시기는 언제였을까인데 그것은 모든 것을 종합해 보아 윗손골에서가 가장 먼저였을 것이라고 본다. 그렇게 추정이 되는 것은 취락구조의 초기 형성과정에서 볼 수 있는 자연환경을 이곳이 갖고 있기 때문이다.

즉 이곳은 배산임수(背山臨水)의 땅으로 자연에 의지해 풍수해를 막을 수 있는 곳이다. 그렇기에 어느 마을이고 마을의 발달 초기에는 사람들이 맨꼭대기에서 거주하다 점차적으로 아래로 발전해 온 것을 볼 수 있다. 그런데 윗손골에는 이곳보다 위에 마을이(성교촌) 생겼는데 그것은 조선조 후기에 박해를 피해 온 천주교 신자들에 의해 생긴 마을이다.

더불어 설명한다면 이곳 뒷산이 지금은 실명된 손허산이라는 산인데 손골은 손허산 골짜기라는 뜻이니 이곳이 손골 맨위가 된다. 어떻든 이 골짜기는 좁은 골짜기 가운데 길이 있었고 그 좌우에 계단식 논과 밭밖에 없었으나 최근 비닐하우스와 조립식 가옥 한 채가 들어서면서 옛 이름을 되찾고 있는 것 같다.

## 독골

독골은 새독골과 큰독골이 있는데 새독골은 풍덕천 삼성체육관 앞골이요 큰독골은 그 뒷골짜기이다. 이 두 곳 말고도 큰독골 산등성이 넘어 동천에 독골이 또 있었다.

새는 사이의 준말이나 여기서는 소(小)가 새로 변한 것 같다. 왜냐하면 옆에 큰독골이 있기에 작은 독골로 불렸을 것으로 보이기 때문이다. 큰독골은 골이 큰 골짜기, 작은독골은 골이 작은 곳으로 이곳에는 고래실논이 계단식으로 있던 골짜기다.

독골의 지명 유래는 이곳이 독(항아리)같이 생겨서가 아니라 쌀독에 쌀이 가득한 것처럼 땅이 비옥하여 늘 풍년이 드는 곳이라는 의미에서 붙여진 이름이다. 다시 말해 풍덕천 일대는 천수답이 많은데 이곳은 물을 걱정하지 않는 고래실논이며 땅도 비옥했기에 이 부근에 있는 땅보다 소출이 많았다. 그러기에 이곳을 쌀독에 비유한 것이다.


## 물맞이골

물맞이골은 신봉리 서봉 부락 일명 국수봉 골짜기 중 하나로 동으로 절능 안, 서쪽으로 모세골 가운데 있는 골짜기이다. 이 골 위에는 큰 바위가 있고 그 밑에서 샘이 솟는데 물맛이 좋고 약효가 뛰어나다. 이 물은 다시 암반으로 된 계곡으로 흐르는데 계곡이 절벽을 이뤄 수량이 불어나는 여름철에는 긴 폭포로 변해 장관을 이룬다.

먼저 물맞이라는 말은 병을 고치려고 약수를 마시거나 약수로 몸을 씻는 일이다. 그리고 골은 골짜기의 준말이다. 그러니까 물맞이골 유래는 병을 고치려고 약수를 마시거나 약수로 몸을 씻던 골짜기였기에 생긴 지명이다.

여기서 물맞이를 하는 때가 언제인가 하면 주로 음력 3월 3일날이다. 이날에는 쌀을 가지고 약수터에 가서 약숫물로 밥을 지어 정성을 드린 뒤 하루 종일 약수를 먹고 약수로 목욕을 한다. 그렇게 하면 모든 병이 없어진다고 한다. 어느 곳에서는 폭포에서 떨어지는 물에 요즘 말로 물마사지를 하는 곳도 있었다. 수지읍에는 이곳 말고도 물맞이를 하던 곳이 있었는데 그곳은 죽전리 대지고개 부근에 있는 얼음박골에 있는 샘이다.

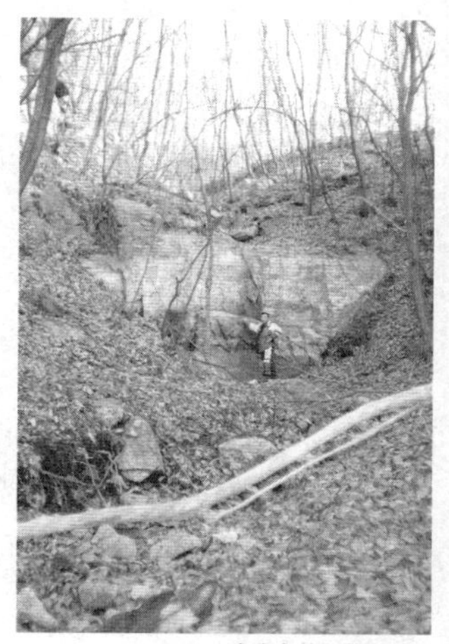

앞에서 찍은 물맞이골

## 왕입골(王立㗳)

이곳 사람들은 이 골짜기를 왕림골이라 발음하나 왕입골이 맞다. 고분재 아랫마을에서 웃말로 가다 보면 한 줄기 내가 들로 갈라져 좌측으로 거슬러 가면 백운산 바로 밑이 되며 우측으로 올라가면 이 왕입골이 된다.

이 골짜기 우측 산줄기로 이 마을의 지명이 되게 한 고분재 고개가 있다. 이 고개 말고도 왕입골에는 초부들이 다니던 산길이 있었는데 여기를 넘으면 바로 의왕시 땅이 된다. 그리고 이 골짜기 너머에도 왕림이라는 곳이 있는데 이곳은 정조대왕이 화산에 있는 융능을 왕래하시던 지지대고개가 근처에 있었기에 한 번은 이 마을에 있던 정자나무 밑에서 쉬며 물을 마시고 갔다 하여 전해진 이름이다.

왕입골의 유래는 이 골짜기에 호랑이가 많았기에 붙여진 이름이다. 여기서 왕이란 산중의 왕 호랑이를 지칭한다. 그리고 여기서 입(立)자는 나온다, 출몰한다는 뜻이다. 그러니 이 두 말을 합치면 호랑이가 자주 나온다는 말이다. 실제로 이곳 사람들이 이 골짜기에서 호환을 당했다 하며 불과 백여 년 전에도 그런 일이 있어 그 집안에서 별도로 이곳에다 산제사를 지내던 것이 얼마 전까지 였으며 지금도 산제사를 지내던 바위가 이 골짜기에 있다.

또한 이 골짜기에는 바위가 많은데 특히 이름있는 바위로는 일어서기돌,

엎힌돌, 그리고 큰돌이 있다.


## 갱골

갱골은 상현리 가산골 밑으로 있는 곳으로 예전부터 일등답이다. 갱골의 유래는 전하지 않는다.


## 자오골(子午谷)

자오골은 새말 앞에 있는 골이다. 자오골의 유래는 새말 뒤에 있는 소의 형국에서 볼때 자좌오향(子坐午向)인데 이것이 줄어서 된 말이다. 예전에는 시간이나 방향을 12지로(자, 축, 인, 묘, 진, 사, 오, 미, 신, 유, 술, 해) 표시하였는데 예를 들면 자는 12시, 오는 6시를 가르킨다.


## 터안

터안은 하동 일명 상여천에 있는 골짜기이다. 우리나라의 지명에는 마을마다 안터라는 곳이 있을 정도인데 안터와 비슷한 안산, 안골 등이 있다.

안산이란 마을 앞에 있는 산이요, 안골도 마찬가지 뜻이다. 그러나 터안은 이와는 조금 다른 의미가 있다. 안터란 편안하고 아늑한 터라고 할 수 있는데 이런 곳은 마을 중에서도 가장 안쪽 깊숙이 있어 겨울에도 바람 한점 스며들 수 없는 그런 곳을 말한다. 즉 좋은 집터를 말한다. 그러나 여기에서 터안이란 유래는 위의 말과는 아주 반대의 말이다. 즉 터가 아니라는 뜻이다.

## 승죽골(勝竹谷)

승죽골은 이의동 속칭 두렝이 안에 있는 안골 못미처에 있는 골의 이름이다. 승죽골의 유래는 이의동 대 696번지 부근에 예전부터 대나무가 많이 서식하였다 하여 불려졌다고 한다.

그러나 단지 그 흔한 대나무가 있다는 것으로 승죽골이라 했을 리가 없다고 보나 근거는 없으며 절터의 흔적 등을 보아 아마 이곳은 승죽의 이름을 가진 절이나 암자가 있었을 것으로 본다.


## 자지산(紫芝山) 어름박골

자지산은 일명 대지산이라고도 한다. 이 산은 수지면에서 모현면으로 넘어가는 대지고개가 관통하는 곳으로 수지읍, 구성읍과 모현면 경계에 있다. 산의 높이는 327.2m로 큰 명당이 있다

대지산(자지산)의 얼음박골

고 전해오고 있다. 이 산의 지명은 붉은 지초가 나는 산이라, 이름지은 것도 본래의 산명보다는 깊은 의미가 숨겨져 있다고 본다. 왜냐하면 이 산에는 그 어떠한 신기한 풀이 생산되었다는 유래가 없다는 점이다.

이 산은 동쪽을 등지고 있으면서 서쪽의 광교산을 정면으로 바라보고 있는데 그러다 보니 아침해가 돋을 때는 그야말로 광교산이라고 이름지을만큼 빛나는 햇살이 산에 반사되고, 저녁에는 역시 서쪽에 저녁노을이 반사되어 산 전체가 붉은 융단을 깔아놓은 듯했기에 자지산이라 했을 법하다.

그리고 이 산에는 어름박골이라는 명소가 있다. 어름박골은 이 산 팔부 능선 대지 고갯마루 근처에 있는데 대개의 산골짜기가 그러하듯이 이곳에도 골짜기 물이 골짜기 바위틈으로 몰려 샘보다 조금 깊은 물이 흘러 탕이 되었다.

그런데 이곳 어름박골의 탕은 두 가지로 유명하다. 하나는 이 물의 효험이 뛰어난 약수로 유명해서 그전에는 음력 3월 3일만 되면 쌀과 미역을 가져와 밥을 짓고 국을 끓여 정성을 들이고 이곳 물로 세수와 목욕을 하면 피부병은 물론 만병에 효과가 있어 많은 사람들이 몰려들었다. 이런 일은 3월 3일날만이 아니라 연중으로 있었던 일이다. 또 하나는 겨울이면 이곳 물탕에 얼음이 어는데 여기가 응달이 되어서 그런지는 몰라도 해빙은 다른 어느 곳보다 늦다. 그래서 어름박골이라 했는지 모른다.

어떻든 이 어름박골의 얼음이 녹으면 그 시기를 가늠해 농사를 시작할 만큼 얼음 녹는 게 늦었다. 그리고 이곳 어름박골의 얼음이 녹을 때는 바위에 붙은 얼음이 겉부터 녹아 흐르는 것이 아니라 속부터 녹아 바위에 붙은 곳에 자위가 돌면 얼음이 뒤로 자빠지는데 이 소리가 매우 커서 안대지의 개들이 놀라 크게 짖으면 그해에 풍년이 들었다고 한다. 그리고 어름박골로 인한 또 하나의 일화 한 토막이 있는데 위에서도 말했듯이 이곳의 얼음이 녹는 것을 보고 농사를 시작하는 것이 이곳의 풍속이 되듯 했는데 이 마을에 욕심과 심술이 많은 부자양반이 있었고 그 영감도 이 바위에 얼음이 녹기를 기다리는 것은 마찬가지다. 그런데 이 집 하인들이나 머슴들에게 고와 보이지 않은 영감이기에 어느 해는 꾀 많은 머슴이 이 집주인을 골리기 위해 이 얼음바위를 창호지로 가려놓은 사건이 있었다. 그러다 보니 4, 5월이 가도 이 어름박골 얼음이 그대로 있어 농사 파종을 늦게 해서 그해 영감네 농사는 흉년이 들었다.

이만큼 이곳이 얼음도 가장 늦게 녹아 내렸기에 이곳 얼음이 안 보일 때면 이 세상은 온통 봄으로 가득하였다. 지금 이곳의 어름박골은 수목으로 가려 잘 보이지 않으나 물의 효험은 여전하다고 한다.


## 삼박골(三剝谷)

삼박골은 신봉리 서봉 부락 위에 있는 화홍골 서봉사지 위에 있다.

　　어떤 사람은 이 골짜기에서 산삼이 많이 난다고 해서 산삼박골이라고 한다 하나 이는 이곳에 와보지 않은 사람의 얘기이다. 그렇다고 이곳에 산삼이 전혀 없던 것은 아니었다. 오히려 예전에는 산삼을 가을 김장밭에서 무 뽑아

신봉리 서봉사지 위의 삼박골

오듯 했다고 한다. 얼마 전에도 부자 한 사람이 이 삼박골 근처에서 산삼을 캐어다 큰 값에 팔았다고 한다.

　　그러나 이곳 삼박골의 유래는 산 정상에서 아래로 내려뻗은 산줄기가 마치 내천(川)자 같기에 골 역시 셋이 있는 데서 붙여진 이름이다. 표대봉과 시루봉 사이의 이 골짜기 우측에는 오백나한을 모셨던 서봉사의 말사 오백난 터가 있다.


## 가마지골

　　가마지골은 백운산 고분재 쪽 골짜기 이름이다.

　　이 골짜기의 유래는 이 골짜기에 큰 바위가 있고 여기에 까마귀가 많이 서식하여 불려진 이름이라고 전한다. 그러나 원래의 유래는 이곳에 토기를 굽던 가마가 많았다고 하며 이로 인하여 고분재 마을명이 되었다고 한다.

　　즉 고분재의 뜻은 옛날에 토기를 굽던 동네라는 뜻으로 옛고(古) 질그릇 분(盆) 마을 동(洞)을 써 왔으나 곡현(曲峴)으로 변했듯이 질그릇 굽던 골짜기가 후대에 와서 가마귀가 많이 서식해서 가마지골이라고 원래의 유래가 변한 것이다.

# 항골

항골은 형제봉과 가운데봉 사이 골짜기로 신봉동 쪽에 해당한다.

항골의 유래는 언제인지 모르는 아주 옛날에 수지 일대는 물바다였고 오직 형제봉과 가운데봉 그리고 광교산만 남아 있었다고 한다. 이때 형제봉과 가운데 봉 사이로 배가 다녔다고 해서 항골(航谷)이라고 했다는 것이다.

이를 뒷받침하는 전설이 또 하나 있는데 이는 형제봉 절벽 밑에 배를 붙들어 매었던 고리가 있었다고 하며 이를 보았다는 사람도 몇 명 있다. 이렇게 배를 매었다면 항구 역할을 한 것으로 보아 여기서는 항골(港谷)로 보아야 할 것이다.

항호곡의 유래를 듣고 새긴 김준용 장군의 승전비

그런데 이 골짜기 바로 너머에 병자호란 때 전라병사로 용인 전투에 참전했던 김준용 장군의 전적비가 바위에 새겨져 있는데 이는 수원성 성축 공사의 책임자였던 번암 채제공 선생이 부근 사람들의 이야기를 듣고 만든 것이라고 한다.

그 이야기는 이곳에서 김준용 장군이 청나라 병사를 항복받은 자리라고 해서 항호곡(降胡谷) 즉 오랑캐가 항복한 골짜기라는 유래를 듣고 비를 새겼다고 전하며 항호곡이 줄어 항골이 되었다고 하는 말도 있다.

그러나 당시에 기록으로 보아 이곳이 아닌 수지에 있는 검드레산이 유력한데 그것은 남한산성과 1사에(30리) 거리 그리고 총포와 불로 남한산성과 전라도 병사 간에 연락과 호응이 있었다는 것이다.

그리고 검드레산 지근거리인 험천에 충청감사의 병력이 있었고 용인 할미산성에 경상도 근왕병이 남한산성을 탈환하기 위해 있었다는 정황, 현지의 지형 등이 김준용 장군의 전적지로 보기에는 매우 적합지 않다.

## 뱀박골

뱀박골은 소실봉 느진재 쪽에 있다. 뱀박골의 유래는 이곳에 뱀이 많이 서식한 데서 붙여진 이름이다.

이 이름은 전해 오는 이야기가 아니라 이곳이 개발되기 전까지도 뱀이 많았으나 지금은 환경변화로 뱀박골의 이름까지 없어졌다.


## 가슴박골

가슴박골은 배나무골 동네 위요, 평풍바위 아래가 된다. 가슴박골은 갓쓴박골이 변한 것이다.

갓쓴박골의 유래는 이 골짜기에 갓쓴바위가 있어서 불려진 이름이요, 갓쓴바위는 사람이 갓을 쓴 것같이 생긴 데서 연유한다. 그리고 사람들이 흔들면 넘어갈 것 같으나 수십 명이 넘기려고 해도 흔들리기만 하고 넘어가지 않아 흔들바위라고도 한다. 마을 사람들은 언제부터인지 갓쓴바위골을 가슴박골이라고 불렀다.

# 수지의 약수

광교산 약수/행여바위 물탕/젖우물/의수물/성지못 외

## 광교산 약수

광교산 약수터

광교산 약수터는 시루봉에서 큰골 쪽으로 백여 보 내려가면 있다. 수량이 많지 않으며 비린 음식이나 입을 대고 먹으면 샘이 나오지 않는다고 한다.

## 행여바위 물탕

행여바위 남쪽 기슭에 있다.

이 물탕은 샘이라기보다 굴의 형태이며 이곳에는 수량이 많고 도룡뇽이 많이 서식하고 있다. 옆에는 예전에 있었던 암자터가 있다.

## 젖우물

불경에 보면 한 사람이 어머니 젖을 먹는 양이 8섬 4말이라고 했다. 그러나 사람 체질에 따라 또는 산모가 제대로 먹지를 못해 젖의 양이 부족한 사람이 있다. 이런 사람들은 젖의 양을 늘리기 위해 여러 가지 방법을 동원하게 된다. 그중에 하나가 삼신할머니에게 젖이 잘 나오게 해달라고 비는 것이다. 이 때 차리는 음식을 만들기 위해 깨끗한 물을 필요로 하는데 그런 물은 동네 사람들이 공동으로 사용하는 그런 물이 아닌 외딴샘에서 떠온다.

이렇게 정성을 드리기 위해 물을 떠오던 곳이었으며 효험이 있던 샘이 이 젖우물이다. 나중에는 물을 먹으면 효험이 있다고 믿었다. 이곳은 풍덕천리 삼성체육관 우측으로 예전에 부르던 이름이 샛 득골이다. 그러나 이곳도 개발에 파묻혀 샘은 없어지고 나이 먹은 어른들의 기억에 추억으로 남아 있을 뿐이다.(김명배 씨 제공)


## 의수(醫手)물

이 샘이 있던 곳은 지금의 풍덕천리 삼성체육관 앞이다. 예전에 이 샘이 있던 곳은 논이었으나 최근 수지읍이 도시화 되면서 묻혀 버리고 말았다.

먼저 의수물이란 요새 말로 약수와 비슷하다. 요즈음 샘을 통칭 약수라고 하는데 이렇게 된 것은 전국의 물이 오염이 되면서 상대적으로 덜 오염된 샘을 약수라 하게 된 것이다. 그러나 약숫물이란 그렇게 흔한 것이 아니라 온천물처럼 각종 질병에 효험이 탁월한 물을 약수라 한 것이다. 여기 의수물의 유래는 이곳 샘물이 의사의 손처럼 만병에 잘 들었기에 붙여진 이름이다.

요즘 사람들은 의술이 발달하면서 약수의 효험을 등한시하는 경향이 있으나 온천이 치료에 효과가 있는 것처럼 약수 자체에도 치료에 효과가 높은 곳이 있다. 이곳 샘이 그러한 곳이었다. 예를 들면 신봉리 어느 댁에는 모기에 물린 곳을 물로 씻으면 멀쩡해지는 샘이 나온다. 그러나 이곳은 매몰되어 의수라는 이름만 남았다.(김명배 씨 제공)

## 성지못

성지봉은 형제봉의 이명(異名)이다.

성지못은 성복동 성불마을 앞산 너머 9부 능선에 성지바위가 있고 그 바로 아래에 있다. 성지못의 유래는 따로 없으나 이 성지못에는 바다에 사는 조개가 살고 있다고 전한다.

그것은 예전에 이곳이 바다였기 때문이라는데 수지에는 바다로 산봉우리만 보였었다는 전설이 많이 남아 있다.

전에는 나무꾼들에게 맛난 샘이었으나 지금은 찾는 사람이 없어 수초 속에서 아름답게 보존되고 있다.

## 용정(龍井)

용정은 전나무쟁이에서 두렝이로 가기 위해서는 바로 밭둑 같은 조그만 언덕을 넘게 되는데 이 고개 앞이 병목회요 길 아래 골로 조금 내려가면 논 가운데 우물이 있다.

용정의 유래는 이 우물에서 용이 하늘로 올라갔다 해서 붙여진 이름이다.

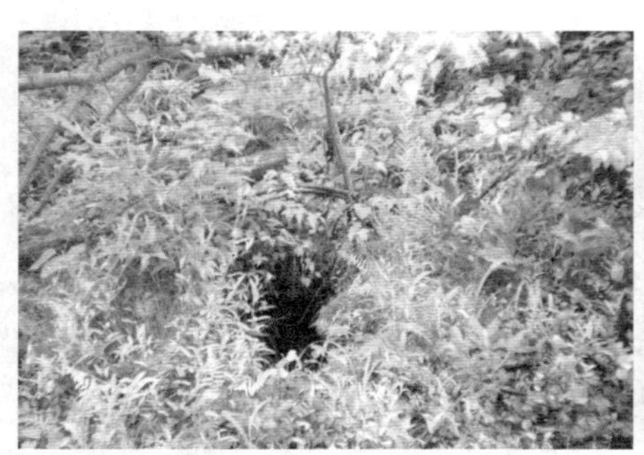

성지못/풀이 무성하여 성지못을 둘러싸고 있다

용정/용이 하늘을 올라갔다는 우물이지만 지금은 논의 한가운데에 있다

## 서가물

이의동 승죽골 입구 좌측에 있다.

서는 소의 변음이며 서가물은 그러니까 소씨네가 먹던 우물이라는 뜻이다.
서가물의 유래는 이곳에 소씨가(이름은 전하지 않음) 살았기에 불려진 이름
이라는 것이다. 그것도 아주 부자였다고 한다.(김은희 씨 증언에 의하면 집은
보지 못했으나 돌로 쌓은 높은 담장이 있었는데 다른 사람들이 옮겨갔다고
한다) 그러나 이보다는 절터가 아니었나 여겨진다. 그 이유는 서가물은 서가
불(석가불을 이렇게 부름)이요, 우물은 절에서 먹던 우물이며 담장은 축대라
고 보기 때문이다.


## 손이터고개의 샘

손이터고개 마루에서 조금 내려와 손골 쪽 우측에 있다.

이 샘은 지금은 작아졌지만 예전에는 샘보다는 아주 컸을 것으로 본다.

이렇게 보는 것은 현재의 수량으로 짐작이 가겨 부근 지명으로 보아 동네
공동 우물로 쓰였을 가능성도 배제할 수 없다. 이 샘의 유래는 별도로 전하지
않는다.

서가물/두렝이의 큰 나무 아래에 있는 약수

손이터고개 약수

## 작은 말굴이(小轉馬)의 샘

작은 말굴이 샘은 이 고개 신봉리 쪽 칠부 능선쯤 길 옆에 있다.

이 샘은 바위 속에서 나오는데 여름에는 얼음물같이 차고 겨울에는 얼지 않는 그야말로 약수 중에 약수였다.

이 고개로는 나무를 하러 다니는 사람들과 수원장을 가고 오는 사람들이 끊이지 않을 만큼 많았다. 이 사람들은 수원에 가더라도 거기서 요기를 하는 것이 아니라 거의가 굶어서 돌아오다가 이 샘물로 허기를 달래고는 귀가했다. 아니면 나무를 하러 다니는 사람들은 이 샘에 와서 점심을 먹고 물을 마셨다. 수지 서북쪽에 사는 사람들은 대여섯 곳에 고개를 넘어 수원을 왕복했지만 이곳만이 유일하게 샘이 나오던 곳이며 그들의 고달픔을 시원하게 달래주던 추억의 샘이다.

이 샘도 특별한 유래는 전하지 않는다. 그러나 지금은 이 샘도 볼 수 없게 되었으니 부근에 집을 지은 사람이 이 물을 끌어다 먹기 위해 바위 밑을 뚫는 바람에 샘이 말라 버리게 된 것이다.


## 옻물

산에 가면 옻나무라는 나무가 있다. 이 나무는 스치거나 만지면 옻이 오르는데 피부가 가렵고 심하면 붓고 진물이 난다.

옻에는 겉옻과 속옻이 있는데 겉옻은 피부에만 나는 것을 말하며 속옻은 내장에 옻이 오르는 것이다.

겉옻이 오르는 것은 산에서 일하는 사람들에게서 흔히 볼 수 있으며 속옻은 옻나무와 닭을 같이 고아서 먹는 옻닭을 먹은 사람이 걸린다.

이렇게 옻이 올랐을 때 치료방법으로 하는 것이 샘물을 떠다 먹기도 하고 씻기도 하는데 이 물은 아무데서나 떠오는 것이 아니라 옻물 샘에서 떠다 써야 한다.

　산촌에는 마을마다 이러한 샘이 있었다. 옻물은 개와 닭 울음 소리가 나지 않는 깊은 계곡에 있어야 되며 특이한 것은 샘 위에 옻나무가 있어 나무 자체가 이 물을 숨쉬듯 먹었다 뱉었다 하는 것이어야 효력이 있다고 했다. 예전에는 옻이 올랐다고 피부과에 가는 일이 전혀 없었기에 옻물만이 유일한 치료 방법으로 알았다. 배나무골 안산에는 아직도 옻물 샘이 남아 있다.

# 수지의 풍수

풍수와 수지/혈(명당) 자리

## 풍수와 수지

수지는 광교산이 자리잡고 있어 그 어느 곳보다도 풍광이 아름다운 곳이다. 풍광이 아름답다는 것은 무엇을 뜻하는가 아름다운 풍광은 훌륭한 인물이 많이 나올 수 있는 조건과 합일하다는 것을 의미한다.

뿐만 아니라 수지에서 수백 년을 집성촌으로 살아온 명문가 집안이 많이 있었다.

그럼에도 벼슬이 높거나 부자가 별로 없었음은 광교산 자락의 맥을 끊었기 때문이라고 전해 왔다. 전설이 사실인지 조사해 보니 수지에는 네 군데에 혈이 끊김을 발견했다.

그 한 곳이 고기동 샛말 속칭 능말림 멀미요, 다른 한 곳은 신봉동 가운데봉에서 서봉사 쪽으로 뻗은 일명 용마등 줄기요, 또 한 곳은 삼형제봉 가운데 하나인 누에봉 낭떠러지요, 또 한 곳은 이의동 두렝이 벌말 앞산줄기이다.

비록 이러한 사실에 아무런 해가 없더라도 수지 명산에 어찌 누가 아니겠으며 사람들 가슴에 한이 아니

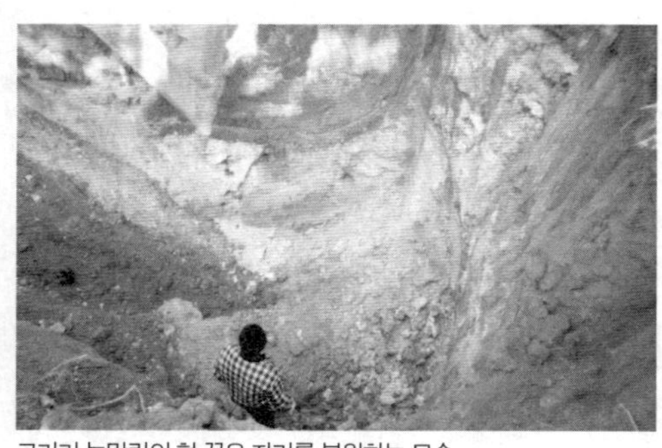
고기리 능말림의 혈 끊은 자리를 복원하는 모습

형제봉의 누에봉에 위치한 혈 자리에도 쇠말뚝이 꼽혀 있다

이의동 혈 지른 곳

었겠는가.

멀리는 말할 것도 없고 임진왜란으로 수지가 초토화되어 수백 년 고통을 받았으며 일제 강점기에도 역시 수탈을 면치 못했다.

되돌아보면 우리나라의 분단과 민족적 비극이 왜구에 의하지 않은 것이 없다. 하물며 말없는 강토에까지 혈흔을 남겼으니 왜구가 박은 비수를 뽑고 원래의 아름다운 수지의 풍광을 유지해야 하기에 전해 오는 이야기를 기록한다.

그리고 혈을 복원하는 방법으로는 바위에 박은 철을 뽑는 것과 산맥을 끊고 웅덩이를 판 곳은 원상복구를 해야 하는데, 이러한 일들이 혈을 질러 산천의 기를 빼앗을 수는 없었겠으나 과학적 증명을 보일 수 없으므로 혹여 민초들이 여린 마음에서 이를 믿는 사람들이 있어 마음의 상함이 있었다면 그들의 마음을 굳건히 일으켜 세워 민족의 자긍심을 심어주자는 데 있다고 하겠다.

## 혈(명당) 자리

### ■ 복치혈

복치혈은 암꿩이 엎드려 알을 품고 있는 형국이라는 풍수설에서 이르는 혈의 하나로 명당 중에 으뜸으로 꼽는다. 이의동에 있는 복치혈은 이곳 산 42번지에 있는데 조선시대 선조 때 사람으로 이조판서를 지낸 자는 숙진(叔珍), 호는 눌암(訥菴), 시호는 고헌(考獻), 본곤은 안동 형조참의 김언침의 자(子) 김찬(金瓚)이다. 증언은 묘하에 사는 13대 후손인 전 이장 김은회 씨가 했다.

신봉리 사혈

혈 자른 곳

수지에는 또 하나의 복치혈이 있는데 상현동의 뒷산에 위치한 용인 이씨 고려조 전서를 지낸 이사영 공의 묘가 복치혈이다. 산의 형국이 꿩이 알을 품은 형상으로 이런 곳에 묘를 쓰면 자손이 번성하고 재운이 따른다고 한다.

### ■ 뱀의혈(巳穴)

신봉리 산 37번지는 신봉마을 뒷산으로 이 마을 대성인 용인 이씨 신봉리파 세장지로 쓰이고 있다. 그런데 이 산에 쓴 산소는 봉분이 주저앉고 떼가 죽어도 사초나 다른 것을 할 수 없다고 하는데 그것은 이곳 산소를 건드리기만 하면 일가 어른들이 돌아가시기 때문이란다. 그러니 할 수 있는 것은 벌초뿐이다. 이런 현상은 이 산이 뱀의 혈이라 산소를 건드리는 것은 뱀을 건드리는 것과 같고 놀란 뱀이 사람을 무는 것과 같은 이치이니 운수가 나쁜 사람이 뱀에 물린 것처럼 죽는 것이란다.(이진선 씨 제공)

이곳 말고도 사혈이란 뱀처럼 긴 산이나 이런 곳에 있는 혈을 가리킨다. 수지에는 사혈이라고 하는 곳이 세 군데인데 위의 신봉리 산 37번지와 한 곳은 응달말 뒷산이요, 또 한 곳은 고기동 고분재에 있다.

### ■ 혈(穴) 끊은 자리

이의동 두능리 산 88번지에 가면 왜놈들이 산허리를 자른 자리가 있다.

### ■ 물고기 노는 형국

이의동 두렝이 중말 513번지를 풍수가들이 말하길 물고기가 노는 형국이라고 한다. 그래서 그런지 이 집터에 살고 있는 사람은 큰 부자로 살 수 있다는데 사실이야 어떻든 지금도 이 집에 사는 사람은 이 마을에서 가장 부자라고 한다.


### ■ 조산(造山)

조산(朝山)이란 조정에서 조회할 때 신하들이 임금한테 엎드려 절하는 모습같다 하여 부르는 이름이기도 하지만 여기서는 산소의 품격을 명당으로 만들기 위해 인위적으로 만든 산을 말한다. 다시 말해서 명당에는 여러 가지 조건이 있는데 우리가 흔히 말하는 묘소 뒷산인 진산과 왼쪽에는 좌청룡 바른쪽에는 우백호 그리고 물이 들어오고 나가는 것 말고도 앞에 얼마간에 들이 있고 그 밖으로 안산이 있게 마련인데 이것 말고도 명당의 가장 까다로운 조건이 묘 앞에 큰 산소만한 산이 있어야 되는 것이다. 그렇기에 명당의 조건 중 다른 것은 다 좋은데 이런 산만 없다면 권세가 있는 집이거나 부잣집에서는 인부를 동원해 인공

이의동 조산

산을 만드는데 이것을 조산이라고 한다. 이의동 산 54번지의 조그만 산은 이 산 북쪽에 있는 부원군 심온 공의 묘소가 명당되게 한 조산이라고 한다. 그러나 이름만 조산이지 실제는 천연적인 산이요, 그것도 바위산이다. 그런데 왜 조산이라 했는지는 알 수 없다. 그리고 이런 산은 이곳 말고도 산의초등학교 앞에도 있었으나 지금은 헐리고 가게터로 변했다고 한다.


### ■ 금계 포란형

금계포란형은 금닭이 알을 품고 있는 모양새를 가지고 있는 산소자리로 묘자리로는 명당 형국 중에 하나다. 이곳은 두렝이 안에 있다. 묘주는 안동 김씨로 묻힌 사람의 이름은 침(沈)이요 자는 정중(靜仲)이다.

■ 무진이들의 명당

무진이들은 신촌 부락 내 건너들을 말한다. 그러니까 수지초등학교 우측 정평들로 신봉리 들어가는 길이 이 들을 관통한다. 무진이들은 이 길 우측에 있다. 그런데 이 들에 큰 명당이 있다고 전해 온다.

수지읍 일대에는 대개 형제봉 일대가 명당으로 일컬어 오고 있다. 그래서 지관들이 광교산 일대에서 명당을 찾아 헤매는데 고려말 신돈 같은 고승도 이곳에서 명당을 찾기 위해 왔었다고 하며 명당을 찾아 밟아 올라간 자리를 디디바리라는 이름으로 지금까지 전하여 온다.(성복리에 있음)

애기인 즉 이렇게 찾는 명당이 사실은 광교산 형제봉 일대에 있지 않고 이 무진이들에 있다는 것이다. 이 무진이들의 명당은 광교산에서 올라서서 내려다보면 보이는데 금잔디가 곱게 깔린 대략 100여 평의 산소자리가 보인단다.

이곳이 천하의 명당으로 왕후장상과 부귀를 겸할 수 있는 곳인데 정말 신기한 것은 산을 내려와서 찾아보면 찾을 수가 없다는 것이다. 그럴 수밖에 없는 것이 명당이 아무 눈에나 보이는 것이 아니요 풍수학의 달인이어야 하겠지만 명당은 임자가 따로 있고 그 임자가 아니면 나타나지 않는다니 인연이 없는 사람은 찾을 수가 없는 것이다.

그렇기 때문에 도선국사 같은 분도 자기 어머니 산소 쓸 곳을 못 찾고 이인(異人)이 정해 주는 곳에 썼다지 않는가, 어쨌든 언젠가는 이곳에 묘를 쓰고 수지읍에서 걸출한 영웅이 나올 것을 기대했는데 아파트가 들어서게 되어 앞으로 영원히 이곳의 묘자리는 무용지물이 되게 되었으니 애석한 일이 아닐 수 없다.

그러나 이곳 명당이 꼭 음택에만(묘자리) 해당되는 것인지 아니면 양택에도(집터) 좋은 것인지는 모르겠으나 만일 양쪽이 다 좋은 것이라면 이곳에 아파트를 짓고 입주하는 주민들은 뜻밖의 행운이 있을지도 모르겠다. 그 일이 불과 몇 년 뒤에 찾아올 것이다.

■ 마혈(馬穴)

마혈이란 말뜻 그대로 말처럼 생긴 명당이요, 여기다 묘를 쓴 것을 이른다. 수지읍에 마혈은 성복리 산 7, 8번지로 심방산 남쪽이 된다. 이곳에는 정확하지는 않지만 숙종의 딸이 묻혔다고 전해 온다. 그래서 이 묘소에는 곡담도(산소를 보호하기 위해서 쌓은 담) 있었고, 여러 석물도 있었다고 한다. 그러나 이렇게 호사스럽게 묘소를 치장한 것이 이 묘에는 역행하는 것이었다고 한다. 왜냐하면 말은 가벼워야 잘 뛰는데 이렇게 석굴을 세우다 보니 말에게 짐을 잔뜩 실은 이치와 같기 때문이다. 그래서 그런지 이 묘소의 땅은 남의 손에 넘어갔고 주인은 다른 곳으로 이장하게 되었다. 그러나 석물은 그대로 방치되었다가 일제 침략시 수원 남문 근처에 살던 일본인 집 정원에 있었다고 하는데 광복 이후에 어떻게 되었는지 모른다고 한다.


■ 호구혈(虎口穴)

호구혈이란 호랑이처럼 생긴 명당, 호랑이 입에 해당하는 곳에다 묘를 쓴 것을 이른다.

수지읍에 호구혈이 있는 곳은 성복리 산 3, 4번지로 심방산 남쪽이다. 묘의 주인은 전주 이씨이다. 그러나 아무리 명당이라도 그 자리만 보고 쓰지는 못한다. 예를 들면 호랑이가 좋아하는 것은 개인데 호구혈에다 묘를 쓰려면 산소 앞에 지명이 '개' 자가 들어가는 곳이 있어야 한다.

그런데 이 산 앞에는 멀리 상현리 느진재 부락에 소리개라는 곳이 있어 이곳이 명당에 들게 되었다. 그러나 아무리 명당이라도 자손들은 이 산소 가까이 갈 수 없단다. 그것은 호랑이가 사람을 잘 잡아먹는 것과 같아 자손이 가까이 가서 성묘를 하고 가면 죽기 때문이란다. 그래서 이 묘소 자손들도 산소 앞 내 건너에서 제사를 지내고 갔다고 한다. 그러나 이 호구혈뿐 아니라 마혈도 없어지게 되었는데 그것은 이곳에 LG아파트가 들어서기 때문이다.(성복리 이창우 씨 제공)

■ 와우혈(臥牛穴)

산의 모양이 소의 형상을 닮았다고 하는 데서 불리는 형국으로 풍수지리설에서 쓰는 용어이다. 와우혈에는 반드시 앞에 죽통이 있어야 명당이다. 그러나 이 죽통도 적당한 자리에 있어야 명당이 된다.

수지에는 두 곳에 와우혈이 있는데 하나는 두렝이요, 또 하나는 고기리 광석산이다. 고기리 와우혈에는 광주 이씨 진만 공의 묘가 있다.

■ 비녀혈

비녀는 여자들이 쪽머리에 꽂는 장식이다.

비녀혈은 이 비녀처럼 생긴데서 붙은 명칭이다. 수지에는 고기동 배나무골 앞산이 비녀혈이다. 이곳에 명당이 있다고 하나 오히려 산소를 쓴 사람이 패가한 일이 여러 번 있었다고 한다.

이것은 아직 정확한 혈을 찾지 못해서라고들 하는데 그것이 맞을는지 기다려 볼 일이다. 이곳은 속칭 단씨네 산이라고 해서 단가말림이라 한다. 그러나 지금은 다른 사람의 소유가 되었다.

■ 제비혈(燕穴)

산의 형국이 제비같이 생긴 형국이다. 이런 형국에 산소자리는 제비 턱같이 생긴 혈에다 묘를 쓴다.

고기동 뒷산을 제비혈이라고 하는데 이곳에는 광주 이씨로 토산(兎山)현감을 지낸 이숙 공의 산소가 있다.

■ 박쥐혈

산의 형국이 박쥐처럼 생긴 형상이다.

고기동 사태골이라는 곳에 박쥐혈이 있다.

현재 이곳에는 묘가 없다.

# 수지를 흐르는 물

수지읍과 물/군기동 제언/청청수/장장포/험천 외

## 수지읍과 물

수지읍은 옛 지명 수진면(水眞面)이 말해 주듯 골이 많고 깊어 물 또한 많았다.

이 물길이 내려오면서 골이 끝나는 곳마다 합하게 되니 물이 배로 많이지는 것은 고사하고 성질이 사나워져 그곳마다 큰 소(沼)를 만들어 놓았다. 이뿐만 아니라 유유히 흐르던 물도 갑자기 장애물을 만나면 역시 곧게 나가고자 하는 물의 본성에 의하여 물이 돌게 되는데 이때에 소(沼)가 생기게 된다.

이런 곳들을 열거해 보면 성복천과 신봉천이 만나는 이질산머리, 풍덕천과 구성천이 만나는 대지 부락 앞 그리고 광석천(고기리에 있음)과 장의천이 만나는 곳 손의터 개울이 치마바위산 뒤인 헤꾸니를 감돌면서 나가는 곳 끝으로 동막천이 다리뻗고 달리다 들이받은 광주머내 뒷산께이다.

이곳 소의 명칭을 차례대로 적어 보면 청청수, 장장포, 오목내, 충충수, 오룡굴이다.

따지고 보면 풍덕천의 이름도 장마 때면 수지물과 구성물이 이곳으로 밀어닥쳐 저지대를 덮었을 것이니 이래서 물이 많다는 뜻이다.

다음은 위에 기재한 소에 대하여 좀 더 상세히 더듬어 보겠다.

## 군기동 제언(裙妓洞堤堰)

수지읍 풍덕천리 토월(지금은 없어지고 수지 1차 아파트가 됨) 부락은 일명 방죽골이라고 했다. 이 동네 이름을 방죽골이라 한 것은 이곳에 군기동 제언이라고 하는 방죽이 있었기 때문이다.

제언이란 요즘 말로 댐을 말하는데 예전에 지금과 같은 큰 댐이 있을 리 없다. 여기 제언은 작은 소류지였다. 그런데도 이런 말을 쓴 것은 사람 인력에 의존했던 시절의 공사였기에 표현이 과장된 것이다. 그리고 90년도에 아파트가 들어서기 전에도 현존하시는 노인들도 여기 방죽을 봤다는 사람은 없다. 그러나 여러 문헌에는 용인현에 제언이 다섯 개가 있다고 나와 있고 가장 늦게 발간된 경기읍지 발간 당시에도 군기동과 입동제언이 책에 수록되어 있다.

이 제언의 크기는 주위가 550척이었다. 이 동네의 제언을 쌓은 목적은 이 동네가 삼태기 같이 들어 앉았으며 논 백여 마지기가 마을이 이고 있는 것같이 높은 데 있었으며 더욱이 외부에서 물을 끌어들일 수 없기 때문이었다. 다만 이곳 제언을 지명에도 없는 군기동이라 이름한 것에 의문이 가는데 군자는 여자가 입은 앞치마를 뜻한다. 이로 유추해 보면 이 제언은 여자들이 행주치마로 돌을 날라 쌓았다고 해서 행주산성이라 부른 것과 같이 여자들이 치마로 흙을 날라 쌓은 것으로 볼 수 있다.

이곳 전설은 제언을 다 쌓고 고사를 지내는데 제일 먼저 어떤 여자가 둑을 건너갔기에 재수없다고 둑을 허물어 버렸다는 것이다. 이것으로 미루어 봐도 이 제언은 여자와 깊은 연관이 있다.


## 청청수(淸淸水)

이곳은 신봉천과 성복천이 이질산 북쪽머리를 들이받아 정신을 잃고 소용돌이치다 만든 큰 물웅덩이다.

예전부터 전하는 말로는 이곳은 물이 깊어 명주실 한 타래를 다 풀어도 끝이 닿지 않았다고 한다. 당시에는 긴 자가 없었고 명주실은 매우 긴 것을 상징적으로 나타내는 말이었다. 그리고 광교산에서부터 내려온 옥수는 이렇게 깊었어도 바닥까지 다 볼 수 있을 만큼 맑고 맑았기에 청청수라 이름한 것이다. 그렇기에 하늘에 달이 뜨면 이 물 속에도 달이 떴으며 미풍이라도 불어 잔물결이 치면 물 속에 달이 꾸러미로 끌려 올라와 달을 토하는 듯했기에 이곳 지명을 토월리라 했다.

그 후 토월리는 행정구역 폐합시 일부가 풍덕천리로 흡수되면서 토월 부락으로 잔존하게 되었다. 그리고 풍덕천 지명 역시 여기 청청수로 인하여 불리게 된 것이다. 또한 이곳 물길을 경계로 임진왜란시 이질산의 왜군과 우리나라 간의 치열한 전투가 있었다. 이때 왜적이 산위에서 이 물로 굴러 떨어지며 내는 소리가 풍덩풍덩했기에 이곳 지명을 풍덕천이라 했다는 설까지 생겼다.


## 장장포(莊莊浦)

이곳을 용인군 읍지에는 이렇게 표현했다.

'장장포는 현동 쪽 15리에 있는 선장산에서 발원한 물과 현서 쪽 15리에 있는 광교산에서 발원하여 현서 쪽 10리 지점에서 만나는 곳에 있다' 고 한다.

여기는 수지읍 죽전리 산 49번지와 구성면 보정리 산 188번지(번지는 다르나 산은 한 산임) 앞이다. 다시 말하면 수지읍 신봉리, 성복리 물이 풍덕천 앞에서 만나 이곳까지 흐르다 구성면 청덕리, 마북리, 언남리, 보정리 물이 대지마을 앞에서 만나 서로 다른 물길이 세력 싸움이라도 하듯 엉키면서 돌다 위 산에 부딪혀 용이 숨어살다 승천이라도 할 수 있을만한 큰 못을 만들어 놓았으니 그 모양이 근감하여 장장포라 한 것이다.

이 장장포를 한역하여 대지(大池)라 했는데 이것을 풀이하면 큰못이라는 뜻이다. 그러나 원래의 뜻과는 달리 얼마 전부터 이 마을 사람들은 대지가 아닌 대지(大地)로 쓰면서 이 마을에 큰 묘자리가 있어 대지라 일러온 양 말하고 있으나 이는 마을 유래의 역사를 모르고 하는 소치에서 하는 말이다.

이것에 대한 확실한 증거가 그전부터 대지를 바깥대지, 내대지를 안대지라 일컬었는데 내대지(內大池) 이곳에서 모현면으로 넘어가는 고개를 대지고개라 할 때 대지(大池)도 못지(池)자를 쓸 뿐 아니라 대지초등학교에 지자도 얼마 전까지 못지(池)자를 썼었다.

이런 것으로 유추해 볼 때 유독 대지에 지자만 못지(池)자인지 땅지(地)자인지 모호하게 된 것은 일인들에 의해 행정구역의 폐합이나 지명을 한역화할 때 지역 유래를 잘 모르는 그들이 잘못 표기한 데서 왜곡되어 고정화된 것으로 본다.


## 험천(險川)

광교산에서 발원한 물이 고기리를 거쳐 동천리를 지나는데 이 지나는 물길을 동막천이라고 한다. 험천은 이 동막천 아래에 있다. 별로 급한 여울도 없이 흐르던 물이 갑자기 험천이라 부르게 된 데는 다음과 같은 이야기가 있다.

이 동막천이 동막 부락 말미쯤 오면 광주머내 입구가 되는데 이 광주머내 상머리로 불끈 솟은 산 하나가 있다. 어떻든 유유히 흐르던 물이 이 산과 마주치며 소용돌이쳐 큰 물웅덩이를 만들어 놓았는데 이 물웅덩이를 오룡굴이라 했다. 그리고 물의 깊이가 명주실 한 타래를 다풀어도 끝이 닿지 않았다고 하니 자연을 숭배하던 시대의 사람들이 험한 내라고 했는가 보다. 하여튼 험천은 이곳서부터 상손곡에서 흘러온 물과 마주치는 머내 입구까지로 본다.

그러나 또다른 사람들은 험천은 이곳이 아니라 머내라고 한다. 그 이유는 우리나라 고어에 험하다는 뜻은 '머흐다' 라고 한 데서 머흐다가 머내로 변했다고 제법 국문학적 해석을 한다.

그런데 이 말은 머내의 옛 지명이 원천동(遠川同)이라고 했던 것을 모르는 사람들의 이야기이다. 왜냐하면 원(遠)의 뜻은 멀다는 것이요 천(川)은 내라는 뜻이니 이것을 합하면 멀리서 흘러온 물이라는 말이다. 즉 멀이 먼으로 먼이 머로 변한 것인데 이런 것은 여기 말고도 많든 지명 변화에서도 볼 수 있는 일이다. 그런데도 험천의 유래가 석연치 않은 것은 옛 기록에 다소 모호한 점이 있기 때문이다.

험천이란 말이 문헌에 나오기는 병자호란 과정을 적은 난리잡기인데 여기에는 충청감사 정세규가 근왕병을 이끌고 헌릉에 이르려 하였으나 적병에게 가로막혀 험천에다 진을 쳤다고 한다. 그리고 그 이후 전후 상황을 보면 적들은 산봉우리에서 내리 공격하므로 전국이 패몰했다 하는데 동막천 물줄기에서 이런 곳은 오룡굴(험천)뿐이다. 그러나 영조년간에 만든 용인현 읍지에 보면 현서쪽 15리 지점 되는 곳에 험천점(險川店)이 있다고 한 것은 내가 아닌 지명을 지칭한 것이라고 볼 수 있다. 그러나 용인현 읍지는 병자호란보다 훨씬 후에 일이라 험천 전투로 인한 지명도가 높아져 험천 부근은 다 험천으로 표기됐을 가능성이 많다.

이 점에는 임진왜란시 풍덕천 일대에서 싸운 전투를 용인전투 식으로 현장 조사가 아닌 소문으로 옮긴 풍문록 형태이기 때문에 오류가 많았다.

결론은 험천은 머내가 아니라는 것이다. 그리고 마을명은 곧잘 근처의 하천명이나 산이름을 끌어다 쓴 것이 많다는 것을 밝힌다.

험천/지금은 오령굴이라 부르기도 한다

## 벼락 웅덩이

고기리 샛말 부락 위로 있는 골짜기를 금수골이라고 한다. 이 골짜기를 양

벼락 웅덩이/고기리의 큰골에 이무기가 살았을 큰 웅덩이가 있다

쪽으로 갈라놓으면 흐르는 시내를 좇아 난 길을 따라 한참을 오르다보면 물이 두 갈래로 갈라지는 곳을 만나게 된다.

이곳에서 좌측으로 들어가면 큰골이요, 우측으로 들어가면 작은골 긴골이 된다. 벼락 웅덩이는 바로 이 두 물이 만나는 곳에 있다.

그런데 이곳은 벌써 골이 깊어 물은 암벽 틈으로 흐르고, 흐르던 물은 장애물인 바위를 만나면 물이 고여 웅덩이가 되고 넘쳐 떨어지면 작은 폭포가 되어 또 밑에 깊은 웅덩이를 만든다. 여기 벼락웅덩이가 그런 곳이다.

벼락 웅덩이의 유래는 아주 옛날에 이 웅덩이에 이무기가 살았다고 한다. 이무기는 전설상의 동물로 용이 되기 위해 천년의 도를 닦다 부정을 타 용이 되지 못하고 구렁이로 살고 있는 반용반사(半龍半巳)의 신세이다. 그러니 이무기는 이래저래 심통이 사나울 수밖에 없다. 그리고 이무기는 용이 되지는 못했을망정 수백 년간 도를 닦은 것이 있어 요술도 부릴 줄 안다. 이러니 이놈이 화가 나면 나쁜 짓을 하게 마련이다.

이 벼락 웅덩이의 이무기도 예외가 아니어서 인근부락에 행패가 심했다. 그것이 작게는 집짐승을 잡아먹는 것이요, 크게는 사람들을 잡아먹었다.

이런 일로 이곳 이무기는 사람들의 저주를 받게 되었고 이것이 하늘에까지 닿아 하늘이 이무기가 사는 이 웅덩이에다 벼락을 때렸다. 물론 이무기는 죽어버렸고 마을에는 또다시 평화가 찾아왔다. 이런 일이 있고부터 이 웅덩이를 벼락 웅덩이라 불렀다고 한다.


## 여천저수지

지금은 원천저수지라고 부르지만 원래의 이름은 여천저수지라야 맞는다.

여천저수지의 유래는 이 저수지 복판으로 흐르는 내의 이름이 려천(麗川)이
었기 때문이다. 그리고 이 저수지를 막기 전에 이곳에는 큰 마을이 있었으나
이곳이 수몰되면서 마을 사람들이 부근으로 흩어져 만든 마을이 위로는 윗여
수내요, 아래로는 하여천이다.

이런 지역 연고에도 불구하고 이곳 저수지를 여천저수지가 아닌 원천저수
지라 한 것은 일인들의 횡포라 할 것이다. 그리고 이 저수지는 무진년에 막았
기에 나이로 따지면 금년이 70살이다.(1997)


## 신대(新垈)저수지

신대저수지는 수원시 팔달구 하동에 있다. 신대저수지는 흔히 하리 윗방죽
이라고도 부른다. 그리고 신대저수지를 막은 년대를 촌로한테 물었더니 서
기로 말하지 않고 무진년이라고 한다. 무진년은 금년(1997)으로부터 거스르
면 무려 칠십 년이나 된다.

신대저수지의 유래는 이 저수지를 막기 전 이곳에 새터말이라는 마을이 있
었기에 마을 이름을 따서 부르게 된 것이다.


## 오목내

오목이란 요(凹)자와 뜻이 같다. 여기서 오목내란 내(川) 물이 흐르다 만든
깊고 큰 웅덩이를 말한다. 이곳은 지금의 장의교 바로 밑으로 광석천과 장의
에서 내린 물이 만나는 곳이다.

이 두 하천은 특히 장마 때는 수량이 갑자기 불어나는데 이는 광교산의 높
고 깊은 골짜기와 청계산 기슭의 물을 모은 때문이다. 그리고 이 두 냇물은
물의 온도까지 큰 차이가 나는데 여름철에도 광석천은 차고 장의천은 미지근

하다.

이렇게 성질이 다른 두 물줄기가 만나 화합하지 못하고 소용돌이쳐 깊은 못을 만들어 놓았는데 이곳을 오목내라 한다.

여기 오목내는 여름이면 아이들이 몰려드는데 그것은 이 부근이 산골이라 물놀이 할 만큼 넓은 못이 없는 데 비하여 이곳의 물이 넓고 깊기 때문이다. 그러나 이곳은 두 물이 만나며 만든 소용돌이와 물의 온도까지 차이가 나서 수영하던 아이들이 익사하는 사고가 자주 일어난다. 그래서 어른들은 아이들을 경계하는 말로 물귀신 얘기를 퍼뜨렸기에 아이들은 혼자서는 수영은 커녕 지나가기조차 꺼리게 되었다.

물귀신 얘기는 물에 사는 귀신이 물에서 노는 아이들의 발목을 잡고 물 속으로 끌어 당겨 잡아먹는다는 것이다.


## 충충포

충충포는 지금의 낙생저수지 내에 있었다.

광교산에서 발원한 부채살 같은 물줄기가 모여 광석천이 되었다. 여기에다 다시 발화산과 청계산 기슭에서 발원한 물이 합친 곳이 오목내다. 그리고 이 물이 또 손의터 앞에서 대장동에서 내린 물과 만나 큰 내가 된다. 이 물줄기가 장애물 없이 동막 쪽으로 흐르다 보니 경사없이도 속도가 빨라져 급히 동막천으로 진입하다가 헤꾸니 앞에서(지금의 수문 쪽) 갑자기 장애물을 만나 물이 반바퀴를 도는 바람에 큰 소를 만들었으니 이곳을 물이 넘실댄다고 해서 충충포라 했다. 그 후 이곳에다 저수지를 막았으니 충충포는 더 큰 충충포가 된 것이다.

# 고개를 넘나들며

수지읍 장(場)고개 및 기타 고개

## 수지읍 장고개 및 기타 고개

고개는 산길이나 언덕을 넘어 오르게 된 비탈진 곳이다. 이 고개들은 장을 보러 가거나, 땔나무를 하러 또는 마을과 마을 사이 그리고 전장을 다니는 때에도 넘어 다녔다.

먼저 장이란, 일정한 장소에 각처의 장사꾼과 이것을 사려는 사람들이 한데 모여드는 장소를 말한다. 그리고 장은 매일 서는 상설장과 5일에 한 번씩 서는 5일장이 있다. 이때 장에 가는 사람은 소를 팔러 가거나, 사러 가거나 아니면 제물 흥정을 하러 가거나 하는 극히 중요한 때만 가는 곳이었다. 그러나 섣달 그믐장이나 추석 때는 제물뿐만 아니라 아이들 옷가지, 신발 등을 사러 갔기 때문에 아이들은 늦게 오는 부모님을 멀리 동구밖까지 마중나가는 극성을 부렸다. 이때 모처럼 눈깔사탕 한 개라도 주머에 받아든 아이들은 이것이 두고두고 큰 추억으로 남게 마련이었다. 그러나 5일장에만 장에 가는 것이 아니요 나무장수를 해서 먹고사는 사람들은 매일같이 장에를 갔으니 요즈음 직장인이 직장엘 나가는 것과 같았다.

이렇게 먹고살기 위해서 가는 사람들이 대부분이지만 별 볼일 없이 오래간만에 나들이하듯 장구경 가는 사람들도 있어 남이 장에 가니 갓 쓰고 장에 간다는 속담이 생겼다. 이렇게 생업으로 또는 일시적 볼일로 가고 왔던 장터는 서민들의 정보 제공지였으며 애환이 교차되기도 하던 장소였다.

　수지읍 사람들이 주로 다니던 장은 수원장이었다. 다만 고기리 사람들은 안양장으로, 동천리 사람들은 판교장을 이용하기도 했으나 판교장은 고구마 싹 등 일부 품목만을 취급했고 기타 장으로서는 그 기능이 미약했다. 그리고 안양장은 고기리 사람들이 거리상 수원보다 가까워서 다녔을 뿐이다. 이렇게 수지읍 사람들이 늘 다니던 장 길은 지금의 도로와는 전혀 다른 길이었다.

　고기리 곡현과 장의 사람들은 큰말구리서부터 작은말구리, 도마치, 버들치, 뒷고개 등 코가 땅에 닿을 듯이 끌고 넘어야 할 높은 고개를 다섯이나 넘었으니 첫새벽 먹은 아침에 떠나도 잔뜩 짊어진 장 짐에 짓눌린 어깨가 부르트고 배가 등뒤에 들러붙는 때에야 수원에 닿았다.

　수지읍 상부 지역에 사는 사람들은 대개 이 고개들을 넘어 다녔고 하부도 동천리 사람은 아홉사리고개나 북드라니고개를 넘어 망가리, 독바위고개, 진고개, 뒷고개를 넘어야 했다.

　이 고개 말고는 곡현 사람은 안양으로 넘어가는 고분재고개와 백운산 산기슭을 타고 넘는 느진매기의 소로 길로 광교를 넘어 다녔으며 장투리 사람들은 바라산이 고개를 넘어 안양으로 갔다. 그리고 손기 사람들은 손이터고개를 넘어 윗손골 작은 말구리를 넘었으며 윗손골 중간말 사람들은 중손고개 성주고개를 넘어 신봉리로 해서 역시 도마치고개를 넘었다.

　또 서봉 사람들은 형제봉 바로 밑의 소로 길로 수원을 다녔으니 여기를 장고개라고 한다. 이밖에도 성서 사람들이나 두렝이 사람들도 지레길로 수원을 다녔다. 그리고 수원 쪽에 사는 사람들도 역시 이 고개를 넘어와 땔나무를 해가지고 갔으니 하루에 이 고개를 두 번씩 넘어 다녀야 살 수 있었다.

　정말 높고 험한 곳은 느진매기 소로 길이었으나 이곳은 고개라기보다 나무꾼이 다니는 오솔길이었다고 하는 것이 낫다.

　이곳 말고는 고분재곡이 가장 험한데 고갯길이 여러 번 휘돌아 굽은 고개라는 뜻으로 곡현이라 부른다. 그리고 손기에서 윗손골로 가는 손이터고개와 말구리고개는 무척 높고 가파라 나뭇짐을 진 사람은 코가 땅에 닿았다. 그러면서도 어디 쉴 만한 곳이 별로 없었는데 작은 말구리 고개에는 바위틈에서 나오는 샘이 있어 나무꾼들이 여기서 가지고 온 점심을 먹었다. 그러나 여름철이 아닌 추운 겨울에도 이곳 찬물에 밥을 먹어야 했으니 그 고생이 말로 다할 수 없었다.

여기 말고도 도마치고개에 술을 파는 주막이 있었고 성복리 성서마을 중간에 역시 술 파는 가게와 두렝이와 전나무쟁이에도 술을 파는 곳이 있었다. 그러나 아무리 춥고 고단하며 배가 고파 한 잔 술이 생각나더라도 이 술 한 잔을 마음놓고 먹지 못한 것이 당시 형편이었다.

이 길 말고 소위 한길이라고 하던 머내에서 수원까지 길에는 동네마다 술을 파는 곳이 있어 힘들게 다니는 사람들의 군침이 돌게 했다. 그러던 이곳이 머내에서 수원까지는 도로 포장이 되어 현대식 도로로 된 반면 상부에서 수원까지 넘던 길은 오랫동안 사람들이 다니지 않아 잡목이 크게 자란 것을 볼 수 있다. 그러나 이 길로 다니던 사람들의 마음속에는 이 고개에서 지게를 내려놓고 담배연기를 뿜던 아련한 추억이 남아 있으리라고 생각된다.

앞으로 이 고개도 현대화되어 수지 사람들이 다시 이 고개로 차를 타고 넘어 수원장에 넘나들 때 수지 발전은 균형을 이루리라 믿는다.

이곳들 말고도 대지에서 모현면 오산리로 넘어가는 대지고개, 수지읍 서남쪽 사람들이 구성면에 있던 현청을 찾아가던 느진재, 삼막, 이현고개가 있었으며 상현리는 독바위에서 신하리로 넘어가는 길마재, 가산과 대장간 사람들이 넘나들던 방울고개, 샛말서 배나무골로 넘나들던 붉은대고개들이 있다. 이것 말고도 꼴베고 나무하러 다니던 산길과 마을과 마을을 넘나드는 길이야 어디 다 헤아릴 수 있으랴.


### ■손이터고개

이 고개는 대장동 손이터 사람들이 윗손골을 거처 수원을 가기 위해 넘어다니던 고개이다. 그리고 손골 어린이들이 고기초교를 다니거나 양쪽 동네 사람들이 관혼상제 때 넘어다니던 고개이다.

이 고개의 유래는 손이터에 있다고 해서 부르는 이름이다. 그러나 손골 사

손이터고개 정상에서 찍은 모습

람들은 이 고개를 손골고개라 하는데 이는 손골 사람들이 자기 동네 이름을 넣어 부르는 까닭이다.

### ■ 느진재고개

느진재고개는 늘어진 고개 즉 긴 고개라는 뜻을 가지고 있다. 한자로는 늦을 만(慢) 또는 저물 만(晩)자 등이 혼용해서 쓰였다. 그러나 내용은 같은 뜻이다.

이 고개는 성복리 웅달말(정평 앞)에서 시작되어 느진재 마을을 지나 구성면 삼막골로 해서 삼거리로 가는 고개 이름이다.

이 고개는 이곳(느진재) 사람들이 다니던 고개일 뿐 아니라 용인시가 예전 용인현으로 있을 때 현 수지읍 상현리, 성복리, 신봉리, 풍덕천리 일부(정평 신촌)의 사람들이 현청이 있던 구성면으로 가기 위해 넘던 고개였다.

이 고개의 유래는 소금장수가 무거운 소금을 지고 팔러 다니던 시절에 큰 마을이 있을 줄 알고 들어선 소금장수가 마을은 보이지 않고 높지는 않으나 늘어진 긴 고개만 계속되니 새삼 소금 짐은 너무 무겁고 신세한탄에 짜증만 날 수밖에 없었다.

이렇게 소금도 못 팔면서 한 시간을 걸어 산마루턱에 쉬면서 또 앞을 내다 봐도 인가는 아득히 멀기만 했다. 이때 나온 소리가 그놈에 고개, 고개 같지 않은 고개가 길기만 하다는 탄식이 나왔다. 이 탄식 소리가 만현(慢現) 느진 재가 됐다.

### ■ 왜골고개

왜골고개는 성원 아파트 우측으로 해서 보정리 이현으로 넘어가는 고개 이름이다.

왜골고개의 유래는 임진왜란 당시 왜구가 주둔하였던 북두문산(지금의 이 진산, 현재는 삼성 5차 아파트)과 문소산(지금의 소실봉)의 중간 지점이 되는 이곳에도 많은 왜구가 있었기에 왜골 즉 왜놈들이 많이 있던 골짜기라는 데서 연유되었다. 이들은 정평 아래가 되는 북두평으로 넘어 다녔는데 그들이 건너다니던 다리를 쪽다리라 했다. 쪽다리 역시 왜구를 가리키는 비속어이다.

### ■ 재주봉재

재주봉재 역시 갓쓴바위골 서살망태와 갈라지는 세 갈래 길에서 큰번데기 가는 서쪽길로 올라서면 산마루가 나오는데 이곳을 재주봉재라고 한다.

재주봉재 말뜻은 재주는 재주꾼의 준말로 재주가 뛰어난 사람을 말하며 봉은 봉우리, 재는 길이 나 있는 높은 산의 고개이다. 그러니까 높은 고개라는 말이다.

그렇다고 재주 있는 길이라는 뜻이 아니다. 이곳은 꼴이나 나무를 하기 위해 다니는 길인데 이 마루턱은 바람이 세어서 지게를 지고 넘어지기를 잘하는 곳으로 이런 모습을 초동들이 재주넘이라고 한다. 즉 넘어지기를 잘하는 고개라는 뜻으로 재주봉재라 한 것이다.

### ■ 말구리고개(轉馬峴)

일명 큰말구리고개라고도 한다. 이 고개는 고기동 언덕말에서 동천동 윗손골로 넘어가는 장 길이다. 이 고개는 고기동 곡현, 장의, 성남 땅, 석운동, 운중동 그리고 대장리 사람들이 수원을 가기 위하여 넘어 다녔다.

이 고개의 유래*는 임진왜란 때 왜장이 이 고개를 넘다가 말이 굴러 죽었기에 불려진 이름으로 왜장의 이름은 전하지 않으나 말을 묻은 곳은 배나무골 뒷산으로 말무덤이라는 지명이 남아 있다.

### ■ 당재(堂峴)

당재는 고분재 윗말서 당재뜰로 넘어가는 고개 이름이다. 이곳에는 고분재

---

*유래는 구전되어 온 것이기에 말하는 사람, 듣는 사람에 따라 다소 다를 수 있음을 밝혀둔다.

안산이 되고 있는 일명 장사혈(뱀처럼 기다란 산)이라고 하는 산줄기가 있는데 이 산줄기 중간을 질러서 일명 당재뜰로 넘어 다녔다. 당재뜰은 이종무 장군 묘소 앞들이기도 하다.

당재의 유래는 이 고개 부근에 당집이 있었기에 붙여진 것이다. 당집이란 일종의 마을의 안녕을 비는 곳이요 장소이다.

### ■ 고분재고개(曲峴)

고기동 고분재 부락에서 의왕시, 속칭 의일로 넘어가는 고개 이름이다.

이 고개의 유래는 고개의 구비가 많은 데서 생겼다. 이곳 사람들이 땔나무를 안양에 내다 팔거나 장을 보러 다녔으며 양쪽 사람들이 관혼상제 때 다니던 고개이다. 이 고개는 수지에서 유일하게 성황당이 남아 있는 곳이다.

### ■ 느진매기

이 고개는 고분재 사람들아 광교로 넘어 다니던 고개 이름이다. 주로 수원으로 땔나무를 팔러 다니던 지름길이었으며 느진매기의 유래는 늘어진 고개라는 뜻이나 사실은 수지에서 가장 가파르고 높다.

### ■ 바라산이고개

고기리의 장의 부락 위가 바라산이 동네이다. 바라산이고개는 이 동네 사람

배나무골에서 바라본 말구리고개

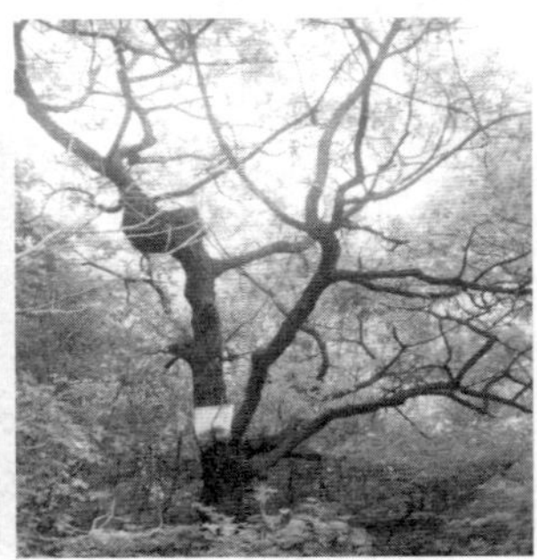

고분재고개에 있는 서낭당

들이 의왕시 의일로 넘어가는 고개로 안양으로 장을 보러 다니던 고개다. 고개
의 유래는 따로 없고 이 고객 좌측으로 있는 바라산 산의 이름이 그대로 마을명
과 고개 이름으로 같이 쓰이고 있다.


### ■ 북두란이고개(鐘峴)

북두란이고개는 풍덕천에서 393번 도로를 따라가다 보면 머내와 중간지점
(죽전휴게소 서쪽)에 있는 고개다. 원래 이 고개는 지금보다 약간 동쪽에 있
었으나 고속도로 건설로 현재의 위치로 옮겨졌으며 높이도 많이 낮아졌다.
그리고 북두란이란 북을 두드렸다는 뜻이요, 한역으로는 종현(鐘峴)이라고
쓰는데 이는 쇠북이니, 쇠북은 군대에서 쓰는 징으로 생각된다.

북두란이고개의 유래는 이 고개 근처에서 전투가 있었으며 그때 북이나 징
을 쳐 군사들에게 군호를 보냈을 것으로 여겨진다.

조선 제16대 인조14년에 있었던 병자호란시 남한산성에서 농성중인 임금
을 돕기 위해 삼도 근왕병이 지금의 머내에서 싸웠다는 여러 문헌으로 보아
군사들이 이곳에 주둔했고, 군중에서 평소에는 시각을 알리기 위해 전투시에
는 군사들의 사기를 높이기 위해 자지러지게 북과 징을 쳤을 것으로 여겨 그
후 지금의 이름을 얻게 된 것으로 여겨진다.


### ■ 성주고개

성주고개는 동천리 상손곡에서 신봉리 태봉고 중말 사이로 넘어 도마치고
개로 가는 고개 이름이다. 이 고개는 주로 상손곡 가운데 사람들이 수원으로
땔나무 장사를 하기 위해 나무를 이고 지거나 소에 싣고 다녔다.

성주고개의 유래는 이 고개 마루턱 바로 동쪽에 있는 바위의 이름이 성주
바위이기에 그 바위 이름이 그대로 고개 이름이 된 것이다.


### ■ 중손고개

중손고개는 동천리 중손곡에서 신봉리 홍천말로 넘어 다니는 고개 이름이

다. 이 고개는 중손곡 아이들이 수지초등학교를 다니기 위해 또는 양 마을 사람들이 관혼상제에 지래길로 넘어 다니던 고개였다.

중손고개의 유래는 동천리 긴 골짜기를 윗손골, 가운데손골, 아래손골이라 하였는데 이중 가운데 즉 중손곡 부락에서 넘는 고개라 해서 마을 이름을 따서 중손고개라 한 것이다.

### ■작은말구리고개

작은말구리고개

작은말구리고개는 동천리 윗손골서 신봉리 중말과 점촌(서봉에서 작은 말구리 쪽으로 있던 그릇 굽던 곳) 사이로 넘어가는 고개 이름이다. 고개의 유래는 별도로 없고 큰말구리 옆에 있어서 불려진 이름이다.

### ■아홉살이고개

아홉살이고개는 동천리 바위백이와 토월 부락(수지 제1차 아파트 단지)사이에 있던 고개이다. 그러나 지금에 와서는 첫 고개만 남고 아파트 단지 조성으로 흔적도 없이 사라져 버렸다. 이 고개는 주로 동천리 사람들이 풍덕천 소재지에 볼일을 보러 오거나 아니면 토월에서 다시 새말고개(토월과 신촌 사이에 있던 고개)를 넘어 어른들은 수원장에, 아이들은 수지초등학교를 다니던 고개이다. 그리고 아홉살이의 뜻을 풀어 보면 아홉은 그대로 아홉(九)이요, 살이는 일부 명사나 용언(用言)어간 밑에 붙어 무엇에 종사하거나 기거하며 살아감을 뜻한다. 예를 들면 고용살이, 더부살이, 곁방살이 등이다.

여기서 살이라는 말은 아홉살이고개를 넘나들며 먹고 산다는 뜻으로 해석하는 것이 좋을 것 같다. 그리고 아홉살이에는 아주 예전부터 이야기가 전해오는데 그것은 고개 초입인 바위백이(지금의 염광농원)에 큰바위 하나가 있었고 그 바위 옆에 오막살이 집 한 채가 있었다고 한다.

이 집에는 수원장에 다니며 떡장사를 해서 양친을 일찍 잃은 남매를 먹여 살리는 할머니 한 분이 있었다. 그러나 이 할머니는 손자 손녀 자라는 낙에 힘든 줄도 모르고 수원 삼십 리를 하루도 빼놓지 않고 걸어 다녔다. 그러자니 자연 날이 저물게 다녔는데 그 시간은 거의 자정에 가까웠다.

그러던 어느 날 이날은 웬일인지 떡이 안 팔려 떡을 반이나 남겨 그것을 다시 이고 오자니 자정이 넘어서야 겨우 이 고개에 닿을 수 있었다. 이 고개에 다다르니 다리도 무겁고 떡 광주리도 무거워 에라 모르겠다 하고 길옆에 있는 산소벌에 주저 앉았다.

한참을 이러고 있다가 떡 광주리를 이고 다시 고개를 넘는데 어디서 나타났는지 꼬리 아홉 달린 백여우 한 마리가 나타나 "할멈할멈, 떡 하나 주면 안 잡아 먹지" 하는 것이었다. 이러기를 고개 넘을 때마다 해서 떡을 다 빼앗기고 나중에는 팔 하나 주면 안 잡아 먹지, 다리 하나 주면 안 잡아먹지 해서 다 떼어주고 떼굴떼굴 굴러오다 몸뚱이까지 잡혀 덕혔다는 것이었다.

그뒤 이 남매는 갖은 고생을 다했으나 무럭무럭 잘 자라 여자는 시집가고 남자아이는 무술을 익혀 할머니 원수를 갚았다는 슬프고 안타까운 전설이 전해 오는데 그때부터 불려온 이름이라 한다.

### ■ 도마치(道馬峙)고개

도마치고개는 윗신봉리에서 웃성복골로 넘어가는 고개 이름이다. 이 고개는 성복리 사람을 제외한 고기리, 동천리, 신봉리와 성남시 대장동, 석운동 사람들이 수원으로 문턱 드나들듯 하던 시절에 넘나들던 고개이다.

이 고개는 수원으로 가는 사람이나 집으로 오는 사람들이 넘는 대여섯개 고개 중 가장 낮은 고개요, 이 고개 마루가 거의 수원과 집의 중간지점에 해당됐다. 그러니 무거운 짐을 이고 지고 장에 갔다 오는 사람들에게는 이곳의 반환점 같은 기분이 들법한 곳이요, 이곳에 주막과 대장간이 있어 자연스레 우마와 사람이 다같이 한참을 쉬었다 가곤 하던 곳이다.

그때 사람들은 새벽에 집을 나서서 밤늦게 집에 도착하지만 수원서 거의

큰 구렁이가 한 마리 엎드린 것 같은, 맷돌바위에서 바라본
도마치고개의 모습

점심을 들지 않았으니 그들이 가지고 간 땔나무 값이 점심을 먹을 만치 넉넉지 못하였기 때문이다. 그러나 돌아오는 길에 주막에서 파는 막걸리 한 사발은 값도 싸고(안주도 없이 그냥 마심)

목마른 데 물 대신 쉽게 배가 부르고 조갈이 가셨으며 빈 속에 먹은 술은 가볍게 취기가 올라 돌아오는 길이 힘든 줄 몰랐으니 아무리 궁색한 처지라도 한 사발의 막걸리를 사양하지 못했다. 이렇게 나무장사를 비롯 부녀자들의 나물장사에 이르기까지 요즈음으로 말하면 국도에 자동차 다니듯 이 고개로 우마가 다녔는데 얼마나 많은 사람이 다녔으면 말이 다니는 고개라 했겠는가. 그런데 신기하게도 요즈음은 단 한 필의 소와 말이 그리고 사람조차 넘는 사람이 없으니 세월의 변천을 알겠고 그러다 보니 주막도 대장간도 없어졌다. 앞으로 언제 또다시 현대판 우마인 자동차가 이 고개를 넘을지 두고 볼 일이다.

### ■안고개

안고개는 성서 성불동네에서 이의동 두능리로 넘어가는 고개로 수원으로 가는 지레 길이었다.

### ■버들치고개(柳峙)

버들치고개는 수지읍 성복리 성서 부락에서 수원시 팔달구 이의동 안골로 넘어가는 고개인데 수원에서 올라오는 쪽은 매우 길다.

이 고개는 수지읍 고기리, 동천리, 신봉리, 성복리, 그리고 지금의 성남시 석운동, 대장동 사람들까지 수원장을 보러 다니던 고개다. 장 짐은 주로 땔나무, 지게, 싸리제품(바소고리, 광주리), 봄이면 나물 종류, 가을이면 감이나 야생과일도 있었다. 농가에 가장 큰 재산인 소를 팔 때도, 사올 때도 이 고개를 넘나들었다.

수원 사람들도 하루에 수백 명씩 이 고개를 넘어 다녔는데 그들은 주로 땔나무를 하러 다녔다. 그들은 가까워야 윗손골이요 멀리는 바라산까지 다녔다.

두랭이 안골에서 바라본 버들치고개

이 고개의 유래는 성서에서 고갯마루로 오르는 길가에 버드나무가 많아서 생긴 것이다. 다시 말하면 성서에서 시작되는 고갯길 밑으로 있는 골짜기에 버드나무가 무성했다. 지금은 이 골짜기를 개간하여 논을 만들었는데 이곳을 버들치들이라 한다. 그러니까 버들치고개 이름은 성복리 버들치들의 버드나무가 유래의 원조이다.

이렇게 나무가 많아 생긴 지명이 수지읍에도 수없이 많은데 예를 들면 오리나무가 많아 오리나무골, 배나무가 많아 배나무골, 큰 은행나무가 있어 은응쟁이 등이다.

### ■ 간고개

간고개는 수지읍 성복리 성서 부락에서 버들치들 허리를 질러 가산 골짜기로 넘어가는 고개 이름이다.

이 고개를 넘어 다니던 사람들은 신봉리와 성복리 윗말 사람들과 독바위 그리고 지금의 하동 사람들이다. 주로 관혼상제 때 다녔다. 이 고개의 유래는 고개 밑 양지편에 외딴집 한 채가 살았는데 어느 날 갑자기 사라져 버리고 간 곳을 알 수 없다고 하여 간고개라 불렀다 한다. 아직도 그 집터는 남아 있는데 고개는 가산골에 군부대가 들어온 뒤 폐쇄되었다.

### ■ 독(纛)고개

독(纛)자는 '도' 로도 쓰며 우리나라 말로는 둑고개 발음 나중에 뒷고개로 변했다. 둑고개는 이의동 전나무백이서 수원시 동문으로 가는 고개다.

둑고개(두턱고개)의 유래는 이 고개가 두 턱이(고개가 두 개라는 뜻)져 붙여진 이름이라고 하는데 그 두 턱의 하나는 봉녕사 입구이며 또 하나는 지금

매향동으로 들어가기 위해 허문 성자리인데 요새는 깎아서 평지를 만들었지만 그전에는 이것도 매우 높았다고 한다. 다시 말해서 이렇게 한 고개에 턱이 둘이 있다고 해서 두턱고개라 했다가 뒷고개라고 변했다고 하나, 사실은 이곳은 군사 훈련을 하던 장소였으며 그때 꽂아놓은 큰 기의 이름이 둑이다. 이 기의 이름을 따서 둑고개라 부르다 뒷고개로 변한 것이 옳다고 본다. 그것은 이 고개 좌측 골짜기가 과녁배기라고 하는데 이 말은 이곳이 활쏘기 연습을 하던 훈련장이라는 뜻이다.

### ■ 띠아골고개

이 고개는 샘치 우측 계곡에 있다.

이곳은 두렝이에서 보면 형제봉에서 두 줄기로 갈라진 그 하나로(하나는 봉녕사 쪽으로)성복리와 두렝이를 갈라놓으며 내려오다 매봉에서 한 번 솟았다 쉬기라도 하는 듯 아니면 심산에(청송 심씨의 종산) 명당의 조건을 만들기 위해서인지 코허리처럼 굽은 곳이 있다. 이 산허리에서 두렝이 쪽이 가산골이며, 두렝이서 이 가산골을 넘어 역시 상현리 가산골로 가는 고개가 띠아골고개이다. 이 고개는 생업을 영위하기 위해 넘던 곳이 아니라 관혼상제 때 지래 길로 이용되었다.

### ■ 자오(子午)고개

자오고개는 이의동 두렝이 부락 자오골에 있는 고개로 새말에서 연무동으로 넘어 다니는 길이다. 자오고개의 유래는 이 고개 마루턱에 호랑이가 늘 와서 앉았다 가곤 했다 해서 앉을 좌(坐)자 호랑이 호(虎)자를 써서 좌호고개라 했다 하며 이 말이 변해서 자오고개가 되었다는 것이다. 그리고 이 고개로는 강아지를 안고 다니지 못했는데 그것은 강아지들이 집에 가서 얼마 있다가는 전부 죽기 때문이요, 그 이유는 개가 호랑이 밥이기에 호랑이가 앉았던 기(氣)에 눌려 그리된다는 것이다.

■ 이지내고개

이지내고개는 이의동 두렝이 쇠죽골에서 수원시 연무동으로 넘어가는 고개 이름이다. 이 고개는 새말 앞에서 역시 연무동으로 넘어가는 자오고개와 두리봉 자락에서 만나는데 이 고개는 주로 땔나무 장사들이 단속하는 사람들을 피해 다니던 지름길이다.


■ 장선나들이고개

이 고개는 하동벌말(금광 아래 부락) 위에서 여수네 동네로 넘어가는 고개 이름이다. 그러니까 이곳 사람들이 수원장에 가기 위해 넘는 지레고개인데 그것은 수원이 지금처럼 동수원이 개발되지 않고 성내에만 있었기에 매향동 종로통이 가장 번화가였기 때문이다. 그리고 이 고개는 일명 능너머라고도 하는데 그것은 이곳에 정씨네 오래된 묘가 있기에 생긴 이름인데 능이란 산소자리가 좋다는 뜻을 가지고 있다.

장선나들이의 유래는 우리나라 속담에 남이 장에 가면 갓 쓰고 장에 간다는 속담처럼 이곳 벌말에도 이런 사람이 있어 매번 장마다 수원장에 드나들었는데 남이야 장에 갈 때는 짐을 지고, 이고 가기 마련인데 이 사람은 남을 따라가는 입장이니 늘 나들이 가는 사람처럼 갓 쓰고 도포 입고 말쑥한 차림이었다. 그야말로 나들이 가는 모습이었다. 그래서 이 고개를 나들이 가는 사람처럼 차림을 하고 다녔다 하여 장선나들이고개라 한 것이다.


■ 우물고개(井峙)

우물고개는 하동에 있다. 이곳은 하동 구석이에서 역시 하동인 웃여수내로 넘어가는 고개 이름이다. 우물고개의 유래는 이 고개 중간에 우물이 있기에 붙여진 이름이다. 그러나 이 우물은 그저 단순한 우물이 아니다. 예전 어느 나그네가 며칠을 먹지도 못하고 길을 가다가 지쳐 이 고개에서 쓰러졌다고 한다. 한참을 인사불성이 되어 쓰러져 있는데 어느 노인이 나타나 네가 쓰러진 옆을 파면 샘이 나올테니 그 물을 먹고 빨리 떠나라고 일러주는 것이었다.

우물고개/우물을 옆에 끼고 고개가 있어서 우물고개라 한다

노인의 대갈일성에 의식을 간신히 차리고 손으로 땅을 긁으니 샘이 솟는데 물이 차고 맛이 좋아 정신없이 엎드려 마시니 기운이 회복하는지라 목적지를 갈 수 있었다.

이 사람은 과거보러 가던 선비였는데 다행히 과거에 급제를 했고 평생 이 샘을 잊을 수 없어 나중에 찾아와 우물을 파고 제사를 지냈다고 한다.

이 우물이 지금까지 남아 있는데 전에는 이 물을 먹고 과거를 치르면 급제한다 하여 과시생들이 찾아와 물을 먹고 제사를 지내는 사람으로 성시를 이루었다고 한다.

### ■ 여수내고개

여수내 고개는 구석이에서 새터말 밑을 지나 갱골 허리를 가로질러 여수내 부락 밑으로 넘어가는 고개 이름이다. 그리고 이 고개에서 멀지 않은 곳에 위로는 우물고개 아래로는 장선나들이 고개가 있다. 여수내의 유래는 여수내로 넘어가는 고개라는 뜻이다.

### ■ 마현(馬峴)

마현은 성복동 응당말(43번 국도 수원쪽으로 정평다리 건너)에서 서원말로 넘어가는 고개 이름이다.

지금 이 고개를 망가리라고 하지만 또한 여러 이설이 있어 마흔가리, 막은 가리가 망가리로 변했다고도 한다. 그러나 이 고개는 마현이 정확하다. 그런데도 이 고개 이름에 이명이 많은 것은 고개가 얕아서 고개라고 생각하는 사람들이 적다는 것과 부근에 이설이 본(마현) 이름을 누르고 차지했다고 봄이 옳다고 본다. 고개마루 부근에 기와를 만드는 큰 가마가 있었으며 기와를 만들어 말리는 더미가 마흔(사십)가리가 있어 마흔가리라 했다가 망가리가 되었다 한다. 또한 부근에 있는 성주 이씨 묘역과 관련된 설로 풍수지리에 의해

산과 산 사이를 잇기 위해 흙을 돋운 것을 막은가리라 했다가 망가리가 되었다고도 한다. 그러나 이 지역에 사시는 분(이창우 씨)에 의하면 이 지역에서 한학자로 이름 높았던 고 이원순, 이석현 두 선생에게서 들은 바 이 고개는 마현이라고 하였다는 것이다. 그리고 수지에는 말 마자가 들어가는 고개 이름이 많은데 그 예로는 큰말굴이, 작은말굴이, 도마치고개 등이 있다. 어린 말을 망아지라고도 하는데 그래서 망가리가 되었을 법도 하다.

### ■ 망가리

성복리 응달말에서 43번 국도를 따라 밋밋한 고갯길을 오르다 보면 우측으로 성복리 들어가는 삼거리를 만나게 된다. 이곳이 망가리*이다.

이 고개의 유래는 세 가지가 있다. 하나는 지금의 강남 아파트 남쪽으로 기와를 구워내던 곳이 있었는데 기와를 만드는 과정은 먼저 흙을 이겨 기와를 만들어 태양에 말리고 이것을 가마에 넣고 불을 때어 구워내는데 이렇게 굽기 전이나 구워낸 기와는 가리로 쌓아두게 된다. 이런 가리가 마흔 개나 될 만큼 많았기에 마흔가리라고 했는데 이것이 망가리로 변했다는 것이다.

다른 하나는 비가 올 때 이 고개 마루턱을 중심으로 물이 남북으로 갈리게 된다. 이중 남쪽으로 흐르는 물은 원천 저수지 홍구지천을 거쳐 아산만으로, 북쪽으로 흐르는 물은 풍덕천, 탄천, 한강으로 완전히 반대로 흐르게 된다. 이렇게 고개가 물을 남북으로 나뉘게 하는 둑 역할을 한다고 해서 막은가리라고 했는데 이것이 변해서 망가리가 됐다고 한다.

또 하나는 응골마을 좌측에 수지읍에 사는 성주 이씨 웃대조 되시는 이자견선생의 묘소가 있는데 매봉에서 망가리 쪽으로 흐르던 응골 우측 산줄기가 쪽박산까지 뻗치지 않고 중간에 끊겨(지금 성복리 들어가는 느티나무가 선 곳) 풍수지리상 좋지 않다고 하여 인공적으로 이곳에 흙을 쌓아 산줄기를 만들었다고 해서 막은가리라고 했다고 한다.

---

* 가리 : 가리다의 준말로 물건을 더미별로 쌓아놓고 이엉 등으로 덮어놓은 것. (예:노적가리)

■ 가두리고개(상현리 대 97번지 앞)

가두리란 말은 물건가에 돌린 언저리란 뜻이다. 그러나 여기서 가두리란 고개 이름이며 그곳은 서원말에서 느진재로 넘어다니는 마을 안길이다. 가두리고개의 유래는 마을과 마을을 물건가에 돌린 모습과 같은 데서 연유했다.

■ 농골고개

농골고개는 독바위에서 구성면 삼막골 일명 삼박골로 넘어가는 고개 이름이다. 이 고개는 독바위뿐 아니라 수원시 이의동 동녘골, 회골말, 거리댕이를 거쳐 구성면 구 읍네(지금의 소재지)로 가는 대로였다. 농골고개의 유래는 거리댕이 우측 골짜기 이름이 농골이기에 붙여진 이름이다. 그러나 여기서 농은 논이 변한 것일 따름이다.

■ 길마재

이 고개는 상현리 독바위에서 수원시 하동 홉곱말 사이에 있는 고개로 이 고개의 유래는 고개의 모양이 길마같이 생겼기에 붙여진 이름이다. 길마는 짐을 실으려고 소의 등에 얹은 틀의 이름이다.

■ 진고개(1)

진고개는 상현리 가산 부락 말미 가산농장 밑에서 여수내 웃머리로 넘어가는 고개이다. 이 고개는 고개도 낮고 또한 거리도 얼마 되지 않는다. 흙이 차지고 질은 것을 진흙이라고 하는데 이 고개를 넘기 위해서는 먼저 논길을 걸어야 되는데 이 고개 역시 논이 가까우며 얕아서 인지 늘 비 온 뒤처럼 질퍽질퍽하다고 해서 불려진 이름이다.

■ 진(陣)고개(2)

진고개는 상현리 가산에서 이의동 산의실로 넘어가는 고개 이름이다. 이 고개의 유래가 정확하게 전해지고 있지는 않으나 대략 임진왜란 때 일 것을 추측한다.

그때 삼도 근왕병의 일부인 전라도 순찰사 이광은 지금의 풍덕천 일대에 둔병하여 이질산 소실봉에서 적과 싸우고 있을 대 충청도 순찰사 윤선각의 군사는 수원에 둔병하였다 하였으나 수원이라 한 것은 이곳을 나중 사람들이 수원 부근이라는 것을 잘못 듣고 기록한 것으로 본다. 왜냐하면 그때 삼도 근 왕병은 연합작전을 폈었는데 유독 이들만 전투지역 외에 있었을 리가 없으며 또한 전라도 병사들이 싸웠던 소실봉이 여기서 5리밖에 안 되는 것으로 보아 충청도 병사들이 수원과 용인의 중간이며 요새지인 이곳의 주둔 길목을 지켰 으리라고 본다. 그리고 이 고개 부근 지명에서도 전쟁과 연관된 것이 아주 많 은데 이것은 위의 추측을 더욱 짙게 한다. 이것 달고도 얼마 전부터 이 고개 위에 군대가 주둔하게 되었으니 진고개는 예언적 고개였다고 해도 그르지 않 게 되었다.


### ■ 새능고개

새능고개는 상현리 평장들에서(상현리 548-1번지 부군)아래 산막골로 넘 어가는 고개 이름이다. 새능고개의 유래는 상현리 산 559번지에 있는 오씨네 세장지로 인해 붙여진 이름인데 새능이란 새로 쓴 능이라는 뜻이다.

그러나 여기서 능이란 왕릉이 아니라 좋은 산소자리라는 의미이며 이곳 산 소는 용인 팔대지에 하나로 오갑능이라는 별칭이 붙어 있다. 원래 이 부근 사 람들의 전답은 대개 평장들과 산막골 거리댕이에 있어 평장들이나 산막골에 서 일을 하다 이쪽저쪽 가자면 긴 산을 돌아가야 하기에 지레 길로 이 산줄기 중간을 넘어 다녔고 그 질러다니는 곳이 오갑능이 있는 산이기에 새능고개라 한 것이다.


### ■ 서원말고개

서원말고개는 상현리 서원말 중간에 있는 심곡서원 우측으로 해서(상현리 대 203-2번지)산막골로 넘어가는 고개 이름이다. 이 고개의 유래는 이 동네 이름이 의미하듯 서원이(심곡서원)있어 서원말이 되었고 고개 이름 역시 서원말에 있다고 해서 부른 것이다.


### ■ 서낭당고개

서낭당고개는 상현리 서원말 동네(상현리 대 203-1번지 부근)에서 느진재로 넘어가는 고개 이름이다. 서낭당 고개의 유래는 이 고개 마루턱에 서낭당이 있었기에 불려진 것이다.


### ■ 삼막골고개

삼막골고개는 느진재 마을 안말에서(상현리 대 281번지 일대) 구성면 삼막골 일명 삼박골로 넘어가는 고개로 일명 거리댕이고개라고도 한다.

그러나 고개 이름인 삼막골이나, 거리댕이는 여기서 상당히 떨어진 곳으로 이 고개 이름이 된 것은 잘못된 것으로 본다. 대신 이 고개 너머에 마을인 구성면 보정리 삼박골 마을 이름에서 따온 것으로 본다. 그리고 삼박골이란 박씨 셋이 이 마을에서 살았다고 하는 데서 유래되었다고 전한다.


### ■ 상막골고개

상막골고개는 서원말 아랫동네(심곡서원 우측)에서 산막골로 넘어다니는 마을 안길이다.

상막골의 유래는 상막이 많아서 생긴 이름이라고 하나 고개 너머 골짜기 이름이 산막골이기에 산의 'ㄴ'이 'ㅇ'으로 변하여 상막골이 된 것으로 짐작이 간다. 다른 유래로는 정암 조광조 선생이 이곳에서 시묘살이 했다는 기록으로 보아 그때 시묘살이를 하기 위해 묘막을 지었기에 이런 이름이 생겼는지도 모를 일이다. 상막(喪幕)은 묘막으로 부모 산소 근처에서 삼년상을 지내기 위해 임시로 만든 거처이며, 산막(山幕)은 전염병에 걸린 사람을 임시로 피접하기 위해 지은 임시 거처이다.

■ 태재고개

태재고개는 옛 용인 광주 계(界)를 따라 태재로 넘어가는 고개이다. 이 고개는 꽃터뿌리 뒤에 있는 산록을 따라 있는데, 이 고개는 매우 가팔라서 빈몸으로도 오르기가 힘들며 지금은 등산로로 수많은 사람들이 오르고 내리는 고개가 되었다.

태재고개의 유래는 멀리 조선 개국으로 올라간다. 이때 경주 김씨 상촌공 김자수 공은 조선 개국을 반대한 고려 충신으로 왕의 부름을 받고 상경하다가 벼슬을 받으면 불충이요, 반대하면 멸족의 화를 면치 못하겠기에 광주 추령에 이르러 절명시를 남기고 자결하였다. 이후 상촌공의 손자인 자 영유 호가 퇴재인 분이 선영 부근인 고개 밑에 묻히게 되었는데 영유공의 호가 마을 이름과 고개 이름인 퇴재라 하다가 나중에 태재라 변했다고 한다.


■ 무등(戊等)고개

여 지도서 용인현 편에 보면 무등현, 재현북 십리 선장산 래맥 광주계 추현 거맥(在縣北 十里 禪長山 來脈 廣州界 秋峴去脈)이라 기록되어 있다.

이 고개는 대지부락에서 중통, 부탄골을 거쳐 자지봉 우측을 넘어 오산수로 넘어 다니던 고개 이름이다. 이 고개는 구성면 마골 사람들도 오산수를 가기 위해 넘어 다녔다. 그러나 대지 사람들이나 구성면 사람들보다는 모현면 사람들과 지금의 광주 사람 일부가 이 길을 더 많이 넘어 다녔는데 그것은 용인현청이 구성면에 있었기 때문이다. 무등고개의 유래는 전하는 바가 없다.


■ 대지고개

죽전리 내대지에서 모현면 오산리로 넘어가는 고개다.

이 고개는 죽전리 사람들이 나무를 하기 위해 넘었으며 모현면 사람들은 수원장에 가기 위해 넘어다니던 고개다.

대지고개의 유래는 내대지에서부터 시작되는 고개라 붙여진 이름이다.

# 들녘에 배인 정겨움으로



## 기(旗)들기들

기들기들의 위치는 수지읍 소재지에서 수원 쪽으로 가다 풍덕천 다리를 건너지 않고 신봉천을 끼고 우측으로 풍덕천리 전 201-1번지에서 시작하는 들을 이르는 말이다.

먼저 기(旗)라는 말의 뜻을 살펴보면 어떤 뜻을 나타내거나 무엇을 상징하기 위하여 천이나 종이 같은 것에 특정한 그림을 그리거나 빛깔을 넣어 만든 것이라고 했다.

이것 말고도 기드림이라는 말이 있는데 이 말은 군기 따위의 위에 함께 달던 좁고 긴 깃발기류라 했다.

이곳 기들기의 유래는 지금으로부터 약 400여년 전 있었던 임진왜란으로 거슬러 올라간다. 임진년 4월 25일 부산진에 상륙한 왜군은 일로 북상하여 별 저항 없이 서울을 점령하고 북으로 파천중인 선조를 쫓아 올라가고 있었다. 그러면서 그들은 20리 또는 30리마다의 요새지에다 소수 병력을 두어 본국과의 연락이나 병참보급 그리고 후방에서 일어나기 쉬운 의병들의 궐기를 차단했다.

이러한 요새지 중 하나가 용인현 북쪽 10리 지점인 북두문산(지금의 이질산)에 있었고 여기에는 왜군 수군장 협판안치(脇坂安治)가 이끄는 병력 1천

6백명이 주둔하고 있었다.

이때 전라좌수사 이순신이 이끄는 수군의 활약으로 삼도중 적의 피해가 없는 전라감사 이광과 경상감사 김수, 충청도 순찰사 윤선각의 연합군 약 5만의 병력이 빼앗긴 서울을 수복하고자 서울토 진격하다 용인에 이르러 북두문산 위에 적의 소루(토성)가 있는 것을 발견한 감사 이광이 곧 방어사 곽영에게 명령을 내려 적을 구축하라고 명령을 내렸다. 그러나 광주목사 권율은 왜적은 이미 험한 곳에 자리잡고 있으므로 우리가 치기에 매우 불리하니 자중하시고 한강을 건너 임진을 막는 것이 옳다고 진언했다. 그러나 이광은 이 말을 따르지 않고 북두문산 북쪽인 이 기들기들에다 진터를 잡고 임진년 6월 4일 북두문산 싸움에서 패하게 되었다.

이 싸움 말고도 6월 5일에 문소산(지금의 소실봉) 싸움에서도 실패하여 진을 광교산에 옮겼으나 이곳에서도 역시 6월 6일에 패하여 남은 병력은 전라도로 회군하게 되었다.

이렇게 군대가 주둔하였던 지역이기에 이곳에는 군대에서 사용하였던 각종 깃발이 펄럭였을 것은 사실이다.

이곳에 전하는 말로는 적이 백기를 들고 항복을 한 곳이라 기들기들이 되었다고는 하나 이는 와전이 분명하다.

오히려 이형석 씨의 저서 임진왜란을 보면 5명의 적병이 금가면을 쓰고 백마를 탔으며 백색 교룡기(白色蛟龍旗)를 등에 짊어진 채로 대검을 휘두르면서 뛰어 나오며 주력이 뒤따르니 우리나라 병사들이 일시에 패주하였다 했다.

그리고 우리나라 병사는 교서와 인부(印符)마저 내던지고 기휘(旗麾, 대장기)마저 내버리고 도망갔다 했다. 여기서는 전쟁에 관한 얘기가 본론이 아니라 지명 유래에 대한 설명이기에 이만 생략한다. 그러나 이야기가 대개 뒤바뀌는 것은 이를 정신적 복수라고 보는 것이 옳다. 이런 이야기 중 대표적인 것이 사명대사가 일본에 들어가 신통한 도술로 일본 사람들을 혼내주는 임진록 같은 소설이다.

## 북두뜰(北斗坪)

이곳은 정평서 풍덕천으로 오는 길 우측이다. 현지인들은 이곳을 북두마니라고 한다.

북두뜰*의 유래는 이 뜰 남쪽에 있던 산이 북두칠성(北斗七星) 같이 생겼다고 해서 북두문산이요, 이 산 바로 북쪽 내 건너에 있는 뜰이라 해서 북두뜰이라 한 것이다. 그러나 뒤집어 보면 북두뜰 앞에 있다고 해서 북두문산이라 했는지는 모르나 북두마니라는 말은 산명이 먼저 생기고 뜰 명은 후에 붙여진 것으로 보는 것이 타당할 것으로 생각된다.


## 비렁뱅이뜰

고기리 배나무골 광석 모퉁이에 있는 들이다.(답 240-1 ~ 245-2번지 일대)

이곳은 산골 답으로는 드물게 논두렁이 낮고 물줄이 좋으나 땅이 메말라 벼의 풋 싹은 좋다가 결실 때는 제대로 여물지 못해 소위 벼 잎에 파리똥이 많이 끼고 쭉정이 벼 알이 많다.

이렇기에 허울은 좋으나 별 볼일 없는 땅이라는 조소적 의미로 가난뱅이들이라 한 것이다.


## 씨알뜰

씨알이란 새알이라는 말이다. 이 뜰의 유래는 두렝이 안골에 있는 안동 김씨 문중묘와 연유되어 있는데 이 묘자리의 형국이 금계 포란형(금닭이 알을

---

품고 있다는 뜻)이다. 이 황새부리 앞에 있는 뜰이 품고 있는 알 같은 형상으로 씨알뜰이라 하는데 그것은 이곳이 알처럼 둥그렇기에 붙여진 이름이다. 그러나 이 알을 황새가 부리로 쪼아깨려고 하기에 금계의 품은 알이 안전하지가 않아 명당의 기능을 다하지 못한다고 한다.


## 용우물뜰(龍井坪)

용우물뜰은 용 우물 아래에 있는 뜰이다. 이 뜰의 유래는 용 우물의 유래와 같다. 뿐만 아니라 이 우물물로 농사를 짓는다.


## 산모랭이뜰(山隅坪)

이곳은 산모랭이 앞으로 있는 뜰로 지금의 안산 고속도로 굴다리 밑으로 있다.
산모랭이 뜰의 유래는 산모랭이 앞에 있다고 해서 불려지는 이름이다.


## 오룡들

오룡들은 수지읍 동천리 전 123-1번지 일대의 지명으로 동원동 산 10번지 앞이다.
오룡들의 유래는 부근으로 흐르는 내에 오룡굴이라는 소가 있어 그 앞에 있어서 붙여진 이름이다.

## 군량뜰(軍糧坪)

군량뜰은 풍덕천을 기점으로 머내로 가는 393번 국도 동쪽이며 죽전리로 가는 43번 국도 좌측으로 있는 뜰을 일컫는다.

이 뜰의 넓이는 대략 예순 석섬 지기라 하여 수지읍에서는 가장 넓은 뜰이다. 이 뜰의 유래로는 임진왜란과 관련된 설로 그때 이 근처에는 이질산(당시의 북두문산)과 소실봉(당시의 문소산)에 있는 왜적과 전투를 하기 위해 조선의 근왕병 5만이 집결해 있었다. 이렇게 많은 병사들에게 군에서 가장 중요한 것은 군의 양식이었다.

더욱이 당시에 전쟁은 성 하나를 가지고 싸움이 몇 달 몇 년씩 걸릴 수 있는 지구전이 될 수 있었기에 사실상 전쟁의 승패는 군량이라 해도 과언이 아니었다.

그렇기에 피아간에 군량이 많고 적음을 알아내는 것이 간자들의 가장 큰 일이며 만일 군량이 없는 것을 적에게 간파당하여 패하지 않은 전쟁이 없었다.

그러나 당시 전쟁의 준비가 전혀 없던 조선에서는 그것도 갑자기 많은 군사를 모병했기에 절대적으로 군량이 모자랐다.

그래서 생각해낸 전략이 군량의 허장성세였다. 허장성세란 없는 것을 있는 것처럼 꾸미는 것을 말한다. 그때 이곳 군량뜰에는 오리나무가 많았다고 한다. 밤에 이 오리나무를 사람 키만큼 남기고 자른 뒤에 이 오리나무 기둥을 이영으로 둘러 수백 개의 가짜 노적가리를 만들어 놓았다. 적이 산위에서 내려다보니 병사들은 온들에 가득하고 곡식이 산더미 같으니 이에 놀란 적들이 한양에 있는 수괴에게 연락하여 일부 병력이 이곳으로 퇴각하여 싸우는 바람에 피난가는 임금을 사로잡으려던 적의 발길을 잠시 멈추게 했다는 것이다.

아직도 이곳 땅 속에서는 썩지 않은 오리나무가 많이 나온다고 한다.

그러나 이것보다 이곳이 군량을 대는 둔전답(屯田畓)이었을 것으로 본다.

건양원년(고종 33, 1896년) 7월에 작성된 용인군 장둔전답성책에 보면 수지읍(당시 수진면)에는 상당히 많은 둔전답이 있었다.

이것 말고도 고지도에 보면 이곳에 창고(사창)가 있었던 것도 지명 유래의 참고가 될 수 있을 수 있다고 본다.


## 평장뜰

평장뜰은 서원말과 옹암 부락 사이에 있는 장사 바위산(깊은말) 앞에 있는 뜰을 일컫는다.

그러나 이 뜰의 원래 이름은 병량뜰이라 했다. 이 이름 말고도 와야뜰이라고도 했는데 이는 이곳이 지붕을 잇는 ㄱ와 같이 생겼다고 해서 인데 이는 풍수가들이 보는 시각이다.

이곳 지명 유래도 두 가지로 보는데 하나는 이곳이 옛 지내면 당시 면내에서 가장 큰 들로 둔전답이 있었거나(지내면에도 둔전답이 많이 있었음) 아니면 쌀이 많이 나온다는 의미로 그리 불린지도 모른다.

또 하나는 임진왜란과 병자호란시 이곳에서 병사들의 싸움이 있었거나 군이 주둔했던 인연으로 병량뜰이라 불려져 왔지 않나 하는 것이다.

어찌되었던 이곳이 군과 관련되어 병량뜰이 되었음은 의심에 여지가 없다.

# 바위에 숨은 숨결을 느껴

달걀바위/뭉둥바위/장수바위/범바위(1)/싯돌(숫돌)바위 외

　우리나라 산과 들에는 지천으로 바위가 많다. 그러나 그리 많은 바위들이 다 이름이 있는 것은 아니다. 작아도 이름이 있는 것이 있고 커도 이름이 없는 것이 많다.

　우리나라 속담에 꼴보고 이름 짓는다는 말이 있다. 그러니까 바위 이름은 모양을 보고 지은 것이 많다. 그리고 바위에 얽힌 전설에 의해 지어진 이름도 있다.

　수지에 있는 바위들도 이렇게 이름이 지어졌을 것이다. 어떻게 이름이 지어졌건 바위에게도 우리 민족의 사랑과 애환이 담겨 있다.

## 달걀바위

　달걀은 닭의 알이다. 얼마 전까지도 풍덕천리 정평 부락에는 달걀바위라는 것이 있었다. 달걀귀신 소리는 들었어도 달걀바위 소리를 들은 것은 아마 처음인 사람이 많을 것이다. 이 바위는 지금은 현존하지 않는다. 그리고 대개의 바위가 깨뜨려 버리기 전에는 태초부터 그 자리에 있어야 되는 것이 원칙인데 이 바위는 그렇지 못했으니 이는 이 바위의 무게가 무겁지 못해 사람들에 의해 이동이 가능했기 때문이다.

　이 바위가 이 부락에 나타난 것은 약 100년 전 으로 어느 집에서 집을 새로이 지으려고 터를 닦는데 그 속에서 나왔다고 한다. 그 후 이 바위는 남의 마당 끝에서 돌아다녔다. 이 바위는 이름 그대로 계란같이 갸름하고 예쁘며 겉은 새

카맣고 기름칠한 것같이 매끌거리며 무게는 대략 140근 정도였다고 한다.

그때나 이때나 젊은 장정들이 모이면 힘자랑하는 것이 예사였다. 50년 전만 해도 더욱 그런 것은 별다른 오락이나 취미가 없던 시절이라 이 마을에서는 걸핏하면 힘자랑으로 이 바위 들기를 자주했다. 그러나 겉보기와 달리 돌이 무겁고 매끄러워 손아귀에 잘 잡혀지지 않아 여간한 요령이 없이는 이 바위를 어깨 너머로 넘기는 사람이 많지가 않았다. 그래서 외지에서 들어온 자칭 힘깨나 쓴다는 사람들도 이 바위를 어깨 너머로 들어 넘기는 술내기를 걸었고 술을 사기가 예사였다.

이런 장난은 어느 마을이나 남의 집 산소 상돌 밑에 박아놓은 둥근 돌 일명 요강돌(요강같이 생겼다고 해서 붙여진 이름)을 가지고 노는 풍속이 있었는데(이래로 요강석을 어깨 너머로 넘김) 이 마을에서는 이 달걀바위를 가지고 장난을 했다. 이러다 보니 이 바위는 던지는 쪽으로 이리 왔다 저리 갔다 해서 마을 전체를 돌다시피 했다. 아마 요서 같으면 누가 수석으로 훔쳐갔을 만큼 특이한 돌이었다.

이렇게 오랫동안 돌아다니던 이 달걀바위가 6·25가 나던 해에 뜻하지 않은 수난을 겪고 자취를 감추게 되었다. 날짜는 정확하지 않지만 이해 봄에 이 마을에 엿장수가 들어왔다고 한다.

이 엿장수는 엿이나 실, 바늘 등 모든 잡화를 갖고 다니는 사람이었는데 요즈음 같으면 다 쓸어 팔아도 하루 일당도 안될 물건이었지만 그때는 이런 사람들이 이 마을 저 마을 다니며 생활용품을 공급하는 이동 백화점 역할을 했다.

이 사람이 이 바위를 가지고 장난을 하는 것을 보고 저것 정도는 만만하다 생각하고 있었다가 둘러섰던 사람들의 권유에 힘자랑을 한 번 하고 싶어서 이 바위를 들게 되었다. 엿장수는 무릎을 쪼그리고 앉았다 일어서면서 바위를 번쩍 올려 오른쪽 어깨 너머로 던졌는데 이때 바위에 살(煞)이 갔는지 바위가 땅에 떨어지면서 돌에 부딪힌 접시가 깨지듯 빠개졌다고 한다.

그렇게 단단하고 실금 하나 없던 바위가, 그리고 그렇게 오랫동안 팽개치고 매다꽂아도 까딱없던 바위가 빠개져 버렸으니 일개 바위였지만 이렇게 되니 모였던 사람들은 맹랑한 일이라고 생각들을 했다.*

이런 일을 전해들은 노인들도 마을에 괴변이 일어나거나 난리가 일어날 징조라고 염려들을 하였다. 이렇게 나이들은 노인들의 예언이 있고 보니 젊은 사람들, 부녀자들은 몇 사람만 모여도 수군수군하여 마을 인심이 뒤숭숭했고 여기에다 저녁이면 까치들이 마을 앞 높은 나무에 모여 시끄럽게 울어대니 까치가 아침에 울면 반가운 손님이 오신다 하였으나 저녁에 우는 것은 까치가 원래 하지 않던 일이라 이런 현상을 가지고도 달걀바위가 빠개진 것과 연관되어 더욱 걱정들을 하였다. 그러다 그해에 들어 6·25가 터지니 우리나라 반만년 역사를 통하여 가장 비극적인 민족상잔의 전쟁을 겪었다.

그러니 어찌 이런 징조가 없었겠는가, 여기 말고도 수집하면 전국적으로 수많은 징조가 있었을 것이다. 이곳의 달걀바위는 나중에 있는 전쟁까지 알아맞힌 영험한 바위였으니 6·25와 함께 산화해서 그뒤 어디로 가서 묻혔는지 형태도 없이 사라져 버렸다고 한다.

끝으로 덧붙이고 싶은 말은 불과 200근도 안 되는 돌을 바위라 한 것은 그다지 흔하지 않은 일이나 계란으로 이만한 것이 없기에 한층 높이 붙여준 이름으로 여겨진다.


## 뭉둥바위

동천리 성지에서 골짜기를 타고 수 km 올라가면 광교산 시루봉 밑 된비알이 된다. 여기 지명을 코댕이라고 하는데 뭉둥바위는 이 코댕이 바로 초입 좌측에 있다.

이 바위에 유래는 바위가 뭉뚝한 데서 붙여진 이름이며 이 말이 변해서 뭉둥바위가 되었다고 본다. 뭉둥바위는 높지 않으며 바위 앞이 터를 닦은 듯 편

---

편하고 넓다. 그래서 일설에 천주교 탄압 시절 이곳
에서 예배를 보았다고 하며 부근에는 신자들이 피해
다녔다는 피난골과 당시에 신자였던 지씨 성을 가진
분의 집터의 흔적이 남아 있다.(김용재 씨 제보)

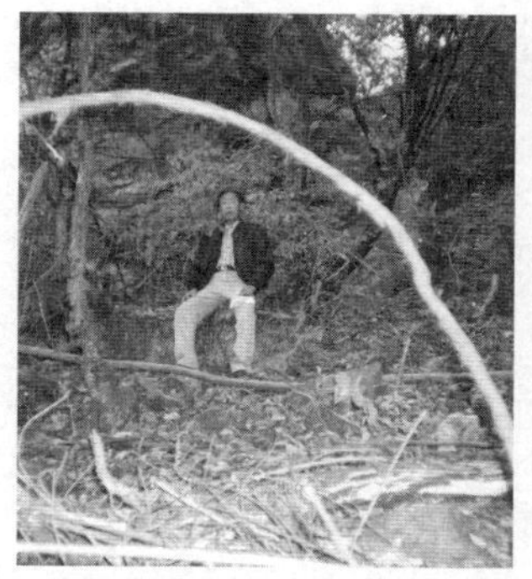

뭉둥바위를 배경으로 설명을 하고 있는
김용재 씨

## 장수(將帥)바위

장수바위는 동천리 윗손골 속칭 성교촌에서 냇물을 따라 약 200여m 올라
가면 바로 개울 옆 우측에 있다. 이 바위의 유래는 바위 위에 큰 발자국 같은
것이 찍혀 있는데 이는 사람의 힘으로 될 수 있는 것이 아니라 초인적 힘을
가지고 있는 장수가 밟고 갔기에 생겼다고 하는 데서 붙여진 이름이다.

이곳에 있는 장수바위의 발자국은 평평한 바위에 있는 것이 아니라 암벽에
있다. 그러나 이 발자국은 장수의 발자국으로 보기보다는 공룡의 발자국이
아닌가 하는 의문이 간다. 그리고 바위가 편편하지 않고 세로로 서 있는 것은
오래 전에 있었던 지각변동에 의한 것이 아니었나 여겨진다.

## 범바위(1)

범바위은 동천리 중손골 앞산 범박골에 있다.

이 바위의 유래는 이 바위에 있는 굴에 호랑이가 서식하였기에 붙여진 이
름이다. 이 바위가 있는 곳은 원래 응달 편일 뿐 아니라 나무가 우거져 하루
종일 햇빛 한 번을 볼 수 없는 곳이다. 거기다 집채 같은 바위와 서덜이 엉켜
자연 굴이 여러 군데 있다. 그래서 이곳에서는 으래 전부터 호랑이는 물론 오
소리, 너구리, 뱀 등이 모여들었다.

지금에 와서는 호랑이가 없어졌지만 아직도 오소리, 너구리가 겨울이면 찾

아들어 마을 사람들이 올무를 놓거나 불을 때어 잡는다.


## 싯돌(숫돌)바위

싯돌은 숫돌이 변한 것이다. 싯돌바위는 동천리 윗손골 563번지 하천 옆에 있다.

숫돌은 칼이나 낫 따위를 갈아서 날을 세우는 데 쓰는 돌이다.

이 바위의 유래는 이 바위의 모양이 농가에서 쓰는 숫돌과 너무나 흡사하기에 붙여진 이름이다. 돌의 크기는 원두막 만하다. 그리고 윗부분은 대패로 깎은 듯 반듯하다. 길이는 세로가 가로의 갑절쯤 된다. 넓이는 2, 3평 정도…….

이것 말고도 또 다른 설이 있으니 옛날 어느 때인지 힘이 천하장사인 장수가 큰칼을 갈 만한 숫돌이 없어 이 바위에 와서 칼을 갈았다 하여 숫돌바위가 됐다는 것이다.

그러나 이런 이야기는 우리나라 도처에 널려 있는 장수와 얽힌 전설 중에 하나로 본다. 우리나라는 그동안 숱한 외침과 탐관오리의 학정이 있었기에 이것들로부터 영원히 탈출하여 이상사회에서 살고 싶은 마음이 간절했기에 종교로는 미륵사상을 믿었고 현실적으로는 영웅이 나와 태평천국을 이룩해 주기를 바랐다.

동행했던 이영규 씨가 범바위 옆에 있다

싯돌바위

그러나 이런 염원은 영원히 달성될 수 없다는 것을 알고 있는 민초들은 이런 영웅이 태어나지 못함을 명당에 혈이 끊겨 피를 토하고 죽었다는 슬픈 이야기로 풀어 버리곤 했다. 그것도 일본이나 중국 사람에 의해 해를 당한 것으로 말이다.

숫돌바위는 후자보다는 전자에 가깝다. 그리고 이 바위가 있는 뒷산(동천리 산 35-1번지, 동천리 산 37번지)을 숫돌바위가 있는 산이라 하여 숫돌바위산이라 한다.


## 치마바위

치마바위/바로 앞에서 찍은 모습

이 바위는 동천리 가운데 손골 뒷산에 있는데 바위는 치마를 벗어 널어놓은 것같이 표면에 깔려 있다. 장폭이 매우 크며 하나가 아닌 둘이다. 하나는 위에 설명한 것이요, 또 하나는 이 바위 반대편인 고기리 쪽에 있다.

이 바위의 유래는 한 사람의 선비를 두 자매가 사랑하게 되었고 이에 번민하던 선비가 머리를 깎고 아무도 몰래 이곳에 있던 상손사의 스님이 되었다.

이렇게 되니 갑자기 사라진 님을 찾아 두 자매는 나서게 되었고 가까스로 님을 찾고 보니 그는 부처님 앞에 앉아 마음에서 일어나는 번민을 잊고자 불경을 열심히 공부하고 있었다.

이것을 본 두 사람은 양보할 수 없는 자매 간의 사랑싸움으로 님을 잃었고 님을 잃은 두 사람에게는 이미 밝은 세상이 없기에 그들도 역시 속세를 떠나기로 결심하였다.

그리하여 그들은 님을 만나기 위해 입고 왔던 아름다운 치마를 벗어 님이 볼 수 있는 산자락에 걸어놓고 무색옷을 입고 떠났다. 그러나 불문에 들어간다고 가슴의 불이 금방 꺼지는 것이 아니라 오히려 회한의 슬픔은 더해 갔다.

이렇게 사무치는 사랑의 한이 천지신명에게까지 감동을 주었는지 벗어놓은 치마가 바위로 변해 님에게 가까이 갈 수 없는 마음을 전하게 했다고 한다.


## 거북바위

모습이 마치 거북이 앉아 쉬고 있는 모습 같다

이 바위는 동천리 가운데 손골(中蓀谷)에 있는 치마바위산 자락(542번지)에 있다. 이 바위의 유래는 바위의 생김이 거북이 같아 불려진 이름이다. 그것도 뭍에서 놀던 거북이가 물로 들어가는 형국이란다. 또 이 마을에는 예전부터 일러오기를 동네가 물 위에 떠 있는 배의 형국이라 했다. 그렇기에 배에 돛을 세우듯 마을 가운데에다 늘 전나무를 심었다고 한다.

그러나 세월이 흐르다 보니 이런 전설도 미신으로만 치부되어 버려서인지 얼마 전부터는 나무가 없어졌어도 심으려는 사람이 하나도 없단다. 그래서 그런지 마을의 번영도 전만 못하다고 한다.

그리고 여기 거북이가 들어가고자 찾아온 물은 이 마을을 배로 보았을 때 그 배를 띄운 깊고 넓은 상상의 호수에 뛰어드는 형상이라고 볼 수 있다.


## 퉁소바위

이곳에서는 퉁수바위라고 하나 퉁소가 맞을 것이다. 퉁소는 부는 악기의 일종이다. 퉁소바위는 동천리 동막 부락 뒷산 정상에 있다.

연대도 알 수 없는 아주 오래 전, 이마을에는 한 도령이 살고 있었다. 이 도령은 어려서부터 총명하여 포대기 속에서부터 글자를 알아 보았을 뿐만 아니라 얼굴마저 준수해서 같은 남자가 보아도 가슴이 두근댈 정도였다. 그리고 걸음마를 시작할 때부터 글방에 다니기 시작해 나이 15세가 되어서는 더 이상 배울 학문이 없을 정도였다.

그러나 도령은 아직도 갈증나는 사람이 물을 찾듯 공부를 계속했다. 이런 도령이었지만 청춘의 끓는 혈기는 막을 수 없어 꽃 피는 봄, 바람 부는 가을, 밝은 달이 뜰 때면 책의 글자가 눈에 들어오지 않아 뒷산에 있는 높은 바위에 올라 퉁소를 불곤 했다. 그래서 도령의 퉁소는 어느덧 금수가 곁에 모여들어 곡을 들을 만큼 달인의 경지에 들었는데 나이가 이팔에 가까이 되면서 가슴에 안개처럼 일어나는 외로움을 풀 길이 없어 퉁소소리는 청상과부의 울음소리처럼 애절했다.

그러던 어느 날도 도령은 이 바위에 올라 오랫동안 퉁소를 불다 보니 초저녁달이 지는 줄도 모르고 있었다. 얼마 후 촉촉한 밤이슬에 정신이 든 도령이 바위에서 일어서다 보니 어둠 속에 부드러운 느낌이 드는 그림자 하나가 서 있었다.

이 그림자의 주인공은 같은 마을에 사는 처자였다. 이 처자는 도령이 글방에 오가는 모습을 몰래 보아오면서 산 위에서 들려오는 퉁소소리에 가슴속 몰래 사모의 정을 키워오다 오늘은 용기를 내어 퉁소 소리를 따라 자기도 모르게 이곳을 찾아온 것이다.

통소바위에 앉아서 통소를 불고 있는 모습의 이영규 씨

이렇게 만난 두 남녀는 밤마다 남의 눈을 속여 사랑을 속삭였고 이윽고 끊을래야 끊을 수 없는 깊은 사랑에 빠지고 말았다. 그러나 남의 눈을 속이는 것도 하루 이틀이요 꼬리가 길면 잡힌다고 둘의 사랑은 남의 눈에 띄게 되었다. 이때가 남녀칠세 부동석을 주장하던 시대였으니 남녀가 남몰래 만나는 일은 역적모의와도 같은 사건이었다. 그러니 둘의 사랑은 용납받을 수 없는 죄악이었고 여자의 입장에서는 과부의 훼절보다 가혹한 사회적 모멸이 뒤따랐다.

이런 사건 이후 처자의 운명은 어떻게 되었는지 다시는 만날 수 없었고 도령은 실성한 사람처럼 날마다 이 바위에 올라 퉁소를 불었다. 다시는 만날 수 없는 처자에게 퉁소 소리라도 들려주려는 듯이…….

이렇게 들려오던 피리 소리가 어느 날 들리지 않아 동리 사람들이 올라가 보니 도령이 죽어 있었다. 이 후부터 이 바위 위에서는 퉁소 소리가 들려오지 않았으나 마을 사람들은 이 바위를 퉁소바위라 했다 한다. 이 바위에는 불로초보다 더한 영약의 풀이 난다고 전함.(이희재 씨 제공)


## 도둑바위와 도둑박골

고기리 손이터 뒷산의 이름이 손허산이다.(손허산은 산명이 실전되었고 지금은 뒷산이라고만 함) 이 산 정상에서부터 손이터 쪽으로 깊은 계곡이 있는데 이곳에는 손이터나 대장동 사람들이 수원으로 장을 보러 다니는 고갯길이 있다. 이 고개를 손이터고개라고 한다.

이 길은 머내 쪽으로 자동차 길이 뚫리기 전 이곳 사람들의 생활 수단인 땔나무 장사나 소를 사거나 팔거나 필수품을 구입하기 위해 넘나들던 오직 하나뿐인 장길이었다.

그런데 이 고개 중간에 큰 바위 하나가 있어 많은 사람이 올라앉거나 은신할 만큼 큰데 장에 갔다 귀가하는 장꾼들이 가끔 이곳에서 도둑들에게 재물이 털리곤 했다.

도둑바위

　이렇게 도둑놈들이 자주 출몰하는 바위라 해서 도둑바위라 했고 도둑바위가 있는 골짜기라서 도둑박골이라 했다 한다.


## 제상(祭床)바위(1)

　이 바위는 고기리 고분재 뒷산인 바라산 자락에 있다. 이 산마루턱에서 산등성이를 타고 고분재 말미쯤 내려오면 이 바위가 나온다.

바라산 자락에 제상을 차리면 될 것 같은 제상바위

　이 바위는 크기나 모양까지 꼭 손으로 잘 다듬어 어느 후손이 조상을 위해 조성해놓은 제상과 같다.

　이름은 이렇게 제상과 같다고 해서 붙여진 이름이다. 이 바위 아래에는 장자골이라고 하는 골짜기가 있다. 장자골이란 큰골이라는 뜻도 되지만 부자나 마을 촌장이 살던 곳을 가리키기도 한다. 여기에는 특별히 전하는 유래는 없으나 다만 제상바위는 생김으로 보아 샤머니즘이 생활화되었던 우리 조상들이 이 바위 위에다 제물을 놓고 산제사라도 지냈을 법하다.


## 일어서기바위

　이 바위는 고기리 고분재 속칭 왕림골에 있다. 왕림골은 백운산과 고분재 고개 중간 계곡으로 이 계곡을 계속 따라 올라가면 정상에서 의왕시와 경계가 된다. 이 바위가 있는 곳을 좀 더 정확히 설명하면 왕림골 우측 정상 부근이라는 것이 맞다.

　이 바위의 유래는 이름이 말하듯 바위가 사람이 일어서서 서 있는 모습 같아 붙여진 이름이며 바위가 바라보는 곳은 바라산 일명 망산 정상이다.

바라산은 고려말 유신 조견이(본명 조윤) 망국에 서울(개성)을 통곡하며 바라보던 곳이었기에 붙여진 이름이고 보면 그를 따르던 살뜰한 여인이 이곳에서 님을 바라보다 바위가 되었는지도 모른다. 왜냐하면 죄인을 자처하여 이름까지 개견자로 개명한 선비가 여인을 가까이 두고 살았을 리 없기 때문이다. 바위의 모양은 사람의 몸처럼 몸체에 머리 모양의 돌이 얹혀 있다.

일어서기 바위는 가까이서 찍어 잘 나타나지 않지만 사람이 서 있는 모습이다

## 갓쓴바위

갓쓴바위는 고기리 배나무골 위 갓쓴바위골에 있다. 갓쓴바위골은 배나무골에서 산길을 따라 오르다 보면 풋나무갓 일명 동자산을 지나 두 번째 골짜기이며, 갓쓴바위는 이 골짜기 초입에 있다.

이 바위의 유래는 이 바위만 쳐다보아도 금방 알 수 있는 것이 바위가 갓 쓴 사람같이 생겼기 때문이다. 그래서 이 바위를 갓쓴바위라 불렀고 이 바위가 있는 골짜기라 갓쓴바위골이라 했다. 그러나 이곳 사람들은 갓쓴바위를 가슴바위, 갓쓴바위골을 가슴박골이라 하는데 이는 세월의 탓이다.

준엄한 선비가 용채를 갖추고 정좌를 한 모습의 갓쓴바위

## 큰돌

고기리 고분재 왕림골 구부능선에 있다. 이 돌의 유래는 별로 전하지 않

으나 바위가 크기에 붙여진 이름으로 추측이 간다. 이 돌은 측면에서 보면 바위 두 개가 겹쳐진 듯 보이나 전면에서 보면 바위를 깎은 듯 수직으로 반듯하여 마치 2폭 병풍을 쳐놓은 듯 하다.

고기리에 있는 집채만한 크기의 바위인데 바위라 이름하지 않고 돌이라 부른다

돌은 아름답고 매우 장대하다. 이 돌 역시 바위라 하지 않고 돌이라 한 것에 의문이 가지만 그저 덩치에 비하여 값은 못하였기에 붙여진 이름으로 여길 수밖에 없다.

## 언친돌

고기리 고분재 왕림골 팔부능선에 있다. 바위명의 유래는 돌의 모양에서 연유된 듯하다. 왜냐하면 바위의 생김이 2단으로 되어 아래는 크고 윗돌은 작은데 사람의 목처럼 얹혀 있다. 다만, 바위의 크기가 엄청난데도 돌이라

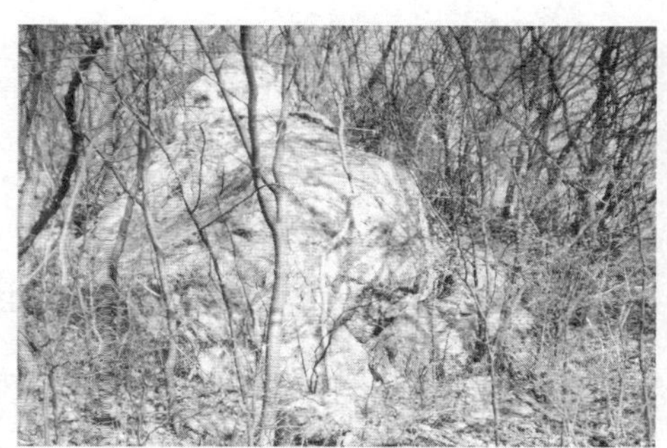
언친돌은 바위의 큰등성이 위에 또 하나의 바위가 볼록하니 얹혀져 있다

한 것은 바위의 값이 그만큼 떨어지는 데 있지 않나 생각된다.

## 굴(屈)바위

굴바위는 고기리 산 1번지에 있다. 그러나 이곳은 낙생저수지 제방 아래에 있으며 손의터 부락까지는 2km이상 떨어져 있어 번지에 관계없이 고기리 사람들은 이 바위를 아는 사람이 없다. 그렇기에 이 바위를 잘 알고 있는 사람

들은 동막 사람들이었으며 이 바위와 많은 인연을 가졌던 사람들도 이 부락 사람들이다. 그리고 이 바위는 큰길에서 얼마 떨어져 있지 않으나 사람들 눈에 잘 뜨이지 않는다. 그것은 이 바위 이름으로 짐작이 갈 만큼 바위가 겉으로 드러난 것이 아니라 거의 땅속에 묻혀 있고 그것도 굴로 되어 있기 때문이다. 이것이 이 바위의 유래이기도 하다.

다시 한 번 설명하지만 이 바위에는 한꺼번에 수십 명이 은폐할 수 있을 만큼 안이 넓고 밖에서 이곳이 잘 보이지 않으며 또 은폐할 수 있는 바위까지 굴을 가로막고 있어 전쟁 때에 이곳이 피난지로 많이 이용되었다고 한다.

그런 일이 멀리는 임진왜란, 병자호란이요 가깝게는 6·25때도 이 마을 사람들이 이 굴 속에서 피난을 했고 적이 이 산을 향해 직격탄을 많이 쏘았으나 부상자 한 명 없이 모두 무사했다고 한다. 굴은 사람이 들어갈 수 있는 부분 말고도 좁은 통로가 계속 뚫려 있다고 하나 안을 들여다볼 수는 없다. 일설로는 이곳에다 불을 때면 이 굴 반대편인 은응쟁이굴로 연기가 나온다고 한다.

이 굴에는 사람뿐 아니라 각종 야생동물이 서식하는데 그것은 굴이 깊어 그들이 살기에 알맞기 때문이다. 사람들은 요즘에도 겨울이면 이 굴에다 불을 때어 너구리나 오소리를 잡는다고 한다. 최근 들어 이 굴바위는 여름이면 피서객들의 놀이터로 변해 가고 있다.


## 제상바위(2)

제상은 제사 때 제물을 올려놓는 상이다. 그러니까 제물을 올려놓기 위해 만들어놓는 돌을 석상(石床)이라고 한다. 제상처럼 생겼거나 제물을 놓고 제사를 지내는 바위를 제상바위라고 한다.

여기 제상바위는 고기리 배나무골 갓쓴바위골에 있다. 이곳 바위의 유래는 생김보다는 실제로 산제시 쓰였던 것으로 보는데, 그것은 이곳이 광교산 시루봉 밑 평풍바위와 가까이 있어 예전 아랫마을 사람들이 산제를 지냈을 것으로 추측이 간다.

지금은 곡현 세 부락이 샛말에 큰골에서 같이 산제를 지내고 있으나 제일 윗마을인 고분제에서도 별도로 산제를 지낸 곳이 있음을 볼 수 있다.


## 평풍바위(1)

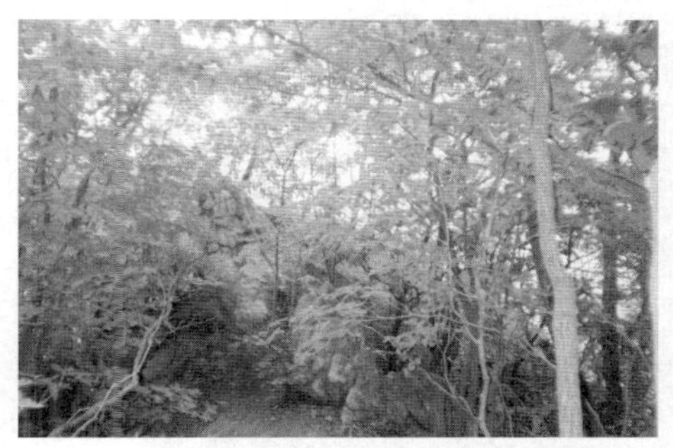

넓게 평풍을 펼쳐놓은 듯 나란히 서 있는 평풍바위

이 바위는 시루봉에서 동쪽 배나무 골 쪽으로 조금 내려오면 있다. 이 바위 바로 아래가 가슴박골이 된다. 이 바위의 유래는 모양이 평풍을 쳐놓은 것 같기에 붙여진 이름이며, 매우 크기 때문에 수십 리 밖에서도 보인다. 그리고 이 바위 위에 서면 동쪽으로 수 백리 밖까지 바라볼 수 있으나 밑이 워낙 낭떠러지라 현기증이 나서 제대로 서 있는 사람이 드물다.


## 행여바위

광교산에는 동쪽으로 많은 골짜기가 있는데 이곳 중 표대봉과 시루봉 사이에 있는 골을 큰골이라 한다.

큰골 왼쪽 편에 있는 골을 작은골이라고 하는데 행여바위는 이 두 골 사이에 있다. 그러나 행여바위는 하나의 바위라기보다 작은 산이라고 하는 것이 옳다.

이 바위를 행여바위라 한 것은 이곳에 봄이 와서 진달래꽃이 활짝 피거나 가을이 와서 단풍이 들 때면 바위와 어울린 꽃과, 단풍이 마치 행여를 꾸며놓은 것처럼 울긋불긋 보이기에 붙여진 이름이다.

이 바위 아래에는 작은 절터가 있고 이 절에서 사용하던 우물이 있는데 우물은 땅을 판 것이 아니라 바위굴로 되어 있다. 굴의 길이는 대략 7-8m이며 물은 사철 청청하여 약수로도 부족함이 없다. 또한 이 굴에는 도룡뇽이 많이 서식한다. 이 도룡뇽은 허리가 아픈 사람들이 청명 전에 먹으면 약효가 크다.


## 째진바위

이 바위의 별칭은 틈틈바위이다. 이 바위는 광교산 정상인 표대봉에서 백운산 쪽으로 산등성이를 타고 조금 가다가 계곡을 따라 샛말 쪽으로 몇 발짝 내려가면 있다.

이 바위는 멀리 샛말에서 올려다보면 잘 보이는데 멀리서 보면 바위가 하나의 큰바위로 보일 뿐이다. 그렇지만 여기 와서 보면 바위가 계곡을 따라 길게 늘어져 있어 그 모양이 병풍을 접어 가로놓은 듯하며 길이가 백여 미터나 되고, 그것도 하나로 보기는 매우 어려운데 그것은 바위 둘의 사이가 매우 넓으며 하나는 앞으로 하나는 약간 뒤로 어긋나 있기 때문이다.

그렇기에 바위의 유래는 두 바위 사이의 간격 즉 틈이 있다고 해서 생긴 것이다. 그런데 이것 말고도 위에 있는 바위 중간에 갈라진 틈이 있는데 이것의 생김이 여자의 거시기 같아 깨진바위라 했다는 설도 있다.


## 거먹바위

이 바위는 고기리 배나무골 속칭 단가말림(단씨 성씨의 산이라는 뜻)과 수박펀더구니 말미 사이에 있다. 거먹바위는 거묵(巨墨)바위가 변한 말이다. 이 바위 이름처럼 크고 검은 바위라는 뜻이다. 그리고 이 고장에서는 다음과 같은 이야기가 전한다.

한 백여 년 전 배나무골에 있는 밭에
서 일하던 사람이 호랑이한테 물려갔
는데 동네 사람들이 쫓아가 보니 호랑
이가 사람을 다 먹어치우고 이 바위 위
에 머리만 남겼다는 것이다. 그때 이후
이 무서운 이야기와 검은 바위가 어울

거먹바위

려 이 골짜기는 사람의 왕래가 드물었다고 한다.


## 벼락바위

벼락바위는 고기리 고분재 소재 바라산 장자(庄者谷)골에 있다. 이 바위는
원래 하나의 큰 바위였으나 벼락을 맞아 여러 동강으로 남아 있다. 이 바위의
유래는 위와 같이 벼락을 맞았기에 생긴 이름이다.

그런데 이 바위가 벼락을 맞은 것은 이 바위 밑에 굴이 하나 있고 이 굴 속
에 큰 구렁이 한 마리가 살며 나쁜 짓을 일삼았기에 하늘에서 벌을 내려 벼락
을 때렸다는 것이다.


## 범바위(2)

여기의 범바위는 고기리 산 399-1번
지, 399-4번지 일대를 부르는 이름이
다. 그러나 엄격히 말해 바위보다는 바
위산이라는 것이 맞을 것이다. 그 이유
로는 이곳의 바위는 하나로 독립된 것
이 아니라 암석으로 된 돌산이며 범바

포효하는 범바위의 기상이 보인다

위의 유래는 여기에 있는 천연굴에다 호랑이가 새끼를 기르는 서식지로 삼았기에 붙여진 이름이다.

여기를 호랑이가 집으로 삼은 것은 이 산의 지형이 맹수가 살기에 적당하였기 때문이다. 즉, 산은 사람들이 발을 디딜 수 없을 만큼 높은 낭떠러지이며 절벽 밑으로는 깊은 내가 흐르고 있다. 그리고 맹수들이 싫어하는 햇빛이 하루종일 들지 않는 음지이며 산줄기가 광교산과 청계산으로 이어져 있어 광주산맥과 태백준령까지도 단숨에 달려갈 수 있는 곳이다.

요즈음은 이 산밑으로 길이 확장되어 자동차와 사람들이 많이 다니고 있으나 예전에는 이곳으로 다니는 사람이 드물었다. 왜냐하면 이곳 사람들이 주로 다니는 장은 수원과 안양이었는데 그곳을 가는 길은 고분재고개와 말구리고개였다. 이곳으로 사람들이 다니기는 겨우 마을 간의 관혼상제 때였었고 그 후 일제 때 손의터에 간이학교가 들어서면서 학생들이 다니면서 이 길이 넓어지기 시작했다.

이곳의 호랑이가 없어지기는 불과 60~70년 전이라고 어른들이 일러온다.


## 공알바위

공알이란 여자의 거시기에 있는 그것이다. 바위가 이것같이 생겼기에 붙여진 이름인데 이것 역시 광석천 너으석 바위 위에 있다. 그런데 이 바위에는 다음과 같은 유래가 있다.

이 바위는 개울 복판에 있어 여간 가뭄이 들어도 마르지 않는데 몇십 년에 한 번씩 드는 가뭄에는 이 바위까지 마르게 된다. 그러나 여자의 거시기는 축축해야 되는데 거시기가 마르면 죽은

다리밑으로 공알바위의 모습이 보인다

목숨이나 마찬가지이다. 그래서 그런지 이 바위가 마를 즈음 되면 때를 맞추듯 장마가 진다는 것이다.

### 너으석바위

너으석이란 넓다는 뜻이다. 이 바위는 수백 명이 앉아 놀 수 있을 만큼 넓기 때문에 붙여진 이름인데 있는 곳은 광석천이며 샛말 농장 위에 있다.

### 광석(廣石)바위

광석천은 샛말 발치에서 장투리 입구인 오목내까지 약 1km의 개울을 이른다. 광석천이란 이 하천바닥에 넓은 돌이 깔렸기에 부르는 이름이다. 광석바위는 속칭 광석이라는 곳에 있다. 이

광석바위

돌은 광석천 중 가장 높고 크다. 그러나 특별한 유래는 전하지 않는다.

### 농(籠)바위(1)

농바위는 광교산 농박골에 있다. 농박골은 시루봉에서 치마바위 산줄기를 타고 얼마쯤 내려오면 있다. 농바위의 유래는 바위가 농처럼 생겼기에 얻은 이름이다. 대개의 농바위는 두 짝으

고기리 광교산 농박골에 있는 농바위

로 되어 있는데 이곳의 바위는 한 짝이다. 그러나 이 바위는 매우 커서 작은 집채만하다. 아주 오래 전에 사람이 만들었던 농은 버들채, 싸리채 등으로 함처럼 만들어 종이로 바른 상자로 옷 따위를 넣어두는 것이었다. 그러다 후세에 와서 나무로 장롱을 만들었고 이것을 한 짝 또는 두 짝으로 만들었다.

## 숨은바위와 숫바위

숨은바위는 신봉리 서봉마을 안산 말미에 있다. 즉 서봉 마을에서 도마치를 가기 위해서는 다리를 건너 산모퉁이를 돌아야 되는데 바위는 이 산에 있다.

바위의 모양을 보면 돌출형이라기보다는 암벽에 가까우며 바위 아랫 부분에 굴이 있다. 이 굴 모양이 여자의 거시기를 닮았다고 해서 점잖은 말로 숨은바위라고 한 것이다.

숫바위는 이 숨은바위 건너편인 맷돌바위 부근에 있는데 남자의 남근같이 생겼다고 해서 붙여진 이름이다. 그런데 이 두 바위에 얽힌 사연이 있는데 그것은 이 두 바위가 나무가 울창하여 서로 바라볼 수 없을 때는 별일 없으나 그렇지 않고 벌목을 해서 서로 빤히 쳐다보이면 두 마을에서 연분이 나는 남자와 여자가 생긴다고 전해 온다.(신봉리 안효영 씨 제공)

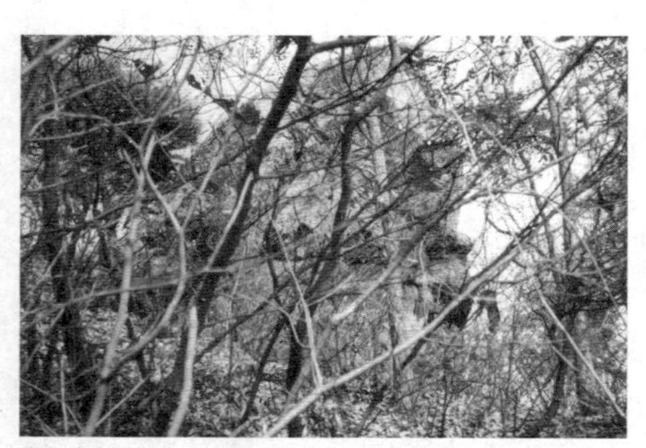

숨은바위/나뭇가지 사이로 바위의 모습이 보인다

## 범바위(3)

여기 범바위는 신봉리 산 179번지에 있다. 지점을 다시 설명하면 홍천말서

신봉교를 건너지 않고 내를 끼고 좌측
으로 조금 가면 약수터가 나오고 이곳
에서 조금 올라가면 정상 부근에 바위
가 있다.

그러나 정확히 말해 이곳은 산 정상
이라기보다 길게 늘어진 산줄기 허리

신봉리에 있는 범바위

쯤으로 혹처럼 붙어 있는 바위라는 표현이 옳을 것이다. 산에 비해 바위는 매
우 우람하여 우리나라 사람이 잘 쓰는 말로 큰 집채만하다. 그리고 범바위라
는 이름답게 바위 밑으로 크고 작은 자연굴이 여러 개 있다.

이 바위의 유래는 이 바위의 굴에 호랑이가 살았기에 붙여진 이름이다.
여기 사는 호랑이는 뒷산줄기를 타고 형제봉을 거쳐 광교산과 청계산을 내
왕했는데 성서 앞산에 있는 범바위에서 동네를 내려다보며 쉬었다 갔다고
한다.

그러나 이곳은 오랫동안 범이 살지 않아서인지 굴이 많이 메꾸어져 있으며
지금은 너구리나 오소리 그리고 뱀이 많다고 한다.


## 용바위께


용바위께는 신봉리 서봉 부락 지금
의 기도원 위를 가리킨다. 다시 말해서
항골 또는 화홍골이라 부르는 골 초입
이다.

이곳에 가면 부락 사람들이 농바위
라고 하는 바위가 있는데 이 바위는 용
바위의 잘못된 표현이다. 왜냐하면 이
바위가 농바위라면 농바위께라 하지

용바위라 쿠르지 않고 용바위를 위시한 근처 지명으로 용바위께라 한다

용바위께라 하지 않을 것이기 때문이다. 께란 근처라는 말이다.

그리고 이 바위를 보면 아무라도 이 바위를 용바위라 이를 만큼 바위 모습이 흑룡이 굽이굽이 서리고 있는 것 같다. 바위의 유래는 전하지 않으나 바로 위에 있던 대가람 서봉사와 깊은 인연이 있을 법하다.


## 박쥐박골바위

박쥐박골은 신봉리 서봉 부락 형제봉 우측과 중앙봉 좌측 사이에 있다. 이 골짜기 정상 부근에 큰 바위 하나가 있는데 이 바위를 박쥐박골바위라고 한다.

이 바위의 유래는 밑에 굴이 뚫려 있고 이 굴 속에 박쥐들이 서식하고 있기에 붙여진 이름이다. 뿐만 아니라 이름 모를 날짐승, 곤충류 그리고 너구리, 오소리까지 숨어들어 살기에 적당하다. 그래서 그런지 굴에는 지금도 불 땐 흔적으로 입구가 까맣게 그을려 있다.

나무 옆으로 사진 중앙의 산정상 아래 작게 보이는 것이 박쥐박골


## 문암(文巖)

지금의 형제봉 광교 쪽으로 문암골이 있고 문암바위가 있다. 그리고 수원 시사에 보면 신라 말기에 고운 최치원 선생이 천하를 주유하면서 이 문암에 올라가서 경치를 조망했다고 한다.

그러나 최치원 선생이 이곳에 와서 경치를 조망했다면 형제봉 정상이었을 것이라고 생각된다.

이와 같이 추정하는 것은 현 문암바위에서는 형제봉 정상에서 보는 것만

못하기 때문이다.

지금도 형제봉 정상은 등산객의 발
길이 끊임이 없으며 아침 일출이나 저
녁 일몰이 장관이라 이를 보기 위한 발
걸음도 끊이지 않는다.

이와 같이 봉과 산이 골로 변화된 곳

광교산에서 바라본 문암의 모습

은 수지에도 여러 곳이 있는데 문소산이 문소골로, 도리산이 도리실로 되었
음을 볼 수 있다.

최치원 선생 은 자는 고운 호는 해운, 시호는 군창후(文昌侯)로 경주 사량
부에서 태어나 12세에 당에 유학, 17세에 과거에 급제, 선주표수 현위를 거처
승무당 시어사 내공봉이 되어 자금어제를 하사받았다. 그 후 고변의 종사관
으로 항소의 난에 따라 격문을 써서 이름을 높였다. 그 뒤 28세에 귀국하여
견당사에 임명되었으나 도둑의 횡횡으로 가지 못하고 이듬해에 시무 10조를
내어 아찬이 되었다. 그 뒤 난세에 절망하여 각지에 주유하며 풍월을 읊으며
여생을 보냈는데 이때 선생께서는 이곳 서봉사를 들렀고 광교산 형제봉을 찾
은 것이다.*

## 명목(名木)바위

이 바위는 성불 좌측 산록에 있다. 바위의 생김은 산록으로 깊이 박혀 겉으
로는 전면만 보이는 큰 바위이다.

이 바위의 유래는 이름 그대로 하늘을 찌를 듯한 거목이 있었기에 붙여진
것이다.

---

* 위에 기록은 야사에 있다고 하나 기록 자체가 현실에서 볼 때 타당치 않기에 만일 최치원 선생이 이곳
에 오셨다는 것을 가정해서 기록함.

명목이란 이름 있는 유명한 나무라는 뜻이니 요즈음의 속리산 정삼품 소나무나, 용문산 은행나무 같은 것을 말한다.

그러면 이곳에 왜 이런 거목이 있었을까는 이곳이 예전에 이곳 사람들이 산제를 지내던 곳이기 때문이다.

그러나 먼저는 큰 바위가 있어 산제를 지냈고 나중에는 이 큰 나무가 있어 신목으로 섬겼는데 그러다 보니 명목바위라고 부른 것이라고 한다.

이 바위 밑으로는 작은명목바위가 있는데 바위의 형상만 작을 뿐 큰명목바위와 흡사하다. 유래는 큰명목바위 밑에 있기에 붙여진 이름이다.

작은명목바위

큰명목바위

## 굴바위

성복리 옹골에서 성동으로 가다 보면 내를 건너기 위한 다리가 하나 나온다. 이 다리를 건너지 않고 하천을 따라 소로 길이 있는데 이 길로 가면 성남이다.

이 길로 열 걸음만 가다 왼쪽을 바라보면 바로 길 옆에 산에 박힌 바위 하나와 굴러 넘어진 바위 하나가 있는데 이 바위가 굴바위다. 그러나 처음 이 바위 이름은 얼럭바위였다.

성복리 양지말에는 예로부터 천석군이 날 명당이라고 일러왔는데 그래서인지 이곳에는 천석을 하는 부자가 탄생했다.

말이 천석이지 이 근처 논을 다 합쳐도 수백 마지기밖에 안 될 지경이니 천석을 하자면 30리 안팎이 이 집 땅이라야 될 수 있는 것이다. 왜냐하면 그때는 비료도 농약도 없었고 품종이나 농업기술이 형편없던 시절이었으니 논 한 마지기의 풍년이면 대석이요(쌀 한 가마) 흉년이면 벼가 소쿠리로 하나 나올까 말까였다.

소출도 이렇거니와 땅을 남에게 소작을 줄 때는 반씩 나누었으니 천석을 하자면 논이 몇 마지기여야 하는지 짐작이 갈 일이다.

이렇게 부자인데도 이 부자는 노랭이로 소문이 났고, 이웃이 굶어죽어도 보릿겨 한 되 안 주는 사람이었다. 그러니 스님이 온다고 시주를 내어줄 리가 없었다.

그러나 이곳은 대찰 성불사 말고도 인근에 100여 개의 절이 있어 하루도 빼지 않고 시주를 달라는 스님의 목탁 소리가 들렸다. 이럴 때 이부자는 시주를 주지 않을 뿐 아니라 스님 오는 것을 닭 둘으러 오는 살쾡이 보듯 하는 터라 동냥은 못줄망정 쪽박까지 깼다.

이 부자는 스님 공양자루에다 쇠똥을 퍼넣거나 스님의 얼굴에다 뜬물을 끼얹기까지 예사요, 더 심한 날은 일군을 시켜 스님을 대추나무에다 붙잡아 매고 초죽음이 되도록 두들겨주니 스스로 악업이 쌓여갔다.

그러던 어느 날 이 집 앞으로 보기에도 범상치 않은 노스님 한 분이 지나며 근처에 있던 사람이 들을 수 있는 혼잣소리로 하는 말이 이 집터는 원래 만석꾼의 터인데 저 내 건너 포개진 바위가 있어 천석군이밖에 못한다. 그러니 저 얹힌 바위를 굴려 버리면 만석군이 되리라고…….

이 소리를 전해들은 이 부자는 열배나 더 큰 부자가 된다는 말에 욕심이 동해 하인들을 시켜 위에 얹힌 바위를 굴려 버리고 말았다.

그런데 이런 일이 있은 후부터 이 집에 우환이 끊고 화재가 자주 나 만석은 고사하고 점점 망해 끼니가 어렵도록 되었다는데 이는 적선을 못할망정 악으로 담을 쌓아 가져 온 결과였다. 더욱이 스님을 능멸함에 있어서랴…….

어떻든 얼럭바위라 했던 이 바위는 부자의 욕심에 의해 굴림을 당했고 그

때 굴리어졌다 하여 굴린바위라는 의미로 굴바위라 한 것이다. 아직도 이곳에는 그때 굴린 바위가 그대로 남아 있다.(허선동 씨 제공)

얼럭바위

## 범바위(4)

이 바위는 성복리 도마치고개 마루턱에서 정평에 있는 심방산을 향해 등줄기를 타고 조금 내려오는 곳에 있다.

범바위

그러나 이 바위는 범바위라 할 만큼 크지도 않고 굴이 있어 서식할 만한 곳도 없다. 그리고 음침한 곳을 좋아하는 호랑이의 취향에 맞는 곳도 아니다. 그 반대로 이 바위는 산등성이에 있어 하루종일 햇빛이 드는 곳이다.

이 바위의 유래는 호랑이가 살던 곳이어서 생긴 이름이 아니라 이 산등은 호랑이가 다니던 길목이었고 호랑이가 이 바위 위에서 가끔 쉬어갔기에 붙여진 이름이다.

마을 사람들에 의하면 밤이면 이 바위 위에서 아래를 내려다보는 호랑이 눈빛이 번쩍번쩍했다고 한다. 이렇게 호랑이가 쉬었다 간 바위라 해서 범바위라 했다고 한다.

## 노적바위

형제봉 기슭의 노적바위

이곳에 노적바위는 형제봉 성불 쪽 기슭에 있다. 노적이라는 뜻은 한 데에 쌓아놓은 곡식더미로 그 모양은 나무로 깎아 만든 팽이를 거꾸로 세워놓은 것 같다.

곡식을 담은 곳은 둥글고 위는 이엉으로 엮어 비가 스며들지 않도록 뾰족하게 한다. 이런 모습으로 생긴 바위를 노적바위, 산봉우리를 노적봉이라 한다.

역사적으로 유명한 곳으로는 임진왜란 때 이순신 장군이 적을 물리치기 위해 이용한 것으로 전라남도 목포시 대의동에 있다. 충무공이 이 노적봉을 짚과 섶으로 둘러 적으로 하여금 군량미가 산더미같이 많이 쌓인 것처럼 보이도록 위장하고서 적을 공격하였다고 한다.

그렇지만 이 바위는 특별한 유래나 전설도 없이 노적봉이라고만 전한다. 아마도 이 형제봉 일대는 풍수지리적으로 명당이 많은 곳으로 전해 오는 것으로 보아 이 바위는 풍수적 노적바위로 추측이 된다.

예를 들어 묘소나 집터에서 노적봉이 보이면 그 집이 부자가 된다고 하는 설이 있다. 여기도 그런 바위이다.(김석주 씨 제공)


## 작은 명목바위

성복리 산 51번지에 있는 바위이다. 이 바위 부근에는 또 다른 명목바위가 있는데 이를 큰 명목바위라 한다. 작은 명목바위는 큰 명목바위보다 조금 밑에 있으며 큰 명목바위에 비하여 상대가 안 될 만큼 작다. 그래서 큰 명목바위는 남자, 작은 명목바위는 여자로 상징된다.

이 바위의 유래는 큰 명목바위의 설명으로 대신한다.

## 여우바위(1)

이 바위는 성복리 산 49번지 성서 부락 성불 내에 있다. 다시 말하면 형제봉에서 동남쪽으로 뻗어내려 성복리와 이의동의 경계를 이루는 산록에 있다.

이 바위는 매우 크다. 그리고 바위 밑에는 사람이 기어 들어갈 만한 천연동굴이 있는데 끝이 잘 보이지 않게 깊다.

여우바위/성복리 산49번지에 있다

이 바위의 유래는 이 바위굴에서 여우가 오래도록 서식한 바위였기에 붙여진 이름이다.

여우는 개과의 짐승으로 개와 비슷한데 몸이 홀쭉하고 주둥이가 길고 뾰족하며 꼬리는 굵고 길다. 털빛은 적갈색 또는 황갈색인데 성질이 교활하다. 그래서 사람들은 여우가 사람의 무덤을 파헤쳐 시체를 파먹고 산다고 여긴다. 이 동네에서는 이곳에서 우는 여우 울음으로 인해 아이들이 무서워 변소 출입도 못했다고 한다.


## 영산바위

영산바위는 도리실 안 응달 쪽 중앙에 있다. 도리실은 성복리 성서 부락의 돌탑말 서북쪽 산과 그너머 골짜기까지를 포함해서 부르는 마을 이름이다. 이 바위는 거북이가 산으로 기어 올라가는 것 같은 형상이라 거북바위라 했다.

그런데 아주 오랜 옛날에 호랑이가 임산부를 물어다놓고 뜯어먹다가 아이와 어머니 머리만 남겨놓고 간 일이 있다고 한다. 그 이후 이 바위를 호랑이가 임산부를 물어다놓고 먹다 간 곳이라 하여 임산바위라 부르다 어느 때부터인지 영산바위라 변했다 한다.

그때부터 마을 사람들이 이 바위를 위하고 제사를 지내기 시작했는데 호랑이는 산신령의 심부름꾼으로 여겼기 때문이다. 즉, 산신령에게 노여움을 사면 호환을 당한다고 생각했기 때문이다.


## 농바위(2)

도리산에 있는 농바위

농은 장롱의 준말이다. 그리고 장롱은 옷이나 물건을 넣어두는 장과 농의 총칭이다. 농은 다시 한 짝 또는 두 짝짜리가 있다.

수지읍에는 농바위가 세 군데 있으나 여기서는 성복리 도리산(도리실)에 있는 농바위를 소개한다.

도리산은 도리실에서 서쪽으로 보이는 산이요, 이 산 골짜기 중 농박골이 있는데 농박골은 농바위가 박혀 있는 골짜기란 뜻이다.

이 바위의 유래는 바위가 두 짝짜리 농처럼 생겼다 하여 붙여진 이름이다. 이 바위에는 또 다른 이름이 붙어 있는데 그 별명은 개대가리바위다. 개대가리는 이 바위가 개 대가리 모양이어서도 아니요, 전설이 있어서도 아니다.

그 이유는 이 바위 우측 아래로 (대원사 줄기) 이대장네(이 마을 사람들은 이렇게 부름) 묘가 있고 여기서 이 바위가 보여 지관들이 이바위를 개 대가리바위라고 부른 데서 연유했다.

개대가리라는 말은 명당인 이 산소의 지기를 이 바위가 빼앗아간다는 데서 그리되었다. 즉, 이 산소에는 나쁘다는 의미이다.

그러나 산이 우거지면 바위와 산이 서로 바라다보이지 않고 산이 황폐하면 보이는데 산이 우거지면 이 집이 일어나고 산이 황폐하면 이 집의 살림이 기운다고 한다. 모두 개대가리바위의 영향이 미치고 못 미치고에서 오는 것이다.

## 장사바위

장사바위는 성복리 성서 도리산(도리실) 기슭에 있다.

장사의 손자국마냥 찍힌 자국이 선명하다

이 바위는 대부분 땅속에 박혀 있고 겉으로 드러난 것은 조금밖에 안되는데 이 바위 표면을 살펴보면 이겨논 흙 반죽에다 다섯 손가락을 찍어놓은 것 같은 흔적이 두 군데 있다. 이것이 장사가 이 바위로 공기(작은 돌맹이 다섯 개로 놀이를 하는 것)를 하다가 생긴 자국이라는 것이다.

이렇게 큰 바위로 공기를 한다는 것은 보통사람은 엄두도 낼 수 없는 일이다. 따라서 힘이 무척 센 사람을 장사라 부르는데 그러기에 장사가 가지고 놀던 바위라 하여 장사바위라 한 것이다.

## 두껍바위

이 동네에서는 이 바위를 뒤턱바위라고도 한다. 뒤턱바위란 동네 뒤에 있다고 해서 그리 불렀다고 하나 원래 이 바위의 이름은 두껍바위였다.

두껍바위/뒤턱바위라고도 한다

두껍바위의 유래는 이 바위 생김이 두꺼비 같다고 해서 붙여진 이름이다.

그리고 예전에 이 바위는 논 끄트머리에 있었던 것이나 개울의 물길이 논으로 난 뒤에 이 바위는 전에 개울과 지금의 개울 사이에 놓이게 되었다.

## 굴바위

이 굴바위는 성복리 응골에서 성동으로 건너가는 다리 밑 개울 바닥에 있었다. 원래 수지읍 일대는 바다였다고 한다. 그때 썰물이 되면 이 바위에서 굴을 많이 딸 수 있어 굴바위라고 불렸다 한다.

또 한 가지는 이 바위에 굴이 있어 굴바위라는 설도 있다. 그러나 새마을 사업으로 다리를 놓으면서 깨어버려 지금은 볼 수 없는 바위다.


## 선바위

이 바위는 속칭 와마골 골짜기 8부쯤에 있다. 여러 바위가 얼켜서 만들어졌는데 맨 위에 있는 바위도 몇 개로 나뉘어져 있다. 그러나 맨 앞의 바위는 거의 수직으로 서 있는데 앞이 반듯하다.

이 바위의 유래는 선녀가 내려와 놀다 갔다고 해서 생겼다 하나, 또 다른 유래로는 바위가 사람이 서 있는 것 같다고 해서 불려져 내려왔다고도 한다.


### 평풍바위(2)

이곳 평풍바위는 자지산 평풍박골에 있다. 평풍박골은 평풍바위가 박혀 있는 골짜기라는 뜻이다.

평풍바위의 유래는 바위가 마치 평풍을 쳐놓은 것 같기에 붙여진 이름이다.

### 석바위

석바위는 서원말 뒷산인 방울재 가산 쪽에 있다. 이 바위는 눈썹바위처럼 생겨서 몇 사람이 비를 피할 수도 있다. 그리고 이 바위에서 서쪽을 바라다보면 인천 앞바다가 보인다.

바위란 이미 큰 돌이기에 바위 석자를 이중으로 붙일 리는 만무하다. 그러면 여기서 석이란 무엇을 나타낼까. 여기서 석은 저녁 석을 가리킨다. 뿐만 아니라 선다, 일어선다 라는 뜻도 있는데 이 두 의미를 합하여 풀어보면 저녁에 이곳에 서서 서쪽으로 지는 해를 바라보면서 석양의 아름다움을 감상하던 바위이다.

위에서도 설명했듯이 예전 사람들이 바다 구경을 가기가 쉽지 않았고 그렇기에 바다로 지는 일몰을 구경하기 위해 초동들이 와서 놀던 곳이다. 일부러 이곳에 와서 구경할 만큼 옛 사람들은 한가하지 않았다.

## 분투골(奮鬪谷) 바위

분투골바위는 수지읍 상현리 전 450번지 일대에 있다. 그리고 이곳 지명을 분투골이라 한 것은 분투골바위가 있기에 붙여진 이름이다.

이 동네에는 작은 내를 사이에 두고 두 바위가 있다. 그러나 단 둘밖에 없는 이웃인데도 둘의 사이는 늘 좋지가 않았다. 그것은 덩치가 큰 분투골바위로서는 자기보다 작은 독바위가 고분고분하지 않은 데 기분이 나빴고, 독바위는 덩치는 크나 미련하게 생긴 분투골바위가 마땅치 않았기 때문이었다.

그러던 어느 날 둘은 싸우게 됐는데 결과는 분투골 바위의 참패였다. 분투골바위는 미련한 힘만 믿다 대추방망이같이 단단한 독바위의 박치기 한 번에 넉다운이 되고 만 것이다.

이 싸움에서 진 분투골바위는 저보다 작은 놈한테 당한 것이 분하여 통곡하여 울었다. 이렇게 분한 눈물을 흘렸다 하여 후에 이 바위를 분누(憤漏)바위라 했다 한다. 그러나 분투골바위는 와신상담, 언젠가는 독바위를 이기고 말겠다는 마음으로 몸을 단련했는데 그것을 보고 곁에서들 분투하라고 말들을 했다. 요샛말로 파이팅이란 말이다. 이런 말이 돌고 돌아서 이 바위가 분투(奮鬪)바위가 됐다.


## 장사(將師)바위

상현리 깊은말 뒷산을 석바위산이라 한다. 이 바위는 이 산에 있는데 바위 가운데 장사발자국이 있다 하여 장사바위라 한다.

이 장사바위의 유래는 다음과 같다. 때는 알 수 없지만 강원도 금강산을 다녀온 석바위산은 자기도 금강산처럼 아름다운 산이 되고 싶었다. 그리고 금강산의 일만이천 봉을 이루는 바위들이 본래 금강산에 있던 것이 아니라 전국에서 모여든 이름 있는 바위로 이루어졌다는 것에 고무받아 자기도 그렇게 해 보리라 생각했다. 아직도 이 세상에는 설악산의 울산바위 같은 이름 있는 바위가 많이 있으리라고 여겼기 때문이다. 그래서 석바위산은 천하에다 방을 내걸었다. 숨은 인재를 얻으려는 군왕처럼 영웅호걸이 오기를 기다렸다.

그러나 높이 200m밖에 되지 않는 이름도 없는 이 산으로 찾아올 유명한 바위가 있을 리 없었다. 그렇다고 전혀 오지 않은 것도 아니었으나 찾아오는 것들은 자기 고향에서도 푸대접받는 이름 없는 바위들뿐이었다.

이렇게 찾아온 바위가 수백여 개나 되었다. 그러던 어느 날 지금까지 찾아왔던 여느 바위들보다는 몸집이 큰 바위 하나가 이 산으로 기어들었다. 와서 보니 있는 것들이란 저보다 조무래기 같은 바위들뿐이라 다른 데 가지 말고 이곳에서 여우 없는 곳에 토끼가 왕이라고 으쓱대며 살아보겠다고 결심했다.

그런 이후부터는 다른 바위가 찾아오는 것을 이 몸집 큰바위가 용납하지 않았다. 이때 늦게나마 이 석바위산의 소문을 들은 남양 지방에서 파락호처럼 살던 바위 둘이 고향에서 괄시받느니 그곳이나 가 보자 하여 여기를 찾아왔다.

그러나 이 산에서 어른노릇을 하던 몸집 큰 바위는 텃세를 부려 이들이 살지

상현리에 있는 힘찬 모습의 장사를 연상시킨다

못하도록 행패가 심해 두 바위와 싸움이 붙었다. 이 두 바위도 자기 살던 곳에서는 싸움으로 이력이 났고 둘이면 이놈이 힘이 좀 있기로 해 볼 만하다고 여겼기 때문이다. 그래서 2대 1의 싸움은 시작되었고 장장 사흘이나 계속됐다. 그러나 싸움은 두 바위의 패전으로 끝나 이곳으로부터 쫓겨나게 되었다. 그 후 두 바위는 이 큰 바위가 보이지 않는 남쪽 기슭에 숨어 살게 되었는데 이제는 큰소리치며 떠나온 고향으로 갈 면목도 없었고 언제인가는 이 덩치 큰 놈을 해코지하고자 하는 복수심에서였다.

이 싸움에서 두 놈을 내쫓고 산을 독차지한 바위를 장사바위라 했다. 그리고 두 놈 중 덩치가 조금 크고 미련한 놈은 진 것을 늘 분통하게 생각하고 있었기에 분통한바위라 했다가 지금은 분통골바위라 했으며 몸집이 조그만 놈은 어금니를 깨물은 독한 놈이기에 독(毒)바위라 했다 한다.


## 여우바위(2)

이 바위가 있는 곳은 상현리 대장간말 뒤에 있는 갓모봉 정상 발미요, 바라보고 있는 곳은 동네 쪽이다. 그런데 이 바위는 전체가 겉으로 드러난 것이 아니라 대부분 땅속에 묻혀 있으며 사람의 얼굴처럼 한쪽만 나와 있다.

이런 경우는 대개 흙산에서 흔히 볼 수 있는 현상으로 산 정상에 흙이 유실되면서 속에 있던 암석의 일부가 노출되어 생긴 것이다.

이 바위의 생김에는 별로 특징이 없으나 부근 지형이 매우 가파르며 바위 밑으로 천연적인 굴이 나와 있는데 크기는 개가 드나들 만하다. 그래서 그런지 이곳에는 개와 체형이 비슷한 여우들이 오래도록 서식하였기에 여우바위라 불려왔다. 그러나 지금은 전국적인 현상이지만 이곳에도 역시 여우가 사라

진 지 오래이다. 다만 임자 없는 이 굴
에는 지금도 가끔 너구리, 오소리가 찾
아들 때가 있고 이것을 잡기 위해 동네
사람들이 불 땐 흔적으로 바위가 검게
그을려 있었다. 그래서 이 바위를 너구
리굴바위라고도 한다.(윤복기 씨 제공)

상현리 대장간말 뒤에 있는 여우바위

## 성지바위

성지바위는 두렝이 뒷산 막바지에 있다. 이 타위의 특징은 바위 밑이 천연
적 굴로 되어 있어 비가 올 때 사람 서넛이 들어가도 비를 피할 수 있다. 그리
고 이 굴에다 불을 때면 성복리에 있는 명목바위로 연기가 나온다고 한다. 가
장 큰 특징은 이 바위 아래 샘이 있는데 이 샘은 아무리 가물어도 물이 마르는
법이 없을 뿐 아니라 조개가 서식하고 있어 가끔씩 마을 사람들이 잡아오곤
한다는 것이다. 높이가 400여m되는 산
에 있는 샘에서 조개가 잡히는 것은 예
전에 이 산이 바다 속에 잠겨 있었다가
물이 빠졌기 때문이란다. 얘기가 황당
하게 들릴 수도 있으나 수지읍이나 용
인시 곳곳에서 이런 얘기가 전해오고
있다. 바위의 유래는 전하지 않는다.

성지바위/큰바위의 암벽이 이채롭다

## 독(甕)바위

독바위는 독바위 고개 우측에 있는 타위다. 이바위의 유래는 이 바위 모양

개발로 인해 바위 전신은 묻히고 머리 부분만 보이고 있다

이 항아리 즉 독(甕)같이 생겼기에 붙여진 이름이다 또 한 가지 유래는 이 바위가 멀지 않은 곳에 있는 분투골에 분투바위와 싸웠는데 저보다 덩치가 큰 분투바위를 단숨에 때려눕혔다 한다. 이는 이 독바위가 분투바위보다는 작지만 독(毒)하기에 그리했다 하여 그 후부터 독바위라 했다 한다.

## 검바위

이 바위는 두렝이에서 성복리로 넘어가는 버들치고개 중간에 있다. 이곳은 마을에서 좀 떨어진 외진 곳이다. 여기에 숯을 굽는 숯가마가 하나 있었다.

숯을 굽기 위해서는 연기와 먼지가 많이 나서 인가를 피하며 또한 숯에 원료인 참나무를 얻기 쉬운 산속을 찾는데 이곳이 그런 곳이었다.

여기서 숯을 굽는 사람은 아랫마을에 사는 젊은 내외였는데 가진 것 없이 오로지 숯만 구워 팔아서 살았지만 금슬은 남부럽지 않았다.

어느 날이나 남자는 아침을 먹으면 먼저 산으로 올라갔고 여자는 점심 때에 밥 광주리를 이고 늦게 올라갔는데 그것은 점심도 갖다주고 숯가마에 나무를 넣는 것이나 숯을 꺼낼 때 남자를 도와주기 위해서였다. 이날도 여느 날과 같이 밥을 가지고 숯가마에 갔는데 남자가 없었다. 산으로 나무를 하러 갔나 보다 하고 기다렸는데 해가 넘어가고 어두워도 남편은 나타나지 않았다.

이튿날 동네 사람들을 풀어 찾아보았으나 사람은커녕 흔적도 발견하지 못했다. 이때는 호랑이나 뱀 등이 많아 이들로부터 해를 입는 사람들이 가끔 있었기에 찾아나선 것이다.

동네 사람들은 하루를 찾더니 이내 더 이상 찾기를 단념해 버렸으나 여자는 식음을 전폐하고 날마다 산을 헤매다 돌아왔다.

보름여 물 한 모금 마시지 않고 새우잠 한 번 자지 않으며 남편을 찾다가 기진맥진한 여자는 오늘도 점심을 싸가지고 간신히 숯가마로 올라갔다. 숯가마 옆에 앉아 멍하니 산을 바라보고 있었는데, 남편이 산에서 내려오고 있었다. 그의 등에는 참나무가 가득 쌓인 지게를 짊어지고 있었다. 여자는 남편이 나타나자 무한 반가웠다. 좋은 나무가 너무 많아 정신없이 베다 보니 이제 왔는데 배고프니 빨리 밥을 달라는 것이었다.

여자가 허둥지둥 밥 광주리를 풀다가 앞으로 폭 고꾸라졌다. 그녀의 귀에는 천상의 음악이 들렸다. 그녀는 하늘에서 남편을 만났다. 그때 그녀의 몸은 바위로 변해 갔다. 하늘에서 그녀의 정성에 감동하여 언젠가는 남편이 돌아오기를 기다리는 망부석으로 만든 것이다. 그러나 그녀의 몸은 숯장사의 아내답게 까맣게 되었는데 나중에 검바위라고 부르게 된 유래이다.

## 벌바위

벌바위는 두렝이 벌말 내 건너 산 밑에 있다. 벌바위의 유래는 이 바위를 벌이 쏘아 갈라졌다 해서 얻은 이름이라 하나 사실은 그렇지 않다.

원래 이 바위 밑에는 이무기가 살았다고 한다. 이무기는 구렁이가 도를 닦

벌바위

아 용이 되려 하다가 못 되었기에 그 한으로 심술밖에 남지 않은 짐승이다. 어찌 그렇지 않으랴 천년에 도가 하루아침에 나무아미타불이 되었으니…….

여기 이무기도 마찬가지여서 그 심술로 들에 매어논 소나 집짐승을 잡아먹고 심지어는 사람들에게까지 해를 입혔다. 그러나 이무기는 천년의 도를 닦았기에 사람들은 어쩌지 못하고 하늘에 대고 이구기를 잡아 죽여주시길 간절히 빌 뿐이었다. 그 소리가 하늘에까지 닿았고 이무기를 처치하기 위한 대책

회의까지 열렸다.

그래서 얻은 결론이 이무기를 없애는 역할을 뇌신(雷神)이 맞기로 하고 어느 날 폭우가 쏟아지는 날 바위에다 벼락을 때리니 바위가 두 쪽이 나면서 이무기도 죽어 버렸다. 그래서 처음에는 벌을 받은 바위라는 뜻으로 벌(罰)바위라 했는데 나중에 벌이 쏘아서 바위가 쪼개져 벌바위라고 잘못 전해지게 되었다.


## 봉(鳳)바위

벌말 575번지에 있는 봉바위

봉바위는 하동 벌말 대 575번지 진선익 씨 뒷산에 있다. 바위의 모양은 밑돌과 윗돌이 있는데 밑돌은 한 사람이 들어갈 만큼을 끌로 파놓은 것처럼 우묵하다. 봉바위의 유래는 이 바위 위에서 부엉이가 서식하였고 밤이면 앉아서 울던 바위이기에 붙여진 이름이다.


## 맷돌바위(성주바위)

맷돌바위

이 바위는 시루봉에서 풍덕천으로 뻗어내린 산줄기에 있는데 토월 약수터에서 약 2.6km 지점에 있다. 이 바위를 신봉동 사람들은 맷돌바위, 동천동 손골 사람들은 성주바위라고 부른다.

맷돌은 곡식을 가루로 만드는 기구로 돌로 만든 것이며, 성주는 햇곡식이

나면 씨앗이나 쌀을 쌀자루에 넣어 삼각형 형태르 만들어 벽에 걸어놓고 창호지로 고깔을 씌워놓았다가 이듬해 햇곡식이 나면 걸어놓았던 것으로 백설기를 쪄먹고 다시 전과 같이하는 전래 풍속으로 일종의 비상식량이며 농신과 가신에게 햇곡식을 바치는 것이라고 볼 수 있다. 이 바위의 유래는 양쪽 사람들이 보는 바위의 모양과 마음에서 다르게 보았다고 할 수 있다.


## 장롱바위

이 바위는 맷돌바위 바로 밑에 있으며 세 개가 포개져 있다. 이 바위의 유래는 장롱처럼 생긴 데서 붙여진 이름이며 세 개가 포개져서 삼층 장롱처럼 생겼다. 요즈음은 삼층 장롱이 없지만 예전에는 이층 또는 삼층 장롱도 있었다.


## 혹바위

이 바위는 독바위 마을을 우측으로 휘감아 신대저수지 윗부분에서 끝나는 산자락에 있다. 이 바위의 모양은 산에 박혀 매우 크다.
바위의 유래는 독바위고개에 있는 독바위와 싸움이 붙었는데 크기로는 독

동천리 앞산 장롱바위

혹바위

바위와 비교가 되지 않지만 사람으로 치면 원래 독종인 독바위한테 늘씬하게 얻어맞고 정신을 잃었다가 깨어보니 이마에 큰 혹이 생겼는데 얼마나 지독하면 그 혹이 낫지는 않고 지금까지도 그대로 있다는 것이다. 이런 사유로 혹바위라 불렀는데 얼마 전에 너구리와 뱀을 잡는다고 사람들이 바위를 깨는 바람에 지금은 그 혹을 볼 수 없게 되었다.


## 부엉이바위

매봉 정상 서북쪽에 위치하였으며 산에 묻혀 있는데 매우 크다. 이 바위의 유래는 이 바위에서 부엉이가 많이 서식하여 붙여진 이름이다. 그러나 이 산을 매봉이라 한 것을 보면 매들도 많이 서식하였거나 아니면 매와 부엉이를 같은 종류로 보았을 것으로 생각된다. 이 바위가 있는 매봉의 이름은 바위의 유래로 인하여 생겼다.


## 지네바위

이 바위는 성복동 성불 안 우측에 있다. 바위의 모양은 하나의 큰 바위라기보다는 여러 바위가 엉킨 서덜이다. 이 바위 유래는 이곳에 지네들이 많이 살기에 붙여진 이름이다.

전설에 의하면 부근에 있는 성불사가 지네로 인하여 없어졌다고 할 만큼 이곳에 지네가 성했다고 한다. 이곳에 지네가 많은 것은 응달이며 바위가 많아 서식하기 좋은 여건을 가지고 있기에 그런 것이라고 본다.

## 감투바위

이 바위는 태재고개 정상에 있다. 이곳에서는 수지 일원을 다 볼 수 있고 우측으로는 분당 일부도 볼 수 있는 조망을 가지고 있다. 이 바위의 생김은 분당 쪽으로 낭떠러지 산에 박힌 암벽에 크지 않은 바위가 올라앉아 있다.

이 바위에는 두 가지 뜻으로 유래가 전한다. 하나는 매우 가파른 고개를 올라서서 가쁜 숨을 몰아쉴 수 있는 위치에 있기에 어렵게 고개를 올라온 것을 마치 전쟁에서 용감하게 싸운 것과 같이 게를 올라와 이 바위에서 쉰다는 자찬의 의미와 또 하나는 바위의 생김이 상투에 씌우는 감투같이 생겼다고 해서 붙여진 이름이다.(김완호 씨 제공)


## 덤바위

덤이란 제값어치의 물건 외에 더 얹어주는 것이다. 그러니 덤바위란 덤으로 받은 바위라는 뜻이다. 이 바위는 내대지 뒷산에 있다. 이곳 지명은 덤바위가 있는 골짜기라 해서 덤박골이라 한다.

덤바위의 유래는 이 세상을 만든 조물주의 실수에서 기인한다. 조물주가 이 세상을 만들 때는 아두렇게나 만든 것 같지만 그렇지가 않다. 마치 재단사가 옷을 만들 때 옷감을 미리 재단하듯 구상하여 기사가 정석을 놓듯 하여 산, 내, 바위 하나라도 있을 곳

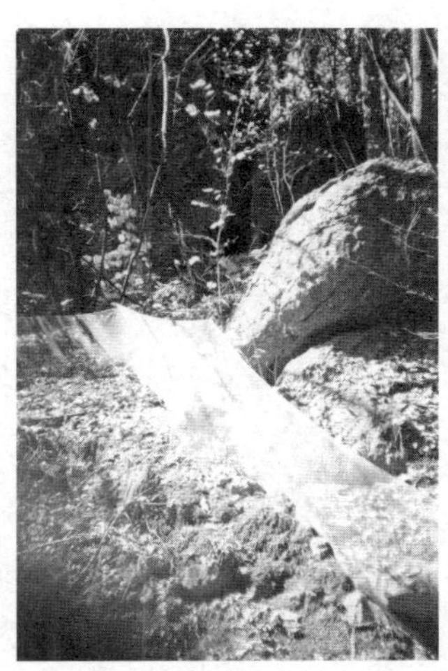

한 개의 바위가 두 개를 올린 모습으로 보인다

에 만들어놓았으니 가히 세상은 더 보태고 남을 것이 없었다. 그런데 왠일인지 딱 바위 하나가 남아도는 것이었다. 그래서 밖에서 잘 보이지 않는 이 골짜기에다 가져다놓은 것이다. 그러니 이 산으로서는 필요없는 바위 하나를 받은 쪽이라 덤바위라 불린 것이다.

## 괸바위

괸바위의 모습, 괸돌이라고도 한다

이 바위는 내대지 뒷산 괸박골(고인 박골) 안에 있다. 대개의 바위는 하나 또는 많아야 둘로 포개져 있는데 이 바위만은 머리와 몸통 그리고 이 두 부분을 이어주는 목에 해당하는 세 부분으로 되어 있다. 마치 사람이 서 있는 것 같은 모습이다. 그런데 가운데 있는 돌이 다른 바위처럼 자연스럽게 올라앉은 것이 아니라 맨 위에 돌이 굴러내리지 못하도록 고임돌을 놓은 것 같기에 붙여진 이름이다.

그러나 원래 이 바위는 셋이 아닌 하나의 바위였다. 어느 날 큰비가 오며 천둥이 심한 날 바위가 벼락을 맞아 세 동강이가 났다. 그러나 수난을 당한 것은 이 바위뿐만이 아니었다. 그것은 산 아래 평화롭게 살던 마을에 갑자기 화재가 빈번하고 멀쩡하던 장정들이 죽어나갔다.

이런 일로 마을 사람들이 전전긍긍하던 차 지나가던 노승이 하는 말이 그 바위는 이 마을을 지켜주는 수호신 역할을 했는데 벼락을 맞은 뒤 그렇지 못하니 악귀가 날뛰는 것이다. 그러니 다시 그 바위를 원상대로 해놓지 못하면 재앙이 계속될 것이라는 것이다. 그래서 마을 사람들은 그 바위를 전처럼 복구하기 위해 온갖 노력을 다했으나 별 소득이 없었다.

그것은 이곳이 발을 붙일 수 없는 낭떠러지요, 바위의 무게가 너무 무거웠기 때문이다. 그렇다고 손 놓고 있을 수도 없는 일이라 마을 사람들은 무슨 기적이라도 일어나기를 바라는 마음에 동제를 지내기로 했다.

동제를 지낸 후 어느날 소년 선비 한 사람이 이 마을을 지나다 마을 사람들의 딱한 사정을 듣고는 자기가 그 일을 한 번 해 보마고 했다. 그러나 마을 사람들은 그 말에 선뜻 응하지 않았다. 그것은 온 마을 사람들이 동원되어도 안

되는 일을 닭 한 마리 잡을 힘 하나 없어 보이는 나약한 선비가 그 일을 할 수 있으리라고 믿는 사람이 없었기 때문이다. 그러나 선비의 고집과 마을 사람들로서는 뾰족한 묘책이 없어 선비의 말대로 해 보기로 했다.

마을 사람들과 함께 괸박골에 올라간 선비는 어른이 목침을 들 듯 떨어진 바위를 가볍게 움직여 바위를 전처럼 올려놓았는데 전보다 달라진 것은 벼락에 떨어져나간 조각 때문에 한쪽을 고인 것처럼 할 수밖에 없었다는 것이다.

이런 일로 그 후 이 바위를 고인바위라 했고 이 말이 줄어 괸바위가 되었다. 그리고 이 마을은 전처럼 다시 평화가 찾아왔다 한다.


## 지경바위

지경닦기는 큼직한 돌에 줄을 매어 여러 사람이 들었다 놓았다 하면서 땅을 다져 터를 닦는 작업이다. 이때 지경닦기에 사용하는 돌을 지경돌이라 한다.

여기 지경바위는 죽전리 내대지 뒷산 덤박골, 괸박골로 가는 길 복판에 있었다. 이 바위는 땅속 깊이 박힌 큰

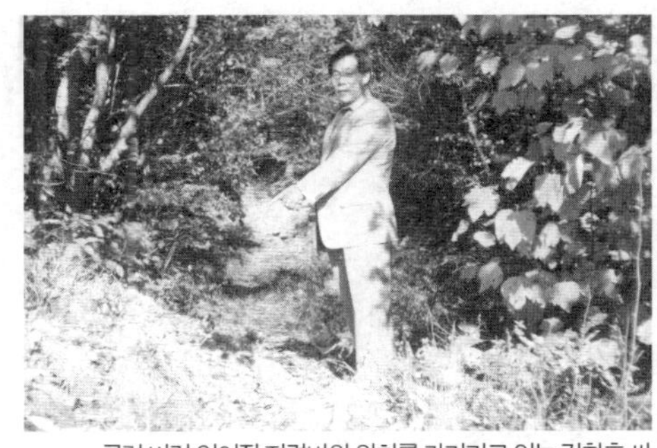

굴려 버려 없어진 지경바위 위치를 가리키고 있는 김찬호 씨

바위 위에 얹힌 돌로 크기는 젊은 장정 서너 명이 작대기를 지레삼아 넘길 만하며 지경닦기에 쓰이는 돌을 닮았기 때문에 붙여진 이름이다. 그런데 지금은 이 바위가 없어졌다. 그것은 이 바위가 길 복판에 올라앉아 있어 이곳을 지나야 되는 사람들에게 많은 불편을 주었기 때문이었다. 그러나 예전 사람들은 자연의 불편을 그대로 견디어왔기에 이 돌은 최근까지 있었으나 불편한 것을 참지 못하는 현대인에 의해 이 돌을 계곡 아래로 굴리게 된 것이다.

바라산이고개
고분재고개
제상바위
일어서기바위
언친돌
벼락바위
큰돌
왕림골
가마지골
능말림
광석천
광석바위
느진매기고개
행여바위
갓쓴바위
붉은대고개
재주봉재
평풍바위
농바위
안터골
째진바위
논골피난골
장사바위
문둥바위
문둥바위골
산삼박골
절능안
태봉골
용바위깨
항골
숨은바위
도마치고개
범바위
지내바위
노적바위
숨베미날
성지바위
진고개
석바위
장수바위
방울
평장돌
독바위고개
길마재
혹바
수지 향토문화답사기

# 수지의 고개 그리고 바위

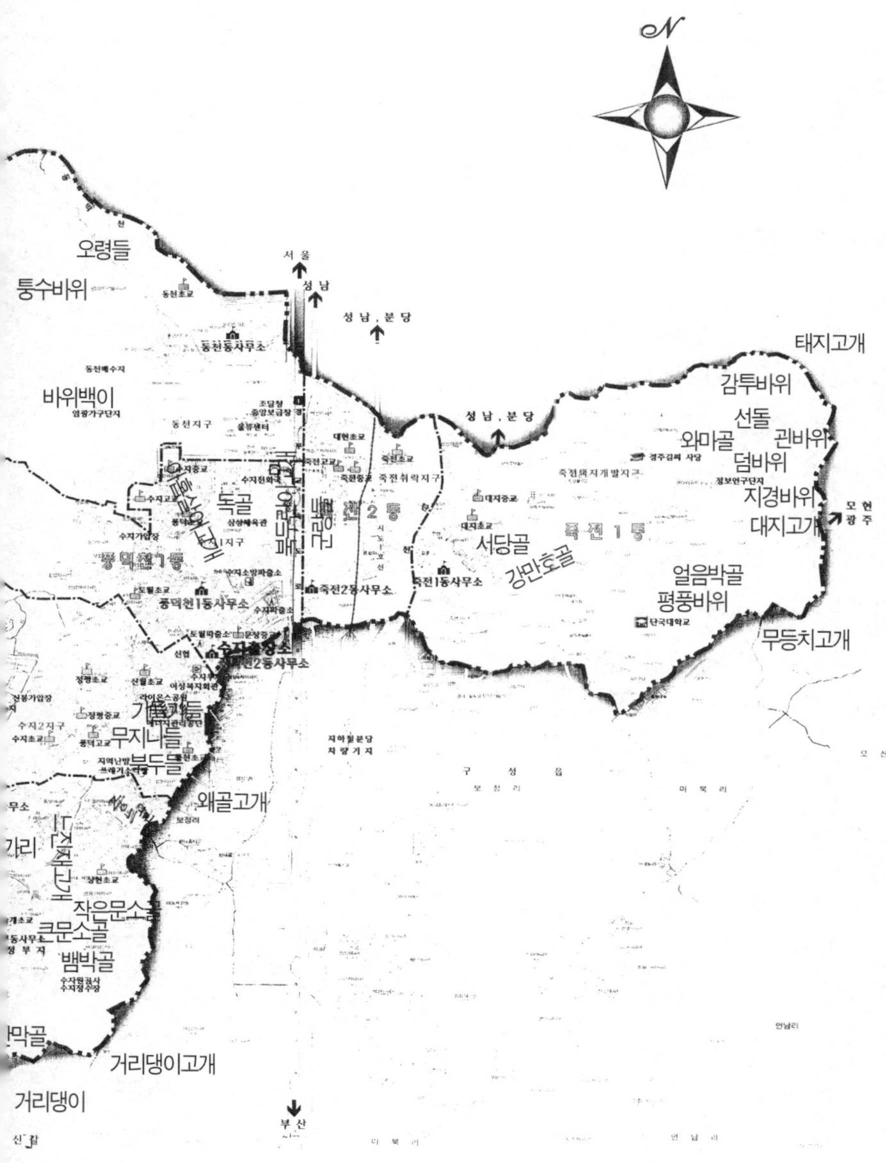

N
오령들
통수바위
서울
성남
성남,분당
태지고개
감투바위
동천초교
동천동사무소
동천배수지
선돌
바위백이
영광가구단지
와마골
곤바위
덤바위
조달청
중앙보급창
솔뱅센터
대현초교
죽전리지개발지구
경주김씨 사당
정보연구단지
지경바위
동선지구
죽전초교
대지고개
죽전중교
죽전취락지구
모현
광주
수지교
수지전화국
죽전 2 동
대지중교
독골
삼성체육관
죽전 1 통
수지가압장
서당골
얼음박골
풍덕천 1 동
강만호골
평풍바위
수지소방파출소
토월초교
죽전 1 동사무소
단국대학교
풍덕천 1 동사무소
죽전 2 동사무소
수지파출소
토월파출소
문정중교
수지초등학교
선현
죽전 2 동사무소
무등치고개
정평초교
신월초교
수지여성복지회관
정평중교
라이온스공원
기흥 1 통
수지 2 지구
지하철분당
차량기지
수지초교
풍덕교교
무지내들
구 성 읍
지역난방
쓰레기소각장
보정리
마북리
부드들
오산
무소
왜골고개
보정리
가리
장천초교
작은문소골
동막초교
동사무소
큰문소골
뱀박골
수지원경상
수지정수장
연남리
막골
거리댕이고개
거리댕이
부산
마북리
연남리
신갈

# 먹거리에 얽힌 이야기

팥죽 아홉 그릇/서리/감주 일곱 그릇/달빛 비치는 콩죽/보리밥 외

## 팥죽 아홉 그릇

요즈음 사람들은 살을 빼기 위해 덜 먹고 운동을 하는데 배고프던 시절에 사람들은 실컷 먹는 것을 큰 자랑으로 여겼고 많이 먹는 사람이 일도 잘한다든가 많이 먹는 사람이 힘도 쓴다는 등의 속담도 생겼다. 그러니 주막이나 사랑방에서는 먹기내기가 곧잘 이루어졌고 누가 술을 몇 되 먹었느니 누가 떡을 얼만큼 먹었네 하는 것들이 사람 많이 모인 곳에서는 이야깃거리로 흘러 다니게 되었다. 그중에서도 특이했던 일들은 그 마을에 전설처럼 전해지기도 했다.

어느 곳에 홀아비 한 분이 계셨는데 이분은 첫부인과 사별한 뒤 주변머리가 없어 다시 장가도 못 가고 있는 재산도 관리를 못해 세경(급료)도 못 받는 머슴으로 이 사랑 저 사랑을 옮겨다녔다.

이분이 젊었을 때, 어느 집에서 일꾼들을 얻어 논 매는 데서 있었던 일이다. 가난하던 시절에는 어찌나 어려웠던지 일하는 날에 죽을 쑤어 주어도 흉이 안 되었던 모양이다. 이 집도 그런 집에 속해 한창 더운 여름에 팥죽을 쑤었는데 이 양반이 팥죽 아홉 바가지(예전에는 들에서 쓰는 그릇으로 바가지를 썼음)를 단숨에 자시고 간신히 댓돌 위에 감나무 그늘에 가서 누웠다. 물론 이분뿐 아니라 그날 일꾼들 모두가 식후에 휴식을 같이했다. 그리고 얼마 있다가 다시 일을 하기 위해 이 양반을 부르니 누워서 꼼짝도 못하고 손사래만

흔들더라는 것이었다.

이 양반 오죽 죽겠으면 이랬으랴. 그때 바가지는 요즈음 냉면그릇만 했으니 그것으로 아홉 바가지를 먹고 탈없이 산 것이 용하다. 어떤 사람이 밥을 너무 많이 먹고 죽겠으니까 하나님 하나님 배불러서도 죽습니까? 했다는 것이 이 양반에게 해당됐던 듯싶다.


## 서리

남의 물건(참외, 수박 또는 과일, 닭 등)을 훔쳐다 먹되 도둑으로 보지 않는 것이 서리다. 예전에도 참외나 수박을 심으면 이것을 지키기 위해 원두막을 짓고 지켰다. 그러나 짓궂은 아이들은 주인이 한눈을 팔거나 잠들었을 때 몰래 밭에 들어가 참외나 수박을 따먹는다. 이때 주인이 원두막을 지어 지키는 목적은 참외나 수박을 따 가는 사람을 꼭 잡겠다는 것보다는 아이들이 밭에 들어가 서리를 할 때는 덜 익은 것을 마구 따거나 아니면 넝쿨을 밟고 뽑아 아예 밭을 못쓰게 하는 것을 막는 역할을 했다.

또한 설혹 서리하는 아이들을 잡거나 누구인지 안다 하더라도 요즘처럼 고발을 하거나 배상을 물리지 않고 말로 야단만 쳐서 보내었다. 이렇게 남의 물건을 서리하는 종류는 과일에서 작은 짐승까지는 거의 용인되다 싶이했는데 농촌에서 자란 사람들은 대개 이런 서리의 짜릿한 맛을 잊지 못할 것이다. 그러면 왜 이렇게들 서리가 극성맞았느냐 하면 다 배고픈 까닭이었다.

이 서리는 대개 밤 이슥할 때 하는 것인데 이맘때면 저녁 먹은 지가 한참 되어 뛰고 노는 악동들은 먹은 것이 다 내려가고 배가 출출할 때이므로 이심전심으로 합심이 되어 오늘은 무슨 서리를 하나 누구네 닭을 훔쳐다 먹자 하면 그것을 실천하기 위한 작전을 짜서 서리를 가는 것이었다. 그러니 어른들도 애들 때는 자기들도 몇 번씩 이런 장난을 해 본 사람들이라 아이들의 장난을 이해할 수밖에 없었다.

그러나 어느 집에서 한 마리밖에 없는 씨암탉을 잊어 버렸거나 하면 무척이나 섭섭하게 여기고 누구들의 소행인 줄을 알지만 벙어리 냉가슴만 앓아야 했다.

또한 어느 집에서 큰일이나 농번기에 쓸 양으로 술을 담아 개천 같은 풀숲에다 감추어 두는 경우가 있었다. 왜냐하면 그때는 나라에서 금주령이 가끔 있었고 또 세무서에서 술 조사가 자주 있었기 때문에 이것을 피하여 아예 집 밖에다 두었던 것이다. 그런데 이것을 마을 젊은이들이 알게 되면 몽땅 들어다 먹어 버리는데 이것으로 인한 주인의 낭패는 여간 큰 것이 아니었다.

이보다 더한 것은 어느 집에서나 떡을 하면 장독이나 터주가리 하물며 외양간에까지 떡시루째 그 위에 정한수 한 사발을 올려놓고 신이 먼저 흠향하시도록 갖다놓고 잠시 자리를 피하는데 이때 이것을 시루째 도둑맞는 경우가 있었는데 이것도 다 악동들의 짓이었다. 그러나 이것으로 동네가 시끄러운 일은 없었다.

이렇게 우리 조상은 먹는 죄는 없다는 불문율과 아이들의 가식없는 행동을 용서할 줄 아는, 멋이라는 것을 아는 민족이었다. 지금 우리 모두에게 시급한 문제는 국민 경제보다 이러한 민족적 너그러움을 회복하는 길일 것이다.


## 감주 일곱 그릇

윤서방이라는 사람이 있었다. 이 사람은 술도 못하니 자연 단것과 떡을 좋아했다. 그전에는 생일날 떡이나 또는 다른 집에서 잘 안 해 주는 별식을 해 주는 집은 별호가 날 정도였고 이런 집은 일꾼 얻기가 수월했다.

어느 집에서 논 두 벌을 훔치는데(손으로 풀을 뽑는 것) 감주를 해 왔더란다. 이 윤서방은 원래 단것을 좋아했는데 감주를 해 왔으니 다른 때 다른 사람들 술마시듯 일곱 양재기를 단숨에 들이켰다. 그리고 논둑에 앉아 담배 한 대씩 피우고 다시 논바닥으로 들어갔다. 이 더운 날씨에 주인댁이 감주까지

해다 주니 일꾼들이 자진해서 부지런히 주인집 일을 더 해 줄 양으로 다른 날
보다 더 일찍 엉덩이를 땅에서 뗀 것이다. 논바닥에 내려서서 다시 황새우렁
이 찾듯 꾸부려 손으로 풀을 훔치자면 허리는 구십도요 코는 땅 끝에 끌려야
되는데 이때 감주 일곱 그릇을 먹은 윤서방은 남과 같이 허리를 구부리니 감
주가 입 안으로 쏟아지더라나. 그래서 남보기도 그렇고 하여 입을 꼭 다무니
그 감주가 코로 나오더란다. 이 일을 자기 혼자만 알고 있었으면 남이 모르고
지나갔을 텐데 일터에서 웃음에 소리한다고 이 말을 하고 보니 그 소리가 계
속 일터에 흘러다니게 되었다.


## 달빛 비치는 콩죽

어느 댁에서 저녁으로 콩죽을 쑤는 중이었다. 이 콩죽은 불을 때면서 주걱
으로 가끔 저어줘야 밑이 눋지 않는다. 그런데 가침 물도 떨어지고 해서 어머
니가 아들한테 불을 보라며 동이를 이고 개울토 물을 길러 가셨다. 집에서 개
울이 조금 멀기도 하지만 갔던 길에 두어 가지 빨래도 주물러 가지고 오자니
시간이 좀 걸렸다.

이때 죽솥을 보던 아들은 죽이 끓는 것을 보그 한 바가지를 퍼마시고 물 한
바가지 퍼붓기를 여남은 번 하니 콩죽이 맹물이 되었다. 가뜩이나 가난한 살
림에 쌀 두어줌에 콩죽을 쑤는 것을 지레 이렇게 퍼먹고 물을 부었으니 남은
것은 죽이 아니라 냉수가 되었다. 그날 저녁에 그집 식구들은 달빛이 비치는
콩죽을 먹을 수밖에 없었다.


## 보리밥

요즈음은 건강식으로 보리밥을 먹는다. 그리고 그전보다 보리 재배가 적

어서인지 보리쌀값이 쌀값보다 비싼 이변을 낳고 있다. 어떻든 일 년 365일 보리밥만 먹던 시절이 있었다. 그런 때 아이들은 더욱이 보리밥을 싫어했는데 이것은 지금에 와서 보면 지극히 당연한 일이다. 그러나 그때 아이들이 먹기 싫은 보리밥상에 앉아 투정이라도 할라치면 어른들한테 혼찌검이 나야했다.

이래서 아이들한테는 이래저래 보리밥에 대한 저항감이 생겼고 그것이 노래로 불려졌던 때가 있었다.

방귀 잘 뀌는 사람 신체 건강하고요
방귀 못뀌는 사람 신체 약하다
될 수 있는대로 보리밥 많이 먹고
방귀 많이 뀌어서 신체건강하도록 노력합시다.

보리밥을 먹으면 밥이 쉬이 내려가고 방귀가 많이 나온다. 이런 것을 빗대서 아이들이 동요로 부른 것이다.


## 아이들 주전부리

예전에는 간식이 있을 리가 없었다. 그러나 한참 먹어야 자랄 아이들은 끊임없이 먹을 것을 찾아다녔다. 우선 땅이 해토가 되면서 제일 먼저 캐어먹은 것이 논두렁에 메싹(뿌리) 그리고 칡뿌리이다. 이 두 가지는 싹이 나오기 전에 캐야 제맛이 난다.

그 다음이 삐리다. 삐리는 잎이 삐리풀에서 나오는 억새꽃과 비슷한데 억새꽃은 가을이 되어야 꽃이 나오는데 이 삐리는 싹이 틀 때에 동시에 나온다. 이 삐리는 씹으면 달짝지근한데 이를 처음 구분할 수 있는 것이 풀싹보다 배가 통통하게 나온 것이라야 한다. 이것을 뽑아 씹어 삼킨다.

　그 다음이 찔레다. 찔레나무에서 나오는 찔레는 새로 나오는 줄기가 굳어지기 전에 꺾어 먹는 것이다. 찔레에는 땅찔레, 나무찔레가 있고 고경나무에서 나오는 고경찔레란 것이 있다. 다음은 시영(맛이 공통적으로 심)이라는 풀이다. 이 시영이라는 말은 시다는 뜻에서 나온 것 같은데 이렇게 신맛이 나는 풀이 여러 종류가 있다. 보통 그냥 시영이라는 잡풀과 말성, 고성이라는 것도 있는데 고성은 나물 뜯으러 다닐 때 깊은 산골에나 나는 것으로 제법 굵고 먹을 만한 것이다.

　요즈음 아이들은 공부 때문에 동아리끼리 만나 보기도 어려운데 얼마 전만 해도 시골 아이들은 밥만 먹으면 같이 모여 여러가지 놀이를 하면서 놀았다. 그렇다고 전자오락이니 하는 것들도 없던 시절이라 대개들 흙, 나무 위에서 설명한 풀싹을 가지고 소꿉장난이라는 것을 했다. 소꿉장난도 짝을 맞춰 가족구성을 한 다음 너는 아버지, 너는 어머니, 그리고 누구는 아들, 딸 이렇게 정한다. 그리고 때가 되면 밥을 해서 먹는 시늉을 하는데 이때 쓰는 도구는 그릇깨진 새금파리, 음식은 대개 풀잎을 사용했다.

　다시 아이들 주전부리 간식을 말하면 여름이 가까와지면서 아이들은 산 열매들을 따먹는데, 이것들은 딸기종류(범딸기, 넝굴딸기, 나무딸기 등), 버찌, 개복숭아 등이며, 가을이 되면 머루, 다래, 으름 등 깊은 산에서 나는 산 열매와 그외 집 근처에서 얻기 쉬운 감, 밤, 대추 등으로 이어지게 되면 아이들한테 가장 풍요로운 계절이 온 것이다.

　그러나 이렇게 흔한 과일이라고 꼭 더들에게 차례가 다 가는 것은 아니었다. 여기서 좀 좋은 것들은 내다 팔 것으로 제외되니 과일 중 못나고 벌레 먹은 것들이 아이들 차지가 된다.

　이런데도 과일이 흔할 때는 좋지만 제철이 지나면 아이들은 아쉬움을 가지고 과일나무 밑을 서성댄다. 이때 혹 따가가 놓친 밤, 감, 대추 등이 있는데 이것은 낱과일이라고 하며 이것을 발견해서 따뜨을라치면 그날은 되게 재수좋은 날이 아닐 수 없었다.

## 밥 빨리 내려간다

요즈음 아이들은 TV다, 전자오락이다 하여 밖에 나가서 뛰고 노는 법이 없어 오히려 어른들이 걱정을 하는데 예전에는 그렇지가 않고 이와 반대였다. 그렇다고 아이들이 어른 말을 듣고 방 안에만 진득하니 앉아 있지를 못했으니, 그것은 다른 아이들 놀며 떠드는 소리가 아이들로 하여금 배겨나지 못하게 유혹하였기 때문이었다. 이런 일은 어느 동네에서나 있었는데 여기 일화 하나를 소개한다.

시대는 불과 얼마 안 되었지만 어느 집이고 그렇게 가난했던 시절이었는데 특히 이 집이 더욱 가난했던 것은 아이들이 많기 때문이었다. 이 집 아이들이 저녁을 먹고 밖에 나가 아이들과 더불어 신나게 뛰고 놀 때면 아버지 되는 분이 막대기를 들고 쫓아다니며 아이들을 야단치곤 했는데 그 이유가 밥 쉬 내려가게 왜 뛰느냐는 것이었다. 지금 생각하면 웃지도 못할 슬픈 일이다. 이런 일이 불과 얼마 전까지도 있었다.


## 까치알 익혀 먹는 방법

예전에는 악동들이 새알을 꺼내 먹는 것도 재미있어 했다. 그러나 참새알은 작아서 먹을 것이 별로 없고 까치알은 이보다 조금 컸기에 좀 나은 편이었다.

까치는 주로 인가 근처에 살며 큰 나무에다 집을 짓고 알을 낳지만 아이들의 극성을 이길 수는 없었다. 그래서 예전에 까치가 크게 번식하지 못한 원인 중에 하나가 아이들 때문이었다. 요즈음은 까치가 많아 농작물에 많은 피해를 주기도 하는데 이는 아이들이 까치알을 꺼내지 않는 것도 그 한 원인이 아닐까 한다.

그건 그렇고 아이들이 꺼낸 알은 초봄 굵은 파가 움으로 올라올 때에 밑을 잘라 잎파리의 구멍부분으로 알을 깨어 넣고 입구를 오그려 막아 끓는 물에 넣어 삶아 먹는데 이런 방법은 대단한 아이디어가 아닐 수 없다.

그것은 다른 용기에 넣어 삶기에는 너무 작고 자른 파잎파리의 단면 크기와 깨트린 알의 크기가 비슷해 어른들 몰래 해먹기에 편리해서였다.


## 계란 껍데기 밥

밥반찬 하기 위해 계란 한쪽만을 깨고 속을 쏟아낸 계란 껍데기에 쌀을 넣고 물을 부어 화롯불에 구우면 밥이 되는데 이 밥이 그렇게 맛이 있다. 그것은 알껍데기에 묻어 있는 흰자의 찌꺼기 때문일 게다. 예전에는 계란 먹어 보기가 어려웠으니까?


## 보리까락 태우는 데 구워 먹는 감자

보리타작은 여름장마 직전에 한다. 보리에는 까락이 있어 탈곡하는 데 어려움이 많았다. 그리고 보리까락은 그것 자체로 거름을 하기에는 좋지 않아 대개는 태워서 재로 사용했다.

이때 까락만 태우는 것이 아니라 여기에 참나무를 베어다 속에 넣고 태우면 나중에 숯이 되어 명절 때 요긴하게 쓸 수 있어 많이들 그렇게 했다.

특이한 것은 이 까락불은 여간한 비가 와서는 꺼지지 않는데 이때가 대부분 장마기간인데도 까락불은 불꽃도 없이 연기만 내면서 며칠이고 탄다.

이때 아이들이 채 여물지 않은 감자알을 우벼다 여기다 넣어 구워 먹는데 타는 불에다 구워 화등내가 몹시 나도 숨어서 이 감자를 먹는 맛은 일품이다.

## 송기와 꿩알

　초근목피는 풀뿌리와 나무껍데기를 벗겨 먹는 것을 말한다. 여기서 나무껍데기는 소나무 껍질이다. 소나무는 그 용도가 다양하여 목재나 땔나무를 베고 나면 뿌리에 생기는 백봉은 약재로 쓰인다.

　소나무 껍질을 송피라고 하고 소나무 중 나이어려 아이들 키만큼 자란 소나무 가지를 잘라서 껍데기를 벗기고 속껍질과 물을 빨아 먹는 것을 송기라고 한다.

　송기를 꺾어 먹으면 소나무가 곧게 자랄 수 없어 어른들이 보면 야단을 치지만 그래도 아이들은 몰래 소나무를 꺾어 먹는다.

　이때 하는 일이 두 가지인데 하나는 송기를 먹고 나서는 손과 입이 매우 끈끈한 것을 지우는 일로 송기는 산에서 먹기에 손 씻을 물이 있을 리 없다. 이때 솔잎 한 움큼을 따서 입 언저리를 문지르며 이렇게 주문을 외운다. 그러면 정말로 끈끈한 것이 없어 져버린다.

　송기야/ 송기야/ 나 먹자고 먹었니/ 너 먹자고 먹었니
　뒷동산에 왔더니/ 송서방이 먹으래서 먹었지
　(송서방은 소나무를 가리킴)

　또 하나는 송기를 먹은 나무를 던지는데 이때에도 아래와 같이 주문을 외우면서 힘껏 집어던진다.

　송기대 망기대 꿩알 스무 개 또는 서른 개 한다.

　왜 이렇게 하느냐 하면 이때가 오월달이라 녹음이 짙어질 때이며 꿩이 알을 낳을 때라 이렇게 송기대를 던져 혹여 알을 품던 꿩이 날아오르기라도 하면 그곳에 가서 꿩알을 줍는 행운이 있기도 하기 때문이다.

# 재미나는 이야기(민담 · 설화 · 교훈담)

와마골과 구렁재/광수터 금불상/광교산의 산삼/
똥 누러 갔다가 호랑이한테 물려간 사람/참새 한 마리에 소주 대두 두 병 외

## 와마(瓦馬)골과 구렁재

죽전리에는 바깥대지가 있고, 바깥대지 안에 있다고 해서 안대지(內大池)라고 하는 마을이 있다. 그러나 원래는 마을이 이곳에 있지 않고 현 위치보다 훨씬 위에 있었다. 이곳이 와마골이다. 이곳에는 20여 호가 살고 있었는데 이 집들은 어느 집 할 것 없이 고대광실 기와집에 떵떵거리며 살고 있었다.

이렇게 잡안끼리만 살다 보면 어느 부락이고 그렇지만 자기 일가가 아니면 발붙이고 살 수 없을 만큼 텃세가 심했다. 그리고 옛말에 이르듯 부자이면서 거만하지 않으면 군자라 하였듯이 부자가 비난을 받는 것은 그들이 놀고먹는 지루함이 계속되다 보니 이를 해소하기 위한 나쁜 습관이 있기 때문이었다.

이 마을 부자들도 인근에서 소문이 자자할 만큼 심보가 사나운 사람들이었다. 그러던 어느 날 어디서 굴러 들어왔는지 옷차림은 남루하나 눈빛이 총명한 총각 하나가 이 마을에 들어오게 되었다. 이름은 굳이 대단치 않아 마을 사람들은 그저 총각총각 했다. 총각이 며칠을 남의 사랑방에서 얻어먹다가 어느 집에 머슴으로 들어앉게 되었는데 새경은 일 년에 쌀 세 가마였다. 총각은 이 집에서 한 삼 년 머슴을 살다 보면 땅 몇 마지기라도 자기 것을 만들 수 있다는 희망으로 열심히 일을 했다. 그러다 보니 주인나리는 물론 주인나리의 외동딸도 이 총각을 마음속으로 오빠처럼 생각하게 되었다.

사람의 마음이란 다 같은 것이라 남녀가 한집에 오래 살면 말을 나누지 않아도 정이 들게 마련이라 어느새, 세우에 옷이 젖듯 처녀의 가슴에는 사랑이 자라고 있었다. 이와 같은 마음은 총각도 마찬가지였으나 지체가 다르니 분수를 지켜야 된다는 결심으로 내색을 하지 않았다. 그러나 이들의 마음을 유리알처럼 들여다보고 있는 사람이 있었으니 그것은 이 집 주인 영감이었다. 그래서 이들의 행동을 유의해 감시를 게을리하지 않았다.

이럭저럭 머슴살이 삼 년이 다가고 삼 년의 새경으로 이제 적으나마 집 한 칸이라도 장만하고 장가를 들 희망으로 총각은 마음이 부풀어 있었다.

이제 이 집을 떠날 날도 며칠 남지 않은 어느 날 말 한마디 해 보지 못하고 남몰래 사랑을 키워오던 처녀는 점점 다가오는 이별의 순간을 기다리며 초조해 하고 있었다. 그러나 이러다가는 사모하는 사람과 말 한마디 못해 보고 헤어지게 된 비련의 주인공이 될 자신의 처지를 슬퍼한 처녀는 처자의 체면이고 뭐고 가릴 것 없이 늦은 밤 아무도 몰래 머슴의 방으로 숨어들었다.

이렇게 되니 처음에는 주저하던 두 사람도 마음의 문을 열고 얘기를 나누고 장래를 의논하게 되었다. 그러나 이들의 밀회를 남모르게 지켜보는 눈이 있었으니 그 사람은 바로 집 주인이었다. 주인의 입장에서 보면 어디서 온지도 모를 떠돌이한테 딸을 준다는 것은 체면으로나 뭐로나 안 될 일이라고 생각했다. 또 부자는 이김에 삼 년치 새경마저 주지 않기로 마음을 작심, 거사일을 내일로 정하고 방으로 들어갔다.

이튿날이 되자 부자는 집안 사람들과 의논을 마치고 밤이 오기를 기다렸다. 이들이 밤이 오기를 기다린 것은 한 번 만나기 시작한 두 남녀가 이제는 마른 둑에 봇물이 터지듯 오늘도 만날 것으로 여겼기 때문이다. 아닌 게 아니라 밤이 이슥하자 처녀는 또 머슴이 있는 사랑방으로 안개처럼 숨어들었다. 이들이 한참 열애에 빠져 있을 때 사랑방을 포위하고 있던 문중 사람들은 갑자기 문을 젖히고 총각을 끌어내어 대추나무에다 결박을 지어놓고 상놈이 양반을 능멸했다는 죄목으로 죽도록 두들겨팼다. 이윽고 정신을 잃기를 여러 번 이제는 살아날 가망이 없다고 여긴 이들이 총각을 거적에 말아 동리 밖에다 내다 버렸다.

　그러나 인명은 재천이라고 새벽에 이곳을 지나던 근처의 스님에게 발견되어 절로 떠메어가게 되었고 그는 그곳에서 여러 가지 공부를 하게 되었다. 그 중에서도 총각이 가장 깊이 관심을 가지고 공부한 것이 풍수지리였다. 그것은 오로지 부자한테 복수를 하기 위한 일념에서였다.

　이렇게 공부를 하기 십여 년 총각은 제자백가어를 안 읽어 본 책이 없을 만큼 깊은 학식을 쌓았다. 특히 총각은 땅속을 들여다보면 유리알 들여다보듯 했으니 이는 이 사람이 육신통을 할 줄 알기 때문이었다.

　어느 날 총각은 해가 기웃할 때 도사복에 삿갓을 뒤집어쓰고 와마골을 찾아들었다. 그리하여 부자 집에서 하룻밤 쉬어가기를 청하여 겨우 허락을 받고 저녁을 먹은 뒤 주인과 마주앉아 이 얘기 저 얘기 세상 얘기를 나누게 되었다.

　부자, 이 나그네와 이야기를 해 보니 세상에 모르는 것이 없이 박학다식하여 입에서 나오는 말이 청산유수였다. 넋을 잃고 얘기를 듣던 부자, 얘기가 풍수에 이르니 이 사람의 지식에는 도선이가 되살아나도 따라가지 못할 것 같았다. 그래서 내일 날이 밝는 대로 부자의 조상 산소자리를 봐주기로 하고 밤이 으슥하여 이들은 잠자리에 들었다.

　날이 밝자 부자는 나그네를 대동하고 조상이 모셔진 선산으로 올라갔다. 훌륭한 지관이라는 사람이 오기만 하면 자랑 겸 조상 산소를 보여주고 명당이라는 칭찬을 받는 것을 낙으로 삼고 있던 부자, 오늘은 이 사람의 입에서 무슨 말이 나올까 주시하고 있었다.

　아주 오랫동안 산소를 둘러보아도 지관의 입에서 아무 소리가 없으니 궁금이 더하여서 어떻냐고 몇 차례 재촉을 했다.

　얼마만에 입을 연 지관의 말, 이곳은 용이 잠자는 형국으로 여기 산소는 용의 꼬리에다 산소를 썼는데 여기도 명당임에는 틀림없다. 그러나 용이 잠을 깨면 꼬리를 흔들게 마련이요, 이런 것들은 소나 같도 마찬가지 아니냐, 지금까지는 용이 잠을 깨지 않아 괜찮았는데 용이 잠을 깨면 집안에 큰 풍파가 날 것이라고 했다. 그러면서 용의 허리를 끊으면 용이 움직이지 못하니 그리되면 무사할 것이라고 하는 것이었다.

이 말을 들은 부자는 귀가 솔깃했다. 어제 저녁부터 오늘까지 도사가 얘기해 온 것이 그야말로 금과옥조처럼 들렸기 때문이다. 이렇게 수작을 부리던 도사는 또다시 삿갓을 깊숙이 쓰고 동구 밖으로 유유히 사라졌다.

이런 일이 있은 뒤 며칠 후 부자는 일꾼 여남은 명을 사서 정말 도사가 가르쳐준 대로 용의 혈 중간을 끊었다. 이렇게 얼마를 파들어 가던 중 땅속에서 푸른 새가 나오더니 서쪽으로 날아갔다. 그래도 더 파고 들어가니 땅속에서 핏줄기가 솟아 나왔다.

이러한 현장을 보고 마음이 무거운 부자는 저녁을 먹는 둥 마는 둥 하고 잠자리에 들었다. 그러나 잠조차 쉽게 들지 않았다. 한참을 잠 못 들어 애쓰던 부자가 어디서 불이 났다는 소리를 듣고 뛰어 일어나 보니 이게 웬일인가 온 동네가 불에 타고 있었다.

이튿날 날이 밝은 뒤에 보니 마을에는 쌀 한 톨 세간 하나 볼 수 없도록 모든 것이 잿더미가 되어 있었다. 그러니 이곳에서 더 이상 살 수 없어 와마골*에서 내려와 지금의 마을자리에다 움막을 짓고 살기 시작했다.

그 후 다른 풍수가 와서 이 마을의 불탄 내력을 듣고 하는 말이 용의 허리를 자르니 용의 힘이 없어져 입에 물고 있던 여의주가 땅으로 떨어져 동네가 불바다가 된 것이라고 했다. 역시 허리를 못쓰는 꼬리는 무용지물이라 이곳에 산소를 그대로 두면 자손을 두기 어렵다는 것이다. 그도 그럴 듯한지라 이곳에 있던 산소를 약 오 리 밖으로 모셨더니 그 뒤부터 다시 집안들이 일어나기 시작해 오늘에 이르렀다고 한다.

이렇게 용의 형국이었던 명당의 혈을 끊었기에 이곳은 이제 아무 짝에도 쓸모없는 자리가 되고 말았으며, 이곳을 구렁재라 했다. 용이 구렁이가 된 것이다.(김권호 씨 제공)

---

*와마골은 예전에 도요지로 판명됨.

## 광수터 금불상

옛날 광교산 중턱에 이름이 전해지지 않는 쇠절이 하나 있었는데 그 절의 주인이 광수라는 사람이었다.

언제인지 무엇 때문인지는 알 수 없지만 그만 그 절이 땅속에 묻혀 버렸는데 그 절의 주인인 광수라는 중도 함께 매장되었다는 이야기도 있고 어디론가 가 버렸다는 이야기도 있다. 그런데 그 쇠절에는 금불상이 하나 있었다는데 절이 매장될 때 함께 묻혔다고 한다.

훗날 그것을 알고 있는 사람들이 그 금불상을 캐려고 쇠절이 파묻힌 자리를 파내면 하늘에서 벼락이 쳐서 죽곤 했다. 그래서 그 절터가 현재도 그대로 남아 있는데 금불상도 어딘가에 묻혀 있을 것이라고 한다.

마을 이름도 처음에는 쇠절골이라 불렀는데 지금은 쇠죽골이라고 부른다. 그 골짜기도 그때 그중의 이름을 때서 광수터 골짜기라 부르고 있다.(수원시지에서)


## 광교산의 산삼

광교산에는 산삼이 많이 있다고 한다. 그러나 이 산삼을 발견치 못하는 것은 산삼은커녕 인삼 잎도 못 본 사람들이 많기 때문에 산삼싹을 보고도 지나쳐 버리기 때문이다.

이 산에 산삼이 많다는 것은 그전에 화전을 파던 농민들이 가끔 웬 왜무 같은 흰 뿌리를 캐내었는데 이것이 산삼인 줄 모르고 신기해서 가지고 갔던 도구(삼태기나 둥구녁)에 담아두고는 일을 한참 하다가 집에 돌아올 때쯤 보면 그것이 없어져 버리곤 했다는 말이 전해 은다.

그러면서 하는 말이 산삼은 영물이라 아무렇게나 굴리면 도망간다고 했으나 이것은 나무꾼이나 풀을 베러 왔던 사람들이 집어간 것이 아닌가 여겨진

다. 어떻든 산삼 얘기가 무척 많이 퍼져왔던 것을 보면 그냥 허언이 아닐 것
이며 이곳 말고도 용인 도처에서 산삼을 캤다는 소식이 지금도 가끔 매스컴
에 보도되는 것을 보면 용인에서 가장 높고 험한 광교산에 산삼이 많은 것은
당연하다 할 것이다. 그리고 얼마 전에 광교산 산삼을 두 뿌리 먹은 사람이
있었는데 이분이 누구냐 하면 손기 부락에 김병제 씨 아버님이셨다.(두 분 다
작고)

이분은 자기가 직접 산삼을 캔 것이 아니라 자기 일가붙이 중 약초를 캐러
다니는 것을 업으로 하는 사람이 이분 댁에서 기숙을 하며 한 열흘 광교산 일
대에서 약초 뿌리를 캤다고 한다. 그러던 어느 날 산삼 수십 뿌리를 캐왔다고
하면서 그중 두 뿌리를 주고 가서 이분이 잡수셨다고 한다.

이 약초 캐던 분의 말씀으로는 큰 산삼밭이 있는데 아직 어린 뿌리가 많아
큰것으로만 골라 캐었다며 몇 해 후에 다시 오마 하고 갔는데 지금까지 종무
소식이니 그동안 수십 년이 흘러 그때 어렸던 산삼이 어느덧 백 년 가까운 산
삼이 됐을 것으로 여겨진다.

그리고 이 산삼 두 뿌리를 얻어 잡수신 김병제 씨 부친은(생존하셨으면 100
세 정도) 그 산삼을 잡수신 후 겨울에도 불 안 땐 방에서 주무셨고 나이 칠십
이 넘어 땔나무를 해 오실 때도 나뭇짐이 젊은 사람보다도 컸다고 한다. 물론
허리가 아프다던가 어디가 아프다는 소리는 한 번도 집안 식구들이 들어본
적이 없었다고 한다. 다만 천명은 산삼을 먹은 사람에게도 있게 마련이라 장
수는 하셨지만 동박삭이 만큼은 살지 못하시고 병 없이 살다 돌아가셨다.


## 똥 누러 갔다가 호랑이한테 물려간 사람


우리나라 속담에 꾀똥이라는 것이 있다. 이 말은 여럿이 모여 일을 하는데
그중에 일은 하기가 싫은 사람이 마치 마렵지도 않은 똥을 일부러 누러 가는
것을 가리키는 말이다. 여기 얘기는 그렇지는 않지만 버들치고개 옆에서 일

을 하다 화장실이 없는 터라 멀리 떨어진 한적한 곳으로 똥을 누러 간 사람이 호랑이한테 물려가고 찢어진 옷만 있어 그 옷으로 장사를 지냈다는 전설이 이곳에 전해 온다.


## 참새 한 마리에 소주 대두 두 병

요즈음에는 이홉들이 소주를 많이 먹지만 예전에는 사홉짜리 또는 대두 한 되짜리 소주를 많이 먹었다. 이때 어느 동네 사람들이 새 한 마리를 잡아놓고 안주가 좋다고 소주 큰병 두 병을 사왔다. 그리고 여럿이 둘러앉아 구운 참새를 안주삼아 소주를 잣커니 권커니 다 먹고 났는데 아직도 참새 다리 하나가 남아 있더라나, 안주가 남은 것인지 술이 모자란 것인지 이들은 취한 머리로 알 수가 없었단다.


## 가짜 사이다

옛날에 음료수가 귀하던 시절, 어떤 사람이 사이다 한 병을 사먹고 그 병에다 오줌을 누어 병마개를 감쪽같이 닫아 들고 오는데 마침 엿장수와 마주쳤다. 이 사람, 엿이 먹고 싶어 엿장수와 이런저런 얘기 도중 들고 있는 사이다병과 엿을 바꾸기로 하고 사이다병을 주고는 엿을 받아들고 가 버렸다. 얼마후 엿장수가 목이 말라 병을 따고 하늘을 쳐다보며 사이다를 마셔 보니 이게 웬일인가 사이다가 아닌 오줌이었다. 엿장수 화가 나 길길이 날뛰었으나 어찌하랴. 엿 먹은 사람은 도망가고 없으니 혼자 하늘 보고 주먹질하는 꼴이 되고 말았단다.

## 땡벌을 튀겨 맹인을 골리다

예전에는 여름이면 길 옆에 땅벌집이 많았다. 이때 이의동 두렝이 버들치 고개 중간에 땅벌 굴이 있는 것을 본 아이들이 맹인이 벌집 앞을 지날 때쯤 작대기로 쑤시고 도망갔으니 이것을 모르는 맹인은 벌에게 수백 번 쏘일 수 밖에 없었다. 그렇다고 누구인 줄도 모르기에 소리소리 지르며 욕만 해댈 수 밖에 없었다. 예전엔 이렇게 장난이 심했다. 그리고 벌집을 쑤시는 아이들도 쏘이기는 마찬가지였다. 그러나 남 골리는 것이 고소했기에 벌에 쏘이는 것 조차 재미있어 했다.

## 쌀밥 먹기 위해 매어놓은 끄렝이풀

어려웠던 시절에 사람들의 소원은 쌀밥에 쇠고기국이었다. 지금도 어디서 는 아직도 이런 소원을 이루지 못했다고 하지만 얼마 전까지도 쌀밥을 먹는 사람은 선망의 대상이었다. 이렇게 쌀밥이 그리울 때 어느 집에서 일꾼을 얻어 산에다 불을 놓고 화전을 일구어 메밀 심는 일을 했다.

이때가 중복이 갓 지났으니 날은 무척 더웠고 땔나무, 소풀이나 베러 다니는 산길은 희미하게 사람 다닌 흔적만 났을 뿐 풀이 무성했다. 이날이라고 쌀밥을 해다 줄 리 없는 것을 안 일꾼 중 한 사람이 쌀밥을 먹어 볼 양으로 꾀를 냈다. 즉 길에 난 끄렝이풀을 붙들어 매어논 것이었다. 그전에는 포장된 길이 없어 어디고 아이들이 이런 장난을 잘했는데 학교 가다가도 풀 많은 데를 지나다 이런 곳을 만나면 곧잘 넘어지곤 했다. 그러니 산길이야 풀이 더욱 무성해 끄렝이를 붙들어 맸는지 어쩐지 알 수가 없다.

이 집 안주인이 점심이 늦었으랴 싶어 땀을 뻘뻘 흘리면서 산을 올라오다 이 끄렝이 매어논 것에 걸려 그만 밥을 동댕이치고 말았다. 그러니 어떻게 됐 겠는가. 밥동이는 깨어지고 밥은 돌밭에서 뒹굴어 못 먹게 되었다. 이 안주인

두 다리를 뻗고 울고 싶은 심정이나 그 당시 주부들 강인하기가 싸우는 병사
못지 않던 시절이니 급히 내려가 밥을 다시 할 수밖에 없었다.

　이번에는 쌀로만 밥을 했다. 왜냐하면 보리밥은 닦고 삶고 건져서 다시 밥
을 해야 하는데 이리되면 일꾼들은 해전에 점심 먹기는 어렵게 된다. 그러니
임시변통으로 이렇게 해서라도 급한 불을 끌 수밖에 없었다. 이래서 일꾼들
은 온 여름내 구경할 수 없던 쌀밥을 맛있게 먹으며 속웃음을 웃을 수밖에 없
었다.


## 삼그루


　바쁜 봄철에는 모내기, 보리베기 그루콩심기 이렇게 세 가지 일이 한꺼번
에 닥치는데 이것을 삼그루라고 한다. 요즈음같이 보온절충 못자리로 해서
일찍 모를 내는 것이 아니요 갈잎이 퍼지면 그것을 꺾어다 논에 넣는 것을 갈
꺾는다고 하는데 그러자면 자연히 모내기는 6월 중순이 넘어가야 한다. 이것
도 물을 맘대로 할 수 있는 고래실논에 허당되는 것이요 그 나머지는 양수기
도 없던 시절이라 장마나 져야 모를 내는 마냥모를 내야 했다. 이와같이 삼그
루가 닥쳐와도 사람의 손은 세몸뚱이 아니라 한몸뚱이라 고양이 손도 빌린다
는 속담이 생겨났다.

　아무리 급해도 일에는 순서가 있게 마련이니 그래도 이밥을(이라는 놈이
하얗기 때문에 붙은 이름) 먹자면 마냥모라도 모부터 내게 된다. 그래서 제때
에 보리타작 밀타작을 못한 집들은 보리짚단, 밀짚단에서 엿기름이 자란다.
그러나 다행스럽게 보리타작을 일찍 한 사람들은 보리까락을 태워 추석에 빈
대떡을 부칠 때 쓸 숯을 만든다.

　숯을 어떻게 만드느냐 하면 원래 보리까락은 따갑기만 해 그대로는 거름도
못한다. 그러니 이 쓸모없는 까락을 이용하자면 불을 놓을 수밖에 없는데 그
렇게 하면 재가 귀중한 비료이던 때이니 요긴한 거름이 된다. 그러나 이렇게

만 하면 돌 하나로 새 한 마리밖에 못 잡는 격이라 이 까락 속에다 참나무 토막을 쌓아놓고 불을 지르면 보리까락이 다 탄 뒤에 숯이 남게 된다.

대개 다른 것들은(마른 것) 불을 놓으면 금방 타버리는데 보리까락은 연기만 나면서 불꽃이 없이 며칠을 탄다. 그렇다고 여간해서는 꺼지지도 않는다. 여름철 비가 며칠씩 내려도 이 불은 속에서 계속 탄다. 그렇기 때문에 속에서 타는 참나무가 겉으로 드러나지 않고 바람에 사위지 않으니 숯가마에서 구워낸 것만은 못해도 웬만큼 가정에서 쓸 만큼은 이 보리까락 불에서 만들어낸다.

이 까락불에 단 한 가지 재미있는 일은 악동들이 감자밭에 가서 감자를 캐다 이 불 속에다 구워먹는 것이다. 여기다 구워낸 감자는 화동내가 나고 잘 익지를 않아(잘 익을 때까지 기다리지 못함) 설경설경한 것이 겉만 까맣게 탄 것을 먹다 보면 입언저리와 손은 새까맣게 된다. 이런 것도 어른들 몰래 해먹는 것으로 만일 들키는 날이면 불장난한다고 야단맞고 한창 굵어가는 감자 캤다고 야단맞는다. 그러나 야단보다도 구워먹는 감자맛이 더 좋은데 어쩌랴.


## 제삿날과 생일날

얼마 전까지만 해도 자식을 일찍 두어 자식의 손으로 일을 하게 하고 자신은 사십이 넘으면 일 안 하고 편안히 앉아서 먹는 것을 상팔자로 알았다. 그러니 우리나라의 가난이 대를 물릴 수밖에 없었는데 그것은 우리나라 사람 중 일을 하는 사람이 그리 많지 않았기 때문이다.

즉, 양반입네 뭐네 하고 먹물이나 든 사람들은 일을 하면 체면이 깎인다고 생각했으니 소낙비가 와도 뛰지 않고 불이 나도 당황하지 않으며 추워도 곁불을 쬐지 않고 가난해도 일을 하지 않았다. 그러나 안 먹으면 배고픈 것은 면할 수 없으니 좋은 음식을 그리워하지 않을 수는 없었다.

이런 중에도 부모님 제사상이나 생일잔치는 당시에는 거를 수 없는 대사요, 소홀히 하면 불효라 빚을 내서라도 잘 차리게 되니 동네 사람들은 이날이

잔칫날이었다. 왜냐하면 이렇게 음식을 차리는 날은 이웃과 그 음식을 나누어 먹는 것이 미풍이었기 때문이다. 그래놓으니 하릴없는 노인들은 모이면 "오늘이 누구네 몇 대조 제사지 내일 모레가 아무개 생일 아녀" 하고 그날을 기억하고 기다렸다. 어느 때이든 놀고먹는 세상은 망하지 않을 수 없는 것이 진리인데 요즈음도 이런 풍조가 만연하고 있음은 국가 미래에 안녕을 해치는 일이라고 아니할 수 없다.


## 다람쥐의 다처 이유


세상에 많은 동물들이 일부다처이나 그 이유는 대개 우수한 종족보존에 있다. 그러나 사실은 그렇지 않으면서 얘기 속에만 일부다처인 동물이 있는데 그것이 다름 아닌 다람쥐이다.

얘기인 즉 다람쥐는 봄이면 부인을 여러 명 얻는다고 한다. 그것은 사람처럼 열 계집 싫어하지 않아서가 아니라 일하는 머슴으로 얻는 것인데 다람쥐의 일이란 먹이를 물어오는 일이다. 특히 가을이면 밤, 도토리, 그리고 낱알을 물어다 많이 쌓아야만 겨울나기와 봄에 새끼를 기를 때까지 양식으로 먹을 수 있다.

그런데 이렇게 늦가을까지 일을 부려먹던 부인들을 초겨울이 되면 다 내쫓아 버리고 눈먼 장님 부인 하나만 남도록 하는데 그것이야 뻔한 속이 아니겠는가…… 긴긴 겨울밤을 혼자 보낼 수 없어서이다.

이것 말고도 눈먼 장님은 속여먹기가 좋아 제맘대로 할 수 있으니 예를 들면 식사 때만 해도 숫다람쥐는 저는 알밤만 먹고, 눈먼 부인은 보지 못한다고 도토리만 골라주는데 한상에 먹어도 눈먼 다람쥐는 숫다람쥐가 무엇을 먹는지 알 도리가 없다.

그러니 알밤을 먹는 숫다람쥐 입에서는 달공달공 소리가 절로 나오고 도토리만 먹는 부인에 입에서는 쓰공쓰공 소리가 절로 나올 수밖에 없다.

## 친구 아버지 이름 부르기

우리나라에서는 어리거나 어른이거나 친구 사이의 상대 아버지 이름을 부르며 농지거리 하는 것을 흔히 볼 수 있다. 물론 이런 것이 예의에 맞는 것은 아니나 조석으로 만나는 친구들 사이에 우스갯소리로 하는 것이고 보니 나무랄 수 없는 풍속이 되어 버렸다. 수지읍이라고 이런 일이 없을 수 없었으니 그러다 일어난 일화 하나를 소개한다.

정평 부락에 사는 이 아무개가 하루는 느진재 골짜기로 꼴을 베러 가다 보니 그 동네에 사는 친구가 논두렁에서 꼴을 베고 있는 것을 보고 놀리느라고 친구 아버지 이름을 부르며 야 아무개야 꼴 베러 왔느냐고 수작을 걸었다. 이렇게 시작하면 으레 상대도 친구 아버지 이름을 부르며 맞대거리를 하게 마련인데 이날은 웬일인지 이 친구 아무 소리도 없이 풀만 베고 있는 것이었다. 이렇게 되면 농지거리가 다소 싱거워지게 마련인데 그래도 시작한 장난이라 계속 친구 아버지 이름을 자기 집 강아지 이름 부르듯 하고 있는데 그때 논 가운데에서 친구 아버지가 벌떡 일어나는 것이었다. 이렇게 되고 보니 정평 사는 친구는 당황하여 지게를 지고 꽁지가 빠지게 다른 데로 내뺄 수밖에 없었다.

처음부터 느진재 사는 친구가 정평 사는 친구의 농지거리를 받지 못한 것도 자기 아버지가 근처에 있었기 때문이었는데 그렇다고 친구에게 알릴 방법도 없었고 친구 아버지가 보이지 않은 것은 잘된 벼포기 가운데 쪼그리고 앉아 있었기 때문이었다. 그리고 친구 아버지도 처음부터 아들 친구가 자기 이름을 부르는 소리를 들었으나 아들의 친구가 무안해할까 봐 논바닥에서 일어나지도 못하고 있었는데 나중에는 다리에 쥐가 나서 할 수 없이 일어나고 만 것이다. 이랬으니 이 친구 장난이었지만 얼마나 혼비백산했으랴. 보지 않아도 뻔한 일이다. 이렇게 친구들 사이에서는 짓궂게도 아버지 이름 부르는 농지거리가 용인되었었다.

## 중이 개고기를 먹지 않는 이유

예로부터 사람들은 호랑이를 산신령이 부리는 영물로 여겼다. 그렇기에 사람이 호랑이에게 해코지를 당하는 것은 산신령님의 노어움 때문으로 여겼고 그것을 방지하기 위해 동네마다 산제사를 지냈다. 그러나 본래 호랑이는 사람고기를 먹지 않는다고 한다. 그런데 호랑이가 가끔 사람을 잡아먹는 것은 그 사람이 개로 보이기 때문이란다. 그런 연유에서 절에 스님들이 개고기를 먹지 않는다고 하는데 그것은 절이 인가가 드문 깊은 산중에 있어 시주를 다니다 보면 밤중에 다니는 일이 많은데 개고기를 먹고 다니다 보면 호랑이가 개고기 냄새를 맡고 스님이 개로 보여 해를 당할까 보아서라나…….

## 장사

사람들이 얘기할 때 옛날 사람들은 기운이 장사였다고 곧잘 말한다. 그러나 그 옛날이라는 것이 모두 지금 오, 육십대 사람들이 보고 들은 것이니 따지고 보면 백년 안팎의 일이다. 어디고 이런 장사들이 계셨다.

동막골에 진씨성을 가진 분이 계셨는데 기운이 세서서 팥을 한 섬씩 멜빵 걸어 짊어지고 서울까지 왕복하였다.(팥은 곡식 중에 말로 되어 가장 무거웠기 때문에 팥을 몇 가마를 들었다는 등으로 기운세다는 것이 비교되었다, 그리고 멜빵을 걸어 메었다는 것은 무거운 짐은 지게에다 얹어 지고 다녔는데 적은 짐이나 가벼운 짐은 새끼로 멜빵을 해서 등허리에다 지고 다녔다) 가다가 대변이 마려우면 짐을 내려놓고 용변을 보는 것이 아니라 짐을 진 채 한강 모래사장에 그대로 앉아 대변을 보고 일어나 또 갔다고 하니 요새 사람들은 팥 세 말도 지고 가기 힘든 일인데 이분의 기운이 얼마나 세었던가는 짐작이 간다.

또한 같은 동네에 김씨 성을 가지신 분은 맷돌 숫돌(맷돌은 아래위 두 짝인데 이 두 짝을 돌리기 위해 아래짝에는 가운데를 파고 나무심을 박은 뒤 뾰족한 쇠를 박는데 이래서 이놈을 수놈이라고 하고 위에 것은 똑같은 방법으로 오목한 놈을 끼웠기에 암놈이라고 함) 가운데 쇠를 입에 물고 어깨 너머로 집어던졌다고 한다.(맷돌 한 짝은 약 30근 정도) 그러니 부녀자가 두 손으로 옮기기도 힘든 맷돌을 이빨로 어깨 너머로 던졌다는 것은 이와 턱이 얼마나 튼튼했나를 알 수 있다.

또한, 풍덕천 부락에서는 힘자랑을 하는데 네 바퀴 마차를 가지고 했다. 그렇다고 끌거나 밀거나 하는 것이 아니라 마차 밑으로 들어가 짊어지고 일어나거나, 짊어지고 마당을 한 바퀴씩 돌았으니 가히 그 힘이 장사라 할 만했다…… 이곳에 또 한 분이 힘이 좋으셨다.

가을에 논에서 벼를 베어 묶으면 이것을 통 뭇이라고 했다. 보통 200평 한 마지기에 벼를 베면 100뭇이 나오는데 25뭇을 털면 벼가 한 가마요 100뭇을 털면 벼가 네 가마가 나온다.

이 볏단을 보통사람이 풋단으로 지면 단 열 뭇을 못 지는데 이분은 반 마지기 볏단을 다 짊어졌다. 이렇게 50뭇을 한 지게에다 얹으면 이것이 지는 것보다 어려운데 이때에는 지게 동발이에다 보조 나무를 대고 칡으로 졸라맨 뒤 사닥다리를 걸고 볏단을 올려놔야만 올릴 수가 있었다. 이렇게 지게에다 짊어논 짐은 조그만 집채만하여 여간한 사람은 쳐다보고 기가 죽는데 이분은 이 짐을 거뜬히 지고 일어나갔다. 그러니 이분의 짐은 무거워서 못 가는 것이 아니라 올려놓을 수가 없어 못 지고 갔으니 털면 벼가 두 가마요 짚은 그것보다도 부피로나 무게가 훨씬 무거웠으니 황소보다 힘이 세다고 아니할 수 없다.


## 이렇게 넓은 세상은 처음보네

산은 바라산, 고개는 바라산이 고개, 동네는 바라산이다. 이렇게 바라산이 앞에 들어 간 것은 셋을 크게 구별하기가 어렵기 때문이다. 다시 말해서 바라산이라는 동네는 산비알에 있어서 오줌을 누면 땅에 스미지 않고 그대로 굴러갈 만큼 경사가 심한 곳이다.

이곳에 살던 처녀가 신봉리로 가마를 타고 시집을 가는데 큰 말구리를 넘어 작은 말구리 마루턱에서 가마꾼들이 한숨을 돌리고 있는 사이 색시는 가마에서 나와 소피를 보게 되었다. 이때 신봉리를 바라보던 색시가 기겁을 해서 놀라며 하는 말이 "이렇게 넓은 세상은 처음보네"였다.

자기 동네에 비하면 넓기는 넓지만 이 색시는 쿤밖 출입도 안 한 모양이다. 자기가 살던 뒷산인 바라산에 올라가서 안양 쪽을 보았더라면 지금의 평창 쪽이 허허벌판이었는데 신봉리 골짜기를 보고 놀라지는 않았을 것이다.


## 인과응보

어느 곳에 아들을 두지 못한 내외가 남의 자식을 얻어다 정성껏 길러 장가까지 보냈다. 이 아들 내외는 부모에게 정성을 대해 봉양함으로써 효자 효부 소리를 들었다.

그런데 어떻게 알았는지 이 집 아들은 자기가 이 집에 친자식이 아니고 얻어다 기른 자식이라는 것을 알고부터는 부모에게 불효를 하기 시작했다.

예전부터 낳은 정보다 기른 정이 더 크다고 했는데 천하에 고아가 되어 얻어먹는 신세를 면해 준 은혜만으로도 결초보은했으면 좋았을 것을 이 사람은 무슨 까닭인지 몰라도 부모에 대한 행패가 극에 달해 부모는 물론 동네 사람들도 어쩔 수 없는 지경이었다.

그렇게 세월을 보내고 있을 때 6·25가 한창이던 어느 날 식구들이 안방에서 밥을 먹고 있는데 벽을 뚫고 들어온 파편이 아들에게 맞아 그 자리에서 즉사하고 말았다고 한다.

이런 것을 아닌 밤중에 홍두깨요, 마른하늘에 벼락이라고 할 수 있는데 동네 사람들은 이것을 보고 배은망덕의 결과라고 수군수군 했다.


## 벼락맞은 소

무안군 백기는 중국 진나라의 유명한 장군이다. 이 사람은 진시황의 천하 통일의 기틀을 만든 사람이라고 할 수 있을 만큼 싸우면 반드시 이기고, 치면 반드시 빼앗는 무서운 사람이다. 특히 백기 장군은 조나라 포로 40만 명을 생매장하여 죽임으로써 조나라가 다시는 재기치 못하게 하였으므로 울던 아이도 백기라는 소리만 들으면 그쳤다.

이러한 백기도 나중에는 모함으로 자진해 죽도록 명령을 받고 내가 무슨 죄가 있어 죽어야 되느냐고 자문하다가 조나라의 40만 명의 병사를 생매장한 것을 자탄했다고 한다.

그런데 이야기는 여기서 끝나는 것이 아니라 백기 장군이 죽은 후 아주 먼 훗날 들에서 풀을 뜯던 소가 벼락을 맞아 죽었는데 소 배에 백기라고 씌어 있더라는 것이다.

이것으로 보아 죄가 크면 윤회하여 벌을 받는다는 것을 알 수 있다. 여기서 백기는 중국 사람인데 이를 기록하는 것은 필자가 중학교 시절 친구의 할아버지로부터 들은 것이기 때문이다.(고 이용원 씨 제공)


## 개 한 마리는 용인으로 가고 한 마리는 용이 되었다

장난이 심했던 시절에 특히나 장난이 심한 것으로 유명한 사람이 있었다. 성복리 사는 아무개 씨가 정평 쪽으로 볼일을 보러 가는데 앞에서 개 두 마리가 동서로 반대쪽을 쳐다보고 있는 것이었다.(이것은 개들이 교미를 하는 장면을 시골사람들이 재미있게 표현한 것이다) 이 사람, 이런 일을 보면 그냥 지나쳐도 좋으련만 들고 가던 낫으로 두 놈 연결된 곳을 잘라놓으니 한 놈은 용인으로 달아나고 한 놈은 용이 되었다고 떠벌렸다. 여기서 용인으로 달아 났다는 놈은 암놈인데 이곳 사람들이 느진재로 해서 용인을 다니기에 이쪽으로 도망간 놈을 과장해서 한 말이다. 여북 놀랐으면 이렇게 황급히 도망갔으랴. 그놈의 것을 거시기에다 낀 채로 말이다.

또 하나 용이 되었다는 놈은 수캐인데 이놈은 거시기가 잘렸으니 얼마나 아프랴, 그 자리에서 대굴대굴 구를 수밖에 없었다. 이 모양을 보고 용이 승천하기 위해 용트림하는 것으로 표현한 것이다.(최일현 씨 제공)


### 우리 괭이 빌려 온 적 없나?

작은 마을에서는 어느 집에 젓가락, 숟가락이 몇 벌인지까지 알 정도라 누구네 집에서 사람을 얻어 일을 한다는 것은 모를 사람이 아무도 없다. 그리고 이렇게 일을 하는 날은 집안 식구끼리 일을 할 때보다는 반찬 준비도 더하고 매끼니 때마다 더운 밥을 해다 주고 또 귀한 술까지 담았다가 준다.

그러니 이런 날은 어느 집 잔치 못지않게 먹고 마시는 것이 풍성하게 마련인데 요렇게 살던 때가 엊그제 같지만 그때가 이제처럼 음식이 흔하지 못해 이런 날은 이웃의 노인들까지 술 한 잔 점심 한 그릇 대접하는 게 예의였다. 그러나 예의도 조금 여유가 있는 집 얘기요 그렇지 못한 집은 생각은 있으나 그냥 지나갈 수밖에 없었는데 이럴 때는 은근히 기다리던 것이 허사가 되는 날이다.

그런데 기어이 찾아가 술 한 사발을 얻어 자셔야 식성이 피는 노인이 계셨으니 이 할아버지는 일하는 집을 찾아가서서 사람을 불러놓고는 우리 집 괭이 빌려 온 적 없느냐고 물으신다. 그러던 그때 이 집에서는 바깥사람들은 다 들에 나가고 아낙네만 남아 이웃 아낙이랑 음식장만 하느라고 바쁜데 이렇게 평소 잘 먹지 않던 음식 냄새를 풍기면서 이웃 노인을 모셔다 대접하든 갔다

드리든 했어야 마음이 편했는데 그러지 못해 마음이 불안한 때 이렇게 문께
까지 오셨으니 그냥 돌려보낼 수는 없어 마루로 모셔놓고 부족한 음식이지만
대접할 수밖에 없는 처지가 된다.

　이렇게 해서라도 그 먹고 싶은 술 한 잔을 잡수셔야 소원을 푸셨는데 이 노
인은 남의 집 일할 때면 집집마다 괭이를 찾으러 다니시니 별호가 생겨 평소에
도 이 노인만 지나가면 아이들이 "우리 괭이 빌려간 적 없나." 하고 수군댔다.


## 구렁이


　예전에는 집이나 우물, 뒷간 등에도 구렁이가 있어 그곳을 지킨다고 여겼
다. 이것을 업이라고 했다. 하물며 큰 나무가 있으면 그 나무에도 큰 구렁이
가 있어 지킨다고 했다. 그래서 집안이 망하려면 업인 이 구렁이가 먼저 다른
곳으로 간다고 여겼고 집에 구렁이가 나오면 죽이거나 하지 않고 제 스스로
다른 곳으로 갈 때까지 기다렸다. 여기 구렁이에 얽힌 얘기 하나가 있다.

　가을이면 초가지붕에 이엉을 새로 잇게 되는데 이때 모양을 맵시 있게 하
느라고 처마 끝에 사다리를 놓고 돌며 낫으로 일정하게 깎아주는 마무리를
하는 작업을 하게 된다. 이러한 일을 어느 집에서 하게 되었는데 어떻게 하다
보니 일꾼의 낫끝이 구렁이 몸에 박히게 되었고 불행하게도 낫끝이 부러져
구렁이 몸에 남게 되었다. 그러다 다시 새해가 되어 봄이 오고 여름 장마질
때가 되니 이런 일이 있었던 것도 거의 잊게 되었다. 그러던 어느 날 일꾼이
논에 갔다가 물꼬에서 큰 메기 한 마리를 잡아왔다. 집안 식구들은 웬 횡재냐
싶어 큰 솥에 넣고 끓여 너나할 것 없이 한 그릇씩 차고 앉아 먹게 되었다. 그
만큼 메기가 컸다.

　그런데 국을 열심히 먹던 주인이 웬 쇠소리가 나 살펴보니 지난 가을 처마
를 깎다 구렁이에 찍혀 부러진 낫끝이 국그릇에 있는 것이었다. 이것을 본 집
주인과 식구들의 얼굴은 하얗게 질렸다. 그런 일이 있고 난 후 이 집에는 우

환이 끊이지 않았고 특히 남자라는 남자는 소년 때 죽어 몇 대째 과부들만 같이 살게 되었다. 그러다 보니 손이 없어 절손이 될 판이요 재산은 있고 법도가 있으니 가까운 집안에서 양자를 들여도 역시 단명하니 나중에는 재산이 아무리 많아도 그 집으로 양자를 주려는 사람마저 없게 되었다.

이 댁의 예전 집은 지금도 그대로 서 있으나 집주인이 누구인지 모를 만큼 한미하게 지내게 되었는데 그때 그 메기가 뱉어논 부러진 낫끝이 구렁이를 잡아먹은 메기의 뱃속에 남아 있던 것인지 구렁이가 메기로 화해 이 집 식구들에게 먹혔는지는 해석이 구구할 뿐이지 정확한 답을 얘기할 사람은 없다.

다만 있을 수 없는 일이 종종 일어나는 것이 세상이요 한 가정 한 나라가 망하는 데는 징조라는 것이 먼저 나타나는 것이니 이것은 하늘이 사람을 버리는 것이 아니라 미리 경계해 주는 것인데 이것을 오만한 인간이 헤아리지 못하고 짓밟기 때문에 불행한 일을 겪게 되는 것이다.


## 까치집에 불

예전 사람들은 장난이 심했다. 확실히 그랬다. 요즈음 아이들은 서로 장난을 하다가 조금 긁히기라도 하면 부모까지 나와서 싸우고 고소까지 하는 세상이 되었지만 전에는 애들이 싸우다 어디 뼈가 부러져도 애들끼리 그럴 수도 있지 하고 이해하고 넘어갔으니 장난으로 한 것이야 더 말할 수 없이 그대로 용인되었던 세상이었다.

이래서 요새 보면 그게 장난이냐고 할 법한 일이 많았다. 그리고 이런 장난은 아이들만 하는 것이 아니라 조금 큰 아이들은 아래 아이들한테 재미삼아 못된 장난을 가르쳤다. 참외서리, 닭서리, 애호박에 말뚝박기 등 아이들이 심심풀이로 할 수 있는 것들과 조금 못된 짓이라도 보통으로 했다. 그리고 심부름도 아래 아이들을 시켰다. 얘기는 이보다는 조금 더 심했던 일을 소개해 보고자 한다.

까치는 새들 중 가장 일찍 집을 짓기 시작한다. 그리고 그놈들은 늘 자기집에서 떠나지 않고 깍깍거리고 울기 때문에 누구라도 까치가 알을 낳고 새끼를 까는 것을 금방 알 수 있다. 이렇게 한참 까치가 요란스럽게 울 때는 동네가 시끄러워 신경이 날카로운 사람은 낮잠도 못 잘 지경이었다.

수호지에도 이런 이야기가 있다. 요란한 까치 소리에 술 먹다 화가 난 노지심이 뿌리째 나무를 뽑아 건달들을 놀라게 하는 대목이다. 여기도 그런 유사한 얘기다.

그런데 앞에 얘기와 다른 것은 나무를 뽑거나 베어 버린 것이 아니라 그 나무에 올라가 불을 놓고 오라고 한 것이다. 그래서 한 아이가 수십 길 나무에 올라가 까치집을 쳐다보고 불쏘시기에다 불을 붙여놓고 부지런히 내려왔다. 그러나 까치집은 몇 년씩 묵은 삭정이라 바싹 말라 있는 터라 종이보다도 불에 잘 탄다. 그러니 이 아이가 아무리 빨리 내려와도 원숭이가 아닌 다음에야 불이 붙기 전에 내려올 수가 없었다.

이때 까치집은 나무꼭대기에서 바람을 타고 금방 타버리니 가지에 얹어논 까치집이 그대로 불덩어리가 되어 나무에 올라갔던 아이의 머리 위로 떨어졌다. 마치 누워서 침 뱉는 식으로 말이다. 여름철 거의 알몸이다 싶이 한 아이가 온몸으로 불을 맞으니 날벼락을 맞는 기분이었다. 나무에서 떨어지면 죽겠고 내려오자니 불벼락이라 온몸에 화상을 입으며 간신히 내려왔다. 내려와서 보니 싹수가 좋지 않은 큰놈들은 기다려 주지 않고 벌써 도망갔는데 이 불로 이 큰 전나무 상수리가 다 타죽었다. 이것을 안 나무주인이 그냥 있을 리가 없어 또 크게 꾸지람을 맞고, 이날이 이래저래 재수 옴붙은 날이 되어 버렸다. 이 아이에게는 이것이 잊지 못할 추억이 되었다.(고 최익환 씨 제공)


## 아버지에게 얻어준 파란 것

어느 곳에 효자 아들이 있어 자기 어머니 모르게 아버지에게 젊은 여자 하나를 얻어 살림을 차려주었다. 그래서 영감은 마누라 몰래몰래 숨어서 작은 집을 드나들었는데 영감이 좋으면서도 좀 뭐한 것이 작은집 여자가 너무 나이가 어린 것이었다. 왜냐하면 남들이 딸 같은 여자와 산다고 손가락질 할 것 같아서였다.

하루는 온 집안 식구들이 마루에 앉아서 점심을 먹고 있는데 아버지가 아들보고 하는 소리가 너무 파랗다 하는 것이었다. 그러니까 아들이 하는 말이 파라면 어때요 아버지만 좋으면 그만이죠 했다나 …….

아버지가 파랗다고 한 것은 여자가 너무 젊다는 뜻이며, 아들이 아버지만 좋으면 그만이지 파라면 어떠냐고 한 것은 젊어도 아버지만 좋으면 그만이지 않느냐는 되물음이었다. 그러나 온 집안 식구들은 이 말뜻을 몰랐으니 가을이 청명해 이들은 부자지간에 날씨 얘기하는 줄로만 안 것이다.


## 티쳐(Teacher)


정평에 이생원은 살면서 가장 부러워했던 것이 큰사랑에서 옛날 애기책을 듣는 것이었다.

그 후 이생원이 돈을 모은 후 글방선생을 들여 옛날 애기책도 읽게 하고 자손들 한문공부, 글씨공부도 시켰는데 이 선생에 대한 호칭이 티쳐였다. "티쳐 왔나?", "아 저기 티쳐 가네."

이 티쳐는 이 집 남녀노소 그리고 동네 사람들도 다 그렇게 불러 모두들 이것을 선생의 별명으로 알고 있었다. 그런데 그 집 손자가 중학교에 들어가 영어공부를 하다 보니 티쳐가 선생이라는 것을 알게 되었다. 이때서야 티쳐라는 진정한 뜻을 안 집안 식구들은 웃음이 터질 수밖에, 영어가 상용화되기 전이라 그만큼 생소했던 시대였고 물정이 어두웠다고 해야 할 것이다.

## 인명은 재천

어느 사람이 정월에 점을 보니 소에 받혀 죽을 팔자였다. 그래서 이 사람은 소에 받히지 않으려고 바깥출입을 아예 하지 않고 있었다. 이렇게 조심하며 지내다 어느덧 여름이 되었다. 그러나 아무리 조심하는 사람이라도 더운 여름에 문을 닫고 있을 수는 없어 문을 열어놓고 지내게 되었다.

그런데 문을 열어놓을라치면 문이 그대로 있는 것이 아니라 바람에 문이 되닫기기가 예사라서 어느 집에나 중방에다 못을 박고 끈을 매어 끈끝에 작은 갈고리를 달아 이것으로 문고리를 걸어 문을 고정시켰다. 이 집에서도 이렇게 해놓았는데 어느 날 돌풍이 부는 바람에 문이 닫기면서 우연히도 이 갈고리가 이 집 주인의 귀속 깊이 박히는 바람에 죽고 말았다.

그러나 이 집 식구들은 주인이 죽은 슬픔 속에서도 죽은 사람이 소에 받혀 죽을 팔자라는 점괘가 있었기에 문상 온 점장이한테 점괘가 맞지 않은 것을 항의하며 조롱을 했다. 그랬더니 점쟁이가 주인을 죽게 한 물건을 보자고 하여 보여주었더니 한참을 들여다보던 점장이, 이것을 만든 것이 쇠뿔이니 소에 받혀 죽은 것이 아니고 무엇이냐고 하는 것이었다.

상주가 다시 되돌려받아 자세히 살펴보니 정말 쇠뿔로 만든 것이 아닌가, 이렇게 되니 점장이가 용한 것은 말할 것도 없고, 운명을 피할 수 없음도 다시 한 번 입증되니 모든 사람들이 감탄하여 마지않았다.(고 이현창 씨 제공)


## 털을 뜯어라

예전에 부자가 짚새기 장사를 하는데 아버지 것은 값도 비싸고 잘 팔리는데 아들의 것은 싸도 잘 팔리지 않았다. 그래서 아들은 아버지한테 그 비결을 물어도 아버지는 전혀 그 비법을 가르쳐 주지 않았다.

그러다 아버지가 늙어 죽게 될 무렵, 머리맡에 앉아 있는 아들은 아버지가 짚새기 값 잘 받는 비결을 가르쳐 주지 않고 죽을까 봐 그것이 몹시 안타까웠다. 그래서 숨넘어가는 아버지에게 그 말을 유언으로 남겨주기를 간청하자 아버지가 마지막으로 털 털 하면서 숨이 끊어지는 것이었다. 나중에 아들이 이 말을 가만히 새겨 보니, 아 짚새기의 털을 뜯으라는 뜻이었다. 이 말대로 했더니 정말 짚새기 값이 비싸도 잘 팔렸다.

이렇게 짚새기 삶는 것도 무슨 재주라고 부자지간에도 그 비결을 가르쳐 주지 않았으니 고려청자의 명맥이 끊어진 것은 당연하지 않을 수 없다.


## 쇠꼬리 자른 성미급한 농부

모내기 직전 갈아논 논에 물을 넣고 모를 심을 수 있도록 경운기나 트랙터로 하는 작업을 요즘은 로터리 친다고 한다. 그런데 얼마 전까지만 해도 이런 일은 소가 했다. 이때 소가 끄는 농기구를 써래라 하는데 써래는 긴 나무토막에 구멍을 뚫고 거기에 작대기 굵기의 나무 열댓 개를 박아 흙이 곤죽이 되게 할 뿐만 아니라 편편하게 되도록 만들었으며 이렇게 하는 일을 써래질이라고 했다.

이 써래질은 소, 사람 다같이 가장 힘든 일 중에 하나인데 또 한 가지 사람을 곤란하게 만드는 것이 흙물 범벅인 소꼬리를 흔들어 사람 얼굴에 뿌리는 것이다. 소가 꼬리를 흔드는 것은 놈에게 붙은 날벌레를 쫓기 위한 수단이다. 이렇게 소가 꼬리를 흔드는 바람에 하루종일 소를 몰고 다닌 사람의 옷은 흙비를 맞은 것처럼 흙강아지가 되는데 이렇게 옷만 버리는 게 아니라 흙물이 눈에라도 들어가면 눈이 아리고 잠시 동안 앞이 보이지 않아 눈을 비비게 되는데 그렇게 하고 나면 이 사람이 누구인지 모를 만큼 얼굴에 흙칠을 하게 된다.

이럴 때는 웬만큼 성질이 느긋한 사람도 입에서 험한 소리가 나오게 마련인데 가뜩이나 성질이 급한 사람은 더 말할 나위가 없다.

좀 오래 전 고기리에 성질 급한 사람이 있어 이런 일을 당하자 엥 하고 낫으로 쇠꼬리를 잘라 버리는 사건이 있었다고 하며 그 일이 지금까지 일터의 이야깃거리로 회자가 되고 있다.


## 땅벌과 농부

벌 중에 땅속에 사는 벌을 땅벌이라고 한다. 이 땅벌은 숫자가 많고 악착같아, 쫓아도 도망을 안 가고 옷 속이나 머리카락 속으로 파고들면서 쏘기에 벌을 많이 타는 사람은 기절하거나 죽기까지 한다. 이 땅벌은 사람이 잘 다니는 길섶이나 밭 가운데 등 아무데고 집을 짓기에 농사철 농민들이 쏘이는 일이 많았다.

이 얘기도 그런 예이다. 고기리 어느 마을에 콩밭을 매던 사람이 밭 가운데 집을 지은 땅벌한테 몇 방 쏘였다. 웬만한 사람 같으면 땅벌이 있는 그곳을 남기고 다른 곳만 매고 올 텐데 이 사람은 그렇지가 않았다. 이 사람 어떻게 했는고 하면 한 손에는 호미를 들고 한 손에는 콩포기를 뽑아들고 호미든 손으로 벌집을 캐면서 날으는 벌을 콩포기로 두드려 잡다가 벌이 덤벼 쏘면 '어쿠' 하고 두 손으로 얼굴을 감싸안았다.

이렇게 반복하기를 수십 번 마침내 땡벌집은 도륙이 났는데 그러자니 그 사람 역시 벌에게 수백 번을 더 쏘이는 역전(力戰)을 겪어야 했다.

이렇게 용감하게 벌과 싸우는 것을 마침 이웃 전장에서 일하던 사람이 볼 수 있었기에 이 사람의 이야기가 오늘까지 전해 오게 되었다.


## 인절미 먹다 숨진 새댁

어느 집에서 섣달 그믐날 인절미를 만들기 위해 마당에다 절구를 놓고 떡을 치던 새댁이 군침이 도는 바람에 자기도 모르게 한 입 떼어 입에다 물고 우물

거리는데 살쾡이 같은 시어머니가 안방에서 나오는 것이었다. 며느리가 깜짝 놀라 급히 떡을 삼킨다는 게 그만 목에 걸려 갑자기 숨이 넘어가고 말았다.

그러나 떡 먹는 것을 보지 못한 식구들은 며느리의 갑작스런 변고에 놀라 방으로 옮겨 뉘고 갖은 구완을 다했으나 끝내 회생을 시키지 못했다. 이에 집 안에서는 당일로 서둘러 새댁의 장사를 치렀다. 이렇게 빨리 며느리의 장사를 치른 것은 장사는 월도 거르지 않거니와 더욱이 해를 거르는 법이 없기 때문이다.

그런데 새댁 장사에 참여했던 마을 젊은이 하나가 새댁 무덤에 넣은 많은 혼수와 패물이 탐나 밤중에 그곳에 되올라가 산소를 파헤쳤다. 그리고 물건을 꺼내려고 하는데 무덤 속에서 신음 소리가 들리는 것이 아닌가?

이 사람이 너무나 놀라 그냥 도망갈까 아니면 물건만 가지고 갈까 하다가 그래도 담력과 인정이 있는 사람이라 그냥 갈 수 없어 흙을 더 파고 송장을 꺼내 염한 것을 풀어주었다.

이렇게 하여 새댁이 살아 있는 것을 확인한 젊은이는 그 길로 새댁을 들쳐 업고 상가 댁으로 데려다 주었다.

그 후 며칠이 지나 새댁은 정상으로 들아왔고 며느리에 얘기를 듣고서야 새댁이 갑자기 죽은 이유를 알게 되었다. 그리고 시간이 흐름에 따라 기도를 막았던 떡이 넘어가면서 다시 숨을 쉬게 되어 살아났는데 그때 새댁은 무덤 속에 있었고 이때 마을 젊은이가 도둑질하려고 무덤을 파는 바람에 살아날 수 있게 되었다는 걸……

그래서 새댁의 시댁과 친정에서는 이 도둑을 도둑으로 몰지 않고 새댁 생명의 은인으로 여겨 많은 땅을 나누어 주어 잘살게 했단다.


## 슬기로운 도둑

옛날 지혜가 뛰어난 도둑이 있었다. 그러나 꼬리가 길면 잡힌다고 어떻게 하다 관가에 붙잡히는 신세가 되었다. 그동안 지혜가 깊은 만큼 붙잡히지 않고 해먹은 도둑질이 많기에 한 번 붙잡힌 이상 큰벌을 받을 것은 뻔한 사실이었다. 그러나 죄가 있다고 도둑을 금방 잡아 죽일 수는 없는 것이어서 원님이 그간에 죄 지은 것을 심문해 보니 도둑이 풀어놓는 그 내용에 원님도 혀를 내둘렀다.

심문이 끝나고 요즘 말로 현장검문을 하기 위해 가는데 마침 앞에서 소를 끌고 가는 사람이 있었다. 이것을 본 원님이 호기심이 발동하여 도둑한테 말했다. 네가 저 소를 감쪽같이 도둑질해 올 수 있느냐고 그랬더니 도둑이 거침없이 그러마고 대답하는 것이었다. 그래서 도둑의 지혜를 시험하게 되었고 얼마 후에 정말 도둑이 그 소를 끌고 오는 것이었다. 원님이 신기하게 생각해 어떻게 했느냐고 물었더니 이렇게 대답하는 것이었다.

먼저 도둑은 소를 끌고 가는 사람을 앞질러 고갯길 초입에다 새 구두 한 짝을 벗어놓았다. 그리고 나머지 한 짝은 고개 중간에다 벗어놓았다. 이랬더니 소를 끌고 가던 사람이 고개 밑에서 새 구두 한 짝을 보고 또 한 짝이 있나 하고 찾아보았으나 하나밖에 없으니 아깝지만 한 짝이라 도로 내던지고 소를 몰고 고개를 올라갔다. 그런데 한참을 올라가다 보니 구두 한 짝이 또 있는 것이 아닌가. 소를 몰고 가던 사람이 가만히 생각하니 아까 고개 밑에서 본 것 하고 이것 하고 한 켤레가 틀림없었다. 그래서 소를 몰고 가던 사람은 소를 되끌고 내려갈 수도 없어 소를 나무에 매어놓고 급히 고개 아래로 뛰어내려간 사이에 이 도둑이 소를 끌고 왔다는 것이다.

이 말을 들은 원님, 도둑의 지혜에 크게 감동할 수밖에 없었다. 그렇다고 도둑을 놓아주거나 할 수는 없고 그때도 삼심제도가 있었기에 관찰사를 거쳐 임금님한테까지 올라가게 되었다.

임금님도 이미 소문을 들은지라 이 도둑의 지혜를 시험하고 싶어 도둑을 불러다 이렇게 말했다. 네가 나와 내기를 해서 이길 수 있다면 네 죄가 아무리 크더라도 용서해 주겠노라고…….

임금님이 제안한 내기란 밤에 임금님 내외가 주무시는 요를 감쪽같이 빼갈 수 있느냐는 것이었다. 그랬더니 도둑이 그러마고 대답했다. 이렇게 내기는 시작되었지만 임금님은 자신이 있었다. 설마 두 사람이 깔고 자는 요를 어떻게 빼갈 수 있느냐 하고, 그날 저녁에 아무 걱정 없이 단잠을 잘 수가 있었다.

그런데 다음날 아침에 일어나 보니 임금님 내외가 깔고 주무시던 요가 감쪽같이 없어진 것이었다. 급히 도둑을 불러보니 임금님 깔고 주무시던 요를 가지고 들어오는 것이었다. 임금님은 우선 요를 어떻게 빼어갔나 궁금하여 그 일부터 물었다. 그랬더니 도둑의 대답이 아주 쉽게 말하는 것이었다.

먼저 도둑은 임금님 내외가 주무시는 가운데로 파고들어가 잠버릇처럼 임금님 쪽을 밀었다 왕비님 쪽을 밀었다 왔다갔다 하니 두 분도 잠결에 요 밖으로 밀려나게 되었고 도둑은 아무 거리낌 없이 요를 가져올 수 있었다는 것이었다.

이 말을 들은 임금님은 내기도 내기려니와 도둑의 지혜에 감복하여 도둑을 놓아주었고 도둑도 임금님에 은혜에 감복하여 그 이후 다시는 도둑질을 하지 않게 되었단다.(고 이현창 씨 제공)


## 체장사의 통바지


얼마 전까지만 해도 마을마다 물건을 팔거나 생활도구를 고치러 다니는 사람들이 많았다. 그중에 체를 파는 체장수, 키를 파는 키장수들도 있었는데 이들은 대개 부부 일조로 다녔다. 그런데 그때 당시는 교통이란 것이 십 리고 백 리고 걸어다닐 뿐이어서 길을 나서면 한두 달은 남의 집 신세를 져야 했다.

그러나 두 부부가 같이 잘 수 있도록 방 하나를 내어줄 만큼 넉넉한 집이 없다 보니 남의 집 안방이나 사랑방 윗목에서 쪼그려 자야 되는 형편이었다. 그렇다고 염치 좋게 여자는 안방 남자는 사랑방 식으로 따로 빌릴 수도 없으니 대개 여자끼리 말하기가 좋으니 안방주인한테 하룻저녁 신세지기를 허락받는다. 물론 자는 곳은 안방 윗목으로 주인여자와 같이 자는 것이다.

이럴 때 남자는 따로 방을 얻지 않는데 이들 부부 중 여자는 초저녁부터 주인집 안방에서 밥도 얻어먹고 일찌감치 초저녁 잠을 자둔다. 그리고 사방이 어두워지면 오줌누러 변소 가는 것처럼 하고 남자를 찾아 같이 방으로 들어온다.

이때 남자가 따로 들어오는 것이 아니라 여자 몸뻬 속에 숨어 들어오는데 이럴 때 쓰기 위해 평소 여자는 사람이 두어 명 들어갈 수 있도록 큰 통바지를 입고 다닌다.

밤새도록 여자 바지 속에서 잔 남자는 먼동이 트기 전 다시 밖으로 나온다. 감쪽같이 말이다. 이때 그럴 수 있었던 것은 불을 밝히고 살지 못하던 시절이었기 때문이라기보다는 알고도 모른 척해 준 인심 덕분이었다고 보는 것이 옳을 것이다. 이러니 체장사 부부는 금슬이 나쁠래야 나쁠 수가 없었던 것이다. 이혼이 자꾸 늘어나는 요즘의 현실로 볼 때 살기는 어려웠던 옛날이지만 서로를 깊이 배려하며 살던 금슬 좋은 부부의 이야기를 안타까운 마음에서 전한다.


## 땔나무 장사

쇠풀을 베고, 땔나무를 한다는 말이 옛이야기가 되어 버린 지금 땔나무 장사라는 것은 더욱 생소한 말일 것이다. 그러나 불과 60년대까지 수지 사람들은 땔나무 장사에 의존해 의와 식과 자녀 교육비를 충당하면서 살았다. 땔나무를 갔다 파는 대상지는 수원이었다.

어른들의 전언에 의하면 광교산이 한때는 붉은 흙산이었는데 그것은 나무만 하는 것이 아니라 참나무 뿌리를 캐어 숯을 굽고 진달래나무 뿌리까지 캐서 연료로 하다 보니 산이 그렇게 되었다고 한다.

그런데 이런 와중에서 있었던 이야기 한 토막이 있다. 땔나무 장사를 하는 사람들도 그 하는 모양이 각기 달랐는데 남자는 지게로 여자는 머리에 이고 소가 있는 집은 소 등에다 길마를 얹고 그 위에 나무를 실어 가지고 다니는 것을 쪽바리라고 하며, 소와 마차가 있는 집은 마차에 나무를 실어다 팔았다.

여기서 광교산 밑에 사는 사람들은 거의 마차가 없었는데 그것은 길이 좁고 험해서였다. 능률면에서는 마차가 제일이었으며, 등짐이나 머리로 여다 파는 것이 제일 고달팠다.

이렇게 이, 삼십 리를 걸어서 가지고 간 나무가 일찍 팔리면 몰라도 늦게 팔리거나 못 팔고 맡기고 오는 때도 있는데 어떻든 하루종일 요기도 못하고 돌아오는 길은 다리가 천근이었다. 이럴 때 다른 사람은 몰라도 마차를 가지고 간 사람은 소도 불쌍하지만 마차에 몸을 얹어 돌아오는데 이때 순경(경찰)에게 발견되면 범칙금을 물어야 했는데 그 죄목은 소 학대죄란다.

하루종일 사람보다 고생을 더한 소가 불쌍하지도 않느냐는 측은지심에서 이런 유권해석이 나왔으니 소를 가족으로 생각했던 옛사람들의 마음을 여기에서 엿볼 수 있다.(김홍석 씨 제공)


## 비료

우리나라에서 화학 비료가 보급된 것은 일제 강점기였다. 요즈음 비료는 보편화되었고 작물별로 여러 종이 생산되지만 처음 우리나라에 비료가 보급되면서는 주로 질소질이었으며 비료에 대한 무지로 일어난 에피소드가 많았다.

이러한 일이 발생된 것은 위에서도 언급한 것처럼 화학 비료라는 것이 없었으며 대신 논에는 갈이나 두엄, 보리밭에는 인분을 사용했던 고정관념에서였다. 이래서 생긴 말이 사람이 자기 똥을 먹지 않으면 죽는다든가, 평생 똥을 서 말은 먹어야 된다고들 하였다. 이런 환경에서 비료가 보급되니 어느 마을에 농부 한 사람은 이 비료를 전혀 쓰지 않았는데 그것은 비료를 준 보리밥을 먹으면 사람이 죽을 것이라는 확신 때문이었다.

이 사람의 확신은 무지 때문인지 아니면 망국의 백성으로서 적이 주는 이기가 해를 줄 수 있다고 여겨서인지는 모르지만 전자가 맞을 것으로 생각된다.

## 땅자랑

논 한 마지기당 쌀 몇 가마씩 나오느냐에 따라 한 가마는 대석, 두 가마는 양석, 세 가마는 삼배출이라 했으며 땅값도 이에 따라 정했다. 그런데 어느 사람은 늘 자기 땅은 비료를 안 주는데도 벼가 잘된다고 자랑을 늘어놓았다.

이렇게 자기 것에 대한 자랑을 늘어놓기 좋아하는 사람들이 있었으며 그런 것으로 살아가는 재미를 느끼는 사람들이 세상에 많다고 볼 수 있다. 비록 땅자랑이 아닌 마누라, 자식자랑도 있지만…….

그런데 하루는 마을 사람이 어디를 갔다가 늦게 돌아오다 보니까 이 사람 달밤에 논에서 비료를 끼얹고 있더라는 것이었다.

이렇게 밤중에 비료를 주고서는 다른 사람에게는 자기 논이 좋아서 비료를 주지 않는다고 허풍을 떤 것이다.


## 비료 도둑

옛날에는 윗논의 물로 아래 논에 모를 냈다. 그런데 이런 작업이 자기네 논이면 좋은데 남의 논이면 시비가 잦았는데 그런 일은 지금처럼 수리 안전시설이 없던 시절이라 가뭄 때는 살인이 일어날 만큼 물싸움이 심했다.

그런데 여기서의 시비는 윗논에 땅임자가 자기 논에 비료를 주었는데 물을 따가는 바람에 비료 물이 다 떠내려갔으니 물어내라는 것이었다.

서로 언쟁 끝에 그럼 비료 준 양이 얼마냐 그러니까 얼마다 해서 물어주기로 했는데 물어주는 사람이 그럼 비료가 다 떠내려왔으니 자기가 그만큼 비료를 뿌려주겠다고 우기니 윗논 임자 어쩔 수 없이 그대로 따랐는데 웬걸 그러다 보니 시비량이 너무 많아 벼가 병이 나서 폭삭 주저앉는 바람에 농사를 망치고 말았다. 이래저래 남에게 손해를 붙이려다 자기가 손해를 본 것이다.

## 눈뜨고 놓친 소도둑

옛사람들은 여름철 문지방을 베고 누워서 쉬거나 자기도 했다. 이런 풍속은 냉방 시설이나 침대가 전혀 없는 생활에서의 가장 편한 자세라고 볼 수 있다.

어느 농부가 들일을 하고 들어와 저녁을 먹고 역시 문지방을 베고 누워 있었다. 시간은 땅거미가 지나 사람이 잘 보이지 않을 때쯤 되는데 누워서 밖을 내다보니 소도둑이 외양간에서 소를 훔쳐가려고 하고 있었다.

주인은 도둑이 소를 끌고 나와서 가려고 할 때 소리를 지르려고 맘을 먹고 기다리다가 하루종일 일을 해서 고단하다 보니 자기도 모르게 잠이 들어 버렸다.

얼마 만에 잠이 깨서 보니 소는 벌써 사라져 버리고 없었다. 이렇게 해서 소를 잃어 버렸는데 사실 잠이 눈두덩을 내리 누를 때는 항우 장사도 못 이긴 다는 속담이 우연한 것이 아님은 경험해 본 사람만이 알 수 있다.


## 자기 집의 소를 훔치려 한 사람

어느 동네에서 있었던 일인데 아버지 되는 사람이 주막집을 지나다 들으니 자기 아들 목소리가 났다. 무슨 이야기를 하나 하고 서서 들어 보니 오늘 저 녁 우리 집 소를 끌어내자고 친구랑 의논을 하고 있었다.

아버지가 아들의 목소리를 듣고 서서 들은 것도 아들의 평소 소행이 좋지 않았기 때문인데 그렇다고 남의 것은 하나도 건드리지 않고 자기 집의 것에 만 죽을 잘 냈다.

아버지는 그 자리에서 혼을 내지 않고 집에 돌아와 저녁이 되기만을 기다 렸다가 날이 어두워지자 외양간에 들어가 소 꼬리를 붙잡고 앉아 있는데 얼 마 후 아들과 악동 친구가 와서 고삐를 끌러 소를 밖으로 끌고 가려고 하는 순간 도둑이야 하고 소리를 지르니 두 사람이 꽁무니가 빠지게 도망을 가 버 렸다고 한다.

## 쌀가마가 왕겨가마로 변한 사건

예전에는 어느 집이고 가을에 추수한 벼의 대부분을 도정하여 방 윗목이나 광 쌀독에다 저장했다.

이렇게 방에다 쌀가마를 가득 쌓아놓으면 마실 온 사람들이 부러워서 하는 말들이 이 집은 밥을 먹지 않아도 배부르겠다고 했다.

그런데 이야기의 진원지인 이 집에서 봄이 되어 쌀을 장에 내어다 팔려고 꺼내 보니 쌀가마는 온데 간데 없고 왕겨가마만 나오는 것이었다.

성이 머리끝까지 오른 집주인이 아무리 날뛰어도 없어진 쌀가마가 되돌아올 리가 없었다.

나중에 수소문하고 식구들을 문초해 보니 이 집 아들 중 하나가 이런 짓을 한 것이었다. 그러니 도둑으로 고발할 수도 없고 소리만 지르다가 제풀에 주저앉고 말았는데 남의 것을 건드리지 않은 것이 불행 중 다행일 수밖에 없다고 자위하고 말았다.


## 고양이

개나 말이 주인을 위하여 죽어 충견, 의마(義馬)의 소리를 들었다는 이야기는 많이 있으나 고양이가 주인을 위하여 어떻게 했다는 소리는 전무하다 해도 과언이 아니다. 그러나 여기서 소개하는 고양이는 충견이나 의마는 아니지만 주인에게 애정을 베풀다 죽었는데 그것은 이 고양이가 사람에게 안마를 잘 했다는 것이다.

고양이 주인은 노인이시라 동네 사람들이 와서 곧잘 안마를 해드리곤 했는데 하루는 고양이가 사람이 안마하는 것을 보고 나서부터 주인에게는 물론 다른 사람들에게도 안마를 지성스럽게 하기를 한 2년 계속하여 주위 사람들로부터 칭찬과 사랑을 받았다고 한다.

그런데 어느 날 고양이가 없어져서 찾아보니 개한테 물려 죽어 있는 것을 발견했는데 주인은 자식을 잃은 것 같은 슬픔으로 땅에다 고이 묻어주었다고 한다.


## 물총새의 보은

어느 곳에 연못이 있는데 물총새가 늘 와서 고기를 잡아갔다. 주인이 이를 방지하기 위해 그물을 사다 망을 쳐놓았는데 하루는 물총새 한 마리가 그물 안으로 들어갔다가 나오지 못하고 있었다. 이때 그물 안에 있는 새는 새대로 밖으로 나오지 못해 울며 날아다니고 밖에 있던 짝새는 새대로 그물 안에 있는 새가 나오지 못하는 안타까움에 울면서 그물 의를 날아다녔다.

예전에 새장 안에 갇힌 새끼 때문에 밖에 있던 어미가 슬피 울다 죽었는데 배를 갈라 보니 창자가 토막토막 끊어져 죽은 것을 보고 단장(斷腸) 또는 단장의 슬픔이란 말이 생겼다고 하는 것과 같은 상황이었다.

이런 광경을 한참 동안 바라보던 주인이 그물 한쪽을 쳐들고 안에 있는 새를 밖으로 내보냈는데, 그 이튿날 산책 겸 연못 주위를 돌다 보니 반듯한 돌 위에 작은 물고기 여러 마리를 잡아다 두릅을 엮듯 머리를 맞대어 가지런히 정성스레 올려놓았다.

아마도 이것은 물총새 부부가 어제 주인의 배려로 그물 밖으로 나온 데 대한 보은이라고 주인은 생각했단다. 그들이 할 수 있는 것이라고는 물고기를 잡는 것이고, 힘이 약하니 작은 물고기밖에 잡을 수 없었을 것이라고……


## 쥐의 창고

땅을 잘 뚫기로는 두더지만한 놈이 없다. 그런데 두더지가 뚫어놓은 굴은 나중에 쥐들의 통로로 이용되기도 한다.

가을이 되어 어느 농장에서 땅콩 추수를 하는데 호미질을 하던 아주머니들이 환호하는 소리에 무슨 일인가 하고 주인이 가서 보니 쥐가 창고를 짓고 땅콩을 따다가 쌓아놓았는데 그 정연함이 사람들이 쌓은 벼가마나 쌀가마보다도 잘 쌓아놓았더란다.

이것을 보고 쥐가 땅콩 물어간 것이 아까운 것이 아니라 그 신기함과 정교함에 감탄만 나오더란다.


## 치부의 길

정평에 모 댁은 지금도 꽤 부자로 살고 있는데 그 부의 기초는 그 집 가장의 증조부 되시는 분에 의해서였다.

그분은 수원으로 땔나무를 팔러 다니셨는데 장에 가는 날 아침상에는 새우젓도 놓지 못하게 했다. 그것은 새우젓이 소화를 잘 시키는 음식이라 새우젓을 먹으면 아침 먹은 것이 금방 내려가고 그렇게 되면 점심을 많이 사먹을 수밖에 없다고 여겼기 때문이다.

이는 생선장수가 자린고비 집 앞을 수없이 지나다녀도 한 번도 생선을 사는 것을 보지 못하자 어찌 네가 거저 주는 생선도 먹지 않나 보자고 앞마당에다 생선을 던져넣었다.

아침에 일어난 자린고비가 이 생선을 보고 웬 생선이 공짜로 들어왔나 하며 기뻐했으나 잠시 후 곰곰이 생각해 보니 이놈 때문에 밥을 많이 먹을 것 아닌가 하며 이 밥도둑놈 도로 나가라 하며 밖으로 던졌다는 것이다.

또 이분이 서울에 갈 때는 도시락을 싸가지고 다녔는데 그것도 조밥이었다. 겨울철에는 밥을 먹으려고 꺼내 보면 밥이 꽁꽁 얼어붙어 있었다. 이럴 때 다른 사람들은 주막에서 끓여 파는 시레기 국이라도 사서 말아먹었는데 이분은 이 언 밥을 그대로 먹으면서 고소하다고 했다 한다.

## 구렁이

고기리 장의 부락에 사는 이태희 씨가 하루는 들에 나가다 개울둑을 보니 전에 보지 못하던 굵은 서까래만하고 검은 물건이 걸쳐 있어 자세히 들여다보니 그것이 큰 구렁이였다. 이 구렁이가 얼마나 큰고 하니 구렁이가 지나간 자리에 난 자국이 마차 뒷바퀴자국만했고 길이는 네가웃 지기* 세 개만 했다는 것이다.

큰 구렁이나, 큰 호랑이나, 큰 당산나무 등등 예사롭지 않게 큰 대상들을 없수이 여기지 않고 마음속의 수호신처럼 옛사람들의 길흉화복에 복을 더해 주는 영물로 자리하고 있었으니 이태희 씨가 이날 보고 잘 보내준 이 큰 구렁이 또한 고기리에 복에 복을 더한 길조라 여겨진다.


## 이무기

고기리 장의 부락에서 있었던 일이다. 지금부터 백여년 전 이 동네 건너 북쪽 골짜기에 이무기가 살았다고 전한다. 이무기는 구렁이가 용이 되다 만 짐승이라 그런지 심술이 사납고 남을 해코지 하기를 잘했다. 그래서 우리나라 속담에 심술이 많은 사람을 '이무기 같다' 고 했다. 이곳 이무기도 그랬는데 이무기의 특징은 몸을 움직일 때 쉬쉬 소리가 나고 냄새가 지독하며 사람이고 짐승이고 닥치는 대로 잡아먹어 여간한 사람은 이 골짜기에 논밭이 있어도 묵힐 지경이었다.

한 번은 이 동네 박포수가 이곳으로 사냥을 나왔다가 이 이무기한테 쫓겨 나무 위로 올라갔는데 이무기가 나무를 감고 쫓아 올라오는 것이었다. 박포

---

*네가웃 지기 : 소의 쟁기가 왕복 두 번씩 다닌 것을 네가웃 지기라 하는데 대략 넓이가 120cm쯤 된다. 그러니까 여기서 네가웃 지기 세 개는 약 4m쯤 된다.

수는 이래저래 다급한 김에 이무기를 향해 총을 쏘았다. 그러나 이무기가 맞지는 않았고 다만 이무기가 화약 냄새를 맡고 그냥 가더라는 것이었다. 후에 이 이무기가 벼락을 맞아 죽었는데 살이 썩은 뒤에 보니 이무기 정강이뼈의 굵기가 사람 넓적다리 굵기만하고 갈비뼈 굵기가 소 갈비뼈 굵기만 했다고 하니 이무기의 크기가 어떠했는지 짐작할 일이다.


## 자식자랑

형제봉 및 도리실 마을에는 자식 오 형제를 둔 영감이 살고 있었다. 그런데 이 영감이 사는 맛은 자식자랑 하는 것이었다.
예전부터 계집자랑과 자식자랑 하는 놈은 팔불출이라고 했는데 앉으나 서나 동네 사람을 만나면 큰자식은 어떻고 다음 자식은 저렇고 넉살을 늘어놓으니 사람들 귀에 딱지가 앉을 지경이었다. 이러니 여러 사람들한테 듣는 것이 핀잔이었으나 제버릇 개 못준다고 쉽게 습관을 고치지는 못했다.
그러던 어느 날 또 아들자랑을 하다 영감 입에서 나온 말이 자기 자식은 애비 말이라면 죽는 시늉도 한다고 흰소리를 펑펑 하는 통에 동네 사람들은 별 희한한 소리 다 듣겠다는 투로 돌아서서 입을 삐죽거렸다.
이때 마을에 재치있는 젊은이 하나가 있어 이 영감에게 내기를 제안했다. 마침 시절이 음력 칠월 초순께여서 영감네 닷마지기 논에서 벼이삭이 한창 필 무렵이었다.
내기인 즉 영감이 아들 오 형제에게 닷마지기 논의 벼를 베라고 해서 아들들이 아무 말 없이 벼를 몽땅 벤다면 이 논에서 나는 소출의 배를 물어주고, 그렇지 않으면 영감이 술 한턱을 내라는 것이었다. 이렇게 되니 동네 사람들까지 부추겨 내기는 시작됐고 동네 사람들은 양편으로 갈라져 내기 보를 선다 어쩐다 야단이었다.
이래서 별안간 내기가 붙었고 모두들 내기를 보기 위해 영감을 앞장세우고 함께 집으로 몰려갔다. 과연 영감 말마따나 아들들이 아버지 말씀에 순종할 것인가를 보기 위해서였다.

집으로 들어선 영감은 아들 오형제를 불러 세운 뒤 큰 싸움에 임한 장수처럼 명령을 내리는데 "애들아, 저 건너 닷마지기 논 벼를 오늘중으로 다 베라"는 것이었다. 그런데 이 말을 들은 아들들은 별안간 제 아비가 실성이라도 했나 하는 얼굴들이었다. 그러면서 하는 말이 아버지 이제 그 논의 벼가 막 피는 중인데 지금 베라니 그게 말이나 되느냐고 저마다 한마디씩 대꾸를 하더니 뿔뿔이 흩어져 나가 버리는 것이었다.

이러니 내기는 영감이 지고 말았고 그래서 영감은 할 수 없이 술 한턱을 낼 수밖에 없었다. 그러나 내기에 진 것보다 더욱 영감에게 아린 것은 그렇게 으쓱으쓱 맛나게 해대던 자식자랑을 더 이상 동네 사람에게 못하게 된 것이었다.

무릇 효자란 어버이가 시키는 일이라면 소금섬을 물로 끌고 지나가라면 끌 수 있어야 된다는 식으로 순종은 효의 근본이라고 생각했던 시절이었기에 이런 일이 내기가 된 것이다.

그러니 이 영감의 아들들은 영문은 몰랐더라도 익은 곡식이거나 풋곡식이거나 저의 아버지가 시키는 대로 했어야 불효를 면할 수 있었던 것이다.

이래서 괜히 자식자랑 하다 정말로 팔불출이 되었다는 이야기가 이곳에서 전해 온다. 그러나 지금에 와서도 이런 얘기를 효의 개념으로 여긴다면 이도 역시 팔불출이 아닐 수 없을 것이다.(황희성 씨 제공)


## 물 붓네

전에 고기리에 택호(宅號)*가 샘내댁이라 부르는 집이 있었다. 이 집에서

---

*택호 : 벼슬 이름이나 시집 또는 장가간 곳의 땅 이름을 붙여서 브르는 것. 진사댁, 서울댁.

일찍이 민며느리를 들였다. 민며느리는 장차 며느리를 삼으려고 민머리인 채로 데려다가 기르는 여자아이를 말한다.

우리나라는 조혼의 풍속이 있었으나 이것보다 더욱 빠른 것이 민며느리 풍속이다. 대부분 특수한 여건에서 민며느리를 들이게 되는데 그것은 양가가 다 살림이 넉넉지 못한 집들끼리의 흔히 행해지던 예약결혼이었다.

이렇게 조혼을 시키거나 민며느리를 들임으로써 나이 어린 신랑 색시들이 벌이는 웃지 못할 일들이 우리나라에는 많이 전해 온다. 여기 소개되는 이야기도 그 중에 하나다.

이 집은 신랑이 날마다 땔나무를 해다가 삼십 리나 되는 수원장에 갔다 팔아 근근이 연명하며 사는 형편이었다.

이렇게 살아가던 어느 날 저녁밥을 지으려고 쌀독을 들여다보니 쌀이 한 주먹밖에 없었다. 이것으로 밥 한 그릇을 지어 아랫목 요 속에 넣어두고 신랑 오기만을 기다렸다.

신랑은 늘 밤이 이슥해야만 집에 도착하는데 그것은 수원이 멀기도 하거니와 더욱이 짐을 지고 갔다가는 점심도 먹지 못하고 지쳐 돌아오는 발걸음이 너무나 느렸기 때문이었다. 이날따라 신랑이 오밤중에 돌아오자, 색시는 부리나케 밥상을 차려 신랑 앞에 대령했다.

신랑은 얼마나 배가 고팠는지 색시더러 밥 먹었느냐는 소리도 없이 마구 입으로 퍼넣기 시작했다. 이것을 보고 있던 작은 색시, 얼마나 밥이 먹고 싶었으랴. 아침에 눌은밥으로 요기 조금하고 하루 종일 굶었으니 배에서 쪼르륵 소리가 났으나 나이는 어려도 색시는 색시라 참고 신랑 밥숟갈 들어가는 것만 쳐다보고 있었다.

그래도 좀 남겨주겠지 하고 있는데 웬걸 밥이 두어 숟갈 남았는데 신랑이 밥그릇에다 물을 붓는 게 아닌가…… 이것을 보고 있던 색시가 마침내 두 다리를 뻗고 울면서 하는 말이 물붓네였다.

밥을 조금이라도 남겨주려니 했는데 자기 혼자 다 먹으려고 물을 붓는 것을 보고 왜 아니 속상했으랴, 나이도 어린아이가…… 이 말이 두고두고 마을에 전해 왔다. 정말 웃지 못할 가난을 둘러싼 이야기가 아닐 수 없다.


## 안생원의 절약

손이터 부락에 안생원이라는 분이 사셨다.(대략 백삼십 년 전) 이분의 검소와 절약이 유별나서 인근에 소문이 자자했는데 그 일화가 유명해서 적어본다.

안생원께서는 생활의 전부가 남달랐지만(이때는 몹시 가난하던 시대여서 누구나 이렇게 살았었다) 김치까지도 몹시 아꼈다. 이때는 거름 없이 오줌으로 채소를 키우던 때라 속이 찬 배추가 거의 없었다.

그래서 손님상에 속배기 김치를 내놓을라치면 제일 밑동 하얀 부분을 접시에 담아 내놓았는데 그게 몹시 아까워 배추를 썰 때 깊이 칼을 대지 않고 배추 잎이 떨어지지 않게 썰도록 했다. 더욱이 세로로도 깍두기 썰듯 하지 않으면 이 배추는 젓가락을 들면 포기째 끌려 올라오게 마련이었다. 그런데 안생원은 손님이 먹지 못하게 이렇게 썰어놓으니 점잖은 손님들은 몇 번 집었다 놨다 하다가 그만두니 속배기 김치는 언제나 그대로 나왔다 들어갔다만을 했다.

마치 이솝이야기에 여우와 두루미 같은 얘기다. 이런 소문이 돌고 돌아 세상에 쫙 하니 퍼졌는데 한 번은 어떤 손님이 왔는데 또 이런 배추김치가 나오니 이 손님은 진작부터 이 집의 소문을 들었는지라 미리 칼을 준비해 가지고 왔더란다. 그래 이 손님이 칼로 배추를 썰어 먹어 버렸으니 이 소문이 또한 세상에 퍼져 뛰는 놈 위에 나는 놈 있다는 속담을 믿게 되었다.(이경순 씨 제공)


## 가짜 금반지

사십 년 전 수지읍 모 지역에서 있었던 일이다. 이곳에 노처녀 딸을 가지고 있던 사람이 멀지 않은 곳에서 데릴사위를 들였다.

데릴사위는 딸만 있거나 노동력이 부족한 집에서 색시가 시집을 가는 것이 아니라 반대로 신랑이 색시 집으로 들어와 사는 것을 이른다. 이런 것을 처가살이라고도 하는데 우리나라 속담에 겉보리 서말만 있어도 처가살이 안 한다는 말이 있는 것으로 보아 그 불편함이 보통이 아닐 성싶다. 그리고 신랑이 부모 형제가 없거나 형제가 많더라도 재산이 없는 집에서 재산을 보고 들어가는 것이 통례이다.

여기서 얘기하고자 하는 것은 데릴사위가 아니라 다른 것인데 이 신랑은 원래 가진 것이 아무것도 없어 색시에게 흔한 금반지 하나를 못 해주었다. 그것이 늘 마음에 걸렸는데 장가간 지 얼마 후 수원장에 갔다가 우연히 길가에서 반지 파는 것을 보고 들여다보니 노란 금반지도 여러 개 있었다.

새신랑이 금반지 값이 얼마냐고 허영실수로 물어보니 예상 외로 값이 싼 것이었다. 그도 그럴 것이 이 반지들은 구리에 금을 도금한 가짜 금반지였기 때문이다.

그래서 주머니를 털어 이 가짜 금반지를 하나 샀다. 집에 돌아와 저녁을 먹고 잠자리 들기 전 반지를 꺼내 색시 손에 끼워주며 그동안 당신한테 금반지 하나 해 주지 못해 정말 미안했는데 오늘 장에 갔다가 사왔노라고 했다.

여기까지만 해도 색시는 금방 감동하지 않을 수 없었다. 그렇게 끼고 싶던 찬란한 금반지였으니까…….

사건은 그후에 터졌다. 그때 여자들의 일상생활 중 하나가 자박지에 보리쌀 데끼는 일인데, 데낀다는 것은 자박지에다 보리쌀을 비벼 일종의 꺼풀을 더 벗겨내는 것이다. 이때 보리쌀이 잘 닦이도록 자박지 바닥에다 요철을 만들어놓았으니 가히 짐작이 가는 일이 벌어졌다.

이런 일에 반지를 끼고 했으니 도금한 반지가 하루도 못가서 벗겨져 탄로가 났다. 그바람에 신랑은 무참히 망신을 당했고 색시는 좋았던 마음이 무너지고 말았다.

이 소문이 한동안 동네 아낙들의 입방아에 옮겨 다녔는데, 처음에는 가짜 금반지였다는 것만으로 창피당했다고 생각했던 마음들이 시간이 지나면서 진정으로 색시에게 반지 하나 끼워주고 싶어한 신랑의 마음을 동네 사람들은 갸륵하게 생각했다고 한다.

## 배혈(舟穴)

배혈이란 배 주(舟)자의 뜻인 배와 구덩이 혈(穴 )의 음인 혈이 합쳐서 된 합성어이다. 이는 우리나라 지형의 생김에 따라 부르는 여러 형국 중의 하나로 땅의 모양이 나룻배 같이 생긴 데서 연유한 것이다.

배혈은 음택이나 양택 모두에 해당되나 여기서는 마을의 형국으로 수지에서는 성복리의 돌탑말과 동천리의 중손곡 부락이 주혈이라고 한다.

주혈인 마을에는 마을 가운데 나무를 심어 배의 돛대가 선 것처럼 해 왔다고 하는데 그 대표적인 곳이 중손곡이다. 그러나 지금은 나무가 베어지고 없으며 다만 이 마을 뒷산인 치마바위산에 거북이가 물을 찾아 내려오는 모양의 거북바위가 있다.

그리고 성복리 돌탑말에는 마을 입구에 돌탑을 쌓아 배가 가라앉도록 하였다는 전설이 있는데 이는 배혈의 형국을 역행하여 풍수학상 동네가 잘못되도록 앙갚음의 예방을 가르쳐 준 것이었다.

## 어머니에게 효자, 아버지에게 불효

우리 동네에 우스갯소리 잘하시는 아주머니가 계셨다. 그분한테 들은 얘기이다. 어느 곳에 늙은 어머님을 모시고 아들 내외가 살고 있었다. 이 아들 내외는 세상에 보기 드문 효자라 늙으신 어머니께 불편하신 게 없도록 여러 모로 정성을 다하는 사람들이었다. 여름에는 시원하게 겨울이면 따뜻하게 음

식도 가난해 젊은 사람들은 못 먹어도 어머님께는 좋은 음식을 대접해 드렸
다. 그리고 아침, 저녁으로 꼭꼭 문안을 드려 편히 주무십시오, 안녕히 주무
셨습니까? 를 여쭈어 보았다.

겨울이면 어머님이 신으시는 신이 차지 않게 가슴에 품었다 내어놓고 깔아
놓은 이불이 찰까 하여 먼저 드러누워 체온으로 덮혀드렸다. 여름이면 물 것
이 어머님을 뜯을까 하여 홀랑 벗은 알몸으로 미리 모기 등이 포식하여 더 이
상 먹이를 탐하지 못하도록 할 정도였으니 이외의 일들이야 짐작해 봐도 알
일이었다. 그러나 이렇게 아들 내외는 정성으로 다하였으나 어머님의 대답
은 이와 반대였다.

겨울에 방에 불을 따뜻하게 때어 드리고 새벽이면 방이 식을까 하여 일찍
일어나 또 군불을 때어 드렸으면 응당 춥지 않게 주무셨어야 될 텐데 아들이
아침에 어머님 어제는 춥지 않게 주무셨습니까 하면 어머님 대답은 늘 애야
어제저녁에는 추워서 한잠도 못 잤구나 하셨다. 그러면 그날은 더 많이 불을
지펴드리고 다음날 또 어제는 춥지 않으셨습니까 하면 역시 어머님의 대답은
애야 어제도 추워서 잘 수가 없었다였다. 그러니 방바닥이 눌도록 불을 때도
그렇고 하루종일 부엌에 불을 지펴 엿을 하고 떡을 하는 날도 춥게 주무셨다
고 했다.

이런 일로 아들 내외는 생각다 못해 하루는 지나가는 늙은 홀아비가 있어
그 사람을 어머님과 같이 주무시도록 했다. 그리고 그 이튿날 아침에 어머님
께 여쭈어 보았다. 어머님 어제는 춥지 않으셨습니까 했더니 어머님 말씀이
어제는 모처럼 무릎팍이 말랑말랑하도록 잘잤다 하시는 거였다. 이런 얘기
는 현실성이 없는 얘기다. 어찌 아들이 효자이기로 돌아가신 아버지께 불효
를 저지르면서 살아계신 어머님께 효도키 위해 남의 늙은이를 어머니와 주무
시도록 했으랴. 그러나 이 얘기에서 홀로 사는 부모님(늙은이)의 외로움을 알
지니 방만 뜨겁고 좋은 음식만 해드린다고 마음에 쓸쓸함을 없앨 수는 없다
는 말일 게다. 이 아들 내외는 효자로되 이러했으니 불효한 자식을 둔 어버이
의 심정을 헤아려 보아야 될 것 같다.

## 두 동네가 한 동네가 되다

역시 어느 곳에 대가족으로 살고 있는 집이 있었다. 그 집에는 별다른 특색이 있는 집은 아니었으나 며느리가 조금 기행이 있었다. 기행이란 다른 것이 아니라 며느리는 밥상만 갖다놓으면 변소로 달려가는 것이었다. 이런 것을 기행이라고 하기보다는 버릇이라는 것이 옳을 것이다.

그런데 이 집 시아버지는 밥상 받아놓고 몇 숟갈 먹다 말고는 늘 물을 찾았다. 그러나 근처에 며느리가 있으면 한 번 불러서 곧 대답하련만 멀지는 않으나 변소에 간 며느리가 대답할 리가 없었다. 그래서 두 번 세 번 며느리를 부르다 대답이 없으면 시아버지의 목소리는 커지게 마련이었다.

이렇게 되면 시아버지의 목소리는 기왓장이 울리도록 부르는데 그렇게 되어야 며느리가 변소 쪽에서 예 하고 마주 대답을 한다. 이때 며느리는 볼일을 보다 시아버지가 부르니 제대로 닦고 자시고 할 사이 없어 네모기둥 모서리에다 위에서 아래로 쓱 문지르고(이것이 기행) 황급히 뛰어와 물을 떠다 대령했다.

이런 일이 한두 번이 아니요 계속되다 보니 시아버지의 속은 며느리의 행동이 괘씸하게 생각되었다. 왜냐하면 밥상 갖다놓고 번번이 변소로 뛰어가는 것도 밉상이요 부르면 급히 와서 손도 씻지 않고 물을 떠오니 위생이 말이 아니라 이것도 밉상이었다. 그래서 하르는 시아버지가 며느리 뒤를 씻는 기둥에다 보이지 않게 작은 칼날을 박아놓았다. 그리고 그날 저녁에도 밥상을 갖다 놓자마자 변소로 달려간 며느리가 대변을 다 누지도 못할 시간에 물 떠오라고 며느리를 소리쳐 불렀다.

그러니 며느리는 시아버지 노하시기 전에 물그릇을 대령할 모양으로 황급히 밑을 씻는데 전일과 동일하게 예의 그 기둥에다 뒤를 내리 문질렀다. 그런데 이게 웬일인가. 어느 놈의 장난인지 칼날에 소 대변 보는 두 곳이 코 째지듯 되어 버렸다. 이러니 소리도 못 내고 쩔쩔매는데 시아버니는 열흘 굶은 늙은 호랑이 모양 또 며느리를 불렀다.

이에 아무리 체면을 차려야 될 며느리라도 화가 동했던지 마주 소리를 지르며 하는 말이 두 동네가 한 동네가 됐습니다 했더란다. 이러니 며느리 버릇 고쳐준다고 기둥에 칼을 박아놓은 시아버지는 속으로 웃었으나 내색은 할 수 없어 밥을 다 먹도록 며느리를 부르지 않았단다.


## 밥 많이 먹는 여자

예전에는 가난해서 그런지 먹는 이야기가 많았다. 어느 곳인지는 모르나 농사 짓는 부부가 살았다. 그런데 그 부인이 밥을 많이 먹었기에 가난한 살림이 더욱 쪼들렸다. 요즈음 같으면 먹는 쌀값은 문제가 되지도 못하지만 쌀 한 말에 일은 예닐곱씩 해 주어야 했던 시절에 먹는 것은 전쟁과 다를 바 없었으니 식구 중 어느 한 사람이 밥을 많이 먹는다는 것은 그만큼 살림을 어렵게 만들 수밖에 없었다.

여자가 밥을 많이 먹는다는 것은 짐작일 뿐 잘 알 수가 없었는데 그것은 여자들의 식사가 남자들의 식사가 끝난 뒤나 아니면 부엌에서 혼자 하기 때문이었다. 그렇지만 여자가 밥을 많이 먹는다는 것을 알 수 있었던 것은 살림이 가난하여 팔아오는 곡식이 몇 되 또는 한두 말이었기에 죽을 쑤면 며칠, 밥을 하면 며칠을 먹을 수 있다고 계산할 수 있었기 때문이다.

하루는 남편이 아내가 밥을 얼마나 먹나 실험해 보기로 작심하고 오늘은 아무데의 논에서 일꾼 댓명을 얻어 일을 하니 그리로 밥을 해 오라고 하고 나갔다.

아내는 점심때가 되자 남편이 시키는 대로 밥을 좀 넉넉히 해서 이고 들에 나가 보니 일꾼은 없고 남편 혼자만 있는 것이었다. 그래서 일꾼이 다 어디 갔느냐고 아내가 물으니 일꾼이 깨져서 그렇다고 얼버 무렸다. 그나저나 해 온 밥이니 우리라도 먹자고 남편이 권하는 바람에 두 부부는 정자나무 밑에서 밥광우리를 당겨놓고 먹기 시작했다.

남편은 자기 양 만큼 덜어서 한 그릇 먹고 물러나 그늘에서 담배를 피우고 있고, 아내는 밥그릇을 그대로 놓고 먹기 시작하더니 그 많은 밥을 다 먹어치우는 것이었다. 그러더니 밥광우리를 주섬주섬 챙겨 이고 집으로 들어갔다. 이를 지켜본 남편은 아내가 먹기는 참 많이 먹는구나 하는 생각이 들어 밉살스럽기도 하고 저렇게 먹고 잘 삭일 수 있을까도 걱정이 되었다.

그래 아내가 집에 도착할 무렵쯤 되어 삽을 들고 뒤따라 들어오다 보니 자기 집에서 연기가 나는 것이었다. 이상하다 금방 점심을 먹었는데 밥을 또 할리는 없고 빨래를 삶나 보다 하고 부엌으로 고가를 기웃해 보니 아내가 솥에다 콩을 볶으며 익은 것을 골라 먹는 것이었다.

이를 본 남편은 일시에 몸의 피가 얼굴로 몰려들었다. 그것은 들에서 대여섯 사람 분의 밥을 먹어치울 때 참았던 울분이 겹쳤는데 그렇게 밥을 많이 먹고도 또 콩을 볶아 먹고 있으니 일시에 화가 숏은 것이었다. 그래서 들고 있던 삽으로 보기 싫은 아내의 배를 내리쩍었는데 죽어서 나자빠진 아내의 터져 나온 위를 보니 이게 웬일인가. 볶은 콩을 숟킨 부분에서만 먹은 것이 소화가 되고 있었다. 이것으로 보아 아내는 과식을 했으니 그것을 소화시키기 위해 콩을 볶아 먹은 것이고 남편은 밥을 그렇게 먹고 또 콩을 볶아 먹는 아내가 미워 삽으로 찍은 것이다.

먹을 것이 워낙 귀하던 시절이라 일어난 웃지 못할 이야기지만 쌀 소비가 줄어들어 걱정을 해야 하는 요즘 시절에 들어 코는 옛이야기들은 많은 것을 생각하게 해 준다.


## 호랑이로부터 주인을 구한 충견(忠犬)


고기리 윗동네는 광교산의 깊은 산속이라 예전에는 호랑이가 많이 있었다고 한다. 그 흔적이 아직도 남아 있는 산제사이며, 산제사 지낼 때 읽는 축문 속에도 호환을 없애 달라는 글귀가 있음을 볼 수 있다.

본래 이 동네는 높은 곳에 있어서인지 땅 열 길을 파도 물이 나오지 않아 멀리에서 냇물을 길어다 먹고 빨래도 이 냇가에 가서 해야 했다. 이 냇물을 이 마을 사람들은 큰개울이라고 불렀다.

이 이야기는 지금부터 약 200년 전인데 고기리 370번지에 사시는 부인이 빨래를 하러 큰개울에 갔다가 일어난 사건이다.

빨래를 하러 개울에 가는데 마침 집에서 기르는 검둥이가 앞서거니 뒤서거니 쫓아 왔다. 부인이 한참 빨래를 하는데 어홍 하는 호랑이 포효 소리가 바로 앞에서 들려 바라보니 황소같이 거대한 호랑이가 부인을 향해 덮쳐오려고 하는 것이었다. 부인이 이제는 죽었구나 하고 기겁을 해 있는데 어느 틈엔가 옆에 있던 개가 호랑이한테 달려가 뒤엉켜서 싸우는 것이었다.

부인은 이러한 광경을 보고 빨랫거리를 팽개치고 집으로 뺑소니쳐서 돌아왔다. 그러나 집에 와 보니 남정네는 일하러 나가고 없어 방으로 들어가 혼자 떨고 있는데 얼마 후 그 검둥이가 피투성이가 되어 돌아왔다.

부인은 평소에도 개가 주인을 잘 따라서 귀여워했는데 이번에는 주인의 생명을 구했으니 살아서 돌아온 개가 반갑기 그지없어 털을 쓸어주고 맛난 먹이도 갖다주었다. 그러나 검둥이는 먹이도 먹지 않고 장독대 옆에다 자리를 보전하고 앓다가 죽었다고 한다.

이 집에서는 주인을 위해 호랑이와 싸우고 그 자리에서 물려죽지 않고 집까지 주인을 찾아 돌아온 맹견이자 충견인 개가 죽었으니 마치 자식이 죽은 듯이 애통해하고 사람처럼 묘를 만들어 주었다.

시간이 흘러 지금은 충견의 묘가 어디 있는지 모르게 되었으나 이야기는 계속 전해 온다고 한다.


## 빈대떡을 먹으러 내려오던 호랑이

박해를 받던 천주교 신자들은 인적이 없는 산골에서 숨어 살았다. 고기리 금수골도 이런 곳 중에 하나인데 그런 집 후대 며느님이 시어머니로부터 물려받은 이야기 중 하나를 소개한다.

이때는 호랑이와 사람이 아주 친하게 지냈는데 저녁이면 부엌 문지방에서 밥 짓는 부엌 안을 넘겨다보곤 했다고 한다. 그리고 빈대떡을 부쳐 먹는 날 빈대떡을 주면 맛있게 먹고 돌아갔다고 한다.

사람과 짐승 사이에도 서로 해하려는 마음이 없는 것을 기미라고 하며, 예전이나 지금이나 짐승들과 친하게 지내는 사람들이 있는데 이런 사람들은 짐승들이 기미 즉 해하려 들지 않을 사람이란 것을 알기 때문이다. 그러기에 호랑이와 사람 간에도 친할 수가 있었다는 것이다.


## 땔나무 장사와 호랑이 그리고 소


예전에 땔나무 장수는 거의가 오밤중에 집에 돌아왔다. 땔나무 장수는 대개 지게로 하거나 소의 등에다 나무를 실어다 파는 경우가 많았다. 소로 땔나무 장사를 하는 예전에는 거의 오밤중이 되어야 집에 돌아 왔다. 이렇게 늦게 오는 것은 장이 먼 것도 있고 땔나무가 빨리 팔리지 않아서였다.

이렇게 야심해 집으로 돌아오다 재수가 없으면 간혹 호랑이를 만나는 경우가 있는데 이때에는 소 길마를 벗겨주어야 한다고 한다. 그러면 소가 주인을 자기 배 밑에다 두고 호랑이와 싸우는데 이때 주인이 크게 응원을 하면 소가 기운을 내서 호랑이를 가볍게 이긴다고 한다.

이것은 우리나라 소가 영리하고 힘이 세어서인데 소가 힘이 센 것은 땔나무 장사나 농작업에 단련이 되었기에 가능했으며 아프리카의 야누와는 류가 다르기 때문이다. 그러나 주인이 무서워 도망을 가거나 했을 때는 나중에 돌아와도 주인을 해코지하려고 한다는데 이것은 자기를 죽을 곳에 혼자 놔두고 도망친 배신을 보복하기 위해서란다.

어떻든 호랑이와 싸운 소는 잡아먹어야 된다는 속설이 있는데 이것은 호랑이와 싸운 소는 눈이 뒤집혀 눈알이 빨갛고 사나와져서 언제 사람을 들이받을지 모르기 때문이란다.

평생 주인을 섬기는 것이 소의 운명이고 보면 놀란 마음에 눈이 뒤집혀 주인에게 해를 가하기 이전에 해주어야 했던 일인 것 같다.


## 백수는 피곤하다

어느 곳에 놀고먹는 사람이 있었다. 하루는 어떤 사람을 만났는데 그 사람 질문이 요즈음 어떻게 지내느냐고 물으니 무척 바쁘다고 했다.

그래서 무슨 일로 바쁘냐고 하는데, 그 사람 대답이 걸작인 것이 하루는 놀고 하루는 쉬고 하루는 쉬고 하루는 노느라 피곤하다고 답하더란다.

옛말에도 노는 것도 일이라고 했으니 그 사람의 대답도 틀리지는 않다.


## 내기(1)

어느 사람이 늦은 가을 일찌감치 저녁으로 맵밥(큰 그릇에 고봉으로 담은 밥) 한 그릇을 먹고 옆집으로 마실을 갔더니 그 집 윗목에 잘 익은 감이 광주리에 가득 담겨 있었다.

이 사람 금방 저녁을 먹었으나 이 감이 먹고 싶어 군침을 흘리는 것을 본 집주인이 이 사람에게 감 한 접(100개)을 다 먹으면 돈을 받지 않고 그렇게 못하면 감 값을 전부 내기로 하자고 했다. 그래서 이 사람 감을 먹기 시작해 아흔아홉 개까지는 무난히 먹었는데 마지막 하나가 목에 걸려 넘어가지를 않아 입에 넣고 변소에 가서 뱉었다. 그나저나 마지막 것을 입 안에 넣고 입을 다물었으니 주인은 백 개를 다 먹은 것으로 알고 감 값을 안 받았다.

세상에 먹는 내기보다 미련한 것이 없다고 이 사람 감 값은 안 냈으나 집에 돌아가 배가 아파 얼마나 뒹굴었는지 그 사람 어머니가 감을 준 집에 와서 내

아들 살려내라고 밤새도록 악다구니를 퍼부었다. 이 사람 고생은 했어도 죽
지는 않고 살아났다고 하나 죽었으면 어떠했으랴. 참 다행한 일이었다고 아
니할 수 없다.


## 내기(2)

어느 사람이 저녁을 먹고 마실을 갔더니 그 집에서 마침 참새 한 마리를 초
가집 처마 밑에서 잡아다놓은 것이었다. 이 사람이 참새가 먹고 싶어 군침 삼
키는 것을 본 집주인이 붉은 고추 백 개를 먹으면 참새를 주겠다고 제안해 내
기가 벌어졌는데 이 사람이 고추 백 개를 다 먹고 내기에 이겨 참새 한 마리
를 얻어먹었다. 이렇게 되면 어느 사람이 이긴 것인지 진 것인지 알 수가 없
는 일이지만 이 사람 평소에도 국수 아홉 그릇씩 먹었다고 하니 원래 먹기는
잘했나 보다.


## 삿갓배미

삿갓배미는 논이 삿갓만하다는 말이다. 삿갓은 비나 햇빛을 가리기 위해 옛
사람들이 쓰고 다니던 모자이다. 그리고 배미는 한 배미 두 배미 하고 논바닥
을 세는 단위이다. 삿갓배미의 유래는 예전에 어느 농부가 일을 하다가 삿갓을
벗어놓고 쉬다가 다시 일을 하려고 논을 찾아보니 논이 온데간데 없어서 한나
절을 찾다가 삿갓을 쓰려고 들고 보니 논배미가 그 속에 있더라는 것이다.
이것은 과장이 아니다. 산골에는 소가 들어가 일할 수 없을 만큼 작은 논이
많았다. 이런 데서 생긴 이야기요, 제땅이 없는 사람들은 화전 밭을 일구듯
샘이 나는 귀퉁이를 일구어 모를 심다 보니 삿갓배미라는 일화가 생겨났다.
삿갓배미는 가난의 대명사라고 할 수 있을 것이다.

## 정암 선생에 관한 설화

수지읍에는 정암 조광조 선생의 묘소와 서원이 있는 만큼 그분에 대한 재미있는 설화가 많은데 조광조 선생이 어렸을 때이다. 하루는 선생이 유모 등에 업혀 어디를 가는데 사람들이 구름처럼 모여 환성을 지르고 있었다.

무슨 일인가 가까이 가서 보니 어떤 사람이 물동이를 가지고 재주를 부리는데 물동이를 안마당에서 바깥마당으로 던져 쫓아가 받고 바깥마당에서 안마당으로 던져 쫓아가 받는 것이었다.

이런 신기함을 사람들이 구경하고 있었고 유모도 이것을 서서 보고 있는데 정암 선생이 등에 업혀 하는 말이 저것이 어디 물동이를 던져서 받는 것이냐 내가 보기에는 물동이를 안고 안팎으로 왔다갔다 하는 것으로 보인다고 했다.

그러고는 유모더러 자기를 등에서 내려달라더니 한소리 크게 지르는 것이었다. 그러자 물동이가 땅에 떨어져 박살이 났다. 이렇게 선생은 어려서부터 기인에 가까웠다고 한다.

정암 선생을 모신 심곡서원에서는 봄 가을로 제사를 모시는데 제수 중에는 작은 통돼지를 그대로 쓴다. 물론 모든 음식이 생이다. 그런데 이 돼지를 잡은 사람이 혹 부정한 사람이면 제사를 모시는 중에 통돼지가 굴러 마루밑으로 들어간다는 것이다.

술을 만들기 위해 먼저 하는 일이 쌀을 시루에 넣고 쪄서 맷방석에 펴 식히는 것이다. 이것을 술밥이라고 하는데 밥이 아주 고두밥이다. 이 밥을 펴 식히는 동안 아이들이 훔쳐 먹기도 하고 혹여 사람이 없는 틈에 닭이나 새들이 와서 쪼아 먹기도 한다.

정암 선생 제사에 쓸 제주를 만들기 위해서도 이런 과정을 거치기는 마찬가지이다. 그런데 정암 선생 제주에 쓸 술밥을 새들이 와서 쪼아 먹으면 이상하게도 그 새들은 그 자리에서 죽는다는 것이다.

독바위 부락은 선생의 묘소가 있는 깊은말과 서원이 있는 서원말과 경계에 있는 마을이다. 이 부락에서는 면소재지나 초등학교를 다닐 때 이 두 곳을 거쳐야 한다.

한 번은 이 마을에 사는 초등학교 3학년생이 갑자기 병이 나 죽었다. 그런데 그 사유가 이 학생이 학교 갔다 오는 길에 선생을 모신 서원 기둥을 칼로 깎은 것이 원인이었다고 한다. 이런 장난은 아이들에게 흔히 있을 수 있는 일이다.

그렇다고 선생의 혼령이 무심한 어린아이까지 죽이실리야 없지만 이곳 사람들이 선생을 경모함이 이 정도였다. 그래서 선생에게 불경하면 벌을 내린다고 믿었다.(노승복 씨 제공)


## 정암 선생과 하마비

동방 4현 중에 한 분인 정암 조광조 선생은 생전에 용인에 살면서 후학을 양성하기도 하였고 부친 묘하에서 시묘살이도 하였다. 바로 그 자리가 지금 심곡서원이 있는 곳이라고 전하며 또 생전에 식수한 은행나무와 괴목이 전해지고 있다.

서원 서편 도로 옆에 하마비가 하나 전해 오고 있다. 이 하마비는 서원 부중에 한 여인이 세운 것이라는 전설을 지니고 있다.

선생이 이곳에 시묘하면서 하루는 잠깐 출타한 일이 있었다. 그런데 선생이 돌아왔을 때 이웃집 아낙네의 통곡 소리가 들려왔다. 선생은 무슨 일인지 궁금하여 종자에게 알아오라고 하였다. 잠시 다녀온 종자의 말로는 여인의 외아들이 마마를 앓고 있었는데 방금 숨을 거두었다는 것이다. 특히 죽은 어린아이는 5대 독자여서 여인의 비탄이 자심하다는 전갈이었다.

이 말을 듣자 선생은 급히 서찰 하나를 써서 종자에게 주면서 지금 즉시 모처에 가면 백발의 노파가 푸른 보따리를 가지고 지나갈 것이다. 노파를 보거든 이 서찰을 전해 주고 오너라 하고 일렀다.

종자가 선생이 일러준 곳에 가서 있었더니 정말 노파 하나가 오고 있었다.

종자는 공손히 절하고 서찰을 내밀었다. 노파는 이를 받아 보더니 "아하 정암 선생의 부탁이니 어쩌겠우." 하면서 알았다고 하였다.

노파가 들고 있던 푸른 보자기 속에는 5대 독자의 혼이 들어 있었던 것이다.

종자가 부지런히 돌아와 보니 죽었던 아이가 다시 살아났다. 그때부터 지금까지 이곳 상현리에는 마마가 끊어졌다는 전설이 있고 선생의 은혜를 잊지 못한 5대 독자의 어머니는 그 고마움을 표시하기 위하여 길 옆에 하마비를 세웠다고 전한다.

물론 하마비는 궁가와 서원 문묘 등에 세우는 관례에 따른 것이지만 이러한 전설이 전해지고 있는 것은 선생이 이곳에서 기거했던 사실로부터 연유되었다는 것을 알 수 있다.(수지읍지에서)


## 정암 선생의 일화

정암 선생은 학문이 순일하고 언행일치의 도학 정치의 선구자인 것은 세상이 다 아는 일이지만 선생의 모습이 옥골선풍(玉骨仙風)이었음도 잘 알려진 일이다.

이로 인하여 선생도 여난을 겪은 일이 있었다. 때는 선생이 과거를 보기 위해 한양에 가서 어느 주막에 들었다. 그런데 주막집 주모가 선생의 잘생긴 풍채에 반해 버리고 말았다. 그래서 주모는 선생의 수발을 들면서 가을 호수같은 눈으로 자주 자주 추파를 던졌다. 선생도 이를 눈치 챘으나 모른 척 하고 있었다.

어느 날 밤 선생은 혹시 주모가 찾아올까 봐 문고리를 걸고 잘까 하다가 내가 여자 하나를 마음으로 이길 수 없다면 어찌 대장부일까 보냐 하고 정정당당히 맞서 보리라 결심하고 그냥 누워 있었다.

아이나 다를까 깊은 밤중이 되자 가느다란 금속성이 밖에서 들려왔다. 이 소리는 주모가 은비녀를 빼 문고리를 두드리는 소리였다. 요즘 말로는 노크였다. 그러나 방에서 아무 소리가 없으니 사각 하는 여자의 옷 끄는 소리가 들리며 방 안으로 들어와 무릎을 꿇고 조용히 앉아 있었다. 이때 선생이 일어나 앉으니 주모는 부끄럽지만 자기의 춘심을 다 털어놓았다. 이야기를 다 들은 선생은 주모에게 부드럽고 차분한 목소리로 사람의 도리를 들려주어 주모 스스로 돌아가도록 했다.

선생이 과거에 급제하여 대사헌이란 높은 자리어 왕도정치를 펴기 위해 심혈을 기울이고 있던 어느 날 웬 촌노가 아이를 데리고 찾아왔다.

선생이 불러들여 대면해보니 이 사람이 선생이 묵었던 주막에 바깥 주인이었다. 그러면서 하는 말이 그때 주모가 선생을 좋아하는 눈치를 채고 선생의 방으로 들어가는 것을 기다려 하는 꼴을 보고 요절을 낼 요령으로 도끼를 들고 밖에서 기다렸는데 선생이 주모를 설득하여 내보내는 것을 보고 감탄하였으며 자기도 그때의 일을 모른 척 보냈으며 주모도 아무일 없었던 듯 살림을 잘하고 있단다.

둘의 금실이 좋아 아들까지 낳아 이렇게 커서 인사를 드리기 위해 왔다며 백배 치사하고 돌아갔다.


## 상현리 대장간말 노씨 이야기


상현리 대장간말 노씨가 직접 겪은 일을 들려준 이야기이다. 시기는 70년대 초다. 이때 노씨의 부인이 병이 나서 몸이 붓고 먹지를 못했다. 그래서 어렵사리 수원 인성내과를 가서 진찰을 받아 보니 자궁외 임신이라고 했다. 그러면서 빨리 수술을 받으라는 것이었다. 수술비를 물어 보니 황소 한 마리 값이 넘는데 당시 가난했던 노씨로서는 감당을 못할 큰돈이었다.

노씨 내외는 풀이 죽어 병원 문을 나서서 집에 오기 위해 매항동으로 걸어 올라오는데 마침 독바위 사시는 조 아무개의 어머니를 만났다. 어디를 갔다 오느냐는 인사를 나누다 노씨는 부인 때문에 병원에 갔었던 얘기며 자궁외 임신 얘기를 했다. 그 말을 들은 이 아주머니 혹 오진일지도 모르니 다른 병원을 한 번 더 가보라고 권유를 했다. 그 말도 그럴 듯하여 종로에 있던 도립병원에 가서 다시 진찰을 받아 보았더니 역시 자궁외 임신이라는 것이었다. 두 병원에서 같은 병명이 나왔으니 이제 할일은 수술뿐이었다. 그러나 문제는 수술비였다. 가난한 사람이 어디 가서 꿀래야 꾸어줄 사람이 없으니 그냥 죽을 수밖에 없다고 생각하며 집으로 돌아왔다.

며칠 있다 독바위에 볼일이 있어 갔던 길에 이 동네에 있는 성불사의 스님이 용하다기에 점이나 한 번 쳐볼까 하고 가서 물어 보니 목살이 났다고 하는 것이었다. 그러면서 목살을 풀으려면 쌀 한 말에 삼색 과일과 북쪽에 있는 나무의 조각을 떼어 오라고 했다.

물에 빠진 사람 지푸라기라도 붙드는 심정으로 목살을 풀기 위해 나무 조각을 얻으려 집 북쪽에 나무를 찾으니 집 북쪽으로는 마땅한 나무가 없어 방에 들어와 앉아서 담배를 피우고 있는데 윗목을 쳐다보니 곡식가마를 받쳐놓기 위해 고임목으로 쓴 나무토막이 보이는 것이었다. 방향을 보니 방 윗목이 북쪽이었다. 이 나무토막에서 몇 개의 쪼가리를 떼네 사람들이 알면 흉을 볼까 봐 몰래 산길로 돌아갔다. 절에서는 스님께 노씨가 준비한 것을 부처님 앞에 올려놓고 나서 성의 표시이니 동전 하나씩이라도 부처님 앞에마다 놓으라기에 그렇게 했다.

그렇게 스님이 시키는 대로 하고 집에 돌아왔다. 집에 돌아와 저녁을 먹고 잤는데 아침에 일어나 보니 아내는 벌써 일어나 부엌에서 밥을 하고 있었다. 그 후 노씨의 아내는 밥 잘먹고 일 잘하고 때되어 아기도 순산하고 그 뒤에도 여러 남매를 낳았는데 여전히 아무 탈 없었다는 것이다. 그리고 그때 두 병원에서 자궁외 임신이라고 했던 아이는 잘 커서 결혼하여 또 아이들을 낳았다. 아내를 염려하고 걱정하는 노씨의 정성스런 행동에 부처님께서도 마음이 움직이셨나 싶다.

## 도깨비

상현리 서원말에 도깨비를 자주 만나는 사람이 있었다. 이 사람은 술을 잘 먹었는데 어디 갔다 오다가도 술이 대취한 날이면 도깨비를 잘 만났다. 도깨비를 만나면 밤새도록 싸우느라 새벽 이슬이 내릴 때가 되어야 집에 들어오는데 돌아와서는 어딜 가면 내가 도깨비를 나무에다 붙들어 매어놓았으니 가보라는 것이었다.

이튿날 사람들이 가 보면 싸리비 몽둥이를 대님으로 나무에다 꽁꽁 붙들어 매어놓은 것을 볼 수 있었다.

서원말에서는 지금의 상현 주유소 터에 살던 집 근처의 변소였다고 한다. 이 사람이 곧잘 도깨비를 만나 싸우고 도깨비를 나무에 매어놓았다고 하여 가 보면 이 집 변소 기둥이었다고 한다.

노인들의 이야기로는 본래 도깨비는 형체가 없고 싸리비 몽둥이(싸리로 비를 만들어 쓰다 오래 써서 더 이상 쓸 수 없는 상태) 또는 도리깨 발 같은 데 영이 붙어서 활동한다고 한다. 싸리비 몽둥이나 도리깨에 사람의 피를 비롯 여러 짐승의 피가 엉켜 붙으면 거기에 도깨비가 잘 붙는다고 한다.


## 녹두깍지

한 40년 전 상현리 대장간 마을에 있었던 이야기다. 이 마을 박씨 성을 가진 집에 젊은 아들이 몹쓸 병에 걸렸다.

불과 얼마 전이지만 이때는 사람들이 병이 나더라도 병원에 찾아가는 것이 일반화되지 않았었다. 대신 사람들은 병이 나면 미신에 의지해 병을 고치려 들었다. 이 환자의 어머니께서도 다른 사람과 다르지 않아 밤이면 마을 뒷산인 매봉산에 있는 매바위에 가서 아들 병이 낫게 해달라고 백 일 동안이나 기도를 드렸다. 이분이 하필 밤중에 기도를 드린 것은 남다른 정성의 마음도 있었겠지만 낮에는 농삿일을 해야만 먹고 살 수 있기 때문이었다.

이분이 백 일째 되던 날도 역시 기도를 드리러 매바위에 올라갔다. 그리고 기도를 드리기에 앞서 바위 앞에 제물을 진설하고 있는데 갑자기 산 위로부터 환한 불빛이 두줄기 내려 비치는 것이었다.

이 불빛이 혹 호랑이 눈빛이 아닌가 하고 두리번거려도 그런 기미는 없었다. 그런데 요새 말로 서치라이트 비치듯 하더니 잠시후 불빛이 없어졌다.

기도를 다 드리고 일어서려고 하는데 먼저와 같은 불이 또 비치는 것이었다. 그러나 이 어머니께서는 마음에 너무 큰 근심 걱정이 있어서인지 아니면 간절한 기도 후에 잡념이 없어서인지 무심코 집으로 내려왔다.

그리고 마루로 올라서려는데 보니 마루바닥에 녹두깍지 한 움큼이 놓여 있는 것이었다. 웬 녹두깍지가 이곳에 있을까, 내가 아까 마루를 깨끗이 쓸어놓고 갔는데 별일이구나 하고 빗자루로 쓸어 버리고 말았다.

그리고 얼마 안 있다가 백일기도도 효염이 없었는지 이 집 아들이 죽었다.

그 후 이 어머니 가슴에 유한하게 생각되는 것이 남아 있었으니 그것은 마루에 놓여있었던 자기가 쓸어 버린 녹두깍지였다. 왜냐하면 그것이 자신이 백일기도 드린 정성으로 아들을 살리라고 산신령이 보내준 선약인 줄도 모르고 자기가 쓸어 버리지는 않았나 하는 미련 때문이었다.

물론 이것은 아들을 살리지 못한 어머니의 자책이었겠지만 이분이 돌아가실 때까지 이 말을 되뇌었다고 한다.


## 도깨비*

고기리 광석이라는 곳이 있는데 이곳 개울가에 물방앗간이 있었다고 한다. 하루는 어떤 사람이 출타를 했다가 날이 저물어 집으로 돌아가는데 이곳을

---

* 도깨비 : 싸리비나 도리깨 또는 다른 물건에도 열두 가지 피가 묻으면 그것이 도깨비가 된다고 함.

지나다가 도깨비한테 홀렸다는 것이다. 그러나 이 사람, 원래 기운과 담력이 센 사람이라 밤새도록 도깨비와 싸우다 도깨비를 길에 난 끄렁풀에다 붙들어 매고 집으로 돌아왔다.

잠을 자고 난 이 양반 어제 저녁에 도깨비와 싸우던 것과 도깨비를 끄렁풀로 매어놓은 생각이 되살아나 거기를 가 보니 이게 웬일인가 도깨비는 간곳 없고 도리깨장치*만이 풀에 붙들어 매어져 있는 것이었다.


## 호랑이 찌꺼기


고기리 장의 부락에 김상철 씨라는 분이 계셨다. 이미 작고한 분이지만 별명이 호랑이 찌꺼기라 불렸다. 왜 이런 별명이 붙었느냐 하면 호랑이와 싸우다 살아난 분이었기 때문이다. 지금 이런 얘기를 하면 거짓말이라고 할 사람들이 많겠지만 아직도 그분의 생전 일을 보고 들은 사람들이 많기에 증인 서 줄 사람들이 많다.

요즈음 우리나라에 호랑이가 살고 있는 곳은 백두산 부근밖에 없다고 학자들은 말하고 있다. 그러니까 남한에는 사람이 둘려가도 좋으니 있었으면 하는 것이 호랑이다. 그러나 눈을 씻고 봐도 없기 때문에 지금은 중국에서 백두산 호랑이를 기증받아 기르고 있는 형편이다.

그런데 이 호랑이들이 언제 없어졌느냐 하는 것은 대체로 해방 이후 산의 남벌과 6·25전쟁을 통하여 흔해진 총기류 그리고 휴전선 철책으로 호랑이들까지 남북 왕래가 불가능해졌기 때문이다. 그러나 더 거슬러 올라가면 임진왜란시 일장 가등청정이 병사들을 시켜 수많은 호랑이를 잡아갔다는 기록으로 보아 이때 그 수가 많이 줄었다고 본다.

그런 대로 해방 전까지만 해도 호랑이는 산중의 왕으로 또는 산신령의 심

---

*도리깨장치 : 곡식을 터는 농기구.

부름꾼으로 사람들의 마음에 두려움을 주면서 깊은 산 여기저기에서 서식하고 있었다. 우리 지역도 태백산과 광주산맥을 잇는 산골로서 골마다 호랑이가 사람의 눈에 띄었었다.

특히 광교산은 골이 깊고 험해 호랑이가 많았고 저녁이면 호랑이의 포효 소리가 산을 쩡쩡 울렸다고 한다. 더욱이 신봉리 항골은 호랑이 서식지였다는 것이 많은 이야기로 전해 온다.

바로 여기서 사건이 일어났다. 김상철 씨는 같은 동네에 사시는 박포수와 몇몇 몰이꾼들과 같이 광교산 일대로 사냥을 나갔다. 일류 포수나 몰이꾼이라면 노루가 바위 위로 뛰어간 흔적도 알아냈다. 그래서 짐승이 다니는 길목에서 기다렸다 총을 쏘았다. 이때도 고기리 쪽에서부터 멧돼지를 쫓아 몰아오는 것이 항골까지 들어오게 되었는데 멧돼지 대신 호랑이가 뛰어나온 것이다.

길목에서 멧돼지를 기다리던 박포수가 호랑이가 나오니까 한 방 갈겼는데 호랑이가 설맞아 죽지 않고 노한 소리를 지르며 사람들한테 덤벼들었다. 이렇게 되니 박포수와 몰이꾼으로 있던 몇 사람이 나무 위로 올라가는데 그만 박포수가 총을 떨어뜨리고 말았다. 이때 박포수를 뒤쫓아 나무에 오르던 분이 김상철 씨였다.

박포수는 일순 당황하여 얼떨결에 김상철 씨에게 총을 집어달라고 했다. 그래서 김상철 씨가 나무에 오르다 다시 내려와 총을 집어 막 박포수에게 넘겨주는데 그때 호랑이가 달려와 김상철 씨를 덮쳤다. 호랑이와 김상철 씨가 한덩어리가 되어 땅에서 구르는데 천하장사 김상철 씨도 얼마 동안은 호랑이하고 붙잡고 싸웠으나 힘이 부쳐 호랑이한테 잡아먹히게 되었다. 이때 다급한 김상철 씨가 박포수에게 총을 쏘라고 재촉하나 호랑이와 사람이 한데 뒹구니 도대체 사람이 상할 것같아 총을 쏠 수 없었다. 그러나 워낙 다급한 김상철 씨는 내가 죽던지 살던지 그냥 쏘라고 소리쳤다.

박포수도 이래 죽으나 저래 죽으나 할 수 없는 지경이라고 생각하고 호랑이가 사람 위로 올라오는 것을 보고 땅 하고 총을 쏘았다. 총을 쏘고 난 박포수는 눈을 감았다. 혹여 자기가 쏜 총에 사람이 죽지 않았나 해서였다. 한참을 있다가 눈을 뜨고 아래를 내려다보니 김상철 씨가 살아 있고 호랑이가 죽어 있는 것이 아닌가. 이에 모든 사람이 모여 일부는 김상철 씨를 업어 마을로 내려오고 몇 사람은 죽은 호랑이를 떠메고 내려왔다.

그 후 김상철 씨는 호랑이한테 물린 상처가 다 나았으나 워낙 심하게 물린 한 팔이 병신이 되어 불편한 대로 살 수밖에 없었다고 한다. 그 뒤부터 김상철 씨는 동네 사람들로부터 새로운 별명을 얻었는데 그것이 호랑이 찌꺼기라는 것이다. 호랑이한테 물려가다 남았다는 뜻이다.

말이 그렇지 어떻게 잠시나마 호랑이와 사람이 싸울 수 있는 담력과 힘이 있었으며 사람과 호랑이가 한덩어리가 돼서 뒹구는데도 일방부시로 한 방에 호랑이를 쏘아 죽일 수 있는지 박포수의 총 솜씨는 훌륭하다 아니할 수 없는 일이었다. 그뒤 이러한 얘기들은 정말 옛날 얘기 같아서 이곳에서 두고두고 전해 오고 있다.(고 이현창 씨 제보)


## 밤나무에 붙은 도깨비

이의동에서 있었던 일이다. 어느 동녀 어느 집 울안에 터주가리가 있고 그 옆에 밤나무 한 그루가 있었다. 그렇기에 주인이 터주가리에 고사를 지내게 되면 이 밤나무한테도 치성을 드리는 격이 됐다.

세월이 지나면서 이 밤나무는 아주 잘 자라서 재목감이 됐고 마침 집주인의 아우가 집을 지을 때 베어다 대문 기둥으로 썼다. 그런데 이 집을 다 짓고 사람들이 든 후부터 이 집에는 날마다 소동이 일어났다. 그것은 밤중이면 도깨비들이 나와서 사람들이 사물놀이 하듯 둥당대는 것이었다.

그래서 이 집 주인은 저녁만 되면 문을 걸어 잠그고 밖을 내다보지도 못하고 지내던 중 이 나무 주인이었던 형이 찾아왔다. 형도 이런 소문을 들어 알고 있었고 그것을 확인하기 위해서였다.

이날도 밤중이 되자 역시 같은 일이 반복되었는데 같이 나가 보자는 형의 권유를 아우는 무섭다고 덜덜 떠는 바람에 형이 혼자 마당에 나가 소리나는 곳을 확인해 보니 그곳은 바로 자기 집에서 베어온 밤나무 기둥 밑이었다. 이 것을 본 형은 이 나무가 자기 집 터주가리 옆에 있었던 관계로 신이 접목된 신목으로 판단하여 이 기둥만 빼어 다른 것으로 교체하였고 이 기둥은 태워 버렸다. 그 후 이 집에는 아무 일 없는 평온이 찾아왔단다.


## 장사 이야기


신봉리 서봉 부락에 약 100여 년 전 성이 최씨이며 힘이 장사인 사람이 있 었다. 그분이 얼마나 장사였나를 전해 주는 이야기 둘이 있다.

한 번은 어느 사람이 나무를 싣고 작은 말구리 밑을 지나다 진흙구덩이에 소가 빠져 허우적대다가 모들대기로 자빠졌다. 이렇게 되면 소까지 죽게 되 는 위급한 상황이었으나 부근은 인가가 떨어진 곳이라 도와줄 사람도 없었 다. 마침 그곳을 지나던 장사가 나무도 부리지 않은 소를 번쩍 들어 일으켜 세웠다는 것이다. 그 후 땔나무를 싣고 가던 나무 장수는 서봉 사람만 보면 그 얘기를 하며 최 장사의 안부를 물었단다.

또 한 번은 이분이 서봉서 20리나 되는 고기리 샛말 부락 마을 위가 되는 금 수굴이라는 곳으로 나무를 하러 갔다. 그때 골짜기에서 눈에 띈 것이 가로 세 로 2m가 넘고 두께가 정강이쯤 올라오는 안 반 같이 잘생긴 돌이었다. 이 양 반이 돌이 탐이 나서 땔나무 지게 위에다 얹어 가지고 와서 안마당 가운데다 부려놓았는데 아이들 대여섯 명이 이 돌 위에 올라가 놀 만큼 넓었다.

이 후 이분이 돌아가신 뒤에도 이 돌은 그대로 마당에 남아 있어 자손들이 나 마을 사람들이 이분이 이 돌을 가져온 얘기를 옛날 얘기처럼 해 왔단다. (유병철 씨 제보)

## 돌탑말과 얼럭바위

성복리 성서 부락은 작은 마을 셋이 모여서 되었다. 즉 돌탑말, 도리실, 성불이다. 이중 돌탑말은 돌로 탑을 쌓은 마을이라 해서 붙인 이름이다. 그리고 얼럭바위는 성복리 웅골에서 웅당말로 돌아가는 모퉁이에 있는 바위 이름인데 얼럭이란 짐승이 교미하는 모양으로 포개져 있다고 해서 붙인 이름이다. 그러면 왜 마을에다 돌탑을 쌓았으며 포개진 돌을 굴려 내렸느냐 하는 것인데 이는 형제봉 밑에 있던 성불사와 깊은 관계가 있다.

이 두 동네가 다 절밑에 있는 동네다 보니 스님들의 잦은 시주 요구가 있었을 것이요 이런 연유로 스님들과 마찰이 심했으리라고 본다. 이런 일로 스님들의 노여움을 사게 되었고 스님들이 앙심을 먹고 퍼뜨린 마을 앞에 돌탑을 쌓으면 마을이 부자로 잘살 수 있다는 말을 믿고 돌탑을 쌓은 것인데 이는 이 동네가 배의 형국이라 배 위에 돌을 쌓으면 배가 무거워 가라앉게 되는 것과 같아 마을이 망하도록 가르쳐 준 것이다.

얼럭바위를 굴리게 한 것도 이와 유사한 사연이 있다. 여기는 성복리 양지말에 살던 천석군이 부자라는 점이 다르다. 이런 일은 민중들의 극심한 가난도 원인이 되었으며 더욱이 조선시대에 들어와 억불승유 정책 때문에 중을 천대하는 사회풍조에서도 찾을 수 있다. 그러면 스님들이 무슨 공부를 했기에 이렇게 할 수 있느냐 하면 불가에서는 지고한 도에 이르면 육신통(六神通)이라는 여섯 가지 신통력을 얻게 된다는 것이다. 이 정도만 되면 요새 말하는 천문지리를 알고 기문둔갑을 할 수 있으며 풍수지리에 축지법을 쓸 수 있다고 한다. 우선 육신통을 소개하면 다음과 같다.


1. 신족통(神足通) : 어느 장소든 자유로이 왕래할 수 있는 신통력
2. 천이통(天耳通) : 어느 곳의 소리든지 들을 수 있는 신통력
3. 타심통(他心通) : 다른 사람의 생각을 꿰뚫어 아는 신통력
4. 숙명통(宿命通) : 전생의 운명을 아는 능력

5. 천안통(天眼通) : 온 우주를 투시할 수 있는 능력

6. 누진통(漏盡通) : 번뇌를 완전히 투시할 수 있는 능력

(이 육신통을 깨달은 사람은 부처님과 10대 제자인 대목건련 뿐이었음)

다시 이야기는 원점으로 돌아가 이런 스님과 민가들의 갈등 요인은 그것이 인간의 원초적 갈등이라고 아니할 수 없었다. 물론 스님들은 정신적 구도를 위해 절에 들어갔지만 그러나 살아가기 위해서는 보통 사람과 같이 물질이 필요하게 마련이다. 다만 재가에 있는 사람들처럼 쌓아놓기 위한 욕심을 억제할 뿐이다. 그러니 집을 떠나 산으로 들어간 스님들이 농사를 짓고 장사를 하지 아니하는 한 그들이 먹고 쓰는 것도 삼보(절, 법, 스님)를 받드는 신자들에게서 얻지 않을 수 없었다.

그러나 모든 사람들이 부처님을 믿고 불심이 돈독한 것도 아니요, 그렇지 않은 사람들이 많았으며 조선개국 후에 유교가 성행하고 나라에서 불교를 억압하면서 불교를 이타시해서 민간에서도 스님을 업신여기는 풍조가 심했다. 그러다 보니 스님들이 시주를 구하는 일이 걸인들의 동냥과 같은 취급을 받게 되었고 어떤 때는 수모와 봉변을 당하기도 하였다. 부처님 당시에도 이런 일이 있었다.

어느 때 부처님은 마가다국 판차사라 마을에 머물고 있었다. 그날은 젊은 남녀들이 선물을 주고받는 축제의 날이었다. 오늘날 유럽에 관습 중 하나인 발렌타인 데이에 해당하는 축제다. 그날 아침에도 부처님은 여느때와 마찬가지로 발우를 들고 가사를 입고서 탁발하기 위해 마을에 갔다. 그러나 마을 사람들은 모두 축제 때문에 정신이 팔려 있어서인지 아무도 부처님이 탁발하는 데 공양음식을 베풀려고 하지 않았다. 경전의 표현을 빌면 부처님은 그날 깨끗이 씻어두었던 발우를 그대로 가지고 돌아올 수밖에 없었다. 돌아오는 길에 악마가 부다 앞에 모습을 드러내면서 속삭였다.

"사문이여 먹을 것을 얻었습니까?" "악마여 얻을 수가 없었다네." "그렇다면 다시 한 번 마을로 돌아가 보시오. 이번에는 공양을 얻을 수 있도록 하겠습니다." 그러나 부처님은 의연하게 게송으로 악마에게 대답했다. "설사 얻

은 바 없다 해도 보라 나는 즐기면서 산다. 마치 저 광음천(光音天)과 같은 나는 기쁨을 음식삼아 살아가노라."(광음천 : 더할나위 없는 사랑)

이 말은 마치 그리스도가 사람은 빵만으로는 살 수 없고 하나님의 말씀으로 산다는 말과 같다.

한 번은 부처님께서 마가다국 남쪽 산인 에가사라 마을에 머물고 있었다.

그 마을은 바라문의 소유였으며 때마침 씨를 뿌리는 계절이었다. 그 바라문은 마을 사람들을 지휘하며 파종 준비에 바빴다. 어느 날 아침 부처님은 의발을 단정히 하고 탁발하기 위해 그 바라문 집 앞에 섰다. 마침 그는 마을 사람들에게 먹을 것을 나누어 주고 있다가 부처님의 탁발하는 모습을 보자 성큼성큼 다가와서 말했다. "사문이여, 나는 내 스스로 밭을 갈고 씨를 뿌려서 식량을 얻고 있소. 당신도 스스로 갈고 씨를 뿌려 식량을 얻는 것이 어떻겠소?"

그러자 부처님이 선뜻 대답했다. "바라문이여, 나도 밭을 갈고 씨를 뿌리고 양식을 얻는다오." 그 말을 들은 그 바라문은 자기의 귀를 의심하는 듯한 얼굴을 하고 가만히 부처님의 얼굴을 보고 있다가 이윽고 물었다. "그러나 나는 물론 그 누구도 당신이 밭을 갈고 씨를 뿌리는 모습을 본 사람이 없소. 도대체 당신의 쟁기는 어디 있소? 당신의 소는 어디 있소? 당신은 무슨 씨를 뿌리오?"

그에 부처님은 다음과 같이 말씀하셨다. "믿음은 내가 뿌린 씨앗이요. 지혜는 내가 밭을 가는 쟁기로다. 신구의(身口意)에 악업을 제어함은 내 밭에 풀을 제거하는 것일세. 정진(精進)은 내가 부리는 소로써 나아가 물러서지 않으며 나는 편안한 마음으로 데려간다오." 이렇게 스님이 땀흘리지 않고 공양을 얻어 사는 것을 일부 사람들은 역겹게 생각했다.

부처님도 이러했으니 후세에 가서야 더 말할 나위가 없었을 것이다. 부처님의 말은 유교 경전이 말하는 군자는 마음이 스고롭고 소인은 몸이 수고롭다는 비유와 마찬가지이다. 그러나 원체 힘겹거 사는 사람들이기에 마음에 여유가 없어서 더했던 것 같다.

그러나 부처님 도량이 못 되고 협량의 스님들이었기에 그들이 남긴 복수의 유래가 우리나라 전국에 산재되어 있다.(허선동 씨 제공)


## 도깨비터

이의동 대 546번지를 도깨비터라 이르는데 그것은 이 집에 도깨비들이 자주 나와 예사로 장난을 쳤기 때문이다. 특히 이 집 도깨비들은 솥뚜껑을 솥 속에 넣어놓곤 했다는 것이다. 이것을 다시 꺼내놓는 것도 도깨비들만이 할 수 있다. 그리고 또 잘하는 장난이 사람을 불러내는 일인데 이름을 부르는 소리가 나서 나가 보면 아무도 없다는 것이다. 이런 것 말고도 도깨비들이 치는 장난이 수없이 많았지만 도깨비들이 짖궂기는 해도 사람에게 크게 해는 끼치지 않아 어른이나 아이나 도깨비 얘기는 웃으면서 했다. 그리고 요즈음 도깨비가 사라진 것은 전깃불로 세상이 너무 밝기 때문이라고 하니 도깨비는 어두운 것을 좋아했나 보다.


## 아이들 기르는 법

요즈음은 여자가 임신을 하면 태교다 뭐다 하고 음악을 틀어놓고 자고 섭생도 좋은 것만 골라 먹고, 일도 힘든 일은 안 하고, 아이를 낳은 뒤에도 별의별 정성을 다한다. 그리고 아이들에게도 동화책이다, 장난감이다 없는 것 없이 다 사다 주지만 예전에야 그렇지 못했던 것은 설명할 필요도 없다. 그리고 요즈음 아이들은 삼칠일만 지나면 안고 다니지만 그전에야 어디 그랬는가. 그래서 시어머니들은 이러는 며느리한테 아범이 자랄 때는 돌 전에 안아 보지도 않았다고 핀잔을 준다. 허기야 그때는 주부들이 일이 많아 아기 젖줄 틈도 없었던 것이 사실이었다. 이러니 아이들이 돌 전에 걷기만 해도 조숙하다고 했다.

이때 아이들은 할머니나 할아버지 손에 의해 길러졌는데 흔히 할머니의 등이 아이들의 잠드는 요람이었다. 그래서 아이들을 잠재우기 위해 부르는 노래가 자장가요 같이 놀아주며 부르는 노래도 별도로 있었다. 어떻게 보면 아이들은 신세대보다 구세대를 보면서 자랐다는 표현이 옳다. 아이들이 앉을 정도만 되면 제일 먼저 가르치는 것이 둘째 손가락으로 손바닥 가운데를 찍는 것을 연지곤지요, 손을 폈다가 오므리는 쥠쥠, 손바닥을 마주치는 짝짝꿍, 양손의 둘째 손가락으로 각각의 뺨에 대고 돌리는 것을 약올린다고 했다. 그리고 조금 유식한 할아버지가 아이들을 세워놓고 좌우로 흔들면서 부르는 노래에 '부락딱따' 라는 것이 있고 앉아서 앞뒤로 흔들며 부르는 '시상달공' 이라는 노래가 있다.

먼저 시상달공은 이렇다.

시상달공 뒷간 할아버지가 뒷간 길을 쓸다가 돈 한푼을 얻어서 서울 장에 가서 밤 한 말을 사가지고 오다가 한강 물에 빠쳐서 밑살 빠진 조래미로 건지다 못해 밑살 빠진 삼태기로 건져서 집에 가져와서 살강 밑에 두었더니 머리 감고 꼬리 감은 시앙쥐가 들랑날랑 다 까먹고 벌레먹은 밤 한 톨을 남겨서 가마솥에 삶아서 겉껍데기는 할아버지 코 풀어 드리고 속껍데기는 똥 묻혀 할머니 드리고 알맹이는 너하고 나하고 달공달공 맛있게 먹자.

다음 부락딱다는 이렇다.

부락딱다 부러라 천석군으로 부러라 만석군으로 브러라 이 쇠는 어디쇠요 경상도 철영쇠요 승량 값*은 얼마냐 객비 한 되 술이 한 잔 뺨이 석대로다.

예나 지금이나 태어난 아이들은 그 부모에게는 더할 나위 없이 귀하고 소중한 존재였다. 핵가족의 단촐한 가정에서 모든 관심의 대상이 되어 자라나

---

* 승량 값 : 대장간에서 연장을 벼리는 값.

는 요즘 아이들이 다양한 가족관계 속에서 다양한 사랑을 듬뿍 받고 자라던 예전의 아이들에 비해 정에 굶주리는 모습으로 비쳐질 때는 성년이 되어서도 평생토록 유년의 추억을 먹고사는 인생을 놓고 볼 때 손맞추고 눈맞추며 한 방 가득 놀아주며 키워주던 옛사람들의 지혜가 가끔은 생각난다.


## 일 날의 보리단


이런 이야기를 누가 믿을까? 그러나 이런 일을 겪은 여인네가 한둘이 아니다. 예전에는 모심기를 하려 해도 식량이 없어 날을 잡지 못하는 어려운 농가가 많았다. 이런 집에서 일하는 날을 잡았는데 그날 아침에 남정네가 누런 보리를 한 짐 베어다 앞마당에 부리며 오늘 일군이 몇인데 밥을 해 오라고 하며 밖으로 나간다.

이러니 사내의 상투라도 봐야 욕이라도 하고 싸워 볼 텐데 사내는 들로 나가버렸으니 어쩌랴. 아낙은 보리 이삭을 따서 솥에다 볶아서 절구에 찧어서 대끼고 어쩌고 해서 곱살미 보리밥을 해서 때맞춰 점심을 해서 들에다 내다 준다.

이렇게 한국의 여성들은 고생이 자심했다. 요즈음 같으면 너나 잘 먹고 잘 살어라 하고 여자는 줄행낭을 치었을 것인데 예전엔 죽어도 그집 귀신이 되라는 풍속 때문에 죽기 아니면 살기였다.


## 죽 도시락


요즈음 학교 급식이 생긴 뒤로 도시락을 싸는 집이 거의 없다. 또한 직장을 다니는 사람들도 도시락을 가지고 다니는 것을 거의 볼 수 없다.

그러나 얼마 전까지만 하여도 도시락은 필수 요건이었던 때가 있었다. 여기 소개하는 이야기는 6·25 직후에 있었던 일이니 우리 민족에게 가장 어려

윘던 시절이었다.

고기리에 월남한 집이 있었는데 땔나무 장사로 연명하며 살았다. 이 집에서는 땔나무를 하러 산으로 갈 때 죽을 쑤어 밥그릇에다 싸 가지고 갔다.

아침이 부실하여 점심때도 되기 전에 배가 고파 점심을 먹게 되는데 죽이 처음에는 멀거지만 나중에는 죽이 불어 되직하게 된다.

도시락을 풀어 먹기 전에 형식적으로 고시레를 한다. 그러나 죽일망정 넉넉지 못하여 나중에 고시레 했던 죽을 다시 집어먹었다는 것이다.

이렇게 살아온 것을 자식들에게 이야기하면 왜 라면이라도 끓여먹지 그랬느냐고 핀잔을 준다는 웃지 못할 이야기를 들을 때마다 세태의 무상함을 느끼게 된다.


## 도망혈(逃亡穴)

도망혈은 광중(壙中)에 있어야 될 시체가 그 자리에 있지 않은 산소 자리를 지칭하는 말이다. 이러한 자리는 묘 자리를 옮길 때 발견하게 되는데 종전에 썼던 자리에 있지 않고 심하게 이동하여 있다고 한다.

이러한 현상을 지각변동으로 보아야 할지는 모르겠으나 겉으로 나타나는 현상으로는 5, 6월에도 서리가 엉기며 부근에 소나무가 산소를 향하여 굽어진다고 한다.

도망혈은 명당이 될 수는 없을 것 같다. 그리고 상식으로는 믿기지 않는 일이다. 그러나 이런 묘 자리를 본 사람이 여러 명 현존한다.


## 논두렁꾼과 호랑이

가래질이란 농가월령가에서도 지적하였듯이 농사일 중 가장 어려운 일이다.

먼저 가래질이란 무너지거나 물의 방수를 방지하기 위하여 하는 쉽게  말하면 논두렁 고치는 일이다.

논두렁을 고치기 위해서는 여러 방법이 있겠지만 우리나라는 전통적으로 가래를 이용하여 협업으로서 두렁을 고치고 마무리 작업은 논두렁꾼이 한다.

여기서 가래는 3인 1조요 논두렁꾼은 혼자 작업을 한다. 그런데 가래의 작업은 장치꾼이 가래 장치를 잡고 두 사람의 줄꾼이 잡아 다닌다.

두렁꾼은 하루종일 얕은 논두렁을 밟는데 호랑이가 산에서 내려다보니 두렁꾼이 논두렁으로 올라가려고 무한이 애를 쓰는데도 오르지 못하는 것이었다.

호랑이가 이렇게 논두렁도 오르지 못하는 힘없는 두렁꾼을 잡아먹으려고 하는데 다시 한 번 들을 내려다보니 두 사람이 하루 종일 잡아 다려도 끌려가지 않는 장치꾼이 있는 것이었다.  그래서 만만한 두렁꾼을 잡아먹고 싶어도 장치꾼이 무서워 지금도 호랑이가 산에서 내려다보고만 있다고 한다.


## 도깨비와 모내기


벼농사를 짓는 과정은 여든여덟 번의 손이 간다고 해서 쌀 미(米)자가 생겼다고 한다. 이 작업 중에 하나가 모내기인데 모내기도 기계 모를 내기 전에는 막 모와 줄 모가 있다.

막 모는 줄 없이 심는 것이며 줄 모는 줄에다 모 심는 간격으로 표를 해놓은 대로 모를 심는 것이다. 어떻든 모를 내놓고 보면 작년에 심었던 모나 올해 심었던 모내기가 그게 그것 같을 수밖에 없다.

이렇게 모내놓은 것을 보고 도깨비들이 사람에게 감탄하는 소리가 참 사람들 재주도 좋다. 어떻게 작년에 심고 벤 그루터기 그 자리에 그대로 심을 수 있느냐고 한다는 것이다.

## 땀

땀은 심한 운동이나 일을 할 때 흘리는 것이 상식이다.

이와는 다른 것으로 땀을 흘리는 사람이 있다면 이는 비정상적일 수밖에 없는 것이다.

예를 들면 찬밥을 먹으면서 땀을 흘리는 사람 '붉은 고추만 보아도 땀을 흘리는 사람' 찌개만 보아도 그렇고 하물며 일을 시작도 하지 않고 하려는 순간부터 땀을 흘리는 사람도 있다.

이것 말고도 기기괴괴한 일로 땀을 흘리는 사람이 있으나 다 소개하지 못한다.


## 한 대만

담배가 귀하던 때의 일화가 많다.

품앗이로 여러 사람들이 들에서 일하다가 쉴 참이면 담배를 피우게 되는데 이때 담배는 가지고 다니지 않고 곰방대만 가지고 다니는 사람이 있어 남에게 얻어서 피우는데 그때 이 사람이 다른 사람에게 하는 말이 담배 한 대만 주게 하지 않고 그냥 한 대만 한 대만 하여서 별명이 한 대만이 된 사람이 있었다.

지난 1세기 동안에도 우리나라 사람들의 의식주가 매우 어려워서 초근목피 하던 사람들이 많았으니 기호품인 담배 살 돈이 없는 사람이야 말하면 무엇하랴.

지금 노령에 드신 분들도 담배가 떨어져 없을 때는 복숭아잎도 오동잎도 말아피웠다고 한다.

# 보전유물을 찾아

이빈의 효자각/이완 장군과 정문/절부 덕수 장씨

## 이빈(李斌)의 효자각(孝子閣)

성복리 284번지에 가면 효자각이 있다.
풀을 헤치고 누각 안을 들여다보니 다음과 같은 글씨가 씌어 있다.

효자 통덕랑* 이빈지려 상지 철종 5년 갑인 11월 명선
孝子 通德郎 李斌之閭 上之 哲宗 甲寅 十一月 日 命旋

이 말에서 보듯 효자이기에 이빈에게 통덕랑의 벼슬을 내리며 또한 효자각을 지어 이빈의 효심을 기리고 후세에 귀감이 되도록 한 것이다.

이와 같이 천생지효의 이빈 선생은 지금부터 약 320년(1678~1752)년 전에 이곳에서 아버지 이기만(李起晩) 선생의 아들로 태어나셨다.

이 선생께서는 평소에도 어버이에게 효도를 극진히 하여 옛 선현들에게 뒤지지 않았다. 하물며 선비라면 누구나 등용문을 거쳐 입신양명하는 것이 효의 으뜸이요, 가문의 영광으로 알던 것이 당시 양반들의 처신이었음에도 불구하고 선생은 벼슬을 하면 부모에게 근심을 끼쳐드리고 게다가 가까이서 모시지 못한다 하여 벼슬을 마다하셨다.

---

* 통덕랑 : 명예직임.

　그러나 아무리 효성이 지극하다 하여도 나이드신 아버지의 잦은 자리보전을 막을 수가 없었다. 그래서 선생은 멀고 가까움과 험하고 어려운 것을 마다하지 않으시고 명의를 찾아다니시며 아버님 병구완을 하시니 원근에 사람들이 다 효자라 일컬었다.

　그러던 어느 날 선생의 지극한 정성도 보람 없이 아버지께서 자리에 누우시더니 백약이 무효하고 점점 위중하여 가기만 했다.

　이럴 때 보통 사람들은 늙은 사람들이 병들고 죽는 것이 천명이겠거니 했을 것이나 선생은 그렇지 않으시고 자신의 부족함으로 알고 먹고 자는 것을 잊으셨다.

　이때가 엄동설한인데 선생의 아버님은 별안간 참외가 먹고 싶다는 것이었다. 요즈음 같으면 모르겠거니와 320년 전 겨울에 참외가 있을 리 없었다. 그러나 선생은 겨울에 참외를 찾으시는 아버지의 말씀을 노망든 노인의 헛소리라고 생각지 않으시고 참외를 구해다 드리지 못하는 것을 한탄하시어 천지신명의 도움이라도 받아 참외 얻기를 가묘에 빌었다.

　그러던 어느 날 아침에 일어나 보니 눈이 무릎이 차도록 와 있었다. 이를 쓸려고 마당으로 내려선 선생은 깜짝 놀라지 않을 수 없었다.

　그도 그럴 것이 눈이 하얗게 덮인 마당 한복판에 여름철 참외밭의 넝쿨처럼 싱싱한 줄기와 노란 참외가 여러 개 달려 있는 것이었다. 이것을 보고 수없이 하늘에 감사하고 아버지께 따다 드렸음은 물론이다.

　또 한 번은 역시 얼음이 꽁꽁 얼은 추운 겨울에 이번에는 노인께서 잉어가 먹고 싶다는 것이었다. 잉어 역시 그렇게 쉽게 얻을 수 없음은 참외나 마찬가지였다. 그러나 선생께서는 잉어를 하루 빨리 구해 아버지를 드리지 못함을 한스러워했다.

　어느 날 밤새도록 아버지 병구완에

이빈의 효자각

잠도 제대로 자지 못해 푸석푸석한 얼굴에 정신이라도 차릴 겸 찬물에 나가 세수나 하려고 냇가로 나갔다.

그러나 냇물은 꽁꽁 얼어붙어 있었다. 그래서 선생은 돌을 찾아 얼음을 깨기 시작했다. 한참을 걸려 구멍을 뚫고 세수를 하려는데 이게 웬일인가 별안간 물속에서 큰 잉어 한 마리가 뛰어올라 펄떡거리는 것이었다. 이를 보고 선생은 그저 아버님 찾으시던 잉어가 있는 게 다행이다 싶어 잉어를 들고 한걸음에 집으로 돌아와 잉어을 고아서 아버지께 드렸더니 이것이 약이 되었던지 노인이 병을 떨쳐 버리고 일어나셨다고 한다.

예나 지금이나 성복리 하천은 송사리, 가재는 있을는지 몰라도 잉어가 살 만한 곳은 못 된다. 이렇게 겨울철 눈 위에 참외나 개울에서 잉어가 잡힌 것은 선생의 효를 하늘이 알아준 것이다.

이런 선생의 효행이 원근에 알려져 있었는데 마침 암행어사가 민심을 살피기 위해 다니다 이런 소문을 듣고 적어 임금에게 올리니 임금께서 기뻐하시며 벼슬과 효자각을 세우도록 한 것이다.


## 이완(李莞) 장군과 정문(旌門)

향토유적 제51호

고기리 손의터 산 20-1번지에는 이완(李莞) 장군의 정문(旌門)이 있다. 현판은 그를 다음과 같이 소개한다.


忠臣 贈 資憲大夫 兵曹判書 兼 知儀禁府事 行 嘉善大夫 儀州府尹 義州 鎭兵馬 僉使 贈

충신 증 자헌대부 병조판서 겸 지의금부사 행 가선대부 의주부윤 의주 진병마 첨사 증

剛愍公 李莞之 崇幀紀元 再字周 上之 十八年 春重修

강민공 이완지 승정기원 재우주 상지 십팔년 춘중수

강민공 이완 장군의 본관이 덕수(德水)이고 자(字)는 열보(悅甫)이다. 장군의 증조부 백록(百祿)은 가선대부 호조참판(嘉善大夫 戶曹參判)을 지냈고 기묘 사적에 들어 있다. 공신 부원군(功臣 府院君)을 제수받은 조부 정(貞)은 충무공(忠武公) 순신(舜臣)의 아버지가 되며 장군의 아버지는 바로 순신의 큰형인 희신(羲臣)이다. 이완 장군은 희신의 네 아들 중 막내로 충무공의 조카가 된다.

장군은 선조12년(1579)에 출생하였으며 20세에 충무공을 도와 싸움터에 나가 공을 세웠다. 당시 충무공이 탄환에 맞고 숨졌을 때 그의 사망 사실을 숨겨 전투를 승리로 이끌었던 이가 바로 장군이다.

선조32년(1599년) 무과에 급제한 그는 인조 즉위년에 충청병사(忠淸兵使)가 되었다. 그 뒤 이괄(李适)의 난이 일어나자 이천에서 이를 평정하였는데 그 공으로 가선대부(嘉善大夫)를 증수받아 대부의 반열에 오르게 되었다. 그 후 장군은 의주부윤(儀州府尹)의 직을 맡게 되었는데 당시 명나라 장수 모문룡(毛文龍, 1576~1629, 明末의 무장)의 군사들이 백성들을 심하게 핍박하였으므로 분을 참지 못하고 그를 곤봉으로 때린 일이 있었다. 이 사건이 확대되어 물의를 빚은 결과 벼슬이 한 계급 강등되었고 이때부터 모문룡과의 관계가 좋지 못하였다. 정묘년(丁卯年) 호란 때 적이 의주를 포위하자 치열한 전투를 벌이던 장군은 부상을 당하였다. 장군은 형세가 크게 불리한 것을 알고 화약고에 불을 지른 다음 불속에 몸을 던졌다.(인조5년, 1627년 정월 14일)

일찍이 그는 사촌형에게 보낸 글에서 한명련(韓明璉, 이괄과 함께 난을 일으킴)의 조카와 아들이 청으로 달아나 조선을 칠 것을 청하며 다음 봄에 쳐들어 올 것을 기약하고자 하니 죽기로 마음을 정하였다고 쓰고 있다.

덕수 이씨 족보에 기록된 바로는 당시의 무신 강홍립(姜弘立, 1560~1627)

이완 장군 정려문

이 장군의 충절을 의롭게 여겨 성남(城南)에 묘를 쓰고 나무에 관직과 성명을 새겨 기렸다고 한다. 또한 장군의 죽음을 알게 된 인조 역시 죽음에 슬퍼하여 예관을 보내어 제사를 지내게 하셨다. 숙종 갑인년(甲寅年 1704) 장군을 기리는 충신 장려비가 세워지면서 '강민(剛愍)'이라는 시호가 내려졌다. 기록에는 '의를 지켜 굴하지 않음이 강(剛)이요, 백성들로 하여금 슬픔이 금치 못하게 하였으니 민(愍)이다'라고 하였다.

화약고에 불을 지르고 뛰어들어 폭사하였기에 묘소에는 시신이 없이 장사 지냈다고도 한다.

부인은 파평 윤씨 윤희의 여식으로 장군과의 사이에 일남을 두었다. 그의 이름은 지연(之衍)이다.


## 절부 덕수 장씨(節婦 德水 張氏)

수지읍 고기리 샛말 부락 뒷산 능말림 광주 이씨 묘역에 도령 할아버지라 부르는 산소가 있다. 도령이란 장가 전 총각을 이르는데 도령은 죽으면 무덤을 애총이라 하고 부모나 형제 생존시는 풀을 뜯어주다가도 세월이 가면 이내 묵게 마련인데 이 산소는 그렇지 않고 많은 자손들이 시제까지 지내주고 있다.

그것은 이 산소에 묻힌 분은 분명 도령이었지만 이분의 약혼자였던 절부 장씨의 애틋한 사연이 있기 때문이다.

먼저 여기 모신 도령 할아버지 얘기부터 해 보자. 할아버지는 약 270년 전에 석탄공 이양중(石灘公 李養中) 선생의 9세손으로 조부는 토산현감을 지낸 이숙공, 아버지는 절충 장군을 지낸 이홍주 공의 사남 중 둘째로 태어났다. 이분의 이름이 운화(雲華)공이시다.

운화공은 태어나면서부터 글자를 알 정도로 총명하였고 자라면서 글재주가 뛰어났다. 그래서 공은 10세 전후에 모든 학문에 능통하였고 이에 나라에서 치르는 대과에 응시하여 장원급제하였다.

그런데 며칠 후 이공의 장원급제가 취소되는 청천병력 같은 어명이 있었고 이것으로 인한 공의 상심은 병으로 이어져 집에도 돌아오지 못한 채 피를 토하고 서울에서 객사하고 말았다.

당시 공의 급제 취소는 정확하게 전하지 않으나 그때 당쟁이 심해 자기 당인이 아니면 쓰지 않던 시대였고 때때로 과거장에서 써낸 문장이 임금의 비위를 건드려 급제가 취소되고 벌을 받는 경우가 있었던 것으로 보아 이 두 가지가 다 해당되었다고 여겨진다. 왜냐하면 이때가 숙종년간이요 숙종은 장희빈을 총애하여 세간에 풍문이 좋지 않았다.

그런데 이공은 나이 어리고 강직한 성품이 닦이지 않아 혈기대로 글을 썼을 것이기 때문이다. 이때 이공에게는 장씨 성을 가진 약혼녀가 있었는데 이 소저는 약혼자의 비보를 듣고 그 길로 이공의 집으로 와 장례와 제례 등 모든 범절을 예에 맞게 삼년상을 마치고 시댁에서 수절하니 이공의 아랫동생 낙안군수를 지낸 이진영 씨가 둘째 아들을 양자 보내 죽은 형과 형수의 대를 잇게 하였으니 그 자손이 오늘에는 무척 번성하였다.

그리고 우리는 열녀와 절부 중 누구를 더 치느냐 의논이 분분한데 열녀는 남편을 따라 죽는 여자요 절부는 수절하며 정절을 지키는 것인데 옛사람들은 죽은 것은 쉬워도 산다는 것은 오랜 시간 인내가 없으면 할 수 없는 일이라 절부를 더 어렵다 했다.

어쨌든 얼굴 한 번 보지 못하고 건넨 사주단자 하나로 평생을 독수공방하였던 것이 시대의 산물이라고 하지만 이렇게 행동할 수 있었던 것은 과연 맵다고 아니할 수 없다.

이분들의 비(碑)에는 생년월일과 사망연대가 없어 정확한 수를 알 수 없으나 도령 할아버지는 당시 조혼 풍속으

절부 덕수 장씨의 묘

로 보아 15세 전후였을 것으로 짐작하며 이공은 돌아가신 뒤 나라에서 종사
랑 벼슬을 내렸으니 정구품 문관 품계다. 이는 절부 장씨의 표창으로 주어진
것이다.

　이 두 분의 기일은 기록이 남았으니 이공은 10월 2일이요 덕수 장씨는 9월
11일이다.

# 가꾸고 지켜야 할 보호수

보호수 1, 2, 3/성복리의 느티나무/성복리의 향나무/동천리의 은행나무/예비 보호수


## 보호수(保護樹) 1— 심곡서원 느티나무

보호수란 풍치보전과 학술의 참고 및 그 번식을 위하여 보호하는 나무로 여기에서는 행정기관에서 지정하여 보호하는 나무를 뜻한다. 수지읍에는 이러한 나무가 다섯 그루 있다. 그 소재지 및 나무의 명세와 유래는 다음과 같다.

1. 품격 : 도나무
2. 수종 : 느티나무
3. 수령 : 500년
4. 수고 : 16m
5. 나무둘레 : 4.8m
6. 고유번호 : 5-159
7. 지정일자 : 82. 10. 15
8. 소재지 : 상현리 203
9. 나무의 유래 :

이 나무가 있는 곳은 상현리 203번지에 있는 심곡서원이요, 위치는 남쪽 담장 밖이다. 그리고 짐작컨대 이 나무는 처음에 이 나무가 서 있는 둔덕 밑에 있는 연못과의 조화를 맞추기 위하여 심어졌으나, 나중에는 더운 여름철에 선비들이 시원한 나무그늘에서 못 속 고기들의 유영을 바라보며 시상을 떠올

심곡서원 느티나무/상현리 203번지에 자리한 느티나무는 세월의  심곡서원 느티나무
모습이 그대로 담겨 있다

렸을 것으로 본다. 심곡서원 지에 보면 이 나무는 정암 선생이 심으셨다고 하는데 정암 선생이 심으셨다면 시묘살이 할 때나 아니면 시묘살이 끝난 뒤 이곳에 집을 지으셨다는 것으로 미루어 그때 심으셨을 것이다. 아니면 이 나무는 1605년(선조38년) 심곡서원이 세워진 후 유생들에 의해 심어졌을 것으로 여겨진다.

## 보호수 2 — 심곡서원 느티나무

지정번호 : 용인 25
수종 : 느티나무
수령 : 500년
수고 : 17m
나무둘레 : 400cm(4m)
지정일자 : 82. 10. 25
소재지 : 상현리 203-1

이 나무는 조정암 선생이 심으셨다고 전해 온다. 그러나 선생이 시묘살이 하실 때인지 시묘가 끝나고 초막을 짓고 살 때인지 아니면 선영에 내왕하실 때인지는 알 수 없다.

## 보호수 3 — 심곡서원 은행나무

지정번호 : 용인 26
수종 : 은행나무
수령 : 280년
수고 : 17m
나무둘레 : 400cm
지정 날짜 : 88. 10. 15
소재지 : 상현리 203-2

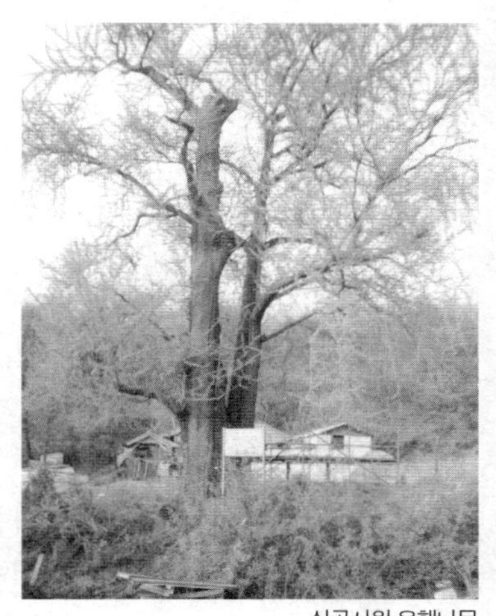

심곡서원 은행나무

이 나무 역시 조정암 선생이 심으셨다고 전한다. 그러나 조 선생이 심으신 본래 나무는 이 나무 바로 아래 있으나 고목으로 썩고 깎여서 보잘것없는 몰골로 잔명만을 보존하고 있으며 이 나무는 원 나무의 뿌리에서 돋은 것인지 아니면 씨앗이 떨어져 자란 것인지는 알 수 없으나 원 나무보다 훨씬 뒤에 것이라는 것은 수령으로서 알 수 있다.

조정암 선생*께서는 괴목 두 그루, 향나무 한 그루, 은행나무 한 그루를 심으셨다고 한다. 이중 괴목과 향나무는 아직도 청청하나 본래 심은 은행나무는 그루터기에 간신히 살아 있고 후에 난 나무만이 크게 자라고 있다.


## 성복리의 느티나무

1. 품격 : 시나무
2. 수종 : 느티나무
3. 수령 : 300년
4. 수고 : 10m
5. 나무둘레 : 5.4m

6. 지정번호 : 5-25-28

7. 지정일자 : 88. 10. 15

8. 소재지 : 성복리 168-1

9. 나무의 유래 :

이 나무를 심은 사람이 언제 누구인지 정확하지는 않지만 대개 부근에 사는 성주 이씨 이명렬 씨의 웃대조로 추측하고 있다. 그것은 이씨 집안에서 오래 전부터 이 나무에 고사를 지내 오고 있는 것으로 보아 짐작하는 것이다. 그리고 이 나무에 대한 일화가 하나 있다. 그것은 이 나무에는 혹이 자라고 있었는데 정신이 약간 이상한 마을 청년이 도끼로 이 혹을 잘라 버렸다. 그런데 혹을 자른 자리에 구멍이 있어 들여다보았더니 나무 가운데가 텅 비어 있어 바닥에는 사람 서넛이 바둑을 둘 만큼 넓은 것을 볼 수 있었다는 것이다.


## 성복리의 향나무


1. 품격 : 시나무

2. 수종 : 향나무

3. 수령 : 400년

4. 수고 : 15m

5. 나무둘레 : 2.1m

6. 고유번호 : 5-25-27

7. 지정일자 : 82. 10. 15

8. 소재지 : 성복리 284

9. 나무의 유래 :

이 나무가 심겨져 있는 곳은 통덕랑 이빈(李斌) 선생의 효자각 좌측이다. 그렇다고 이 나무를 이빈 선생이 심었거나 효자각을 세우고 나서 심은 것으로 생각할 수는 없다. 이빈 선생의 생몰년대와 이 나무의 수령이 맞지 않기

성복리 느티나무/성복리 벽산 아파트 앞을 지나는 길목에 자리를 지키고 있다

성복리 향나무/이빈의 효자각 옆에 선 단련된 선비의 모습처럼 자태가 이채롭다

때문이다. 그러므로 이빈 선생은 이 나무보다 약 백 년 후에 태어나신 것이다. 이것으로 보아 이 나무는 이빈 선생보다 백 년 전에 선생의 웃대조에 의해 생가 부근에 심어진 것으로 짐작하고 있다. 그 후 이빈 선생의 효자각을 이 향나무 옆에 세우게 되었고 선생의 효와 더불어 이 향나무도 자리를 지켜왔다.

## 동천리의 은행나무

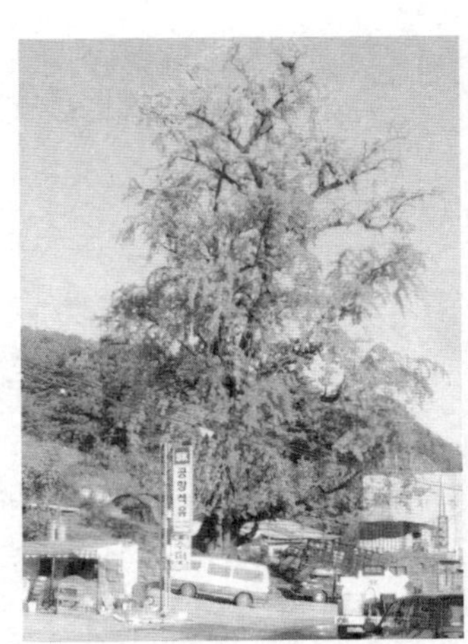

1. 품격 : 시나무
2. 수종 : 은행나무
3. 수령 : 450년
4. 수고 : 18m
5. 나무둘레 : 7.4m
6. 고유번호 : 5-25-26
7. 지정일자 : 82. 10. 15
8. 소재지 : 동천동 산 172

동천리 은행나무/은응쟁이에 우람한 모습으로 자리를 지키고 있다

9. 나무의 유래 :

오래 전부터 전해 오는 얘기에 의하면 이 나무는 신라말 도선대사가 심었다고 하는데 도선대사는 음양 지리설의 대가로 명당을 찾기 위해 전국을 다니던 중 이곳에 있던 절에서 묵게 되었다. 그때 대사가 짚고 다니던 은행나무

심곡서원 향나무

홍천말 느티나무

지팡이를 절 앞에 꽂아놓은 것이 살아서 지금까지 내려온 것이라고 한다.

이 나무로 인하여 이곳 지명을 은응쟁이라고 부르며 마을 사람들이 이 나무에다 제사를 지내기도 했다.

이 나무에는 나무를 지키는 크고 귀가 달린 구렁이가 있다고도 한다.


## 예비 보호수(保護樹)

수지읍에는 보호수로 지정된 나무 말고도 몇백 년 이상 된 나무가 몇 그루 남아 있는데 이 나무들이 개발에 밀려 없어지지 않는다면 이 다음에 보호수가 될 것이기에 예비 보호수라 이름 붙여본다. 그 소재지는 다음과 같다.

- 고기리 배나무골 동구(답 386번지)의 괴목
- 성복리 웅골입구(산 72번지)의 느티나무
- 풍덕천리 옛 토월 부락 수풍(714-4)의 느티나무군(群)
- 풍덕천리 정평 마을 뒷산의 느티나무
- 신봉리 홍천말 뒷산의 느티나무군(群)
- 상현리 심곡서원 우측 담장밖(203)의 향나무

# 수지의 도요지

수지읍 도요지/사기밭/신봉리 고려 백자터/고려자기에 쓰였던 장석 출토지/점터구리

## 수지읍 도요지

수지읍에는 예로부터 유명한 도요지가 있었을 것으로 추정하고 있다. 그것은 도자기 유액으로 쓰이는 장석이 고기리에서 생산되고 있음으로 해서이다. 이곳에서 생산된 백토가 조선시대 조정에서 쓰는 그릇을 구워 진상하던 광주 분원으로 보내졌다는 구전으로서도 알 수 있다. 그리고 고분재의 마을 명이 지금의 곡현(曲峴)고개에서 유래된 것이 아니라 고부(古盆)에서 유래되었다고 하는데 이 말은 예전에 질그릇을 굽던 곳이라는 뜻이다.

이곳 말고도 도요지가 있던 곳으로 고기리 샛말의 사기밭, 배나무골의 점터구리, 동천리 동막의 점골, 신봉리 서봉의 점촌 그리고 역시 서봉에 영험사 입구이다. 그러나 가장 최근까지 그릇을 굽던 곳은 풍덕천리 한국아파트 앞으로 이곳에서는 60년대 초까지 항아리를 구웠다.

우리나라 그릇의 시대적 변화는 토기에서 자기로 그리고 일반서민은 오지나 질그릇을 애용했다. 그러나 최근 들어 양은그릇, 스텐, 플라스틱 그릇이 유행하고부터는 예전부터 내려오던 흙을 재료로 만든 그릇들은 쇠퇴하기 시작해 오늘에 와서 그 자취가 거의 사라지게 되었다.

우리 수지읍도 이런 변화에서 벗어날 수 없었으며 오히려 역사적 변천이 심했던 지역이었던 만큼 그 자취마저 추정하기가 어렵게 되었다.

## 사기밭

이곳은 고기리 샛말에서 금수골로 올라가는 초입 우측에 있는 전 623번지를 부르는 지명이다. 사기밭이란 이름은 이 밭에 사기그릇 깨진 파편과 그릇을 구울 때 받쳐놓은 공깃돌 같은 것이 많아 붙여진 것이다.

이곳은 연대를 알 수 없는 과거에 그릇을 굽던 곳이었다는 것을 눈으로 금방 알 수 있다.

그러나 이곳이 논밭으로 개간되어 그 자취가 많이 훼손되었고 유독 이 밭에서만 사금파리가 많아 사기밭이라 한 것이다. 이곳 사기파편을 보면 그릇의 빛깔이 푸르고 굽이 얕고 위가 넓어 무척 오래 전의 그릇으로 추측이 가나 전문가의 의견이나 발굴이 없어 마을 사람들은 사기그릇을 굽던 곳으로만 짐작할 뿐이다.


## 신봉리 고려 백자터

이곳은 신봉리 산 68번지 일대로 절능안 올라가는 초입이다. 이곳에서 백자터가 발견된 것은 1977년이다. 이때 이 부근은 대홍수와 산사태가 있었는데 이 마을에 사는 유병철 씨가 조상묘소를 둘러보러 갔다가 겉으로 노출된 백자를 발견하였다. 그래서 땅을 파 보니 백자 100여 점이 나왔고 가마터 및 그릇을 만들던 점토까지 출토되어 사회 각계로부터 많은 관심을 끌었었다.

그 후 그릇은 유병철 씨가 국가에 헌납하였으며 점토는 이곳 흙이 아닌 황해도 연백이라고 학자들이 주장했다고 한다. 아마 이곳은 고려백자 가마터였을 것으로 짐작이 가나 그 후 그대로 방치되어 지금은 그 자취가 흔적도 없이 훼손되었다.

## 고려 자기에 쓰였던 장석 출토지

고기리 배나무골 앞산에는 좁싸리골이라는 곳이 있다. 이 마을에 전해 오는 말로는 이곳에서 출토되는 백토가 광주 분원으로 실려갔는데 그것은 사기 그릇을 만드는 원료로 쓰기 위해서였다고 한다. 광주 분원은 조선시대에 궁중에서 쓰는 그릇을 만들어 진상하던 곳이다. 그러니까 이조백자 중 품질이 우수한 것은 모두 이곳에서 만들었다 해도 과언이 아니다. 그리고 그 연대는 비단 조선 때만이 아닌 그 이전으로 올라갈 수도 있다고 볼 수 있다. 그리고 좁싸리골에서 나오는 백토가 고려자기나 이조백자의 원료가 되지 않았나 생각된다. 이렇게 전설로만 전해 오던 이야기가 1960년대 들어와 이곳에 장석 광산이 들어서면서 그것이 실체로 드러났다. 그러고 보면 샛말에서 출토되고 있는 자기류도 이곳에서 생산된 백토로 구운 것이라고 미루어 짐작할 수 있다.


## 점(店)터구리

이곳은 고기리 배나무골 마을 앞 언덕 밑에 있다. 점이란 지난날 토기나 철기를 만들던 곳이다. 그러니까 점터는 토기나 철기를 만들던 터라는 의미이며 구리는 구석이라는 말이다. 이곳에서 언제 토기나 철기를 만들었는지 전해지는 이야기나 흔적은 없으나 지명만이 그런 것을 만들었던 곳으로 남아 있어 매우 오래 전 일로 짐작이 간다.

# 수지의 놀이 · 풍습

보리피리/보리타작/뻴리/꽃놀이/줄다리기 외

## 보리피리

보리피리를 만드는 것은 보릿대가 빳빳하게 여물었으면 만들 수 있는데 대개는 깜부기가 된 보리를 뽑아 만든다. 만드는 방법은 보리줄거리 한 마디를 남긴 채 한 쪽을 버드나무 피리처럼 자르고 마디가 막힌 부근을 손톱으로 세로 1~2cm 갈라놓고 뚫린 곳을 입에 대고 힘주어 불면 소리가 난다. 이것을 보리피리라고 한다.

## 보리타작

보리를 베는 날 타작을 많이 한다. 보리는 햇볕이 쨍쨍한 날 타작을 해야 보리가 잘 털리기 때문에 여름 햇볕 아래 하는 보리타작은 일 중에 가장 힘든 일로 꼽는다.

보리는 절구를 옆으로 쓰러뜨려 놓고 움직이지 못하도록 결박을 지은 다음 짧은 새끼줄(보리타작용 밧줄을 특별히 만든다)로 보리단을 2번 감아쥐고 어깨 너머로 넘겼다 앞으로 당기면서 절구에 메다치면 보리이삭이 부서져 떨어진다.

## 삘리

　바람에 흔들리는 억새꽃이나 갈대꽃은 늦가을을 상징한다. 그리고 이 꽃들은 노인들의 흰머리카락을 연상해서인지는 모르겠으나 예로부터 사람의 마음을 쓸쓸하게 만드는 우수의 꽃으로 여겨왔다. 그러나 요즈음 와서 갈대꽃이나 억새꽃은 젊은 청춘남녀들에게 추억을 만들어내는 낭만적인 것으로 변해 버렸으니 사물을 보는 관점이 많이 변했다고도 할 수 있다. 또한 이 두 가지 말고도 수많은 풀들이 사람의 이목을 끌지는 못할지라도 꽃을 피우고 있다는 사실이 새삼스러운 일은 아닐 것이다. 다만 사람들이 알아주지 않을 뿐이지…….

　이중에 띠풀이라는 학명의 풀이 있는데 속명으로는 삘리 또는 삐레기라는 풀이다. 정확히 말한다면 풀의 이름은 띠요 띠풀에서 나오는 꽃대를 삐레기라 하고 아이들이 이것을 뽑아 먹었다. 요새 아이들처럼 TV를 보거나 컴퓨터 게임을 하거나 공부 때문에 밖에 나갈 시간이 없거나 진수성찬을 차려도 잘 먹지를 않아 부모 속을 썩이는 세태라면 이 삐레기를 뽑아다 거저 주어도 먹을 아이들이 없을 것이다. 그러나 어른들의 간섭없이 집안에서 말썽만 일으키지 않고 나가 놀기를 바라던 시절, 그리고 간식이란 말도 들어본 적이 없는 궁벽한 산촌에 늘 먹을 것을 손에 쥐고 살아도 될 만큼 식욕이 땡기는 한참 자라는 나이에 세 끼 밥도 제대로 못 먹는 아이들은 늘 자기 나름대로 다람쥐처럼 들과 산으로 먹을 것을 찾아다녔다.

　그때 봄이 되어 제일 먼저 아이들에게 심심풀이가 되어주고 입가심을 해주던 것이 삐레기를 뽑아 먹는 일이었다. 이 삐레기는 풀과 같이 땅에서 돋아나오는데 표피에 싸인 모습이 통통하여 다른 쓴들과 구별이 되었다. 이것을 입에 넣고 씹으면 햇풀잎 냄새가 입 안어 가득이 고이며 약간 달작지근한 맛이 나는데 이것을 씹어서 뱉지 않고 그대로 삼키니 요즈음 같으면 변비라도 걸릴 일이겠으나 그때는 그것 저것도 모르고 먹었다.

　어떻든 아이들은 학교를 갔다가 오면서도 보물찾기라도 하듯 풀밭으로 돌아다니며 어느때는 풀밭을 이잡듯 뒤져나가기도 했다. 지금 아이들은 삐레 기가 있다는 것조차 모른다. 먹는 것이라는 것은 더더군다나 상상조차 못할 것이다.

삐레기를 뽑아 먹던 아이들은 이제 아이들 손에서 돋아난 센 삐레기꽃처럼 머리가 하얗게 되어 그 삐레기 찾던 풀밭을 그리워하며 살고 있는 나이들이 되었다. 그리고 이 사람들이 삐레기의 역사를 가지고 갈 것이다.


## 꽃놀이

지금은 서양 력을 쓰고 근로자가 일주일 중 하루를 쉬고 있지만 예전에는 이렇게는 못했더라도 농업국가였었던 우리나라 풍속은 월중에 꼭 하루는 쉬 는 날로 되어 있었다.

아니 쉰다기보다는 풍성한 음식과 놀이를 즐기는 명절이었다. 이것이 노래 가사대로 나오는 정월 보름, 이월 초하루, 삼월 삼진, 사월 초파일, 오월 단오, 유월 유두, 칠월 칠석 보름(백중), 팔월 한가위(15), 구월 구일, 시월 상달, 십 일월 동지였다. 이중에서도 정월 초하루부터 보름날까지 내리 노는 것은 곧 시작될 농사 때 힘을 기르기 위해서였다.

이것말고도 삼복이나, 모내기 직전 천렵 등으로 몸보신과 휴식을 취했음은 물론이거니와 봄에 꽃이 만발할 때는 소위 꽃놀이라는 것이 있었다.

이 꽃놀이는 온 동네 사람들이 즐기는 놀이인데 이것은 자기 부락에서 하 는 것이 아니라 하루 일정에 맞는 곳으로 놀이를 갔다 오는 그런 행사였다. 그러니까 요즈음으로 말하면 관광여행이나 마찬가지인데 그때는 차가 없으 니 걸어갔다 오는 수밖에 없었다. 그러나 소풍이라고 해서 그냥 평상복으로 갔다 오는 것이 아니라 여러 가지 준비물과 차림이 있게 마련이었다.

우선 준비물은 두레와 고깔, 어깨띠, 소고 등이며 여기에 음식도 곁들였다. 두레야 늘 쓰는 것이니까 그렇고 고깔은 창호지로 색깔을 들여 만들고 어깨

띠는 농악복에 걸치는 것처럼 청, 홍, 백색이며 소고는 낫자루 굵기의 나무에다 역시 창호지로 작은북을 만즐어 태극무늬를 그린다. 그리고 출발은 맨 앞에 농기, 두레, 주민이 고깔에 소고를 들고 뒤따른다. 걸어가는 모습도 그냥 걸어가는 것이 아니라 소고를 높이 들어 발로 맞춰 깨금발로 뛴다. 이렇게 마을을 떠난 꽃놀이는 목적지로 가다가도 중간중간 여러 가지 행사를 치르게 된다.

먼저 지나가는 주변마을에서 술 몇 동이를 내놓고 놀다가기를 청하면 한바탕 놀다가 가게 되는데 이것은 재수굿과 같은 의미를 지녔다. 그러나 마을이 크고 거센 동네에서는 이 꽃놀이패가 지나가는 것을 방해하게 되는데 이것은 두레싸움과 같은 것이다.

이렇게 재미와 우여곡절을 겪으며 꽃이 아름다운 산을 찾아 삼사십 리 길을 다녀오면 하루의 피로는 물론이요 일 년 동안 농삿일이 힘든 줄 몰랐으니 이것이 농악과 놀이가 가지고 있는 신비의 힘이었다.

이러한 것을 꽃놀이라고 하는데 이런 행사를 통하여 마을의 단합과 풍년을 기원하는 행사로 겸했으니 일거양득이 아닐 수 없었다.

이런 놀이는 어느 부락만이 했던 특수한 것은 아니었다. 수지읍 관내에도 각 부락마다 이런 놀이가 있었을 것으로 추측된다. 특히 신봉리와 성복리에서는 이 놀이 행사가 자주 있었다. 그리고 신봉리나 성복리 부락은 출발지가 도마치고개 마루턱에서 시작해 형제봉 쪽으로 올라가 형제봉 중 광교산 쪽으로 오르다 다시 낙타등처럼 솟은 가운데봉에서 용마등을 타고 부락으로 내려왔으며 성복리 부락은 형제봉에서 수원 쪽으로, 그러니까 버들치곡까지 내려와 동네로 하산했다.

다시 설명하자면 성복리 부락은 오른편(양달)으로 올라 왼편(응달)으로 내려왔고 신봉리 부락은 왼편(응달)으로 올라 오른편(양달)으로 내려왔다. 두 부락 모두 가지고 간 점심은 누애봉에서 먹었다. 이 두 부락이 올라간 형제봉은 사방의 조경이 탁월했고 주위에는 꽃이 만발해 무릉도원을 방불케 했다.

여기서 발밑으로 보이는 성복리 상머리는 특히 복숭아(桃), 오얏꽃(李)이

화사했기에 도리산(桃李山)이라 불렀다.

옛 시에 나와 있는 '별유천지비인간(別有天地非人間)' 이라고 읊었던 곳이 여기가 아닌가 싶고, 시인의 목이 마르도록 글귀가 나올 만한 곳이 여기였으니, 다만 가난하여 배움이 짧아 글을 남긴 것이 없다. 그러나 가슴에 받아들인 진한 감동은 흰옷에 배어든 꽃물처럼 영원히 지워지지 않았으리라.


## 줄다리기

줄다리기*는 색전(索戰)이라고 쓰며 이것은 단체경기를 뜻한다. 줄다리기는 보통 서로 경계를 정해놓고 줄에 매달려 잡아당겨서 많이 당기는 쪽이 이기게 되는 힘겨룸의 놀이이다. 예로부터 우리나라에서는 전국의 어느 곳에서나 이 줄다리기가 활발하게 연희되어 왔다.

줄다리기는 지역마다 나름대로 특징을 가지고 있으며 놀이의 방법, 줄의 조작, 인원편성, 명칭이 다르게 나타나고 때에 따라서는 그 연희과정과 줄을 당기는 무속성이 다르게 나타나기도 하는데 광의의 의미로 볼 때는 다음과 같은 공통점이 있다.

1. 줄을 당김으로 해서 일 년 농사의 풍년을 소원한다. 이때 이기는 쪽은 풍년이 들고 마을이 평안하다고 믿는다. 그러나 대부분 숫줄과 암줄로 나뉘어 줄다리기를 하며 암줄이 이겨야 풍년이 든다고 하여 숫줄 쪽이 일부러 져주는 것이 통례다.

2. 서로 협력하여 줄을 당기므로 대동단결의 힘을 기른다.

3. 줄다리기는 이기는 편이 풍년을 차지한다. 그리고 마을에 안녕을 비는 무속신앙의 뜻을 가지고 있다. 줄다리기에 사용되는 암줄과 숫줄은 다른데 그것은 머리부분만이 다르다. 즉 암줄은 코뚜레를 뉘어논 것같이 숫줄은 세워논 것같이 만드는데 숫줄이 암줄로 들어갈 수 있을 만하게 만든다.

대개 뒷부분은 같은데 줄다리기를 할 때는 이 두 줄을 줄다리기 장소로 옮겨놓고, 암숫줄에 남자와 여자가 머리에 올라탄다. 그러나 옷만 다를 뿐 줄을 타는 사람은 남자가 대부분이다. 그것은 줄다리기가 매우 격렬해 여자가 견디어내기 어렵기 때문이다. 양쪽으로 나뉘인 사람들이 줄을 어깨에 메고 일어서면 두레 역시 둘로 나뉘어 자지러지게 응원을 하며 두줄머리가 몇 번 좌우로 교차하며 으르다가 줄을 땅에 내려놓고 숫줄 머리를 암줄 머리에 넣고 장목(긴막대)을 끼운 뒤에 줄을 잡아당겨 승부를 겨룬다.

이 후에는 줄을 메고 마을을 한 바퀴 돌거나 아니면 두레만 2, 3일간에 걸쳐 집집마다 돌면서 주인이 원하는 대로 놀아준다. 그러면 주인이 성의껏 돈이나 곡식을 내어놓는데 이것으로 줄다리기에 드는 비용을 충당한다. 이때 동원되는 두레는 인근 마을 또는 다른 고을에서도 원정을 오는데 이럴 때는 마을에 두레가 마중을 나가 맞아들인다.

수지읍에서 줄다리기 하는 마을로는 풍덕천리에서 토월과 정자뜰, 죽전리에서 대지, 그리고 상현리에서 독바위였다. 그러나 토월, 정자뜰, 대지 부락은 얼마 전부터 줄다리기가 중지되었고 독바위만 3년에 한 번씩 한다.


## 토월 부락의 줄다리기

— 줄다리기 하는 때 : 정월 보름
— 줄다리기는 3년에 한 번씩 했다.
— 줄다리기 하는 절차와 방법은 다른 부락과 거의 같으며, 다른 점은 줄다리기를 한 뒤, 줄의 관리인데 이 마을은 줄을 공터에 또아리를 틀 듯하여 놓았다가 몇 개월 뒤 썩은 뒤에 거름으로 논밭에 낸다.

---

＊ 참고 및 인용 : 용인군지.

## 정평 부락의 줄다리기

— 줄다리기 하는 때 : 정월 보름

— 줄다리기는 3년에 한 번씩 했다.

— 정평 부락의 줄다리기에는 이 부락 말고도 새말 부락(2차지구) 성복리 응달말까지 참여했다. 보름 2, 3일 전부터 마을 사람들이 다니면서 짚을 거두었다. 줄은 열나흗날 만든다. 줄다리기 하는 방법은 다른 부락과 거의 같으며 줄타는 사람은 마을에서 가장 운이 좋은 사람으로 한다. 보름 이후에도 두레는 3, 4일간 마을 집집마다 돌며 그 집 주인이 요구하는 대로 놀아주면 그 집에서 술과 음식 또는 돈과 곡식을 내놓는다. 이것으로 비용과 먹을 것을 충당한다.

줄다리기가 끝난 줄은 원하는 마을 사람에게 주는데 그 사람은 이 줄을 썩여 거름으로 쓴다. 이것으로 거름을 하면 그 집은 풍년이 든다고 하여 서로 가져가려고 했다.

이 줄을 가져간 사람은 다음 줄다리기 하는 해에 집 한 동을(집 20뭇) 마을에 내놓아야 한다. 이 마을은 풍년의 기원과 줄다리기를 안 하면 마을에 안좋은 일이 일어난다고 여기는 무속신앙의 뜻이 있다.


## 대지 부락의 줄다리기

— 줄다리기 하는 때 : 정월 보름

— 줄다리기는 2년에 한 번씩 했다.

— 줄다리기의 주관은 대지부락에서 했으나 내대지 감바위 주민들도 줄다리기를 만들 때 쓰는 짚을 거두거나 두레를 가지고 같이 참여했다. 그리고 줄다리기가 끝난 뒤 두레는 죽전리 전체를 돌았다. 줄 만들기 준비는 정월보름 5, 6일 전부터 하고 줄은 2, 3일 전부터 만든다. 줄타는 사람은 양친부모 있고

첫아들 낳고 부정 없는 사람으로 선발한다. 음식으로는 술과 술국을 끓이는데 술국으로는 염푹국이다.

줄다리기 전에 근처 동네에서 두레가 찾아온다. 대지 부락 줄다리기에는 광주군 오리뜰 두레도 원정을 오는데 이때에는 마을 두레가 나가서 마중한다. 줄다리기가 끝나면 두레는 며칠간 마을을 돌면서 그 집의 행운을 빌어준다. 줄다리기 이튿날 사람들이 다시 모여 줄을 메고 마을을 한 바퀴 돌아서 대지 개천둑에다 늘어놓는다. 이 부락의 줄다리기는 부락의 안녕과 풍년 그리고 대지 개천의 범람으로부터 마을을 수호한다는 염원이 들어 있다. 이 마을의 줄다리기가 그친 지는 약 10여 년이 된다.

## 길마재 줄다리기(장대흥 묘전 줄다리기)

먼저 이 줄다리기는 운동회 때 두패로 갈라져 동아줄을 서로 당겨 자기 편으로 끌어온 쪽이 이기는 그런 것이 아님을 밝힌다. 그리고 길마재 줄다리기 유래를 설명하기 이전에 줄다리기의 대요를 적어 본다.

우리나라는 옛날부터 이남 각지방에서 성행해 오던 대중적 의의를 가진 특수한 놀이로서 대개는 정월 대보름에 행하며 지방에 따라서는 5월 5일 단오절이나 7월 보름날 백중절에 행하기도 한다. 크게는 한 고을이나 촌락이 동과 서로 나누어 집집에서 모은 짚으로 새끼를 꼬아 수십 가닥으로 합사한 큰 줄을 한 가닥으로 하여 여러 가닥으로 꼬면 엄청난 굵기의 줄이 되며 줄에는 손잡이 줄을 수없이 매단다. 줄 머리에는 양편 모두 도래라고 하는 고리를 만들어 연결시킨다. 그리고 중앙지점에서 동서부의 고리를 교차하여 그 속에 큰 통나무를 꽂아 동서부에 줄을 연결시킨다. 마을 사람들은 노소를 막론하고 총출동하여 줄을 당기어 승패를 겨룬다.

줄에는 암숫이 있어 동은 숫줄 서를 암줄이라 일컬으며 이긴 쪽은 그 해의 농사가 풍작이 되고 악질에도 걸리지 않는다고 전해진다. 따라서 사람들은 정말로 연중의 풍흉화복이 이 한판에 달린 것으로 믿었던지 함성을 지르면서 필사적으로 승패를 겨루었다고 한다. 또 어떤 지방에서는 암숫줄 어느 하나가 아닌 꼭 암줄이 이겨야만 풍작이 된다고 하여 암줄에 기대를 걸었다고 한다.

수지읍에서도 이런 줄다리기가 여러 곳에서 있었다. 토월 부락 정자뜰 그리고 가장 최근까지 줄다리기를 했던 곳이 대지 부락이었다. 그리고 아직까지 줄다리기가 남아 있는 곳이 상현리 독바위 부락과 길마재 고개 넘어 있는 신하리 부락이 같이하고 있는 속칭 길마재 줄다리기이다.

이 길마재 줄다리기의 유래는 독바위와 신하리 사이에 있는 길마재 고갯마루에서 줄다리기를 하기에 붙여진 이름이며 또 다른 이름으로는 장대홍 묘전 줄다리기라고도 하는데 이는 길마재에 있는 장대홍 묘소 앞에서 줄다리기를 행하여 붙여진 이름이기도 하려니와 대홍 군수를 지낸 장이강(張以綱) 선생이 아들 장진종의 꿈에 현몽하여 줄다리기를 하도록 한 데서 연유했다 한다.

지금으로부터 약 250년 전 전국적으로 유행병이 돌 때 이곳 독바위 일대에도 전염병이 돌아 목숨을 잃는 주민이 부지기수였다. 그러나 주민들은 전염병의 정체도 몰랐고 의학이 발달하지 못했던 시대라 속수무책 발만 구르고 있었다.

전염병의 공포 속에서 떨기만 하던 어느 날 주민 장진종이라는 사람의 꿈에 대홍 군수 영릉참봉 영월 부사를 지낸 바 있는 부친 장이강 선생이 구척 장신에 선유화를 쓴 신선 모습을 하고 나타나 이르기를 "너를 중심으로 묘 아래 주민 남녀노소를 막론하고 힘을 합하여 정월 상달 첫밤에 줄다리기를 하라. 그러면 신의 도우심을 얻어 모든 주민들이 무사할 뿐만 아니라 매년 풍년이 들어 만사 대통하리라." 하였다.

독바위 길마재 줄다리기 시연장면

　이 얘기는 이 마을뿐 아니라 인근 부락까지 퍼졌고 이에 부락 주민들이 힘을 합하여 장대흥 묘 앞에서 줄다리기를 하였다. 그러자 신기하게도 전염병은 사라지고 매년 풍년이 들어 주민들의 생활이 날로 안락해졌다 한다.

길마재 줄다리기 장대흥공의 묘/이 앞에서 줄다리기를 한다

　이에 따라 주민들은 매년 줄다리기를 해 왔고 해방 후 한때 중단되었으나 또 다시 마을 장정들이 원인도 없이 갑자기 죽는 일이 빈번하던 차 지나던 승려가 이 마을에 흉한 일이 자주 있는 것은 줄다리기를 안 하기 때문이라 하였다. 그래서 다시 시작하여 지금도 3년에 한 번씩 계속하고 있다.

　줄 엮기는 음력 1월 14일부터 시작하며 짚의 분량은 11마지기, 굵기는 어른이 올라앉아도 땅에 닿지 않는다. 길이는 한 쪽이 100m나 된다. 행사는 1월 14일부터 시작하여 1월 16일까지 동네를 돌며 가가호호에 안녕을 비는 풍물패의 지신밟기가 펼쳐진다.

　어른들이 줄다리기를 하는 동안 아이들은 망우돌리기, 쥐불놀이 등을 하고 놀며 줄다리기가 끝난 후에도 뒤풀이 축제는 밤늦게까지 계속된다.

# 수지의 구국운동

임진왜란과 수지전투/수지와 병자호란/수지읍의 의병활동/
수지지방의 3 · 1 독립만세 운동

## 임진왜란과 수지전투

임진왜란은 선조25년(1592년) 4월 14일 소서행장을 선봉으로 하는 제1군의 부산 상륙으로 시작되었다. 5월 2일 서울이 함락할 만큼 파죽지세로 북상하였는데 왜적의 침입을 직접 받지 않은 곳은 삼남에서 오직 전라도 땅이었다.

북으로 몽진하던 임금은 개성에서 근왕병을 일으켜 왜적을 물리칠 것을 알리는 조서를 팔도에 내려보냈다.

용인전투라고도 하는 수지전투는 수지의 북두문산(임진산)과 문소산(소실봉) 그리고 광교산 전투는 전라감사 이광, 충청감사 윤선각, 경상감사 김수가 예하에 근왕병을 이끌고 북상하다가 용인현(지금의 구성) 서쪽 10리에서(임진란 당시 북두문산) 왜군의 보루(堡壘)를 발견하고 이를 섬멸하기 위해 벌인 것으로 임진년 6월 4일부터 6일까지 3일간 있었던 전투이다.

근왕군의 군사들은 모두 5만 명 미만이었지만 근왕사 10만이라고 호하면서 온양에서 4, 5일 동안 주둔한 다음 6월 4일 전라도군을 그 주력으로 용인현성의(지금의 구성) 서쪽 10리 지점에 다다랐는데 북두문산(임진산) 위에 적의 소진이 있는 것을 발견한 이광은 곧 곽영에게 명령을 내리고 이 적을 격퇴하라 하였다.

이때 권율이 아뢰기를 "왜적이 이미 험한 곳에 자리잡고 있으므로 우리가 치기에는 매우 불리하옵고 또한 성은 이미 적의 손아귀에 들어갔사온 즉 일도의 병마를 모조리 이끌고 올라오신 공의 일거일동은 나라의 존망 여하를 좌우하오매 될 수 있는 대로 자중하시고 만전을 기하여야 마땅하옵거늘 이제 이러한 소적과 싸워서 혹시라도 성위를 덜어뜨리게 된다면 대사를 저버리게 될 것이옵니다. 생각하옵건대 이때야말로 자중하시고 우선 한강을 온전히 건너신 다음 임진을 막으실 것이오니 그렇게 된다면 서로가 스스로 굳어지고 양도도 또한 보장될 것이온 즉 그 사이에 예기를 키우시면서 적의 틈을 살피시고 그 일방으로는 행재지에서의 분부를 기다리심이 옳을까 하옵니다." 하였다. 그러나 이광은 이러한 의견에는 귀도 귀울이지 않고 그대로 자기의 소신만을 고집하였으므로 곽영은 선봉장인 백광언으로 하여금 나가서 진격로를 정찰케 하였다.

백광언은 곧 나가서 자세하게 살펴본 다음 돌아와서 아뢰기를 "전방에는 언덕과 숲이 서로 착잡하고 길도 매우 좁아 큰 병력의 군사행동에는 불편하오니 전방으로 나갈 수는 없나이다." 하니 이광이 크게 노하고 끝내 전군 진격을 호령하였다.

곽영이 또한 불평하기를 "이공이 이렇게 외고집을 부리니 이 사행이 어찌 행순할 수 있으리오." 하면서 군사들을 몰아 무성한 숲속을 헤치고 들어가게 하였다. 백광언은 선봉으로 들어가다가 북두문산의(임진산) 소진에서 나무와 물을 구하러 나온 적병들과 불시에 조우하게 되자 곧 10여급을 베어 버리니 이에 모든 군사들이 적을 없수이 여기는 기색을 보이게 되었다.

이날 밤에 야숙을 하고 있던 아군은 곧 적뢰를 치기로 하여 백광언이 선두에 직접 서서 쳐들어가 뢰책을 넘어서 검을 휘둘러 적수 10여급을 또다시 베었는데 이때 마침 안개가 짙어서 지척을 분간할 수 없었다. 그러므로 나머지 적은 진을 버린 채로 그대로 도망치고 말았으며 백광언의 군사는 뢰책을 불태우고 돌아왔다.

한편 이 방면을 지키고 있던 수장 협판 좌병위는 이 급보를 듣고 곧 한성에 급사를 보내 구원을 요청케 하였으니 그들은 만산평야에(지금의 풍덕천 전체를 말함) 조왕사를 바라보고 싸우기에 앞서 이미 사기가 떨어져 점차로 저항하면서 한성 쪽으로 후퇴키로 결정하고 주장(主將) 협판안치에게 철퇴 엄호를 청한 것이었다.

다음날인 5일에 이광은 용인현성 서쪽에 있는 문소산의(소실봉) 적진을 공격케 하였는데 백광언은 이것을 바라보매 적세가 심히 약해 보이고 또 전날의 승전으로 적을 얕보는 기색이 있는 터인지라 이광에게 말하기를 "조그마한 적병이오니 급히 쳐서 때를 놓치지 마시오." 하였는데 이번에는 이광이 이에 동의하게 되었다.

그러나 권율이 또다시 말하기를 "소적이라 하여도 경진하지 마시고 우리 중위군이 따라 나가는 것을 기다려서 싸우게 하는 것이 옳을 것이요. 선봉장 이시지의 군사만으로 고군분투케 하여서는 불가하오이다." 하였으나 이광이 듣지 않고 선봉장 이시지에게 급히 진격토록 명하여 일격에 문소산을 공략하려 하였다. 그러나 적은 아방(조선)의 군사가 매우 강성한 것을 보고 경솔하게 싸우지 않으면서 오시에서 사시에 이르는 동안 적극적으로 대진하지 않고 다만 구원군이 오기를 기다리고 있었다.

적 주장인 협판안치는 구원요청을 받자 곧 수병을 이끌고 한성을 떠나 부장인 산강우근을 전위로 하여 급히 용인 부근을 향하여 원조케 하였다. 이 군대들은 오시경에는 이미 문소산 부근에 나타나 보루를 지키고 있던 적군(왜군을 일컬음)과 기치로서 연결하니 적(왜군)의 사기가 크게 올라가고 지원군과 서로 호응하여 책을 열고 출격할 준비를 갖추게 되었다.

아군은 좌우 중대의 구분도 제대로 하지 못한 채로 양 중대의 선봉장인 백광언과 이시지가 선두에 서서 직접 지휘하였는데 난데없이 적뢰 동쪽 산상에 높이 각양각색의 깃발이 나부끼는 가운데 호각 소리와 금고 소리가 요란하고 고함 소리는 수만 군사의 대거 진격같이 우렁차게 들렸다.

이에 아군은 모두 일시에 사기가 떨어지고 서로 먼저 도망치려 하여 인마가 큰 혼란을 이루자 백광언이 큰칼을 빼어들고 마상에 올라서서 대성 질타하였으되 이 오합지졸의 겁난 소란을 막아낼 도리가 없었다. 이 모양을 바라본 적의 구원병은 승승의 기세로 전후좌우에 육박하였고 적뢰 안에서도 이와 때를 같이하여 조총을 쏘면서 출격하니 대군이 홍수같이 용인들을(용인땅이라는 뜻) 휩쓸어 이것을 막아서 싸우던 이시지와 백광언 등 두 조방장과 그리고 고부군수 이광인과 함열현감 정연 등이 모두 난군 중에 전멸하기에 이르렀다.

이렇게 하여 양 선봉장이 일시에 패주하게 되었는데 먼저 도망친 군사들은 겨우 이광의 본군에 수용되어 신시에 광교산 서쪽까지 진출하여 숲이 깊고 전망이 불리한 곳에 진을 치게 되니 군세가 더욱 불리하게만 보였다. 이때에 충청도군은 수원으로 전진하여 먼저 이 방면의 적을 격퇴한 다음 연락선을 확보하려 하였으나 적은 싸우지 않고 4일 조기에 용인 방면으로 철수하였으므로 군을 돌려서 전라도 군과 합류하여 같이 이곳에 진을 치게 되었다.

6일 아침에 이광은 명령을 내려서 모두 일제히 조식을 취하게 되었다. 이때에 적의 기마군사가 불시에 습격을 하여 왔는데 이는 왜장 협판안치의 군사가 전일의 승전으로 아군을 얕보고 기습을 감행한 것이었다. 그 가장 선두에는 5명의 적병이 금가면을 쓰고 백말을 탔으며 백색 교룡기를 등에 짊어진 채로 대검을 휘두르면서 광대같이 뛰어 나오는 것이었다.

한편 밥을 먹으면서 아무런 경계 없이 방심하고 있던 이광의 주력군은 이 습격을 받고 모두 혼비백산하여 흩어졌는데 충청병사 신립이 먼저 도망치고 선봉으로 있던 군사들도 일시에 도주하였다. 뒤이어 적의 주력군 천여 명이 밀고 나오는데 귀면과 수신의 괴물군사들이 조총과 활을 쏘고 도창을 휘두르면서 갖은 수단과 방법으로 토끼 사냥하듯 덤벼들기 시작하자 이것을 바라보던 대군이 또다시 산사태가 나듯 일시에 무너지며 소란하여지고 적은 조수같이 또 광풍같이 2, 3리를 단숨에 밀고나와 이광 군은 인마가 서로 밟고 궁창이 서로 부딪쳐서 스스로 살해하는 참상을 이루었다…… 이광은 간신히 잔병을 이끌고 전주로 내려갔으며…… (이하 중략)

수지의 싸움은 그 시기나 규모, 결과에 있어 임진왜란 동안의 어느 전투보다 중요한 전쟁이었다.

이 전투는 개전 초기의 승기를 가르는 매우 중요한 시기였으며 그 규모는 임진왜란 중에 조선의 참전으로는 가장 컸으며 조선군이 승전하였더라면 왜란은 조기에 끝날 수 있었는데 그렇지 못하고 조선군의 패배로 여기서는 그 공과와 비평을 하고자 함이 아니라 설왕설래하고 있는 전투지역의 명확한 증명에 있다. 그렇기에 3일간에 있었던 용인 전투, 북두문산, 문소산, 광교산 서쪽을 조명해 보고자 한다.

먼저 용인 전투는 용인이라는 고을을 말하는 것이다. 용인도 작은 고을이지만 임금에게 장계를 올리거나 할 때 쓰는 지명은 고을 명을 썼을 것이다. 그러니 수진면이라는 이름은 조정에서 알 수 없다고 본다.

북두문산은 지금의 임진산이다. 그러나 지명이 변하여 임진산(任辰山), 또는 이진산(夷陳山), 혹은 고진봉(古陳峯)이라 했는데 이 말은 다 같은 뜻을 가지고 있다. 임진산은 임진년에 싸운 산이라는 뜻이요, 이진산은 동쪽 오랑캐가 진을 쳤던 곳이요, 고진봉은 예전에 진이 있었다는 뜻이다.

북두문산(北斗門山)은 용인지지총람을 보면 임진산 북쪽들을 북두평(北斗坪)이라 하였고 지금도 현지 주민들은 이곳을 북두마니라고 하는데 이것으로 보아 북두평 앞에 있다고 해서 북두문산이라고 했거나, 아니면 반대일 수도 있다. 그러나 분명한 것은 북두문산이 임진산이라는 것을 알 수 있다.

문소산은 지금의 소실봉이다. 문소산이 왜 소실봉이 되었는지는 알 수 없으나 이곳 지명으로 문소산의 흔적이 남아 있으니 그것은 이산 느진재 쪽 골짜기로 큰문소골과 작은문소골이 있다.

이렇게 산이 골로, 산이 봉으로 변한 것은 수지에도 여러 곳이 있음으로 보아 소실봉이 문소산임은 의심의 여지가 없다.

광교산 서쪽은 수지의 신촌서 신봉리 일경이다. 원래 근왕병의 주장(主將)이 있던 곳은 신촌 일대라고 보는데 그것은 기들기 들이라는 지명이 있고 이 기들기는 대장기를 말하는 것으로 확인이 된다. 또한 왜적이 기마병으로 급습한 것으로 보아 산보다는 들이라고 보는 것이다.

그리고 근왕병이 패하였다기보다는 놀라 흩어졌다는 표현이 옳은데 그것은 근왕병이 훈련이 안 된 백성이며 조총이라는 신무기에 대한 공포심에서였다고 본다.

이들의 도주로는 신봉리를 거쳐 작은말굴이, 큰말굴이, 고분재 곡을 거쳐 의왕으로 넘어가 삼남으로 되돌아갔을 것으로 추측한다.

그나마 당시의 기록들이 장계나 전언 또는 소문에 의해 기록된 것이 많아 군사의 수만 해도 5만이라는 기록과 12만이라는 기록이 있어 큰 차이가 나나 당시에 전쟁 책임자였던 유성룡 선생의 징비록에 나와 있는 5만이라는 기록이 정확할 것으로 보는 것이 타당하다.

이러한 전투가 있었으니 당시의 왜적의 포악상으로 보아 수지의 사람은 물론 그 어떠한 것들도 남아나지 못했을 것이다.

이 싸움이 패한 뒤 어떤 사람이 이 사실을 시로 남겼으니 다음과 같다.

陰風吹折大將旗
數萬雄兵似草靡
回首關西駐輦處
空敎志士淚雙垂


음풍이 불어 대장기를 꺾으니
수많은 군사가 풀이 슬어지듯 하였구나
관서의 행재소로 머리를 돌리니
속절없이 뜻있는 이로 하여금 눈물을 흘리게 하는구나


근왕병의 우두머리였던 전라관찰사 이광이 권율의 건의에도 불구하고 수지에 위치한 북두문산과 문소산에 있는 왜적의 보루를 치고자 한 것은 수지가 갖고 있는 지정학적 가치를 높게 평가했기 때문이다.

수지는 조선 팔도 6도로 중 제4도에 해당하는 교통의 요지이며 서울이 멀지 않아 인후와 같은 땅이라 생각했으며 전략적 요충지로 광교산의 확보가 필요했다고 본다.

그리고 보루는 왜구들이 본국과 북상하는 병사들의 통신과 보급로를 확보하는 수단일 뿐만 아니라 근왕병들에게도 삼남과의 통신과 보급로 확보에서는 같은 필요성을 느꼈을 것이다. 만일 근왕병의 보급이 끊기면 더 이상 진격도 회병도 어렵기 때문이다.

이 전투는 3일간의 국지전 끝에 완전 패퇴라기보다는 자중지란에 가까운 패전이었는데 왜적은 200여 년의 전쟁을 치르면서 잘 훈련된 정예병들이며 조총이라는 신무기를 갖고 있는 반면 조선군은 백성을 동원한 오합지졸이었으며 조총의 위력을 보고는 크게 사기가 떨어졌기 때문이다.

또한 조선군의 실질적 지휘는 문관인 관찰사가 맡았기에 싸움에 대한 전술과 전략을 몰랐던 것도 패전에 일조한 것이라 아니할 수 없다.

결과로 1/25의 군력을 가지고도 참패를 당할 수밖에 없었다. 그러나 이러한 전투가 수지에서 있었던 것조차 모르게 된 것을 우리는 반성해 볼 필요가 있다. 비록 졌다 하더라도 그 역사를 안다고 하는 것은 거듭된 잘못을 저지르지 않는데 있다.

지금도 수지의 중요성은 조금도 희석되지 않았다. 개발이 되면서 많은 문제점이 도출되고 있는 것이 그것을 증명한다. 도로가 막힌다, 광교산을 더 이상 개발하지 말아라, 임진산이 없어지고 소실봉이 공원으로 변하는 것 등이 수지의 오늘을 대변한다. 이러한 문제들을 해결하는 데는 역사 인식을 가지고 원대한 계획과 지역민들의 참여로 해결되어야 한다.

수지가 살기 좋은 곳 그리고 문화의 도시가 되는 것은 수지시민의 책임이며 수지가 모범적인 도시로 발달해 줘야만 다른 시민들에게도 시너지 효과를 줄 수 있다. 그래야만 할 책무가 수지에는 있다. 과거를 알고 미래의 웅비를 위해서는 개발을 현대의 전투라고 보아도 과언이 아닐 것이고 이 전투를 성공리에 끝내지 않으면 우리도 후세의 죄인이 되는 것이다. 그 누구에게도 아닌 우

---

* 참고문헌 : 임진왜란사(이형석), 난중잡록(산서 조경남), 징비록(서애 유성룡), 내 고장 용인(이인녕 저), 조야회통.

리 모두에게 역사가 우리에게 교훈을 주듯 우리는 열린 역사를 만들어가는 것이며 웅비하는 수지에서 사는 시민으로서 우리는 자긍심을 가져야 할 것이다.


## 수지와 병자호란

병자호란의 특징은 우리나라가 청군의 침략을 충분히 예견하고 있었고 싸울 준비도 어느정도 갖추고 있었다는 점이다.

그러나 우리나라의 이러한 속사정을 손바닥 들여다보듯 한 청군은 우리나라 주력군이 주둔하고 있는 평안도 요새지를 우회하여 서울로 직행했다. 청군이 이렇게 속전속결하려고 한 것은 그들이 중국 대륙에서 명나라와의 싸움이 계속되고 있었기 때문이었다.

그때 청군에 침략 속도가 얼마나 빨랐느냐 하는 것은 12월 9일 압록강을 건넌 적들이 12월 14일 개성을 지난 것만 보아도 알 수 있다. 이렇게 급박한 사정도 모르고 강화도로 피난 가려던 임금은 청군에 의해 길이 막힌 것을 뒤늦게 알고 밤중에 온갖 고난을 치르며 남한산성으로 입성, 45일간의 항전을 하게 된다.

이렇게 되고 보니 우리나라의 각도 병사들은 남한산성을 돕기 위해 근왕했으며 그들 중 북상하던 삼도(경상, 전라, 충청) 근왕병들은 청군의 저지를 받아 남한산성과 멀지 않은 용인에 주둔하게 되었는데 경상도 병력은 용인 할미산성에, 충청감사 정세규가 이끈 충청도 병력은 수지 험천(머내)에, 전라병사 김준용이 이끈 전라도 병력은 수지 겸드레산 기슭이었다.

이중 직접 청군과 싸운 것은 충청도 근과 전라도 군이었다. 그러나 여기서 다루고자 하는 것은 싸움의 대요나 평가가 아니라 수지 사람들의 관심인 수지에서 있었던 전투와 전지(戰地)에 대한 것을 살펴보고자 하는 것이다.

먼저 충청도 군이 싸웠다는 험천이 어디냐 ㅎ는 것이다. 험천이란 말이 처음 나오는 곳은 병자록, 난리잡기 등인데 이는 병자호란 당시의 상황을 기록

김준용 장군 비석

한 책이다. 그리고 험천을 지금의 머내라 하는 사람이 있는데 이는 고어인 '머흘다' 가 '험하다' 는 뜻에서 그리되었다고 하나 머내는 이곳 지명이 원래 원천(遠川)의 멀원의 음인 '멀' 이 '먼' 이 되고 '먼' 이 '머' 가 되었으며 '내'

는 '내천' 의 음인 '내' 를 따온 것이다. 그렇기에 당초 험천이라 한 것은 이곳 지명을 잘 모르는 사람들이 단지 지형이 매우 '험한 내' 라고 한데서 시작하여 그렇게 된 것이며 험천이 머내와 가깝다 보니 같은 지명으로 혼동하게 되었다고 본다.

이는 병자호란 전 어느 기록에도 험천이란 말을 찾아볼 수 없으며 또한 이곳 사람들 중 단 한 사람도 머내를 험천이라고 부르는 사람이 없는 것을 보아도 알 수 있다. 그러나 병자호란 뒤의 기록에는 '험천' 이란 말이 자주 나오는데 고종8년에서 광무년간에 간행된 것으로 보이는 '경기지 용인현' 에 험천점이 있다고 한 것과, 조선시대의 도로선을 상세히 기록한 신경준의 '도로고(道路考)' (1770)에 나오는 8도 6대로 중 제 4로에 판교와 사원 사이에 있는 험천의 기록 등이다.

험천은 동막 부락 말미인 동천리 전 123-1번지와 분당구 동원동 산 10번지 사이인 내를 지칭하는 지명이다.

이곳 내와 앞들을 통틀어 이곳 현지인들은 '오령들' 또는 '오령굴' 이라고 하는데 전하는 말로 이 내는 물이 얼마나 깊은지 명주실 한 타래를 다 풀어도 끝이 닿지 않았다고 한다. 하기야 지금도 이곳은 내의 넓이가 매우 넓고 깊다. 뿐만 아니라 원주민들 말에 의하면 예전에 이 내의 북쪽에 있는 동원동 산 10번지 산에서 마주 보이는 검드레산과 대포와 화살을 쏘며 싸웠다는 것이다.

이것 말고도 부근의 지명이 전쟁과 연관된 것이 많다. 그 예로 쇠북을 쳤다는 북두란이고개(鍾峴), 대장이 망을 봤다는 대장고개, 진터였던 장자터, 군량들 등등이다. 그리고 전사에 나오는 지형이 거의 일치한다.

또 하나는 전라병사 김준용 장군이 어디서 싸웠느냐 하는 것인데 기록에는 광교산이라고 되어 있으나 외지인이 광교산만 알 뿐 광교산 안에 있는 작은 산명까지 알 수 없기 때문에 이렇게 기록한 것이다. 이렇게 포괄적 지명을 지칭한 예는 수지에서 있었던 임진왜란 전투를 용인시지는 용인전투, 수원시지는 수원 부근 전투라고 표현한 것을 보아도 알 수 있다.

그리고 김준용 장군이 마치 광교산에서 싸운 것처럼 굳어져 버리게 된 것은 수원시 하광교동 산 1번지에 있는 자연암벽에 음각한 김준용 장군 전승비 때문이며 이는 수원성 축성 책임자였던 번암 채제공 선생이 일꾼들의 얘기를 듣고 만든 비이다.

그러면 다시 용인에서의 전투를 살펴보자. 최진립은 가선대부 병조참의로 증직된 최신보의 아들로서 선조 원년(1568) 1월 2일 경주부의 현곡촌에서 태어났다. 불행히도 진립이 세 살 되던 해에 모친인 황씨가 돌아가고, 10세 되던 해에 부친마저 세상을 떠났으므로 당숙되는 최신리에게 의탁하여 자랐다. 임진왜란 시에는 25세 약관으로 의병을 모집하여 왜군과 싸웠고 그 아우 계종과 함께 왜군 수백이 둔거한 군막을 야습하여 크게 무찌른 바가 있을뿐 아니라 언양 등지에서도 크게 적을 격파하기도 했으며 도원수 권율과 함께 전공을 세우기도 했다. 그가 69세 되던 허 12월에 호란이 일어나 인조가 남한 산성에서 청군에게 포위되자 충청감사 정세규와 선봉장 노봉천이 가장 먼저 군대를 이끌고 진군했다.

최진립은 공주의 영장지위로서 군병을 이끌고 참전하였다. 용인의 험천에 이르렀을 때 감사는 뒤에 있고 최진립은 선두에 있었다. 이때 청병의 철기가 풍우같이 내달아오므로 형세가 급변하여 군중이 무너지기 시작하였다. 그러나 최진립은 최일선에서 직립부동으로 활을 쏘아 적을 거꾸러뜨렸으나 화살이 다하자 부하들에게 소리치기를 "너희들은 반드시 나를 따라 죽을 필요가 없느니라 그러나 나는 이곳에서 한 치도 떠나지 않으니 이 자리에 표시를 해두거라." 하고는 나아가 싸우다가 순절하였다. 나약하고 무능한 유신의 사대

정신과 무사안일한 정책은 결국 삼전도의 치욕을 초래했지만 70의 노구를 이끌고 용인의 험천에서 산화한 최진립의 호국정신은 장하게 빛나고 있는 것이다.(용인시사에서)

수지읍에서 있었던 청군과의 치열했던 전투를 소개해 보면 병자호란 중 용인에서의 또 하나의 승전보가 있으니 이는 광교산 전투이다. 인조 15년(1637) 전라병사 김준용이 군사를 이끌고 북상하여 광교산에 진병하고 날쌔고 용감한 군사를 뽑아 방진을 구축하였는 바 그곳이 풍덕천리 토월 부락의 방축곡(防築谷)이다. 광교산에 진병한 김준용은 밤이되면 횃불을 들고 방포질을 하여 남한산성을 에워싼 적군을 놀라서 피로케 하고, 적병과 여러 차례 접전하여 이겼다.

많은 적군을 살상하는 가운데 적장 백양을 죽이는 전공을 거두기도 하였다. 하루는 적병이 산과 들로 몰려와서 방진을 향하여 호준포를 연달아 발사하여 화살과 돌이 비 오듯 하였으나 군사의 대오가 조금도 흐트러지지 않았는데 적병이 산 후면으로부터 엄습하였으므로 광양현감 최택이 놀라서 무너지기 시작하였다. 이때 김준용이 독려하여 힘껏 싸우니 적병도 날이 저물자 징을 쳐서 졸병을 거두었다.

광교산에 지금까지 현존되어 있는 것으로는 김준용 장군의 전승지인 광교암과 전승비가 있다. 김준용 장군은 1609년 무과에 급제하여 여러 고을의 관직을 역임한 후 전라 병마절제사로 재임중 1639년에 병자호란이 일어나 청태종이 13만 대군을 앞세우고 인조가 몽진해 있는 남한산성을 침공하자 관하에 있는 친병을 이끌고 올라오면서 연변의 군현병까지 합세시켜 10일만에 수원 광교산에 이르러 청군을 맞아 격전을 벌인 끝에 그 수를 헤아릴 수 없을 만큼 청군의 목을 베고 청태종의 사위 앙고리와 두 명의 장수를 사살하는 대전과를 올렸다.

수원시지에 의하면 그 후에 수원성을 축성할 때 성역에 필요한 석재를 구하러 갔던 사람들로부터 병자호란 당시 김준용 장군의 전공을 전해들은 성역 총리대신인 좌의정 채제공이 청군이 항복했다는 호항곡(胡降谷) 너머(호항

곡은 수지에 있음) 자연암벽에 충양공 김준용승전지(忠襄公 金俊龍勝戰地)라 휘호하고 좌우(左右)에 병자청란공제(丙子淸亂公提) 호남병근왕지차살청삼대장(湖南兵勤王至此殺淸三大將)이라고 비문을 암각한 것인데 하광교동 1번지 광교산 해발 400m 지점에 오랜 풍우에 시달리면서도 원형대로 남아 있다.(수원시사에서)

1월 4일 병사 김준용은 휘하 군사를 이끌고 남한산성 남방 100리 지점의 광교산 방면으로 진출하였다. 김준용은 7부 능선게 군사를 배치하고 군량과 화약 등 주요 군수 물자를 진영 중앙에 티축하여 장기 항전 태세를 갖춘 다음 남한산성과 연락을 도모하였다.

한편 1월 2일에 험천에서 충청도 근왕병을 격파한 청장 양굴리는 병력 2천 명을 광교산 동방의 구미리, 동원리 일대에 배치하여 광교산의 김준용과 남한산성의 연락을 차단하게 하는 한편 그 주력 5천 명을 이끌고 광교산 주변의 점촌(店村)(지금의 신봉리 서봉), 상손곡, 이목동, 샛말(間洞), 고기리, 고분현(지금의 곡현) 일대로 진출하여 근왕병 진영에 대한 총공격을 단행하였다.

청군은 다수의 화포와 병력을 동원하여, 1월 5일 온종일 수차례에 걸쳐 근왕병 진영에 공격을 다하였다. 전라도 근왕병은 이와 같은 청군의 공격에 대비하여 진영 주변에 목책을 구축하고 게 1선에 포수, 제2, 3선에서는 각각 궁병과 창정을 배치하였다. 그런 다음 청군이 공격할 때에는 총포의 집중사격을 가하여 큰 전과를 올렸다. 그러는 한편 김준용 군은 밤마다 횃불과 총포 사격을 통하여 그들이 광교산에 진출해 있다는 것을 남한산성에 알리려는 노력을 기울였다.

청군은 광교산의 근왕병에 대한 공겨이 여으치 않게 되자, 1월 6일에 또 한 번 공격을 시도하였다. 양굴리는 가용한 전병력을 광교산 공격에 투입하였다. 청군은 호준포의 위력을 앞세워 조선군 진영으로 육박하였다. 근왕병들은 끝까지 대오를 이탈하지 않고 용감하게 맞서 싸웠으나 유시(오후 5~7시) 무렵 청군의 일부가 마침내 광교산 동남각의 즈선군 진영 후면을 저돌적으로 공격하여 광현 현감 최택의 조선군 진내로 청군이 돌입하자 광교산 북방에서 전투를 지휘하던 김준용은 급히 휘하 군사를 휘몰아 진영 후면으로 달려가 청군과 혼전을 벌였는데 이 혼전중에 근왕병의 포수가 청군의 주장 양굴리를 사살하였다. 주장이 사살되자 청군은 순식간에 전열이 와해되고 말았다. 조선은 이 틈을 타서 전원이 일제히 반격을 가하여 청군을 대파시켰다. 청군은 이 전투 결과 병력의 태반을 상실하고 광교산 동방 10리의 동원리로 패주하였다.(중략……)

청군이 광교산에서 패퇴한 후 김준용 장군의 여러 막료들은 청군이 필시 대규모의 병력으로 복수전을 기도할 것이라고 예측하고 그에 대비하여 광교산 주변의 계곡 일대에 복병을 배치하여 항전 태세를 갖추자고 주장하였다. 그러나 김준용은 탄약과 군량이 바닥이 난 상태로는 더 이상 광교산에서 청군과 싸운다는 것은 패전을 자초하는 것이라고 판단하여 이날(1월 6일)밤 야음을 틈타 은밀히 그 병력을 수원 방면으로 철수시켰다. 한편 관군 4천 명과 승병 2천 명 도합 6천 명의 병력을 거느리고 양지에 집결해 있던 전라감사 이시방은 김준용군의 전황의 추이에 따라 남한산성으로 진군하기 위하여(국방부 전사편찬위원회 발행 병자호란사에서)

여기에서 보듯이 병자호란 당시 수지에서는 남한산성을 구원하기 위한 충청, 전라의 병사들이 이를 막기 위한 청군과의 대접전이 있었다.

이러한 전투와 전지는 문헌에 나와 있는 사료도 중요하지만 현지민들에게 구전되어 온 이야기와 지명 유래들에서 참고할 사항들이 많았다.

그것은 통신과 교통이 불편한 상태에서의 문헌기록이 외지인들의 이야기를 기초로 한 것이 많아 잘못 기록되기가 쉬웠기 때문이다.

그리고 광교산 전투는 위의 글에서도 보듯이 조선군이 남한산성을 향하여 포진하였고 이를 저지하기 위한 청군과의 전투이기 때문에 그 전지는 수지 쪽일 수밖에 없다고 본다.

## 수지읍의 의병활동

을미사변 이후 외세(일본)를 몰아내기 위한 즈선 백성들의 봉기가 바로 의병이었다.

이런 의병활동*이 수지읍 출신에 의해 직접 활동을 했거나 수지읍에서 활동한 기록은 없으나 수지읍에서도 아마 의병활동이 있지 않았겠느냐 생각된다.

그 이유는 수지읍이 차지하고 있는 전략적 위치, 수지읍에 의병이 출현한 사실로서 짐작하는 것이다.

먼저 의병들에게 수지읍의 전략적 위치는 광교산과 서울 인근과의 산맥이 연결되어 이동이 용이하고 삼남에서 서울로 들어오는 인후지지이기 때문이다. 그리고 수지읍에 의병의 출현이 있었는데 의병들이 관군과 일군에 의해 진압된 뒤 일부는 비적화되어 왜군의 앞잡이나 의병활동에 비협조했던 사람들을 표적으로 삼아 응징하였다. 수지읍에도 이런 일이 있었던 것은 그들이 이 지역 출신이었음을 짐작케 할 수 있는 일이다.

수지읍에 출현했던 의병들을 보면 융희2년(1909) 1월 11일 오후 7시경 수십 명의 의병이 수지읍에 나타나 마을 각인으로부터 군용물자를 징발하였다.

또 같은 날 동막동 이장 이용주 집에 잠입 보관중인 세대 40전과 다소의 물품을 거두어 갔다.(참고 : 독립항쟁사)

이것 말고도 고기리 광석모퉁이(고기리 임 248)에 가옥 세 채가 있었으나 의병들이 들어와 돈을 요구하다 거절당하여 불을 질러 마을이 없어졌다는 구전이 있다.

이상은 수지읍에서 있었던 의병활동들이며 많은 의병활동이 전하지 못하고 있음을 우리는 알아야 한다.

---

* 참고문헌 : 용인군지(1990. 2)─용인군, 수원시사 1986. 11)─수원시, 연려실기술 제25권~29권(조선시대 때 이긍익 저)

## 수지지방의 3 · 1 독립만세 운동

수지읍에서의 독립만세 운동*은 고기리 고 이덕균 선생과 안종각 선생에 의해 주도되었다. 고기리에서는 당시 구장이던 이덕균 선생이 1919년 3월 29일 오전 8시경 리민 약 1백여 명을 이끌고 동천리에 이르러 약 300여 명의 군중과 합류 독립만세를 외쳤으며 오전 11시 30분 경 면사무소로 몰려가 만세를 외치면서 다시 구한국기를 들고 구성면 마북리로 몰려가려 하였으나 헌병이 해산을 명령하였다. 이에 쉽사리 응하지 않다가 오후 2시경 헌병들의 무차별 사격에 의해 강제로 해산하였다.

이 때 사망자 및 피체자는 다음과 같다.

— 사망자

안종각 (수지읍 고기리)

최돌석 (구성면 보정리)

— 피체자

이덕균 (수지읍 고기리, 징역 1년 6월)

---

* 참고문헌 : 한국독립운동 비사, 3 · 1 운동사, 삼일운동실록, 명치백년사, 이덕균 선생 재판기록.

＊참고문헌


- 임진왜란사(이형석)
- 난중잡록(산서 조경남)
- 징비록(서애 유성룡)
- 내 고장 용인(이인영 저)
- 조야회통
- 용인군지(1990. 2. 용인군)
- 수원시사(1986. 11. 수원시)
- 연려실기술 제25권~29권(조선시대 이긍익 저)
- 한국독립운동비사
- 3·1운동사
- 3·1운동실록
- 명치 백년사
- 이덕균 선생 재판기록서
- 충렬서원 중수기(이정구)